月关 著
田涯 监制

回到明朝当王爷

山东文艺出版社

自　序

《回到明朝当王爷》成书于2008年，距今逾十年。

我是一个初涉网络文学的创作者。从2006年11月至2008年1月，我以饱满的热情与激情奋笔疾书，一年零三个月的时间，创作完成此书，共计三百七十万字。幸得读者的热爱，这三百七十万字也改变了我的生活。

它以历史类小说同受众更广的仙侠、玄幻竞争，曾连续五个月争得月票榜冠军，并囊括了年票榜冠军、年度最佳原创作品、年度最佳原创作者三项桂冠，在网络文学十年盘点、网络文学二十年盘点中均顺利入榜。在中国台湾出版后，连续多年占据图书借阅榜榜首位置，风靡一时。后来，在泰国等国家出版后也是畅销书。

十年来，我又创作了十多部小说，共计三千余万字，但记忆最深的始终是《回到明朝当王爷》。它成为一个里程碑，使我压力大增。我随后创作了西方玄幻、东方玄幻、都市传奇等多个类型的小说，很长时间内不敢再去涉足历史类小说。虽几次尝试，也鲜有满意，直到2016年《夜天子》的出现。

我的小说，不仅类型在变，即便是在同一类型之内，我也一直在求变。其中以写人、写情为代表的，始终是《回到明朝当王爷》。男女情、兄弟情、家国情，也因此极用心地塑造了一系列栩栩如生的人物，哪怕是一个出现场次很少的小人物，也努力赋予他灵魂，让一个个人物在我笔下活起来。

《回到明朝当王爷》是我以月关为笔名创作的第一部小说，也是我从寂寂无闻到声名鹊起，黑马一般夺下年终三项桂冠的作品。那一年我的创作激情最为饱满，是每日才思泉涌、下笔万言的巅峰时光。

随着创作时间的延长，我的创作经验和创作技巧更加成熟了，但创作激情再不会那般丰沛。在这个故事中，我几乎是以执拗的态度，努力塑造了两个女性角色，一个韩幼娘，一个成绮韵。一个尽善尽美，一个极妖极恶。但我不但让读者们迅速爱上了韩幼娘，也让他们最终深深地爱上了成绮韵。我认为这是一个很令自己满足的成就。

在这个故事中，数以百计的人物都是有灵魂的，都是鲜活的。每天的章节一出，都会引起大批观众共鸣，并在书评区抒发感想。

后来，我再没有哪部书，相信迄今为止，也没有哪位作者的哪部网文小说，仅千字上下、情感真挚、文字优美的书评总量就达到四百万字以上，而《回到明朝当王爷》做到了。

2008年全书结束时，《回到明朝当王爷》就出版了，后来又出了中国台湾版、外文版，再后来又出了第二版，接着又出了影视剧。惜乎第一版以当时的条件，因为是一边更新一边出版的，其编校质量和印刷质量稍显一般。第二版则被出版方浓缩成了三册仅几十万字的精简版本，且改了书名，令其颜色大减。

至今，我已创作达十二年之久，《回到明朝当王爷》也已十年。十年中，我将书中很多情节进行了修订，减少情节漏洞，使人物形象更加鲜活。又将十一卷的文本重新组合编订为十卷，让故事前后衔接更加自如。十年，十本书，也算是对十年的一种纪念。

承蒙山东文艺出版社将此书重印，以对照史书的编校热情，以精良的制作再度发行于世，我的心是很欣慰的。我相信，曾经由杨凌等主人公伴随着他成长，伴随着他生命中一段美好时光的每一个读者，也是欣慰的。思想及此，感慨万千，那种淡淡的惆怅与思念，正如我对童年时光、对童年梦想的思念。

然而，童年已经过去，终不再回来，当我能再度手握此书，看到那一本墨香的铅字，我则能追忆起很多美好时光，回想起很多曾在书评区交流过的书友。谨以此，向这所有的美好，致以深切的问候：久违了！

2019年2月22日

月关，记于南京

目录

第一卷 转世回明

- 第一章 九世善人 — 003
- 第二章 偷渡时空 — 008
- 第三章 死而复活 — 013
- 第四章 家徒四壁 — 018
- 第五章 相濡以沫 — 022
- 第六章 走出山坳 — 027
- 第七章 马上美人 — 031
- 第八章 惹上官司 — 035
- 第九章 家有贤妻 — 039
- 第十章 出个损招 — 043
- 第十一章 折腾不起 — 047
- 第十二章 王大王二 — 051
- 第十三章 首席师爷 — 054
- 第十四章 贞操之辩 — 058
- 第十五章 珍珠之误 — 063
- 第十六章 爱的谎言 — 066
- 第十七章 青蛙理论 — 069
- 第十八章 烽火突至 — 074
- 第十九章 疯子县令 — 078
- 第二十章 咆哮县丞 — 083
- 第二十一章 简单爱情 — 087
- 第二十二章 拂晓之战 — 091
- 第二十三章 壮士解腕 — 096
- 第二十四章 疯魔棍法 — 100
- 第二十五章 危城时刻 — 104
- 第二十六章 天降奇兵 — 108
- 第二十七章 监军奸军 — 112
- 第二十八章 代理驿丞 — 116

第二十九章 开仓放粮 —— 120
第三十章 情意绵绵 —— 124
第三十一章 两只老虎 —— 128
第三十二章 暗表情衷 —— 132
第三十三章 马昂从军 —— 136
第三十四章 风雨欲来 —— 140
第三十五章 伏兵四起 —— 144
第三十六章 夺路而逃 —— 148
第三十七章 生死一线 —— 152
第三十八章 长夜漫漫 —— 156
第三十九章 无心睡眠 —— 160
第四十章 险死还生 —— 164
第四十一章 未雨绸缪 —— 168
第四十二章 倾情相望 —— 171
第四十三章 锦衣百户 —— 174
第四十四章 明月难圆 —— 178
第四十五章 春天到了 —— 183

第四十六章 闺房之乐 —— 188
第四十七章 不近女色 —— 192
第四十八章 糊涂升官 —— 196
第四十九章 缘定三年 —— 200
第五十章 一团和气 —— 204
第五十一章 五箭连珠 —— 208
第五十二章 懵懂进京 —— 213
第五十三章 锦衣提督 —— 218
第五十四章 缘在佛门 —— 223
第五十五章 西洋教士 —— 228
第五十六章 今夜销魂 —— 232
第五十七章 春宵苦短 —— 236
第五十八章 糊涂应对 —— 241
第五十九章 太子侍读 —— 245
第六十章 郑和海图 —— 248
第六十一章 不良学生 —— 252
第六十二章 三公一老 —— 255

第六十三章 八虎游街 — 260
第六十四章 十大恶人 — 265
第六十五章 又生枝节 — 270
第六十六章 苏三赎身 — 274
第六十七章 不务正业 — 279
第六十八章 大战豪奴 — 284
第六十九章 智斗权侯 — 289
第七十章 后宫起火 — 294
第七十一章 傲猴熬鹰 — 299
第七十二章 廷杖十奸 — 304
第七十三章 京城寻医 — 310
第七十四章 天子呼来 — 316
第七十五章 恩威并施 — 322
第七十六章 糊涂差使 — 328
第七十七章 三姝进门 — 333

第一卷

转世回明

第一章

九世善人

一

狭窄幽长的奈何桥，横跨在忘川河上，通向虚无缥缈的云踪深处。足不沾尘的鬼魂们呜咽着喝下一碗孟婆汤，踏上难以预料的来生路。

云踪深处，有种无形的吸力，幽魂一旦踏上桥面，就再也没有回头的可能，只能飘飘向前掠去，就像扑火的飞蛾一般。

就在这时，居然有一个很嚣张的声音叫道："我投诉！我一定要投诉！"

随着声音，一个很帅气的小伙子从奈何桥的对面走了过来。他的头发打着发蜡，显得整齐而发亮，身穿缀着许多亮片的白色西服，那模样就像是刚刚走下舞台的歌星。

啪！一碗香味浓郁的孟婆汤应声落地，孟婆脸上堆积如沟壑的皱纹显得更深了。她喃喃地叹了口气："第九次了，第九次了，这个祸害又回来了。"

那个歌星般的鬼魂，后边跟着一对牛头马面。牛头的眼睛瞪得大到了牛眼的极限，马面的脸拉得比驴脸还长，只因为被他们内定为"拒绝往来户"的郑少鹏又回来了。

他的九次死亡、八次转世的传奇是从他在南沧山的缆车上掉下时开始的。由于在掉下来前托住了一个三岁的小女孩，积下阴德，他的阳寿增加了三年。但是这对倒霉的牛头马面急着赶回来参加城隍老爷嫁女的喜宴，没有等到他掉下山涧就把他的魂魄勾了来。

等他们从酩酊大醉中醒来，才发现拘错了人，可郑少鹏在阳间的肉身却已被火化了。为了逃避责任，他们只好买通崔判官将郑少鹏送回阳间，让他借尸还阳，把这三年阳寿用尽。

谁料，一年之内他竟然死回来八次，没有一次超过两个月的。说起来崔判官对他算是蛮不错的了，第一世送他投身在一个刚刚被淹死的温州富翁身上。这个富翁开了四家服装公司，家资三亿，今年六十八岁，老婆却只二十八岁，三个如花似玉的情人年纪更小，最小的才十八岁，够对得起他了吧？

问题是这位富翁不是在河里淹死的，也不是在海里淹死的，而是在浴盆里淹死的——是在洗澡的时候被他那位千娇百媚的漂亮老婆活活溺死的。

看得飘在空中等着附身的郑少鹏毛骨悚然，于是在他哭天抹泪万般不愿地被牛头马面推进那个刚刚淹死的亿万富豪体内后，他实在无法享受这种艳福。

利用两个星期时间，他明白了整个公司的运作和情况，然后将三分之一的财产划给了这位富翁的糟糠之妻和被抛弃的两个儿子，其余的都想尽办法捐了出去。

一个月后，明明看到丈夫已死去却又活过来，而且整天用一种古怪的眼神看着自己，直接被吓疯了的漂亮老婆，用一把水果刀在他身上不断地捅呀捅呀，等牛头马面闻讯赶到的时候，也觉得那具千疮百孔的尸体再让他附上去复活有点恶心，于是只得又把他带回了地府。

郑少鹏当然不会说破他是嫌那个老家伙身上该硬的地方已经软了，该软的地方却全是硬的，所以才存心找死。于是判官大人绞尽脑汁又把他送到了一个刚刚病死的副市长身上。

这位副市长才四十八岁，算是年富力强了，他住在高等病房里，浑身插满了管子，而刚刚住院时车水马龙的探病场面，自从主治医生宣布准备给他开追悼会后就变得门可罗雀。

郑少鹏可没想过能当这么大的官，他倒是真想有一番作为，可是他真的不能忍受有一个快和他妈岁数一样大的女人当老婆。

所以他整日赖在医院"泡病号"，就是不肯回家，当他发现原来这个副市长居然是一伙贪腐分子中的一员时，这才大大地松了一口气。

他搜罗了一堆证据送到了反贪局，于是在对此案严厉查处时，他光荣地主动地被原来的同伙干掉了。

人无完人哪，郑少鹏只能如此慨叹，为什么世上就没有年少多金、英俊潇洒、风流倜傥、玉树临风的翩翩佳公子呢？

呃……其实不是没有，而是符合这些条件的年轻人身体倍儿棒，他想附身还得等。

好不容易让他第八次附身到一个英俊潇洒、名冠港台的红歌星身上，算是遂了他的心愿了，总该好好地凑够这两年阳寿了吧。

想不到呀，想不到……他居然又死回来了，不说可怜的崔判官，连牛头马面都快抓狂了。

郑少鹏却是松了口气，当他美滋滋地附身在这因病刚刚去世的名歌星身上不久，就惊恐地发现这位惹得无数少女为之疯狂的翩翩美少年居然是一个同性恋,而且是爱偷偷穿裙子的那种。

为他伴舞的那两个身材魁梧的小伙子经常骚扰他,而且被他拒绝接近时,那满眼幽怨的眼神让他头皮都麻了,这种残花败柳之身……我是堂堂七尺男儿呀,饿死事小,失节事大!郑少鹏悲愤地想。

于是,公司安排他参加赈灾义演时,这位"大病初愈"的明星"不小心"从台上跌了下来,后脑勺磕在一粒爆米花大小的石子上,于是一缕香魂幽幽怨怨地又直奔地府而来。

·※·※·※·

幽冥大殿里静悄悄的,乌沉沉的八仙桌上摞着半人高的文书,可是却不见崔判官的人。牛头马面诧异地四下瞧了瞧,向八仙桌走了过去。

古色古香的八仙桌上摆着一台和人间的电脑相似的显示器,桌子下边有人露出半截身子。

鬼差牛头走上前小心地问道:"判官大人,您趴在桌子底下做什么?"

崔判官从桌子底下爬了出来,他穿着红色的古代官袍,乌纱帽上两根桃叶似的纱翅,有点像戏台上的七品知县,八字眉、小眼睛,皱巴巴的小脸好像有褶的包子似的,看起来比较滑稽。

老头看见是他们,愁眉苦脸地叹口气道:"唉!还不是这个'瘟到死——岔皮了'系统,自从用了它,地府的工作效率倒是提高了,可是用上几个月就得重装一回,本大人现在闭着眼都能熟练操作每一个安装步骤了。更糟糕的是,系统真死、假死、自动重启,毛病不断啊!听说轮回殿张洪判官那里,很多阴魂利用系统漏洞穿越时空跑到古代去当种马,这些人啊,都说人往高处走,他们前世也没做什么坏事,怎么抢着要入畜生道呢?当种马,多辛苦呀,想不通,真是想不通。"

牛头咧了咧嘴,想笑又忍住:算啦,老头年纪大了,不知种马为何物情有可原,自己可不好跟他说这个。于是岔开话题问道:"系统有什么问题,要不要小的帮您修理一下?"

崔判官摇头道:"这回毛病不大,就是启动之后硬盘灯狂闪了半个时辰才允许本大人操作,等得本大人直打瞌睡。"

马面嘟囔道:"咱们的国产操作系统就挺不错嘛,当初何必请个外国城隍来设计,听说阎君陛下和西方的阎君路西法陛下正在交涉,要他们派当初那个设计师毕尔盖瓦尽快升级操作系统。"

崔判官摇头道:"没办法,听说那个城隍到人间休假去了,生死簿上没有他的名字。假期没休完,谁也找不到他,现在只好这么挺着。对了,你们不是申请休假了吗,跑来做什么?"

牛头干笑两声道:"大人,那个……那个不愿意活着的家伙又死回来了,三年阳寿他才过了一年,就死回来九次。您老可得想想办法呀,走的路多终遇阎罗呀,万一被阎君知道,可就惨了。"

崔判官听了脸皮子一阵抽动,赶紧趴在电脑前噼哩啪啦一阵乱敲,然后睁大眼睛瞪着屏幕,默默不语。马面不由得紧张起来,连忙把他的长脸凑过来道:"怎么了,有什么情况?"

崔判官道:"没有情况,我的电脑又该重装了,系统垃圾太多,这可是奔死处理器呀,运行超慢!"

牛头听了,摸了摸牛角没有说话。

等了半响,崔判官脸色突然变了,变得苍白苍白,要不是他还穿着那身大红的官袍,牛头马面一定以为他是从牢里逃跑出来的鬼囚,拘魂索一套,就得把他送进去。

牛头不觉动容道:"怎么了,大人?难道是系统垃圾多到不能奔死了?"

崔判官浑身发抖,指着屏幕惨然道:"完了完了,岔皮了,这下可真岔皮了!唉!早知如此,当初不如直接上报阎君,说你们违规操作,错勾人魂。老夫为了帮忙堵上这个漏洞一错再错,这下可惨了!"

马面喷了个响鼻,恨恨地道:"有什么好惨的,不就是一年跑回来八次吗?大不了剩下两年再跑回来十六次,我豁出去了,看谁耗得过谁。"

崔判官哭丧着脸道:"非也非也,你看看,加上你们错拘的那一次,他已连死九次,每次都是因行善而殁,所以……所以……"崔判官长长吸了口气,咬牙切齿地道:"他现在已经是九世善人了。"

"九世善人?那是什么意思?"牛头不解地问,判官大人的话太深奥,实在叫人有些摸不着头脑。

崔判官哆嗦着道:"若是现在送他还阳,又因行善事而死的话,那他就是十世善人,跳出生死轮回了。"

牛头不解地道:"十世善人?跳出生死轮回?什么意思?"

崔判官一拍大腿道:"就是说……他成佛了。"

牛头马面一起张大了嘴巴,不敢置信地道:"不……是吧?成佛哪有这么容易的?"

崔判官苦笑两声道:"有时候成佛也讲机缘的,观音菩萨就是因为佛祖讲经传道度众弟子成佛之日,人间恰逢大难,菩萨言道:'众生不度尽,誓不成佛!',结果错过了机缘,虽然她神通广大犹在诸佛之上,也不得称佛。"

牛头听了不禁合掌道："菩萨好心肠，难怪世人称为大慈大悲。地藏王菩萨说'地狱不空，誓不成佛！'，和观世音菩萨一样，虽未成佛，在我心中，却是真佛。"

崔判官叹道："大慈大悲也救不了今日之难了。只因世风日下，人心不古，佛祖为正人心，三百年前在灵山发下宏誓，若凡人能坚持十世行善，则立地成佛。若是再让他行善死上一次，那便要成佛，佛祖神通广大，必然可以窥透其中奥秘，到那时岂不露了馅儿。"

马面听了也不禁呆住了，怔怔地道："这……这可如何是好？这该死的无赖家伙，我们不忍让他摔疼，一时好心提前收了他的魂魄，哪知道生死簿突然又改了。这可如何是好？"

忽然，牛头狐疑地转了转眼珠道："不对呀，大人，让他借尸还阳时，为了偿尽这三年阳寿，我们可买通了孟婆没让他喝汤啊，说起来他无论死上多少次，也应该只算一世呀，怎么变成九世了？"

崔判官叹气道："系统漏洞……"

牛头马面呆了半晌才一起悲痛欲绝地道："我恨毕尔盖瓦！"

崔判官在大殿里团团乱转，过了半晌忽然眉头一皱，贼兮兮地四下看了看，招手将牛头马面唤到面前捻着鼠须阴笑道："咳咳咳，既然轮回殿张判官那里的电脑漏洞可以令鬼魂穿越时空，我倒是想出了一个办法，要是想个办法安排他到古代去借尸还阳，嘿嘿嘿……"

牛头眨了眨眼，奇怪地道："那又如何？万一那混蛋修个桥呀，补个路呀，一不小心磕在小石头子上又死了，还不是满了十世善人之约？"

"嘿嘿嘿……"崔判官努力地发出一阵阴险的笑容："佛祖发下十世善人可以成佛的宏愿是在三百年前，如果有人投胎到三百年前，就算他死掉一百次，也不会十世行善成佛，哈哈哈……"

牛头马面听了一起拍掌大笑："太好了，大人不愧是人老成精，呃……是老成持重……"

第二章

偷渡时空

一

郑少鹏被带到了崔判官面前，崔判官捻着胡须，摆出和蔼的笑脸，说道："郑少鹏，虽然我们把你提前拘来三年，可是让你附身的人非富即贵，也算对得起你了，奈何你却犹嫌不足，一年之内居然回魂八次。也罢，你们现代人不是最喜欢穿越时空去古代吗？本判官既然有错在先，便送你穿越时空去一趟古代，你看如何？"

"去古代？"郑少鹏禁不住一阵激动，"我只有两年可活了，去古代旅游一番也好，不过既然只有两年好活，可没机会征战沙场，享受做大英雄的滋味了。嗯……得好好享受一番，两年呀……做纣王？隋炀帝？都挺有艳福的呀。妞在精而不在多，不如做崇祯好了，那时可有秦淮八艳、红娘子、陈圆圆呢。"

崔判官捻着胡须微闭双目，摇头晃脑地道："郑少鹏，这一世我要让你转世到古代去，总该给你找户合适的人家，我来问你，你可懂得医术？诸如开颅解剖、研制药物一类的谋生手段？"

郑少鹏只想着享受几年，一听他的话，心道："莫非还指望我自己创业，当个神医不成？"于是笑道："不会，要是有个头疼脑热的，让我去药房自己买点药，我还是办得到的，至于那些药物的成分，谁闲着没事记那个呀？再说那些名称我也记不住呀！至于开颅解剖，你可别逗了。华佗是神医，只因说了句要为曹操开颅，便被砍了脑袋，我就算会也不敢跑到古代去卖弄呀。那时候的人太没知识，一代神医他们都信不过，我要是去卖弄，不被人当成邪魔外道活活打死才怪。"

崔判官听了脸色一僵，他压了压心火，又装着和颜悦色地道："悬壶济世，做杏林国手，虽是风光，不过……不会便不会吧，我来问你，会配制火药，研制现代兵器吗？斩将夺旗、建功立业，亦是人生乐事呀。"

郑少鹏叹道："火药吗……我记得好像要用硝石、硫黄，还有一样不记得了，不会是木炭吧？至于比例更记不住了。诺贝尔是炸药专家，研究它都被炸得缺胳膊少腿，让我这半吊子去研究这个，那不是老寿星上吊，嫌活得太长了吗？至于现代兵器……你先打发我去兵工厂学习三五年吧。另外，古代的铁也不合格呀，真捣鼓出来还不炸膛啊？你先打发我去学几年怎么采矿，怎么炼钢，怎么锻压，怎么造机床好了，估计技工水平不行，怎么也得混个工程师水平，才够威风。另外现代工业这些工序哪一道也不是小作坊能办成的呀。到了古代整个社会生产力、科技力量跟不上，像是空有屠龙之技，而世间无龙，那不扯淡吗？"

牛头忍不住翻了翻白眼道："真是没用，那么来点简单的。酿酒会吗？制玻璃会吗？神医、英雄你是当不上了，当个大富商也不错。"

郑少鹏道："酿酒……不会，我会喝，不过我觉得红星二锅头比茅台好喝，而且不上头……你瞪什么瞪，你去打听打听，有几个人会酿酒？谁不是干那一行的，才懂那玩意儿？至于玻璃……我只知道是用沙子炼出来的，其他的就不知道了。嗨，瞅啥呀，就算玻璃厂的职工大多也只懂一道工序吧？不过我倒是知道有种玻璃叫玻璃钢，有种玻璃叫糖化玻璃——电影拍特技用的。你可能不知道，嗯……不知道这些创意提供给那些造琉璃瓦的工匠，他们能不能发明出来。"

马面的一张马脸拉得老长，额头的青筋都暴起来了，他强忍怒气道："文也不行，武也不行，手不能提，肩不能挑。你说你干啥子？你就这张嘴……这张嘴……对了，投个官宦世家怎么样？起码现代社会的制度你了解不少吧，随便拿出一点来，在古代都是极大的创新和进步，做个治世能臣也不错。"

郑少鹏撇了撇嘴，说道："马面兄，你不会是想常常见到我，所以才给我出这个主意吧？"

马面怔怔地道："怎么了？"

郑少鹏道："古代的变法我记住的不多，不过记得有个人叫商鞅，挺受主子支持的。这小子也没做什么大的变革，也就是鼓励一下耕织，废除一下贵族世袭特权，按军功大小授勋啥的，结果就遭到了整个统治阶级的强烈反对，把他给五马分尸了。宋朝那个王安石更逊，不就是在原来制度上略求改进吗？要求促进商业发展，提高军队战斗力，改进一下科举制度。就这么小小的改动，结果他堂堂一个宰相，加上背后撑腰的皇上，还是摆不平。他在上面高喊改革，下边地方官根本不听他的，换了一拨又一拨还是不行，结果弄得两度罢相，活活窝囊死了。你说这些思想只是稍稍站在历史高度上的大政治家都不好使，我一个对古代制度，对统治阶层不知根不知底的人去瞎说些什么现代制度，且不说符不符合那时生产力发展的需要，恐怕这么超前的意识我去一说，就连商鞅、王安石那样的改革派都得变成保守派，五马分尸的就变成我了。唉，纯属闲扯，闲扯不但误国，而且误己呀。"

崔判官看着这个滔滔不绝的废物两眼发直，半响才无奈地道："那……你至少知道历史走向呀,谁得势谁失势,这总该知道一些吧?去攀上一棵大树,也能安安稳稳过一辈子了。"

郑少鹏的头摇得跟拨浪鼓似的:"不行,不行,我知道的那点历史算啥呀,我倒是知道秦始皇肯定得天下,可你啥能耐没有,就冲着你说他能得天下,你一定忠心于他,人家就养活你呀?我知道唐朝有个李世民,底下有个李靖和魏征,至于程咬金,不知道是历史上真有还是小说里编的呢!知道宋朝有个寇准,后来才知道人家不穷,家里挺富的,忠臣是忠臣,不过挺腐败的,历史局限性嘛。更可怕的是,照着史书或者故事书上描写的他们的个性去投靠他们,恐怕怎么死的都不知道。我上一世是歌星,客串了一部历史电视剧,听请来的历史学家讲,历史上有名的大奸臣严嵩,做首辅十多年,临了抄家抄出来的财产还没到在他之前只做了六年首辅的大清官徐阶的四分之一,俩人当官前可是一样的起跑线哪。严嵩的老婆管教儿子挺严的,严世藩也不是小说里说的那种高衙内型的人物,老严对付政治敌手,打垮了就得,留分寸。可是徐阶、高拱那几位首辅都是往死里整,只不过那些人是善终的,写史的人就不敢不给留几分面子,谁叫严嵩是被杀头的呢?唉,史书害死人呢。"

崔判官浑身发抖,眼睛里都快喷出火来了,过了半天才哆哆嗦嗦地问道:"那……那我送你去宋末或元末如何?找本《九阳神功》或者《独孤九剑》什么的,当一代大侠。"

郑少鹏满脸无辜地叹道:"我看书时不求甚解,老金又没有在书里画个地图,偌大的昆仑山我上哪儿找去?只记得张无忌叫人家追着跑,然后掉下悬崖发现了《九阳真经》,我总不能扛捆绳子一座悬崖一座悬崖去找吧?我看我不是绳子磨断了摔死,就是被野兽咬死。就算真找到了,你以为那是连环画啊?最高级别的武学秘籍,就像大学课程似的,肯定不会从基本知识开始介绍,我看得懂吗?走火入魔不死也疯。"

他振振有词、唾沫横飞地道:"再说我算老几呀,风清扬倒是好找,他肯教我功夫吗?这老家伙在山里猫了几十年都不收徒弟,临老收了个令狐冲,你真当他那么伟大呀?谁不知道肥水不流外人田哪,好歹那是他华山派的弟子,就这还考察了很久呢,我不和武林中人打交道还罢了,不然风清扬不收我,没准被田伯光拐去做淫贼了。"

牛头的牛鼻子都气歪了,咬牙切齿地道:"你简直就是天下第一的大废物,真丢现代人的脸!"

郑少鹏不以为耻反以为荣,洋洋得意地道:"本来就是嘛,一个人跑到古代去,还妄想改变这个世界?老老实实保命吧。"

崔判官也被他气得发晕,无可奈何地转头对牛头马面问道:"古代有什么人是可以什么都不用做,混吃等死的?"

牛头昂然答道:"王侯!当皇帝的还要操心国事,有的王侯什么都不用管,想管反而会被疑心,反正是皇亲国戚,混吃等死就行了,根本就是社会的蠹虫,最适合他了。"

郑少鹏听了想了想:"嗯,王爷也不错,没事的时候领着几个狗奴才,调戏一下良家妇女……"

崔判官苦笑一下,他现在只想把这位大爷赶快请走,不过想想作弊送他去一次古代也不容易,如果他不安安生生待足两年又死掉了,总这么作弊也挺麻烦的,于是面容一整道:"好,就送他去转世附身做个王侯,不过这两年你可要好好当你的王爷,不要再给我找麻烦了,否则的话……哼!本官再见到你,马上把你踢回古代,做个比王爷更大的官儿。"

郑少鹏听了满脸灿烂地问道:"你要让我去做皇上吗?"

崔判官耷拉着脸道:"时辰不到,你敢再死回来,我就请你去做宦官,当九千岁!"

郑少鹏听了打个冷战,急忙道:"不要,不要,做王爷挺好的,本人……呃,本王知足了,哎,我还没说完呢,二位仁兄这是干什么?"

牛头马面不理他,揪着他飘然飞出幽冥大殿,飞也似的穿过奈何桥,投向茫茫云海之中。

· ※ · ※ · ※ ·

六道轮回是一个三层楼高的圆形巨轮,正在缓缓转动着。巨轮外缘刻着"转轮圣王"四个金色大字,轮上是"三世佛"的金身塑像。这位佛爷面目丑怪,蓬头獠牙,脚踏鳌头,口衔轮沿,双臂环抱巨轮,龇牙咧嘴的,似乎表示以其神力也不能扭转众生之"业力"。

巨轮中间射出六道毫光,直射轮外,将巨轮分为六份。分别便是天道、人道、阿修罗道、畜生道、饿鬼道、地狱道。

堡垒果然最易从内部攻破,牛头马面寻个由头将看守的鬼差骗了出去,立即奔赴人道前,细细看了一下,将大轮中间第二层时间轮慢慢回拨。这法轮端的奇妙,时间轮拨动,第三层的身份轮便也随之出现当时社会的诸种身份,牛头马面将第三层金轮拨到王侯的位置上。

前八次作弊都是牛头马面带着他亲自去人间寻找合适的附身者,这一次却是通过六道轮回金轮来转世。这金轮就是决定人一生祸福命运的佛门至宝?

郑少鹏颇觉新奇,忍不住跑上前看了一下,一见果然定在王侯的位置上,不禁大喜。

不料他是灵体,牛头马面也是灵体,他急赤白脸地向前一跑,碰在牛头的胳膊肘上，时间轮微微移动了一下，三人却都没有注意。

只听喀的一声，转世金轮定住。轮中射出的六道毫光顿然金光大作，渐渐凝成一束，光束旋转着照射在郑少鹏身上，他的身子被无数缕光线穿过，身体几至透明。紧接着，他的双脚已离地而起，整个身影缩小，投到那束金光当中转瞬不见。

金光停滞了片刻，又散成六束毫芒，法轮重新缓缓转动起来，牛头马面拊掌大笑。笑罢，牛头忽然迟疑片刻，一双牛眼瞄着马面道："啊！贤弟。"

"何事啊，牛兄？"

"马贤弟有没有记住他刚刚投到何人身上了？"

"这个……牛兄没有记下吗？"

"啊……好像我们又犯了错误……这次是跨越时空，我们不能亲自送他去，如果他不想死，他附身的那人又因为早已死了，在阴间销了户头，我们到时去何处拘他的魂魄？"

马面缩了缩脖子："这个……嗯……现在阴间也有人口普查嘛，好像百岁以上的老寿星，阴司会造册登记予以监督，应该不会出现彭祖那种漏网之鱼了。"

"那就是说……"

"咦？说什么了？空口无凭嘛，谁说是我们送他穿越的？嘿嘿嘿，该当两年丧命的人，真要活过百岁，到那时人事更迭，谁还查得出是哪个做的？分明这小子也是时光偷渡一族嘛。"

"对对对，关我们屁事，哈哈哈……马贤弟，昨日为兄弄到一坛好酒，我请你去品尝品尝……"

牛头马面说着，勾肩搭背地走了出去。

第三章

死而复活

一

好冷，郑少鹏悠悠地醒来。这次逆时空转世，他前世的记忆变得更浅了。一年来八次转世的记忆和以前的经历混杂在一起，使他已经分不清哪些是自己前世经历的，哪些是转世后经历的。所有的记忆都像飘在天上的云彩，若隐若现，不可触及，恍若一场荒诞的梦。

"牛头马面跟送瘟神似的，急急将我弄了来，也不知这是什么时代。不过他们既然说要把我附在王侯身上，那么自己附身的人应该是一位王侯了。可是这里是哪儿呀？这么黑这么冷。"郑少鹏想。

郑少鹏虚弱地伸手摸了摸，身上只盖了薄薄的一层被子，想来应该是冬季，空气里都透着一股阴冷。

郑少鹏正想弄明白自己的所在，忽地听到唧唧唧三声清脆的竹梆子响，接着有人高声喊道："有客到……哎哟，杨老太爷，您老人家怎么也来啦，杨秀才是您的后生晚辈，可当不起呀。"

郑少鹏定了定神："杨老太爷？这是什么称呼？旁边吵得这么热闹，我却两眼一抹黑，天哪……我……我……我不会转世到某个盲人王爷身上了吧？"

只听一个苍老的声音咳嗽了几声，说道："唉，六弟这一房算是完了，我能不过来看看吗？凌儿是咱杨家难得的人物啊！我那兄弟五十四岁上才有了这么个独根苗苗，才十七岁就成了咱宣府一带最年轻的秀才。本来还指着他为我们杨家光宗耀祖呢，可惜……唉！"

隐隐约约的，还有女子嘤嘤的哭声。郑少鹏有点蒙了，这到底是怎么回事？虽说从没来过古代，可是听这口气，也不像是王侯世家呀。

眼前一团漆黑，他着急地想站起来。可是刚刚附上的身子正在复苏之中，冻僵的手脚血液刚刚开始运行，一时半晌还没有力气撑起身子。好在他已有过多次经验，每次转世重生开始支配身体时都是这样，所以也就耐心地躺在那儿积蓄着力气。

那个大嗓门又喊道："老太爷，您请这边坐着，各位亲友见礼啦！"

霎时间，方才还算安静的房子里山崩海啸一般大哭起来，把郑少鹏吓得一激灵。方才屋里静悄悄的，好像也就三两个人，这时男男女女的一阵鬼哭狼嚎传了出来，郑少鹏才晓得原来房子里有这么多人。前几次转世也有正赶上人家家里人正哭着的时候，可是从来没有黑到伸手不见五指呀。郑少鹏动了动眼睛，虽然四处黑黑的，可是觉得眼睛不会有什么毛病，心下稍安。

只听那些人乱七八糟地哭喊着什么"大兄弟你年轻轻的去得好早哇""凌兄弟你咋就死了啊"，也不知道是哪些八竿子打不着的亲戚。

郑少鹏听得直想笑，真哭假哭，他见的也不是一拨两拨了，不过之前几世为人的时候还算收敛点，现在听他们说哭就哭，简直跟唱戏一样，倒也真是好笑。

大嗓门又喊道："客人礼毕，亲人还礼哪！"随着这一声喊，乱哄哄的哭声戛然而止，静得好像一根针掉到地上都听得出来。真猜不出怎么如此齐刷刷的，如此训练有素。

然后只听一个凄凄的女声轻轻说："未亡人杨韩氏谢过老太爷，谢过各位亲朋好友。"

"未亡人？"郑少鹏脑门一紧，"想必这些人哭的就是自己了，这倒好，连老婆都已经给我娶好了。可是……为什么一团漆黑？吊唁也没有黑灯瞎火的道理呀。"他忽然想到了什么，赶紧伸手四下摸索着。

刚刚能够动弹的手脚还软绵绵地使不上力气，不过手指一摸到周围的东西，他的心里已经有些明白了，原来他已被放在了棺材里。"老天，过一会儿还不被活埋了？"郑少鹏这才着急起来，可他现在周身无力，却也无可奈何。

紧跟着只听大嗓门又道："各位至亲好友灵前致哀，再送一程哪！"话音刚落，鬼哭狼嚎的声音又复响起。这回声音更近了，想必是那些人都围到棺前来哭灵了。

郑少鹏趁此机会艰难地举起手来敲了敲棺材，可惜手脚还有些僵硬，轻轻敲了两下就感到痛得要命。那点微弱的声音哪里压得过那些正比着谁哭得更卖力的人，他只好无奈地停下手来。

这时大嗓门又喊道："本家再次道谢，诸位亲朋节哀顺变！话到礼到心意到，礼毕！"好像一位最高明的指挥家，他话音一落，哭声立即又戛然而止。

只听外边又是一阵嘈杂，然后那个苍老的声音道："杨韩氏，你的公婆去得早，如今凌儿也去泉下陪伴他们去了，剩下你孤零零一个人，可有什么打算？"

只听一个低低的女孩声音道："叔叔，幼娘入了杨家的门，就是杨家的媳妇。夫君这一病，虽然家中已一贫如洗，尚幸还有四亩田地。幼娘谨守门户，纵然苦些，也能度日。"

杨老太爷干咳了两声道:"幼娘啊,你年纪尚小,独立支撑这个门户不易。你现在是我们杨家的人了,咱杨家在本地也算是个大族,总不成让你一个人辛苦度日,叫旁人取笑咱们。我跟族里几个老人商议,想把你这四亩山田交给泉儿耕种,由泉儿家负责你的一日三餐。你一个妇道人家,说起来也算是他的弟妇。田地给他耕种,你也求个衣食无忧,也还说得过去,你看可好?"

"唉,又是争夺遗产的画面。"郑少鹏郁闷地想:"还一个个都说得冠冕堂皇,怎么这种事古今都有呀?只是刚刚来吊唁就撕破脸皮,这位叔叔也未免太着急了。"

外边静了一会儿,才听幼娘道:"叔叔一番好意,幼娘心领了。幼娘命薄,夫君去得早,也不曾留下一点香火,但幼娘虽是平常人家的女儿,也是幼读《女训》,知道为人妻子从一而终的道理。奴家生是杨家的人,死是杨家的鬼。现在家里虽只余奴家一人,这一门便不算绝了。杨泉大伯和夫君总不是一母同胞,就算和叔叔您,都是早已分家另过了,将公婆传下的田产交与他,不妥当吧?"

这女子一番话柔中有刚,既点了他不要以为自己年轻守不得寡,一个人撑不下去会将祖产变卖;又暗指他为自己儿子打算,这是上门抢夺堂兄弟家的产业。

杨老太爷被她说破心事,老脸一红,顿时有些挂不住了。他膝下有四个儿子,唯独这个三儿子杨泉不务正业、吃喝嫖赌,将分给他的田产挥霍一空。

老太爷虽然恨他不争气,还是不忍眼见亲生儿子穷困潦倒,所以才涎着脸上门提出这非分请求。只盼儿子得了这田地,能从此洗心革面重新做人。想不到这女娃年纪虽小,倒是自有主意,竟然一口回绝了。

他不知道的是,儿子求他出面向杨韩氏提出这个要求,其实还有一个不可告人的目的。杨泉吃喝嫖赌,四乡皆知,又把家产挥霍一空。自从前年鞑子来村里劫掠,把他的媳妇杀死以后,到现在也说不上个媳妇,四十出头的人了,还是光棍一根。

他的堂弟杨凌——也就是郑少鹏附身的这个秀才,今年刚娶的这个杨韩氏,本名叫做韩幼娘,是远近闻名的漂亮女子。人说深山育俊鸟,柴屋出佳丽,真是一点不假。

杨凌抱病操办婚事,想借成亲冲喜,结果连媳妇的盖头都没来得及揭,就病情加重,卧床不起。杨泉借口探看兄弟,多次上门来勾勾搭搭,结果都被韩幼娘赶了出去。

要不是这位弟媳是猎人王的女儿,有一身的好武艺,他"霸王硬上弓"的心都有了。

以他想来,夺了她的田地,控制了她的生活来路。假以时日,要得了她这个才十五岁的苦命小寡妇的身心,便也不难了。

杨泉正站在一旁,贪婪地盯视着穿了一身孝服,愈发显得娇媚动人的弟媳妇。一听她竟将父亲噎了回去,无赖脾气顿时发作,忍不住跳出来道:"韩幼娘,你年纪轻轻,靠什么维持这个家?我爹这也是一番好意,莫要你到时过不下去,做出有辱我杨家门风的事来!"

韩幼娘年纪虽幼,却极是刚烈,闻言拂袖而立,蛾眉倒竖,冷冷地道:"奴家知书答礼,守志终身。自入杨家门来,每日衣不解带侍奉夫君,哪有半点有失妇德的地方?杨氏族大,纵有两三不肖子孙,也断断不会出自我家!"

杨泉听她讽刺自己,不禁恼羞成怒,破口大骂道:"你这小贱人,凌弟是我杨家唯一考中秀才的人。杨家光宗耀祖,全指着凌弟呢。要不是你八字硬剋死了他,他年轻轻的,身子一向硬朗,怎么会说死就死了?"

说女人剋死丈夫,那还真是既无法辩白又无法承当的罪名。韩幼娘性子刚烈,被这无赖杀人不见血的软刀子一激,气得浑身发抖。移目望去,丈夫这一门本来就人丁单薄,在场的都是叔叔家的直系亲人。这些人一个个都带着阴阳怪气的表情,那冷漠可憎的眼神像一根根针扎进她的心里。

委屈、悲伤、愤怒,一一涌上心头:嫁了个丈夫,从见到他的第一面,就是躺在床上等死的模样。虽然谈不上什么感情,可是从一而终的理念使她嫁衣未曾脱下,便忙着请医生、侍奉汤药、变卖家产为丈夫治病,衣不解带地照顾他。

自己如此不幸,年纪轻轻就要终生守寡。想不到夫君尸骨未寒,他的族人就来谋夺家产,还把这样的污名栽到自己头上。自己势单力薄,今后要如何在这个大家族中活下去?

一时悲从中来,韩幼娘忍不住俏目含泪道:"好!好!好!钱玉莲投江全节,留名万古。我韩幼娘又何惜此身,这便随了夫君去吧,也免得受你这小人之气。"

小姑娘说罢转身,就要一头碰死在丈夫棺上。杨老太爷吓了一跳,这韩幼娘的父亲一身好武艺,十里八乡莫不知闻。今日人家夫婿刚死,自己上门逼夺家财原本就理亏,若是逼得她碰棺而死……这事传出去,不但乡邻们要非议,她的父亲又岂肯甘休?

他慌忙从椅子上站起来喊道:"快,快拦住她!"

可是韩幼娘身手利落,又是声落即动,众人相拦已来不及了。她已冲到棺前,觑准了棺材的一角就要一头碰下去。

便在这时,她蓦地自己停下了脚步,瞪大了眼睛骇然看着棺材。这口薄棺尚未钉棺盖,以便供人吊唁。现在那棺盖竟然向旁边移动了一下,然后四根苍白的手指伸出来搭住了棺材板。

韩幼娘见了这奇诡的事情也不禁骇得向后一退,众人见了她的举动都向棺材上看去，登时有两个大妈怪叫一声："诈尸啦！"一转身便拔腿逃了出去。

那些男人虽然没有逃跑，可是也都战战兢兢围拢成一团。韩幼娘胆子大些，想想里边到底是自己的夫君，就算是他炸了尸应该也不会伤害自己，莫非他见自己受人欺侮，所以才从阴间还阳？

她强忍着心中的恐惧，小心地移步向前，一把推开了棺盖。只见丈夫在棺椁之中，正呼呼地喘着气，因为天寒，他喷出的气息也带着阵阵白雾。韩幼娘见了不禁心头狂喜："死人哪能喷出热的鼻息？天可怜见，他……他竟然活了。"

郑少鹏费尽了力气，好不容易推开棺盖一角，正在里边呼呼喘气。忽然眼前大亮，刺得他眼睛眯了起来，好半晌才适应了些。他抬头看着这个被人欺侮上门来的可怜寡妇，实在无法把她同一个已嫁作人妇的女人联想起来，这分明就是一个尚未长成的女孩嘛。

第四章

家徒四壁

一

一身粗糙的白麻布的孝服，头上系了白绢，鹅蛋脸儿十分清秀。眼睛红红的，眼睫毛仍然湿湿的，小鼻头也冻得通红，她正怯生生地看着他。

郑少鹏怔怔地看着她。杨韩氏？也太小了吧？应该上初一，还是初二？虽然对于死而复生和迅速融入新的生活他已有经验，不过乍一看到新身份的妻子居然如此"年轻"，他的心里还是怪异之极。

极度虚弱的身体支撑着跪坐了这么一会儿已经又开始摇摇欲倒了，再次晕迷之前他勉强笑了笑，对她道："不要害怕，我还没有死。"

韩幼娘眼睛睁得大大的，一眨不眨地紧紧盯着他，泪水渐渐朦胧了她的眼睛，好半响，她忽然哇一声哭了出来。

这一声哭，有一股冷飕飕的寒意从郑少鹏的尾椎一直透到后脑勺，这要多少心酸和委屈，才能哭得这么撕心裂肺呀。

韩幼娘哀哀地哭着，双手紧紧抓着棺木，生怕一放手就会跌到地上去。平时只是无怨无悔地照顾他，以尽夫妻之道罢了。刚刚嫁过来，两个人甚至没有说过几句话，其实两人间还谈不上深厚的感情。

但是现在她才知道，他对自己来说意味着什么，有多么重要。哪怕他只有一口气在，都是自己的男人。有他在，这个家才不算完，才算有个顶梁柱。

郑少鹏被她哭得一阵心酸，刚想安慰安慰她，说几句"初次见面，请多多关照"一类的场面话。可惜身子不争气，嘴巴像鲇鱼一般张了张，却什么也说不出来，反而两眼一翻，又晕了过去。

灵堂上又是一阵大乱，清醒过来的韩幼娘又哭又叫地把他拖出了棺材。杨老太爷听说过有些人假死复生的事，倒也没有太过大惊小怪。见到杨凌复活，他虽然有些尴尬，心里到底是高兴多一些。

毕竟杨凌是这鸡鸣驿唯一有功名在身的人物，族里有这么一个人，也是件荣耀的事，怎么说那也是自己杨氏一门的血脉。

先前被儿子说动，跑来抢夺财产。此举固然是为了儿子打算，但是在他私心里倒有一半是担心这小寡妇守不住，过上几年带了杨家的田产改嫁。现在堂侄活过来了，去了这门担心，也就把那心思收了。

他十分尴尬地叫人帮着把侄子抬上了床，又着人去找大夫，忙活了大半天，这才被儿孙们搀扶着离开了。

·※·※·※·

两碗粟米粥，一碟萝卜咸菜，就是九世大善人郑少鹏转世为杨凌后和妻子吃的第一顿饭。一盏油灯似熄不熄地在灶台上摇晃着，屋子里弥漫着一股烟火味道。

转世的前八次，不是豪富世家就是大权大贵，乍一吃到这样的饭菜，尽管饥肠辘辘，郑少鹏——如今身份是大明弘治年间的宣府秀才杨凌，也是勉强吃了个七成饱就再也难以下咽了。

韩幼娘却吃得很香甜，粗茶淡饭虽然艰苦，可是看到丈夫不但又活了过来，而且竟然能自己下地吃饭，她小小的心里只有欢喜和满足。

看看家徒四壁的房子，杨凌不由暗暗一叹。看着这个根本就是个小女孩的韩幼娘十分香甜地将一碗粟米粥喝得精光，还用小舌头把碗沿都舔了个干净，杨凌心中不禁一阵酸楚："该死的鬼判看来是把自己耍了，早知如此，不如当初好好享受一下当亿万富豪的日子，虽然岁数大了点儿……如今怎么办？真的去做一万岁再减去一千岁的'九千岁'宦官？那还不如就这么混上两年了，至少……这个媳妇虽然年纪小点，却实在耐看。"

他心里盘算着，见韩幼娘撂下了碗，便将自己喝剩下的半碗粟米粥推了过去，温声说："还没吃饱吧？来，把这些也喝了吧。"

韩幼娘这时才大胆地看了一眼自己的男人，他的模样还是十分憔悴，可是精神已经好了许多，一双眼睛也有了神采。见他好看的眼睛温柔地盯着自己，韩幼娘不禁有些羞赧，她垂下了眼帘，轻轻地说："相公，你病体初愈，应该多吃些东西才是。"

杨凌想了想，才在脑海中搜索出应该叫她娘子，不过这种古人的称呼他叫起来实在是非常别扭。好在原来的杨凌自从病倒后，整日昏昏沉沉，就连眼睛都懒得睁开，也不曾开口唤过她娘子，于是唤着她的乳名道："幼娘，我身体刚好，所以才吃不下太多东西，你若不吃也就浪费了。"

韩幼娘想了想，向他腼腆地笑了笑，接过碗来低声道："多谢相公。"

杨凌细细打量她，这女孩已经脱下了孝服，换过了一身青布衣衫。她脸蛋看来还显得稚嫩,可能是常年习武的原因,身材倒发育得有几分大姑娘的模样了。她容貌俊俏,皮肤微微有些黑,但是浓浓的眉毛、挺俏的鼻子、丰润的嘴唇、乌溜溜的大眼睛,显得十分可爱。

发觉丈夫在看着她,韩幼娘还以为自己的吃相有什么不文雅的地方,不禁有些害羞地偏过了身子。自成亲以来,这还是她和丈夫头一次坐在一起吃饭。虽说嫁过来已经有大半年了,在她的印象中,除了知道他的名字,知道他是宣府最年轻的秀才,是鸡鸣驿堡唯一有功名的男人外,竟然一无所知。

这套房子中间是饭堂,一进门就是灶台,右边是卧室,里边隐隐的还有股子药味。左边本来是杨凌父母的住处,老人去世后就闲置下来,用来堆放一些杂物。

饭堂也是客厅,同时也是杨凌的灵堂。韩幼娘生怕他病体太虚,坚持不肯让他动手,扶他去炕头上坐了,就自去把别人送来的挽联、冥纸等等堆到了门后,把灵堂拆了,倒也忙出了一身细汗。

看着韩幼娘麻利地收拾着屋子,杨凌不禁暗暗叹息:"韩幼娘虽年轻,但心智成熟,勤劳勇敢。"

十五岁的女孩,刚刚过门就要服侍一个卧床不起的病人,就这么一贫如洗的家,可真是难为了她,也不知这大半年怎么熬过来的。看着她的美丽和乖巧,杨凌不觉有些心动。这女孩淳朴清纯的模样让他心中产生了一种怜悯的感情,想想自己顶多再活两年,他还真的不舍得糟蹋了人家。

韩幼娘收拾完了一扭头,见他坐在炕上打量着自己,不禁脸上一热。这半年多来,她日日只盼着自己的男人醒来,如今他真的醒过来了,被他这么看着,她却感到浑身的不自在。

她有些不好意思,羞羞答答地走进屋来把油灯挑亮了些,见他的目光还追着打量自己,脸蛋不禁越来越热,却不知道该如何跟他搭话。她在屋子里又琢磨了一阵子,红着脸凑过来,拉过薄被替他横搭在腿上,结结巴巴地道:"相公,你刚刚醒,多休息吧,我……我去隔壁李大娘家去一趟,一会儿就回来。"说完逃出了屋子。

杨凌微微一笑,心头涌起一阵暖意。他不知道自己原来是患了什么病,不过自从附身以来,除了因为长期卧床,加上营养不良,变得四肢无力、心浮气促之外倒是没有什么大碍。

见韩幼娘跑了出去,他便掀开被子走下地来,正好趁机熟悉一下。这一看他的心也不禁凉了一半,到处都空空的,还真个是家徒四壁,实在可怜。

走到对面房中,从韩幼娘口中,他已知道这间是原来杨凌双亲的住所,现在空着,放了一些杂物。他走到门边,提了提粮口袋,里面只剩了不到一碗米。难怪她晚上只熬了两碗粥,喝自己那半碗剩粥喝得还那么香,也不知多少天没有吃过一顿饱饭了，杨凌鼻子有点发酸。

这样的日子怕是活着都成问题，这大冬天的可怎么过呀？我说混吃等死，可没说要活活饿死呀。他在心中把判官小鬼挨个咒骂了一遍。

房间不大，屋里又没什么东西，几下就看遍了。他推开房门走了出去，山村的夜晚黑黑的，各家灯火很微弱，根本不像现在的农村，处处明亮。看了看天上被乌云掩住的那轮上弦月，他只觉得寒气彻骨，四野静寂，也不知道韩幼娘去了哪里，他正想返回房中，忽然听到不远处吱呀一声，然后有狗汪汪地叫了起来。

侧耳听去，只听不远处一个老年女子声音道："幼娘呀，夜黑呀，走路看着点。"

然后是幼娘那脆生生的声音："哎，谢谢李大娘，这粮食等来年我家地里有了收成，一准还您。"

杨凌悄悄走到矮墙边，墙下堆着扫过来的积雪。他扶着矮墙向那边看去，只见一个满头白发的老太婆一手举着油灯，一手半推着门，幼娘想必已出了院门。

只见那老太婆摇头叹息了一声，掩门时听到屋子里一个老头子的声音道："老伴啊，秋上鞑子来过，咱家的余粮也不多了。"

老太婆一边关着门一边嘟哝道："唉，我知道，可幼娘这孩子可怜啊，能帮衬就帮一把呗。再说凌儿那孩子是有功名的，大难不死必有后福啊，将来……"

随着房门掩上，下边的话就听不清了。杨凌听到自家院门一响，有个娇小的身影儿走了进来，不禁向前迎了两步。

韩幼娘瞧见院中走来一个人影，不由大吃一惊，还道又是杨泉那个无赖上门调戏。她一手提着小半口袋粮食，一手顺手从院门后摸出一根棍子，低声斥道："给我滚出去，否则……否则我要喊我男人了。"

第五章

相濡以沫

一

　　杨凌只向前踏了两步，就听呼啦的一声，一根两指粗的木棍已点在胸口，倒把他吓了一跳，连忙说道："别……"他的喉咙有些堵，吞了口唾沫才缓声道："幼娘，是我，我是杨凌。"

　　"哎呀！"棍子哗啦一声掉在地上，韩幼娘急忙抢上两步，一把扶住了他，焦急地道："相公，你病体初愈，怎么出来了？天冷着哪，你要是再有点什么事，你让我……让我怎么办才好？"

　　杨凌道："不妨事的，我已经好多了。就是不常活动，身子有点虚。"他伸手要去帮韩幼娘提粮口袋，韩幼娘哪舍得他再干活，连忙扶着他往回走，说道："相公，你快回去躺下，夜里太冷，赶明儿晌午天气暖了，我扶你出来晒晒日头。"

　　杨凌无奈，只好任她扶着往回走，进了房门才忍不住道："幼娘，为了给我治病，咱家的钱都花光了吧？我看家里也没什么东西了。"

　　韩幼娘将粮口袋放在灶台上，扶着他向里屋走，她低低地嗯了一声，轻轻说："秋上鞑子来了，我只顾背着你逃上山去，家里的存粮……都被鞑子抢走了，所以……只好把家具物什典当了些。"

　　她扶着杨凌在炕头坐下，一边帮他脱着鞋，一边抬起头向他展颜一笑，说道："相公不要担心，等来年咱家地里有了收成，日子就会好些。你是秀才，这些杂事不用担心，待身子好些，只管安心读书吧，明年可就是三年一次的乡试了。"

　　杨凌见她说到自己身份时，满眼崇慕和自豪，不禁心中苦笑。自己现在这副模样，真是肩不能挑，手不能提，只不过靠着写那些狗屁不通的文章熬了个秀才出身，在她眼中竟然成了真正的男子汉。这要搁在自己那年代，就算你是清华北大的毕业生，这么窝囊，恐怕也早被老婆一脚踹开了，还会用这么崇拜的眼神看着你？

　　不过也难怪她如此重视，如今这个朝代重农抑商，商人就算有钱，社会地位还不及一个只有三五亩地的小地主。仕途更是要紧，而仕途的主要途径就是科举考试，杨凌现在虽然只是一个秀才，但当时，秀才身份无论在城里还是乡下，都是很了不起的人物了。有些读书人八十岁了还不见得能考上一个秀才。

大明对百姓监管最严，就算离开家乡探亲访友都要由地方开具路引，过关盖印，马虎不得。不过秀才、举人这些有功名的读书人则不同。他们有权利佩带利剑，穿青绸衫；随便游历，沿途官吏不得阻拦监押；见了那些普通农人可能一辈子也见不上的知县老爷，居然不必跪拜，在普通人眼中这样的人自然是极有身份的。

韩幼娘拉过被子让他靠好，又打来一盆热水，不顾杨凌再三的拒绝，温柔地替他洗起脚来。这位杨凌哪享受过这种待遇，可是推拒了一番，眼见反惹得韩幼娘一脸的惶恐不安，他只好苦笑着任她服侍。

夜晚，躺在床上，杨凌头枕着手臂，默默地想着自己的心事。耳畔听到韩幼娘轻微的呼吸声，想来她已睡熟了。

两个人自成亲以来，韩幼娘和他虽住在一个屋檐下，却是每日衣不解带地照顾他。两人不曾行过人伦大礼，一直只是在他铺盖旁睡下。今晚相公不再是那种昏昏沉沉的模样，反而令她极为羞赧。吹了灯睡下，韩幼娘还是浑身发热，一钻进了被窝就把头埋进被子再也不敢露出来。

不过今晚她的心情却是成亲以来最开心的一天。相公不但死而复生，而且似乎病也好了，看样子将养些时日就能完全恢复健康，生活又重新充满了希望和憧憬，她只觉得无比欢喜。

杨凌和她虽是夫妻的关系，可是在他心里，这女孩虽然生得楚楚动人，可是自睁开眼来所见到的——她的不幸和坚强，让他对这女孩怜惜不已。自己只有两年好活，这么可爱的女子，他可不会昧下良心打人家的主意。

他看了看韩幼娘睡下的位置，屋子里漆黑一片，什么都看不清，只能听见她细细的呼吸声，像只小小的猫儿。唉，他幽幽地叹息一声，如今这个女孩既然挂着自己妻子的身份，自己不但要想办法活下去，还应该负起责任照顾她才行，可是……就这么个一贫如洗的家，自己要怎么才能安顿得她衣食无忧呢？

胡思乱想了许久，还是不得其法。这时炕头的热度渐渐地冷却下来，不仅露在被子外的脸冻得冰凉，被窝里也开始冷了。他紧了紧被窝，忽地想到睡着的韩幼娘，不知道她能不能挨得住。

悄悄地伸出手去，摸了摸幼娘身边的炕面，那里也是冰冷冰冷的。山村中要砍些木柴总该很容易吧，这么冷的天怎么不多烧些柴？刚才察看屋子好像没看到灶旁放了多少柴禾。想想自己的情形，杨凌不禁释然：自己这一段时间恐怕一直都奄奄一息，好像随时都可能死掉的样子。韩幼娘一个人生活，又要照顾自己，孤苦无助，她怎么可能有时间上山砍柴。

手指碰到了被边，杨凌不由一怔。她这被子……怎么这么薄？用手指捻了捻，那层被子比起自己盖的真的是太薄了，这寒冷的冬夜她就是这样一夜夜熬过来的？

这时韩幼娘的身子瑟缩了一下，好像身子弓了起来。杨凌脸上一热，她还没睡？他热着脸低声道："幼娘，还没睡？"

韩幼娘含糊地应了一声，怯生生的声音好像有点发颤。杨凌叹息道："你的被子怎么那么薄，这么冷的冬夜怎么挨得过去？家里连厚棉被都没有吗？"

"嗯……"韩幼娘低低地说："相公，你病得厉害，幼娘实在想不出办法找钱请大夫，只好……只好……对不起……"

杨凌摸摸自己盖的厚被，心中一热，他坐了起来，伸手去拉韩幼娘身下的褥子，炕面很光滑，那褥子被他一把硬扯了过来。

韩幼娘心里有些发慌，颤声道："相公……你……你做什么？"

杨凌见她吓得跟什么似的，心中十分好笑，故意逗她说："我们是夫妻呀，睡到一起有什么不可以？"

韩幼娘更慌了，可是夫君这么说实在没有什么不对的，她只好痴痴地说："可是……可是你身子可好，我们别……别……"

杨凌忍不住低低地笑了，说道："傻丫头……你的被子太薄了，看你在那里受冻，我能睡得下去吗？来，咱们睡在一起。"

两条褥子摆在了一起，杨凌把她的被子掀开，把自己的被子盖在她的身上，然后把薄被盖在这床厚被上面，说道："你看，这样就好多了。"

韩幼娘窘得躲在被窝里不敢出来，身子蜷得像张弓一样，两只小拳头握紧了放在胸前，她也不知道自己为什么要这么紧张害怕。

杨凌是她名正言顺的丈夫，她从小受教育就是三从四德。夫是天、妻是地，若是丈夫要她，实在没有什么不应该的。可是一想到可能发生的事，她还是禁不住心慌慌的，比她跟着父亲去打猎，头一次见到老虎时还要害怕。

杨凌也感觉到了她的紧张，说实话他也不敢太靠近幼娘。如果两个人真的挨得太近，他实在不能保证自己不动心，至少他身心健康，挨着这么个年轻的女孩，纵然心里不想，生理上还是不免会产生反应，所以两人的肢体隔着两拳的距离，他也不敢靠近。

可是这样一来被窝里仅有的一点热气也都跑光了，虽然被子厚了，还是感觉不到暖意。躺了片刻，杨凌又爬了起来，摸索着趿了鞋。

韩幼娘探出头来问道："相公，你……你去哪里？"

杨凌问道："油灯怎么点？不是，油灯在哪儿呢？"

韩幼娘忙也爬起来用火石打着了油灯,灯光下她的脸蛋红红的,也不知是臊的还是灯火映的,反而更增几分俏丽。她迷惑地对杨凌道:"相公要出恭吗?恭桶就在外堂。"

杨凌摇摇头道:"不,我给灶上再添点柴。"

韩幼娘举着油灯,随他走到外堂,灶下堆着一小捆劈好的木柴。杨凌看了看,走到墙角把那些挽联、纸糊的物件等奠用之物拿过来一股脑塞进了灶底。那些大多都是高粱秆子和纸做的,极易燃烧,快要熄灭的灶火又熊熊燃烧起来。

杨凌又把那捆木柴一根根堆压上去,韩幼娘张了张嘴,欲言又止,心想:"烧了就烧了吧,反正夫君身子见好,不用我时时陪在身边,明早我早些起床去山上再砍些柴来就是。"

杨凌让火慢慢地烧着,然后拍拍手,回头笑道:"这下好了,今晚可以睡得暖些了。"

这一扭头,借着灶里的火光,才看清韩幼娘穿着一身白色粗布小衣。虽然打着几块补丁,可也掩不住她窈窕动人的身段,领口露出一抹肌肤,在火光和灯光的掩映下,显得特别诱人。

杨凌心里一跳,连忙移开目光不敢再看。韩幼娘觉察到了他的目光,脸上也有些害羞。忸忸怩怩地扶着杨凌回到房中,杨凌从韩幼娘手中接过油灯来时,感到她的手掌很粗糙,就着灯火一看,她手掌上有些茧,掌背肌肤摸起来也很粗糙,裂了许多细细的口子。虽然今日才算是刚刚相识,杨凌也不禁心疼不已。

韩幼娘红着脸摇摇头,怯怯地抽回手道:"相公,别冻着了,快些休息吧。"经过这一番举动,两人都不再那么拘谨,一种莫名的情愫在两人心中暗暗滋生,钻进被子后两人也不再那么紧张了。

被子中间的缝隙灌进冷气是很难受的,杨凌无奈,终是忍不住靠近了去。韩幼娘身子一颤,肢体有些僵硬,但却温顺地未发一言。

杨凌只是让她挨近了自己,若有若无地贴着身子,免得热气都跑了出去。他自嘲地对韩幼娘说:"幼娘,我们这也算是相濡以沫吧。"他轻轻地摩挲着幼娘的小手,怜惜地说:"你的手都裂开口子了,是洗衣劈柴弄的吧?疼吗?"

韩幼娘嗯了一声,摇了摇头。发觉他看不到,于是又说:"不疼,相公,只要你的身体好起来,幼娘受再多苦也无怨无悔。"

杨凌听了不禁又握紧了她的手,只觉这次转世虽是数次以来最艰苦的一次,却是让人心中又是温馨又是幸福。过了好一会儿,听到韩幼娘的呼吸不像是睡着的样子,杨凌不禁又问:"在想什么?"

韩幼娘轻轻叹了口气,说道:"相公,我在想明年你乡试的事,家里……已经没有钱了。我娘家有两个哥哥、一个弟弟，爹爹负担也很重，帮不上咱们。咱家里四亩山田是祖上传下来的，那是卖不得的。乡试又是你一辈子的大事，这可怎么好？"

四亩山田？杨凌心中不由一动，他心中可没有什么祖产不可妄动，怕被人非议败家的想法。只想着四亩地不知能卖多少钱，最好一下子就发家致富，让自己安安生生地过两年舒坦日子，死后能让这女子后半生衣食无忧才好。

他心里胡乱琢磨了一阵子，倦意渐渐袭来，感觉炕下也越来越热了。韩幼娘虽然任由他挨近了，可是娇小的身躯仍然蜷起来，绷得紧紧的。杨凌觉得有趣，他打了个哈欠，含含糊糊地笑道："幼娘，放松一些，挨近了暖和一些。天气这么冷，你怕我做什么？嗯……我忽然想起一个古人来。"

韩幼娘刚被他说得脸上一热，一听这话不知道自己的秀才相公要说什么，忍不住好奇地问道："相公想起了什么古人？"

杨凌忍住笑，开口道："我想起了柳下惠，如果这位'君子'不是自己有什么毛病，就是和我现在情形差不多。大冬天的在城门楼下，怀里抱着一个少女却不乱嘛，我也做得到，因为……实在是太冷了，什么坏念头都被冻没了。"

韩幼娘扑哧一下笑了，出嫁前她还担心自己的相公是那种古板无趣的秀才老爷，想不到他……这么有趣，韩幼娘心里升起一种异样的感觉，这是自己相伴一生的夫君，是自己今后最亲的亲人呢！小小的心灵轻轻地叹了一声，亲切和仰慕让她情不自禁地靠近了杨凌，紧张的身体也放松了下来。

她情不自禁地挨近了杨凌，在他耳边低声呢喃："相公，我愿意这么挨着你，无论生老病死，富贵贫穷，我愿意无怨无悔地陪着你，直到永远。"

听到韩幼娘以夜遮羞，对他吐露的心声，杨凌的心不由轻轻一颤："人世间每个人是不是都在努力寻找着那个肯对自己说'我愿意'的另一半呢？"冲动使他差一点脱口对她说出自己也愿意这么陪着她，穷尽一生一世，可是话到嘴边又吞了回去——两年阳寿啊！他在心底里深深地叹息了一声。

韩幼娘的身子软软的，热乎乎的，抱在怀里很舒服。爱惜压抑了他心中的欲念，一阵困意涌上来，杨凌打了个哈欠，也不觉沉沉睡去。

第六章

走出山坳

一

隔壁李家的大公鸡扯着嗓门"喔喔"地叫个不停时，杨凌睡得正香，迷迷糊糊地醒来，顺手摸了一把，身旁却空空的，急忙睁开眼，被窝里已经空了，只剩下他一个人。

杨凌苦笑不已，自己还想要照顾好人家，想不到人家早起来了，自己还猫在这儿睡觉，他抓过衣服来穿上，这件夹棉的青袍上也打着几块补丁。

杨凌走到外屋，探头探脑地四下看看，却不见韩幼娘的影子。他走出院门，天气太冷了，冷气直冲鼻子，他舒展了一下手脚，扩了扩胸，觉得精气神恢复了不少。

晨曦初亮，这是建在山坡上的一个小村庄，坐落着十来间房子，大多也是破破烂烂的；山坡下还有几十栋房子看样子还不错，住户应该比较富裕。

杨凌正站在右墙边打量着山下，忽听院门吱呀一声，扭头一看，好大的一捆柴禾，有些树枝上还有一些积雪，下边一个小小的人儿，和那柴禾的庞大比起来实在相形见绌。那蓬松的柴禾堆里露出一张小脸，脸庞冻得红彤彤的。

杨凌连忙跑过去，又羞又愧地道："幼娘，你怎么……快，快放下，怎么砍这么多柴禾。"

韩幼娘看见是他，比他还要着急，急忙地把柴禾放到一边，提着斧头跑过来搀他，神色焦急地道："相公，你怎么又出来了，外面好冷呢，快回屋去。"

杨凌有些自责，他一把抢过幼娘手中的斧头丢在一边，双手捧着她红彤彤的小脸，感动地说："幼娘，以后不要砍这么多柴了，你该叫我起来的，这活应该我们男人干才对。"

韩幼娘被他捧住了脸颊，心里暖烘烘的，她认真地道："那怎么成？你是秀才呢。如果干这些粗活会被人家笑的，相公，快回屋里去吧，别冻着了。"

她的手也冰凉冰凉的，手背通红，十指都有些僵硬，杨凌把她的小手包在手掌里，快步往屋子里走，说道："你才应该赶快进屋暖暖，你穿得也太薄了。"他又有些难过地说："家里穷得连件衣服都没有了吗？"

韩幼娘羞笑道："没呢，还有套新衣服，我想着过年再穿，现在不舍得。相公，你饿了吧，我做饭去。"

杨凌鼻子一酸，心中暗暗道："牛头马面，你们赢了，如果不让这么可怜又可爱的女孩过上好日子，就算你们让我做'九千岁'再加一千岁，我也不回去。"

他把韩幼娘拖到炕沿上坐下，拉开自己的胸襟，把她的双手放到自己的怀里，拿出大丈夫气概霸道地说："老实坐着，把手暖过来再说，看你冻的。"

韩幼娘怔怔地看着他，吸了吸鼻子，忽然抽抽噎噎地掉起眼泪来，杨凌一愣，急问道："幼娘，你怎么了？"

韩幼娘从他怀里抽出一只手来，擦了擦眼泪，不好意思地笑着说："没，人家开心！相公，你对我真是太好了，幼娘能嫁给你，是幼娘的福气。"

韩幼娘真的觉得无比满足，上天待她真是不薄。不但把她的夫婿还给了她，而且他是这么温柔体贴，一点也没有秀才老爷的架子，这个世界给自己的实在是太多太多了，满足和幸福充满了她小小的心灵。看着她那么容易满足和感动的幸福表情，杨凌情不自禁地把她搂在了怀中。

早餐还是粟米粥和咸菜，幼娘熬的粥比昨晚多了些。到底是饿了两顿了，这难以下咽的饭菜杨凌吃起来也觉得有些香味了，咯吱咯吱啃着带冰碴的萝卜条，他忽然问道："幼娘，现在一亩地多少钱？"

韩幼娘怔了怔才道："相公，要是大同、宣府那边的好地，一亩大概值六到八两不等，咱们这边的山田也大约四两银子吧。"

"才四两？"杨凌大失所望，韩幼娘眨了眨眼，不解地道："四两不少了呀，那可是够咱们农户人家用两年了。"

杨凌吓了一跳，他总是习惯性地用自己时代的观念来想问题，问过了她，才知道说用两年还算保守的，有些小门小户的人家省着用能用上三四年。难怪幼娘说不少了。不过那种算法是指粮食自己种，不然一两银子顶多够用一年的。

杨仔细盘算了下，一亩地四两，四亩地就是十六两，算起来也不少了，大概够幼娘用上十多年的，不过看昨天那情形，如果没有自己在，恐怕杨氏族人不会轻易地把田地让幼娘得去。

不过……如果自己要卖田地，可就没人有权利阻拦了。他暗暗盘算了一阵子，开口道："幼娘，我想把田地房屋卖了，搬到城里去住。"

韩幼娘吃惊地睁大了眼睛，急道："什么？这……这怎么行？那是公公婆婆留下的地产啊，怎么能从我们手中失去？相公是担心我们的生活无以为继吗？你不用担心,这些日子因为你有病在身,我不敢离开,现在你身子见好,你只管安心读书便是。我自幼跟爹爹学了一身捕猎的本事,过两日我就上山去打猎,只要熬过这个冬天就行了,欠下的银钱等咱家的地里有了收成就能还上了。"

杨凌苦笑道:"冰天雪地的,你一个女人家到山里打猎何等危险,这些日子也苦了你了。我想凭我写写算算的,到了城里怎么也能找到个活计,我实在……实在不忍你这般年纪还要养我这个废物。"

韩幼娘慌得站了起来,不知所措地说:"相公,我们是夫妻呀,你何以说出这样的话来?你是秀才,是有功名的人,怎么可以去做那些卑下的事。"

杨凌不以为然地道:"这有什么卑下的了?难道连老婆都养活不了就高尚了?"

不料韩幼娘听了竟然急得眼泪都下来了,哭泣道:"我不能侍奉好相公,让你一个秀才去做那些低三下四的活计,将来九泉之下,我哪有脸去见公公婆婆!相公,求你了,有个家咱就有了根啊,背井离乡,流落他方怎么能是长久之计?"

杨凌看她掉泪,也不禁慌了,连忙放下碗来绕过桌子,把她搂在怀中,轻轻替她抹着眼泪,低声安慰道:"乖,幼娘不要哭了,你一哭我这心里倒难受起来了。你听我说,明年乡试就要举行,咱们家连盘缠都凑不齐,怎么去省城参加乡试?不如破釜沉舟,背水一战,我也能够一门心思好好读书。为夫是咱宣府最年轻的秀才,你信不信我能考上举人?"

韩幼娘忙不迭地点头:"嗯,幼娘相信,相公一定能考上举人,然后进京再参加殿试,将来一定能做大官。"

杨凌笑道:"这就是了,那你还怜惜这几亩山田做什么?要置地,将来咱就置它百十顷好地,光宗耀祖,将来不是更有面目去见爹娘吗?"

韩幼娘侧着头认真地想了想,迟疑地道:"相公说的也是道理,可是……非要卖了田地吗?要不……咱跟叔叔借些盘缠,你只管放心参加考试,我在家中种地,这样不是更稳妥?"

杨凌看这穷乡僻壤,简直就像一个经济学家掉进了原始部落,脱离了现在的制度和生产力水平,懂得的那些东西根本没有用处。以他想来,若是进了城,说不定也能像看书时候那些幸运的穿越天才们,搞些小发明、小创造发笔大财,安顿得韩幼娘一生衣食无忧,所以才执意离开这个地方。

不过这话他自然是不便对韩幼娘直说的,只好借口道:"昨日你也见了,我现在实在不想欠叔叔那一房的人情。何况……"他附着幼娘的耳朵,说笑道:"昨夜你误以为我是谁?这些日子是不是总有些无赖汉来打你主意?我怎么放心你这样的小娇妻一个人留在这里。"

他只当这番调笑的话说出来会让韩幼娘又羞又笑地和他打闹一番,不料韩幼娘听了他的话,脸唰一下变得惨白,她猛地挣脱了杨凌的怀抱,颤声道:"相公,你是说我招蜂引蝶,不守妇道?妇人之义,从一而终,这是人伦大礼。幼娘虽是猎户家的女儿,也知道这些做人的道理,怎么会做出那么天打雷劈、神人不容的肮脏事来?"

杨凌吓了一跳,想不到开个玩笑而已,竟然惹得她如此激动,他连忙安慰道:"幼娘,你多心了,我……为夫只是和你开个玩笑,是夸你长得美丽,哪有责怪你的意思。你可千万不要多心,好了,算是为夫说错了话,来来来,为夫受罚,你打我好了。"

杨凌抓着韩幼娘的小拳头在自己胸口捶打了一阵子,见她眼泪汪汪的还是满脸委屈,灵机一动,作势咳嗽了几声,这一计果然见效,韩幼娘马上舍了自己的闷气,慌忙扶住他道:"相公,你可是身体不适了吗?快些去躺下。"

杨凌心中暗笑,看来拿这一招来对付她倒是百试不爽,他装着身体虚弱的样子由她扶到炕上半躺半坐,然后咳着道:"我没事,只是胡乱开个玩笑,不意说错了话,见你伤心生气。我口拙得很,又解说不清,心里一急,就……咳咳……"

韩幼娘忙道:"幼娘相信了,幼娘相信相公,一切听凭夫君安排就是。"

她伏在杨凌怀中,双手抱着他的腰,生怕他一着急生气又有什么不测,连声答应着,半晌才幽幽地叹了口气道:"奴家一切由夫君做主便是。只是……还请夫君容我几日,待你身子再养得好些,我想回娘家一趟,好歹告知爹爹一声。你前些日昏迷,爹爹来看过你,还送了些猎物来,只是……家里也很是穷苦,这几日爹爹和兄长、叔伯去深山行猎还没有回来。"

杨凌满口答应道:"这个自然,这房产地产要盘卖出去,也不是说卖便找得到买家的,总要有些时日,过两日我和你一起去见见岳丈大人。"

第七章

马上美人

一

通京师经过居庸关，而居庸关之路必由鸡鸣。鸡鸣驿与六十里外的土木堡互为犄角，再加上榆林堡，成为拱卫京师的三大关隘。

杨凌和韩幼娘从山窝里搬了出来，先去拜访那位素未谋面的岳父大人，可巧韩老大带着儿子上山打猎还没回来。韩幼娘知道雪大封山，父亲去了山林深处没个十天半月是不会回来的，便将搬到城中居住的消息告诉了邻居，自与杨凌来到了鸡鸣驿。

在杨凌的记忆中，只听说过土木堡的名字。记得有个明朝皇帝率领五十万大军曾在那里被瓦剌军队杀得大败，成为史上少见的被生擒活捉的倒霉皇帝。这知识还是看梁羽生的《萍踪侠影》才知道的。

在他的印象中，称得上城的怕是只有宣德、大同这些地方，只是真要走起来，他才知道那时的交通多有不便。鸡鸣驿虽是个小城，商号、当铺、油铺、茶肆、餐馆却应有尽有，这里还是京师和西北往来的咽喉，商业发达、交通便利，故也算是十分繁华了。

杨凌和韩幼娘在蒋家油坊租住了一个小小的房间，房子地产都没了，身上只揣着十来两银子，韩幼娘怎肯坐吃山空，便在街头的裁缝铺里做些针线活。

杨凌也想出去转转，看看有什么发财门路，或者找个工作，让一个十五岁的女娃养活他。他实在是无法心安理得，但是韩幼娘却执意不肯，非要他在家里好好读书。杨凌无奈，只得口上答应了，趁她不在便学那翘课的学生，偷偷溜出去四处乱转。

驿丞署、车马行、当铺、寺院，这些地方哪里有适合他的工作？杨凌绞尽脑汁也想不出有什么发财的门路，逛了大半天抬头看见一个小酒铺，进去切了三两酱牛肉，一小壶烧酒，品了品滋味，这种纯粮酿造的烧酒感觉比他在大酒店喝过的百十元一瓶的好酒的味道还要好些。

唉，当初看小说，那些人穿越时空真是想发财就有人赶着来送银子，想做官马上就有人哭着求着请他做官,想结婚就算出个恭都能碰上两三个的美女,我是不是太窝囊了点?

杨凌无奈地喝完了闷酒,付了七文钱,走出酒馆,抄着手郁闷地走在雪地上,踩得积雪咯吱咯吱直响。这座城其实很繁华,人口流动也很大,但是你千万不要用现在逛街人挤人的情形去想象它,那个时候绝对没有这么多人。

所以这条商铺林立的街道来来往往的行人其实也只是零零星星的,并不算多。突然,身后一阵急骤的马蹄声响,习惯了听到喇叭才让路的杨凌恍若未觉,仍然走在大路中央,他的右肩被什么东西大力地刮了一下,身子向前一个趔趄,几乎摔倒在地。

站稳了身子扭头望去,一匹枣红色的高头大马喷着响鼻儿立在身边,马上传来一声娇叱:"你耳朵聋了?"

"咦?撞了人还有理了?"杨凌气往上冲,往马上看去,帽子下露出一张粉嫩标致、光洁妩媚的脸,柔媚的弯眉近双眉处淡一些,后边却又黑又浓,一双亮晶晶的明眸下面是腻如玉脂的鼻子,红润的樱桃小口。

杨凌不由眼前一亮,说美女美女到。这个美女还真是他到了古代后遇到的第一个大美女,那眉眼五官,瑶鼻樱唇,简直无一处不媚,是那种真正的女人味的妩媚,看她的年纪也就十四五岁,就已是个美人胚子,这要是再大一些那还得了?

幼娘虽然是个漂亮女孩,不过眉宇间的英气更重一些,五官也不如她生得娇媚,且那种山村淳朴女孩的气质更是无法和这种雍容高贵的女孩相比。看到这个女孩瓜子脸上那双媚极了的眼睛,才让人明白所谓狐狸精应该是什么样子。

她穿了身男装,外面罩了水湖绿夹披风,下面露出一双鹿皮半筒靴,柳眉倒竖,怒气冲冲地向杨凌喊。见杨凌回过身来,穿身藏青色棉布夹袍,外罩青色长衫,身材高挑,看面容文质彬彬,五官也颇为英俊。最主要的是那双眼睛颇为有神,瞧着挺顺眼的,脸上的怒气顿时收敛了些。

"吁——"旁边一个人的马术显然不及这个美丽的少女,猛地一提马缰,马头昂起长嘶一声,马蹄踏得尘土飞溅,他稳住身子,大声道:"怎么了,妹子?喂,你这瞎了眼的小子,可是你撞了我妹妹?"

这家伙够壮,身穿大襟马褂,头罩紫毡六合帽,大约二十出头,古铜色的皮肤、浓眉大眼,气宇轩昂,脸上满是傲气,显得彪悍强壮。他一边说着一边冲上来,手中的马鞭子一扬,嗖的一下向杨凌打了下来。

这人说打就打,实在暴戾之极,杨凌躲避不及,生怕被这一鞭子抽破了脸。下意识地抬手挡住了脸庞,那个少女身形前探,右手的马鞭向前一抖,鞭梢笔直如一条线般射了出去,唰的一下缠住了哥哥的马鞭,向后一扯,这一鞭子便没抽下去。

少女咯咯笑着,双腿一夹马腹,趋近了杨凌的身旁,笑吟吟地道:"算啦,哥哥！看人家像是读书人呢，细皮嫩肉的哪受得了你的鞭子？喂，书生，别吓坏了，本姑娘放你一马，呵呵……"她的嗓音俏俏甜甜的，十分悦耳，口气含着些善意的笑。

杨凌放下手来，抬头正迎向她的娇颜，那张脸艳如桃花，杨凌历经转世，视频中不知见过多少美女，竟然也被这天生媚骨的小美人引得心里一跳。

少女晶亮的眸子十分平静，她似乎见惯了男人初见她时那种惊艳的表情，见杨凌也是满眼欣赏，不过却没露出那种令人恶心的好色贪婪表情，眼中不由飘过一丝笑意，深深地盯了他一眼，转头对那男子说："哥，走吧，还要去买礼物呢。"说着双腿一夹马腹，对杨凌笑道："书生让路，不要再撞了你。"在她一串咯咯的笑声中，枣红马一掠而过，这少女的骑术真的好生了得。

随着娇俏的身影掠过，杨凌嗅到一股淡淡的品流极高的醉人幽香。

那豹子般矫健的壮汉狠狠盯着杨凌重重地哼了一声，也随在妹妹后边扬长而去。杨凌既不是好勇斗狠的人，也没有好勇斗狠的本钱，他淡淡地笑了笑，见两人跑远了，也继续慢慢地向前踱去。

杨凌见店便进，随意乱逛，想碰撞出些发财的智慧火花来，只可惜实在是想不出什么既适合古人，自己又恰巧懂得应用的，好不容易想起个糖葫芦来，就看见街角站着两个扛着插满糖葫芦草柱的老汉。

杨凌悲哀地想："不知道西域的羊肉串传没传到中原来，要是还没有可能算是自己唯一能拿得出手的了。可是就算卖肉串，又怎么发家？古人饮食方面要求精致，不单纯追求口味，要不然食品的'色、香、味'三者之中也不会把色字放在第一了。"

想想就算在自己那个时代，羊肉串也不算能登大雅之堂的东西，有身份的人饮酒交往，谁会弄几串肉串啃，没钱的人你让他花一文钱吃那么几粒肉，只怕他又不舍得。

想想自己穿着蓝白条纹的长褂，戴着假胡子站在烟熏火燎的铁架子旁边，一边卷着舌头招揽顾客，一边烤着肉串，韩幼娘坐在后边拿着竹签子串着肉，杨凌就不由打了个冷战：靠这个在这时代能发家？打死我都不信。

杨凌无奈地走着，看到一家乐器店，他信步走了进去，一眼瞧见方才那对兄妹也站在里边。看到有人进来，那少女还回头看了一眼，这一来杨凌想退出去也不方便了，否则不免被人耻笑他胆小怕事了。

那少女已除下了头上的帽子，一张宜喜宜嗔的俏美面孔，眉目如画，宛然动人，头上梳了三丫髻，扭头看见是他，少女不由嘴角含笑，又回过头去调试案上的一架古琴。

杨凌不懂得乐器，不过也不便见了人家返身便走，所以装模作样拿起一个笛子看了起来，眼光却不免悄悄瞧向那少女。

那少女正低着头看琴，看模样那琴倒的确是琴中精品，古色古香的，光泽似金非金，纹路很精美，用的材料是上好的木料。

　　少女眼中露出惊喜之色，伸出纤纤玉指，逐弦轻扣着，室中顿时传出一阵悦耳的乐声。"呵呵，音调得不错。"少女喜悦地说，单指在第一根弦上一扣一挑，雄浑悲壮的音符充满全室。

　　"好琴！老板，这把琴多少钱？"那个六十多岁的老板满脸堆笑地道："小姐好眼力，这把琴可是前朝的古物，您要是喜欢，给二十两银子拿走。"

　　少女吃惊地张开了小嘴道："二十两？这把琴虽不错，二十两可是贵了些，我看……也就值十两吧。"

第八章

惹上官司

一

老板呲了呲牙齿掉落得差不多的嘴巴道:"小姐,这琴用的可是上好的古木,光是这木就得冒着生命危险在深山老林不知要找多久,你再看这弦,每根都是三十六根乌金丝缠成的。一分钱一分货,这么上品的琴,要您二十两可是一点不多呀。"

少女无声地笑了,颊上露出浅浅的笑窝,显得极是动人,红唇微启时贝齿如弧,那种美态便是站在侧边的杨凌都不禁怦然心动,少女偏过头来看了他一眼,显然知道他在偷看自己,不过神色间并没有不悦之色。

少女笑吟吟地扭过头看了哥哥一眼,忽然叽里咕噜说了一串杨凌听不懂的话,那个矫健的青年也用类似的发音回答了一句话,少女摇了摇头,对老板说:"老板,我是诚心要买你这琴,这鸡鸣驿除了我,怕是再没有舍得花这么多钱买这把琴的了。这样吧,十五两,你要是愿意,我就买。"

那白发老头又呲了一下嘴,点头道:"好吧,货卖识家,小姐既然这么说,那这琴老汉就卖给你了。"

少女听了微微一笑,探手入怀摸出一个荷包来,从里边倒出一颗珠子,放在白嫩的小手掌心,托到老板面前道:"好,这里有颗上好的合浦珠,就算少说也值十八两银子,我用这颗珠子换你的琴,也不用你找钱了,再给我配一个琴盒便是了。"

那时候虽然有黄金白银,还有大明宝钞流通,不过以物易物在民间仍然十分流行,所以少女的行为也不奇怪。老汉接过珠子来,眯着眼迎着阳光看了看,果然是一颗上好的珍珠,这少女用这么一颗好珠子换他的琴,这生意倒的确不亏。

不过……老汉贪婪地又看了眼珍珠,暗暗盘算:"这鸡鸣驿虽然商客南来北往十分繁华,不过却不是做乐器生意的好地方,来这里开了两年店还是赔多赚少,正打算着把店盘出去到大同做生意呢。"

眼看着年关将近,他与这兄妹二人并不认得,肯定不是本地人,听方才说话的口音像是关外的人,说不定是路过这里的,如果平白昧了她这颗珠子,他做生意的损失还能赚回来些。

想到这儿老头贪念大起,屈指一送,将那颗珠子顺着袖筒滑了进去,呵呵笑道:"小姐,我这琴只要现银交易,你若真想买就拿银子来吧。"

少女听了嘴唇嘟了嘟,想来她身上的银钱并不够这些数目,她顿了顿脚,说道:"你这老板,明摆着送你一桩便宜买卖,还要推三阻四,罢了,把珠子还来,我不买了。"

老头狡猾地眨了眨眼,做出一副惊愕的表情道:"珠子?什么珠子?你来我店里买东西,又不是来卖东西,我哪曾见过你什么珠子?"

"什么?"少女的脸腾的一下涨得通红,她愤愤地一拍柜台怒道:"你这人怎么这般不讲道理?想赖我的珠子吗?"

她那哥哥一听勃然大怒,探手一抓,一把抓住了那干瘦老头,竟然硬生生将他从柜台里边提了出来,怒声道:"你竟敢赖我妹子的东西!你当我马昂是好欺负的吗?老狗,快把珠子还来。"

老板马上扯开嗓子叫起来:"强盗啊,打人了啊,街坊邻居都来看看啊,我老王做生意一向公平,童叟无欺呀,外地人上门欺负人了呀。"

他看杨凌是本地人的打扮,那时人的乡土观念极重,典型的帮亲不帮理,寻思这一喊街坊邻居都跑来,再加上这个本地人作证,这两个外地人只能吃个哑巴亏,含恨离开。实在不济自己还有两个儿子,难道还怕了他们外乡人不成?

这一喊,那自称马昂的青年更是怒不可遏,他怒冲冲地抬手要打,口中骂道:"奸诈老狗,真是欺人太甚!"

这时后面帘一挑,一个四十出头蓄着胡须的壮汉冲了出来,一见这情形大吼一声,一拳打了过来,恶狠狠地道:"放开我爹,哪里来的小兔崽子,欺到我王家门上来了。"

这壮汉看来颇有几分力气,这一拳打得虎虎生威,马昂见了轻蔑地一笑,手臂一扬。那大马猴般的老头被他脱手甩开,他身子立在那儿动也不动,只伸出一只手去,一把握住了那壮汉的拳头,五指合拢慢慢收紧,那壮汉疼得嗷嗷直叫,被他一扭手腕,竟然痛得跪了下去。

马昂冷冷笑道:"想扮拦路抢劫的贼子吗?难道就只有这点力气?"

那老头被他揪着衣领扇了两记耳光,这一被甩开,他指着马昂喊得更起劲,只是叫了两声,忽然脸色涨红,呼呼地喘了几口粗气,身子一下萎落在地没了气息。

马昂扼着壮汉的手腕还待耍威风,左右店面的邻居街坊们已经闻声围了过来,有人扶起那老头,忽然大喊道:"王三儿啊,快来看看你爹,老爷子不行了。"

马昂扭头一看，只见那见财起意的店掌柜脸色灰白，软绵绵地被人抱在怀里一动不动，心里不由吃了一惊，手上也不自禁地放开了。

那个叫王三儿的壮汉连忙抢上去探了探老子的鼻息，竟然气息全无，不由立时哀号一声，流着眼泪鼻涕道："爹啊，可怜你才多大年纪，竟被贼人打死了，爹啊……"

后门这时又跳出一个年纪相仿的汉子，后边跟着一帮女人孩子，看来是王家的人闻声都跑了过来。马昂本来还以为这一家子又要装死诡诈，所以只是冷笑不语，这时见他们一家人围过去又是爹又是爷爷哭叫个不停，脸上不禁变色，心中也胆怯起来。

他悄悄一拉妹妹衣袖，向她使了个眼色，挽着她手腕就要往外走。王家的人哪里肯放，呼啦啦围上来，一帮人大呼小叫，推推搡搡，忙乱中有人去外边喊来了两个巡街的衙差。听说是打死人命的大案，那两个衙差也不敢怠慢，匆匆跟在邻人后边闯进店来大声道："杀人凶手在哪里？"

这鸡鸣驿本来是因驿成城，算不得一座县城，只是这里军事地位重要，加上是客商中转的重要驿口，税赋丰富，所以也设县管理方圆数十里的地方。不过这县也就相对小了些，知县的品级是七品。

马昂见官差来了，杀官逃命的胆子他是没有的，顿时也不敢再造次了，乐器店老板的儿子指着他道："就是他，就是这贼人杀了我爹。"

马昂有些气虚地道："我没有，这老板年纪大了，昧了我家珠子被我揭穿，自己羞怒昏厥，气血攻心而死，与我何干？"

哪有杀人犯说人不是我杀的，就放人的道理？所以那两个衙差根本不理会他喊些什么。其中一个从后腰上扯下一条细铁链，哗啦一声就套到了他的头上，拢肩头，抹二臂，把他捆了个结实；另一个手执腰刀，只要他敢反抗，准是当头一刀。

捆好了马昂，那衙差一拉链子，喝道："有话对县尊去讲，走！我说老王家的，不要哭了，带上你爹去衙门说去，各位乡邻麻烦你们一块去做个见证。"

那少女急得眼泪在眼眶里打转，眼看哥哥要被捆走，急忙伸手一指一直默不作声冷眼旁观的杨凌道："我哥哥没有杀人，这个人一直在场，他可以作证。"

杨凌在一旁倒是一直看了个明白，这个马昂虽然年轻气盛，不过那老家伙昧人财物，倒也真算得上是个老贼了。看他方才情形估计是有什么脑出血、心脏病一类的毛病，被马昂一打一骂，又气又急，情绪一激动，结果昧了粒珍珠，倒把命搭上了。

按刀的衙差听了，本来已经半迈出店门，又硬生生兜了回来，皮笑肉不笑地道："既然如此，这位也请跟我们回去做个人证。"

眼看那美丽的少女哭得梨花带雨，满脸哀求之色。杨凌心中一软，于是点了点头。一行人来到县衙门，王家的大孙子上去击鼓鸣冤，知县闵文健急匆匆地穿上官袍升堂问案。

别看戏台上七品知县通常都是最小的官儿，似乎出来个人物就能一指头捻死他，其实知县比起现在的县委书记的权力可大得多，他可是一人兼任一县的工商局局长、财政局局长、税务局局长、法院院长、公安局局长等诸多职务。

这位闵知县同大多数进士、举人出身的文官不同，他本来是边军里的一位游击将军，因为鸡鸣驿特别的地理位置，所以被派到这里既管文又管武。

杨凌见到县太爷居然是个满脸络腮胡子的黑脸汉子，倒真是大出意外。这位武官出身的县太爷在文职上待了两年，多少也懂些规矩，一听说杨凌是秀才，忙叫人给他看座免礼，然后坐堂问案。

这一看，这对兄妹倒也不是过路的行人，而是昨天刚刚上任的驿丞马大人的公子、小姐。驿丞也算是县太爷辖下的官员，但是鸡鸣驿是因驿成城，本地的驿丞手下管着百十号人，而且属于军驿系统，倒是仿佛和闵知县成了平级。

昨晚，闵知县还参加了马驿丞的宴席，席上还见过他这双儿女，有心替他们开脱，只是打死人命不是小事。虽然从死尸身上搜出了珠子，坐实了老汉昧人财物的事，可是老汉当场身死也是事实，闵知县提着大刀砍人还算合格，让他问案？……《大明律》人家还没背熟呢。

第九章

家有贤妻

一

结果，杨凌说了自己所见所闻，证实马昂的确不曾对王老板下过重手。但王家老老少少就跪在那儿，哭哭啼啼地大讲死者平时身体如何之好，必是马昂行凶杀人，弄得这位兵油子县太爷一个头两个大，坐在上面瞪着两只圆圆的小眼睛，没了主意。

公案旁的矮案后坐着黄县丞，县丞的职责就是辅佐知县，对于县内之事都可以过问。不过，按惯例，为避免侵权嫌疑，县丞只相当于预备知县，平常就像个庙里的泥塑木雕，什么事都不表态。

这位黄县丞又是文人，那时文尊武卑，他根本看不起这兵痞出身的知县，所以一直在他身边认真地扮演着"无存在"的角色。闵知县也早习惯了当他不存在，根本也不去问他。

正抓着胡子没奈何的功夫，一个班头凑到他耳边低声说了几句，闵知县把袖子一拂，大声道："把马昂暂行收押，尸体由仵作看管。其余一干人等先行回去，待本官勘验一番再行定案。"

马昂被收进了大牢，众人留下了姓名住址被打发了出去，杨凌也起身向闵知县告辞，出了大堂，马小姐急步追了上来，福了一礼道："多谢杨秀才为我兄长仗义执言。"

这女孩真个是生得人比花娇，在这大堂上暖和一些，冻僵的脸蛋恢复了柔软和光泽，白皙温润得如同美玉一般，令她妩媚的容貌更加扣人心弦。

杨凌听她叫自己秀才，总是不禁想到那些穷酸腐儒，感觉很是不自在。于是呵呵笑道："我也只是照实说罢了，方才在路上见马小姐颇有女中豪杰的风采，何必文绉绉地叫我什么秀才，直呼我的名字就是。"

马小姐强颜一笑，说道："如此，多谢杨公子了，开堂再审时还要麻烦杨公子作证。"正说到此处，门外一个年约五旬，颔下三缕黑髯的官员急匆匆地走了进来。堂上的闵知县退了堂却未走，见他进来立即迎上来道："马大人，你来得正好，这件事实在让兄弟挠头,你看如何是好?"

他倒爽快,还是马大人机灵一些,一见堂上除了闵知县和自己的女儿外还有一个不认识的年轻人,心中有些顾忌,倒是不敢提起案子的事,见女儿向他见礼,只是摆了摆手,疑惑地转向杨凌问道:"这位是……"

马小姐忙道:"父亲,这位秀才公叫杨凌,我与哥哥去买东西,那老板昧了我的珍珠。结果被哥哥责骂后羞气而死,多亏杨公子为哥哥仗义执言,这才没有因那店家的一面之词定罪,明日过堂少不得还要麻烦杨公子的。"

马驿丞听了连忙拱手道谢,彼此客套了一番,那闵知县急性子,早已耐不住道:"马大人,不是兄弟不想帮你,那王家人多势众,又有乡邻作证,众口一词。虽然有杨秀才的证词,可是关乎人命的案子,兄弟可不敢随便放人呢。"

眼见这位知县如此个性,杨凌不禁失笑,又听两人要说些自己不便听到的话,他连忙拱手告辞。马小姐是冰雪聪明的人物,在一旁见了他摇头微笑的模样,觉得他像是成竹在胸的样子,加之昨日酒宴上见过闵知县,觉他和爹爹一样,都是军人出身,没有那些弯弯绕肠子,说不定这位杨秀才倒有办法救人,毕竟这些读书人都熟读《大明律条》。

想到这里,马小姐连忙追上两步,娇声道:"杨公子,看你神情可是有法子救我哥哥?"

一听马小姐这么说,闵知县和马驿丞都不觉精神一振,四只眼睛一齐望来,杨凌吓了一跳,连忙摇手道:"哪里,哪里,在下只是一个证人,怎么能逾越为大人出谋划策?"

闵马两个官员听了顿时大失所望,不料那马小姐却聪颖得很,立即追问道:"如此说来,杨公子并不是没有法子,只是因为身份不便干预断案了?"

杨凌只消说一句自己并没有什么法子,那也便可以就此离开了,回去继续寻找在古代发大财的法子,为韩幼娘置办一份厚厚的遗产,然后回到阴曹地府继续让牛头马面头痛。可是像马小姐这样清水芙蓉般的小美人,又有哪个男人肯在她面前自认无能?

受她一激,杨凌脱口道:"正是,在下只是一介秀才,恰逢此事做个人证罢了,如果为断案出头指手画脚,岂不逾越了身份?"

马小姐展颜一笑,忽向他盈盈拜倒,双膝跪地道:"杨公子,我哥哥虽然为人鲁莽了些,可是绝非为非作歹的恶人。那王家店主见利忘义枉送了性命,竟要累得我哥哥为他偿命,杨公子可忍心?闵大人和家父都是武人出身,性情直爽,于律法不熟,杨公子既然通晓律法,怎么能见死不救?读圣贤书所为何事?首要是担当罢了,遇事只说有愧无愧,不问有祸无祸。若是明知事之不公,却寻托遁词不能主持正义,当以为耻,杨公子以为如何?"

杨凌张口结舌,想不到这小姑娘如此牙尖嘴利,他脸上挂不住,一面在心里紧张地搜索着几世融合的记忆,看看能不能从《大明律》和后世刑判方面想出些办法来,一面上前搀扶她起来,口中说道:"马小姐快快请起,依我看王家店主恐怕自有隐疾,否则令兄虽然推搡了一把,断然不会置他于死地。但是现在王家群情激愤,众口一词,人既死在那里,令兄又确实动过手,有罪无罪,哪是那么容易辩得清的?我就算有些主意,也未必救得了他。"

那时候男女有别,授受不亲。纵然不愿受女子的大礼想扶她起来,也只能双手虚浮,隔着那么一尺来远比划一下,对方也便顺势起来了,好像这扶人的精通九阳神功,能在丈外发功御人似的。

杨凌虽知道这些规矩,但是行止上还是后世的习惯,竟然上前结结实实地搀住了马小姐的手臂,将她搀了起来。柔软的臂膀托在手上,那张柔媚可人的面孔就在眼前,又闻到了她身上如兰的那股香味,比她骑在马上从身旁一掠而过时更加浓郁。

马小姐心中羞窘不已:"看他一表人才,想不到如此好色,竟然趁机占我便宜。"马驿丞也觉得他直接搀扶女儿,有些孟浪了。不过这时救儿子出狱要紧,自己就这么一个独生儿子,真要有个好歹,便是要他用女儿换儿子那也是肯的,所以只做视而不见,抢上来道:"有什么主意不妨说来听听,不瞒杨公子,闵知县和我都是当兵的,这律法……咳咳,如果公子有什么办法不妨说来听听,不管有没有用,马某都承你的大恩啦。"

这一下杨凌可是骑虎难下了,他为难地看了闵知县一眼,这位县太爷如释重负,很大方地摆手道:"对对对,你们读书人心眼多,有什么好办法只管讲来。我最头疼升堂问案,下边要是鞑子兵,我大刀一挥便罢了。恼便恼在公说公有理,婆说婆有理,听来听去只有老爷我没理,实在无法给他们判这个理,弄得我一听见鸣鼓,心里就打鼓。"

"这个……这个……"杨凌道:"常言道,知己知彼,方能百战百胜。案情经过我看到了,倒是不必赘述了。不过既然案情集中在那王老汉是被打死还是因旧疾突发而死,这个……就要对他以前有无病史等情况全面了解一下,然后找出破绽,才能把责任推出去,还堵住他们的嘴,叫他们说不出话来。"

"好!"闵知县击掌叫好,嗓门大得把杨凌吓了一跳,马驿丞也欢喜得连连搓掌,说道:"杨公子果然了得,老夫只是着急,又不能公然把儿子从狱中提出来。听你一说,好像大有可为,我儿既然没有打他,那么这老东西肯定原来就有毛病。闵大人呀,这件事还要麻烦你派人好好查问一下呀。"

闵知县没口子应道:"好好,没有问题,到底是读书人哪,我老闵头疼不已的事,听你一说大有门道,还是读书人阴损哪,哈哈哈……呃,不是,这个……这个读书人聪明哪。"

杨凌暗道一声惭愧,他不过是一时情急,拿出了昔日做理赔工作时的"拖"字诀罢了。地球人都知道,中国的保险业是保时容易理赔难,制度条文可以把一个硕士毕业生绕得觉得自己是文盲，索要的相关凭证之多能让最有耐心的人发疯，如今不过是小试牛刀罢了。

不过一看到马小姐柔媚如水的眼神里满是钦慕之色，纵然是杨凌也不免有些飘飘然，虚荣心大为满足。

回到家里时，天上又下起了茫茫白雪，雪花飞舞，天气却是暖和的，雪花落在身上湿湿的。

幼娘已经回到家里，正立在门口翘首盼望着他回来，远远地见到他的身影便飞奔过来。见到她，杨凌心中一暖，同时又有些心虚，早上幼娘出去做工，自己说过要在家里好好读书，结果却被她逮了个现行，要是她出言责怪，杨凌还着实有些怕她。

不料幼娘对此却只字未提，只是满脸喜悦地将他迎进门去，替他拂去身上的残雪，温柔似水地道："相公，你回来了，我已经做好了饭，正着急不知该去何处找你呢。"

杨凌不好意思地道："嗯，本来想在家里安心读书的，只是……啊，这个……想起有个同年住在这里，所以去探望他一下。"

幼娘抿嘴一笑道："相公是男人，应酬交际这些事也是必不可少的，幼娘晓得的。对了，幼娘今日在裁缝铺做工，一上午就缝补了十件袍子，足足挣到十文钱呢。这家裁缝铺承接驿丞署里马号的生意，那里有一百多个驿使，常年四处奔波，衣服磨损得厉害，裁缝铺的生意好着呢，想不到城里原来也很好做工的。"

杨凌看着她眉开眼笑，说话时脸蛋兴奋得红扑扑的，不禁在她脸颊上轻轻拧了一把，呵呵笑道："幼娘好本事，都是我的病拖累了你，刚一看到你那小可怜的模样时，真是叫我好生心疼。"

韩幼娘被他突然的亲昵动作弄得一愣，顿时满脸红晕，她羞怯地垂下头去，忸怩道："相公，我们是夫妻，本该一生相守，相互扶持呀。"

杨凌听了心中激荡，忽然忍不住一把抱住了她，把她紧紧地搂在怀中，轻轻抚摸着她柔顺的秀发，韩幼娘还是头一次和他有如此亲热的举动，靠在他胸前晕陶陶的，又是欢喜又是满足。

过了好半响，韩幼娘才轻轻推开他的拥抱，红晕满脸，眼光却不敢去看他，只是低着头捻着衣带子羞答答地道："相公，饭菜正热着呢，你快坐下，我给你盛饭。"

饭菜虽然简单，比起在山里时可强了许多，加上油坊老板还送了些油渣子用来做菜。杨凌虽然对那种菜油味还不是太习惯，不过他还是多吃了些饭菜。

见他饭量渐多，韩幼娘真是比什么都开心，眉眼间一直满是笑意。吃完了饭，韩幼娘收拾了碗筷，系上围裙洗刷起来。杨凌觉得自己实在成了可有可无的废物，本想上前帮着她洗洗碗碟，不料韩幼娘大惊小怪，嗔道："哪有男人做这些事情的？相公，你还是坐着吧，这是我们妇道人家的事情。"

第十章

出个损招

一

杨凌摸了摸鼻子,讪讪地回到椅边坐了,实在无聊至极,忽地想起今天的事情,赶紧在自己的书箱中翻了起来,那本厚厚的《大明律》果然在其中,便捧起来细细看了起来。

正翻着有关诉讼的条例,韩幼娘又捧过来一杯热气腾腾的茶来,杨凌不禁掩卷心下长叹:"封建社会的男人,可真够享受!"

那时普通店铺做工时间不像现在这么紧凑,中午休息时间极长,大约现代的下午两点多钟才继续开工,所以杨凌喝着热茶翻着书,韩幼娘便坐在炕沿上做着针线活。

手指灵巧地在线上打了一个扣儿,舌尖一舔线头,穿过针去。她一条腿搁在炕上,仔细地缝起了衣裳,不时还温柔地瞥一眼正专注地翻着书本的丈夫。

杨凌翻了半晌,细细琢磨了一阵,倒未在书中找出有利于马昂的条例来,看来办法还得着落在那些保险业冠冕堂皇又损人利己的"太极拳"功夫上。

他抬起头长长地吁了口气,恰看见韩幼娘将棉袍凑到嘴角,用牙齿咬断了线头,一双眼睛正甜甜地看着他。与他双眼一经对视,却又立即慌乱地闪了开去。

望着这个才十五六岁的俏丽少女,看她一副小妇人模样,饶是杨凌打定主意只把她当成个可亲可爱的小妹妹,仍是禁不住心中一荡。这种温馨的感觉,是自己九世轮回以来从来不曾有过的,有这么一个温柔体贴的妻子,生活的节奏缓慢悠闲,岂不正是自己梦寐以求的生活吗?岂不正是自己苦苦追求,想要珍惜的温情吗?

韩幼娘低着头缝着,察觉到男人一直在看着她,心头忍不住发起慌来,手上一乱,"哎呀"一声,针尖刺中了自己的手指。杨凌连忙撂下《大明律》,抢过去握住了她的小手,只见食指上沁出了一滴鲜红的血滴。

杨凌四下张望了一眼,这才明白古装剧里为什么刺破了手指要用舌头去吮了。倒不是因为他们懂得唾液可以消毒,而是实在没有什么可以用来擦拭血迹的,总不能用衣服去擦吧？于是他也有样学样地将韩幼娘的手指放到嘴里，轻轻地吮着，舌尖一挨着她的手指，韩幼娘的身子就是猛然一抖，顿时红霞上脸，热气盈人。

杨凌嗔道："看你，上午在外边做工，回到家里还不歇歇，这又是做的什么？"

韩幼娘垂着细细密密的眼睫毛，乖乖地任他轻轻按着自己的指肚，怯怯地说："快过年了，你还没有一套像样的袍子。我想着你是有身份的人，这样子出门岂不叫人笑话，所以赶着给你做件新袍子。"

杨凌一叹，越是相处得久，越觉得自己亏欠她良多，那种心疼的感觉，好像不知欠了她几世的情了。他无言地紧了紧手，绵绵切切的情意波及他们的全副身心。

杨凌轻轻抚摸着这个才十五岁的女孩的小手，心中感慨万千，还该是背着书包上学的年纪，却已成为一个温淑贤良的妻子了……

《大明律》规定女子十六出嫁，不过民间少有遵守的，大明的律法有的很严，动辄就是杀头之罪，但是对这一条官府却是睁一只眼闭一只眼，恍若不见。

按了会儿手指，估计不会再流血了，杨凌才微笑着说："好了，还疼吗？"

"不疼！"声音柔得很，杨凌这才发觉她眼帘微垂，神情忸怩，嘴角带着一丝甜甜的笑意，俏丽而稚嫩的脸蛋上有种极为温柔恬静的气质，那是一种成熟的女性面对着挚爱的人才会展露出的一种神态。

那种温柔恬静的气质是她以前从未展露过的，呈现出的那种女性的温柔气质。屋外雪花飞落，雪落无痕。韩幼娘的心无比踏实，那种绵绵切切的情意在她的心里荡起层层涟漪，大半年来担惊受怕的辛苦和悲酸似乎在这一刹那都离她好远好远。

杨凌也不禁看得痴了，两人痴痴相望半晌。这种静谧甜蜜的气氛终被门外一声大嚷破坏了，只听一个男人的嗓门在外边喊道："杨凌，杨公子是住在这里吗？"

韩幼娘"呀"了一声，这才从陶醉中醒来，忙不迭地缩回了手。

杨凌微微一笑，转身走到门口拉开房门，纷纷扬扬的雪花顺风飘了过来，回来吃饭的功夫，外边已苍茫一片。

杨凌定睛一看，只见两个衙差手按腰刀站在门外，身上已披了厚厚一层雪。后边却有一个少女，披了件白色大氅，手中执着一把黄色油伞，大氅上端的狐狸毛围脖白绒绒的，围住了她的脖子，只露出一张素净如出水莲花般的娇俏容颜，漫天雪花中犹如仙子谪尘一般。

这两名衙差正是锁了马昂去衙门的差人，所以认得杨凌，一见开门的果然是他，连忙拱手道："呵呵，果然是杨秀才，小的这厢有礼了。小的奉闵大人之命，护送马小姐来见你。"

杨凌连忙打开房门道："两位官差大哥，快快请进。啊！马小姐请进。"

马怜儿绽颜一笑，颊上又露出两个动人的酒窝，她双手一紧大氅，迈了进来。两个衙差跟在后面进了屋子，顺手带上了房门。

这间小小的屋子一下子拥进三个人，可就拥挤了些。马怜儿顺手一扯颔下的带子，解开了雪白的大氅，明眸一转，看见娇小的韩幼娘，不禁甜甜地笑道："这位姑娘是……杨兄，是你的小妹子吗？"

看见进来的是一个人比花娇的大美人，韩幼娘乌溜溜的大眼睛里满是警戒之色，又听她把自己当成丈夫的妹子，顿时满脸不悦，不过夫君没有说话，她却不便抢先开口。

杨凌尴尬地笑笑，有种摧残祖国幼苗的罪恶感，他结结巴巴地道："呃……她是我的……这是内子。"

韩幼娘眼中闪过一丝得意之色，示威一般看了马怜儿一眼，微微福了一礼，柔声说道："相公，这位小姐是？"

杨凌忙道："这位马小姐是驿丞马大人的二小姐，她和两位差大哥找我有些事情商议。"

马怜儿有些意外地道："原来杨兄已经成家了，马怜儿见过杨夫人。"

韩幼娘忙道："小姐不必客气，快快请坐，两位差大哥请坐。"

这室中只有两把椅子，那两位衙差只好坐在炕头上。杨凌刚刚搬来不久，加上条件有限，平时喝茶也只是用大碗，韩幼娘麻利地拿出四个碗来沏上了茶水，两个役差自然满口道谢。

闵知县已差人将乐器店王家的事查了个明白，马大人心系儿子。虽然有闵大人关照，但是这寒冬腊月的，生怕儿子在监牢里有什么不妥，马小姐也牵挂哥哥，于是便促请闵知县派了两个负责调查王家的差人一同来到杨家。

听了两个差人把王家的情况讲了一遍，杨凌细细想了一番。感觉从《大明律》里，自己实是找不到什么条文可以替马昂脱罪，唯一拿手的就是保险理赔的"拖"字诀，只是不知是否可用，于是忐忑不安地把自己的主意讲了出来。

马小姐也不知这法子是否管用，抬眼去看两个衙差，那个满口黄板牙的大李一拍大腿赞道："妙呀，好一招'拖延'之计，钝刀子割肉，一寸寸地片呀。嘿嘿，闵大人秉公办案，不纵不枉，他王家什么错也挑不出来，要是他靠得起，这官司非打得他家破人亡不可。"

另一个年纪稍长一些的是个班头，姓洪，他倒没像大李一般眉飞色舞，不过也微微笑道："杨公子年纪虽然不大，不过果然精通律法，智计百出，纵是一流的讼师，也未必想得出如此妙计。如果依计行事，恐怕王家那些苦主要抢着撤诉结案了，只是……如果他们不识相，马公子不免要在牢中多待上一些时日了。"

马小姐听他们说好，不禁眉开眼笑，又听了洪班头最后这番话，不禁迟疑起来，她咬着唇想了想，叹道："终究那是一条人命，说起来如果只是在牢中多待些时日，若能平安出狱亦属难得了。哥哥平时便粗鲁莽撞，受些委屈挫挫锐气也好。"

杨凌得到两个衙差赞许，胆气不觉一壮，脑子也活络了起来，徐徐地道："此计虽能拖得王家主动撤诉，救了马公子性命，又不致使闵大人的声誉受损，不过……如果王家咽不下这口气，拖上一年半载也是有的，所以在下还有一计，马小姐……"

他凑近了些，手遮着嘴巴对马怜儿低语几句，马怜儿听了似笑非笑地瞟了他一眼，嫣然道："不愧是读书人，端的是好计谋。"

她这一瞟眼神大是妩媚，那一瞬间展露出来的风情看得杨凌目光一凝，马怜儿注意到了，吹弹可破的脸颊上不禁泛起一丝淡淡的红晕来，看得一旁的韩幼娘忽然酸溜溜的。

第十一章

折腾不起

一

翌日,王家一门老小、街坊邻居和杨凌又被带到了大堂之上。昨夜得到衙差回报,又由马大人按照杨凌的主意仔细教了半天的闵知县已成竹在胸,那些文绉绉的言辞他说不上来。不过这个老兵油子本来就是没理讲三分的人物,自可以用自己的语言来貌似公正地断案了。

马大人躲在闵知县堂上的屏风后面听审,待马昂被押上堂来,闵知县一拍惊堂木,对王家二子道:"王大、王二,昨日本官当堂从你父身上搜出马家小姐的珍珠,王老掌柜见财起意,贪墨别人的珍珠,这事你二人可有异议?"

"这……"王大、王二对视一眼,不知县太爷葫芦里卖的什么药,两兄弟互相递了个眼色,对闵知县道:"老爷,家父与马昂发生争执时,小的并不在身边,是否家父见利忘义,又或马昂蓄意陷害,小的实实不知。"

马昂跪在堂上,怒气冲冲地道:"放屁,难道老子冤枉他不成?那老东西收了我妹子的珍珠便藏匿起来,蓄意偷取我家财物……"

闵知县猛地一拍惊堂木,喝道:"本官不曾向你问话,再敢胡乱插话,就掌你的嘴!"

马昂哼了一声,气鼓鼓地不说话了。闵知县笑眯眯地摸着络腮胡道:"如此说来,你们说令尊被马昂殴打致死,也非亲眼所见了?"

王大一惊,愤然道:"老爷,我虽没有亲眼看见这凶手殴打家父,但家父一向身体硬朗,如果不是这人行凶,家父怎会猝然而亡?他见我出来制止他,还甩开家父要对我行凶,此事街坊邻居皆看到,可以作证。"

闵知县嘿嘿一笑道:"这可就难办了,杨凌杨秀才当时就在那里,前因后果看得很清楚。据杨秀才所言,令尊贪墨了马家小姐的珍珠,马家小姐的兄长扯住他与他理论,自始至终不曾对他施以拳脚。依此看来,令尊是年纪大了,体虚气弱,被人当场揭穿不义之举，羞恼攻心而死！"

王大、王二听了，磕头道："大人，家父冤枉，家父……"

闵知县摆手道："慢来，慢来，本官话还没有讲完呢。可是依你兄弟所言，令尊身体一向很好，断然不会因为一时气恼便送了性命。当时马昂正与你父争执，随后你父倒地死亡。虽然你不曾目睹，不过街坊邻居皆可证明，自始至终与你父争执的只有马昂一人，故此杀人凶手自非马昂莫属。"

王大、王二连连磕头，道："大人英明，大人英明，家父正是被这丧心病狂的凶手活活打死，我老父那般年纪，如何受得了他的拳脚？莫说家父不曾贪图他的财物，纵然真的见利起意也罪不至死，求大老爷主持公道。"

马昂一听急了，双腿一挺便要站起来，旁边两个衙役先是将水火棍交叉点地，又在他膝弯里交叉下压，疼得马昂"哎哟"一声，跪在那里动弹不得。

马怜儿见了连忙过去扶住他肩膀道："哥哥少安毋躁，闵大人清正廉明，自会秉公而断！"

马昂睁圆了双眼，又急又怒道："哥哥哪里对他施过拳脚？那老匹夫讹人钱财，他的儿子又是这般货色，摆明了是坑我，你快去找爹……"

他话未说完，肩头便被马怜儿狠狠拧了一把，惊愕之下抬头望去，见妹妹狠狠瞪了他一眼，心中顿时有所了悟，当即闭口不言。

闵知县笑吟吟地看了他一眼，心道："这个有勇无谋的蠢材，要不是看你父亲和我同在这鸡鸣驿为官，真懒得救你，如果不识好歹，活该你受些折磨。"

当下闵知县清了清喉咙，肃容说道："本官在这鸡鸣驿两年，一向秉公执法，清正廉洁，清誉有口皆碑，不会纵容一个歹徒，也不会冤枉一个好人……"

杨凌听得直想笑，这些话不用别人来表扬，自己这么当众夸自己实在好笑，偏偏这大胡子说得既认真又吃力，仿佛背书一般。不过想想后世写年终总结，人人都是这般自夸，说得自个儿跟朵鲜花似的，也便释然。

闵知县话锋一转，提高了嗓门："本官自接到这件案子，昨夜便冒雪走访街邻，调查取证，并命仵作检查令尊遗骸，据本县所知，令尊身上没有外伤瘀痕，故此难有因殴致死的这个……这个……直接并单独证据。"

闵知县暗暗咽了口唾沫，心想："这杨秀才从哪儿弄来这么拗口的词，不过……听着挺高深莫测的，嘿嘿！"

他端起杯茶来抿了一口，继续道："另据本县所知，你家是两年前从闽南迁来此地，令尊去年秋上曾经大病一场，所以'身材一向硬朗'之说不足信。另据酱铺何老实交代：你父对他说过，迁来此地途中曾在湖广被蝮蛇咬过，曾经为此拖延了十余天行程，因为着急赶路，未曾完全康复便恢复行程，这些都可能埋下致死之因。为了不冤枉一个好人，不放纵一个坏人，本县决定，马昂收押看管，此案不曾问明之前不得开释，同时着忤作对令尊开膛验尸，查验是否有内伤。同时，你家要寻找去年给令尊大人看病的郎中，讨来当初的药方，以证明令尊的病不足以留下致命后患。另外你家要速速派人赴湖广，寻到当初为你父看病的郎中，索取当初解毒的方子，当然，还要请府城名医拿出体内纵有蝮蛇余毒也不会致死的鉴定，本县当会据此判马昂的死罪。"

"啊！找为老爹看病的郎中？这个倒好办。去府城请名医来，这个……也勉强办得到。只是……还要远赴湖广，去找当初开方的郎中，万一他已迁居别处，千里迢迢岂不白走一场？"

闵知县阴阴一笑，这还只是第一招罢了，若是王家一发狠，真的千里迢迢把郎中的方子拿了来，便安排马昂抗诉，要王家再去一趟湖广取药房的证明文书了，再不行还可以打发他兄弟二人回祖籍找当地官府和地保出具的老父一向身材硬朗的文书嘛。

总之是路程折腾得越远越好，要的证据越细越好，既显得自己审案谨慎、重视人命，又折腾得他不厌其烦、筋疲力竭，直至放弃追究为止，此为保险理赔惯用伎俩之一。

王大、王二目瞪口呆，还要申辩几句，闵知县已经双眼一瞪，一拍惊堂木大声喝道："来啊，把疑犯马昂押回大牢好生看管，其他人等各回各家，待苦主王家寻来证据，本县再升堂问案，退堂！"

众衙役一声喏，当下便有两个长得粗壮的役差奔将出来，如狼似虎地拖起马昂出去。这一番凶神恶煞的做派虽是针对马昂，却也吓得王氏兄弟胆寒，话到嘴边又咽了回去。

王家兄弟回到家中相对无言，若说就此罢手实在心有不甘，商议了两日才决定由王大收拾行装赴湖广一趟，待取回证据再往府城请人，家里由王二先料理生意。

正商议着，王大的老婆急匆匆地跑进来，焦急地道："相公，我道咱家这两日没有客人上门，还当是刚刚出了人命，年节上乡亲们有所顾忌，却原来驿丞署的人到处胡言乱语。他们说咱家做生意以假充真，以次充好，强买强卖，闹得鸡鸣驿尽人皆知。听说那些杀千刀的还各处传递公文，也到处造谣，连外乡人都要知道了。如此下去，咱家哪里还有生意可做？一家人岂不是只有等死了吗？"

王氏兄弟听了大吃一惊，做生意的最怕落下个不好的名声，驿丞署在本地造谣还不算，利用他们百十来个信使南来北往地到处胡说，那王家乐器行只有关门大吉了。

王家在此地没有田产，全靠经商为生，家里虽较普通农人富裕，但那时重农轻商，社会地位比之农民尚有不如。

大明朝廷规定，农民可以和有功名的人一样穿丝绸，但是再富有的商人也是没有这个待遇的。所以尽管农民买不起丝绸，富商买得起却不准穿，就算那些家财万贯的商人也只能在家里绫罗绸缎，出门的时候仍然要换上粗布衣裳，否则给人告到官府便是有罪。

因此王家打官司，本来就处于劣势，若是再把生意搅黄了，可就得不偿失了。看看这一大家子人，难道为了已死的人闹得一家人活不下去？

这一来两兄弟"将官司打到底"的念头便淡了些，想想年关将近，这时出远门也不妥，不如两兄弟先好好打理店面，等过完春节再说。

两兄弟一齐跑到前堂招揽生意，过了两日不但一笔生意也没做成，又听到传言说王老爷子讹诈他人钱财，被人当场揭穿羞愤而死；王家两个儿子比他老爹还要贪财，寒冬腊月的，将老爹的尸身扔在仵作房不管，任由仵作开膛剖腹，剔骨验伤，想诈取一些钱财。常言道：人言可畏。别人哪管什么真假，总之别和他们来往坏了自家名声，所以本来一些非常友好的街邻这两天看到他们神色也变得怪怪的，渐渐地开始疏远起来。

两兄弟愤愤不平地去求见知县，却听说刘家坪因为雪大压塌了三户人家的房子，爱民如子的县尊大人已经前去安抚救济去了，待第二日再去，又听说县尊大人去宣府调运本地官衙的冬粮去了。

第十二章

王大王二

一

这一日王二去府城上货，王大坐在柜台里望着街上的行人发呆。店里冷冷清清的，去年这时候，一些秧歌队、高跷队还有戏班总会来买些应景的便宜乐器，今年却一件都卖不出去，总不能上街去拉人吧。

王大愁得一筹莫展，仔细想想老爹总说有胸闷的毛病，去年那场大病就是忽然晕厥过去了，如今忤作验尸身上没有伤痕，莫非真的是因为羞愤交加，心堵气促而死。如今闹得王家乐器行声名狼藉，眼看一家老小就要喝西北风了，这可如何是好？

王大正怔忡地想着心事，忽地有人拍了拍柜台，笑呵呵地道："王大啊，发什么呆呢？盘算着置办些什么年货呀？"

王大一抬头，见一个青布袍子的清癯老人满面微笑地站在柜台外，连忙起身迎了出来，满脸堆笑地道："吴老板，您怎么有空来了？快快请进。屋里的，快沏壶好茶来。"

这位清癯的老人叫吴杰，五十出头，是川陕一带来京城附近做药材生意的商人，那财势远非王家可比。鸡鸣驿是他周转药材的集散地，是以一年里倒有半年在此地盘桓，这里做生意的人大多认得这位出手阔绰的吴老板。

吴杰笑吟吟地在椅上坐了，说道："忙个啥，这不快过年了嘛，忙完了这桩生意就要回去过年了，路过你这里顺道来看看，怎么今天你在柜台呀？瞧瞧，还是不会张罗呀，门前冷落得很呢，你爹呢？"

王大脸色一暗，强笑道："唉，吴老板，不瞒您说……家父前几天刚刚去了。"

吴杰吃了一惊，失声道："怎么会？我离开这儿去川陕进药材时，王老板身子还蛮好的嘛，怎么……去年那个胸闷气短的老毛病又犯了？"

王大的老婆端了壶茶出来，也是满面愁容，见了吴老板强笑着见过礼，斟了杯茶又退到后房去了。

吴杰从袖筒里掏出他那翡翠嘴的旱烟袋，从系在腰带上的荷包里掏出掺有药材的烟丝，用火引子点燃了，悠悠地吸了一口，眯起眼睛道："王老板望七的人了，常言道人生七十古来稀，王老板也算是寿终正寝，算得上喜丧了。我知道你们兄弟二人孝顺得很，来来来，坐下，别伤心了，给我说道说道。"

王大将事情前前后后说了一遍，其间自然隐瞒了从父亲身上搜出珠子的事来，末了恨恨地道："父仇不共戴天，吴老板，你走南闯北见多识广，你说，这仇我要不报，还不得被街坊邻居戳着脊梁骨给骂死？只是如今……唉，他马家势大呀，到处造谣搬弄是非，所以才……您也看到了，就连客人都不上门了。县尊老爷又不在府里，我看呀，他嘴上说得好听，也像是官官相护，有意偏袒马家呀。"

吴杰听了冷笑一声，吧嗒了口烟道："什么像是？这不明摆着嘛，人家就是在帮着马家呢。"

王大听了又惊又怒，恨恨地一拍大腿道："我就说嘛，又要我们去湖广找朗中。我们去找县尊，他又总是不在，这……这……嘿，他这是逼着我抱着《大明律》进京告御状啊。"

吴老板抽了口烟，翻着眼睛道："你还以为这是洪武年间？进京告御状？亏你想得出，皇帝住在紫禁城中，重门叠户重兵把守，你见得到吗？就算见到了又如何？人家知县大人可没说不办这案子。人命重于天，审慎断案原本没错，到时说不定皇上还要夸奖闵大人办案谨慎，不草菅人命呢。到那时判你个诽谤朝廷命官，欺君枉上的罪名，那可是满门抄斩、祸灭九族的大罪呀。"

王大听了，不禁骇得毛骨悚然，半响方吸着凉气道："我的乖乖，亏得吴老板你出言提醒呀。我见识少，没见过什么世面，要不是听您一席话，可就给自己招来天大的祸事了，这……这可如何是好？"

吴老板微微一笑，悠悠地吐出口烟来，看着那烟雾袅袅升起，慢慢地道："王老弟呀，老哥哥也说不上什么见识，不过走南闯北，这种事听得多了也见得多，罢了。常言道民不与官斗，又有句话叫民心似铁，官法如炉，这件事上你并没有十足的证据，就算官司打上金銮殿去，也未必奈何得了人家，现在反闹得自家过不下去，我有几句良言相劝，不知你肯不肯听呢？"

王大听了连忙端起壶来给吴老板又续了点热茶，毕恭毕敬地道："吴老板您请说，不瞒您说，我这两天心里头没着没落的，那可真是如骑虎背——上下不得呀，您有什么好主意，还请您看在死去的家父面上，不吝指教呀。"

吴老板呵呵一笑，将烟袋在椅子腿上轻轻地磕了磕，放在桌上，不慌不忙地端起茶来抿了一口，这才慢悠悠地道："说起来这事原本就是不明不白的。你虽有证人证明那马昂与你争执时，王老板死在一旁，可没有人为你证明那马昂动手打过他。那位杨秀才是有功名的人,他又是从头至尾一直在场的人,要是我做县太爷我也不能就这么定人家的罪,所以你还真怪不得人家闵县尊。如今事情搞成这样……王老弟啊,我说句公道话,你可不要见怪。王老板是望七的人了,逝去原也有可能,我知道你是孝子,并不是诚心想拖上人家一个后生陪死,可要真是冤枉了人家,你这不是给你爹增加一重罪孽吗?再说你拖家带口地住在这儿,真要得罪了马驿丞,人家可是刚刚上任,还有几年任期呢,你斗得过人家吗?何况这案子旷日持久,拖得你家破人亡不说,还累得你老父亲尸骨不得入土。这寒冬腊月地就摞在仵作房里,说不定还要开膛破腹、剔骨验伤,他把你兄弟俩拉扯大,最后死都落不得一个全尸啊,你于心何忍?"

王大听得一把鼻涕一把眼泪,抽抽噎噎地道:"吴老板,您给出个主意,那我现在应该怎么办?"

吴杰微微一笑,说道:"你若真有一番孝心,那么王老爷子就是安享天年,无疾而终,谅那昧人钱财的事无论真假,马家都不会再不识趣地硬要追究。不过虽然你爹不是被人打死,可是因做生意与马家发生争执而死,马家还是脱不了干系的,若不重罚也难出你的气,在乡邻面前更加说不过去。依我看,不如叫马家赔你几十两银子,一应殡殓之费,也都要马家支付,这件官司这样处理,你看如何?"

王大听了低头不语,沉吟半响才道:"这个……如果这般处理,不会让人耻笑我兄弟谋取钱财,置老父大仇不顾吗?这话,让我如何……如何说得出口?"

吴老板眼光一闪,刚要再进一言,一人骑了头驴子走到门前,跳下驴来把缰绳拴好,跺了跺脚沉着脸冲进房来,王大抬头一看,正是兄弟王二,忙站起来道:"二弟,你回来了,怎么……"

他向外边张望一眼,诧然道:"不是要你进一批竹哨、竹笛、铜锣、铜钹吗?怎么你空着手回来了?"

王二向吴老板拱手道:"吴老板,您好。"然后走过去一屁股坐在哥哥的椅子上,愤愤地道:"进的什么货?柳老板要我们现银交易,不肯赊货了。"

王大疑道:"怎么会?咱家去年头次和他做生意,都肯赊货给咱们,如今打了一年多交道,从不曾欠过他银子,怎么好端端地要现银交易了?"

王二道:"还不是因为马家那杀才,也不知是哪个嚼舌根……"他说到这里忽想起吴老板还坐在屋里,连忙闭了嘴。

吴杰啜了口茶,慢悠悠地站起来道:"这几天生意忙啊,老夫也不多坐了,这就回去了。二位,咱们年后再见啊。"他笑着向王大、王二拱了拱手,走了出去。

王大听了兄弟的话,愣愣地发了半天怔,一见吴老板已转出视线去了,不由得恨恨地一跺脚,赶紧追了出去,在后边喊道:"吴老板,您请稍等,想来没有比您的主意更好的办法了,只是这事,还请您老人家代为斡旋一番,请您一定要帮忙呀!"

第十三章

首席师爷

一

　　杨凌坐在签押房里，望着面前的一堆案卷发呆。他很想马上投入工作，可是就像一个外行人乍对着缠绕在一起的烂鱼网，千头万绪，根本不知从何处下手。
　　如果你想想县太爷负责的工作就知道了，可不仅仅是电视上看到的没事坐在七品正堂上拍拍惊堂木。一县的财政呀，税收呀，交通呀，律法呀……所有的一切都要县太爷来拍板，记忆中县太爷除了县丞、主簿，还有刑名师爷、钱粮师爷、刀笔师爷……可闵知县这个半吊子县太爷一股脑全丢给了杨凌，就算是一个富有经验的师爷，怕也一时要手忙脚乱。
　　签押房是串糖葫芦般的三间平房连起来组成的，通常知县的师爷、幕僚们就在这里阅览公文、处理政务。签押房前边就是知县问案决事的七品正堂，而后边则是知县一家的住处。
　　自从帮助马家解决了人命官司，闵知县对他大为赞赏，当下便请他到府上担任师爷。杨凌正愁自己无所事事，被一个小姑娘养活着也忒无耻，当下欣然应允。
　　不过由于韩幼娘那哀怨的眼神，他只得对闵知县言明，做师爷也只是权宜之计，待来年大考，还是要去省城参加乡试的，闵知县也一口答应。
　　其实他自知命不久矣，平时向人打听也知道那时就算考上状元，最好的结果也就是留在京城做个翰林编修，能马上外放个知县就了不起了，根本没有大官可做，现在也只是出于对韩幼娘的疼爱和男人的责任感，想尽量给她留下一份家产而已，根本不想去参加乡试。他只是架不住女人的柔情，韩幼娘年纪不大，可是一双幽幽怨怨的眼神，足以让他改变主意了，至少表面上是如此。
　　闵知县是大兵出身，带过来的亲信也都是当兵的，对一县的治理实在一窍不通，县里原来的黄县丞对他不阴不阳的，整天就像个泥塑木雕一般，要不是每月发饷银的时候，他便背着个空口袋跑来领米领钱，简直看不到这个人的影子。

亏得鸡鸣驿民风淳朴，两年多来也没有什么大过，不过眼看每隔三年政绩大考之期将至，朝廷要考核官员政绩，闵知县虽然心眼粗，也不免要打些自己的小算盘。

朝廷大考，政绩由何而来？其实不外乎两样，一个治下清明，一个是税赋及时。所谓治下清明，只要没有农民骚乱、商人罢市、书生抗议……没有大案要案，那便可以上报个路不拾遗、夜不闭户的太平盛世景象了。

鸡鸣驿驻扎着两队官兵，再加上驿丞署、县衙门的差役们，管理之严尤胜一般的三等县，两年来倒没有什么大事发生。可是这税赋及时则不然了，由于本地是诸多商客集散之地，这商赋税银收得倒还及时，可是附近居民以山中住户为多，平时本就住处分散、不易管理，再加上山田贫瘠、鞑子又时不时来骚扰劫掠一番，这粮税交纳颇不理想，大考之时不免成为闵知县的软肋了。

闵知县做官做得浑浑噩噩，也是前些日子去了趟府城，听了上官唠叨这事，才知道文官考核有诸多说道，正愁着不知该如何显摆自己的政绩，天上掉下个杨相公，自然委以重任，企盼他能帮助自己弄出一点像样的成绩来。

可是这个时代的政府运作方法实在不是杨凌所能了解的，杨凌的前世虽然做到保险公司的处长，但那时的管理架构和制度，哪怕没有这个处长，整个机构的运作也不会受到太多的影响。现在则不同，几乎大事小情都要他来拿主意，杨凌闹了个焦头烂额，便连日常的公文都处理不明白，如何能有所建树？

他直了直身子，捶着后腰愁眉苦脸地看着那一堆案卷——临近年关，递运处有一批大内采办的西域特产要运往京城，大车和骡马不够使用，请求县衙予以解决。

接承处接到兵部公函，近期有大军调动，要在夜间经过鸡鸣驿，这开放城门，安排差役和官兵把守城门，严防有人夜间趁乱进城也需好好安排一番。

年关将近，宵禁已经取消，有关治安、缉盗等方面的事，他兼任刑名师爷，自然也要安排到他身上来处理。

烽火台和烟讯、火讯有关用料需要更换了，城郊窦家的耕牛失踪了，城西刘家坳易家养了三年的大肥猪被盗了，李家集几个地痞调戏小寡妇了。城北郝家的孩子玩炮仗点着了贺家的柴垛，贺家上门理论打伤了郝家的儿媳妇，郝家告贺家上门行凶伤人，贺家告郝家引燃大火……

更要命的是，拖欠官府税赋的农户实在太多，有的只拖了一两年，有的拖欠已达十年之久——陈芝麻烂谷子，简直没个头绪。

一开始杨凌还拍着桌子要洪班头带人去把拖欠最多、时间最长的刁民洪满仓抓来，想来个杀一儆百。待听洪班头告诉他上上任县太爷曾经用过这个法儿，结果逼得洪满仓的老婆上吊，洪满仓也变得半疯半癫，事情被一些文人举子知道后愤愤不平，事情闹上户部，县官被罢官免职的事之后只得作罢。

还是主簿王养正看这位年轻的同僚待人和气又办事认真，于是偷偷告诉他，黄县丞在本县呆得年头最长，已经侍候了两任县太爷了。这位老县丞是个很有办法的人，算得上官场上的老油条了，不妨求助于他。

杨凌听了这话，咬了咬牙，买了十斤肥猪肉和一包好茶上门求教。谁料那黄县丞正在手把手地教小孙子练字，听了杨凌的来意只是淡淡一笑，尽扯些有的没的就是不肯帮他支支招儿。不过那猪肉和茶叶倒是不客气地笑纳了，弄得杨凌哭笑不得。

"唉！"想起这事儿，杨凌重重地叹了口气，有点心疼自己花的那二十四文钱。家里那个小丫头偶尔买点肉，都扒拉到他碗里，自己不舍得吃一口。早知如此，还不如把肉拿回家给那可怜又可爱的小女孩打打牙祭呢。

他提起笔来，将算好的结果写在上呈户部的公文上，申报明年所需的钱粮："鸡鸣驿一众官员衙差共计七十九人，驿卒一百五十八人，城内守军两百六十人，驿马八十二匹，年支饷银七千六百四十七两，马料五十二石。另：西城门战台出现裂痕，需予修补，计需银两一百一十六两。"

他将公文帖子拿起来吹了吹上面的墨迹，小心地搁在处理好的一叠公文上，门帘一掀开，一个青袍人举步走了进来。屋里另外几个负责抄录整理文书的小吏忙站起来道："闵大人。"

杨凌抬头一看，连忙也起身施礼。那人正是闵知县，穿了身寻常衣裳，他随意地摆了摆手，大声嚷嚷道："行了行了，见天儿常见，还行个啥礼，眼瞅着时辰不早了，今天都散了吧。"

那几个小吏忙唯唯诺诺地开始各自收拾东西，闵大人走到杨凌面前，见他已处理好了近一半的公文，不禁翘起大指赞道："先生好本事，本县一看这些东西就头疼，想不到你这么快就处理了一半，哈哈哈……"

杨凌苦笑不已，他处理得的确很快，不过大多都是上承下接的事儿，真正棘手的事儿想要处理起来哪有这么快？比如那些陈年拖欠赋税的人要分门别类——恶意拖欠的、确实家境贫寒的，这类统计调查工作就要做上许久。

还有那些这家走失了耕牛和那家被偷了肥猪的案子，哪一件要处理时不需要派几个人去，调查起来最快也得三五天。这些散碎事情都不大，可是哪一件都要人要时间，要处理起来想快也快不了。

以前看电视剧中那些官员动不动就微服私访，把案子查个水落石出，看来是纯属扯淡了。一天有这么多事情要做，哪里由得他动不动就离开官衙亲自去查什么案子。

不过这些事他自然不便向知县诉苦，只得连声道："哪里哪里，大人过奖了。"

看看那些小吏都走光了，闵知县笑嘻嘻地拍拍他的肩膀道："我是个粗人，不用跟我来读书人那一套，不在公堂上时用不着这么客气。对了，收拾收拾赶快跟我走，马驿丞为了答谢你我,请我们去鸿雁楼喝酒看戏呢。"

杨凌听了不禁踌躇道:"啊?这个……大人是否先行一步,我得先回家告诉内人一声,免得她在家牵挂。"

闵知县放声大笑,一撸胡子在他肩上狠狠捶了一拳,笑骂道:"哪来这许多啰嗦!男人嘛,想回家时自然就回家了,不想回去时女人就好好在家待着,告诉她做什么?走走走,年轻轻的倒生了个惧内的毛病。"

闵知县也不由他分说,拉着他出门便走,杨凌无奈,只得随他而去。闵知县既穿了便服,便也不坐官轿,加上这鸡鸣驿城内也不大,南北城门之间只有四里地。鸿雁楼就在金光寺旁,和县衙只隔着一条街,更不耐烦坐轿去了。

两个人步行到了鸿雁楼,马驿丞和马昂、马怜儿早已在一楼雅座相候,这里本来是个戏园子,说是雅间,也不过是在正中的好位置处用屏风间隔出一些独立的空间罢了。

令杨凌意外的是黄县丞居然也在,见了面不免彼此客套一番。马昂在大牢里关了十多天,那暴躁的性子收敛了不少,见了救命恩人杨凌,神情间大是亲热,上前便把住他的手臂,道谢不已。

杨凌和马昂虽同为年轻人,不过一个文质彬彬、俊雅秀气,一个矫健魁梧、浓眉大眼,竟也颇为投缘,倒是一桩异数。马怜儿今天只是淡施脂粉便靓妆可人,一副宜喜宜嗔的娇媚面孔,只是她对着杨凌时,神情矜持了不少。

杨凌仪表不凡,初次见面,马怜儿芳心之中就对他有了几分喜爱,可是随即便知道他已经娶了妻子,对他,马怜儿便只当作恩人或异性朋友罢了。

妾的身份比奴婢高不了几分,莫说他只是个秀才,就算他是一省巡抚,马怜儿虽只是个低级官吏家的女儿,也断然没有做妾的道理,所以情愫已被扼杀在萌芽之中。

第十四章

贞操之辩

一

寒暄一番,马驿丞请大家坐了,小二便将点好的菜肴一一端了上来。马驿丞又对杨凌道:"杨秀才,老夫托一声大,叫你一声贤侄,我这个儿子性情粗暴,时常给老夫惹是生非,这一次闹出天大的祸事来,若非闵大人开恩和杨贤侄的妙计,犬子便要吃上人命官司了。"

杨凌忙道:"哪里哪里,那日小侄看得明白,马兄实不曾对那个王老板动过手。说起来真是贪心害人,那位王老板贪图马小姐的珍珠,被马兄扯住理论,恼羞成怒闭气而死,实非马兄之过,马大人千万不要对马兄太过苛责了。"

马昂顿时道:"爹爹,我和妹妹说了你不信,杨兄弟的话你可该信了吧?我可没有打过那老儿。"

"闭嘴!小畜生,哪有你插嘴的份儿!"马驿丞呵斥了儿子,对闵知县、黄县丞和杨凌摇头道:"看看,看看,这小畜生成事不足败事有余,哪里比得了杨贤侄。你比我这儿子还小了几岁,却是沉稳练达,未及弱冠便已有了功名在身。唉,只因拙荆死得早,这一儿一女少人管教,才这般不懂事。"

闵知县和黄县丞、杨凌免不了又替马昂分说一番,正说着话,那边小二将酒席流水一般送了上来。不一会儿,戏院子里人越来越多,坐在雅间周围的大都是一些行脚路过的商人,远处偏僻的地方则是些无所事事跑来消磨时光的驿使、长夫和不当差的衙役了。

前边戏台上灯火通明,一通锣鼓声响,戏院请来的戏子们便在台上唱起戏来。那时还没有京戏一说,杨凌不懂戏,又不便向人问起,听了几句实是听不懂,加上那时的戏子又全是男人,想看看美女过过眼瘾都不成。杨凌甚是无趣,倒是听着闵知县和马驿丞、黄县丞等人边看边谈论才明白了一个大概。

听了众人你一言我一语所说的故事,杨凌只觉得匪夷所思。这戏是讲一个女子和丈夫新婚不久，丈夫就离家外出了。

过了好几年丈夫才回到家乡，在快到家的时候，碰到一个非常漂亮的女子在采桑，他被这女子的美貌所动，遂上前调戏，不料被那女子义正词严地斥责了一番，自感没趣，便灰溜溜地回到家中。

不料回家一看，他的妻子就是他刚才调戏不成的女子，他感到非常的羞愧，也对妻子产生了由衷的赞叹。

故事到这里也没什么不妥，可是紧接着戏台上演第二日，那个妻子在家里哭哭啼啼，写下一封遗书，竟然悬梁自尽，信中说自己妇德修得不到家，以至引起男人的邪念，使自己的贞洁蒙羞，因此不能再苟活于人世，只有一死保全贞洁。

最后演此事轰动乡里，各方上书，皇帝颁下圣旨，这位贞洁烈女被追封为一品诰命夫人，御赐"贞节牌坊"，荣耀无比。后来丈夫又娶了夫人，丈夫感念旧妻，还携新妻一起去坟上拜祭。

这个鸿雁楼是戏园子和酒楼的综合体，因此演起戏来便不那么紧凑，这出戏演罢中间休息一段时间，闵马二人便津津有味地谈论起来，黄县丞抿了口酒，不时插上两句话。他话虽不多，毕竟是读书人，倒是总能把闵知县想说又表达不出来的话讲出来。

杨凌却觉这戏演得太过不真实，他听说过的最离谱的事莫过于某一朝有个女人掉进水里，被路过的男子看见拉住手臂救了上来。她回到家中竟然用菜刀把自己的手臂斩断，只因为那里被不是丈夫的男人碰过了。

可那如果也算是"失贞"的话，毕竟是肉体上的失贞，这出戏里的女人竟然连精神上的失贞也无法忍受？说起来也不算是失贞，不过是她长得漂亮，别人看了，起了色心罢了。那男人没被怪罪，反而是这妻子自觉妇德不够，简直是岂有此理！

听着闵知县和马驿丞还在赞不绝口，杨凌终于忍不住道："两位大人，这戏未免太过夸张不实了吧？她的丈夫路见美女，便出言调戏，如此品行不端，小人行迹。妻子将其责骂，并无逾举之处，反而觉得自己不贞，这……这简直是岂有此理，世上哪有这样的事？如此好笑的事，如此夸张不实的戏，有什么好看的？"

马驿丞诧然道："怎么，杨贤侄广读圣贤书，竟然不知这《烈女传》中的事迹么？这有什么不实的？这女子如此节烈，实是天下女子的楷模，哪有什么好笑的地方？"

闵大人也含笑饮了口酒，呵呵笑道："杨秀才定是只读那些可以用来考取功名的圣贤书，不知这《烈女传》故事。你心慈面软也是有的，我也觉得这女子有些可惜了，若我是那里县官，定会重重打那丈夫四十大板，罚他终生不得再娶妻纳妾。不过这事也没什么不实的，成化年间，我在福建打海寇时，那时我还是一个小兵。闽南就有一个妇人，丈夫死后欲随夫而去，亲戚皆引以为荣，敲锣打鼓，大肆宣扬。三日之后，那妇人手执鲜花，衣着鲜艳，端坐轿中，至丈夫坟前，踏着凳子登上事先搭好的彩棚，悬颈自尽。景泰帝知晓后颁旨赐下贞节牌坊，一乡俱荣。嘿嘿，那牌坊还是俺给她立的呢。"

马驿丞点头道："正是，礼教大防，岂可马虎？杨贤侄太过妇人之仁了。说起来这样的女子都是好人家的烈女子呀，若是欢场女子，哪有似这般节烈的？想当初徐州名妓关盼盼，被守帅张愔纳为妾氏，张愔死去，她不以死殉夫，却搬回自己的旧居燕子楼独居十年，妄想博得一个守节的美名，真是恬不知耻。后来还是江州司马写下一首诗，点破了她的虚伪。这女人才惭然绝食十日而死，比起戏中这位女子和闽中那位少妇可是差得远了。"

杨凌前世喜练毛笔字，临摹些字帖，所以这江州司马倒是知道是谁。只是他不知道这白居易对一个卖炭老翁能那般怜悯，对一个孀居的寡妇却是如此态度，那时候还是兼容并包、最为开放的唐朝呀。如今经过宋朝朱夫子"三从四德"的教化，岂不更为过分？

马怜儿在一旁也听得大是不忿，忍不住冷哼一声插嘴道："'十听春啼变莺舌，三嫌老丑换蛾眉。'若是爱妻追随丈夫而去，原也没什么不该，不过既然这种男人将妾室视作可以随意买卖更换的货物，毫无情义可言，还要人家以死相殉，女儿觉得有些过分了。"

她念的正是白居易自述风流雅事的《追欢偶作》中的诗句，讲他买了一些十五六岁的女孩做妾，才娶了三年，人家也才十八九岁，就嫌人家老了丑了。于是有的送人，有的转卖掉，再买进一批，十年换了三批，还写在诗里向朋友炫耀。

马驿丞大为不悦，只觉女儿当众说出这番话来实在太丢面子，在场的有一位知县，一位县丞，还有一个有功名的读书人，女儿这番话大逆不道，未免显得他家教不严，所以虽然平时最疼这个女儿，这时仍然忍不住给了她一个耳光，骂道："混账，说的什么话！自我太祖高皇帝以来，本朝最重礼教，为表彰节妇，三十守寡而五十不改嫁者，旌表门闾，除免本家差役，那是何等荣光？节烈贞操，原是本分，常言道'一马不配二鞍''一脚难踏两船''一女不侍二夫'，正如我等'一臣不事二主'。女人之德，虽在于温柔，主节垂名，咸资于贞烈，我的教诲你都忘了不成？"

马怜儿平素最得父亲宠爱，所以听他们把女人说得像男人的私财玩物一般，忍不住出言相驳，想不到父亲居然当着外人掴了自己一掌。一时又羞又恼，忍不住掩面哭泣，一返身就奔了出去。

马昂见父亲发火，也不敢相劝，想追出去又怕父亲生气，不免犹豫未动。马驿丞愤愤地一挥手道："由她去，我们自管喝酒，这孩子，真是被我惯坏了，这等话也说得出来。"

杨凌不禁哑然，马怜儿这番话哪里说错了？怎么马驿丞如此气愤，闵知县也觉得理所当然并不加劝阻？想到马昂又是个冲动不会讲话，于是杨凌站起身来道："马小姐想必只是怜惜关盼盼，她绝食而死世间便少了一个风华绝代的人物，因此一时有感而发罢了，伯父不必生气。如今天色已晚，马小姐独自出去多有不妥，不如让小侄劝她回来？"

马驿丞虽觉女儿说话太丢自己颜面，到底父女情深，嘴上说的虽狠，倒真的有些担心她，见他说的客气，脸色便缓和下来，说道："如此有劳杨贤侄了。"

杨凌向闵大人、马驿丞匆匆拱了拱手，赶紧追了出去。马怜儿正站在戏园子门口红灯笼下痴痴地望着满天星辰发呆，杨凌心中一宽，放缓了脚步慢慢走上前道："马小姐，回去吧。令尊也只是怕你这番话被人听了去，影响你的名声，所谓爱之深责之切，你也不要太气愤了。"

马怜儿仰着脸，看着天上闪烁的群星，轻轻说道："这个天下，到底把女人当什么？殉夫、殉节的女人，是好女人，可以受到称赞，受到表扬，女人的节烈，说明了女人的美德，更说明了男人的伟大，说明他值得女人为他付出，但他到底为女人做了什么？把女人当成男人的私产，不独妾如是，妻也如是。我听'三国'里的'桃园三结义'，第一桩事就是把妻儿都杀了，他们对妻子可有亲情？刘备把妻子当成衣服，换身衣服也没什么；猎户刘安把妻子当成一盘菜，杀了招待客人，这些都是人还是野兽？水不厌清，女不厌洁。你知道吗？我娘……是被我爹逼死的，那时他还是个兵，娘一个人带着哥哥和我，活得好艰难。后来附近山上的强盗下山劫掠，娘把我和哥哥藏在水缸里逃过了一劫，强盗奸污了她，可是却难得发了善心没杀她。结果她没被强盗的刀杀死，却被爹、被村里那些见了强盗顾着自己逃命的男人的白眼瞪死了。"

杨凌沉默半响，轻轻叹道："存天理灭人欲，饿死事小，失节事大。朱熹朱夫子的话未必对，但是在这个'大男子'天下它便是对的。"他想起自己的几世生活，摇头道："不但现在是对的，几百年之后，信奉它的男人依然大有人在，不过这种道理是专为女人而设的。"

马怜儿冷笑道："朱熹？他开口'天理'，闭口'道学'，可是他勾诱两个尼姑作为宠妾，孀居的儿媳也被他弄上了手，还真是道德的典范，读书人的楷模！真是莫大的讽刺。"

杨凌只知道"男女之大防"是在宋代朱熹手中发扬光大，从那时起殉节的女人才如雨后春笋一般层出不穷，倒不知道朱熹还有这等"风流韵事"。

他忍不住苦笑道："这天下既然是男人说了算，那么道学对男女的要求不一样也就不稀奇了。如果是男人被侮辱了尊严，那就是卧薪尝胆，是忍辱负重，只要他将来报了仇，那便扬眉吐气了，不会有人在意他曾经怎么无耻，哪怕他吮痈舐痔；而女人,哪怕是被迫失节,也是不可原谅的罪过!"

马怜儿蓦地回头,一双比星辰更明亮的眼睛惊讶地看着他,半响才道:"如今的男人,尤其是读书人,能说出这番话的,你是头一个。我真的想不到你年纪轻轻,又饱读'圣贤书',能有这般见识,可惜……实在可惜……"

杨凌忍不住问道:"可惜什么?"

马怜儿转过了头,幽幽地道:"还君明珠双泪垂,恨不相逢未嫁时……"

杨凌听得怦然心动,两个人之间的气息一下子变得停滞起来,半响他才强笑笑,用说笑来缓和气氛说:"虽然你我因你那颗明珠才有缘相识,不过我可不曾赠你明珠,小姐切勿误会。"

马怜儿低头一笑,扭过头妩媚地瞪了他一眼,咬了咬嘴唇,红着脸壮着胆子说:"那是你没福气。"看着灯影下他高挺的鼻梁,马怜儿心中一跳,又别过了头去,只觉得一种旖旎的气氛在两人之间漫延。

她轻轻拭去脸上冰冷的泪痕,说道:"别人对我好,我就对人好,自从我娘死后,我马怜儿就觉得这世上没有一个男人值得我们女人做出那么大的牺牲。我是不会做戏台上那个愚蠢的节妇的,我会为我自己,好好地活着!"

杨凌痴迷于她因自信和高傲而涌现的美丽神采,半晌才轻轻叹道:"你生得太早了,你真应该晚生五百年的,真的!"

马怜儿眨了眨美丽的大眼睛,奇怪地问道:"你觉得我的话大逆不道,惊世骇俗么?难道五百年后这样说便无妨了?"

杨凌心里一惊,匆忙打了个哈哈说:"我只是想,或许那个时候,会有一部分男人会把女人视作独立的存在,而平等地与她们相处吧,呵呵,也只是胡乱猜测有感而发罢了。"

马怜儿微微一笑,探手入怀,摸出那只荷包,上前两步塞到杨凌手中,说道:"我看得出,你的小妻子很爱你。这颗明珠,算是我送给你们的礼物,只愿你好好待你的妻子,莫要亏待了她。"

手中的荷包,还带着她的体温和幽幽的香气,马怜儿见他发怔,咯咯一笑,拢了把头发说:"走吧,我们回去吧。我只是伤心,并没有生气,毕竟说也不易说通,女人的心酸,你们男人有几个懂得呢?"眼角一瞟,她已发现黄县丞出来了,故此匆忙抽回手,走了进去。

杨凌半响才醒悟过来,折返回来。只见到县丞黄奇胤意味深长地对自己笑了笑,虚摆了个请的手势,便也微微一笑,拱手相让,两人没说一句话,却又似熟稔无比。

第十五章

珍珠之误

一

马怜儿虽然回来了，不过经这一闹，气氛也就压抑了些。闵大人和马驿丞也没了闲聊的兴致，转而说些公务上的事情，黄县丞只是微笑倾听，对于公务甚少插嘴。

杨凌身为下属晚辈，自然要担负起劝酒敬酒、调和气氛的责任，自己也不免多喝了几杯，直至深夜彼此才告辞离去。

天上又下起了小雪，冷风卷着雪花直往脖子里灌。杨凌喝得脑涨脸热，他把双手拢在袖中，哼着首忘了名字的现代歌曲，施施然拐进了自家所住的胡同。

到了门口本想敲敲门，想不到门轻轻一推就开了。只见一灯如豆，韩幼娘坐在矮几前双手支着下巴昏昏欲睡，一听见门响，抬头看见他进来，顿时欢喜相迎。

杨凌讶然道："幼娘，这么晚了我以为你……已睡下了。"

转目四顾，灶下还有半明半暗的灰烬，锅盖上还隐隐冒着热气。韩幼娘上前来替他扑打着身上的雪花，轻声道："相公公务可是太忙？幼娘本想到衙门口儿去问问，可是又怕人家耻笑，只好等你回来。"

杨凌听了颇觉惭愧，支吾道："啊……闵大人有个应酬约我同去，只是走得急了来不及告诉你一声，你这傻女子，怎么等得这么久，自管歇下就是了。你……吃过饭了吗？"

韩幼娘摇摇头。她闻到丈夫一嘴酒气，也知道他是去喝酒了，听了他的话这才释然。她扶着杨凌去炕头坐下，蹲下身替他除去鞋子，敲打了下积雪，拿去烘在灶旁，然后又去倒了碗水端回来道："相公，水是温的，你喝些润润喉吧。伺候你睡下，幼娘再去吃饭。"

杨凌听了她的话，想起今晚所见的戏文，忍不住一把抓住她的手，叹道："幼娘啊，你是我的娘子，不是我的仆佣，你不该这样服侍我。唉！你年纪小又这么可爱，应该是被人疼被人爱被人呵护的时候才对呀。"

韩幼娘听了他的话，脸蛋微红，扭捏地挣了挣手，没有挣脱，便任他握着，感动地道："相公很……很……"那个"爱"字她实在是羞于说出口，只好道："相公对我很好，再说我们女子应该尽心竭力地服侍好自己的夫君，这与是不是奴婢有什么关系？相公疼幼娘，幼娘心中明白，可是相公不要这么宠我，你会惯坏我的。"

杨凌不禁哑然，如今这个世道便是这样，自己强行灌输些21世纪的观念给她，恐怕会吓坏了她。"夫为妻纲"虽是男人用来毒害女子的，可是千百年下来，女人不但自觉地服从这些观念，而且也觉得理所当然，甚而将它发扬光大。

什么《女诫》《女训》倒大多是女人所写，用来给天下女人作为表率。幼娘抛头露面，在裁缝铺找点活计干，已是不常见的了。古代女性大多只在家里相夫教子，不要她服侍夫君，难道要她追求自己的事业吗？这么一想，似乎自己应该心安理得了。

见杨凌醉眼蒙眬地打着哈欠，韩幼娘忙替他除去外衫，说道："相公，你先宽衣歇息了吧。"杨凌困倦地"嗯"了一声，拉过一个枕头翻身睡下，咕哝道："真的撑不住了，你快吃些饭，也睡下吧。"

韩幼娘应了一声，提着袍领拍了拍想折起放好，忽地啪啦一声，从袍中掉下一件东西，韩幼娘好奇地捡起来一看，油灯下看得清楚，那是一只精美的女式荷包，不但用料讲究，做工精细，还带着股子幽香。

她的小脸一下子变得煞白，手抖得厉害，想打开看看，可是又想不打开，那么便可以自欺欺人，当这件事没有发生过。犹豫良久，她终是忍不住好奇，轻轻将荷包打开，从里边摸出一颗晶莹润泽的珠子来。

灯火映在上面，颜色煞是好看，韩幼娘不禁睁大了眼睛，心道："这东西好漂亮，这就是传说中的珍珠吗？相公身上怎么会有这样贵重的东西，还是装在女人用的荷包里，他……他在外面有了女人？"

想到这里，韩幼娘伤心不已，难怪夫君病愈以后，也没有和自己行过夫妻之礼。临出阁时，婶子大娘教过自己的东西，可是说过夫妻要……要那样才算真的做成夫妻的，婶子交给自己用来验红的那张白帕还压在箱中呢。

她的心不由慌了起来："难道夫君不止是在外边风流，还想……找个由头休了自己，所以才碰也不碰自己吗？看这荷包和宝珠，那女子一定不是寻常人家的女子，夫君若是喜欢她，当然不会纳回来做妾。自己只道他病体初愈，才不思男女之事，自己一个姑娘家，他不提，自己自然羞于出口，想不到他……他……"

杨凌迷迷糊糊地扯过被子，嫌穿着长袜睡觉不舒服，他扯开袜上的带子，将袜子脱下丢在一边，发现灯火还在闪烁，无意间回头一看，见韩幼娘坐在炕沿上背对着自己，稚嫩的肩膀一耸一耸的，隐隐有哭泣之声。

这一惊酒意就醒了几分，他连忙翻身坐起，扳过韩幼娘的肩头，只见她小脸上的眼泪如同断线的珠子般一串串落下，哭得好生伤心，他连忙挨近了搂住她纤细的腰身，心疼地哄道："幼娘，你这是怎么了，什么事这么伤心？"

韩幼娘连忙擦了擦眼泪，偏过头去低声道："相公可是嫌弃幼娘服侍不周，想要……想要休了幼娘吗？"

杨凌见她哭得伤心，心中又怜又痛，连忙说道："幼娘，你这话从何说起，这些时日你跟着我吃苦受累无怨无悔，杨凌铭感五内，怎么会做那种事情？"

韩幼娘摊开手掌，幽幽地道："相公，若非如此，这珠子从何而来？你……你不要再欺瞒我了。"

杨凌见了珍珠，方才恍然大悟，他呵呵笑着，揽住幼娘瘦削的肩头，韩幼娘执拗地挣开了。她自幼习得一身武功，若真的想要反抗，杨凌实实拿她不住。

杨凌自认得她，她便一直柔顺似水，从不对自己有半点违拗，简直活得不像一个鲜鲜灵灵的女子，这时见她发了小性子，反觉得十分有趣，他涎着脸再次搂住幼娘的肩头，韩幼娘挣了两挣，杨凌也加了把力气，韩幼娘便不再使力，只是委屈地扭过头去不看他。

杨凌拈起那粒珍珠，呵呵笑道："幼娘，这珠子漂不漂亮？马上就要过大年了，我找个工匠用彩线穿了给你做项链好不好？"

韩幼娘诧然转过头，惊讶地道："这珠子……是给我的？"

杨凌眨了眨眼，故作疑惑地道："不给你难道给我？你见过男人戴项链的吗？"

韩幼娘脸儿一红，可是想起那荷包，还是忍不住痴痴地道："可是……可是这荷包……相公不是在外边有了女人吗？"

杨凌心中一跳，想起马怜儿那张宜喜宜嗔的俏脸，虽然两人没有什么私情，可是马怜儿好像对他颇有一番情意，自己很喜欢这个漂亮女孩也是事实，他心中有点发虚，于是从炕沿上拿过袍子，从夹层里掏摸了一阵儿，摸出两锭银子来，说道："哦……你说这个呀，我是喝多了酒，一时困倦得只想睡觉，所以还来不及告诉你，今日是我帮他打过官司的马驿丞请闵大人和我吃酒，席间送了我四十两纹银表示谢仪，这荷包和珍珠是那日来过咱家的马小姐特意送给你的礼物，你可不要误会呀。"

韩幼娘长这么大还没见过这么大锭的银子，四十两成色极好的纹银，那简直是一笔天文数字了，她惊讶地睁大了眼睛："天呀，相公不过帮他想了个办法，就有这许多谢礼吗？"

杨凌将银子塞到她手中，笑道："娘子收好，这回放心了？不伤心了吧？"

银两入手，冰沁沁沉甸甸的，韩幼娘因他的取笑羞红了脸。她咬着嘴唇，一颗慌乱不定的心已经放下了八分，心中想着，趁丈夫酒醉，明日未必记得这时说过的话，有些事不妨一次问个明白，也省得心中老是忐忑不安，主意已定，她忽然放下银子，举起衣袖掩住了脸颊，羞怩地道："幼娘……幼娘有一事想问过相公，相公莫要取笑幼娘。"

杨凌奇怪地道："什么事？好吧，今日幼娘大人升堂问案，杨某人知无不言，言无不尽，大人请问吧。"

第十六章

爱的谎言

一

韩幼娘听了想笑，可是想问的话儿又太过羞人，半晌还是忍不住用蚊蝇般的声响问道："相公，妾身……嫁进杨家的门儿快一年了，原来……原来相公抱病在身，妾也无话可说，可是……"说着她又委屈起来："可是……如今……相公为何还不同妾身行夫妻之礼呢？"

杨凌心中一慌：来了，这丫头终于还是问了！嘿！她不会怀疑自己身体有什么毛病吧？唉，这女孩年纪这般幼小。杨凌虽然对她有情，可是作为一个现代人，他始终狠不下心占有她稚嫩的身子，更何况自己去世好似家常便饭，前几次转世还没有一次超过两个月的，这一次……大概也有一个月了吧。

想到这里，他不禁有些黯然，虽然前几次转世去的人家要远远富于现在，可是他却喜欢上了这种质朴悠闲的生活，喜欢上了这个小女孩。可是……不能呀，如果祸害了她，自己却一命归西，那不是害了人家吗？

保留她的处子之身，虽然仍是已婚的妇人，将来若是改嫁，夫婿见她是处子，想必对她也会更好一些。再说，若真的占有了她，同她有了更深的感情，自己再死时还能走得那么洒脱？难道不会伤心难过吗？

他轻轻叹了口气，轻轻揽住了她的腰，贴在她耳边，用早已想好的理由道："幼娘，这件事我对谁都没有提起过，我告诉你，你也千万不要说出去，好吗？"

韩幼娘被他抱着腰肢，手掌贴在自己的小腹上，已是紧张得浑身发抖，再被他贴着耳朵一说话，热气喷在脸蛋上，只觉得浑身好像蚂蚁在爬似的。她颤声道："相公有话尽管说便是，幼娘……幼娘决不会对任何人提起。"

杨凌"嗯"了一声，忽然问道："幼娘，你说……人死了以后会去哪里？"

"啊？"韩幼娘呆了一呆，想不到夫君问的竟是这件事情，她理所当然地答道："人死了，当然就要进入阴曹地府，根据前世积下的阴德再入轮回啊。"

杨凌说道:"是呀,幼娘,上次郎中都说我已经死了,被安放在棺木中一天,却又忽然醒来,我对你们说是痰堵晕厥,其实……是我的灵魂被牛头马面拘走了。"

"呀!"韩幼娘吓了一跳,猛地挣开他的身子,转过身睁大了一双眼盯着他,虽然这时的人都相信有地府这种地方,但是毕竟谁也没有见过,所以觉得十分神秘,而如今自己的丈夫竟然去过阴曹地府,却又起死回生,实在是叫人惊讶莫名,又有些好奇。

杨凌一本正经地道:"本来,我该被判再入轮回的,可是我到了那里才发现原来那里有位城隍是在我考秀才时的恩师,他老人家道德学问出众,去世以后成了阴间之神,被任命为本地的城隍。"

"啊,原来人间好事做得多的,死后还可以去阴间做官呀?"韩幼娘惊奇不已,早忘了丈夫死而还魂的惊骇,忍不住好奇地道。

杨凌心中暗暗好笑,点头道:"正是,恩师见是我,就请我喝茶吃酒,说要送我去个大富人家投胎。就在这时,我感应到你在阳间被本家长辈逼迫,心中十分气愤,恩师也可怜你,见了这般光景,就施展神通为我续命,送我还魂,不过……两年之内不得近女色,否则法术便不灵了。"

这套狗屁不通的说法,韩幼娘竟然一股脑信了,想想丈夫本来要投胎好人家享福,却为了自己还阳,自己还这般怀疑他,心中愧疚不已。

杨凌为了加重说法的可信性,还长叹一声道:"唉,本来……这是天机,是不能叫人知道的,可是我怎舍得你伤心?如今说给你听,少不得又要减少三年阳寿了。"

韩幼娘听后哭了起来,自己真是该死,好端端地逼着丈夫泄露了天机,如今他要减少三年阳寿,全是自己害的。想到这里,韩幼娘不禁心如刀割,后悔得恨不得打死自己才甘心。她抱住他哀哀痛哭不已,连声道:"对不起,对不起,夫君,都是幼娘不好。天呀,我真该死,你为了我放弃转世的荣华富贵,我竟然害得你……呜呜呜……我真该死!"

杨凌说完了连篇谎话,心中就后悔不已,恨不得狠狠打自己一个嘴巴:"你说你是个什么东西,扯谎没边没际,想必按照惯例,过了两个月再死一次,一了百了。说什么为了不放心她才重返人间,又因为她而减去阳寿,为什么这么说?不是更让她离不开自己了吗?可是……为什么见她如此重视自己,如此为自己痛哭,心中竟然有种说不出的欢喜,自己竟然如此浅薄和自私吗?也是巴不得可爱的女孩只钟情自己,不知不觉间竟然在谎话中让她对自己感恩戴德,真是无耻啊。"

他连忙又采取挽救措施,慌忙说道:"幼娘,不要伤心,恩师说我能活一百岁呢,如今也不过是活到九十七岁罢了,算是难得的老寿星了,有什么好伤心的?不过……如果我提前死去,那就是城隍为我续命的事被地府判官发现了,拘了我的魂让我早日投胎而已,所以……如果有那一天,你也不要伤心,由于前世的功德,我还是要去享福的,你若为我守节吃苦,那就是减轻了我的功德了,一定要照顾好自己,如果有好人家……"

突然,杨凌的嘴被韩幼娘轻轻捂住了,她那双含泪的大眼睛忽闪忽闪的,显得无比美丽,她只是微微摇了摇头,轻声道:"相公,不要说这些话,幼娘听了心慌。"

杨凌吁了口气道:"好好好,生死有命,富贵在天。我不提就是了,只是……你要记得,无论如何,不可苦了自己,只有你幸福,那我无论生死,心中才觉得安逸。"

韩幼娘点了点头,抱住他的后背,将脸颊贴到他的胸口,喃喃地道:"相公,相公……"她紧紧抱住杨凌,生怕这失而复得的良人又忽然消失。她心中已打定主意,夫君待自己情深义重,如果他真的猝然早死,那多半是自己逼他泄露了天机才被阴曹发现的,那也不必为他守节了,便直接追随他下地府,以求来世仍能服侍他便是了。

杨凌却不知她心中的念头,只道自己将一切归于天命,又说死掉乃是去享福,她过得好便是给自己积阴德,这番心事总算可以抛下了,殊不知他早已被阴曹地府列为拒绝往来户,想死?哪有那么便宜的事儿。

杨凌轻轻拍着她的背,这娇俏温柔的女孩在他心中的位置也越来越深了。现在他就感觉到两人之间似亲情又似爱情的一种情愫在慢慢滋生,夜深人静,火热的炕头,微醺的酒意,一个体轻身软又温柔似水的少女,依偎在他的怀中。他感觉到自己罪恶的下体已经开始跃跃欲试了。

杨凌连忙咳了一声,轻轻推开她的身子宠溺地道:"傻丫头,不胡思乱想了吧?来,把银两收好,赶快去吃饭。珠子还是给我吧,明儿穿了丝线再给你。"

"不!"韩幼娘站起来羞笑着收起了银两,把荷包儿揣在怀中:"这珠子多好看呢,不舍得,中间穿了眼儿可惜了。"

杨凌见她羞笑忸怩的表情说不出的动人,一时忍不住抬手在她臀部上拍了一巴掌,笑道:"傻女子,再漂亮不拿来使用,藏着又有什么用?"

一掌下去,想不到松软的裙下那翘臀竟然丰挺结实,手感柔软圆翘,再看韩幼娘被打了这一巴掌,灯影下只见她双颊羞红,鬓发缭乱,媚眼如丝。这十五岁的小妮子不经意间所展露的风情实是媚惑至极,小腹更觉火热,生怕自己一时情动会做出后悔莫及的事来,忙翻身倒在炕上,一把拉过被子盖在身上,掩饰地道:"好啦,快去吃饭,然后睡觉。"

韩幼娘被他在臀上拍了一掌,拍得浑身燥热。小妮子竟也春心躁动起来,虽然不曾和夫君有过太热烈的举动,可是这种忽然表现出的亲昵,却也使她开心不已,让她觉得曾经的付出都是那么值得,一切艰苦都甘之若饴。

男女情事竟是这般得趣,若是夫君他……他……幼娘忽地想起夫婿两年内碰不得女色,这才似有些放心又有些失落地怔忡了会儿,待脸上的羞意稍去,才举着灯走到墙边箱前,掀开来,将银两荷包都藏在衣服夹层之间,然后蹑手蹑脚地走到外间去了。

第十七章

青蛙理论

一

一走进签押房看到那一堆的公文，杨凌就不觉得长出了口气。虽然还是感到头疼，不过心中却不是那么急迫了。按照他转世的惯例，一向是莫名其妙地就再次死掉，最长的一次没有超过两个月，现在他来到这个世界已经一个月了，又有什么可焦急的。

唯一与往昔不同的是，这是他转世最穷酸的一世，而醒来后第一眼见到的那个哭得梨花带雨的女孩又是那么叫他怜惜。所以他以现代人身份来到古代，在自己有限的生命中，只想尽可能地给幼娘留下点安家立命的钱财，既无雄心大志，也不梦想得到多少美人的欢心，区区两个月的生命，他顾不过来呀。

现在家里一下子多了四十两纹银，在这个地方算得上一笔极大的财富了，给幼娘留下这笔钱，若是哪一天自己撒手而去，也算走得无牵无挂了，所以再看到这厚厚的文牍，心理上的压力也就不那么大了。

心中不急不躁，处理起事情来心中也就清晰了许多。他喝了两盏茶的工夫，又批阅了六七份文案，将需闵大人亲自处理的放在一边。他再拿起一份来，发现这一份却是一份发黄的帖子，瞧模样不是现在写就的，难道是谁把以前的文案也错呈了上来？

杨凌好奇地拿起帖子，只见上边涂涂改改，不过那笔蝇头小楷写得端是漂亮。他自己也嗜好写毛笔字，可写不了这么漂亮的蝇头小楷，不禁啧啧赞叹两声。

展开了帖子细细阅看，只见上边写道："今之弊政最大且急者，曰近幸干纪也，大臣不职也，爵赏太滥也，工役过烦也，进献无厌也，流亡未复也。天变之来，率由于此。夫内侍之设，国初皆有定制，今或一监而丛十余人，一事而参六七辈；或分布藩郡，享王者之奉；或总领边疆，专大将之权；或依凭左右，援引憸邪；或交通中外，投献奇巧。司钱谷则法外取财，贡方物则多端责赂兵民坐困，官吏蒙殃。杀人者见原，债事者逃罪，不可枚举……"

杨凌咦了一声,看这帖子内容根本是在议论国策,怎么这样的帖子会出现在一个知县的公文当中。杨凌正看得入神,旁边有人呵呵笑道:"杨秀才,尚在处理公文吗?"

杨凌抬头一看,面前一个白面微须的五旬老人,从官袍上看,却是从八品的小吏,还称不上官,正是本县待了多年的那位县丞黄奇胤。

杨凌连忙立起,拱手施礼道:"原来是黄县丞,学生失礼了。"

黄奇胤摆了摆手,在一旁椅上坐了,笑吟吟地拈起他摆在桌上的帖子看了几眼,呵呵笑道:"李孜省,邓常恩!哦,这都是宪宗年间朝廷上的重臣了,看样子应该是某位大人草拟的奏折,杨公子从何处得来?"

说着也不待杨凌回答,自顾用手指点着桌子,匆匆浏览了一下内容,抬头问道:"杨秀才以为其中所言如何?"

杨凌先是在公文之中见到宪宗年间,也就是近二十年前的一份奏帖草稿,又见到不发饷不露面的黄县丞突然出现,心中已料到几分缘由。杨凌眼见他一双深邃的眸子正凝视着自己,意似探询又似有些急切,那种急切的渴望就像一个希望得到老师夸奖的小孩子。

杨凌做了六七年保险工作,各种各样的人见得极多,也最擅揣摩他人心理,一见到他目光中不经意间露出的含义,不觉心中一动,一个大胆的念头突然冒了出来:"先是二十年前的奏帖,再是经年不露面的黄县丞,他说什么当年某位大人的草拟的奏折,看帖子中的内容贬斥的却是当时朝中的重臣,莫非……这帖子便是他写的,他便是因此获罪,被朝廷一贬再贬,以至沦落到这鸡鸣驿做一个不入流的小吏?"

一念及此,杨凌一面揣摩着他的来意,一面假意道:"晚辈惭愧,不晓得宪宗皇帝年间这些朝廷重臣的详细事迹,所以实在无法置评。"

黄奇胤摇头道:"唉……都是陈年旧事了,今日无事,我只是和你在这里闲聊一番罢了。出得你口,入得我耳,算不得议论,你便单就这帖子上的内容评价一番罢了。"

杨凌脑中飞快地转动着,暗暗揣测道:"如果我猜测属实,这位不得志的老大人必然是因这帖子而获罪天子,以至被一贬再贬,他今日来考较我这些东西,莫非是想看看我是否值得他出手相助?也罢,估计自己也再无几日好活,便大着胆子议论一番也无妨,想要他帮忙自然要吹捧一番,但是若没有自己的独特见解,未免又要被他轻视。"

心中一边估算着,一边又仔细看了看奏帖内容,杨凌道:"既如此,那么学生就大胆狂言了,如果说的不对,还请黄县丞勿要见笑。"

黄奇胤皮笑肉不笑地道:"无妨无妨,你我也算同僚,但请畅所欲言,无须顾忌。"

杨凌"嗯"了一声，说道："这篇文章开篇是说当时朝廷机构臃肿，人浮于事，请求朝廷精简各部官员。说的可算中肯，提供的建议也算是明智之举，只是……"

黄奇胤先是听到他"机构臃肿，人浮于事"的八字评语，不禁眼前一亮，击掌叫好道："妙呀，精辟！只这八字便将事情一语道尽，杨公子真是了得，只是什么？"

杨凌愣了一愣，才恍然大悟："是了，这朝代还没有这种名词，难怪他听了大为新奇，不过也用不着激动得脸都红了吧？难道是因为找到知音了？"杨凌心中暗笑，继续道："只是这位大人过于书生之见了。"

黄奇胤脸上掠过一丝不愉之色，不服气地问道："何以见得？"

见了他的表情，杨凌心中更是有谱，于是先捧后压道："这位大人刚正果毅，不计个人得失，急于拨乱反正，以正朝纲，字里行间都看得出来。不过他虽有一腔热血，事情想得却简单了些。"

他想着后世机构精简越简越多的弊政，慢慢思索着道："依学生看来，官府各部的官员虽然日趋臃肿，但是这位大人寄望于皇上一声令下，行雷霆手段，便能整肃纲纪，精简机构，那是不现实的。大人您想，皇上下了旨，总要有人去做吧？全国上下，一体响应，外使悉数召回，朝廷便失了耳目，官吏不经缓冲立即大肆精简，不少事情便不免陷于停顿。"

他苦笑着指指面前的文书道："比如学生，一下子让我负责钱粮、税赋、刑讼这么多方面的事情，忙得不可开交，且不说熟悉过程要有许久，没有个经验丰富的前辈指点要多走许多弯路，起码我就要被束缚在这里动弹不得，那么具体的事务还要交代给别人去办，你又如何保证这些人都能尽忠职守呢？"

黄奇胤脸色变得十分难看，却默默不语地从袖中摸出烟袋来，啰啰嗦嗦地往上装烟丝，显得有些激动。

杨凌又道："这些还不算艰难，如同婴儿之初诞，母亲经历过一番剧痛，也就云开月明了。难就难在……全国上下有多少官？这些官之间盘根错节，不知有多少关系，共同支撑着这个庞大国家的运作，一下子要砍去许多的枝丫，要引起多少人的反弹？这股力量虽然看不见摸不着，但是一定可怕到极点，要触犯的是全国官员的利益，包括那些正身处要职不会受到裁撤的官员也不免会想，官位多了他的选择余地也就多了，官位少了办起事来就不那么轻松了，自己为官之途便少了许多可行的道路，更何况他那些盘根错节的关系，又怎舍得弃去。这建议简直是与举国官员为敌，官位少了，书生们要如何出人头地？那么读书人也得罪了，他们身边那些关系亲密的地主豪绅呢？必然招致激烈反对，乃至国本动摇。皇上纵然采纳了这一建议，也会因为重重困难，和万千官员前仆后继的上折反对而改变主意。这主意虽是为国为民，但行事不得其法，操之过急，却是害国害民了。"

黄奇胤身在局中，哪里能有杨凌轻轻巧巧从报纸杂志上看到的——这不知总结了多少代的施政经验，又结合中外先进制度的机构精简文章的见识。

想想当初自己年轻气盛，眼看官僚腐败，机构庞大臃肿，于是借着一腔热血向皇上上疏。皇上果然采纳，未几便裁撤大批官员，贬斥要员，裁减传奉官员五百余人，并要全国一体施行。

可是不过半个多月，自己便被贬谪出京诚，被贬斥的李孜省、邓常恩等人又官复原职，自己到处受到排挤，竟然一贬再贬。五年的功夫，从堂堂的御史言官降到了一个小小的县丞。

新皇登基，李孜省等人被问罪，原以为自己可以重见天日，想不到许多被李、邓一党打击的官员官复原职，唯独自己好像已经被遗忘了，托人送过几次书信给旧日同僚也不见下文，原来症结竟然在此。

他自负为国为民，却落得如此下场，愤世嫉俗，一生郁郁寡欢，想不到竟被一个未及弱冠的少年一语道破天机，原来他竟已将所有官员都得罪了个遍。

一想通其中关节，饶是大冷的天儿，黄县丞仍然汗流浃背，他凄然一笑，哀声道："难道便坐视不管，任由这种情形下去，最后如同国之蛆虫，民脂民膏皆中饱私囊不成？"

杨凌叹道："要想改变也不是不可能，只是……确非一时一日之功，政令不但要统一，而且要连贯，不可因人而废，具体实施起来可由上而下，由点而面。先从京城开始，并且一开始只裁撤一些无关紧要的部门和官员，声势宜小不宜大，行动宜缓不宜急。如此下来，用三五十年功夫才能平稳见效，到那时还要在律法上将官员的定制确定下来，那么才不怕反复，虽然时日久了些，却是唯一可行的办法，不过用个三五十年，求得万世基业。虽然不是一时一人之功劳，却是万世国民受益。"

杨凌又搬出他的青蛙理论道："大人可听说过一个寓言吗？在锅中倒上水，将一只蛙放进去，然后在下面点火烧水，水温慢慢加热，因为速度缓慢，所以蛙是不会觉察的，因此也不会急于反抗跳出锅来。等它不知不觉到了水热难耐时，想要跳出锅来为时已晚，那时已无力挣扎出来了。蛙会不会因为水热跃出水来学生不知道。不过用之形容世人，学生却觉得极为形象。国之大政施行，牵一发而动全局，因此太过激烈的改变，都应该谨慎小心，缓缓而行，待成效渐渐有了成果，反对者即便发现，大势所趋也才无力反抗。"

黄县丞呆呆半晌，沙哑着嗓子呵呵一笑，站起身来深深一躬，道："听君一席话，胜读十年书，黄某受教了。"说罢转过身去，佝偻着身子，好像一下子又老了二十岁，艰难地向外踱去。

杨凌慌忙站起来抢上两步拦住他去路，深深一揖道："黄老，学生只是纸上谈兵，夸夸其谈罢了，不在局中，才有这番言语，真要置身其中，那才是两眼一抹黑。你看我只是这一县的文牍都处理不清，谈什么受教，说起来，学生真心实意求教于黄老先生才是。"

这时他叫黄老而不称官衔，那是真的以学生自居了。黄县丞脸色阴晴不定，瞅了他半晌，杨凌执礼甚恭，双手抱拳，欠身不起，杨凌心说："开玩笑，说了这么半天废话，就是想要请个明白人来指点自己一番，岂能这么放他离开？"

第十八章

烽火突至

一

黄奇胤一直觉得自己是满腔热忱却报国无门，在这弹丸之地白白浪费了一腔雄心壮志，到今日才觉得自己输得不冤。

那篇引以为豪的文章虽然让他从此不得志，不过他心中一直有一种文人的傲气，认为自己是被政见不同者打击，虽然官场不得意，但是青史之上必然能留下清名，这一世便不枉了。想不到自己的奏疏如果真要施行起来，也是误国误民，所以此时心灰意冷，那郁积许久的孤傲之气也一扫而空。

望着杨凌这个英俊的年轻人，黄奇胤心中暗暗盘算："原来只道他是本县最年轻的秀才，也不过是八股文章做得精妙罢了，想不到却有这番见地，看来此子非池中之物呀。自己是没有什么成就了，不如尽心佐助于他，将来他若能成一代名臣，自己便也跟着青史留名，再不济只要他能做个一方大员，自己那早死孩儿留下的幼孙也可有个依附。"

想至此处，黄奇胤呵呵一笑，上前扶起杨凌，满面春风地道："杨贤侄无须客气，师长之说愧不敢当，老黄在这县里呆得都快成了精了，若是有什么需要帮忙的地方，贤侄尽管开口，老黄是知无不言哪。"

鸡鸣驿是三等县，较之江南富裕的县份，税粮总数相差可达三百到五百倍，税额低得吓人。粗粗一看，似乎必须提高税额，至少这样的县再也不应该有税粮的积欠。但实际情形是，这地方就算一些小地主或自产自足的农家，仍然处于半饥半饱之间，欠税欠粮也就成了理所应当的事。

因而一个县官在富县征税达到八成，当地百姓的生活仍然不受影响，还称赞其为青天，送万民伞；可是过几年，要是倒霉调到这样的穷县，就算他费尽心机强行收上三成的税，在当地百姓口中，他也是贪官、酷吏、挖地三尺的吸血鬼。

何况大明朝开国皇帝朱元璋对官员的俸禄计算得出奇的准确，所发的俸银只够官员养活一家老小，至于迎来送往的花费、家丁仆役、轿夫马夫，包括幕僚师爷等人的工资，全是官员自掏腰包，所以百姓缴纳的钱粮，各地方官肯定要挪移一部分进入私囊。县官如此，以下村长、里长、甲长莫不如此，这样一来便是100%征税，上缴国库的也只有八成。

因此税赋不足时，各地方官便各显神通。田地数超过吏部掌握的县份便以多补上，先天不足的县份就壮着胆子上报天灾请求减免，既完成了征收税粮的任务，又博得了爱民的好名声。

鸡鸣驿虽然有大批的人拖欠粮税，不过这些年来又有人开荒垦山，而户部掌握的还是明初的田亩数，因此收上来的虽然极少，只需用盈余的商税补充一部分便可达到户部要求。

另外秋上鞑子刚刚来劫掠过，可以将受到的灾害报得更严重一些，以减免些钱粮。由于鸡鸣驿的特殊地位，此地的军事意义远重于县治，因此吏部知道这里年年税赋不足，往往抹平账面，自掏腰包来考核政绩。

本来愁得焦头烂额的杨凌经黄奇胤这一指点，不禁豁然开朗。原来收上来的已经少得可怜的三成税粮在黄县丞的大笔一挥之下，居然只上交一半，看得杨凌咋舌不已。

在黄县丞的指点之下，其余那些杂七杂八的事情，杨凌也上手甚快，很快就将政务处理得井井有条，成了闵知县幕后真正控制一县行政的人。只不过他的权力全部来自闵知县，头上顶着这尊泥菩萨，他就是菩萨的代言人，若是没有这尊"菩萨"，便也不会有人听他号令。

不过有闵知县这位正牌县太爷的支持，又有黄县丞这位二把手的大力协助，杨凌把这个"麻雀虽小，五脏俱全"的小县城治理得井井有条。不多久，鸡鸣驿的百姓、官兵、驿使们就知道实际操控整个县城运作的人物是藏在闵大人背后的一个年轻人，这个人叫杨凌。

韩幼娘已经不去裁缝铺做工了，不是她不想去，而是老板不敢再用她，开玩笑，她的男人是什么人？现在只是头上差一顶县太爷的帽子罢了。

那时代在江浙一带的大城市已经有些织染工厂，佣工数百人，不过这些佣工大多是男性，在这种小地方女子出门做工那是非常少见的事情，所以杨凌虽然不愿意让一个才十五岁的女孩子天天闷在家里，也只能入乡随俗，不再要她抛头露面。

只是这一来，韩幼娘天天闷在家里，除了做饭简直无所事事，那时又没电视这些娱乐工具，虽然那时已婚女子大多如此，不过以杨凌一个现代人的眼光来看，却觉得幼娘如同在家中囚禁一般。

每日唯有自己回家那一刻，她的脸上才会露出欢喜的神色，一边看自己吃饭一边好像有说不完的话，随便一点小事都能津津有味地讲个半天。原来她在山村中虽然艰苦，至少还能出门，现在却像关在笼中的鸟，眼中的神采也越来越暗淡了。

杨凌看着心痛，加上自己公务实在太忙，干脆给她弄了身男子衣服穿了，带着她去签押房协助自己抄录纂写文案。幸好韩幼娘不同于一般人家的女孩子，她祖父本来是镖局的一个镖头，家境倒还不错，幼年家里是请过教席的，后来镖局失了一笔重镖倒了，这才败落下来。这些抄抄写写的事情自然可以胜任。

韩幼娘有事可做，又能陪在夫君身边，自然满心欢喜。杨凌"公私分明"，虽然签押房人人都知道这是杨师爷的内人，他却只说是请来帮忙的，所以薪资照开，只不过他雇佣的人就要他来发饷了。于是杨凌入乡随俗，该由他截留的自然也是一文不差全揣到腰包里，反正他不要也缴不上去，自会被其他人瓜分了去。

杨凌因为是县太爷私人聘请，不入品阶，故此月俸只有三石，折合纹银六钱，这钱是要由知县私人来出的。知县月俸三两七钱，养活一家老少是够了，可是还要再支付师爷幕僚、家仆轿夫的工资，所以闵知县如果一点税赋不截，那自己一家就要喝西北风了。

官场对这种合理的截留称之为"火耗"，按杨凌的理解就是上有政策，下有对策。当初看小说时看到明朝官员贪污白银六十两，朱元璋就施以剥皮塞草的酷刑，可是官员贪污却是屡禁不止，那些官儿前仆后继一般奔向砍头台，当时颇不理解，如今自己亲有体会，他才知道固然真有贪官，但是就算清官也是应当开够工资的。

好在明朝这些官员形成了一个规程，哪些属于贪污哪些属于下官必要的孝敬已经在朝纲之外自成一套体系，上下官员自发遵守，有黄老指点，杨凌也拿得安心。

光阴易过，转眼临近除夕，或许是由于心情的原因，明明街上还是湿冷的天气，可是走在街上却不像平时那般寒冷。远远近近的已有噼哩啪啦的鞭炮声传来。

第二天放年假，县衙是不必上班的，所以这天，一直忙到很晚，杨凌才处理完手头的公文和韩幼娘走出县衙。家家户户已在门口挂起了红红的灯笼，纵然平时不舍得灯火钱的人家，今天也早早挂起了灯笼，燃起了蜡烛。

女人不可以走在丈夫前边或者和他并肩而行，所以韩幼娘退后半步走着。杨凌看看今晚夜色已黑，不会引起太多人注意，加上韩幼娘身穿男装，便故意放慢了脚步，趁她不备，一把拉住了她的手。

韩幼娘吃了一惊，脸臊得通红，挣了两挣没有挣开，不禁红着脸低声嗔道："相公，你……"

杨凌回过头来温柔地一笑，轻声说："明天咱们上街采购些年货，今晚咱们去酒馆吃些好的，走吧。"说着拉着韩幼娘直奔他头一次去过的那家小酒店。

杨凌是个念旧的人，去过一次，感觉口味还可以，也就懒得再找一家。韩幼娘虽然有些不安，不过知道自家相公一向如此，加上天色已黑，别人也看不见自己脸面，小手便任由他握着，温顺地随着他走。

杨凌和韩幼娘踏出酒店时，夜色更深了，细细的雪沫缓缓飘落下来，让他因为喝了酒而显得微微胀热的面孔十分清爽。

杨凌神情一振，挽起韩幼娘的手在城中缓缓地游荡，两个人虽然都没有说话，可是相挽的手传到人心里的却是另一种更加触动心弦的温暖。

城墙垛口上，杨凌抓起一捧积雪，团成了一个雪球，使足了力气，狠狠掷向城外茫茫夜色之中。只是这具躯体太缺乏锻炼，这一使力拉得筋脉有些疼感，脚下冻结的路面也很滑，几乎摔倒。骇得韩幼娘抢上一步，一掌托在他肋下，将他的身子稳稳地托住，又好气又好笑地嗔道："相公，看你，怎么像个孩子似的，不小心便要摔到了。"

杨凌回转身来，轻轻捏了捏她结实光滑的脸蛋，宠溺地道："你呀，才是一个没长大的孩子。"

韩幼娘嘟了嘟嘴，不服气地挺直了身子，杨凌看着她略带些稚气的面孔和那双温柔的眼睛，心中为之怦然一动。他这时才发觉自己和她越来越亲昵了，已经习惯她在身边默默地照顾自己，已经习惯了和她做些亲昵的动作，一旦自己魂飞渺渺，到那时岂不让她更为伤心？

可是如果现在对她冷冷淡淡，杨凌的心又怎么能挡得住她眼泪的攻势？那些关于一旦自己死去，让她好好照顾自己的话实在太过突兀，又无法说得出口，他怔怔地望着韩幼娘，不知该说些什么。

韩幼娘的脸蛋忽然变得越来越烫，在杨凌朗如晨星的眸子的注视下，尤其他的嘴里还有淡淡的酒气，韩幼娘显然误会了他的意思，心中不觉又是害怕又是欣喜，慌乱得身子都有些抖了起来。

就在这时，杨凌忽然看到一束火光从韩幼娘两颗又黑又亮的眸子里闪烁起来，韩幼娘此时也惊骇地瞪大了双眼，从杨凌的肩头直望过去，愣愣地注视着远方。

杨凌霍然回头，城墙东西两头各有一座烽火台。此时东侧的烽火台已经点燃，烈火熊熊，远处蜿蜒的城墙延伸到山林深处，还有几点星火闪耀。

他再向西看去，便在此时，西城墙上的烽火台也轰然燃起了熊熊烈火，火势猛烈，紧接着向西更远处的山脊上的烽火台也点燃了，向着更远方传递过去。

杨凌张大了嘴巴，半响才猛地回过神来，看向韩幼娘，眸子里传递着一个讯息：鞑子来了！

第十九章

疯子县令

一

韩幼娘从未见过烽火，但是却已无数次听说过，自然知道点燃烽火台意味着什么。鞑子的凶残和野蛮对她来说，犹如今人对日本鬼子的观感，那是一群嗜血的野兽。

杨凌倒是惊讶多于骇然，受到后世太多影视剧的熏陶，在他想来，所谓鞑子都是些粗犷豪猛的蒙古勇士，又好客又豪爽，或许打仗很骁勇，可是怎么说也不是人性尽丧的鬼子兵嘛。

不过毕竟现在还是敌对状态，他还不会天真地认为人家万一攻进城来，会对自己手下留情，当下急忙拉起韩幼娘的手向县衙飞奔而去。

此时城门紧闭，城内的居民也早已因为烽火而纷纷涌出家门。鞑靼"小王子"达延汗率部袭边，已经不是第一次了，但是大多数时候他们是不敢直接攻击像鸡鸣驿这样的关隘的。对于这种较高大的城池，他们并没有远程携带各种攻城器械的能力，仅仅为了劫掠，鞑子是不会冒着巨大伤亡攻城的。

但是通常小规模的劫掠，是不会启用烽火台传讯的，今晚这情形显得有些特别，似乎已经有关隘直接受到了攻击，百姓岂能不感到惊慌。

闵知县做县官虽然做得浑浑噩噩，毕竟是军人出身，一听到鞑子来了的消息，连衣服都来不及穿好就急匆匆地从后堂奔了出来。

此地的驻军只有两百六十人，由两个把总率领，按照明朝的规矩，一旦发生战事，当地的最高行政长官要负责全盘军事行动，军官是没有独立指挥权的，因此现在闵知县又成了"战区警备司令"。

闵知县干这个可是老本行，当下一面派探子同最近的几个驿站取得联系，打听进一步消息，一面派人快马加鞭赶回府城调兵。同时又着人通知马驿丞，要求所有军驿人员佩戴刀枪，随时准备上城支援。

杨凌在一旁看得目瞪口呆，说实话，这些日子以来，他每日代闵知县处理大小事务，闵知县形同傀儡一般，杨凌虽然感念闵知县的知遇之恩，但是心底里是瞧不起他的，想不到此时他处理起战事来却是有条不紊。

闵知县唾沫横飞地指派完毕，这才吁了口气，整了整衣冠，冲后边嚷道："老子的盔甲、大刀呢，赶快拿来！"

说罢扭头看了看杨凌和站在他身后的韩幼娘一眼，笑道："他奶奶的，这个年怕是过不好了。这些鞑子赶在年前来劫掠，想必是今冬的大雪冻死了许多牛羊，他们不捞足了吃的、用的是不会离开的。"

这时两个家仆一个捧了锁子甲，一个扛了大刀走了出来。因为这是三等县，条件艰苦，闵知县的家小都未带在身边，所以日常就是这几个家仆伺候。

闵知县也不见外，就在大堂上解下文官袍开始换起衣服来，韩幼娘见了连忙退到侧房去以避嫌疑。闵知县将锁子甲披挂整齐，又将县官的袍子穿在外面，一探手从家仆手中夺过了大刀。

那刀差不多四十多斤重，这闵知县单手提刀，手腕一抖，沉重的大刀在手中滴溜溜一通乱转，然后啪一声往地上一蹾，砸得青砖地面碎屑横飞，杨凌霍然动容，他虽知道这闵知县是武官出身，倒想不出他居然使得如此沉重的兵器。

闵知县一走动起来帽上的乌纱翅儿还晃晃悠悠的，偏偏扛了一柄锋利的大刀，模样不伦不类，他也毫不在意，威风八面地向堂外喝道："走！跟我上城墙！"

院子里先后赶到的一堆衙役们乱哄哄地应了一声，一大帮人前呼后拥地冲了出去。

杨凌随着走出县衙，衙门口四盏红灯笼在风雪中轻轻地摇曳着，此时雪下得更密了，大片的雪花纷纷扬扬，天地一片茫茫。

闵知县带了一帮子人佩刀持枪，大步流星地冲向城头，街上到处是热锅上的蚂蚁一般到处乱窜的乡民，他们也来不及理会。

南城门上，近百名官兵正神情紧张地注视着城下。这道门是正对着南北官道的大门，东西两门临山而建，不适战马驰奔，鞑子纵然来攻，也难以调集大队骑兵攻向东西两门，相对来说较为安全。因此一处只派了七十名官兵驻守，由一名把总乘马来回巡视。

南城门的把总站在城头上正向城下观看，见县太爷带人亲自来了，连忙奔过来单膝点地，双手抱拳道："卑职江彬参见闵大人。"

闵知县摆手道："免了免了，江把总，鞑子来了吗？"

江彬启齿一笑，说道："大人，灯光不及城下，看得不太清楚。不过从鞑子的火把来看，至少不下百人，不过大人尽管放心，有卑职在，他们攻不上来的。"

杨凌细细打量这名把总。这位江把总相貌极是英俊,看样子也就二十出头,身材健硕,神情剽悍,似乎对鞑子兵毫不在意。

杨凌不由暗暗点头,以前的印象中,大明的兵都是懦弱无比,要不然大明皇帝亲征,五十万大军也不会被瓦剌的十万大军打得落花流水,连皇位都丢了。他还以为大明的官儿一听到鞑子的名字就面如土色呢,想不到这里一位县太爷和这位守城的把总,倒都是勇气可嘉。

闵大人哈哈大笑,说道:"走走,上去看看。"一行人上了城头,扶着箭垛向城下望去,只见城下黑漆漆的,百余点火把四处流动,一阵阵怪叫声从城下传来。

城下官道正中一射之地,聚集了不少火把,映照出几个人影来,远远地正向城上喊着什么。闵大人冷笑一声道:"区区百十人便想攻下我鸡鸣驿吗?"

江彬向东遥遥一指道:"大人,方才派出的探马被鞑子射死了一个,逃回来的那个禀报说二里半驿那方向厮杀声震天,想必鞑子正在攻打那里。"

二里半和五里台是左右距鸡鸣驿最近的关隘,但要再一步攻击居庸关,则必须由鸡鸣驿闯入,所以闵大人一听鞑子主攻的是二里半,便知道这次他们又是寒冬难渡,把大明当成了他们的仓库,前来劫掠粮草。

所以城下的鞑子兵十有八九只是堵住城门,以防城内派兵援助二里半驿。知县闵文建已经两年多不动刀枪,两膀闲得发痒,一见城下鞑子纵马在城墙左右怪叫,却是喜不自胜,他扭头对江把总道:"江把总,给我准备一匹战马,派四十人随我出城将鞑子击退。"

江把总也早想出城一战,只是没有上官命令不敢妄动,一听吩咐喜不自胜,连忙向手下道:"来人,牵两匹战马来!城上弓箭手预备,刘、李两位哨长率队随大人和我出战!"

杨凌见他们只领着四十人就敢出城,颇为惊讶。旁边洪班头原是闵大人在军队时的亲兵,见了杨凌惊讶的神情,呵呵笑道:"杨师爷想是没有见过闵大人的神勇,大人原是大同总兵官杜大人麾下的千总,武艺超群,当初剿灭山贼的时候,大人只率一队人马就杀得牛头山百余名山贼落荒而逃,此番定然能旗开得胜。"

两名骑兵、四十名小校出城迎战这些骑着高头大马的鞑靼骑兵?杨凌心中有些不安,不过想想四十斤重的大砍刀被闵知县用得如臂使指,这大刀挥舞起来时又何止一两百斤,那身武艺定然不俗,想来也不会有什么危险,这才稍稍放下心来。

城楼下,有人吱呀呀打开了城门,这座小城并无护城河,也没有吊桥。城门楼上二十名弓箭手拉开弓箭,蓄势以待,城下闵大人与江把总率着四十多名官兵已冲出城去。

四十名小校中,有二十名刀盾手和二十名长枪手,成雁翅状左右分开。江彬勒住战马，正要向对面一箭之地的鞑靼人高声喊话，不料闵大人单手控缰，提着大刀在道上徐行片刻，忽然一声大叫："贼酋犯我边界，速来刀下受死，冲啊！"

说罢呼地举刀过顶，双脚一磕马镫，纵马如飞，直奔正前方那十多名斜披兽皮，背负弓箭的鞑靼人而去。

江彬看得眼睛都直了，他知道这位闵大人原来是大同总兵杜人国麾下的一名千总，杜总兵人称"杜疯子"。此人临阵杀敌从不讲究什么战阵谋略，更不懂多兵种配合，通常都是敌我双方刚一接触，便立即率军一窝蜂地直杀进去，混战成一团。他手中一杆六十斤重的厚背大砍刀，还真没有几个人能挡得住他，当真是人挡杀人，佛挡杀佛。

不过两军对战，毕竟不是个人逞英雄便能决定战局胜负的。他虽嗜血好战，亲手杀的鞑靼兵极多，却总是负多胜少，每遇败绩便愤而以刀劈烂盔甲泄愤。想不到这位闵知县同他的总兵大人竟是一样的做派。

江彬心中发急，若是闵知县有个好歹，他十个脑袋也不够砍的。这时也顾不得手下全是步校，立即挥刀大喝："跟着大人，给我杀呀！"这江彬臂力过人，骑术又好，使的是两把三尺长的斩马刀，双手持刀，全凭双腿控马，狂追县太爷而去。

四十个小校见状只得跟在马屁股后面一阵狂追，夜黑路滑，积雪甚厚，顷刻间什么队形全都不见了踪影，成了一群散兵游勇。

县太爷倒是骑了一匹好马，一箭地的距离，须臾间便已冲至。他松了缰绳，双手举刀，一阵风般径直扑向那群人中间的一个二十多岁的年轻人，"擒贼先擒王"，这位识字不多的县太爷就懂得这个道理。

火把之下见那青年穿了件虎皮袍子，肩上有弓，手中一杆长枪横亘在马鞍旁。他的使命便是骚扰城内驻军，威吓他们，免得他们出城援救二里半驿的官兵，这个任务可说是轻松已极。

一到城下，他便吩咐手下持了火把，纵马在城下这片旷地中四处奔走，虚张声势，自己立在此处高声叫骂。他事先对此处守军也略知一二——料想城中守军不多，县治又是由文官把持，在此声势下绝不会敢于出城迎战，所以大意了些。

也合该他倒霉，今天碰上了曾是大同"疯子"总兵麾下的"疯子"知县，不但出城迎敌，而且居然单枪匹马冲杀了过来。这位鞑靼将领所在处距城门不远，闵县令手下的兵出来就是打架的，连火把都未点，他甚至根本就不知道官兵已经出了城。闵知县虽在城下大喊了一声，由于声音嘈杂，他根本没有听清，还当是大明官兵在城上叫骂。

此时大雪漫天，闵知县骑着黑马，穿着青色县官官袍，与夜色浑然一体，马蹄疾驰，四下都是正在虚张声势的鞑靼骑兵，骑兵在纵马狂奔，也没在意。直到闵知县冲至近前，双手擎刀，直杀进人群中来，在火把掩映下，他们才辨出这人是大明的人。

一方是毫无准备，一方是纵马疾驰。直驶得近了，那虎皮袍青年才骇然瞪大了双眼，只见眼前一骑疾来，马上的人身穿大明文官袍，又将那官袍前襟上一只张开翅膀的黄色小鸟儿看得清清楚楚，这人头上还戴着顶乌纱帽，帽翅忽闪忽闪上下摇得角度极大，偏就弹性极好，竟未折断。

马上这位文官黑黝黝一张面孔，小小的眼睛瞪得溜圆，满脸的络腮胡子，双手以一种奇怪的姿势高高举在空中。

马疾如电，一时间十几个鞑靼人根本来不及反应，直到那姿势古怪的手狠狠地向那虎袍青年劈肩入胯地挥落下来，火把映出半空中一片光亮，他们才发现这位大明文官手中举着一柄寒光闪闪的大砍刀。

第二十章

咆哮县丞

一

四十多斤重的大砍刀借着快马前冲的力道，带起一股飒然的风声，激荡得漫天白雪四下飞舞，马到刀落。那青年已躲避不及，骇然之下双手抵住刀杆堪堪抬离马鞍，刀锋已经斜斜劈落。

一腔鲜血飞溅，头颅不知滚向了何方。这一刀从右颈自上劈下，连着半个身子从左肋划出，半个肩膀也不见了，剩下无头的身躯在鲜血飞溅中摇晃了两下扑通栽到了马下。

大刀霍霍，运转如轮，大刀在闵知县的手中轻若无物，对方手中的火把就是最明显的目标，一把大刀左挑右撅，连砍带劈，反正前后左右全是敌人，杀得毫无顾忌。

那些人都是马上英雄，本来应变不会如此之慢，只是他们一见中间的虎袍青年一个照面便被知县闵文建劈死，竟然惊得呆住了。这惊愕虽只是片刻的功夫，已被闵知县的大刀又砍死了五个人。

其他的人发一声喊，这才纷纷纵马逃开，同时将火把向闵知县掷来。闵知县挥刀将火把挑开，他杀得性起，兀自哈哈大笑着纵马追着那些人不放。

江彬在后边看见了急得大喊："闵大人，快回来！"

闵文建理也不理，追上前边一道黑影，大叫一声，大刀劈落。只见前边那人突然勒马提缰，马儿前腿高高抬起一声嘶吼，只听锵的一声响，闵知县双臂一麻，不由瞋目赞道："好一把力气！"

那名鞑靼将领有苦说不出，那人使的是把连柄一体全钢的三股托天叉，论分量不在闵文建的大刀之下，论臂力尤在其上。但闵文建是挥刀直劈，那人是仓促招架，纵然是力气比他大上三分，这一下也震得双手发麻，闵文建的大刀虽然崩缺了一个豁口，对方的叉子却已被砍得弯了。

这人当机立断，立即反手将那砍弯的叉子狠狠向闵文建掷来，一抖马缰，弯着腰顺着官道向前疾驰，同时将背上的弓取了下来。

闵文建挥刀砸飞了托天叉，欲待再追，忽然冲出一匹马来，马上人举枪便刺。亏得地上的火把未熄，闵知县瞥见那人，忙不迭仰身一躲，举刀一挡，将那杆枪挡了出去。

紧跟着右边一声大喝，一柄长刀呼呼劈了过来，闵文建左支右挡，三个人走马灯般战作一团。此时天色暗又大雪茫茫，全借地面几支未熄火把的一点微光，所以三人都甚是谨慎，谁也不敢靠得太近。

远远近近的鞑靼骑兵已发现首领遇袭，纷纷呼喊着冲了过来。好在光线太暗，又有两个鞑靼将领同他战成一团，因距离太近，那些鞑靼人不能发挥骑射的特长，否则闵知县纵有一身武艺，也难免要被射成刺猬了。

此时江彬已纵马奔到面前，手腕一抖，两柄马刀巧妙地挽出两朵刀花，双脚扣紧马镫半站起身子，双刀如暴雨一般与那持枪的鞑靼人交手十余合，将他逼退了去，然后立即向闵文建大声喊道："大人，火把一灭，我们就要被困在城外了，快快回城！"

闵文建怔了一怔，大刀一挥，与那持刀的汉子双刀一交，碰出一溜儿火花，然后一拨马头道："说得是，我们回城！"

两个人拨转马头，向回冲杀，四下里十余个鞑靼人各挺刀枪，缠住不放。闵文建可不知道方才冲过来突如其来的一刀，居然把鞑靼小王子达延汗的儿子旭烈孛齐给杀了，这时眼见四下鞑靼骑兵纷纷冲杀过来，自己若被缠住，当真要回不了城了，所以也不再与其缠斗，兵刃稍一碰合，磕开对方攻击绝不恋战，与江彬夺路向回杀去。

此时刚刚被闵知县一刀磕弯了托天叉，狼狈而逃的那名鞑靼将领也返身追了过来，他恨极了这位大明文官，也不去理会其他向回逃命的大明官兵，只是远远地盯着闵知县大刀上掠过的一抹寒光，张弓搭箭寻找着机会。

刚刚跑了一半的四十名兵卒一见县太爷和把总杀了回来，立即掉转身向城门冲去。四下里鞑靼骑兵穷追不舍，只苦了那些刀盾手，此刻毫无队形可言，又没有长枪手配合，在鞑靼人的铁骑下根本撑不过两个回合，片刻工夫就被追上来的鞑靼骑兵刺死了七八个。

好在离城不远，这时已冲入城头弓箭手的射程之内，城上的弓箭手看见持着火把的鞑靼骑兵拥上来，立即乱箭疾射，逼退了他们。

鞑子见状，纷纷驻马挂好兵器，取下背负的弓箭追射。前方一团黑暗，也看不清人影，完全发挥不出他们的箭技水准，即便如此，仍然有十来个大明士兵中了乱箭，其中伤势轻些的背上插着利箭，跌跌撞撞，连滚带爬地抢进了城门。

闵知县刚刚纵马闪进城门，那名鞑靼军官见机会稍纵即逝，马上一松箭弦，一支羽箭嗖的一声射了出来，闵知县穿的是锁子甲，不怕刀斧砍劈，但是锁扣之间的缝隙却无法阻挡箭镞的射入,闵知县只觉得背心一震,后脊上火辣辣的一阵疼痛,那只利箭已射在肩胛骨下的位置。

这一箭力道极狠,锁子甲锁扣细密,三角形箭头后端被锁扣卡了一下,还是射了进去,要不是挡了这一下,这一箭怕是要直透心脏。

闵知县连忙俯压身子,纵马奔进城门,后边的江彬舞着双刀,一阵风般卷进了城门,剩下的士兵纷纷拥进城来,城门轰的一声又被关上了。

杨凌等人纷纷从城头上下来,闵知县跳下马来兀自哈哈大笑道:"痛快!痛快!他奶奶的,这要是有一支骑兵,老子就把这帮鞑子全都砍了。"

杨凌看他背上插着一只雕翎箭,他却浑不在乎,直看得杨凌眉头直跳,连忙唤道:"大夫,快找大夫,大人中箭了。"

闵大人摆手笑道:"这点小伤,没什么打紧。"他说着向前走了两步,忽地脑袋一阵晕眩,膝盖一软,差点一头栽在地上,亏得江彬身手敏捷,跨前一步一把搀住了他。

闵大人晃了晃脑袋,骂道:"该死的鞑子狗,莫非箭上……淬了毒!"一语说罢,竟晕厥过去。这一下众人都慌了手脚,连忙七手八脚把他抬上城头越楼,俯趴在榻上。

江彬抓起桌上一盏菜油灯,撕开闵知县的上衣,照见箭头卡在锁子甲扣缝内,也不敢胡乱拔出,立即吼道:"大夫呢?快去找大夫!"

旁边有人又赶紧手忙脚乱地抢了出去,下边几位哨长派人把受了箭伤、刀伤的几个士兵也都扶进了越楼,安置在一层中。不一会儿郎中背着药箱被带了进来,他锯断了闵知县身上的箭杆,褪下他的盔甲,只见中箭处肿起鹅蛋大一个疙瘩,颜色乌黑油亮,已渗出一些腥臭的血液。

江彬神色紧张地道:"大人怎么样?可有生命危险?"

那郎中两鬓斑白,在军中奔波半生,经常处理各种创伤,虽然面前是县太爷,倒也没有太过慌张。他从匣中抽出一柄银刀,划开那隆肿的创处,立时乌黑的血液流了出来,闵知县趴在那儿毫无察觉。

郎中用棉花浸去血迹,放到鼻端嗅了嗅,吁了口气道:"还好,这是狼齿草的毒,毒性并不猛烈。大人战场厮杀,随血液毒行加速,这才昏迷过去,待小的将毒血放尽,再开几服药,将养个三五日便能恢复了。"

旁边众人听了这才松了口气。就在这时外边忽地又涌进一群人来,杨凌回头望去,只见黄县丞阴沉着脸走在最前边,王主簿、刘典史、冯巡检以及迟到的洪班头带着一大帮子人急匆匆地跟在身后,他忙迎了上去道:"黄老,您来了。"

黄县丞板着脸"嗯"了一声,他在城下就听说闵知县中了毒箭,此时冷冷地瞥了一眼,问道:"闵大人怎样了?"

杨凌连忙将事情匆匆叙述一遍，黄县丞听罢恨恨地一拍桌子，怒道："混蛋！蠢驴！简直是疯子！"

杨凌一怔，不知他是在骂自己，还是在骂闵知县。虽然黄县丞的品秩只比闵知县低一级，资历又在知县之上，但这般公然辱骂上官，那也太过逾礼了。

黄县丞额头青筋乱跳，他是真的愤怒了，平时他对县治不闻不问，纯粹出于个人意气。但是现在是外敌侵袭，一旦城破那是全城近万条生命啊，包括他一家老少，恐怕都难以活命，他如何不怒？

黄县丞胡须翘着，手指乱点，大声呵斥道："你们也不劝劝大人，还陪着他胡闹。现在城中乱成什么样子了？战事未定，已有大批百姓在北门骚乱，要不是我和冯巡检及时赶到，驱散了他们，现在全城百姓已经跑了一半！城防上也没有什么布置，要不是鞑子来得匆忙没有准备，岂不轻而易举攻上城来了？身为一县的父母官，不能统筹全局，有勇无谋，徒逞匹夫之勇！真是岂有此理……"

现在闵知县晕迷不醒，在场众人官职最高的就是江把总，也是七品官。但那时武官地位太低，品级虽相同，地位却比县太爷低了好几级，权力更是不可同日而语，所以他站在这位老县丞面前也是底气不足，一时城门越楼中虽然拥挤了数十人，却是鸦雀无声，任由这只常年不发威的老猫大声咆哮着……

第二十一章

简单爱情

一

黄县丞指桑骂槐地一通臭骂，杨凌却不以为然：文官就是胆子小，难道都任由鞑子前来骚扰，只能闭关守城，那外族不是更嚣张了？

他貌似恭谨地听着，一双眼睛四下乱扫，只见王主簿、刘典史他们唯唯诺诺，垂手而立，唯有那位江把总鬼头鬼脑的，就像正被老师训斥的不良学生，一双眼睛也滴溜溜地乱转，和自己四目一对，彼此会心地一笑。

杨凌的目光从站在门口的几个哨长身上掠过，忽地眼中闪过一个熟悉的身影，定睛一看，只见韩幼娘不知什么时候也来了，贴着墙边站着，一双乌黑发亮的大眼睛正眨也不眨地看着自己。

发现杨凌注意到了她的存在，韩幼娘下意识地吐了吐舌头，悄悄地往墙边靠了靠。杨凌心中发急，这城上指不定什么时候就要开战，到时流矢横飞，她还是个十多岁的小姑娘，万一伤着了怎么办？

杨凌狠狠地瞪了她一眼，向门口努了努嘴，韩幼娘咬着嘴唇，扑闪着双眼，明明看到了他的动作，却佯装不见地将眼光飘向一旁。

杨凌皱了皱眉，盯着她不放，韩幼娘的脸色渐渐不自在起来，目光逡巡着，最后还是迎上了杨凌的目光。杨凌挑了挑眉，然后眯起眼，目光在她脸上一转，然后狠狠瞪了她两眼之后，目光向下方飘去，威胁的意味自在其中。

韩幼娘的脸蛋红了起来，杨凌自那日打了她小屁股一巴掌以后，他似乎尝到了甜头，以后只要她有不听话的时候，杨氏家法就是打屁股，这时看了杨凌生动的眼神，她自然知道夫君的意思。

黄县丞正骂得唾沫横飞，忽然发现杨凌表情有异，不觉怔道："杨师爷，你可有什么话说？"

杨凌吓了一跳，连忙道："啊？没有，没有，黄老说的是，学生恭听教诲。"

黄县丞满意地点点头，这才发现自己借题发挥骂了半天，也未说出什么建设性的意见来，他舔了舔嘴唇，开始整理思路。

杨凌又向韩幼娘看了一眼，见她嘴唇抿成了一线，一双迷人的大眼睛弯成了月牙状，不由有些泄气："我真的有点太宠这小妮子了，原来对我可是俯首帖耳，可谓唯命是从呢！现在倒好，不但不听我的话，居然还看我的笑话。"

黄县丞踱了两步，站定身子道："诸位，小王子近年来虽对我边境袭扰不断，但从未攻击军事要隘。此次烽火燃起，达延汗必有大队人马来袭，今夜须严加戒备，待天亮了解敌情后再做谋划。"

他提高嗓门又道："现在敌踪初现，城中百姓已自乱了马脚。冯巡检，你立即率人在城中巡逻，严禁百姓上街行走，凡有趁火打劫偷盗抢劫者，或散布谣言惑我军心者，就地斩首，务必保证城内不乱！"

冯巡检吃惊地道："这……大人，未经三司审判，圣上御笔勾抹，岂可胡乱杀人？"

黄县丞冷笑一声道："战事爆发时，地方官员有决断之权，勿须报呈刑部，连这个你也不知道吗？"

冯巡检脸上一红，连忙拱手道："是，下官遵命！"转过身带了一众属下急匆匆去了。

黄县丞又道："洪班头，你带人速去驿马署仓库，通知他们将滚石檑木、桐油石灰送往四城。"

洪班头恭应一声。黄县丞又对刘典史道："刘大人，麻烦你将大牢的狱卒抽调一部分出来，然后通知各街各路保长、里长，抽选民壮，在东、西、南三城城门内抢挖陷马坑，布设拒马桩，战事一旦吃紧，这些民壮还可上城助战。"

他又对王主簿道："王大人，你坐守县衙，呈报军情，还要负责安排兵丁的一日三餐。"

杨凌听了黄县丞的安排，这才心悦诚服。他方才见闵大人英勇无畏，自己一腔热血也不禁被激发了出来，只觉得同鞑子轰轰烈烈地大战一场，才不枉为男人。

此时冷静下来，听了黄县丞的安排，他才想到无论攻守，首先要有一个安定的后方，若是任由城中百姓聚在街头以讹传讹会扰乱军心，也让小道消息满天飞，恐惧就会像瘟疫一样传播开来，到时百姓炸了窝可就安抚不住了。

而且城中现在才两百多名官兵，种种准备若不现在就开始筹划，事到临头恐怕就来不及了。自己原来也就是处理公文，写写算算，哪懂得这些东西，差点坏了大事。

江把总看文官走得七七八八，只剩下自己手下一群大兵，于是摸了摸鼻子笑道："黄大人，鞑子还在城下骚扰，本官带人去城头巡视，告辞了。"

黄县丞拱了拱手，目送他们离开，长长叹息一声，在桌边坐下，对杨凌道："杨贤侄，你是不是觉得老夫此番大发脾气，有些胆怯畏战了？"

杨凌上前端起茶来给他斟了一杯，恭敬地道："黄老，学生年少气盛，一见闵大人勇武过人，头脑一热便也跟着冲上城头。细想想，还是黄老安排得妥当，闵大人现在是一县的父母官，理应通盘考虑，顾全大局，若是只图一时痛快，未免得不偿失，学生未尽劝诫之责，此刻想来，实在惭愧得很。"

黄奇胤苦笑道："你莫看城外鞑子不多，他们这次直攻军事要塞，胃口大得很啊。好男儿建功立业，守卫疆土，这是绝好的。你还年轻，该多多磨炼才是。"

杨凌瞥见韩幼娘正蹑手蹑脚地逃出越楼，连忙应道："是，不劳黄老吩咐，学生责无旁贷。黄老歇息一下，学生去外面看看布防。"

黄奇胤捻着胡须欣慰地点点头，杨凌匆匆出来，只见一道娇小的人影匆匆隐入楼角阴影之中，不由为之失笑。

此时雪仍未止，这里是全城最高处，前方两道山峰间的风由此灌入，风急雪密。杨凌慢慢踱到楼角下，深深吸了口气，眯起眼睛仰望着天空，任凭寒风夹着雪花扑打在脸上，半天不出一声，凛冽的山风吹得他的袍子抖动不已。

城下鞑靼人已停止纵马骚扰，远远地在地上燃起了五堆巨大的篝火。杨凌眼皮子跳了跳，区区百十人是无法攻下鸡鸣驿的，他们冒着风雪候在城下，莫非后续还有大军来袭？

墙角阴影里一双发亮的眸子望着杨凌，见风雪扑打在杨凌修长、单薄的身子上，韩幼娘终于忍不住走了出来，心疼地拉了拉他的衣袖，像犯了错的孩子似的，低声道："相公……"

杨凌叹息一声，低下头来望着韩幼娘澈亮如水的眸子，如同掬起一捧泉水般温柔地捧起她稚嫩的脸蛋，怜惜地道："幼娘，你会武艺，一个人脱身方便，如果城真的破了，你就趁乱逃出去，逃回杨家坪……不！逃回娘家去吧。"

韩幼娘失声道："相公，你在说什么呀？不管有什么事，我当然是和你在一起，我怎么可以丢下夫君一个人逃命？"

杨凌笑了笑，有些感伤和不舍，直到此刻他才发觉，尽管没有轰轰烈烈的爱情，没有卿卿我我的浪漫，但是不知不觉间这个乖巧可爱的女孩已深深住进了他的心里。

他喜欢这个女孩，又不敢接受她的情意，有时会忍不住和她亲昵，有时又刻意地拉开和她的距离，种种矛盾皆因他知道自己的生命何等短暂，所以宁愿维持既有的情形。

借尸还魂又逆天改命，原本就没有那么容易，此时的烽火使他认定，自己多灾多难的转世生涯又要开始了。

他一叹,手指轻柔地抚过韩幼娘清纯稚美的脸蛋。她的脸颊凉如冰、滑如玉,杨凌的眼底悄然跃上一抹温柔,他忽然克制不住地将韩幼娘紧紧地搂在怀里,仿佛要将她揉碎一般,喃喃地道:"何其有幸,我能与你结下这段缘……也好,如果让我受尽两年煎熬,那时候心里一定更痛。幼娘,答应我,如果城不可守,你一定要逃出去,找个好人家嫁了,不要让我在九泉之下还牵挂着你。"

他误以为大限将至,忍不住真情流露。韩幼娘却会错了意,只道夫君决心与全城百姓共存亡,纵然城破也绝不逃走,同时还担心着自己孤苦无依,心爱的男人在她心中陡然升格为令人敬重的英雄。

她热泪盈眶地抱住杨凌,贴在他怀中道:"相公,你放心协助大人守城便是,幼娘是你的女人,无论你到哪里,幼娘都会跟着你,如果相公不在了……"她哽咽着道:"那么幼娘也追随你于九泉之下,绝不偷生!"

杨凌听了心中发急,推开她怒道:"该死的,你懂什么?陪着我死有什么用?我只想要你活着,你怎么这么愚……"

角楼上悬挂的灯笼,照见韩幼娘满脸泪珠,杨凌忍不住心中一痛,呵斥的话再也说不出来。

韩幼娘眼泪汪汪地抬起头,眼泪在稚气的脸庞上流下去,她认真地道:"幼娘懂得,幼娘知道夫君疼我怜我,可是夫君不知道,幼娘此生已与夫君同心一体,若是夫君不在,幼娘生而何欢?"

杨凌的心突地一颤,微红的灯光下,他忽然发现,这个娇小清纯的女孩,眉宇之间已然带着成熟女人的坚定,是否天下的红颜,都会有过这种发自内心的似稚嫩又似成熟的韵致?

"幼娘,幼娘呀……"杨凌感动地叹息,重又将她拥在怀中,额头抵上了她的刘海。角楼上红灯摇曳,光影迷离,心与心的拥抱,在两人周围屏蔽出一块只属于彼此的小世界。狂风飞雪,一下子遥远无比,浓浓的亲昵气氛,让他们的心安恬而静谧。

"在这世上,只怕再也没有一个女人能像她一样让自己心动了。"杨凌不由自主地想。

韩幼娘紧紧拥抱着这个疼她爱她的男人:"上天赐给我一个最好的夫君。"她满足地想,眉梢眼角都是笑意。

飞雪很快给两个相拥的人,披上了一层洁白的盛装。

第二十二章

拂晓之战

一

"呜……"杨凌在激越的号角声中惊醒,一个激灵跳了起来。因为有韩幼娘跟在身边,不便和黄县丞他们住在越楼的大通铺里,杨凌便睡在东、北两城门之间的阁楼里。

韩幼娘揉了揉眼睛也醒过来,杨凌一跃下地,边跑边叫道:"鞑子攻城了,你老实待在这儿,我去看看。"

到处是喊杀之声,士兵们在城墙上来回奔跑着,不断挥刀斩挡城下抛上的钩索,用利箭向城下还击。城墙内每隔十步左右放着一架绞车,系着细铁索,中间是一根直径一尺、长约一丈的圆木,圆木上露出密密麻麻长约五寸的铁钉,有点像根巨型的狼牙棒。

两名官兵躲在城垛下只需抬起木棒向城下一抛,就听到一片惨呼之声,然后两端摇起绞轮,又将那根"狼牙棒"收了回来。

这种守城工具,虽然有些笨重,但是两端同时还有几名弓箭手协助,足以弥补缺陷,杀伤力倒也不小。

他匆匆跑到墙垛前,刚刚扶住墙垛,一支利箭就嗖的一声贴着他的脸颊飞了过去,呼的一声射在门楣上,箭尾嗡嗡直颤,把杨凌惊出一身冷汗。

杨凌定了定神,躲在墙垛后斜着向下一瞅,不由得大吃一惊,怎么突然出现这么多敌人?只见城下到处都是鞑子兵,城墙高达数丈,他们用钩索、钩梯掷上城墙,悍不畏死地向上攀爬,后边有大批的弓箭手纵马来回奔走着向上射箭,掩护他们攻城。城上的弓箭手也不断发箭还击,但是敌众我寡,虽有地利之便,仍被压制得抬不起头来。

杨凌猫着腰急急奔向南城门,堪堪冲上城楼,只听轰然一声巨响,地皮乱颤,硝烟四起,把杨凌吓了一跳。他向城下一看,只见地上炸开一个大坑,倒着十多个人,一匹被炸断了腿的马倒在血泊中，犹在不断悲鸣。

杨凌暗暗咋舌，想不到这时的火炮已这等厉害，这时代就有了爆炸弹了吗？他还以为这时的炮弹都是些实心铁球呢。

不过这炮放上一发那烟实在浓得可以，杨凌刚刚奔跑过来，呼吸急促。被火药呛得咳嗽不已，硝烟慢慢散尽，显现出城楼掩体后站着的黄县丞，他向杨凌急着招手道："贤侄，快快过来，小心不要被流矢伤了。"

杨凌哈着腰跑过去，只见城楼前方架着三门大炮，正对着城下，几名炮手正在紧张地装弹填药，左边一门大炮的引线这时已被哧哧引燃，几名炮手纷纷捂住耳朵闭上眼，只听轰的一声巨响，大炮的位置顿时硝烟弥漫，一个人影都看不清了。

杨凌被熏得眼睛都红了，待眼前浓烟慢慢散去，只见城楼前那尊下边安有支架的大炮退出去一丈多远。这还是炮身上有铁锚固定，否则还不知这大炮要崩到哪儿去，几个炮手正在将大炮推回原位。

由于城下鞑子四散游走，避开了正前方，这一炮虽然声势浩大，地动山摇，却只炸死一人，炸伤几人，颇有种"大炮打蚊子"的感觉。

杨凌大声问道："黄大人，鞑子怎么突然来了这么多？江把总呢？"

黄县丞指着侧前方大声道："二里半驿失陷，鞑子增兵了，江把总正在前面督战，城上只有一百多名兵卒。顾此失彼呀，你快去驿丞署，要驿署的人上来守城。"

"好！"杨凌答应一声，转身向城下跑，这时刘典史领了两百多名民壮涌上城来，被一名哨长指挥着分散到城墙各处。这些民壮临时被招募，只是普通的百姓，未受过军事训练，慌慌张张的，听了兵卒的解说，也不管城下有没有敌人，抓起礌石就往下抛掷，气得那些兵卒直跺脚。

这些人也不懂得自我保护，一名冒出头去的民壮被一箭射中了胸口，刚刚跑过来的韩幼娘一把架住了他，其他的民壮见了顿时吓得畏首畏尾，虽有官兵大声呵斥，却死活不肯露头了。

此时街上空空荡荡，百姓们在衙役们的呵斥下果然都待在家中不敢四处乱跑，刚刚跑到十字路口，杨凌就见马驿丞领着十多个驿使，赶着三辆马车正急匆匆地迎面而来，杨凌忙站住脚步，高声道："马大人，城下鞑子分散攻城，守军人手不够，黄县丞请你派所有驿使上城助守。"

马驿丞跳下马来，说道："哪里还有人手，东门西门也有大批鞑子攻城，他们攻城器械不足，便四处分散攀爬城墙，我的人已经全派出去了，就剩下这些，正给江大人送炮呢。"

杨凌一听还有大炮，不由心中一喜，不过想想方才那铁家伙的效果，又有些失望，他顿足道："现在鞑子四面开花，主要是守城军士照应不过来，恐怕大炮用处不大。"

马驿丞指挥两辆马车分别驶向东西两门,自己带了一辆马车继续前行,说道:"贤侄错了,这不是大将军炮,这炮是'击贼神机石榴炮''威远石炮''万人敌荔枝炮',用来守城最是灵便。"

杨凌听得莫名其妙,马驿丞见他不懂,一边向城头赶一边跟他解说了一番。敢情马驿丞所说的炮其实就是炸弹。"击贼神机石榴炮"有点类似现代的手榴弹,用生铁铸造,形状像成熟的大石榴。

"威远石炮"是用石头凿成的,内装火药,每枚石弹内还掺杂了一百颗小石子,爆炸开来杀伤力极大。"万人敌荔枝炮"体积最大,陶泥罐内装填火药,还有碎石、碎铁片,爆炸开来弹片飞及数百步,伤敌甚众。

杨凌闻言大喜,记得看《火烧圆明园》时,大清跟八国联军打仗,那是用人海战术大刀长矛地跟鬼子拼哪,想不到明朝的火器居然这么发达,有了这种东西就算自己是一介书生,要一个人守一片城墙也易如反掌,不禁喜得摩拳擦掌。

这批炸弹果然产生了极大的效果,使用冷兵器的鞑靼骑兵虽然悍不畏死,可是根本无法同炸弹相对抗,随着到处发出的爆炸声,城下死伤无数,攻城暂时停止了。

城头上死伤的明军士兵有四十多人,加上不知自我保护的民壮,共约百人,军中和临时征调来的民间郎中忙着到处治伤。

江把总亲手斩杀了几名鞑靼兵,杀得性起,提着两把血淋淋的斩马刀大声痛骂民壮愚蠢,不时在他们的屁股上踢上一脚,呵斥士兵教他们如何作战。黄县丞和刘典史等人跑去东西两城巡视,察看伤亡情况。

杨凌攀着城头,看到鞑靼人退到了三箭地外,正在酝酿着下一轮的攻击,东西两城外的鞑靼兵也开始向那里集结,看人数足有三千多人。韩幼娘从熟识的衙役那里要来一根哨棒,站在他身边小心地看护着,虽然身材娇小,倒自有一番飒爽英姿。

杨凌看到城外还有这么多敌军,哪怕是纯拼消耗,剩下的守军能不能守住第二轮攻击也未可知,况且最厉害的守城利器,那些炸弹只剩下不足二十枚,不觉有些忧心忡忡。

但是现在明军给他的感觉已经大出意料了,他没想到明朝时军事科技已经这般发达,在他印象中明朝一直是不堪一击的,皇帝不务正业,宦官为祸天下。

不过以一个对清宫戏更熟悉的普通人来说,他也只能知道这么多了。要不是他知道当今太子叫朱厚照,又恰巧看过《游龙戏凤》这部电影,他根本不知道如今弘治皇帝之后是谁当皇帝,更别说对明朝更多地了解了。

由于明史是清朝人修的,其中隐情不言而喻,由此衍生的什么戏说、演义,当然更加不足采信。一本《扬州十日记》,一本《嘉定屠城记略》,竟在中国本土湮灭两百多年，两百多年后才从日本找出来，由此可见清朝时的文字狱之彻底。

其实那时明朝距资本主义已不遥远。铁产量是整个欧洲的总和，全世界三分之一的白银因为贸易流向中国，工业产量占全世界的 60% 以上，而所谓的乾隆盛世时，产量只占全世界的 6%。

难怪明朝传教士利玛窦这样记载中国："这里物质生产极大丰富，无所不有，糖比欧洲白，布比欧洲精美……人们衣饰华美，风度翩翩，百姓精神愉快，彬彬有礼，谈吐文雅。"而乾隆时来访的英国特使马戛尔尼则说："遍地都是惊人的贫困……很多人没有衣服穿……军队像叫花子一样破破烂烂的。"

明朝时的中国，自己能发明的就自己发明，发明不了的就花大价钱买来外国货后研究仿造。那时京城的"神机营"，每一营五千人，用霹雳炮三千六百杆、大连珠炮两百杆、手把铳四百杆，这是何等的现代化的装备啊！

然而，经济文化上的先进，和政治军事上腐败的不可调和，让一种更为落后的文化入主了相对文明的中国。时光奇迹般地倒流了，科学家绝迹了，先进的火器被埋葬了。

火枪被斥为"奇技淫巧"予以废除，"雅克萨战争"中，清军缴获的扳机击发式火绳枪，康熙仅留下两支自己把玩，命令清军禁止使用此种新式火枪，理由是"不得中断前人所授的弓箭长矛"。到鸦片战争时，手持大刀长矛的清兵对火器已经彻底陌生了，居然视之为邪物，以为用狗血就可以破之。

这些事，杨凌自然不甚了解，只是看到明军所用的武器太出乎自己意料，想起后来八旗军横扫中国，一时想不通其中的缘由而已。

王主簿和乡里德高年昭的老者，率领着人上城送饭了，鸿雁楼的老板特意杀了一头大肥猪犒赏将士。韩幼娘过去取了两碗米饭，一碗肥猪肉炖菜，唤道："相公，吃饭吧。"

杨凌这才从怔忡中醒来，连忙从韩幼娘手中接过饭菜，搁在积满白雪的城墙上，两个人就站在墙边吃起饭来。杨凌也真的饿坏了，扒拉进大半碗饭，才发现韩幼娘小口地吃着饭菜，笑眯眯地看着自己，不禁奇怪地问道："看我做什么？"

韩幼娘抿嘴一笑，柔声道："我看相公吃得香，心里开心。"

杨凌眼睛有点湿，他见韩幼娘又和自己抢着吃菜，把肉剩在碗里，天气冷，都快凝油了，忙夹了两块放在她碗里命令道："快些把肉都吃了，相公不喜欢吃肥猪肉的，知道吗？"

韩幼娘甜甜地答应一声，用筷子把肉夹断，瘦的送到杨凌碗里，自己扒着饭，眼睛从碗沿上露出来，扑闪扑闪地看着他。杨凌无奈地笑笑，顺从地把肉扒拉到嘴里大口地咀嚼起来，韩幼娘看他吃得蛮香，一双大眼又满意地笑弯成了月牙。

吃完了饭，韩幼娘乖巧地抢过碗要送回去，杨凌看见她嘴角沾着一粒饭粒，不禁好笑地伸出手指在她唇边刮了一下。韩幼娘一怔，看到他手指上粘上一粒饭，不禁有些不好意思。再见杨凌不把饭弹掉，却把那粒米饭送进了嘴里，顿时俏脸酡然一片。

她急忙左右看了一眼，发觉没有人注意夫君这近乎调笑的亲昵举动，因为紧张而端起的肩膀这才放心地塌下来，见相公仍含笑望着自己，她不禁羞怩地白了他一眼，急忙端起碗转身逃开了。

杨凌看到她虽也穿着男袍，但是腰身仍透着纤细，款款摆动间有种动人的韵致，不觉心中一荡，想到有朝一日她很可能把对自己的温柔和爱给予另一个男人，心中忽然充满了嫉妒："现在风气如此，幼娘一定不会改嫁了吧？那我是不是可以……"

他忽地转过身，抓起一捧洁白的积雪摩擦着脸颊："天杀的，你原来怎么想来着？如果感情投入太多，岂不叫她更加痛不欲生？你没试过，怎么知道不能让她爱上别人？"

"爱上别人？"这念头一跳出来，他发觉比对她得而复失，更加叫人难以忍受。爱的天平，开始在自私和伟大之间摇摆不定起来，脸上，雪融如泪。

"呜……"牛角号声不合时宜地吹响了，杨凌恨恨地抹了一把脸上的雪水，弯腰抱起了一块二十多斤重的礌石。

第二十三章

壮士解腕

一

听到号角声，士兵们纷纷冲上城头，紧张地向城下望去。鞑靼骑兵没有像方才一样一窝蜂似的去四散攻城，密密麻麻的敌军中，出现了十余架简陋的攻城战梯，看来是用临时从山上砍伐下的树木制成的。

鸡鸣驿的城墙不算高，搭上梯子，再有鞑靼兵神乎其神的箭术掩护，以城中这点人手只消有一处被攻破，那便大势去矣。

江彬手握双刀，杀气腾腾地道："把大将军给我架起来，轰他们的梯子！"立时跑过去几名士兵和民壮，帮着炮手紧张地调整起大炮的位置来。

远方竖起一台怪模怪样的东西，四面以木头交叉架起，高约五丈，最上面是一个平台，下边是一个更大的四方形平台，侧面露出两排木辘轳，前边悬挂着整张的牛皮。看不清里面，但是看那怪东西晃晃悠悠地自己向前走，便可猜出鞑子兵是藏在牛皮罩子后面推着木台前行。密密麻麻的鞑靼兵跟在后边开始向前移动，从城上看过去，就像一片乌云掩着雪地压了过来。

太阳已高高升起，到处闪耀着的却是一片怵目的刀枪的寒光，江彬举刀指着那个井字形支架大叫道："快，把那辆攻城战车给我炸掉。"

鞑子越来越近，趴在前方张弓搭箭的士兵忽地叫道："大人，前边是咱们的百姓，鞑子……鞑子抓了咱们的百姓站在前边。"

"嗯？"江彬一听连忙冲到前边，按着墙垛向下望去，此时鞑子走得愈发近了，可以看清站在最前边的二三十人，有男有女、有老有少，全是中原人的服饰，这一下江彬也傻了。

打？那可都是大明的子民哪，谁敢承担这屠杀乡亲的罪名。不打？如果任由鞑子兵冲到近前来，他们同样活不了命，整个鸡鸣驿也要失陷。

江彬眼珠一转，恶狠狠地骂道："给我打，那是鞑子的诡计，全是鞑子装扮的，给我狠狠地打。"

大炮的炮口已对准了那架攻城战车,眼看炮手将火把凑近引线,江彬的颊肉也不禁抽搐了一下。这时一个民壮忽然大叫起来:"不能打,不能打啊!那是咱们的乡亲,我认得,左边那个是我老舅啊,这都是城边山岭上的老乡啊。"

火捻儿哧哧地燃烧着,刘巡检手疾眼快,猛地拔出刀来,一刀斩在火炮上,将火捻儿斩断,惊得面色发白的黄县丞、王主簿等人都不由长吁了口气。

江彬急得跳脚,额上青筋直冒地道:"我说诸位老大人,如果让战车靠近城头,凭我们这些人根本无法守城呀,这时使不得妇人之仁啊!"

黄县丞道:"不行,我们身为父母官,岂可伤害自己的百姓?挑箭术好的直接射杀鞑子兵,阻止他们靠近。"旁边几名文官都连连点头。

下令不分敌我一通轰炸?县志上怕是要从此记下他们的污名,千秋万代都要受人唾骂了,他们岂肯承受这样的罪名?况且若是被御使言官弹劾于朝堂之上,就算今日逃过鞑靼人的屠刀,恐怕皇上也会降罪的。

几名弓箭手拉开了弓箭,箭矢横飞,但是已进入射击距离的战车前边蒙着牛皮,那种没有硝制过的牛皮又韧又硬,弓箭根本射不透,大队的鞑子兵躲在攻城战车后边缓缓靠近,全不在乎。

江彬急了,大喝道:"此地由我指挥,炮手!给我打,把战车给我轰倒!"

黄县丞瞋目厉喝道:"谁敢?大明的兵屠杀大明的子民,岂有此理!我是本县县丞,闵大人不在,本县大小官员包括驻军,统由本官管辖,谁敢违抗命令?"炮手们面面相觑,不知该听谁的命令。

几支弓箭射在牛皮上,只是让牛皮振荡了几下,顶多有一两枝箭倒钩在牛皮上,毫无威慑力,一名鞑靼骑兵单手提枪跃到战车前用汉话大叫道:"前边都是你们大明的人,谁敢射箭?你们给我看清楚了!"

那人拨马返身,一猫腰从一名妇人手中抢过一个包裹提在手中,又奔返回来,那妇人哭叫着在后边追赶,冷不防一支利箭飞来正中她的背心,那妇人晃动两下扑倒在地上。

城上一片肃然,眼睁睁看着那妇人扑倒在地,却无法救援。那身形彪悍的鞑子持枪到了城下,将手中包裹向空中一扬,用锋利的枪尖一下子将其刺穿,高高挑在空中,得意扬扬地叫道:"我们知道城中守军不多,速速开城投降,还可留得一命,否则全城屠光,就是这样的小孩子也绝不放过!"

城头上的人这才晓得他手中挑着的包袱竟是一个婴儿,众人都目眦欲裂,便是那几个持弓的箭手,也不知是吓的还是恨的,手臂哆嗦,再也拉不开弓来。

眼见鲜血沿着枪杆流淌下来,一滴滴落在雪地上,韩幼娘伸手捂住了嘴,另一只手紧紧握住了杨凌的手臂,眼泪已模糊了双眼。

好半晌,江彬才突然大吼一声:"都愣着干什么?开炮!给我开炮!你们这群愚蠢的书呆子,要让鞑子冲上来屠光了我们才甘心?"

黄县丞哆嗦着嘴唇道:"不……不……"却已吐不出一句完整的话来。杨凌没想到鞑子竟然如此凶残,看到这血腥的一幕,巨大的心理落差让他猛地领悟到一个现实:现在就是现在,战争就是战争,敌人全是毫无人性的禽兽。

眼见一个襁褓中的婴儿居然被嗜血的蛮人眼都不眨地一枪刺死,他已血贯瞳仁,他猛地甩开幼娘的手臂,冲到大炮前,一把从炮手手中夺过火把,点燃了引线,嘶哑着嗓子大吼道:"杀!杀!杀!"

轰的一声,大炮怒吼了,炮弹准确地落在那架战车上,将基座轰得粉碎,前边几名百姓和基座下推动攻城战车的鞑子兵被轰得血肉横飞。庞大的支架摇摇晃晃地倒了下去,没被炸死的几个人四散奔逃,追射的几只雕翎箭——将他们射杀在雪地上。

城墙下的鞑子兵见状大骇,立即拨转马头向回逃去,马头刚刚拨转,一支利箭就从他的后颈射入,咽下透出,鞑子吭都没吭一声,仰面栽下马去,单脚还挂在马镫里,死尸被战马拖回了本阵。

城头上,韩幼娘红着眼睛,手中举着从旁边士兵手中夺来的战弓,又一支雕翎箭已搭上了弓弦。这种守城大弓同射速快、射程近的短弩不同,与她在山中狩猎时用的长弓极为相似,她十二岁时就曾用长弓射中密林中奔跑的狸子,要射中城下毫无遮掩的鞑子兵自然毫不费力。

眼见肉盾失去作用,鞑子们呐喊着扛着十多架木梯分几队向城墙扑去。

大炮又离了原位,硝烟散去,杨凌举着火把,如同风中的一片落叶般瑟瑟发抖。他的脸熏得乌黑,睁着一双红彤彤的眼睛慢慢转过身来望着上边的黄县丞、马驿丞等人,沙哑着嗓子道:"蝮蛇螫手,壮士解腕。大局……大局要紧!"

黄县丞直勾勾地看着他,忽然大喊一声,疯狂地冲了过来,吃力地抱起一块礌石恶狠狠地向城下抛去。王主簿、马驿丞这些人也都像疯了一般冲了上去,江彬可不敢让这些人全都死在这里,立即招呼几个兵丁把这些发疯的读书人连抱带抬地拖进越楼。

他冲到杨凌面前,在他肩上重重地拍了一掌,赞道:"好样的,妇人之仁成得了什么大事,不管别人怎么看,鸡鸣驿近万百姓若能留得性命,全拜你所赐!"

他往地上狠狠啐了口唾沫,大吼道:"继续开炮,把鞑子的木梯全都炸了!"

但是这时城下的鞑靼兵早已避开主城楼,分散两翼在城墙处搭设木梯开始强攻,大炮的作用已经减弱了。杨凌退到一旁,无论是战马嘶鸣、箭矢破空、厮杀惨叫之声,仿佛都已成为另一个世界的声音,已经有人从两架木梯上攻上城头,又被江彬率人强行压制下去，他却失魂落魄地站在那儿恍若未觉。虽知这时候最理智的做法就是无情地一炮轰下去，否则徒然送掉更多的性命，但是那些百姓亲手死在自己手上，还是有一种浓浓的罪恶感。

炸弹已经用光了，原本怯懦畏战的民壮们似乎也被激发了骨子里的血性，礌石、滚木、石灰全都用上了，不少人捡起死去军士的刀枪加入了肉搏当中。鞑子完全是用人命硬铺出了一条路，誓要拿下鸡鸣驿来。

不远处一架扶梯上已经冲上来四个鞑子，后边仍有人不断攀爬上来，同明军激战在一起。江彬见势不妙，舞着两把血淋淋的马刀，一阵风般扑了过去。

杨凌被近在咫尺的惨叫声惊醒了，此时守城官兵人手奇缺，那道缺口已无生力军补充，杨凌见状想也不想，抓起一把长枪就冲了过去。

第二十四章

疯魔棍法

一

　　韩幼娘使着一根风火棍,与已经弃了大炮抓起刀枪的炮手站在城头御敌,时不时看着杨凌,见他居然捡起把枪来扑向鞑子,几乎吓得魂飞魄散。相公是个读书人,身子骨又弱,恐怕一个寻常的壮汉也打不过,怎么是这些杀人不眨眼的鞑子对手?她飞起一棍扫在一个刚刚蹿上城头的鞑子肩膀,将他打了下去,然后拔足便追。

　　战场上的敌我厮杀没有太多花哨,完全是最简单最直接的劈砍刺杀动作,但是一交上手,杨凌才知道完全不是那码事儿,他的力道和速度根本无法和这些常年在战场上驰骋的人相比。一名持刀的鞑靼人大刀刚刚从一名兵卒脖子上抹过,顺势一挑,就劈飞了杨凌手中的枪。

　　一声厉喝,大刀当头劈下,杨凌望着那大刀当头劈下,心道:"来了,我又要死了,幼娘在哪儿?他躲不开,便也不想去躲,在这临死的一刹那,只想再看幼娘一眼。"

　　头只扭过一半,他看到了,看到韩幼娘像一个护犊的母豹一样向他猛扑过来,头上的包巾已经掉落,辫子在风中飞扬,那张脸涨红如桃花。

　　人与棍几乎成了一条直线,呼的一声,棍端已向杨凌头顶迅猛地点了过去。砰的一声响,堪堪劈到头顶的大刀,被韩幼娘斜敲到刀面上,愣是将直劈而下的大刀击开了去,在地面上劈开一道深深的划痕。

　　韩幼娘到了,左肩头一挨地,就势一个前滚翻,身起棍腾,砰的一声点在那个鞑靼人的胸口。这一棍力道好大,那人咚咚咚倒退几步,脚下还未站稳,韩幼娘垫步拧腰,跟上两步,啪啪啪,棍劈如风,左颈、右颈、额头、下阴,一条棍使得如暴风骤雨一般,打得那人连扑倒哀号的功夫都没有。

　　杨凌也看得呆了,只见韩幼娘棍随身转,握住哨棒中间,棍尖堪堪从杨凌胸前掠过,带起一阵疾骤的风声,身形转过,手已滑到棍头,整根棍子像飞起的豹尾一般,狠狠地抽在那个鞑靼人的喉咙下，杨凌清晰地听到喉骨碎裂的咔嚓声，这一棍竟将那庞大的身躯打飞了起来，在城头上一翻，摔下城去。

她这几招，招招凶狠凌厉，棍法又快又狠，令人眼花缭乱，步法更是矫健有力，眼见城头又冒出一个人头，棍尖前指，如同枪戟，一棍点在那人眉心，那人连人都没看清，就又仰面栽了下去。

韩幼娘收棍后退，退到杨凌身边，双膝一软，几乎跪倒在地，连忙以棍拄地，这才稳住了身子。杨凌正看得目瞪口呆，见她小脸变得煞白，额上直冒虚汗，吓得连忙扶住她道："幼娘，你怎么了？哪里受了伤？哪里受了伤？"

韩幼娘颤声道："相公，幼娘没事，只是……只是那一刀，吓死我了，呜呜呜……"当事人啥事没有，她反而吓得痛哭不已。

江彬这时才看出这个武艺超群的小后生居然是一个女孩子，还道她是刚刚杀人所以心中害怕，他挥刀接连砍倒几个鞑子，哈哈大笑道："怕什么，老子头一次上战场时腿都抽筋了，是哨长掐着我的脖子逼我向前冲的，你再多杀几个就不怕了。"

这厮杀得性起，竟然跃上城墙，一脚踢下一个刚刚爬上来的敌人，手中马刀狂砍，嚓嚓嚓一连几刀，竟将绳索捆绑的木梯砍断，几个刚刚爬到一半的鞑子兵惨叫着摔了下去。

一时城下飞矢如雨，向江彬攒射而来，江彬站在城头手中双刀舞得风雨不透，竟将那些利箭全都挡开去。见领兵武将如此神勇，四周本已萌生怯意的兵丁顿时士气大振，一时又将鞑子兵的攻势压制下去。

韩幼娘扶着杨凌道："相公，你快到越楼上去。"

杨凌懊恼地跺了跺脚，他妈的，这还真是手不能提，肩不能挑，一点用都没有，除了往下边扔扔石头，其他什么也做不了，就是那弓箭也不是自己这种从未碰过的人就能用得了的。

杨凌倒也有自知之明，刚刚险些被人一刀砍死，眼见韩幼娘因为自己吓成那副模样，他也不再逞能，只得乖乖地避到越楼上去，临走还急着问了一句："想不到你的武艺这么好，这是什么棍法？"

韩幼娘脸一红，忸怩了一下道："爹教的，幼娘也不知道。"见他进了越楼，韩幼娘这才放心，立即提棍赶回去和江彬并肩作战，只要哪里被鞑子打开缺口，他们一刀一棍就迅猛如雷，很快就可以将鞑子压制下去。

江彬勇武，杨凌是亲眼见过了。可是他想不到韩幼娘的武艺竟然也如此出众，一条风火棍在她手中，劈扎扫撩，棍影翻飞，舞得如蛟龙一般，真想不到平时那么柔柔怯怯的一个小女孩，现在张牙舞爪得就像一头凶猛的狮子。

杨凌看得双拳紧握，心中激动不已，他暗暗下定决心，如果今日能不死，一定要向她学学这套棍法。他正看得热血沸腾不已，旁边有人拍了拍肩膀，回头一看，只见王主簿凑到近前，脸上青一道黑一道的，杨凌被火药熏得也只剩下眼仁是白的了，两人就像一对小鬼似的。

他凑近了杨凌，两眼却直勾勾地看着到处正在肉搏的将士，好像正和他并肩察看敌情，口中却悄声说道："杨师爷，你做的没有错，这是不得已的选择，同僚们不会说三道四，只是……你要小心马驿丞。"

杨凌一怔，也悄声道："为什么要小心他？"

王主簿露出一个像哭似的笑容道："驿丞是不入流的小吏，你说他凭什么和县太爷平起平坐？"

他咳嗽两声，迅速说道："咱大明的驿丞，统统都是锦衣卫的密探，小心为上。"

"锦衣卫？"杨凌心中一惊，他还以为锦衣卫都是皇帝身边的大内侍卫呢，想不到一个"邮政局长兼粮库主任"居然也可以和锦衣卫挂上边儿，这大明的情报网还真够发达的。

想到自己和马驿丞的关系，他有些放下心来，却仍有些不平地道："城下的百姓明摆着不能活命，即便能够活命，两相权衡弃其轻，数万人命和数十人命，难道还分不清孰轻孰重吗？"

王主簿嘿嘿干笑两声，叹道："除非把高高坐在京城里的御史言官们都拉到这城头上来，否则只怕他们不会这么想。"说完，王主簿悄悄地移开了。

杨凌回头看了一眼，只见黄县丞正和马驿丞站在一块说着什么，目光和自己一碰，看到那关切的眼神，杨凌便立即明白是他故意缠住马驿丞，让王主簿来向自己嘱咐这番话的。

他心中有些疑惑："自己可是救了他的儿子啊，难道锦衣卫都是如此冷酷无情吗？黄县丞既然这么嘱咐，必是要我找机会向他示好。咳！反正我活不了多久了，要我死可以，要我掏钱那是万万不能，不然我的幼娘要如何生存？"

我的幼娘？想到这儿，天字第一号守财奴的心儿一颤，抬头看向城边，只看到韩幼娘挥舞着哨棒的背影，头冠已然散开，两条垂及臀部的乌黑发辫在她身后摆来摆去。

就在这时，刘巡检提着把弓大声嚷嚷起来："鞑子被打退了，鞑子被打退了。"正在说话的黄县丞和马驿丞听了一齐涌了上来，只见鞑子兵像潮水般向后退去，边退边向城头上不断发射利箭，掩护正在攀爬攻城梯的士兵退下去。

杨凌看他们进退有序，不慌不乱，他虽不懂阵形，却看得出那些鞑子们聚得杂而不乱，隐隐仍呈现几道进攻队形，不禁脱口叫道："鞑子在做什么？只要他们再强攻一阵，就有可能登上城头，为何突然退了？"

洪班头呵呵大笑道:"杨师爷,你道鞑子就不怕死么?这些该死的被我们杀得肉痛了。"

杨凌觉得有些不对,却说不出个所以然来,相对于几个兴高采烈的文官,他的思绪还比较清楚一些,想了一想,他突然叫道:"不好,他们是不是要攻东西两门?我们刚刚从两门又抽出来一部分人,那里实力单薄啊。"

这时江彬也匆匆奔了回来,大冷的天,他已脱去战袍,赤着双膊,手中的双刀已经卷了刃,上边血肉模糊的。听了杨凌的话,他接口道:"不会,东西两城道路狭窄,平时城门都不开的。我们人少,他们也无法派出大队人马战斗,不过我看鞑子也必有诡计。"

韩幼娘奔了回来,越楼中有一堆老爷大人们,她也不方便进来,就站在门边望着杨凌,两颊赤红,发丝已湿得沾在额头上。杨凌向她微微一笑,向前走了两步,手搭凉棚向城下望去。

雪地上,鞑子兵分开一条道路,中间各有四匹奔马,拖着两件黑乎乎的东西向城前奔来。杨凌还来不及指出他的发现,江彬就像被剁了脖子的公鸡,扑棱一下跳了起来,扯着嗓子叫道:"他妈的!是'轰天霹雳猛火炮'!"

第二十五章

危城时刻

一

　　黄县丞眼神不好，没有看清那两件东西，不过他在边陲小镇待了这么多年，自然知道什么叫"轰天霹雳猛火炮"，一听之下顿时面如土色。
　　"轰天霹雳猛火炮"可用于守城，更擅用来攻城，炮弹威力足以炸毁城门，轰塌城墙。现在城下鞑子兵逾三千之众，只要被他们炸开城门，鸡鸣驿必然守不住，却不知鞑子从哪里弄来的这种大炮。
　　原来进攻二里半、五里铺和鸡鸣驿这三处关隘的鞑靼兵主将博达尔模率兵攻破二里半驿，正在城中烧杀抢掠，听说达延汗的儿子旭烈孛齐被明军杀了，立即命副将迄林达达率军赶赴鸡鸣驿，誓要屠尽全城以报此仇。
　　他也知道鸡鸣驿比二里半要难打得多，所以自率一千多人，押着从二里半缴来的"轰天霹雳猛火炮"向鸡鸣驿挺进，此时刚刚到达，听说攻城士兵死伤已逾千人，立即命大军后撤，要用火炮轰下县城。
　　就算江彬骁勇，他当此时刻也知大势已去，他将两柄卷刃的马刀向地上一掷，对黄县丞道："黄大人，弃城吧！"
　　黄奇胤脸色灰败，颌下长须颤抖着道："弃城？你我守土有责，若是弃城而逃，如何向圣上交代？黄某宁愿与城池共存亡！"
　　江彬眼中怒火爆闪，向一众县衙官员怒吼道："城门一破，鸡鸣驿必然失守，难道要白白葬送性命吗？当断不断，反受其乱啊！"他又霍地转身向士卒吼道："闵大人醒了吗？我要向闵大人禀报军情！"
　　那个士兵战战兢兢地道："闵大人高烧未退，尚未苏醒。"江彬听了牙齿咬得咯咯响，犹如困兽一般在厅中乱转，一众官员面面相觑，其中已有人面露惊恐之色，却谁也不敢首先说出弃城两字。
　　杨凌不知其中厉害，在他想来，不能守便退，何必计较一城一地的得失呢，来日积蓄力量卷土重来便是。却不知"气节"二字对古人来说，实比性命还要重要，所以他们有时做下的事在现代看来愚蠢无比，在当时却再正常不过。

他上前对黄县丞道："大人，既然明知结局，何不趁鞑子尚未攻上城来从速撤退，辎重物资虽然来不及带走，但是保得大家性命要紧呀，留得青山在，还怕没柴烧吗？"

黄县丞不好对他大声呵斥，他只是无力地摆了摆手，叹道："鞑子，人人是健骑之人，此时弃城同样逃脱不了。继续守城，尚可多杀几个鞑子。"

杨凌急道："既然如此，我们继续留守此处拖延时间，派几位大人组织百姓从北门迅速逃出去，出城后立即向山上逃，鞑子的骑兵再厉害也不见得能追杀漫山遍野的百姓，况且这些鞑子还没有能力夺我大明江山，不过是扮强盗来劫掠一番罢了，进了城必然大肆搜刮民财，亦可拖延他们的行程。"

黄县丞眼前一亮，说道："不错，是老夫糊涂了。"他立即对王主簿和尚未来得及离去的乡绅们道："王主簿，你和马驿丞，各位里长、保长组织百姓从北门撤出去，出城立即分散上山！"

王主簿道："大人，你呢？"

黄县丞咬着牙道："老夫虽是一介书生，不能仗剑杀敌，也要与守城将士同生共死！"江彬知道他固然是要以身殉城，未必就没有对自己监视督战之意，闻言哈哈大笑，他咬着牙转过身向不足百人的伤残士兵们狞笑道："好，老子这一百多斤就撂这儿了，多杀一个就赚一个，都给我各回原位，誓死不退，有敢擅退者杀无赦！"

黄县丞看了杨凌一眼，说道："贤侄，你……带上闵大人，也撤出城去吧。"

杨凌一方面感佩黄老夫子的风骨，另一方面想到自己纵然逃得性命，亦已时日无多，不如留在这里，这时虽没有什么抚恤烈士家属的说法，但是自己如果战死在这儿，到时闵知县、王主簿等大人岂能不对幼娘照顾有加？

想到这里，他立即大义凛然地道："不，我也留在这里，与黄老，与将士们共守城池。"王主簿领了个疏散乡民的任务，心中着实轻松不少，这时一见杨凌的行为，顿时惭愧不止，那种书生意气涌上来，马上说道："食君俸禄，不能为君分忧，老夫惭愧，真是枉读圣贤书了。杨师爷，请你带着大人离开吧，我也留下。"

杨凌还指着他今后照顾韩幼娘呢，哪舍得让他死掉，连忙向他深深一揖道："王主簿要负责百姓安危和闵大人的身家性命，责任重大，岂可轻言牺牲？你快带闵大人离开吧，再迟就来不及了。只是……小侄有一事相托，拙荆幼娘今后还望大人多多照顾！"

王主簿感动得老泪纵横，见他以小侄自承，便说道："既如此，贤侄放心，但教老夫有一口气在,决不负相托之事。"说罢立即叫人上楼将闵大人抬下来。

马驿丞早已有了怯意,他本只是个驿丞,又刚来此地,对鸡鸣驿没有什么感情,巴不得马上带了儿子女儿立即逃之夭夭,见状忙站到门口指挥一众乡绅父老立即离去,准备疏散百姓出城。

杨凌匆忙赶到楼口,唤过韩幼娘道:"幼娘,城已守不住了,你马上随王主簿护持闵大人出城逃上山去。"

韩幼娘急道:"相公,那你呢?"

"我……你们先行一步,我随后便去。"杨凌随口搪塞道。

韩幼娘狐疑地看着他,说道:"不,我陪你,要走就等你一起走。"

杨凌大急,厉声喝道:"你怎么这般糊涂?为夫的话你一句也不听……是不是要我现在就休了你?"

他越是催促,韩幼娘越是料定他已决心以身殉城,只不过不知道他的伟大全是因为一番私心罢了,小姑娘原本就性情泼辣,也只在他面前才不曾犯过倔强,这时也顾不得什么"三从四德"了,脖子一梗抗声道:"妾不曾犯七出之例,相公何以休我?"

"你……"杨凌气急,挥手欲打,韩幼娘站在那儿把眼一闭,全不闪避,杨凌举起手来,看到她稚嫩的面孔,这一巴掌如何还打得下去?

就在这时,只听轰轰两声巨响,江彬叫道:"鞑子开炮了!"杨凌想也不想,一把抱住了韩幼娘,将她扑倒在地,压在她的身上。

只听哗啦一阵响,尘土飞扬,越楼一角被击中,整幢建筑塌了一小半,砖石瓦木不断掉落。屋里这帮士绅官员们被乱飞的砖石击中,或多或少都受了些伤,原本躺在墙角的那些伤兵已有大半被活埋在瓦砾堆里。

其实不光是屋里头这群呆头鹅,就算是外面那些士兵也不懂得卧倒在地可以最大限度地避免爆炸伤害的道理。我们现在看来耳熟能详,几乎以为生来就应该是这样的很简单的小事,其实也不知是经过几代人的摸索才被发现出来。

韩幼娘被他扑倒在地,又压在自己身上,她倒有点懵了,不明白这算是夫君新发明的什么家法,爆炸响过才省悟道他是怕自己被炸伤。她连忙一骨碌从杨凌身上站起来,见一大堆瓦砾就砸在杨凌身边,身上压着半截窗棂,吓得她连忙搬开窗户,紧张地问:"相公,你有没有受伤?"

就在这时,已经跑到下城台阶旁的一个士绅瑟瑟缩缩地从墙根下站了起来,急叫道:"快救人!马驿丞被埋在下边了。"与此同时趴在城头上的江彬突然发出一阵哈哈的狂笑:"他奶奶的,炸得好,炸得好,哈哈哈哈……"

江把总疯了吗?灰头土脸的黄县丞等人不约而同地向他怒目而视,只见江把总光着膀子，手指城下仍是狂笑不已。

众人向城下望去，只见鞑子军中那两门"轰天霹雳猛火炮"，一门大炮飞离原地两丈多远，炮架朝上，砸在人群当中，死伤一片。另一门大炮只剩下一个炮管趴在一个黑乎乎的大坑里，一只炮架的轱辘还在雪地上晃晃悠悠地向前滚动着，半响才歪歪斜斜地倒在地上。

众人都惊讶不已，不知发生了什么事，只听江把总狂笑道："鞑子不会用咱们的大炮，没用铁栓固定，一门大炮炮身弹起来了，另一门大炮填得火药太多以致炸膛了，哈哈哈……"

第二十六章

天降奇兵

一

众人听了江把总的解说，不禁又惊又喜。杨凌跑出来看到这一幕怪异的情景，心中也觉得十分好笑。

一阵骚动后，鞑子兵开始在一名将领的指挥下拥过去要将那门大炮翻过来，杨凌见状立即喊道："不要看了，趁此良机，王大人赶快带人组织百姓出城。快快，过来几个人，赶快把马驿丞和受伤的士兵救出来。"

江彬一听也才想起现在生死攸关，不是看热闹的时候，他急忙转回身来大喊："炮手呢？还有活的吗？赶快架起咱们的大炮，把鞑子的大炮轰掉。"

城楼上立时忙活起来，幸好闵大人刚刚被抬下二楼，否则方才这一炮中已然送命。此时他算是最幸福的人了，身为鸡鸣驿最高首脑，单骑冲入敌阵，一刀摘下小王子达延汗小儿子的脑袋，然后丢下一个烂摊子让别人收拾。

王主簿令人抬着闵知县，和一帮乡绅急急忙忙冲下城去，杨凌和刘巡检招呼过来十多个士兵连扒带刨，从瓦砾堆中向外救人。好一会儿工夫，他们从碎砖破瓦中拖出五六个人来，除了一个被活活砸死，其他的人幸好都没有生命大碍。

可是原本站在楼口指挥乡绅向外撤的马驿丞，身子却是纹丝不动，待杨凌等人将他身上的碎砖瓦清理干净，众人不由得都倒吸一口冷气，一根副梁正砸在马驿丞的小肚子上，下身一片血肉模糊，人已经断了气了。

那边江彬从残兵之中好不容易找出几个会用火炮的，可惜三个主操炮手已经有两个在刚才的守城肉搏战中丧命，只剩下一个受了伤的，还是刚从垃圾堆里刨出来。他本来胁下挨了一刀，现在又被砖头砸破了头，江彬也顾不上那么多了，叫人硬将满脸是血的他扶上了炮台。

操炮手晕头晕脑地指挥副手调整大炮的角度，一炮轰出，炮弹在距离那门大炮十多丈远的地方爆炸了，虽没对那门大炮造成任何伤害，可是也轰死十多个鞑子，那些正手忙脚乱装填炮弹、炸药的鞑子顿时也慌了起来。

那时大炮上还没有发明瞄准装备，全由炮手凭经验肉眼判断，方才一炮将鞑子的战车击得粉碎，全因那个庞然大物距离已经十分近了，而且用的是平射。可是现在对方远在三箭地外竖起了大炮，就算平时最高的水平，也未必能那么准确地击中对方，更何况操炮手目前这种状态，而且采用的是曲射。

江彬原也没指望他能一炮轰掉对方的大炮，立即命人将三门大炮全部装弹待射，然后让人挽着操炮手逐个进行校准，又是接连两炮，结果一弹射得近了，白白浪费了炮弹，一弹又射得远了，在鞑子群中开了花。

黄县丞、杨凌、江彬等人站在瞭望口急得双手都能攥出汗来，可是却一点忙也帮不上，杨凌头一次痛恨起自己的保险职业来，如果当初自己是一名炮兵……唉，做炮兵怕也玩不好这种原始大炮！

这时鞑子架设起来的大炮旁，有十几个人忽然跳上马转身就跑，杨凌等人眼看着大炮炮口轰鸣着喷出一道火焰，同时原地腾起一大团浓烟，炮身在浓烟中腾空而起，又重重地跌落下去。

杨凌等人只觉得巨响中脚下震动了一下，然后再无声息，大家惊诧地你看看我，我看看你，都有些莫名其妙：炮弹呢？城头上没有一处发生爆炸，炮弹怎么没了影儿？

江彬干笑两声道："鞑子再蠢，也不会连炮弹都忘了放吧？"他虽在说笑，心中却充满一种莫名的恐惧，所以脸上的笑容十分牵强。

杨凌还未搭话，忽然城下传来一阵山崩海啸般的声潮，那是鞑靼兵的欢呼声。向城下一望，只见黑压压的人群中，刀枪并举如林。

杨凌猛地倒抽一口冷气，眼神霍地对上了江彬的目光，彼此的眼中都闪烁着寒意和恐惧，他们不约而同地叫出声来："城门！"

鞑子这平射的一炮，将木制的城门轰开了，残破不全的两扇城门半敞着，还在徐徐冒着青烟。城头上的人都呆若木鸡，千百铁骑正蜂拥着向前冲过来，鸡鸣驿失守了。

排山倒海般的喊杀声掩盖了城头上的人的惊慌失措，也掩盖了已完全失去斗志的士兵和民壮的喊叫声。杨凌默默地回过头，搜寻的视线迎上了一双亮晶晶的眸子。

那双眸子，蕴含着无限的深情和留恋，杨凌忽然觉得这眼眸是那么熟悉，好像很久很久以前，就有这样一双眸子深情地凝视着自己，或许自己这段匆匆的缘分，确实有着一段前世的缘吧！那么来世呢，彼此还能再见么？

匆匆美梦奈何天，爱到深处了无怨……这一刻，他心中充满着对生的眷恋和对未知的恐惧，然而他的心中只有这些感觉，却什么也来不及去想了，意识已陷于停顿，脑中一片空白。

突然，一张狰狞的鬼脸无比突兀地出现在杨凌的面前，遮住了幼娘的身影。那张鬼脸上沾着斑斑点点的鲜血，龇着一张大嘴，喉咙里发出风箱似的声音，他拼命地摇着杨凌的肩膀，疯狂地大笑："来了，哈哈，终于来了，哈哈哈哈……"

好大的力气，杨凌被摇得都快吐了，他猛地把和自己跳贴面舞的鬼脸狠狠地推开，焦距回到了正常的距离，这才看清那张脸是江彬，由于兴奋，江彬那张原本很白皙的面孔涨成了血红色，脸上的肌肉失控地扭曲着。

被杨凌一把推开，他仍然手舞足蹈地狂笑："来了，哈哈哈，吉人自有天相，永宁参将来了！"

杨凌一怔，这才听到一阵密集的炒豆似的枪声，代闵知县处理了那么久的政务，他当然听得懂江彬的话，宣化边军设总兵一人，副总兵一人，下辖七名参将，永宁参将就是负责怀来一带防务的将军。

大喜大悲的急剧起伏，让他眼前一黑，几乎晕了过去，不知什么时候，韩幼娘已经跑到他的面前，杨凌一把把她搂在怀里，幸福得浑身发抖。

韩幼娘扶着他转向城墙时，他的双腿还在打晃儿，就像喝了二斤老白干似的。城下的鞑子兵已经冲进了一箭之地内，可是城门内也涌出了大批的官兵，最前边的是一群火铳兵，炒豆似的枪声响过，硝烟弥漫中前边像割麦子似的，倒下一片。

这时的火铳威力还不够大，射击的距离都没有弓箭远，如果对方穿上一层盔甲，铅丸都未必能射得穿，但是现在鞑子兵得意忘形，纵马狂奔，只想抢先进城，多劫掠些金银财物，多糟蹋几个漂亮女子。火枪射出时，他们已冲到半箭地内，加上大多士兵穿的只是普通衣袍，顿时死伤一片。

火铳虽然射不死战马，可是被击中的战马吃痛，不肯再向前冲，四下奔逃相互践踏之下的死伤者几乎不在被火铳击中的人数之下。

杨凌看到明军的火枪手同样处于一片混乱当中，他记得看一些十七世纪的外国片子时，火枪手原地射击时分成三列纵队，第一列卧倒，第二列单膝跪地，第三列站立，依次发射、装弹。如果是行进中射击则成两列，第一列射击结束后退，第二列上前，交叉射击，弥补了当时火铳射击之后填弹缓慢的缺陷。

可是城下的明军却是一窝蜂地冲上前射击，然后又急忙后退，刚刚冲出城来的骑兵则从两翼包抄过来向鞑子进攻。但是最前沿撤退不及的火枪手已被鞑子的弓箭射得死伤一片。

难道明军还不懂得用队列之法弥补旧式火枪的缺陷？杨凌暗想："回头不妨向江把总他们问一问，我这个现代人没准还真能卖弄一点知识。"

其实这种三段式射击法早在洪武年间大将沐英平叛时就用过，只是后来火器在军中配置越来越多，但是明朝从来不重视军官和士兵的培训，这些战术运用根本没有普及。明军使用火器通常就是齐射，然后敌军已冲至眼前，火铳立即沦为烧火棍。

明军主力仍在不断冲出城门向鞑靼人冲击，虽然阵形的展开不及鞑靼人迅速，但是一来鞑靼人全无心理准备，二来先前的一阵火枪扫射给他们造成了一阵混乱，形势对明军大为有利。

杨凌紧握双拳，看得热血沸腾，就在这时，只听后边有人高声叫道："永宁怀来参将何大人、监军叶大人、副监军刘公公到，鸡鸣知县、守军官佐何在？"

第二十七章

监军奸军

一

杨凌转过身,只见黄县丞、江彬及一干县衙官员急步上前,跪倒在地道:"下官鸡鸣县县丞黄奇胤、把总江彬参见诸位大人。"

永宁参将一摆手道:"起来吧,闵知县呢?"

他一动弹,身上的甲叶子哗啦啦直响。这位永宁参将何大人年约五旬,身材不高,瘦削的脸颊,黢黑的面庞上一双眼睛极是凌厉,再配上那一身鲜明的甲胄,自有一股身居上位者不怒自威的气概。

他后边跟着一群衣甲鲜明的校尉,身旁一左一右站着两个人,左边那人四十出头,白面微须,是个身材高挑的文官,浑身透着一股书卷气,正上上下下打量着垂首回话的黄县丞。

杨凌瞄了他的补服一眼,从恶补得来的知识中了解到这人是从五品的文官,大明果然有文官把持军权的传统,居然派一个从五品的文官监督一个正三品的参将。

太监对杨凌来说,是最稀罕的生物了,所以他着意地打量了几眼,同电影里那些满脸谄媚的笑容,长得妖里妖气的假太监们不同。面前这位刘公公五十多岁,尖瘦的下巴,一双精明却温和的眼睛,除了松弛的皮肉较为白皙细嫩外,看不出什么特别的地方。

黄县丞和江彬等人纷纷站起,黄奇胤躬身道:"大人,闵知县中了鞑子的毒箭,昏迷不醒,方才势危,已着县中主簿将闵大人抬下城去,现在是下官和江彬江把总负责城防。"

城下隆隆的战鼓声和喧嚣的厮杀声震天,但是明军把鞑子打了个措手不及,后续军队源源不断冲出城去。博达尔模还道中了明军的奸计,立即命迄林达达断后,大军开始后撤。

那位刘公公看到鞑靼军后撤,呵呵笑道:"将军神勇,大军一到,便收复了鸡鸣驿,首战告捷,这可是呈给圣上的一道新年大礼呀。"听他的声音,倒不很尖细,不过语调的确略有些娘娘腔。

何参将矜持地一笑,摆手道:"刘公公谬赞了。来人,传下令去,命贺士杰、王承宪、郑一鄂分驻东、南、西三城,毕春、孙大忠追杀敌酋。"

叶御使闻言忙道:"将军且慢,我军方至,不明敌情,岂可轻敌贸进?兵书有云:知己知彼,方能百战百胜。鞑靼人以马为生,移动能力远非我军可及,为今日计,还是先固守城池,派出探马,待了解敌情后,再做打算才是。"

江彬听了急道:"大人,敌军阵脚已乱,趁势掩杀,必收奇效。所谓兵贵神速,若是等他们稳住阵脚,从容布置,那便要多费一番周折了。"

叶御使见他只是个下级官佐,不禁拂袖冷笑道:"笑话,兵者,天下之凶器也,用之慎之!凡用兵之法,驰车千驷,革车千乘,带甲十万,千里馈粮,日费千金,我大军方至,立足未稳,粮草供应,皆远远抛在后面,后无援兵可依,前有敌情未明,如此冒进,不是贪功吗?"

江彬虽也略懂兵书,可是所知有限,被他一堆什么千呀万呀的话说得晕头转向,张口结舌地答不出话来。杨凌虽不懂军事,可是也看得出眼下明明把鞑子打了个措手不及,此时趁势追杀,鞑子必然难以组织有效的反击。

而且那时代军队的指挥系统本来就不发达,再加上士兵的组织性差,效忠性更差,那些普通士卒打仗几乎全靠一股锐气,所以有时出现几万人马打败几十万大军之事,绝非小说乱写,而是确有其事。

一支军队可能帅旗一倒,大军就兵败如山了,想再组织起来十分困难。现在鞑子明显是处于溃败阶段,可是这个书呆子如此谨慎,不求有功但求无过,生搬硬套些兵书战策,简直是岂有此理。

但叶御使虽是个从五品的文官,何参将却不敢不重视他的意见,监军监军,岂止是监军之责,实是负有军队指挥的最终决定权。他沉吟一下,向江彬问道:"攻城敌军有多少人?"

江彬忙道:"回大人,昨夜只有百十名鞑子前来扰城,但今日凌晨突有近三千之众强行攻城,方才又有近千敌军拉了两门大炮来,若非将军来得及时,此城现已失守了。"

叶御使听了说道:"如何?敌军不断增兵,显然后援不断,焉能不谨慎从事?"

何参将迟疑片刻,回首道:"刘公公以为如何?"

这两位监军都是临时抓来应景的,叶御使是因三年大考之期已至,来宣府考核地方官员政绩的。刘公公是内宫二十四衙门中钟鼓司的掌印太监,奉旨出京采买的,结果回京途中被八百里加急快马截了回来,和叶御使一道充任监军。

他虽地位低微，却是最能时常见到皇帝的人，何参将也不敢不重视他的意见。这位刘公公在内监中职司低微，虽为监军，倒也不敢嚣张，一路之上都十分谨慎，唯恐露了怯。

方才听了叶御使的话，他心中已暗自盘算："我们大军一至，便将鸡鸣驿拿了回来，可谓大功一件。若是挺军急进，再立一功，固然是锦上添花，可是若真如叶御使所言，万一鞑子另有伏兵使我军受挫，我未尽监军之责，岂不受圣上斥责？还是小心为上。"

想到这里，刘公公微微笑道："何将军勇武，叶御使有谋，咱家鼠目寸光，也说不上什么见解，不过大军长途跋涉，疲惫不在敌军之下，若贸然追击敌军，万一有个闪失，反而不美。现在郑参将、宋参将正率军自涿鹿、赤城夹攻鞑靼军队，又有游击将军齐广胜驰援二里半驿，数路大军齐下，鞑靼军队必败无疑，咱家以为谨慎一些也好。"

两位监军既然意见相似，何参将便道："好，中军听令，命毕春、孙大忠立即收兵，驻扎于城门前严密戒备，着军中匠户及地方工匠立即修复城门，派出探马打探敌军实力及二里半等地目前情形。"

杨凌听得暗暗摇头："不怕虎一样的敌人，就怕猪一样的将领，明明是一面倒的大好时机，被一个书生，一个'咱家'胡说八道一番，居然就这么白白放过，实在可惜。"

何参将说道："黄县丞、江把总陪同本官巡视四城，嗯……本地驿丞何在？"

黄县丞忙道："大人，马驿丞……已经战死！"

何参将又道："县主簿何在？"

黄县丞施礼道："大人，王主簿携闵大人已经下了城，想必大军一路前来充塞了道路，一时来不及赶到。这位是杨师爷，负责治下一应民事，将军请尽管吩咐。"

何参将看了杨凌一眼，见他如此年轻，不觉微微一怔。黄县丞看在眼里，微笑拱手道："大人，杨师爷年少有为，协助闵大人治理鸡鸣驿，上下有序、井井有条，大人尽可放心。"

"哦？"何参将打量杨凌两眼，严峻的脸色缓和下来，向他一指道："你，将县衙事务尽数移交黄县丞，从现在起暂代鸡鸣县驿丞一职，负责军书联络、粮草传运。还有，本将与两位监军大人今晚就住在驿丞署，你安排一下。"

杨凌忙躬身道："是！卑职遵命！"

何参将向叶御使、刘公公和颜道："两位监军大人请，咱们去看看城防情况。"

黄县丞匆匆嘱咐洪班头陪同杨凌去接管驿丞署，然后和江彬陪着三位大人离去了，杨凌直起腰来，一时有点茫然。韩幼娘见他站在那儿怅然若失，不禁好奇地问：

"相公，你做驿丞，这官儿是升了还是降了？"

杨凌摇头道："是晕了！"

"啊？"韩幼娘紧张地道："相公刚才被砸伤了，还是被那个江把总给摇的？真是的，相公身子骨不好，他还那么用力。"韩幼娘说着，狠狠地瞪了江彬的背影一眼。

杨凌苦笑道："不是的，我从没做过驿丞，不知该干些什么啊，黄老陪着众位大人巡城，又没个人指点。"

韩幼娘道："那……去问问王主簿嘛，现在还不到晌午，要给各位大人安排住处，时间还宽裕得很。"

杨凌一拍脑门道："说得对，我现在就去，你先回家歇歇，为夫忙完了就回去，真的好累。"幼娘应了一声，杨凌便急急地下了城。

第二十八章

代理驿丞

一

此时城中大军云集，小小的鸡鸣驿已满城兵丁。大明军队有军属卫所和兵属营两种编制，边军是兵属营，何参将下辖五位都司，每位都司统领一千一百二十人，此时城中的总兵力达到五千六百人，无论是人力还是士气都在鞑靼军之上。

方才若能趁鞑靼军惊慌失措，全无准备时以尖兵直插中枢，乱其阵脚，再以大军两翼夹击，至少也能折损他们一半人马，可惜却错失了良机，实是令人扼腕。

王主簿住在县衙附近，本来抬了闵知县会同乡里士绅正要组织百姓逃跑，却见大军从北城冲进了来。原定策略自然不必再施行，他先将闵大人送回县衙，正急匆匆往回赶，就迎上了杨凌和洪班头。

杨凌和洪班头是骑马赶来的，杨凌不懂骑马，为了抓紧时间，也硬着头皮上了战马。马虽非急奔，也颠簸得他两条大腿酸疼，腰像是快要折断一般。

一见到王主簿，杨凌匆匆向他告知暂去代理驿丞一事，又虚心请教了一番，讨得了要领，便立即赶赴驿丞署。

驿丞署是砖木结构的五进连环院，建筑群十分庞大，最外一进是驿馆，第二进是驿仓，驿学在更里边，至于驿丞办公和寝居之处则在最后一进的院落中。

得了洪班头传达的军令，驿丞署便临时划归了"赶鸭子上架"的杨凌掌管。鸡鸣驿太小，没有专门的司库官，因此是由驿丞兼代司库职务，马驿丞手下有六名小吏，四名负责驿丞事务，两名管理库房。

方才城上作战，守军死伤惨重，六名上城助防的小吏现在只剩四个活的，其中一个还负了重伤。杨凌能招至面前使唤的便只剩下三人，三个人都是一脸的烟熏火燎，都还没来得及去洗呢，虽不像杨凌跟个灶王爷似的，可也够瞧了。

杨凌吩咐他们收拾几间最好的房子准备让三位大人入住，又要他们清理仓房，分别盛载粮草器具，对接收的粮草给养当场清点无误，登记造册，组织驿使们分发各营。

　　一切吩咐完毕，四下看看，想起这里就是平时马驿丞办公的地方，不禁感慨良多。说起来两人还真的很有缘分。他只比自己早一天到了鸡鸣驿，而自己是因为他家的官司才结识了县太爷，寻到一个谋生的职位。

　　然而马驿丞上任不过一个多月，就惨死在这里，自己这个随时做好死亡准备的人却还活着，世事还真是难以预料。杨凌暗想：是不是该去看看马昂兄妹，他们现在应该知道马大人的死讯了，自己应该去看望他们一下才是。

　　可是现在军方辎重营的车马正源源不断到来，与官员接洽，接收粮草入库，计算各军的给养所需，安排各营的军需供应，他和几名小吏忙得不可开交，这时根本没有时间去吊唁。

　　再说马驿丞刚死，他就取而代之成了驿丞。如果在马家兄妹面前，一群驿使、小吏们时时跑来请示个不停，恐怕马昂兄妹心里会更加难受，所以只好作罢。

　　那些米粮进进出出实在够烦琐，杨凌想不通不过十余日的军粮，搁在军营里有什么关系呢？如此频繁调动劳民伤财，起拨调运又费时费力，就算是为了把军队的给养命脉把持在文官手中，可这也未免太过犹不及了。

　　他忙得陀螺一般，骑着马押运着粮草逐个城门交接安排，路过家门时，他才匆匆跳下马想回去换件袍子，身上那件实在是泥污不堪了。

　　跳下马来时，杨凌只觉得双腿轻飘飘的，好像刚从船上下来，由于不会骑马，大腿内侧都磨得起泡了，走起路来生疼。他怕幼娘看见心疼，一进了门就放缓了步子，显得自然些。

　　一进门，只见韩幼娘系着蓝色碎花布的围裙，正坐在灶前包着饺子，看见相公回来，她像只快乐的喜鹊，兴高采烈地迎了上来，红扑扑的脸蛋写满了欢喜。

　　空气中有种菜馅的味道，杨凌嗅了嗅，嗯，那是家的感觉，温馨的感觉。看到韩幼娘颊上沾着一些面粉，他的眼底悄悄跃上一抹温柔，他现在越来越喜欢看她既像孩子，又像个温婉小女人的神情了。

　　他瞥见锅盖上已码好的整整齐齐四排半饺子，像一个个洁白的小元宝似的，又想着明朝称饺子为"扁食"，不禁笑道："你呀，叫你回家歇着，随便弄口饭吃就得了，还费力包什么扁食？"

　　韩幼娘帮他脱着身上的脏袍子，嫣然道："相公，要过年呀，怎么能马虎了，这是……这是咱们一起过的头一个新年呢。"

　　杨凌一怔，这一天一宿的惊险，竟让他连年关也忘记了。来到明朝的第一个年，竟是和幼娘在刀光剑影中度过的，看着韩幼娘满脸幸福、毫无怨尤地甜笑，他的心里一酸：第一个新年，我是否有福气和你一起过许多个新年呢？

他怕韩幼娘看到他的表情，忙背过身拿起件袍子，一边穿着一边对韩幼娘道："嗯，我倒真的忘了，回头再去买点酒菜，等我回来咱们一块过年。"

韩幼娘脆生生地答应一声，说道："给相公做的新袍子我放在炕头上捂着呢，等你回来再换。"

杨凌"唔"了一声，匆匆走到外边，翻身上马与两名驿使又奔回南城。南城外驻扎了两营兵马，此时正在埋锅造饭，临时从山上砍伐下来的树木潮湿难燃，一时浓烟四起。

到了城头一打听，黄县丞、江把总陪着几位大人去鸿雁楼吃饭了，城门口抢修城门的工匠也已歇下了。杨凌看看没什么事了，便带着几名小吏返身向回走。

他自从早上吃过一顿饭，一直奔波到现在，已饿得前胸贴后背，而且虽然他已渐渐摸到一些骑马的要领，现在仍觉得骑马比起走路来还要辛苦得多，骑在马上浑身都得使劲，累得筋疲力尽，口干舌燥。

他看见路边有一口水井，便跳下马过去用木轱辘吊上一桶井水，井水清澈，水中还沉浮着透明的片状冰块。杨凌掬起一捧冰凉甘甜的井水痛痛快快地饮了几大口，冰凉的井水吞下肚去，甘甜中又激得胃里隐隐有些疼痛。他喘了几口大气，干脆就着井水好好洗了把脸，立起身来伸了伸腰，呵着腾腾白雾，沾水的发丝瞬间变得硬邦邦的。

这时城外军营中十多骑快马急奔而来，由于马速太快，看到井口边站着的几人身着驿丞署服装时，尽管带头的将领急急勒马，仍然冲出去十余丈才勒住战马，随后折返了回来。

杨凌诧然看着那些士兵中间簇拥着的一位将领，这人年约四旬，身材瘦削，肤色黝黑，颌下一缕微髯，只是细看上去颧骨过高，一双白多黑少的三角眼多少破坏了他儒雅的气质。

他面色冷峻，显然正隐忍着怒，战马到了面前，他傲慢地提着马缰，一手执着马鞭，居高临下地问道："你们是驿丞署的人？"

杨凌呵着冻得通红的双手，问道："将军是哪位？有何贵干？"

那人身旁的亲兵大声喝道："放肆！这是我们毕都司，还不快快回话！"

杨凌听说是正四品的将军，倒是真不敢放肆，忙站直了身子拱手道："卑职便是本县代理驿丞，不知将军有何差遣？"

那将军听了马鞭一挥，鞭梢啪的一声锐啸，自杨凌耳边掠过，吓得杨凌一激灵，引得那几个亲兵哄堂大笑。杨凌勃然大怒，他霍地抬头怒视着那位都司，只见那位毕都司咬着牙，冷冷一笑道："你一个小小的驿丞，真是好大的胆子，本将率军星夜驰援，救了鸡鸣驿近万黎民，如今却要本将的士兵饿着肚子，真是岂有此理！"

杨凌见这位将军飞扬跋扈，本来勃然大怒，听了这话却不由一怔，怒气立时便消了，他皱起眉疑道："这怎么可能？"他扭头望了望还四开大敞的南城门，指着袅袅炊烟："我已着驿署人员分发粮草，城外分明已燃起炊烟，怎么却说要饿肚子？"

毕都司铁青着脸冷笑道："那是孙大忠的军营，我毕春手下的人也是大明的官兵！到现在为止，全军官佐只有半数分到了米粮，常言道王侯还不遣饿兵呢！难道你鸡鸣驿竟要我们饿着肚子上阵杀敌不成？"

杨凌心中飞快地闪过一个念头："贪污截留？他离开驿丞署时曾经亲自去看过仓库，押运来的粮草至少堆满了两座仓房，足以供这五千官兵十天之用，什么人这么大胆子，居然敢克扣得如此嚣张，而且又逢战事，真是胆大包天！"

这时候他心中连杀人的心都有了，一时间他的脸色也变得铁青，杨凌强压怒火向毕都司拱手一礼，字字如铁地道："大人，这是卑职的疏忽，还请大人多多担待。请大人立即派军中厨户前来驿丞署，卑职这便赶回驿署，亲自分发军粮。"

他旁边一个小吏一直悄悄在拉他的袖子，似乎有话要说，杨凌理也不理，只是双目直视着那位都司。

那位毕都司听了杨凌的话，脸上怒气慢慢缓和下来，他直起身子，一双三角眼盯着杨凌眨也不眨地看了半晌，忽然问道："你叫什么名字？"

杨凌说道："卑职鸡鸣驿代理驿丞杨凌。"

毕都司点了点头，又直了直身子呵呵笑道："好，好一个代理驿丞杨凌，本将记住了。邱大鹏，你快马追上关受英，叫他们规规矩矩地不许抢粮，就说杨驿丞马上就去开仓，本将回大营等你们的消息，哈哈哈哈……"

第二十九章

开仓放粮

一

毕都司领着一众亲兵风驰电掣地奔出城去了。杨凌听毕都司话中意思，竟是已派人去驿丞署抢粮了，顾不得两胯酸痛，连忙匆匆上马，快马奔向驿丞署。

方才拉他衣袖的小吏纵马随在身侧，急道："大人，你不该答应给他军粮啊，现在可如何是好？"

杨凌颠得跟木偶似的，却仍忍不住喝道："有何不该？难道要将士们饿着肚子打仗不成？克扣军粮，哪朝哪代可都是杀头的大罪！何况又正值年节！"

小吏苦笑道："大人，我们这样的小吏岂敢随便克扣军粮？是他们自己的粮饷没有带足，怪得了谁？"

杨凌怒道："胡说，明明有两仓军粮，足够十日之用，你敢当面欺我？"

小吏道："小的哪敢，仓中虽有余粮，却是人家主兵的，他们这些备兵只带了那些粮食，与我等何干？大人，就是孙都司的粮都有三成是咱们从主兵的粮中调拨过去的呢。"

杨凌问道："慢来慢来，你慢慢地说，是怎么回事？"

那小吏边赶路边对杨凌仔细述说了一遍，原来何参将麾下五营兵马中，分驻在东西南三城的是他的亲信，是怀来一带的主兵，即本地永久驻防的军队。

先前打头阵冲出城去的两营兵马中，孙大中的军队称为客军，也就是外省的兵。虽然出于驻防的需要已永久调防本地，但是他们的粮草给养，人员的开销甚至马匹刀枪的供应仍由原省份河南方面负责。

而毕春的兵称为备兵，是从浙江卫所临时抽调的，只是每年蒙古人最有可能犯边的几个月被抽调过来，过后还要回去的。

这次鞑靼人在相邻数县之间同时攻击十多个驿站，烽火传至京城，宣府总兵派出三位参将驰援涿鹿、怀来、赤县，另谴两位游击将军机动作战，大军走得甚急。辎重营是永宁参将的直属部队，装运粮草自然先尽着本部人马，所以孙大忠、毕春的部队连军粮都没有带够。

孙大忠的兵虽是客军，因为是永久驻防，暂时从主军抽调些给养也不算什么，回头报请府城司库官从浙江运来的钱粮中扣除便是。但备军是随机抽调来的军队，开春后就要返回原驻地。那时节运输不便，地方官员效率低下，彼此推诿扯皮、拖欠军饷的事是常有的，万一没等他们还清债务就调回本地，这亏空谁负责得起？

杨凌听了小吏的解释，觉得有点匪夷所思，军队这样的紧要部门，居然不能做到钱粮军饷统筹统支，这样僵硬死板不切实际的军需供应制度，真不知道是哪个白痴制订的，难怪方才走遍全城，见各营士兵的制服、兵器的规格，质量参差不齐。

他这时也知道自己答应得太满了，但是将士如果连饭都吃不饱，士气军心如何保证？何况毕春的辎重只是来不及运至，只要及时报请府城司库官调整各军账目，想来问题不大，想至此处，杨凌心中渐安。

日已西斜，驿丞署覆盖在皑皑白雪之中，沐浴着清冷的阳光。东山墙下信道上每隔二十步便悬着一盏颜色已盘剥不清的灯笼，在风中轻轻摇晃着。

五辆马车依次停在驿道缓坡上，前面人声嘈杂，听来大都是些南方口音，不少人还持刀拿枪，杀气腾腾的，看样子有四十多号人。驿仓前十多名驿卒举着哨棒，在一名小吏的带领下正堵着仓门口，与他们对峙争吵着，斗鸡似的。

杨凌见了这情形像拧紧了的发条，连忙赶过去高声喊道："统统给我住手，有什么事和我说！"

毕都司的亲兵郑大鹏站在一个卷着袖子、肩上扛着砍刀的将官旁边，那人满脸杀气活像个屠夫，郑大鹏与他耳语几句，他斜着眼睛瞧了杨凌一眼，挥了挥手，士兵们顿时静了下来。

守在门口的小吏瞧见杨凌，连忙跳着脚高声喊道："驿丞大人到了，大人，这些兵要抢军粮！嘿嘿，老子刚从死人堆里爬出来，还怕你们这些大头兵？"

那些军兵一听，顿时又鼓噪起来，杨凌连忙高举双手喊道："静一静，这位邱兄想必已传达了毕都司的军令，各位将士切勿喧哗，在场的哪位军职最高？请上前来与本驿丞核算用粮，签字画押便可以领取了。"

站在郑大鹏旁边的军官踱了出来，挺胸叠肚地道："算你识相，我们在前边卖命，这里囤积着粮食却让我们饿肚子，当我们好欺负？"

守仓小吏迟疑道："大人，这粮不能擅自分给他们啊，他们是……"

杨凌打断他的话，道："我知道，他们是备军，是客军，他们的辎重粮草还没运到！"他扫视了众人一眼，朗声说道："同时我还知道，他们是勇猛之师，是本县的救星，鸡鸣驿岌岌可危的时候，是他们冲在最前面，赶跑了鞑子，保住了全城父老的性命。"

他向士兵们问道："如果我没看错的话，那支火枪队就是你们营中的军兵吧？"

"不错！"那名军官满脸骄傲之色，他洋洋得意地四下瞅了一眼，大声道："北军中火铳手太少，只有我们南军才配备了专门的火铳队！"

杨凌点头道："嗯，如今敌军退却，本县上下，包括诸位兄弟的父母妻儿都可以踏踏实实地吃顿饱饭睡个好觉了，凭的是什么？就凭这些勇敢的士兵替我们驻守在城头，鞑子不敢再来侵扰！"

他大声道："你们说，凭什么仓中有粮却不放粮，难道让这些冲锋陷阵的官兵饿着肚皮替我们守在城外？英雄们在为我们流血，我们不能让英雄流血又流泪呀！"

这番话太有煽动性了，那个年代谁在乎这些小兵们想些什么？谁真正在乎他们的作用？那是一个百战军功不及一篇锦绣文章的年代。

那些士兵高举着的刀枪都悄悄放了下来，原本满脸的戾气一扫而空，他们既自豪又感动，眼睛都有些湿润了，那名屠夫似的军官满脸的横肉都在哆嗦。

杨凌话锋一转，又道："再说……我们有什么好担心的呢？他们来自江浙，江浙可是鱼米之乡呀，天下岁赋十之七八出自江浙湖广，这么富庶的地方还怕借粮不还？"

"不错，我关受英以项上人头担保，待我军军粮运到，一定先归还司库，颗粒不欠！"被杨凌又捧又赞，那名军官也觉得自己像一个英雄了，把胸脯拍得砰砰直响，高声允诺着。

杨凌舒了口气，向守库小吏使个眼色，喝道："还不开仓放粮？"他又向关受英笑道："关将军，耽误了兄弟们吃饭，实在是对不住。不过库房重地，还望将军关照，等我的人过了秤再搬粮，不要乱了章法。"

关受英被他一口一个将军，叫得眉开眼笑，连忙答应着："好说，好说，不劳驿丞大人吩咐。"他牛眼一瞪，向手下士兵大声嚷嚷道："兄弟们都给我安分点儿，别给咱们浙兵丢脸面。"

一众官兵乱哄哄地答应着，关受英在杨凌肩上重重一拍，笑嘻嘻地道："兄弟是毕大人麾下亲兵队长，杨驿丞，你这个朋友我交下了。"

亲兵只是负责将领的个人安危，这个队长虽然官儿不大，但确是毕春的心腹。杨凌自然也曲意逢迎，随便拿出几句官话出来，就让关受英如逢知己，倍加亲切了。

好不容易送走了这群军爷，杨凌晃回自己的家门。直到这时他才觉得骨头像散了架似的，浑身酸痛的他进了家门，直接倒在炕上长长地出了口气。

韩幼娘见他一脸的倦意，忙替他脱掉靴子，将他的双腿抬上炕，坐在旁边轻轻给他捶着腿，柔声道："相公，身子乏了吧？歇歇咱再吃饭吧。"

炕头儿烧得暖烘烘的，韩幼娘的双手又是那么轻柔，杨凌舒服得一股倦意袭上心头，连眼睛都懒得睁开了。他惬意地靠在被上，喃喃地道："幼娘，我好累啊，浑身酸痛。"

韩幼娘改捶为捏，从小腿开始轻轻地揉捏着他酸痛的肌肉，轻轻地抿嘴笑道："幼娘给相公揉揉，这要是有点药酒就好了，保准明儿起来就一点不酸了。"

一阵舒适细痒的感觉从小腿肚子上传来，杨凌舒服地"嗯"了一声，放松了身子享受着她的温柔，过了会儿他忽然想起了什么，忙睁开眼睛说道："我这身体是太差了，以后得锻炼一下，对了，今儿在城头上看你的棍法好厉害，那叫什么棍法？"

韩幼娘俏脸一红，忸怩地按摩着他的双腿，支支吾吾地道："都是些乡下把戏，相公问这个做什么呢？"

第三十章

情意绵绵

一

杨凌听到她的声音有点忸怩，仔细地看了她一眼。见她的头发刚刚洗过，长长的秀发整齐地披在肩后，光亮可鉴，透出清新柔媚的气质，那对漂亮的眉毛下有一双不会说谎的大眼睛闪呀闪的，似在躲避着什么。

杨凌暗想："莫非又是什么家传绝学，有不得外传的规矩？"虽然他知道幼娘一颗芳心都扑在自己身上，如果她的家族真有什么规矩那也无可厚非，但是心底里还是有点失落，他强笑道："哦，这是你们韩家家传的功夫，不允许外人学吧？呵呵，是我莽撞了。"

这时代女子嫁了人，夫家才是自己的家，娘家反而要算外人了，如果偏向娘家，足够七出之例了，对韩幼娘来说，这话可算十分严重的责怪之语了。

她不由紧张地道："不是，不是，幼娘哪有什么可瞒相公的，相公真要想学，幼娘又怎么会不教呢？这套棍法是我爹从河南少林寺学的，叫……叫疯魔棍法。"

那时对出家限制极严，六十岁以下的人要出家需要父母和地方官员出具证明，然后赴京参加考试，精诵经文者才发度牒。各大寺庙眼看薪火无继，只得广收俗家弟子，所以河南河北一带的少林俗家弟子众多。幼娘的父亲幼时也因家境贫寒，跑到少林寺混饭吃，这才学了一身武艺。

杨凌听了"疯魔棍法"的名字，再联想到幼娘遮遮掩掩的表情，不禁恍然大悟，看着幼娘腼腆的表情、娇小的身材，他越发觉得有趣，忍不住呵呵地笑起来。

韩幼娘被他笑得手足无措，困窘地望着他，见他越笑越是有趣，脸蛋都红了，她讪讪地道："幼娘本来不想说的，都是相公逼人家说……听了又笑话人家。"

说着她的小嘴瘪了起来，杨凌笑得肚子疼，见她一脸委屈的样子，他边笑边自然地把韩幼娘轻轻搂在了怀中，说道："哈哈，我本来也没觉得好笑，是你神经过敏，我一想起你这娇滴滴的女子，张牙舞爪地使什么疯魔棍法，实在忍不住想笑。"

杨凌说得前仰后合，韩幼娘板着脸不说话，可是眼中笑意渐盛，终于忍不住扑哧一下笑了出来，她恨恨地在杨凌腿上拍了一巴掌，嗔道："相公好坏，故意取笑人家！"

杨凌被她一拍，疼得龇牙咧嘴，他吸着气道："哎哟，轻点轻点，马鞍子太硬，相公骑马骑得大腿都快磨破了。"

韩幼娘慌了，连忙用一双小手温柔地抚着，那模样就差把小嘴凑上去吹一吹了，她轻轻地抚摸着他的大腿，眼睛眨也不眨地看着他问道："现在还疼吗？等吃了饭我上药房买点药去。"

"呃……咳咳，"杨凌清了清嗓子，声音略有些沙哑："不用，我就是缺乏锻炼，好了……嗯，不用揉了。"

有些事这小丫头明明懂了，可是有时又显得很无知。距要害那么近的地方，她一双娇柔的小手揉呀揉的，简直就是撩拨他的欲火，那里就像干瘪的救生艇掉进了海里，马上魔术般地膨胀起来，直指苍穹。

杨凌赶紧弯起腰来，感谢上帝！不，感谢裁缝，好宽敞的裤裆呀，足以掩住他的丑态。他不由得长出了一口气，可是随即他就发觉，韩幼娘的俏脸距离他的嘴唇是那么近，幼嫩的毫无瑕疵的肌肤上，几根头发触到了他的脸颊，痒痒的，想打喷嚏。

韩幼娘的脸蛋带着股淡淡的女人香，引诱得杨凌蠢蠢欲动。她放在腿上的手现在感觉像烙铁般的火热，杨凌终于忍不住拥住了韩幼娘的身子，在她的脸蛋上吻了一口。

幼娘的身子一震，僵住了。幼娘的脸蛋光滑，像皮冻般有种弹性，杨凌忍不住凑上去又深深地亲了一口。幼娘的脸一下子变得火热，身子一动也不敢动，可是眸子却变得水汪汪的，那里面有惊讶和羞涩，还有不尽的喜悦和绵绵情意。

红唇润泽得像随时可以采撷的蜜桃，杨凌压抑着蹂躏它一番的强烈欲望，沙哑着嗓子说："我……饿了，去下扁食吧。"

"嗯……"韩幼娘用鼻音答应一声，身子却一动不动，那双水汪汪的眼睛深深地望着杨凌，波光流动，说不出的动人。

宿夕不梳头，

丝发披两肩。

婉转郎膝上，

何处不可怜！

韩幼娘露出一副楚楚动人、任君采撷的神态，杨凌想到南北朝的《子夜歌》，充满对这位娇妻的爱怜。

如果说韩幼娘是一棵嫩草，那么杨凌的头顶现在已经开始钻出两根粗大的牛角，他好想把韩幼娘囫囵吞下肚去，再反刍回来慢慢咀嚼她的清香。

杨凌鼻端嗅到幼娘身上的处子香泽，他再也找不回自己的克制力，大手捧住她的后脑勺，紧紧攫住她的甘甜。

两对唇瓣相接，韩幼娘娇喘细细，毫无经验地将柔美的领地开放给他攻占，全无城头血战时的悍勇和霸道。杨凌吻着她，手指不自觉地拨开她的衣领，探摸着满掌的粉腻柔香。

"嗯……"韩幼娘发出一声轻柔的呻吟，神智昏迷地任他侵略，身子无力地瘫软在他怀中，她清稚纯美的体香，让杨凌一天的疲乏一扫而空，许久许久，他才满意地从幼娘红肿的唇瓣上挪开自己的嘴唇。

韩幼娘越发具有女人味了，她的眼波荡漾着波光，红唇被他吻得湿濡濡的，说不出的娇慵模样。

啵的一声两唇相接，这回只是浅浅一吻，然后他低低地笑着说："娘子，可以给为夫做饭了吗？"

韩幼娘痴痴地望着他，眸子亮亮的，听了他的话，她才如大梦初醒般地啊了一声，羞涩地拉紧衣领，慌张地跳下地，太空漫步般地飘了出去。杨凌听到外堂锅碗瓢盆一通响，显然她手忙脚乱的，内心还没有恢复平静。

杨凌悄然一笑，轻轻捻了捻手指，指端还残留着她胸膛鸽乳般柔软、温暖的滋味，他的心开始动摇了，头一回痛恨起自己那蹩脚的谎言来。

如果没有那个谎言，自己岂不是现在就可以享用她稚美的胴体了？这些日子，杨凌对她的脾性多少也有了些了解。他知道就算她还是处子之身，这一生也注定只会是他的女人，她是不会改嫁的，一个人从小养成的信念，又岂是他能改变得了的？

一想到那个两年之期，想到那可以预知的离别随时可能发生，他就没有勇气去拥有她，无法给予、无法承诺。他怎么能坦然地享受丈夫的权利？可是无论在这时代是不是贫苦穷困，他都舍不得走了，因为这里有他牵挂眷恋的妻子。

杨凌默默地想着，心开始像针扎一样地痛……

"有服章之美谓之华，有礼仪之大谓之夏"。华夏，这个古老民族名字中的"华"来自美丽的服饰，明代的服饰在华夏历史上是款式最多，也最为漂亮的。幼娘借助一双巧手，把简单的节日服装剪裁得纤秾合体，十分漂亮。杨凌换上了圆领青襟大袖长袍，戴上了四方巾，身材修长，目如朗星，儒雅的气质看得幼娘喜滋滋的。

幼娘穿着棉夹裤，外罩蓝色百褶裙，上身套着浅粉色比甲。纤腰一束，裙袂款摆，乌亮的长发分成两束垂及臀部，整个人显得素净纤巧。

裙袂下一双绣花翘头鞋若隐若现的，她把热气腾腾的饺子端了过来。小方桌放在炕上，杨凌在桌旁盘膝挺腰，正襟危坐。

"没出息的男人才碰灶台，这是韩幼娘刚说的，听起来和'君子远庖厨'差不多一个意思吧？"杨秀才遵命地坐好，胡乱猜测着。同时目光不老实地偷偷欣赏着忙忙碌碌的小妻子的美态，当然也没忘了她裙下一双纤美的小脚。

韩幼娘的脚形很美，杨凌小时候见过奶奶的脚，当时看了很害怕，是那种"三寸金莲"，脚掌硬生生地扭曲变形，透着一种凄惨的丑陋。韩幼娘是一对天足，在杨凌想来可能是因为家里贫穷，女孩子也要下地干活，学武狩猎，才幸运地保住了这份美丽。

其实那个时候裹脚还未成为时尚，裹脚的女子并不多，直到明后期才提倡起来，到了清代这种变态行为才蔚然成风，否则以幼娘要做一个贤良淑德好妻子的远大志向，焉有不缠脚的道理？如果那样，杨凌今天就见不到她在城头力毙鞑靼强盗的飒爽英姿了。

白菜猪肉馅的饺子端上了桌，还有一盘酱牛肉，一盘水囟拼盘，一小壶烧酒。

这是生死一线后的寒冷冬夜中，一对小夫妻最为温馨的时刻，幼娘那甜甜的吃相，亮亮的明眸，构成了杨凌眼中最浪漫的风景。

第三十一章

两只老虎

一

一餐用罢,幼娘又忙着收拾屋子,杨凌捧着茶壶看她忙碌,自己坐立不安地想:"太腐败了,太堕落了!真有种犯罪的感觉,只享受不干活,在自己那个时代是要遭报应的啊!"

报应马上来了,杨凌站起身,涎着脸走出去想央求幼娘允许自己洗个碗、扫个地,门咣当一声被踢开了。冷风袭面,杨凌刚刚抬起头,就见一个白色的人影一闪而入,紧接着重重一拳打在他肩膀上,把他打得一个趔趄,差点儿摔倒在地。

杨凌踉跄站定,只见门口站着一男一女,正是马昂兄妹。两兄妹都是一身孝服,马昂面孔涨红,满脸怒色。马怜儿如同一朵沾着露水的白莲花俏然而立,只是如画般曼妙的面容此时沉沉似水,一双亮湛湛的眸子带着些鄙夷瞪着杨凌。

杨凌疑惑道:"马兄、马小姐,你们……这是做什么?"

马昂大骂道:"忘恩负义的狗贼,谁和你称兄道弟?"说着他扑上前来挥拳又打,杨凌不懂武功,怎敢和他对战,刚刚退了两步,韩幼娘已从他身边翩然闪过,啪地挡下了马昂的拳掌。

外堂不大,马昂拳掌大开大阖,气势威猛,笼罩了整个空间。韩幼娘立定门户,不闪不避,纤掌上下翻飞,以小巧的擒拿功夫与他胶着不退。

杨凌不知他兄妹二人为何来寻自己麻烦,刚刚被他打了一拳,现在见他二话不说又和幼娘打了起来,他心头一股火也忍不住冒了出来。

眼见马昂拳拳霸道威猛,如果让幼娘娇小的身子挨上一记那还得了,他大声警告道:"马昂,有话好说,你若敢伤了幼娘,我与你誓不罢休!"

马怜儿本来只是冷着俏脸在一旁观战,一听他撂下狠话,不禁柳眉倒竖,身子一晃,从交手的两人身旁闪了过来,直扑杨凌。她柳枝般婀娜的身段,一动起来竟也矫健若斯。

韩幼娘心中大急，她虽恼这粗汉打了相公一拳，却也知道他兄妹素与相公交好，所以手下还留了三分情面，这时马怜儿一闪即入，她想拦已来不及了，当下一矮身，避过马昂一拳，从灶上抽出两根筷子，身形一长，嗖地抵在了马昂的喉下，喝道："住手！"

马怜儿冲到杨凌身边，皓腕一探，擒住杨凌手臂向后一拧，右手从腰间摸出一柄寒光四射的短匕，堪堪架在了他的咽喉上。马怜儿抬头看见哥哥被韩幼娘制住，不由也吃了一惊。

韩幼娘扭头看见杨凌被制，筷端不由一紧，厉声喝道："放开我相公！"

马怜儿也同时喝道："放开我哥哥！"

两人喊完都是一怔，四目相对盯着对方，谁也不肯先放手。

杨凌暗暗吸了口气，以免喉结被锋利的匕首割伤，然后对韩幼娘道："幼娘，放开马兄！"

韩幼娘不放心地道："相公，可是你……"

杨凌把眼一瞪，颇有男子汉气概地道："放开他！"

韩幼娘嘟了嘟嘴，无奈地放下了筷子。马怜儿一声冷笑，揶揄道："真是威风八面的大丈夫！你以为我不敢杀你？"

杨凌无奈地道："杀人总要有个罪名吧？杨凌自问不曾得罪过贤兄妹，你杀我做什么？"他虽不知这对兄妹为何满脸怒气，但是两人的眼中却没有杀意，所以他甚是笃定。

马怜儿左手一抬，把杨凌的手臂抬高了一些，利刃在喉，杨凌不敢弯腰，疼得闷哼一声，看得韩幼娘十分心疼，可是相公落在人家手里，她现在是动也不敢动了。马怜儿咬着牙冷笑道："你是帮过我哥哥的忙，可我马家待你也不薄了，你……你为何欺人如此之甚？"

杨凌奇道："马小姐，我到现在还不知道做错了什么，可以告知吗？"

马昂愤懑地道："我爹过世了，你现在做了本县驿丞，是吗？你做得好绝，我爹尸骨未寒，你为了讨好何参将和京师来的监军使，就要把我兄妹二人赶出驿丞署，天下还有你这么狼心狗肺的东西吗？"

马怜儿颤声道："就算你要我们搬出驿丞署也罢了。可是我们刚来此地才一个多月，人生地不熟的，最后只要求在驿丞署借一间房子给家父建个灵堂，都被你手下的人推诿拖延。人走茶凉，以至于斯！姓杨的，我马怜儿看错了你！"

她想起自己那日在鸿雁楼前一时情动，还曾对杨凌发过"还君明珠双泪垂，恨不相逢未嫁时"的感慨，怎知自己唯一喜欢过的男人居然如此天性凉薄，而驿署的人又是那么势利无情,不禁心中一酸。

杨凌呆住了,半晌才叫起撞天屈来:"马兄,怜儿小姐,杨某哪里曾做过这些事情?马伯父死于城上,我也伤心得很,只是今日大军才到,我刚刚接手驿署事务,诸事不明,奔走了一天累得筋疲力尽,本想明日再去吊唁。说什么赶你们离开驿署,你看我是那种人吗?"

马昂愤懑地道:"人心隔肚皮,谁知道你是什么鸟人?"

马怜儿听了却一怔,慢慢放开了杨凌的手,一双明媚的眸子直直地望进他的眼里去,一字字问道:"你没有?"

杨凌毫不畏缩地回望着她,缓缓摇了摇头道:"我没有!"

望着他那澄澈的目光中所蕴含的真诚,马怜儿信了,她酸楚地笑笑,说道:"人在人情在,或许是那些小吏们狐假虎威了,我兄妹莽撞,打扰贤伉俪了。哥,我们走吧!"

她眼波一垂,黯然神伤地从杨凌身边走过,带起一缕幽香。杨凌不期然想起两人初次相遇时她那神采飞扬的模样。

马怜儿的父亲原来一直在辽东,马怜儿在那里长大,不但精通马术,而且精晓鞑靼语,性情上她也像鞑靼女人一样爽朗大方,与中原女子不同。自相识以来,杨凌还是头一次见她如此软弱无助。

杨凌禁不住心肠一热,一把拉住了她的手臂,说道:"且慢,承蒙马世伯叫我一声贤侄,我也算是他的晚辈,这其中详情我还不晓得,可以告诉我吗?"

马怜儿回过头来,秋水似的眸子一扫他的手,杨凌连忙放开,他一时情急,忘了这时代随便抓住人家一个女子的手臂乃是极为失礼的事了。

原本剑拔弩张的局面,因为杨凌和马怜儿之间的信任和默契化解了。在马昂仍愤愤不平的目光注视下,马怜儿把事情讲了一遍。原来下午驿署的小吏得了杨凌要他准备几间好房子的吩咐,便去驿署最后一进大院中着人将马大人及马家兄妹的住房给腾了出来,要留给京师来的大官住,这小驿从来没来过大人物,最好的房子也就是那几间了。

当时马昂和妹妹得知父亲死去,跑去城头收尸去了,还不知道此事,待他们赶回来,房子已被腾空了,气得马昂劈头盖脸便给了那小吏几个耳光。

马父刚刚上任一个多月,还不曾积下官威,那小吏本来还想好言婉劝请他们搬进厢房去住,被几个耳光打得火起,唤来驿卒便将他们赶了出去。

马怜儿想起门口大车上父亲的尸身还无处发落,提出借个房间置办灵堂,那小吏正在火头上,借口有官员住在此处,设下灵堂有碍观瞻,便给拒绝了。

可怜马氏兄妹早上还是驿丞署的主人,到了晚上便流落街头了,两人带着一具死尸，便是去客栈，人家也不肯收，凄惘中，胡思乱想之下认定了杨凌忘恩负义，这才怒冲冲地打上门来。

韩幼娘本来就心软，她自己又亲身体会过亲人逝去，孤苦无依受人欺凌的滋味，听得眼泪汪汪的，她一双泪眼哀求地望着相公，只盼他能帮助这对兄妹，早把方才两兄妹的无礼抛诸脑后了。

杨凌也听得异常愤怒，他对马昂道："马兄，伯父待我如同子侄，这件事交给我好了，也算是我对老人家的一点孝心。我陪你们去置办灵堂，明日一早，我携县衙诸位同僚去吊唁伯父！"

第三十二章

暗表情衷

一

杨凌陪着马昂兄妹出了屋子,果见门口停着一辆大车,那小吏倒没做绝,没有把这大车也收了回去。杨凌陪着马昂兄妹买了棺材灵幡、金银箔纸,一股脑儿搬上大车,拉到驿丞署,着人收拾房间布置灵堂。

那值宿的小吏听说驿丞大人来了,忙跑来相见。杨凌见他两颊肿起老高,不禁皱了皱眉,他是现代人,可没有身居上位就高人一等的思想,换了自己被人劈头盖脸一顿耳光怕也是要翻脸的。

所以他并未维护马昂兄妹对这小吏出言斥责,只是很和气地请他招呼几个人来帮着布置灵堂。那小吏见是顶头上司出面,只好讪讪地找来几个驿卒,帮着忙活起来。

这季节也没什么好的祭品,只在香炉前简单摆了几样东西,棺旁是挽联、白幡,陶盆中燃着黄纸、金银纸锭,两枝白色的蜡烛在灵桌上燃烧着,马昂和马怜儿在灵前守灵,一边烧着纸钱,一边潸然泪下。

杨凌受不了这栖栖惶惶的气氛,劝慰一番告辞出来,身后有人唤道:"杨兄……"

杨凌回过头,只见马怜儿从廊下正缓缓走来,风中摇晃的灯光映着她一身素白的衣裳,孝带束腰,纤纤倩影直欲乘风而去,杨凌的目光不由为之一凝。

马怜儿走到杨凌身边,低声道:"杨兄,患难见真情,怜儿多谢你了。"说着屈身便拜,杨凌急忙虚扶了一把道:"怜儿小姐,你太见外了,伯父是我的长辈,这点小事是我应尽之责,这般大礼可使不得。"

马怜儿盈盈起身,苦笑道:"我谢你,是替我自己谢谢你,家兄一身蛮力,常常好勇斗狠,别无所长,我又是一介女子,如果不是你,我们今天想尽尽为人子女的孝道也不可得。"

她语声哽咽,一叹道:"我一直恨爹逼死了娘,一直恨他,所以虽然伤心,却也没有悲痛欲绝。"

她收回目光望着杨凌问道:"我说这话是不是又大逆不道了?"

前世网络发达,杨凌见过的美女之多,姿色之上乘,恐怕现在的帝王也未必能阅尽天下绝色。按理说以他的见识是不会被马怜儿魅惑的。

但常言说"女要俏,一身孝",又说"灯下看美人,愈增三分颜色",马怜儿的模样本来就很美很媚,这时又是一身素净的孝服在身,有种灵动无瑕的气质。此时那双星眸又蒙上一层泪光,楚楚可怜实是说不出的动人,杨凌竟不敢与她对视。

马怜儿幽幽地道:"我伤心,莫如说后悔更多一些。因为直到现在,我才知道如果不是爹爹,我就不能这样无忧无虑地生活,无论如何,爹爹对我是不错的,我不该对他那般嫌隙,时时惹他生气。"

杨凌默默一叹心道:"这算不算是子欲养而亲不在的又一注解呢?为什么总是要失去了才觉得该珍惜呢?"

马怜儿嘴角浮起一丝苦涩的笑容道:"家父谋到驿丞的职位,本来是两个县有空缺的,是我觉得这里距关外近,我更喜欢关外的生活,所以便央求爹爹来这里。没想到,竟是我害了爹爹了,如果我能提前预料到,或许……"

杨凌安慰道:"谁能预知未来呢?怜儿小姐,这并不是你的错。"

预知未来有什么好的,如果不是早知自己只剩两年阳寿,他现在和幼娘不知过得多开心呢。杨凌感伤地道:"不能预知未来,就该认真地活在当下,抓住现在该珍惜的,将来才不会后悔,小姐以为如何?"

马怜儿见他目光湛湛地盯着自己,那目光中蕴含着复杂的感情,芳心为之一动。她哪知杨凌是想起了韩幼娘才这般心酸,不由得想错了:"抓住现在该珍惜的?他……是向我暗示什么吗?可是他已经成亲了呀。"

马怜儿觉得脸上有些发烧,被他看得有些心慌,她结结巴巴地说:"抓住现在……该珍惜的?我能抓住什么?家无恒产,地无一垄,家父虽有些许积蓄也不能坐吃山空呀,在这里我兄妹又没有亲友,或许……或许过些时日我会和哥哥扶柩回老家去。"

她说着,心跳已如奔马:"他会留我吗?如果他留我,我怎么办?看得出来,他很喜欢那个幼娘,绝不会为我休了她的,如果他对我表达爱意,我……我难道要沦为人家的侍妾?"

马怜儿既不齿做人家的妾,又倾心杨凌——自己那些对中原女子来说显得大逆不道的见解,只有这个男人能理解包容。

如今自己家道中落已成定局,而他未及弱冠便拥有父亲为朝廷辛苦半生才谋到的职位,可谓前程无量,她是不是可以选择呢?马怜儿心慌慌的,不想面对,但心底一丝情愫偏又悄悄泛起,着实矛盾又紧张至极。

杨凌面对韩幼娘沉重如山的一片深情还不知该如何回报呢，哪有心思再惹一身情债？虽然马怜儿出色的娇颜确实令每一个正常男人欣赏，但他并不理解马怜儿这么委婉含蓄的表达。其实马怜儿只是给他一个挽留她的借口而已。

杨凌很认真地从朋友的角度想了想，也觉得这座边城已经不适宜他们居住，于是说道："这座边境小城总是兵荒马乱的，离开也好，回到祖籍，也好有亲友扶助。"

马怜儿紧绷的心弦一松，握紧的拳头一下子放松了，眼中却闪过一抹难以掩饰的失望。

杨凌告辞离去时，全没注意马怜儿的眼神是何等幽怨，他向小吏要了匹马，径直赶到县衙，找到值宿的班头，告诉他明日一早诸位大人来了请他们去驿丞署吊唁马驿丞。

这些县衙官员以黄县丞职位最高，又素来关照他，其他人因他是闵大人的师爷，向来礼敬有加，杨凌认为自己这点号召力还是有的。

吩咐完毕，杨凌正要返身回家，想起闵大人已经搬回县衙，也不知道病况如何，干脆进去看看。他来到后衙，堂屋里两个家仆正坐在炕头上饮酒，桌上摆着一盘炒花生、一盘猪耳朵，两人见到大人最为倚重的杨凌来了，忙下了炕，老李头龇牙一笑道："杨大人，您来看望老爷？"

杨凌点了点头，问道："大人怎么样了？"

老李头趿着鞋迎上来接过他的外袍，赔笑说："老爷的烧已经退了，只是还没醒呢，我陪您进去。"

杨凌摆了摆手道："别介，大过年的，难得你俩能消停一阵儿，都歇着吧，我看看大人就走。"

他一撩棉布帘子，走进闵知县的卧房，炕上小桌上放着一盏油灯，闵知县躺在炕头，拥被高卧睡得正甜，杨凌坐到炕前，见闵知县仰面而睡，胡子朝天，不禁呵呵一笑。

仔细打量，闵知县黝黑的面庞已经恢复了几分血色，轻轻摸摸他的额头，高烧已退，看来身上的毒素已经清除，应该没有什么危险了。杨凌不禁舒了口气，站起身来正要离开，闵知县忽然呻吟了一声，喃喃道："水，水……要喝水。"

杨凌一喜，忙去桌上取了壶茶来，壶嘴一凑到他嘴边，闵知县就如干草吸水，一发而不可收，大半壶水进了肚，闵知县才慢慢睁开眼睛。

眯缝着眼睛瞧了半天，他才看清眼前是自己的师爷杨凌，闵知县眨巴眨巴眼睛，环顾一下四周，喃喃地道："我在家里？现在军情如何？"

杨凌笑道："大人，你已睡了一天一夜了，今日永宁参将率大军到了，鞑靼已退到山里去，鸡鸣之围已解，大人无须挂怀。"

闵知县听了神色一喜，眼睛微闭了会儿，又睁开眼来，四下望望，叹道："只有你在？路遥知马力，日久见人心。他娘的，是不是都以为老子死定了？"

杨凌不禁汗颜，今天事儿太多，几位有品级的官员又得陪着何参将他们，大家又都知道闵知县并无生命危险，正在昏迷中，所以一时没顾得上来看他。自己要不是因为马家的事今晚也不会想到来县衙，想不到闵知县这么粗犷的人，居然也如此敏感，看来"礼多人不怪"这句话真是一点不假，古人尤重礼节，自己以后该时时注意才是。

杨凌忙又帮着诸位解释一番，闵大人这才释然，但是自病床上睁开眼来，有杨凌在这儿，还是让他觉得十分欣慰，直觉自己将他倚为心腹实是没有看错人。

杨凌想起何参将对自己的临时任命，便对他说了一遍，闵知县听了把眼一瞪道："那怎么行？你不在，我这衙门谁来帮忙？"

他想了想又觉得不该挡他人的青云，便道："也好，这样你也算正式步入官场了，以后定是平步青云。我妹夫是大同知府，明天我就派人知会他一声，帮你活动个正式的驿丞，代理转正也方便得紧，没两天工夫。"

他奸笑两声道："嘿嘿，莫要小看这驿丞，官儿不大，油水十足。这职位给了你也好，要是让别人占了去，我才不甘心呢。"

第三十三章

马昂从军

一

大清早的，杨凌骑着马，四平八稳地赶往驿丞署。说者无心，听者有意，他昨儿提了句马鞍子太硬，幼娘连夜给他做了一条厚垫子，搭在马鞍上坐起来轻飘飘、软乎乎的，他还担心把自己给晃悠下来。

他中举游街一般地晃到驿丞署门口，忽一阵由远而近马蹄声，十余匹快马疾驰而至。杨凌抬头一看，一众衣甲鲜明的卫士簇拥着一位顶盔挂甲的将军，正是那位毕春毕都司。

毕都司满面春风，与昨日盛气凌人的气势大大不同，他倒握马鞭，把手一拱，呵呵笑道："杨老弟，多承关照，本将特来道谢呀。"

昨晚关受英押运粮草回去，把杨凌的话原封不动地对他学说了一遍，重复之时关受英仍是一脸的骄傲，这个一根肠子通到底的亲兵队长对杨凌的话大为受用。

毕春久经官场，倒不会因为几句声情并茂的话即将杨凌引为平生知己，不过他感觉十分快意，对杨凌平添几分好感。清晨至城中遛马，想起这位驿丞，他一时兴起，干脆直接拐到驿署来表示谢意。

杨凌忙上前客套一番，毕春听说他要去拜祭战中去世的官员，倒不便马上走人了，于是也进去凭吊一番，以免失了礼仪。

一行人进了院子，见院中停着闵知县那顶小轿，原来众位同僚一早便先到县衙去看望闵知县，得知闵知县中的一箭创口不深，全因箭上有毒才晕迷这么久，这一醒来身子就无大碍了，都欲告辞。闵知县听说马驿丞已死，想起昨晚只有杨凌陪他，颇有兔死狐悲之感，当下不顾劝阻，也乘轿赶来吊唁。

马昂兄妹想不到杨凌能找来这么多有身份的人吊唁。别看闵知县平时和马驿丞称兄道弟的，但关系实则另有乾坤：一来那是有银子供着，二来马驿丞好歹有个锦衣卫的牌子在身上。要不然差着好几级呢，人家能来吊唁那是天大的面子。

至于随杨凌进来的这位将军……你想想大约一个县邮政局长过世,副省级领导来参加葬礼,家人是什么感觉就知道了。

　　这些人,兄妹二人有些原本一面都没见过,自然都是冲着杨凌的面子来的。一想到这里,马昂对杨凌真是感激涕零,只是马怜儿看向他的目光中,多了几分感激之外的幽怨,令杨凌莫名其妙。

　　毕春原来只是进来走个过场,可是一见到马怜儿,一时又舍不得走了。他没想到在这种小地方居然能看到这么一个如花似玉的绝妙美人——十五六岁年纪,体态娉婷,浑身缟素,一副弱不禁风的模样。

　　吹弹可破的容颜如同花瓣初绽,凝霜带露,真是说不出的娇俏。自己的三房妾侍也都算得上是江南佳丽了,竟然没有一个有她六分美貌。

　　直到兄妹二人到他这位品秩最高的官员面前拜谢,毕都司才收回恋恋不舍的目光,正襟危坐地受了他们一礼,然后虚抬右手说道:"二位请起,令尊为国捐躯,毕某无比尊重,前来拜祭一番也是应该的。"

　　兄妹二人拜了一拜却不起身,马昂道:"禀告将军大人,马昂想参军——杀鞑子,保大明,为父报仇,请大人成全。"

　　"这……"毕春不由迟疑了一下,他要是兵属营,随便收几个人还算容易,但他的军队是卫所制,手下的兵都是军户,父传子、子传孙,是代代相传的,虽然私下也有冒名顶替当兵的,可是当着这么多人公然收下,可就不便了。

　　马怜儿抬头道:"将军大人,我兄长学得一身武艺,做个马前卒尚还使得,求大人能给他机会为父尽孝,为国尽忠。"

　　见这美人软语相求,毕春的身子酥了半边,一双三角眼都眯了起来,头脑一热道:"好吧,快快起来,你既懂武艺又通文墨,先到我身边做个亲兵,任什长之职,将来立了军功,再升你的官。"

　　马昂喜滋滋地磕了个头,站起身来。什长虽小,毕竟也算一位军官,马昂一向自视甚高,自信凭自己的武艺在军中不但可以替父报仇,而且可以谋个官职。

　　自家兄长有了出路,马怜儿也替他高兴,只是想到兄长从军,剩下自己孤身一人,不免暗自神伤。

　　战事未明,毕春不敢久留,稍坐片刻便告辞返回军营,嘱咐马昂办完丧事再去军营报道。闵大人箭伤未愈,不耐久坐,县衙一众官员都各有事务要忙,因此也先后告辞离去。

　　按理说,马家兄妹应该守灵七天,然后让老父入土为安。不过那时讲究落叶归根,如果死在外乡,一般都停棺在寺院等地,待有机会再运回老家安葬。有些家境贫寒,承不起长途运输开销的,棺椁甚至一停就是十多年。

两兄妹一番商议，决定将棺椁寄放在鸡鸣驿的寺庙里，待日后再运回家乡。如今马昂报仇心切，急于从军，虽不按制守灵，这也算是尽孝了，自然不会有人指责。

但这一来马怜儿要如何安排，可就成了难题。杨凌见马昂望向自己，便道："马兄不必担心，小姐还住在这里便是！"

马怜儿淡淡地看了他一眼，板着脸道："我兄妹现在和驿署可是再无瓜葛，住在这里岂不是名不正言不顺。"女人最爱记仇，尤其是被人宠惯了的美女，杨凌只当她还记恨那个小吏，便道："这有什么？一会儿我帮你去安排便是。"

马怜儿下巴一扬道："我和你一不沾亲，二不带故，到时指不定有些什么流言蜚语呢。"

马昂瞪眼道："谁敢？再说……不沾亲是有的，怎么不带故了，我和杨老弟也算得上好朋友了，帮我照顾一下妹子有什么关系？"

马怜儿跺了跺脚，扭过头去不理这个呆子。杨凌暗暗盘算了一下，倒觉得马怜儿说得有理，因为只是代理驿丞，他连家眷都没有搬进驿丞署来，如果容纳一个年轻的姑娘住在这儿，还真没准会招来些闲言碎语。

闵知县方才临走时还说已着人去通知他内弟了，不如让她先去与幼娘同住几天，自己搬到驿署来住，等正式任命颁下来，自己的那间小屋让给她住便是，心里盘算着，他对马昂道："小姐说得也有道理，住在这里是有不便，我看请小姐先住到我家去……"

他说到这儿，一看马昂嘴巴张得像河马打哈欠，马怜儿的一双柳眉也竖了起来，忙补充道："呃……先与拙荆做个伴儿，我搬来驿署住就是了。等鞑子退了，小姐再决定行止不迟。"

马昂喜不自禁，这样安排还有什么不放心的。马怜儿瞥了杨凌一眼，想了想也没有再作声，这事儿就这么定了下来。

当天，鞑子只派出小股部队与明军做试探性接触，双方都在试探对方实力，谁也没有投入主力作战。

近晚时分，杨凌带人帮马昂兄妹将马驿丞的棺椁移寄寺庙，一切安排妥当，马昂便去毕都司军中报道了。杨凌将马怜儿带回了家，幼娘是个热心女子，又对这位落难的大小姐同情得紧，听说只是来借住几天，自然没口子地答应了。

马怜儿对杨凌冷若冰霜，见了韩幼娘倒还亲热，这让杨凌大大松了口气。这一整天马怜儿对他连笑都冷冷的、假假的，杨凌也不知道自己哪儿得罪她了，还真怕这位马千金到了家里对幼娘也耍小姐脾气，他受得了气，可是却不能忍受任何人给幼娘气受。

幼娘书读得少，但是性情温柔、为人乖巧，知道什么当说，什么不当说。马怜儿从小在塞外长大，最受不得中原饱读诗书的女子们拿腔作调的模样，与幼娘倒是甚谈得来，不一会儿两人就十分熟络了。

差不多同时，一个人影悄悄地闪进了驿丞署的门，向门房问道："驿丞大人在不在？"

现在这个门房原来是个驿卒，因为守城时腿受了伤，行动不便，而驿署现在又缺人手，就让他和原来的门房暂时调换了职务，他还以为来人问的是代理驿丞杨凌，坐在炕头问道："大人刚刚出去，你有什么事？"

他边说边打量一番，只见来人一身普通百姓的衣服，狗皮防风帽的帽檐紧紧压在眉上，满面风霜之色。

那人听了从怀里摸出一封用火漆密封的书信，递给他道："我从关外来，还要连夜赶回去，麻烦把这包东西转交驿丞大人，告辞了！"

门房点了点头接过油纸包，那人推门而去，又闪进了茫茫夜色当中。门房看了看书信，见火漆封印处画了一尾怪鱼，他也没有在意，打了个哈欠，将信摆在了床头。

第三十四章

风雨欲来

一

何参将和两位监军，以及本地留守的江把总巡视三城后，来到毕春营中。毕春是备兵，只是临时划归他管辖，因此一向不如其他将领那般服帖。

昨晚毕春营中又闹了一出粮荒，这位何参将只管自己的嫡系有吃有喝，对他却不闻不问，要不是杨驿丞慷慨放粮，说不定他的兵到现在还饿着肚子呢！因此心中颇有些芥蒂，见了何参将表情也冷冷淡淡的。

何参将不以为意，视察了营中防务，正要去孙大忠营中，军中探马已追到毕春大营来。何参将刚刚出了毕春的大帐，看有军情急报，又返了回去，就着灯光拆看文书。

军书是总兵府发来的，看罢军情急报，何参将将书信传示诸将，自己在大帐中踱来踱去，脸上阴晴不定，充满懊恼神色。

原来这次鞑靼小王子达延汗集结各部落兵马共计两万人，分别侵犯边关沿线十多个驿站，想劫掠物资以便弥补因寒冬大雪造成的损失，顺利度过这个冬天，其战略上并无久战之意。其实自明成祖五伐鞑靼、瓦剌后，迄今塞外异族也没有恢复元气，要他们真的攻城掠寨，目前根本没有这个实力。

烽火传讯后，大明几路大军齐出，怀来这一路兵马因大雪封路，是最后一个到达的。而另两路军，鞑靼人还未攻下涿鹿，北路石马营参将的大军就已赶到，敌军约五千众，只打劫了沿路几个村庄就仓皇逃窜，半路又被游击将军葛威伏击，损失惨重，大军所余不过三千，北路军可谓旗开得胜，立下首功。

达延汗亲率一万鞑靼骑兵攻打赤县，已连下三座小城，南路蔚广参将和游击将军杨家龙、赤县守备王承宪共三路大军也有一万之众，与之交战互有胜负，处于胶着状态。

但是今日凌晨，达延汗的大军分兵两路突然后撤，蔚广参将率军衔尾急追，其中一路向北逃窜，另一路则已逃得不知去向了，总兵书信要何参将配合左右两路大军，收复失陷的各驿站，同时寻机灭敌。

虽然永宁参将保住了鸡鸣驿，但战绩比起两位同僚相差太远，而且从书信中了解的情况，明确了敌军的作战意图。才知昨日鞑靼军并无后援，同时也无恋战之意，当时未能抓住战机立下大功，此时想来难免懊恼。

叶御使看了军书脸色难看，他怕被人诘难，抢先道："我军初至，不知敌情，用兵谨慎些也并无不妥，现既知敌无久战之意，明日当寻敌踪迹，主动出战！"

刘公公点头应是，说道："今日我军未予追击，鞑子不知我军底细，未必逃得远了，明日出其不意，大功唾手可得。"

毕春想了想道："参将大人，两位监军大人，鞑子比我军精擅野战，况且涿鹿、赤县两路，有两位游击将军协同，而我军人数上并不比敌军占优，前方又多是山路，不利大军追击，卑职以为……"

叶御使打断他道："现在敌情已明，正当乘胜追击，使鞑子不敢小觑我大明军威，毕将军如此说，可是胆怯畏战吗？"

毕春三角眼一翻，心中愤怒已极，他吸了口气，铁青着脸不发一言，心中却大骂："老子要乘胜追击时，你说老子贪功冒进，现在我不想追了，你又说我胆怯畏战，该砍头的狗屁文人！"

江彬想起信中提及赤县两路逃军中有一路约五千人不知去向，不由心中一动，但随即想到鞑子要逃也该逃向北边，万万没有向东跑到怀来送死的道理，所以话到嘴边又咽了回去。

何参将瞥了一眼毕春，微笑道："毕都司从南方来，不明地理、不悉敌情，原也怪不得他。山路的确难行，但正因山路难行，鞑子的骑兵才不好发挥。我的部下都是本地人，熟悉地势，明日大军开拨，由我本部人马为先锋便是。"

毕春冷笑不语：这是明知鞑子退却，想要自己的嫡系抢占军功了。何参将也不理会他的神色，摩拳擦掌地立即传讯召各路主将前来毕春军营，开始商研明日出兵之事。

杨凌返回驿署，暂时住在马驿丞日常办公的屋子里，屋子不大，外堂很小，可是案头上方也悬了一块匾。后边一间临时休息的小屋子，一盘炕就占了三分之二的空间，炕里边是一溜儿沉重的梨木柜子。

杨凌来到这个世界后，还是头一回一个人睡觉。今晚身旁没有韩幼娘托着香腮趴在炕头和他说些家常话，竟然空落落地睡不着了。杨凌不禁苦笑，这小妮子，居然有这般有魔力，不知不觉间，竟然左右了自己的情绪，弄得自己像个初恋的小男孩似的患得患失。

一想起幼娘来，他的身上就暖烘烘的，心里像灌了蜜似的甜，自从上次一吻之后，那小姑娘似乎也尝到了甜头，虽然不敢主动索吻，但是上了炕再也不会马上匆匆钻进被窝把自己包得只露下一头秀发了，总是趴在炕头，扑闪着那对黑葡萄似的大眼睛笑笑地望着他。

那丫头，不知道她仅仅是露出穿着粗布内衣的肩头，那种稚嫩清纯犹如一朵含羞小花似的娇俏模样，就已蕴含了无穷的吸引力。天可怜见，杨凌已觉得自己随时可能会变身月夜人狼。

杨凌对自己的控制力越来越没有自信了，他不知道自己还在坚持什么，幼娘的倩影已充满了他的心田，自私地说，对幼娘的感情从最初的怜惜疼爱到如今深深的爱恋，已经发生了改变。现在，自己还可以充当她的幸福领路人，把她送入别人怀抱吗？这个念头早被他抛到了九霄云外。

但是对占有她，让幼娘彻底成为自己的人，他也越来越恐惧。正由于最初的犹豫，他觉得自己已经浪费了太多的时间，不知道自己还有多少时间可活。这就像一个赌徒，赌到手里只剩最后一点资本时，那种患得患失的强烈感觉，就使他再不敢轻易投下这最后一注。

摇摇头，摇散了那又酸又甜的感觉，他顺手拉开一个柜子。马驿丞死后，他的那串钥匙也被移交给了杨凌。

下午杨凌来这儿办公还闹出了笑话，这炕柜上一排四个柜子，分别锁着四把奇特的铜锁。造型分别是狗、马、虾、鱼。杨凌费了好大劲儿，才把铜狗和铜马的锁头打开，那把铜虾的连钥匙都弄弯了也打不开，只好红着脸叫一个小吏进来帮忙，敢情那虾形的锁不是拧的，是向外拉的。

最后这把鱼锁，据那小吏说，因为鱼是夜不瞑目的——就算是睡觉也睁着眼睛，因此用鱼锁，寓意时时看守，这一定是大人放置最重要文件的柜子。这个锁也挺奇特，钥匙插对了孔，一拧之后还要再向里推才打得开。

当时杨凌匆匆寻到印绶，给几份加急公文盖上印章就跑回灵堂去了，这柜子也没锁，此时顺手拉开那个铜鱼锁柜，只见里边的信束都是已经开了封的，火漆封印旁都有一尾怪里怪气的鱼。

杨凌将炕桌拉近了些，拨亮了菜油灯的灯芯，就着灯光匆匆浏览了一遍。只翻看了几封信，杨凌就意识到这必是锦衣卫系统的情报。

那些情报不止有官吏们的一些私隐之事，还有民情风俗，乃至土地收成、天气旱涝，可谓五花八门，无所不包。

杨凌没想到锦衣卫的情报网居然这么大，而搜集情报的定向也不仅仅是官吏的忠廉。这么庞大的情报网如果利用好了，那么大明朝廷的当政者就可以获得方方面面第一手最翔实、最真实的情况，这对治理国家该是何等重要呀。遗憾的是，好像没听说过明朝锦衣卫干过什么得力的好事。

又随便翻了翻，杨凌拿着一份半个月前的信函怔住了。这封信中交待，今冬关外大雪连绵不绝，许多部落冻死牛羊无数，一些小部落已生存无继，各部落间联系频繁，有可能对大明不利。

杨凌拈着这封信苦笑不已，可惜这些奉命潜伏异域奔波卖命的密探了。恐怕全国各地种种情报汇集到京中，锦衣卫的高层在乎的只是他们感兴趣的东西，大多数情报都被束之高阁无人问津了。如果早有得力的官员注意到这份情报，是不是边城百姓就少一些灾难了呢？

感慨良久，杨凌忽然哑然失笑："自己不过是一个小小的驿丞，在这里忧国忧民地长吁短叹，又能对这个庞大的帝国有什么影响呢？好高骛远不如脚踏实地，能照顾好自己爱的人，尽到自己的本分已很难得，况那历史的巨轮，是自己能推得动的吗？"

翌日一早，大雪又起。杨凌拢着袖子站在廊下，欣赏着漫天飞雪。那时的雪比后世的白，雪花也是大片大片的，飘至眼前，一眼看去晶莹剔透。杨凌伸出一只手去，接过几片飘落的雪花，雪花入手即融，快得来不及看清它的美丽。

杨凌惋惜地一叹，刚刚甩落掌心的雪水，一个娇脆的声音在长廊尽头响起："相公！"

第三十五章

伏兵四起

一

杨凌听到唤声回头一看，只见韩幼娘和马怜儿各撑一把伞，径直跨越庭院步履轻盈地向他走来。马怜儿还是一袭白裘，俏丽得如同画中人般不可方物。

韩幼娘身材比马怜儿要矮些，穿着蓝色百褶裙、浅粉色比甲，虽无马怜儿那般一望惊艳，也是清秀的脸蛋、温柔的笑意，像个邻家小妹般俏丽亲和。

她挎着一个蓝布盖着的篮子，伞偏向篮子一方，另一侧身子落满了雪花。杨凌忙走下台阶，先向马怜儿颔首示意，然后迎上去接过幼娘手中的篮子，拉着她走向廊下，一边替她拂去额头、肩上的雪花，一边问道："这么大雪，一大早来做什么？"

韩幼娘收了伞，呵着冻得微红的手指，小鼻子皱如春水涟漪般甜甜地笑道："给相公送饭菜呀，我还煮了两个鸡蛋呢！相公操劳公事，可不能饿肚子。"

杨凌嗔道："你呀，我在驿署还怕饿着不成？"他拉着幼娘，回头对马怜儿说："马小姐，快进屋吧，廊下有风，小心着了风寒。"

马昂从军，从民籍变成军籍，是要到县衙登记的，马怜儿见今日雪大，本想改日再去。但是见幼娘要出门，便跟着出来先拐到了驿署。

这时见人家小夫妻浓情蜜意的模样，马怜儿心中略有失落，她除下连衣的帽子，将一头比黑缎子还要柔亮的秀发向后挽了挽，顿了顿靴上的积雪，默默地随二人进了屋子。

杨凌匆匆吃罢饭，刚刚放下筷子，那个门房就一瘸一拐地走了进来，见新任驿丞的夫人和上任驿丞的女儿都在，他也不敢多留，忙拿出昨日收到的那封信递过去，赔笑道："大人，这是昨晚送来的书信，来人指定要交给大人。"

杨凌不知何人会写信给他，拿过信来唰的一下撕开封口，这才注意到背面火漆封印旁有个怪鱼图案。杨凌心中不由一惊："锦衣卫的密函？昨天看过一些是已经拆开的，倒不怕什么。但自己不是锦衣卫的人，如今胡乱拆看锦衣卫的密信，可别惹出什么祸事来才好。"

信既已拆开，这时也顾不上考虑那些了，他抽出信纸，只希望里边是些鸡毛蒜皮的小事，那么纵然被人发现想来也没什么大不了的。

杨凌细细看了一遍信中内容，顿时放下心来，信中并无什么机密要事，说起来反而是一件可以公开的大喜事，他匆匆将信收好，兴奋地道："原来闵大人前夜斩杀的敌酋是鞑靼王子，这回闵大人可是立下大功了！"

他兴奋地一击掌，说道："我现在就去告知大人，幼娘，你和马小姐先在这儿待会儿，等雪小了再回家。"

韩幼娘乖巧地点点头，杨凌兴冲冲地往外走，马怜儿想起一事，忽然道："杨兄，我和你一起去，家兄昨日走得匆忙，我去替他更改民籍。"

杨凌应允，当下招呼仆人牵来两匹马，二人直奔县衙。闵知县正趴在炕上让郎中换药，听了杨凌带来的消息，先是嘴巴张大得足以塞进一个鸡蛋，呆了半晌，他又要过书信反复看了两遍，然后像只下蛋的老母鸡似的"咕咕咕"地笑起来。

他本来是怕笑的声音大了震裂伤口所以才这样笑，却不料这样隐忍的低笑，身子颤得更是厉害。

杨凌见他笑得痛苦，自己也觉好笑，敢情莽撞也有莽撞的好处，谁晓得这莽夫顺手一刀，就摘下了这天大的功劳？

闵大人笑着笑着，那丝笑容忽然在他脸上凝结住了，他想了一想变色道："不好，达延汗的长子是个残废，听说他一向甚为看重这个二王子旭烈孛齐，如今他儿子被我杀了，鞑靼大军却轻易退却，实在可疑。方才军中通报，今日凌晨我军已开拔寻找敌踪，如果达延汗亲率大军来给儿子复仇那可大大不妙，这个消息需马上告知何参将才行。杨铎丞，你快追上何参将，把这个消息告诉他。"

杨凌听了也知事情紧急，连忙答应一声，匆匆跑了出来。马怜儿销了民籍，正在前厅门房中等他，见他神色慌张匆忙上马，连忙也牵了马跟上，问道："杨兄，何事这般慌张？"

杨凌高声道："今晨大军开拔追击鞑子去了，前日闵知县斩杀的竟然是鞑靼王子，恐鞑子未必是真的退却。若是他们心存报复，恐怕是以退为进，暗中设伏，我去追赶何参将，把这个消息告诉他！"说着杨凌拨转马头直奔南城。

马怜儿翻身上马，原地兜了两圈，想到自己哥哥也在军中，若真有鞑子埋伏，乱军之中岂不堪忧？她终是放心不下，马鞭一抽，也向南城疾驰而去。

城外大营此时只剩下一些老弱残兵守营，杨凌问明大军出发已一个时辰，心急如焚，立即沿着被大军车马踩踏得泥泞不堪的道路急追。只是城外的道路比不得城内四平八坦，杨凌初学骑马，紧张地提着马缰呼哧带喘，仿佛比胯下的马还累。

他奔出一里多地,听见身后马蹄声响,扭头看见马怜儿也疾奔而来。她不知何时已将裘衣脱去,露出一身碧绿色的裙袄,上身套了件狐皮背心,身段说不出的动人,纵马驰骋的动作更是无比优美。

马到跟前,杨凌急道:"怜儿小姐,你怎么来了?也好,你马术好,快些赶去让大军停止前进,以防不测。"

马怜儿黛眉微蹙,说道:"军队行止,岂会听我一个妇人说三道四?那封密信带来了吗?"

杨凌一拍脑门道:"糟糕,我忘在闵大人那里了。"

马怜儿听了冷哼一声,忽地伸手一按马背,腰杆一挺,竟然腾身站到了马背上。马仍在飞奔不已,这份骑术实是了得,马怜儿对杨凌道:"松开马缰,我来骑马。"

杨凌茫茫然丢开马缰,却不知她要如何控制,只见两马并辔,马怜儿纵身一跃,已轻轻巧巧地落在杨凌身前,靴底向后一磕命令道:"马镫给我。"

杨凌双脚抽离马镫,只觉身子不稳,忙不迭地一把搂住了马怜儿的纤腰。马怜儿突然被男子搂住了腰肢,虽然早有准备,却还是脊背一僵,腹部绷紧了起来。

她长长吸了口气,装作若无其事的样子捡起缰绳道:"抓紧了,我带你这位驿丞大人去见何参将!"

马怜儿在塞外长大,马术十分了得,这两个人身子又都很轻巧,加起来还没有一个重装兵士沉重,二人一马双跨,不但没有影响马速,在她高超的控马技巧下跑得反而更快更平稳。

这时何参将的大军已进入卧虎山。昨夜派出的探子今晨带回情报:"鞑子已将二里半、五里铺的车马牛羊席卷一空,派人运回塞外去了。但敌军仍未退走,鸡鸣驿受挫后,他们退守榆木屯,分出小股部队正在附近村镇劫掠。"

何参将得到准确情报喜不自禁,反正前方到鸡鸣驿只有这一条路,不怕被人抄了后路,所以他亲率五路大军冒雪疾行,想给鞑子来个奇袭。

用叶御使的话来说,大雪漫漫,鞑子更不会料到我军突至,昔年李愬雪夜入蔡州,立下不世功勋,这次突出奇兵尽歼敌军,亦可青史留名,直追古人了。

大军离城六里,进入葫芦谷,这山谷两侧是绵延不断的高山,中间是一条葫芦形的山谷。何参将虽然立功心切,到底不是新兵雏将,还没被功利冲昏了头脑,当下命令大军暂停前进,派出探马先去前方探查。

叶御使见何参将停军不行,便跟了上来,马鞭遥遥一指前方山谷道:"大人,前方峡谷两侧山势不急,两侧距山顶延伸数百丈,山上无遮无掩,根本藏不得兵。如果鞑子埋伏在山峰上,距离如此之远,弓箭刀枪对我大军也不易有威胁。有这数百丈的缓坡,滚木礌石也难以发挥作用,无须担心。"

刘公公从车轿中探出身来四下打量着道："嗯，咱家虽然不知兵事，但是看这山上光秃秃的没遮没掩，的确藏不住人。两侧群山环抱，鞑子想前后包抄也不太可能，何况鞑子人马比我们还少，以少围多如何办得到？我们尽可放心前行呀。"

何参将微笑道："呵呵，两位监军说的是，本将只是担心这山谷狭窄，我军只能排成一字长蛇，前后不得呼应，若是鞑子在前方设伏，后续兵马难以驰援，不能发挥兵员优势，势必造成较大伤亡，且待探马探明敌情再行不迟。"

大约过了半个时辰，四名探马纷纷回报，前方不见敌军，山谷中积雪也未见车马践踏。要知道现在虽然雪势甚大，但是如果有大队人马行动，也不可能掩藏所有的足迹，何参将听了放下心来，立即传下将令，要前后备军加快速度，迅速穿越山谷，直插榆木屯。

五千大军听了号令继续开拔，队伍浩浩荡荡，如同雪岭中的一条长龙。眼看贺士杰，贺都司率本队先锋穿越葫芦谷的中后段，马上就要走出山谷了，忽前方谷口"咚咚咚"战鼓雷鸣，立起旌旗无数，与此同时两侧山坡上一阵梆子响，刹那间白雪皑皑的山坡上凭空冒出无数人影，四下乱箭齐飞，雕翎满天，竟比飞雪还要密急。

第三十六章

夺路而逃

一

顿时，鞑子居高临下，一轮箭雨下来，明军死伤一片。好在何参将的军队也是久经战阵，一阵慌乱后立即按照将令布下车阵，将战车停于两侧，折板翻起，构成一道道人工堡垒。

举着一人高巨盾的盾牌手也组成了一道道盾墙，环卫两翼。待到防御阵形匆忙结成，明军十成中已去了一成。叶御使匆匆跳下马来钻进刘公公车内，颤声道："四下一目了然，鞑子从何而来？"

这车子车顶及两侧厢板都是用厚木制成，不怕箭射，但听得车板上笃笃箭响，叶御使还是心寒不已。刘公公是个阉人，胆子却比叶御使大得多，他颊上肌肉虽也难以自制地抽搐着，主要是因头一次经历这种千军万马的战争场面心情紧张，却不是怕。

两侧平缓的山坡上没有树木，缓缓延伸到山顶都是皑皑白雪，根本无处藏人，可是这时山坡上各式服装的鞑靼人来回奔走发箭，一些隐蔽处已遭到破坏，这才被人瞧出奥妙。

原来两侧山坡上蜿蜒筑起半人多高的一道墙，墙身向上倾斜，上边覆了一层白雪，从下边望上去，由于角度的关系，看起来就是一道平坦延伸到山巅的斜坡。

鞑靼人居于草原大漠之中，逐水而徙，居无定所。他们很久以前就发明了一些简易筑城的办法，在寒风肆虐的冬季他们以杂草枯枝掺以冷水在帐篷周围冻结成防风墙御寒，已是驾轻就熟。他们趁夜掏洞浇水，就地取材筑成这两道山墙也不过费了半夜的功夫。

达延汗得知爱子惨死后立即撤兵，自领一军昼夜兼程，赶到榆木屯，与博达尔模合兵一处后兵力已超明军，所以他才大胆舍弃战马与明军步战。

现在涿鹿、赤县的明军已呈两翼包抄之势，他设下此计，只想毕全功于一役，尽歼怀来明军，替爱子复仇，然后率军远遁。

何参将稍稍稳住阵脚，立即喝道："打旗语，命贺士杰固守前沿，王承宪带人冲击两侧敌军，务必打开一个缺口。命孙大忠、毕春后队变前队，迅速后撤。郑一鄂弹压中军！"

王承宪命弓箭手向两翼敌军发箭压制，自率刀盾手、长枪手强攻两侧山坡为大军后撤争取时间。山坡上是鞑靼大将博达尔模指挥，眼见明军迅速稳住阵脚开始反攻，博达尔模立即下令："射杀明军中挥动令旗者，射杀战马，阻止明军结阵！"

令下箭啸如雨，令旗手像被攒射得刺猬一般当场毙命，同时不少马匹中箭，战马负痛咆哮着在山谷中胡乱奔走，明军被战马践踏，顿时阵形大乱，攻势也随之受阻。

王都司指挥本部人马冒着箭雨强攻右侧山坡，这段丘陵不算高，控制了这个制高点，再组织弓箭手对鞑子进行反压制，便可稳住阵脚。否则大军龟缩在山谷中只有束手待毙的份了。

他亲自持刀督战，困兽一般的明军漫山遍野，以血肉之躯向山坡上发起一次又一次进攻。死尸一片片倒下，没有人有时间为死者叹息，甚至没有人有精力去注意倒在脚下的是谁，在这血与火的战场上，死亡变得那么平凡，就是一个再感性的人也会变得麻木不仁。

在什长、哨长的带领下，明军蜂拥而上，踏着同伴的尸体谋求着一线生机。山坡上的鞑子仗着地利以及卓绝的箭术，每一箭下去几乎都有斩获。

叶御使躲在车中战战兢兢地喊："何大人，何大人，鞑子早有埋伏，当速速后撤才是！"

何参将提着雁翎刀，铁青着脸色道："我已派人通知毕春，这山谷狭窄，不利我军集结，后军不退，我们也无法冲出去！"

叶御使怒道："眼见大军中伏，毕春迄今不见动静，我们就要全军覆没啦！我要参他个贻误战机之罪！何大人，我要去后阵督战！"

何参将正忙着指挥大军，实在不耐听他啰嗦，一听他要去毕春营中，倒省得他在这里指手画脚，立即便安排二十个盾牌手护送他和刘公公离开。一个书生，一个太监，两个最高指挥者马上跌跌撞撞奔向后营。

卧虎山下这个山谷呈葫芦形，壶嘴冲着鸡鸣驿方向。毕春的大军刚刚进入山谷，杨凌和马怜儿就急驰入军中，听了杨凌紧张的陈述，毕春也知事态严重，正要带着他赶去面见何参将，两侧鞑子已发动了攻势。

在一轮箭雨射击的覆盖性掩护下，大批的鞑子从半山掩体中扑到谷口截住了明军退路。谷口狭窄，只消数十人劲弓在手，箭雨不断，纵是千军万马也休想冲得出去。

谷口鞑子的目的只是为了阻住退路，所以只扼守要害，并不攻击。这些鞑子每人身上至少背了四只箭壶，毕春的南军以短兵相接的刀盾手和火铳手为主，根本无法同这些骁勇善战、以一当十又据守险要的鞑子对抗。

片刻工夫，谷口已留下了上百具措手不及的明军尸体，近在咫尺的血腥让初次见到这种阵仗的马怜儿的脸色苍白如雪，还是杨凌经过守城一战心理上具备了一定的承受能力，拉着她避到两辆车中间，才免遭流矢所伤。

明军的反冲击很快被鞑子的利箭所阻，一具具尸体仆倒在狭窄的谷口，明军一面要同谷口的鞑子抢夺唯一的出口，还要应付头顶不断攒射的利箭，伤亡不断增加。

杨凌注意到明军的反击混乱不堪，根本无法发挥什么有威胁的进攻。他们的军官不可谓不勇，身先士卒悍不畏死，但是他们却只知道卖弄个人勇武，根本不会有效地组织士兵们作战。

不客气地说，如果让他们在平原上，在将领的指挥下按部就班地结阵、布阵还能似模似样，一旦发生这样的混战，上级军官不能有效地贯彻命令，那些连字都认不全的低级军官们就知道要么身先士卒，要么挥刀督战，根本不会搭配好刀盾手、火铳手、长枪手和弓箭手。

杨凌看了这样的军队素质，紧张得汗流浃背，马怜儿却在挂念哥哥安危，见他站在前方不远处毕都司的身边，这才放心。

就在这时，叶御使和刘公公狼狈地奔了过来，叶御使正要责问毕都司突围不利，忽地一眼扫见有个穿着绿衫的女子，还道是毕都司携家眷行军，不禁心中更怒。

毕都司眼见谷中鞑子凭借险要地势一夫当关，难以尽快攻破，正欲令部曲转攻山坡上的敌军，居高临下以火枪威力压制股口的鞑子。但是在叶御使和刘公公想来，打开谷口才有生路，若是等他先攻山坡再迂回拿下谷口，恐怕那时已全军覆没了。

是以两人众口一词，以监军的身份命令他立即不惜一切代价强行打开谷口。毕都司悻悻然地下令停止攻山，只好集结部队强行攻打谷口。他铁青着脸色命令道："祁把总、卢把总，集中火铳、火箭攻打谷口，只许进，不许退，务必要杀开一条血路！"

他又对亲兵队长大喝道："关受英阵前督战，一人退则斩一人，全队退则斩队长，队长殉职而全队退者，全部格杀勿论！"

令下如山，两位把总也知这是生死悬于一线的时候，当下勒令本队冒着箭雨强行攻向谷口，前方箭矢如雨，两翼山坡上虽在明军的火力压制下仍是冷箭不断，许多士兵刚刚冲出不远，就被利箭射穿了革制的盔甲，血染大地。

冲到有效射程内的火铳手们一通排射，虽也射杀了许多鞑子，但是后边的刀盾手根本来不及跟上冲锋，鞑子就乱箭齐发，重新封锁了谷口。

杨凌见了重重地一捶车厢，他瞥见倒毙在地的一匹马尸，忽地想起一个办法，立即高叫道："毕大人，驱使战马为肉盾，大军随在马后，必可打开缺口！"

刘公公、叶御使闻言大喜，立即命毕参将照办。要知那时战马价值近四百贯，而明军中素来战马奇缺，所以军中将士从来也不曾想过以战马为武器。这时大军生死攸关，哪里还顾得了马匹，当下将剩余的战马集中到阵前，有四十多匹，火铳手取了火药涂洒在马尾上，火一点燃，战马负疼，立即嘶鸣着向前狂奔。

率军守在谷口的迄林达达忽见几十匹尾巴着火的战马疯狂地奔腾而来，地面隆隆直响，骇然命部众发箭，排箭射出，马的生命终究不像人那么脆弱，虽有几匹马悲鸣着倒下，大多数战马仍带箭狂奔，冲散了鞑子的队形，狂奔出山谷去了。有些来不及退开的士卒连惨叫都没发出，就被乱马踏成了肉泥。

借此良机，毕都司指挥大军冒着头顶的箭矢向外猛冲，迄林达达立即率领着剩下的四百多名鞑子迎了上来。谷口狭窄，只需两百人便足以封得严严实实，两军顿时挤作一团，在谷口展开肉搏。

第三十七章

生死一线

一

弓弦嘈切，利箭离弦发出令人发麻的一声低吟，百余点寒星直射前方。这时已看不清具体哪个士兵的表现，只看到如同决堤的洪水般的明军整体停滞了一下，前面便齐刷刷倒下一片，但这已是鞑子能射出的最后一拨箭。

明军被一股求生的极大力量推动着，没有人擂动战鼓，也没有人发令冲锋。所有的人已无法停下脚步，人群略一停滞，便在后方人流的推动下义无反顾地向前冲去，一波波前仆后继，如同海浪一般迅速吞没前浪，向前拍击着。

堵在谷口的鞑子就像巨浪中屹立的一块礁石，凶悍地以利刃切割着人体，犹如礁石阻挡巨浪掀起了浪花，但这浪花却是鲜红的。

山坡上，鞑子弓箭手已无法进行压制，因为敌我双方已拥挤成一团，卡在谷口做着殊死的搏斗，他们只有抛下弓箭，拿起刀枪从山坡掩体内冲杀下来，从两翼与明军撕咬成一团。

随即，只能拥挤在后边被动挨打的士兵在部分将领的带领下开始反冲掩体，冲上山坡杀向后沿纵深。一个缺口的打开，就像多米诺骨牌的翻倒，整条完美的包围圈失去了作用，鞑子纷纷冲杀下来。

葫芦谷两个半圆形平地上也同时展开了肉搏，而两个狭窄的谷道上则人挨人，人挤人，人人都想甩开步子飞快地赶向谷口，但又几乎是脚不沾地地被人流裹携着缓慢而汹涌地前进。

血腥的味道在冰冷的空气中蔓延，大雪仍在飞扬，听上去令人牙酸的金属摩擦声和令人心颤的金属刺肉声交替着响起，血与肉在飞雪中勾画出凄艳的图画。

后边人头攒动，前方能够交战的士卒却不过百余人，双方一有死伤者，立即便有生力军源源不断地扑充上去，两军胶着的地方开始渐渐被死尸和鲜血堆砌出一条分界线。

地上尸体群中不断有搂抱成一团滚打着的士兵，继续扑上来的人根本没有时间去分辨敌我，也没有时间去帮助战友，踏着他们的身体和鲜血，新的厮打已经开始。

蔚为壮观的万人群殴开始了，这是一场真正的大混战，兵不见将，将不见兵，每个人手中都握紧了兵器，寻找的只是一双仇视的眼睛，然后大吼一声猛扑上去。

前后左右都是刀枪剑戟，不时还有冷箭横飞，这时候人命是绝对平等的，一个统率千军的将领也可能被一个最卑微的小兵一刀捅死。什么武功技艺都用不上了，根本连闪躲腾挪的空间都没有，就是砍砍砍，杀杀杀！山谷中像沸腾了的水，沸腾了的血红色的水，而唯一的宣泄口就在杨凌他们所在的谷口。

迄林达达的部下都是杀人不眨眼的悍将，但是"洪水"急于宣泄的力量太庞大了，他们的生命也在被对方收割着，谷口的打开已是时间问题。

保护叶御使和刘公公的盾牌手一手持圆盾，一手持短刀，尽忠职守地簇拥着他们向谷口移动。但人流太拥挤了，叶御使只是一个踉跄摔倒在地，立刻就有无数双脚踏上去，有鞑子的，也有在他眼中卑微无比的大明士卒的。

没人有时间去看看脚下践踏的那团肉是属于一个卑贱的士卒，还是属于一个高贵的大人，掠夺生命的刀枪就在他们眼前飞舞，他们只剩下一个本能——为了求生挥动武器的本能。

两个试图把他拖起来的盾牌手只是一哈腰，就被不可抗拒的人潮推倒，无数双脚继续踩了上去，这使其他几名士兵硬起心肠再也不去看上一眼，整个人流无论敌我，完全被一股庞大的力量裹挟着不由自主地向谷口移去。

杨凌傻了，在这样的乱军之中个人再神勇都无济于事，何况他的体力连一个小兵都不如，他本能的反应就是哪里人少，就往哪里逃。刀光剑影，呐喊厮杀声中，他唯一能记得的责任，就是拉紧了马怜儿的手，她是跟着自己来的，自己不能一个人逃走。

所有的人都在想着冲出谷去，冲出谷就是生路。但杨凌却知道在这乱军中他根本没有能力逃到谷口，就算不被鞑子杀死，他单薄的身子也会被自己人拥挤倒地，成为一团被踩烂的肉泥。

杨凌拉着六神无主的马怜儿渐渐脱离了这道洪流，奔上了山坡，随着明军的反扑，厮杀范围逐渐扩大，他们只有逃向更高处。

鞑子注意到了山坡上站着的两个人，立即就有人提着刀冲了过来，完全是本能反应，要消灭一切敌对生命。

看到了不同的服饰和打扮，他们本能的反应就是屠杀。现在双方的人都已成了最嗜血、最疯狂的生物，那一双双血红的眼睛已没有丝毫理智，只是本能地寻找着生命，然后毁灭它。

杨凌暗暗叫苦,他现在也只剩下了一种本能,那就是逃命。谷中的人流就像一条奔腾的河,互相碾轧着,冲击着,那气势只要投进去,立刻就会被拍成碎片,所以他只能向更高处逃。

在几个野兽般呼哧怪叫着的鞑子追赶下,两个人用尽全部力量向山顶逃。最初是杨凌拖着惊慌失措的马怜儿逃,距山顶还有二十多丈时疲惫不堪的杨凌开始被马怜儿拉扯着向上跑。

这副躯体真的太缺少锻炼了,杨凌感觉心跳如奔马,两耳轰鸣,大腿的肌肉突突乱跳,那种窒息的痛苦让他几乎要放弃逃命,宁可被鞑子一刀断头。

马怜儿显然不这么想,虽然她的喉咙也发出了与仙女般外表不相称的喘声,但是已经从绞肉场般的大屠杀震撼中清醒过来的她,开始用尽全力扯着杨凌逃命。

如果现在有人坐在另一空间看着他们,一定以为自己是在看着慢动作电影。大雪飘舞着,前边一男一女两个人慢吞吞地挪动着步子,后边几个凶神恶煞举着刀的人明明跑动几步就可以追上,可是偏偏也迈着同样慢吞吞的步子,瞪着一双噬人的眼睛锲而不舍地追逐着。

两个人终于跑上了山顶,一看到眼前的情形马怜儿不由倒抽一口冷气,最后一丝逃生的希望破灭了。山脊窄窄的,山的另一面是近七十度的陡坡,根本无路可逃。她绝望地放开杨凌的手,回头望了一眼穷追不舍的鞑子,探手入怀,摸出了驰马出城前收进怀中的金簪,抵在自己的咽喉上。

杨凌气喘如牛地看着她,他已喘得连一句话也问不出来了。马怜儿的胸口急剧起伏地看着他,晶亮的眼神十分复杂。她眸光一转,看到几个鞑子狞笑着已要爬到山顶,不禁凄然一笑,回过头来又深深地望了杨凌一眼,然后双眼一闭,攥紧簪子向自己的咽喉猛地刺了下去。

杨凌浑身的肌肉都因过度疲劳在哆嗦,他已累得一动也不想动了,但是看到马怜儿的举动,他还是拼尽全力猛扑上去举掌一挥,啪的一下打歪了马怜儿的手臂,五指刮过了马怜儿的脸颊。

马怜儿被簪尖在咽喉上划破一道血痕,金簪脱手飞出,俏脸上五道指印宛然。她怔立在那儿,惊愕地望着杨凌。杨凌知道她是怕被鞑子糟蹋才欲自尽,这时既无力也没有时间解释了。他跟跟跄跄地扑到陡坡前,前方虽然没有路,但是要想逃命,似乎这已是唯一的路。

回过头赤手空拳同那几个彪悍的蒙古战士搏斗?不用想,他也知道刀光过处,自己的大好头颅就要立刻和身体分家。他打量着这近乎笔直又令人目眩的山坡,一边紧张地盘算着活命的可能,一边向马怜儿招着手,嘶声道:"过……咳咳……过来!"

追击的鞑子中已有两个攀上了山脊,他们方才在山谷中砍杀了半天,已大耗体力,现在一路追上山来也累得气喘如牛,看见山顶的情形,知道面前这两人已无路可逃,两个鞑子放下心来,他们以刀拄地呼呼喘着粗气,现在他们也需要恢复举刀砍人的力气。

两个鞑子打量着这一男一女,慢慢地眼中的酷厉之色渐去,开始换上一种淫邪的眼神,那两双淫邪的眼睛像刀子一样"扒"着马怜儿的衣裳,失去的力气因为雄性的本能开始飞快地恢复过来。

马怜儿的父亲在塞外承担锦衣卫情报搜集工作时,公开身份是一个皮货商,经常与鞑靼各部落打交道。马怜儿从小就听说过为了占有水草丰美的草原,各部落间不断为生存爆发战争。听说过被征服者的妻子女儿沦为女奴惨遭种种凌辱的事。女人落在这些野蛮人手中,身价还不如一头牲口,下场实比堕入地狱还要惨。

马怜儿看见那两个身子横竖几乎一般粗,长得如同野人一般的鞑靼汉子,看他们眼中冒出的熊熊欲火,不由得打了个冷战,浑身寒彻入骨,她唯一的选择便是朝杨凌奔去,心中只想:"罢了,不能留个全尸,便一齐跳下山去给野兽果腹吧,怎么也胜过被人作践至死。"

第三十八章

长夜漫漫

一

杨凌揽住马怜儿向雪坡上一跳。这一面的积雪日照短，表面已经冰晶化，两人借着冲力开始在陡峭的坡面上滑下去。马怜儿本能地尖叫一声，死死地搂住了杨凌的脖子。

风声嗖嗖在耳边拂过，犹如风驰电掣。马怜儿虽不畏死，却被这种惊险吓得魂飞魄散，趴在杨凌身上双眼再也不肯睁开。

杨凌曾经玩过滑沙，在他想来只要运气好不撞上什么木桩或碰到什么木茬，很有可能逃得一命。他搂紧了马怜儿，紧张地注视着坡面，这一面山坡上没有树木，被积雪压弯了腰的小灌木和杂草刮破了他的袍子，却没有伤及皮肉。

眼见将至山底，以现在的冲速和角度就要像炮弹一样直接砸进雪地中了，杨凌猛地仰面而倒，重心后移，头使劲地向上拱着翘离雪面，生怕磕在石头、树杈上。

马怜儿猝不及防，身子向前一栽，和杨凌来了个绝不香艳的亲吻，两个人都闷哼了一声，嘴里沁出一股腥咸。

马怜儿瞪大了双眼还没来得及说什么，杨凌的身子就砰砰带起一地飞雪贴着地面继续向前滑去。紧跟着杨凌的右脚踹中了一棵小树，只听咔嚓一声，两人的身子便转了向，打着横儿甩了出去。

好半晌才翻翻滚滚地停下身子，杨凌惊魂稍定地四下一望，只见自己冲进了一片树林，侧前方十多米有一根刚刚被他踹断的小树，身前两米处就是一方覆盖着厚厚白雪的巨石。

马怜儿提起的心也放了下来，这时她才发觉自己以一种很暧昧的姿势趴在杨凌的怀中，她腾的一下俏脸飞红，恨恨地在杨凌胸口捶了一拳。杨凌正庆幸自己一向脆弱的"娇躯"这次竟平安无恙，被她捶了一下才发觉自己身上还压着一具娇躯，他忙像被蜇了似的放开手，马怜儿脸红红地爬了起来。

杨凌厚着脸皮站起身走到马怜儿前面眺望两人跃下的山峰，此时大雪迷茫，林中视线不出百步，已看不清山头上的情形。

马怜儿心中如小鹿乱撞，她偷眼窥去，杨凌的长褂已刮扯成一条条的，露出里边的青布棉裤，屁股上两团棉花都露了出来，显得极是狼狈。

他好勇敢，一个文弱书生，竟敢跃下陡峭的冰峰。还有，想起摔下山时，他一直紧搂着自己，把自己垫在上边，马怜儿心中一阵甜蜜，眼中不觉悄悄浮起一抹温柔。

杨凌还不知道自己现在就像一只开屏的孔雀，不过是从后面看起来像。他兴冲冲地转过身对马怜儿道："鞑子不敢这样下山，我们到林中躲一躲，避过他们的搜索。"

马怜儿看看苍凉的林海，那里边寂寂然飞鸟绝踪，杳无人迹。她有些迟疑地道："这么陡的山坡，他们应该不会下来吧，我们若是在林中迷了路，就要被困死在这里了。"

杨凌脸皮子一抽，干干地道："若只是我，鞑子未必会追，但是再加上你可就不好说了，还是躲一躲吧。"

马怜儿柳眉霍地一挑："你什么意思？难道我是祸……嗯……那我们躲躲吧。"她话锋一转，讪讪地道。

·※·※·※·

杨凌抓起一团雪塞到嘴里，慢慢含化了，等到雪水不再冷了才慢慢吞下去，同时谨慎地四下望着。马怜儿也狼狈不堪，鬓发凌乱，裙裾和袄袖也刮成了一条条的破布。

雪停了，已是傍晚时分，空山寂寂，四野茫茫。这对叫花子仿佛置身于瑶池仙境。岩石、松树、山坡，所有的一切都在大雪的覆盖之下，一派银装素裹……很美很原始的景色，足以让人流连忘返、心旷神怡，如果他们不是迷了路，而且后边跟着一头狼的话。

本来两人只想在林中躲避一时，但是当他们深一脚浅一脚地走进密林中时，一只觅食的狼幽灵般地出现在他们身后。两人的第一反应就是逃跑，那只狼不紧不慢地跟在后边，等待他们的力气耗尽。

马怜儿在草原上住过多年，她知道不能再跑了，再跑下去只能因疲累跌倒，轻易地成为这头狼口中的食物，她从雪地上抓起一根大雪压断的树干同那只大青狼对峙起来。杨凌见她不跑，也拾起一枝树干加入了战团。现代人可能从小就听过太多大灰狼的童话故事，但是真正见到这种外形和一只土狗差不多的动物，一个手中拿了大棒的成年人很难对这条"土狗"产生太多的畏惧。

马怜儿深知狼的可怕,杨凌却不知,无知即无畏,杨秀才提起棒子大喝一声,当头一棒狠狠地砸了下去。杨凌的体格虽然不好,这全力一棒也足以打破一个体魄健壮者的天灵盖。

棍子结结实实地打在大青狼的脑袋上,杨凌还来不及高兴,马怜儿已大叫一声:"小心!"挥起棒子横扫过来。那只大青狼挨了重重一棒,像狗儿般呜咽着在地上打了个滚儿,又一骨碌爬起来,恶狠狠地向杨凌纵身猛扑过去。

杨凌被青狼迅捷的反应吓了一跳,他已经看清大青狼口中森白的牙齿了。这时马怜儿手中的棍子带着一溜风声也到了,棍子狠狠扫在狼的后腿上,青狼惨叫着摔在地上,一瘸一拐地逃进灌木丛中,仍然凶狠地盯着他们不放。

马怜儿双手紧握木棒,对杨凌说:"狼的头盖骨非常坚硬,要打就打它的腿和腰。狼是'铜头麻秆腿,铁尾豆腐腰',盯住那儿打。"

那头青狼也觉出这两个生物不是那么好对付的,但是却不肯退走,两人追上去,狼就逃开;返身走,狼又跟上来,就这么走走打打,一直到那头青狼不见了去向,两人也迷了路。

现在他们已累得寸步难移,衣内湿透,内裳的汗水快结成冰了,冻得瑟缩发抖。眼看天近黄昏,如果就这样过夜,两人不被狼吃了,也得活活冻死。于是在马怜儿的指点下,杨凌学到了一手野外求生的本领:掏雪窝子。

树林内积雪覆盖了不少参天古木,古木折断倒下,下面便形成一些坑洞。面积虽不大,但有空隙可以透气,杨凌掏空了雪洞,又搬了两截枯树干进去,两人蜷缩着坐在里边,既可以御寒,也可以躲避野兽。

夜幕完全降临了,杨凌的双腿已经完全冻僵了。马怜儿不知什么时候已经和杨凌挤成了一团,头搭在他的肩上昏昏欲睡。

"不能睡,我们说说话提神,一定要熬到天亮。"杨凌的眼皮也快合上了,他掐了自己一把,硬着舌头冲马怜儿喊。

"唔……杨秀才、杨驿丞、杨大哥,你做做好事,我又累又饿又困,我靠一下,靠一下,就一小下,等天亮了……就好。"马怜儿有气无力地哼着说,柔柔弱弱的腔调简直像是在撒娇,如果是在炭火熏香的闺房里听到这样的声音,一定是香艳入骨,让人想入非非。

"不行!"杨凌虽没有野外生存的经历,但是从报纸杂志中却看过太多睡梦中被冻死的事,他想唤醒马怜儿,马怜儿倦得一动也不想动,整个身子柔弱无骨,懒洋洋地靠在杨凌身上,耍着赖不肯起来。

"不行,给我起来!等天亮了,你也冻死了,身上结了一层冰,硬邦邦的连狼都啃不动！我不想拖着一具冰雕回去！"杨凌急了，伸手拍她的脸颊。

嘴唇一疼，马怜儿睁开睡眼，洞穴内黑漆漆的，但是杨凌的鼻息就喷在脸上，好暖，那是唯一的温暖，马怜儿更困了，她喃喃地道："聊……聊什么啊？让我……睡一会儿。"

"不能睡！"杨凌焦灼地道："打起精神来，我的身子骨，怕是挨不过今夜了，女人脂肪层厚，比男人抗冻，我把衣服脱给你穿，不能睡，能活一个是一个。"

马怜儿神志恍惚，一时消化不了杨凌的话，她贪婪地向杨凌缩近了身子，迷迷糊糊地问："什么……什么脂肪？"

"嗯，皮下脂肪……咳，说了你也不懂，就当是肥肉好了。"

半晌，寂寂山林黑暗的雪洞中忽然一个高八调的嗓门叫了起来："肥肉！我很胖吗？"

第三十九章

无心睡眠

一

　　女子爱美，古今皆然。没想到死亡的威胁没能让她清醒，一句"肥肉"居然让她像只斗鸡似的亢奋起来。好一番解释，马怜儿才释然。

　　清醒后更是冷得难以忍耐，她的牙齿咯咯作响，这时肩上一沉，她伸手一摸不禁大声道："把袍子给我，你怎么办？"

　　杨凌叹道："我怕是挨不到天亮了。"语落，那件袍子又回到他的身上，然后一双手紧紧搂了过来，马怜儿颤抖地低吟："我们……挨近些，或许熬得过去，事……事急从权，对吗？"

　　挨近果然暖和多了，默默地，杨凌也抱紧了马怜儿，用长袍将两个人包围起来。或许因为紧张，两个人的呼吸都有些局促，杨凌想起了幼娘，想起那个寒冷的冬夜两个人相拥取暖的情形，一时情思有些恍惚。

　　好一会儿，怀中一个含糊的声音说："你不是说要聊天吗？怎么不说话？"

　　"嗯？哦……听说你从小住在塞外，你老家是哪儿呀？"杨凌定了定神，胡乱找了个话题。

　　经过最初的羞怩和难堪，马怜儿已经适应了两人的亲密，她轻轻扭动了一下娇躯，让自己的姿势更自然、更舒服，"老家呀……"她打了个呵欠，贴在他暖和起来的胸膛上说："我老家在京都呢，不过我没去过，只知道本房大爷、叔叔还住在那儿。"

　　"京都？你老家北京的？"

　　"什么呀，你还秀才呢。"马怜儿扑哧一笑："金陵才叫京都，北京叫京师。"

　　"哦！"杨凌汗了一把，问道："金陵？自古繁华之地呀，咱大明为啥把京师迁到这儿呢，离鞑子近，又是苦寒之地。"

　　马怜儿从鼻子里哼了一声："我的秀才，想逗我说话也不用这么装，还是考我呢？天子守国门，知道吗？"

她没注意到对杨凌的口气越来越亲昵了，继续说："千年以来，中原的威胁多来自北方，燕京地处险要，北依雄山，南压中原，通江淮，连朔漠，且距关外鞑虏太近。成祖迁都于此，是天子守国门！你想呀，京师在这儿呢，朝廷想不重视北方也不行了，不然为什么屯重兵于九边？为什么锦衣卫派了那么多密探长年伏于关外？"

杨凌还以为是朱棣从燕京发祥才迁都于此，想不到还有这个缘由。细想想大明历代皇帝无论多昏庸的，倒大多履行了"天子守国门"的承诺，明末崇祯皇帝自家性命岌岌可危时，也没有动用山海关精兵，大势去时拒不南下自缢于煤山，终究没有辱没汉人的气节，到死也未辜负"天子守国门"的信诺。

马怜儿伤心地道："爹入了锦衣卫就被派到关外做探子，熬了半生好不容易回到关内，结果又……现再也不知哥哥怎么样了。"说着，她忍不住啜泣起来。

杨凌安慰道："放心吧，虽说当时兵荒马乱的，但是马兄守在毕都司身边不会有碍的，熬过今晚，明天找路返回城去，马兄一定已经回城了。"

"嗯……"马怜儿拭了拭眼泪道："但愿我们能熬过这一夜，给我讲个故事好不好？听一听就不困了。"

杨凌搜肠刮肚地想了半天，忍着饿得咕噜咕噜的肚子说道："从前有一座山，叫五指山，山上有一群强盗，强盗头子叫至尊宝……"

难道这时候的人都不知道《西游记》这本书吗？杨凌很郁闷，才刚刚起了个头，便被马怜儿追问，他就不得不从东胜神洲花果山水帘洞讲起，待介绍完了孙悟空的出身来历，刚刚讲了一会儿，又得去讲唐僧从金蝉子转世到漂流儿的经过。

马怜儿惬意地趴在他的胸口，静静地听他讲。但是杨凌讲得很尴尬，因为他觉得很搞笑、很幽默的段子，马怜儿却没有笑，明朝的女人难道没有幽默细胞吗？

讲到紫霞仙子时，马怜儿才来了精神，听到紫霞仙子向至尊宝索吻时，她忽想到逃下山时两人无意的一吻，这一想唇上更疼了，心里却有些痒。

她忍不住道："至尊宝为什么不接受她呢？白晶晶是妖精，他是大圣谪凡，两人本来就不般配嘛，紫霞小姐才是神仙，而且至尊宝说得对呀，这缘分是上天安排的。上天安排的，还不够……还不够他显摆的，呵呵！"她一直以为杨凌说的这句台词是句粗俗的话，可又觉得有趣，说出来不禁不好意思地笑起来。

咦？头一回听到有人用"门当户对"解释《大话西游》，临了马怜儿又问："那至尊宝最后喜欢了谁？"

"呃……紫霞仙子。"

"嘿！男人，口是心非！"马怜儿悻悻然。杨凌脸上一热，辩解道："或许你说得对，就算是齐天大圣，也不能和天斗，上天注定的缘分嘛，他也只能听从命运的摆布。"

马怜儿缩在他怀中像只小鹌鹑，静了半响，她忽然轻轻地道："那我们……我们算不算是上天安排的缘分？"

鼓足勇气说完这句话，她觉得浑身的力气都用光了，脸儿发烧地把头埋在他怀里再也不肯出来。杨凌吃了一惊，怔了半响才道："你……不要胡思乱想，我们虽耳鬓厮磨却未有男女之事，再说……再说你不说，我不说，也没人知道。"

"即使天知地知，你知我知。你亲也亲了，抱也抱了，还让我怎么嫁人？"夜幕遮羞，马怜儿说得理直气壮，心儿却怦怦乱跳地道："不管这次是胜是败，闵大人杀了一个王子，官是升定了，你是他的心腹又年轻有为，或许再有两三年工夫，就能做到一县的父母官。我……我虽是小吏家的女儿，却也知书答礼，你做了官，是需要一个配得上你的妻子的。"

她说得自惭不已："我马怜儿一向心高气傲，如今这般毛遂自荐，已是羞煞人了。还要挑拨人家休妻，怎么看都像自己一向最不齿的坏女人，可……可谁无一番私心呀？"

杨凌听她暗示自己停妻再娶，一股怒意涌上心头，他直起腰冷冷地道："马小姐，你从小在塞外长大，我最欣赏的就是你爽朗大方的个性，也不信你会在乎那些迂腐的东西。我今日能为你休她，来日不会为他人休你吗？紫霞仙子说得好：'如果不能跟我喜欢的人在一起，就算让我做玉皇大帝，我也不会开心'，我也是，如果要我舍弃幼娘，给个皇帝我也不做！"

马怜儿被他指责得无地自容，她又愧又羞地道："那我……我……我甘愿做你的侧室，这样……这样你答应吗？"

杨凌怔了怔，心中有些感动又有些无奈，他苦笑道："怜儿小姐，你何苦糟践了自己？杨凌承受不起你的深情呀。"

马怜儿霍地离开他的怀抱，怒道："你是嫌我不够美丽还是认为我没有妇德？"

杨凌忙道："怜儿小姐，你很美丽很可爱。我也相信，你是一个有自尊心、坚强的女孩儿。你瞧不起那些把女人当玩物的大男人，蔑视他们所谓的夫纲妇德，正是这样，你一旦喜欢上一个人，更会义无反顾。承蒙青睐，杨凌真的铭感于内。"

"说得好听，我已经宁愿屈居人下了，只因我相信你会真的对我好，为什么你还……在你心中，这世上再也无人比得上幼娘了，是吗？"

杨凌慨然道："你错了，在我心中，幼娘是个很普通的女孩。她不是最美的，也不一定是最可爱的，大千世界，没有看遍所有的风景，谁敢说他见过的就是最美丽的？但是风景，你尽可以一处处去品味，挑选最美的那一处作为你的居处，你有能力甚至可以全部占有。但女人不同，爱不只是欣赏和占有，还有为彼此承担责任，既然彼此相爱，就该信守相携白头的约定。茫茫人海，可爱的女人很多，难道我见一个爱一个，见到更好的就抛弃过去的，那我能得到的也只是女人的皮相罢了！如你在鸿雁楼所说，把妻子视同自己的物件，毫无真情实意，凭什么要她真心相待？"

马怜儿静静地停了半晌，忽然扑哧一笑道："秀才公一番滔滔不绝的长篇大论，在下甘拜下风。人家和你开玩笑的，激动个什么劲儿？"

杨凌一怔，不知她是真的开玩笑还是为自己遮羞，可惜夜色如墨，他没有看到马怜儿眸中闪过的异彩还有她唇边意味深长的笑——那是狐狸窥见势在必得的猎物时的微笑。

马怜儿回味着杨凌的话，自己这个从塞外回来的女子真是异类吗？这个秀才才是真的异类，茫茫人海，他可能确实不是最好的一道风景，但却是最适合自己的风景，上天把他送到眼前来，不把他牢牢抓住岂不是罪过？呵，来日方长，不是吗？

过了半晌，她平静了情绪，隐带着笑意学着杨凌刚刚讲过的台词："长夜漫漫，无心睡眠，杨兄不如再给我讲一个更精彩的故事。"

杨凌也无声地笑了，心道："谁说明朝的女人不懂幽默？"他振作精神道："好，我给你讲一个提神的，这个故事叫《画皮》！"

第四十章

险死还生

一

"啊……"在马怜儿的一声尖叫配合下,杨凌讲完了《冤鬼录》,嘿!真有成就感,马怜儿惊得瑟瑟缩缩的,像极了一只小鹌鹑,总算挽回了一点颜面。

杨凌满意地笑着看了看清白的洞口,虽然还没有阳光,但是料峭的寒气中已带上了一丝清晨的气息。

马怜儿仍赖在袍子里瑟瑟发抖,可能是冻的,也可能是吓的,杨凌好笑地拍拍她肩膀,说道:"天亮了,我们熬过来了。"

"天亮了?"马怜儿倏地从他怀里探出头来,贪婪地望了眼洞口清明的光线。天亮了就好,天亮了就不怕了!这个该死的秀才,故事倒是知道不少,不过鬼呀妖呀的,也实在太提神了。

杨凌心中暗笑,讲了一晚改良版的《怨鬼录》《樱花厉魂》《17栋男生宿舍》,说实话,连他自己都有些毛毛的。

注意到他唇边一抹笑意,马怜儿恨恨地白了他一眼,嗔道:"你故意的,是不是?"

杨凌一怔,她的态度不大对劲儿,或许是在怀中趴得太久,她的脸颊有一侧压得红红的,头发散乱,平添几分动人的风韵,像是刚刚娇慵起床的妻子,娇嗔的表情十分动人。

杨凌忙转回头,活动了一下麻木的四肢,慢慢钻出了雪窝子。黑夜像渔夫手中的网,正在慢慢收拢,天地一片银灰,太阳还没有出来,但天边已经有些发白了。

好冷好冷,没有一丝阳光,对饥饿的人来说,那感觉简直就像下地狱,放眼望去白茫茫的,不知身在何处,冰雪覆盖的山林中没有阳光,连方向也无法分辨。

马怜儿也钻出了雪窝,四下望了望,欣然道:"幸好不是阴天,太阳虽未出来,也能看出东南西北了,跟我走,只要钻出林子我们就有希望回去。"

两人已不可能有命在山林中再熬一晚了，必须趁着还有力气尽早离开。经过一晚的困顿，体力已大不如前，两人只好相互搀扶着，深一脚浅一脚地沿着一条冰冻了的溪流踏雪缓行。马怜儿与他并肩相挽而行，倒像一对踏雪寻梅的伴侣。

溪流已看不出本来面目，厚厚的积雪铺在上面倒像蜿蜒在山林间的一条道路，只有岸边偶尔峥嵘而起的冰凌，提醒着人们，这曾是一条欢跃奔腾的小溪。微风阵阵，吹得树上的雪沫灌进人的脖子，偶尔有树上的飞鸟扑棱棱飞过的声音。

走了大半个时辰，两人出了密林，来到一处树木稀疏的雪坡上。抬头四望，自西面向东北伸展，不太高的群山错落起伏，除了树干是灰黑之外，满山满野是白茫茫一片银色世界。

第一缕阳光喷薄而出，带给两人一丝暖意。两人正要一鼓作气继续向前走下去，一只松鼠蹦蹦跳跳地从两人眼前穿过去，在无垠的雪地上踩出一行浅浅的脚印，拖着毛茸茸的大尾巴钻进了一个雪洞。

马怜儿大喜，连忙甩开杨凌的手，雀跃着奔过去，趴在雪地上看了会儿，然后不顾寒冷地用手扒了起来。杨凌苦笑着跟过去，无奈地道："大小姐，这时候你还抓松鼠玩？"

马怜儿趴在那儿像只小狗似的刨着雪，呼哧带喘地说："大笨蛋，快帮我挖，松鼠洞里一定有吃的，一个松鼠洞里能出好几斤粮食呢，把它挖出来，就算今天走不出去，我们也饿不死了。"

杨凌一拍脑门，丢下手里的棍子帮着挖起来，两个人先除尽积雪，把棍子撬折了三次，才把冻土刨开，松鼠早从另外的洞口逃掉了，它的洞穴很深，杨凌探手进去，脸颊上蹭得全是泥土，才如愿以偿地掏出榛子、栗子、山楂等许多干果。

两个人兴奋地跪坐在雪地上查点着战利品。杨凌拿起两个栗子，在衣襟上擦了擦，递给马怜儿一个，两人贪婪地咬开果皮，把冻得硬邦邦的栗子嚼得咯咯直响。

杨凌笑望着马怜儿，咀嚼着一嘴的香甜，正想夸奖她几句，忽见马怜儿的脸色大变，变得雪白雪白，杨凌顺着她惊恐的目光向自己身后望去，一颗心也顿时沉了下去。狼！整整四匹狼，比昨天见过的那只个头更大，也更矫健有力。

四只狼迈着轻快的步子，向两人一步步逼近，杨凌霍地站了起来，四匹狼一前三后，排成三角形一步步逼近，森白的獠牙、凶残的目光，令人胆寒。

马怜儿也颤抖着爬了起来，绝望地看了一眼不断逼近的野狼，忽然大叫一声："杨凌！"

杨凌被一股大力一扯身子转了向，迎上的是马怜儿涨红的脸庞，和那双不知蕴含着什么情感的眼睛。她猛扑过来，紧紧抱住了杨凌，颤声道："杨凌，抱着我！"她浑身发抖地抱住杨凌，呼吸急促地寻索着他的温度。

四匹狼因为这两个生物怪异的举动而稍稍停顿了一下，头狼发出一声威胁的低嚎，然后步伐逐渐加快，十五丈、十丈、五丈……进入捕杀前奏，它强健有力的后腿一缩，已要腾空而起。

便在这时，铮的一声弓鸣，一支利箭不知从何处飞出，噗的一声贯穿了那匹头狼的腹部。箭的力道很大，箭镞钻出，扎进了雪地里，头狼发出一声悠长的惨嚎，双肢哆嗦着倒在雪地上，鲜血迅速染红了一片。

因为这一声惨嚎，杨凌两个人猛地扭头望去，只见三匹野狼因为头狼的中箭停滞了脚步，咆哮着四下寻找着威胁的来处，身子灵快地转了一圈，三匹狼转身就要逃走。

这时，又是嗖嗖嗖，三支利箭穿林而出，奇准无比地将三匹狼一一射杀在地，体形最小的那匹狼被箭带得翻滚出去，身子蹿到空中，然后扑哧一下摔在地上没了呼吸。

杨凌和马怜儿又惊又喜，抬头四下寻找着救命恩人。山坡上白茫茫一片，被初升的阳光晃得两眼发花，杨凌眯起眼，很快发现坡边几棵白桦树下露出几个身影，一步步向两个人走来。

一共四个人，头前一个身材魁梧，穿着灰青色直裰的彪形大汉，大概四十岁出头，上身斜披了一块破破烂烂的兽皮，背着一张捕猎的长弓，手中拿着一杆铁叉。

后边三个人最大的二十出头，提着一张弓，背了三四只长长的毛羽在风中发抖的锦鸡，最小的是个虎头虎脑的小家伙，红扑扑的圆脸蛋，虽然脏兮兮的，却壮得像个石墩子。

他才十二三岁，穿着件破羊皮袄，背了一张弓，手里用绳子牵着一只受了伤的小麋鹿，小短腿磕磕绊绊地在厚过膝盖的积雪里费劲地走着，还不时回头用手中的棍子在不肯走路的麋鹿屁股上敲上一记。

那个二十出头，长相颇为英俊的年轻人和气地看了杨凌一眼，招呼另一个比他还小一些，唇上只有一些淡淡茸毛的小伙子一起去收拾狼尸，从狼尸上拔下箭矢，在狼皮上蹭下血迹，又插回箭袋，在没断气的那匹狼上狠狠地敲了一记，然后掏出绳子把四只狼的腿儿绑在一起。

壮年人走到杨凌二人面前，上下打量着两人，只见这两人——男的蹭了一脸泥巴，气质却像个读书人；女的衣衫狼藉，但衣料的精美，眉眼五官都不像山里人，他狐疑地问道："你们是什么人？怎么跑到五栅岭的野林子里来了？"

杨凌见他满脸胡子，虽然粗犷不文，鼻直口方倒也一脸正气，稍稍放下心来。不过这荒山野岭的，他还是留了点心眼，没敢对这壮得像山似的大汉说实话。

他拱手道："我们……我们兄妹是去鸡鸣驿探亲的，路遇官兵和鞑子在打仗，这一逃就逃到这儿了,多谢大叔救命之恩。"

"嘻嘻,兄妹?这位大哥,刚刚我看到你们在亲嘴呢。"那个虎头虎脑的小家伙不知什么时候跑来了,跺着雪说。他打了"千层浪"的绑腿,上边又绑了两块兽皮,本来不算矮的身材显得矮矮的,十分可爱。

杨凌和马怜儿的脸腾地一下红了,那中年壮汉呵斥道:"不许胡说,去帮你哥把猎物捆好。"

小家伙吐了吐舌头,不服气地说:"本来嘛,他们是亲嘴了,我看到了。大哥看到了,二哥看到了,爹也看……"

大汉在嘟嘟囔囔的小家伙屁股上踹了一脚,笑骂道:"小兔崽子,就你话多,回去罚你不准吃饭!"然后扭头看着两人,眼中闪过一丝锐寒的警觉,说道:"我姓韩,是山中猎户,二位到底是什么人?"

第四十一章

未雨绸缪

一

马怜儿大窘,怕被人误解成兄妹更加不堪,只好红着脸瞎掰:"大叔,对不住,我……和相公出门在外,过于小心了。"

杨凌一怔,此时他再分辩难免越描越黑,只好闭口不言。大汉恍然道:"我说呢,是过年回娘家吧?鞑子折腾得厉害呢,我们也是往城里逃呢,那就跟我们一起走吧。"

大汉姓韩,叫韩林,大儿子叫韩威,二儿子叫韩武,老三的名字俗点,叫满仓,家境贫寒的百姓常给孩子起些吉利点的名字,杨凌已见过好几个叫满仓的,可惜叫这名字的却大多是一贫如洗。

韩林藏身在前方山窝子里,一路上收容了百十号难民,全赖这父子打猎才得以生存。这一家人看起来都比较木讷,不善寒暄交流,只是客气地笑笑,便自顾背了猎物大步走在前面。

满仓却牵了那头麋鹿,笑嘻嘻地看看杨凌,又看看马怜儿,拐了杨凌一把,悄悄地说:"杨大哥,你媳妇很漂亮,比我姐还漂亮。"

马怜儿听了满脸红晕,眉眼间却不经意地浮起一片喜悦,"媳妇"这称呼真让情窦初开的她怦动不已。杨凌尴尬地咳了两声,既不能承认又不能否认,只好装聋作哑。

韩武对韩威说:"大哥,大雪之后群兽觅食,果然是狩猎的好机会,这下子一百多号人都能混上口肉汤喝了。"

韩威道:"嗯,年轻人都结伴到附近采摘干果去了,加上这些猎物,足够大家吃顿饱饭,估计傍晚就能到鸡鸣驿了。"

韩武啐了一口道:"就是那些老人和孩子,也知道在附近捡些干柴供大家取暖呢,但杨家三哥也太差劲了,嘛不干,吃饭倒尽捞干的,叫人生气!"

韩威撞了他一下道:"别发牢骚了,叫爹听见踢你,不管怎样那是咱妹夫家亲戚,也不差他那一口。"

韩满仓一边和那只小麂子较着劲儿，一边气哼哼地说："要我说，咱们就不该逃回来，去咱村子抢劫的鞑子才三十多人，凭爹和咱的武艺，还不收拾了他们？"

韩大叔站在一块岩壁上，对小儿子重重地哼道："狂妄自大！那几十个鞑子咱收拾了，回头就能引来几百、几千个鞑子把村子平了，军中个人武艺再高有什么用？"

他抔着腰教训儿子道："我在少林学艺时听说，成祖靖难的时候，道衍大师请少林派了三百名僧兵助战，最后活着回来的只有一百多人，其中一半还是残废。当时领队的罗汉堂长老虚云大师一身金钟罩、铁布衫刀枪不入，也只撑了一盏茶功夫就被乱箭射成了刺猬。"

韩满仓不服气地说："那学武不是没用了吗？"韩老爹哂然道："也不尽然，少林那三百僧兵，足足和两千多人硬抗了一个时辰呢！可是大军交战，几百个武术高手的确作用有限。"

杨凌见那小家伙有些懊丧，便哄他道："别泄气，那是指挥者不得其法，这样的高手派去冲锋陷阵当然不管用，要是负责劫烧粮草、狙杀官长，比数万大军还管用呢。"

杨凌说到这里忽然福至心灵，心道："不会吧？他姓韩，有三个儿子，在少林学过艺，现在是个猎人……"

杨凌心里有点毛了："难道这是自己没见过面的老丈人和大舅子、小舅子？不过我不认识他，他怎么也不认识我呀。"

其实他就算现在没有一脸泥巴，韩老爹也不会往女婿身上想。韩老爹也是在女儿嫁人之后见过姑爷几眼，可他现在的气色和当初脸色蜡黄、奄奄一息的模样相差太远。

韩林已从逃难的乡民口中知道姑爷身体康复搬到鸡鸣驿去了，现在纵然瞧着眼熟，他也不会想到这个带着媳妇进城探亲的人会是自己女婿。

而杨凌本就没见过幼娘的娘家人，当初怕被幼娘看出破绽，听她聊天时提及家人，也未敢打听他们姓名，这时一起了疑心，杨凌顿时慌了神。

他忐忑不安地和韩老爹搭讪着："韩大叔，你们这是从哪儿逃过来呀？"

韩林道："从平云岭，在山中打了十几天猎，刚回堡子就碰上鞑子了，赶忙和乡亲又钻了山沟，你们小两口这是从哪儿来呀？"

杨凌心中一震："平云岭？不会错了，这位披着兽皮、块头足以把自己整个儿装起来的大汉真的是……泰山老丈人！"

他干笑两声，连忙补救道："大叔误会了，那位小姐并不是拙荆，刚刚不知根不知底的，所以对您撒了谎。"

"哦？"韩林狐疑地看了他一眼，杨凌忙解释道："嗯……其实我俩是从鸡鸣驿跑来给咱们大明军报信的，结果战事一起，被鞑子追得迷在这林子里了。至于……当时她是吓坏了，您是过来人，您也明白哈？呵呵呵……"他向老丈人一扬下巴，递过一个挺男人的笑脸。

韩林会意地哈哈大笑起来，笑完了摸摸胡子，还是不知道自己到底明白什么了，不过却也不好再问。杨凌趁机把自己传信、中伏、逃离、遇狼的一系列经过，简单地讲了一下，先给老丈人打上一剂预防针。

山坳中人们用枯树干依靠自然地势搭了许多坡形窝篷，上面盖上树叶积雪就成了临时的家。现在窝棚前用石块架了几口缺了碴的铁锅，木头烧得噼啪作响，锅里的雪水已经烧开，冒着袅袅的白气。

这些人逃难似乎也逃出经验来了，锅碗瓢盆一应俱全，其实他们平时的全部家当除了两床铺的盖的，也就这点玩意。看见韩林父子带回这么多猎物，那些衣衫褴褛、面目呆滞的难民才有了几分生气，纷纷迎上来帮着他们连搬带扛，屠宰猎物去了。

虽然韩老大带回两个陌生人，其中一个还是个如花似玉的俏美人，可是这些人，甚至那些血气方刚的年轻人都没有多瞧上两眼，一路上难民他们见得太多了，而美色……现在对他们的诱惑力甚至比不上一块馍馍。

韩林请杨凌和马怜儿去自己窝棚前坐了，韩威哥儿几个切好了大块的狼肉、鹿肉丢进锅里。有个白发老婆婆小心地摸出个口袋来，逐个锅里撒了些米，又放了点盐巴，随后又掺进许多难民拾捡来的干果，空气中开始弥漫起一股食物的香气。

这时一个苍老的声音道："韩老弟啊，今儿能赶到鸡鸣吗？有几个乡亲着了风寒，没医没药的，怕要熬不过去了。"

杨凌闻声望去，只见一个老人拄着根拐棍蹒跚走来，老人国字脸，赤红的脸庞，一对长出眉尖去的浓白眉毛，一眼瞧见杨凌，那老人顿时呆住了。杨凌也惊愕地瞧着那老人，他认得这老人，重生后的第二天，老头儿还上山来看过他，这人正是杨家族长——杨老太爷。

老头呆了一呆，忽然愤愤地举起拐棍朝杨凌便打，口中骂道："你这个不争气的东西，竟然连祖产都卖了，你对得起你爹吗？对得起列祖列宗吗？这么大的事，也不和我商量商量，你翅膀硬了，是不是？"

杨凌茫然后退，不知这位本家大爷发哪门子火："我卖我的地产，和你商量个什么劲儿呀，用得着这么生气吗，族里连这事也要过问？"

韩林拖住杨老太爷的胳膊笑道："老哥这是做什么，有话好好话嘛。"

杨老太爷恨恨地道："就知道偏着你姑爷，这小畜生出卖祖产这么大的事都不跟族里商量，他还当自己是杨家人吗？"

第四十二章

倾情相望

一

韩林的眼睛也直了,他吃惊地打量着杨凌,这一瞧那眉眼还真的越看越像那个病秧子新姑爷,他迟疑地道:"他……他是我姑爷?"

杨老太爷翻了翻白眼,冷笑道:"咋的?你爷俩还想合起来蒙我?我这老眼还没花呢,凌儿这孩子我看着他长大的,还错得了?"

"啊!你是……岳丈?"杨凌大吃一惊,故作满面惊喜地上前相认。不这么假装一回,那方才的解释泰山老丈人能信吗?谁叫自己濒死一刻被马怜儿强行索吻,还偏偏被老丈人看到了呢?

杨老爷子余怒未消,这边先上演了一出认亲记,不太老的老丈人事先被杨凌打了一记预防针,这时看见姑爷果然活蹦乱跳的,喜得眉开眼笑,只顾扯着女婿询问女儿的近况。

可两个大舅子就不好蒙了,听说他是自己妹夫后,两人那眼神都有点不善。杨凌看着他们钵大的拳头还真有点心里发毛,见杨老太爷和几位老人还对自己擅自处置祖业耿耿于怀,正好趁机摆脱那两位大舅哥,忙凑上去主动对杨老太爷道:"大伯,我知道您对我擅自处置家产有些不满。我想请问大伯,咱杨家从哪里来,原来便有这些田地房产吗?"

杨老太爷一怔,不知他相询何意,便道:"咱们是大宋继业公后人,从山西迁来已有五代。顺德公北迁时,只携妻和子,在这鸡鸣驿购了十亩山田,如今咱们家人丁兴旺,地产过百亩,都是祖宗们一点点积攒下的,咱们做后辈的守业已属不易,怎么能如此败家?"

杨凌过去已听他唠叨过祖上的光辉事迹,据说他们是山西杨家将的后人,属于元朝龙虎卫上将军杨友这一支的直系血脉。洪武年间,一位叫杨顺德的祖先迁来此地,形成怀来杨家,杨凌听了当时还真惊怔了半天。

不过杨家将枝繁叶茂，子孙满堂，北汉、北周、宋、元、明各朝都有杨家后人入朝为官，每一朝都有杰出后人成为高官，显贵岂止百年。故此穿凿附会，因为姓杨而攀附杨家将的大有人在，所以杨凌对此一直半信半疑。

听了杨老太爷的话，杨凌笑道："这就是了，穷则思变嘛，顺德公迁来时房无一间，地无一垄，还不是闯下了这份家业？他可曾死守家园不知变通？侄儿这也是为了另谋出路，光大杨家呀，如今凌儿已任鸡鸣驿丞，不比苦守山田做个农夫好吗？"

杨老太爷听说杨凌做了官，喜得白眉耸动，一腔怒气登时去了，转而追问他为官的事情。杨凌便将自己做师爷、任驿丞的事添油加醋说了一遍，杨老太爷还没说话，族里其他几位老人已赞不绝口，显然本家出了个官儿，尽皆有荣焉。

杨凌哄好了几个执拗的老人家，一扭头见两个大舅哥还虎视眈眈地瞅着自己，不禁暗暗叫苦。他忽然发现这两个大舅哥并不像外表那么憨厚，那眼神可精明得很呢。

见杨凌和族人叙完了话，韩武笑嘻嘻地走上来，双手一拍杨凌的肩膀，亲热地道："妹夫好本事，到了县上才一个多月就做官了。我妹子年幼，有什么不懂规矩的地方，妹夫可要多多担待呀。"

杨凌笑了，笑得发苦："二哥说哪里话来，幼娘对我很好，我们是患难夫妻，我和幼娘很是……很是恩爱。"

韩武欢喜道："那就好，那就好，妹夫是读书人，知道糟糠之妻不可抛的道理，我倒是多虑了。"

杨凌神色古怪地道："那是，那是，二哥尽可放心。"刚刚这一拍，杨凌两条膀子不知怎么就被卸下来了，现在软趴趴地根本举不起来，他愁眉苦脸地举目望去，韩满仓坐在铁锅旁笑嘻嘻地向他扮鬼脸。兄弟三人同仇敌忾，满仓那双乌溜溜的大眼睛充满灵气，眼神可不像外表那么老实。

杨凌恨恨地想："大舅子整我，小舅子也不待见。幼娘都识文断字，这两个大舅哥能是大字不识的山里人吗？自己那点伎俩恐怕只能瞒瞒忠厚老实的老丈人了。"

韩威为人稳重些，见了杨凌的窘态，迎过来对杨凌道："妹夫，我和二弟都很疼这个小妹子。妹夫是读书人，通情达理，自然不会薄待了幼娘。二弟性情耿直，其实心地很好，你莫要见怪。"

他搭着杨凌的肩膀呵呵笑道："走，咱去吃点东西，不然妹子知道我饿坏了她相公，跟我发起火来，我可吃罪不起。"他借着靠近的动作，不着痕迹地向杨凌左臂一靠，右手一搭，咔咔两声轻微的骨节响，被卸下的两条膀子又装了回去。

杨凌有点无奈，看来学习"疯魔棍法"要尽快提上日程了，要不然这"人为刀俎，我为鱼肉"的日子可不好过呀。

傍晚时分，翻过了前方最后一座山头，鸡鸣古城赫然在望。一翻过山，大家便惊呆了,此时残阳如血,阵阵硝烟正袅袅地在雪原上飘摇。硝烟中充满浓郁的血腥气,千百具尸体,横七竖八地躺在像被无数头耕牛犁过的雪地上,一杆杆长矛刺穿了一具具尸体,许多明军或鞑子身上都扎了七八支箭翎,雪染战袍。

几匹无主的战马,带着伤在雪原上缓缓而行,偶尔还发出一两声凄惨的嘶鸣,使这死尸遍野的雪原更显苍凉。

看这情形,这一天一夜,明军和鞑子在鸡鸣驿前你来我往,不知又厮杀了多少回合。现在怎么样了? 鞑子是退了,还是已经攻取了鸡鸣驿? 杨凌心中一沉,如果鸡鸣驿已经被鞑子占了,那幼娘她……

这样一想,他心里空得厉害,失魂落魄地就要往山下跑,韩林一把拉住他,喝道:"不要莽撞,先看清楚!"韩威站在高处,手搭凉棚眯着眼睛望了会儿,兴奋地道:"是大明的旗帜,鸡鸣驿还在大明手里。"

百余难民闻言,眼神里重又焕发出振奋的神色,无须招呼,一行人就使尽力气穿越令人毛骨悚然的血腥战场,快步奔向鸡鸣驿。杨凌知道自己一天一夜没有回来,幼娘指不定有多着急呢。原来在山中,知道急也没用,反正回不来,心情倒还平静。这时鸡鸣驿就在眼前,他心中激动不已,脚下越走越快。

可他那双靴子不适合行山路,又走得筋疲力尽,以致几次踉踉跄跄跌倒。韩威兄弟要照顾年老体弱的人,没空去帮他,马怜儿看得心疼倒有心去扶他,可是韩家、杨家的人都在那儿看着呢,她一个外人哪好意思去扶一个男子? 只好视而不见。

韩林看了也暗暗摇头:"姑爷的身子骨儿还是弱呀,可人家是秀才,没有斯文扫地地跟着自己舞枪弄棒的道理。他摸摸身上的麻布口袋,里边都是这次行猎淘弄的东西,枸杞、鹿茸、虎鞭、虎骨……嗯……进了城泡酒炖汤,得把姑爷的身体调养好呀。"

越接近古城,地上的死尸和鲜血越多,南北纵向、青砖砌成的鸡鸣古城孤独地矗立在背景苍茫悠深的山影中,可以清楚地看到半塌的城门楼一角还向天空崛起一道优美的弧形,城墙上影影绰绰,似有人影在动。

随着这群人的拥进,城墙上的人也越来越多,夕阳照在城头上,他们手中的刀枪和箭反射出阵阵寒光,杨凌怕城头的官兵误以为是鞑子又来侵犯。他制止了难民的脚步,独自向前走去,边走边向城上大喊:"我是鸡鸣驿丞杨凌,后边是附近村镇的乡亲,城头哪位大人把守,请出来一见。"

他目光逡巡着城头的人群,蓦地,一个熟悉的身影跳入眼帘,是幼娘。她站在高高的城头,夕阳余晖落在古城驿上,也落在她的身上,为她的身形镀上了一层金色的边。

杨凌仰望着她,仰望着她那双泛着阳光般灿烂狂喜的眸子,四目相对,心潮澎湃。城头上江彬扯着大嗓门嚷嚷起来:"真的是杨驿丞,快开城门! 快开城门!"韩幼娘痴痴地望着他,一脸温柔。

第四十三章

锦衣百户

一

当日明军冲出鞑靼人的包围圈,立即向鸡鸣驿溃逃,车马辎重全丢在了五栅岭。鞑子因为是弃骑步战,和明军混在了一起,结果被疯狂的人流裹挟着不由自主地向前冲去。

鸡鸣驿前的平原上出现了前所未见的一幕战争场面,敌我双方的将领们周围至少还簇拥着百十名亲军,余者皆彼此混杂在一起。冲在最前面的是明军,后边是鞑子,再后边又是明军,一个个跑得盔歪甲斜,号角战旗全丢了,军服色彩不一,整个一滚动前进的"万花筒"。

跑在最前面的鞑子有心不追,可是回头一望,浩浩荡荡亡命奔来的都是明军,如果停下脚步,估计不用杀,踩也被踩死了,只好玩命似的向前跑。跟在明军后边的是原先两翼山头上的鞑子,看见明军前边有自己人,又不见首领鸣金收兵,便也随波逐流地向前赶,彼此边跑边打,兵员实力相当,一时也分不出个胜负。

自杨凌赶到县衙报信,闵知县放心不下,就着人将他抬到城头等候。这时远远地看见洪水一般的军队掩杀过来,闵知县吓了一跳,急忙命令留守的士卒架好大炮,准备迎敌。

待乱军溃逃到城楼下,闵知县也见了这千年难一见的奇景,一时看得张口结舌,两条眉毛直跳,他还真摸不透是明军叛变了,还是鞑子归降了,待见城下的乱军犹自你一刀我一枪厮杀不停,这才猜出几分原因。

此时若打开城门,鞑子乱军必定乘乱进城,若让这一万多人的军队将鸡鸣驿当成战场,这座古城必毁无疑。闵知县当机立断,立即命江彬率部严守城池,不得开城放进一人。

城下明军士兵高呼开城,黄县丞扶了闵知县站在城头,向城下大喊:"歼敌是尔等之责,守土是本县之责!鞑子不退,城门不开!"

极度的恐惧有时也能产生杀人的勇气，惊魂未定的明军士兵再无退路，回头看看一向高头大马、来去如风的鞑子如今也和他们一样，跑得汗流浃背，狼狈不堪。当下勇气顿生，不用将领吩咐，便捉对厮杀起来。

闵知县将三城留守的官兵四百余人全部调到南城墙，用弓箭协助城下明军，不时冷箭纷射。虽然敌我混杂，杀伤力有限，但是心理威慑力却极大。

达延汗亲率大军在葫芦谷尽头拦截明军，以逸待劳、如狼似虎的鞑靼士卒迎上仓促迎战的明军，明军一触即溃，贺都司战死。达延汗衔尾追来，也没想到仗能打成这个样子。

此时他的人马数量比明军略占上风，近战能力更远非明军可比，但杀人一千，自损八百，如果真想全歼这些已经红了眼玩命的明军士兵，剩下的人还能不能安然回去？他也没有把握。

他可没忘了涿鹿的石马营参将正挥军而来，蔚广参将的大军虽被自己另一路人马引开，但游击将军杨家龙的两千多精锐也正向怀来方向挺进。如果不能速战速决，便反而要被人家包围了，是以达延汗挥军掩杀一阵，只得无奈地收拾乱兵开始后撤。

幸好这时明军也是各自为战，无法有效地组织反击，混战一直持续到半夜，达延汗才得以收拢残军撤了回去，抢至葫芦谷外，纵马远遁。

闵知县这才打开城门引残军入城，惊弓之鸟的明军匆匆返回城来，连打扫战场的勇气都没有了。这一仗明军损失两千兵卒，另外三百辆战车、八百匹战马全丢在了葫芦谷。

何参将在鸡鸣驿又守了三天，奉宣府总兵令收兵回城，毕都司所部人马留守鸡鸣。何参将知道，自己的仕途是黯淡无光了，老老实实等着听参吧。

杨凌回来后曾将自己了解的一些加强兵员素质及火器运用的知识写下来送与何参将。在杨凌看来，目前这种重将不重兵，两军相接，全恃将勇，将勇则兵亦如雄狮，无将则士兵纵百万亦化散沙的军队，实在问题太大。只是他苦思竭虑写下的东西，人刚一离开，便被何参将冷笑着掷于案下："一介书生，能与军事有什么见解？"

倒是那位刘公公，悄悄地又将书信捡起来揣在了自己怀中，现在任何一点对何参将不利的东西，都是他逃脱责任，诿过于人的证据。这位读书不多的刘公公居然写出了一份高水平的奏折快马飞报京师："我军损失惨重，一位四品大员战死，皆因何参将跋扈独行，贪功冒进。"

战事结束第七天，杨老太爷牵挂家园房产，一待局势稳定，就迫不及待地要率族人返回杨家坪。杨凌大大地出了一口气，这七天，他才知道这时代一个人身上的家族烙印是多么深，家族中有一个人出人头地，那么无论关系远近，他对整个家族都负有重大责任。杨氏族人六七十口，有的还是百年前的同支，进了城吃的、用的、住的也全都理直气壮地向他索取,好像那就是他应尽的义务一样。

而且其他的人,无论是幼娘,还是同僚乡里,也都认为这是理所当然。放在杨凌的观念里,实在有些不能理解。好不容易送走了这些人,杨凌一身轻松地返回驿署,一个小吏上前禀报:"大人,有位先生要见你,已在客厅等候多时了。"

杨凌将马缰丢给一个驿卒,赶到那间小小的驿丞署会客厅,只见一个青袍老人正坐在椅上跷着二郎腿慢悠悠地品着茶。杨凌知道自己这驿署公馆的茶叶分四等,如果不是亲自款待的官员人等,小吏们是不会奉上上等好茶的。那第四等的劣茶还能喝得这么带味儿,看来也不是什么了不起的人物,他放下心来,从容笑道:"这位先生,在下便是本县驿丞,未知有何见教?"

那青袍老人一手捧茶,一手正在案几上轻轻敲着鼓点,怡然自得。看他相貌,年约五旬,面容清癯,一双丹凤眼微微闭着,听见杨凌说话,他微微睁开眼来,上下打量几眼,呵呵笑道:"杨老弟回来了?还认得我吗?"

他一边说,一边将茶杯轻轻放在几上,杨凌瞥见他手上戴着一枚翠莹莹的戒指,那时候可没有什么人工合成品,看那温润的色泽必是价值不菲。杨凌心中一动,对这人的身份起了几分好奇,仔细打量,还真有点面熟,却一时想不起在哪儿见过。

青袍老人见杨凌有些尴尬,忍不住哈哈一笑,起身道:"上次你我相遇,也是在这驿丞署中,那时我是客,你也是客,只是想不到一个月未来,你这客人却已做了主人。"

杨凌"啊"的一声,欣然拱手道:"我想起来了,您是……您是马驿丞马大人的朋友,川陕大药商吴杰吴老先生。"

吴杰,也就是帮着马驿丞劝说王家撤诉的那个大药商,闻言也哈哈一笑,随即面容一整,正容道:"我并不是马驿丞的朋友,而是他的上司。杨驿丞,如今……我也是你的上司。"

杨凌神色一震,看着这个忽而笑如春风,忽而神色肃杀的老人,心中灵光一闪,不由失声道:"老先生是……是锦衣……"

吴杰展颜一笑,慢条斯理地道:"你现在不也一样吗?杨大人,杨百户!"

杨凌呆住了:"百户?百户那是正六品的官哪,而且是隶属卫所的军职,自己什么时候参了军,还成了百户?"

吴杰见他一脸惊愕,呵呵笑着摆手道:"不必惊讶,你代理驿丞一事,吏部已经行文,估计再晚一些你便可以接到任命了。咱大明的驿丞,虽归属户部管辖,但是朝堂人人都知道,这驿丞是咱锦衣卫的人。本千户已派人对你做过调查,你是弘治十五年秀才,家世清白,北宋名将杨家的后人,我今奉北镇抚司张大人谕令,把你召入锦衣卫,负责怀来一带情报搜集,授百户之职,诸事直接由本千户调遣。"

吴杰说着从袍袖中掏出一个卷轴、一个腰牌，微笑着递与杨凌道："杨百户，马驿丞辛劳半生，也没有升任百户。你虽初任驿丞，但是为我大明立下了大功，是以获此褒奖。呵呵，我锦衣卫的百户比之军中千户犹胜三分，你可不要辜负张大人的赏识呀。"

杨凌茫茫然接过任谕腰牌，疑惑地道："大人，在下……卑职实在不明白，我何曾立过什么大功？"

吴杰笑道："居功而不自傲，固然很好。不过，该是你的，你也不必谦虚，鞑靼小王子在葫芦谷设伏，欲将我军一网打尽，亏得锦衣卫密探得到这个消息，杨驿丞飞马报信，才使大明军队免遭灭顶之灾，这还不是大功一件吗？"

杨凌失声道："什么？哪有此事，千户大人误会了，在下得到消息赶去时已经晚了，若不是毕都司率军强行杀开一条血路，我军……"他说到这儿忽然心中一寒，下边的话再也说不出来。

此时面貌清瘦、风度翩翩的吴千户目光阴冷，身上露出一种随时可以断他人生死的冷酷。他淡淡一笑，许久，方一字字道："鞑靼小王子葫芦谷设伏，欲将我军一网打尽，何参将贪功冒进，锦衣卫杨驿丞飞马报信，才使大明军队免遭覆灭之灾，是不是？"

杨凌心中一寒，下意识地道："这个……卑职……是的。"

吴杰微微颔首，忽而又启齿一笑，说道："你本一介读书人，身居庙堂之远，不知朝廷中事。有些事不明白，原也怪不得你，但现在你已是锦衣卫的人，所以……有些本来不明白的事，现在却必须得明白！"

杨凌不由自主地道："大人是说……"

吴杰用戴着玉扳指的手指，轻轻摩挲着下巴，慢条斯理道："朝廷需要一个体面，军中需要一只替罪羊，锦衣卫需要这份功劳，懂吗？"

第四十四章

明月难圆

一

　　明天就是正月十五了，在兵荒马乱中过了年的百姓们重新找到了节日的感觉，鸡鸣驿的官员们从何参将离去中走出来，彼此之间的欢宴邀请也渐渐多起来。

　　吴千户所说的马上就要下来的吏部任命直至十天后才来，让杨凌充分见识了一番秘密情报系统和官府正常渠道之间的效率差距。

　　今日闵知县设宴款待毕都司，虽然朝廷的赏罚还没颁布，但是人人都知道闵知县升迁在即。怀来虽然打了败仗，责任却不在知县，而知县身为文官，却能手刃敌酋，在圣上和百官看来，它的政治意义远远大于战争的实质。

　　酒酣耳热之际，闵知县笑嘻嘻地凑到杨凌面前，低声道："我的杨师爷，本县的妹夫已给我送来消息，京城要调我去南方，听说是调任海宁盐运司副使。"

　　杨凌不知这官儿是多大的品秩，单看闵知县满面春风，想必是个不小的官儿，再说富庶的海宁与这穷乡僻壤的边陲，自然不可同日而语，忙拱手道："恭喜大人，贺喜大人。"

　　盐运司副使是从五品的官，像闵文建这么一个小县的知县，可算是连升三级了。最重要的是盐运使那是绝对的优差，那一带的盐商都是富可敌国的亿万富翁，手指缝里随便漏出一点来，都够人吃一辈子的了。

　　闵知县喜得眼睛都睁不开了，连连摆手道："小声些，小声些，诏命还没下来，可说不得。"他看看正觥筹交错、谈笑风生的众官吏，又对杨凌道："本县过去后一旦稳定下来，便会帮你活动，将你也调到江南。本县在这鸟不生蛋的鸡鸣驿待了两年也毫无建树，你一来，本县就升了官，你可是我的福将啊。"

　　"调到江南固然好，可是我还有命享福吗？再说我目前公开身份是驿丞，暗下已是锦衣卫百户，没有锦衣卫点头，想调动哪有那么容易？"

　　想到这儿杨凌勉强一笑道："大人对卑职的关爱栽培，杨凌实是感怀于心，无以回报。"闵知县瞧他神思不定，不禁呵呵而笑，他在杨凌肩上捶了一拳，亲热地道："大丈夫志在四方，不要这么没出息。再说我上任后怎么也得一年半载，立足之后才能找机会把你调去，你要是痛快点，这么长时间连孩子都生下来了，既然有心，就早点下手，不要婆婆妈妈的。"

杨凌如丈二金刚，摸不着头脑："什么什么？卑职怎么听不懂大人的话？"闵知县把嘴一撇，斜着眼睛道："你小子不老实，此事已尽人皆知，还要瞒着我吗？嘿嘿，也难怪你藏着掖着，那妞儿还真是嫩得掐一把都出水儿，不过你放心好啦，老子不好女色，哈哈哈……"

杨凌一头雾水地还待追问，毕都司已大着舌头把闵知县招呼了过去，他疑惑地转过身，刘典史又举着杯笑吟吟地走来，举杯贺道："杨老弟，恭喜你双喜临门，前日荣任驿丞，不日又要小登科，到时刘某可要叨扰一杯水酒了。"

"哪里哪里，刘大人客气了。"杨凌赔着笑饮了一杯酒，这才反过味来，金榜题名大登科，洞房花烛小登科。他说自己小登科是什么意思？

杨凌想问个明白，可是这些人也只是喝得兴起四下攀谈，逮住个人就唠上两句。刘典史说完就晃晃悠悠直奔王主簿去了，杨凌目光追着他，连黄县丞走到身边也未注意。

黄县丞踱到他身边，轻咳一声，微笑道："闵大人荣升在即，凭你的资历和与闵大人的关系，依老夫看不消几年，你便可官至七品，再以后能否鱼跃龙门，要看你的福气。你还年轻，只须谨慎为官，一朝风云际会，前途自然无可限量，急是急不得的。"

杨凌见是黄县丞到了，忙恭敬地道："多谢黄老指点，学生受教！"

黄县丞见四下无人注意，忽然压低嗓门道："不过这次的事你可莽撞了，马家虽已没落，毕竟曾是官宦人家。如今你们的事已经尽人皆知，你何以迟迟不下聘妾之礼？若是囊中羞涩，老夫这些年还有些许积蓄，你且先拿去应急。"

杨凌大吃一惊："黄老，您说什么？纳妾？这……这……我几时说过要纳妾，再说马家小姐岂有做妾的道理？"

他这一说，把黄县丞也吓了一跳，忙迭声道："谨声、谨声，慎言、慎言，你胡说些什么？做妾固然脸面上不太好看，却也不会有人笑她，你如此说话，万一传扬出去，马家小姐还能活吗？"

杨凌瞠目道："黄老，到底发生什么事了？怎么……怎么学生听不明白？"

黄县丞笑道："纳妾聘美，乃是风流雅事，你还脸嫩什么？那日你与马小姐返城，我等与闵知县曾听马小姐述及曾与你在山林雪洞之中共度一夜……"

杨凌听了这才恍然，不禁呵呵笑道："黄老果然误会了，我与马小姐只因天寒地冻，不得不藏身雪洞之中，可不曾有任何……"说到这里，他想起两人曾相拥一晚，就算搁在现代也够暧昧了，一时便说不下去。

黄县丞捻着胡须，有些不悦地道："孤男寡女共度一夜总是事实吧？她既说出这番经历，显然对你已有情意，女子名节要紧，她还能择夫再嫁不成？为富要仁，为官要正，为人要义。你是读圣贤书的人，难道这点道理还不明白？我视你如子侄，才对你如此推心置腹，你可切勿自误呀。"

杨凌语塞，一时再也说不出话来……

贴着信道墙根，积雪被杨凌踩得咯吱咯吱直响，走到第四进驿馆，抬头看见马怜儿院中的灯笼亮着，杨凌想起晚宴上黄县丞说过的话，心中一动，慢慢踱了过去。

房门未关，灯下看见有烟火气从里边冒出来。杨凌走到门口，只见马怜儿坐在灶前马扎上，一手托着香腮，一手向炉膛里递着木柴，好像很无聊的样子，姿态娇慵动人。

火光映着她白皙如玉的脸庞，闪映出美丽的红晕，那双妩媚动人的眼睛隐隐透着成熟的韵味。磨难使人成熟，这位大小姐如今比起初相逢时，少了几分飞扬和轻佻，不经意间已具有几分娴静稳重的气质。

杨凌轻轻敲了敲门框，马怜儿抬头看见是他，眸中蓦地闪过一抹喜悦和亲切，她兴奋地想要站起来，却又马上收敛了外露的感情，莞尔一笑道："自打回了城，可有日子没见你了，宴席散了吗？"

杨凌心中一动，忍不住问道："你怎么知道我去参加酒宴？"

马怜儿不答，只用那双会说话的眼睛深深地看了他一眼，杨凌顿时一窒，他已知道，这些天来马怜儿想必无时无刻不在关注他的行止。在五棚岭的那个夜晚，她说过的那些话，真的是开玩笑吗？

"她既当众说出这番经历，显然对你已有情意，女子名节要紧，她还能择夫再嫁不成？"品味着黄县丞说过的这番话，杨凌忽然明白过来，自己是现代人的思维，不知失去名节的可怕，马怜儿会不知道吗？她说出那些事，明显是在制造一种既成的事实，利用舆论迫使自己娶她过门。

杨凌不由苦笑道："怜儿小姐，你我林中迷路，在雪洞中共度一晚的事，你是故意说给闵大人他们听的，是不是？你明知道那些繁文缛节害死人，还拿自己的名节开玩笑，你怎么会做出这么笨的事来？"

马怜儿递柴的手一停，静了一会儿，忽然痴痴笑道："笨不好吗？不是常说女子无才便是德吗？你是喜欢我聪明一些，还是笨些？"她笑得有几分狡黠，又有几分诡计得逞的得意。

杨凌顿足道："你怎么这么不知轻重？嘴皮子说死人，你……你太轻率了！"

马怜儿的手抖了一下,她没有抬头,就那样僵硬地低着,半晌忽然哽咽着道:"杨凌,你是不是很讨厌我?"

红红的炉火,呼呼地喷吐着火苗,杨凌看见一颗晶莹的泪珠滴在她的手背上,不由心中一软,哄她道:"怎么会呢?你什么时候见我讨厌你了?"

马怜儿破涕为笑:"当然……没见过。你喜不喜欢我,我看得出来。"红红的炉火照耀下,那灿烂的笑容神采飞扬,颇有几分喜悦和得意。

杨凌气闷,这丫头不但长得像只狐狸精,心眼也像只小狐狸,真不知她方才是真伤心还是假伤心,看她的模样哪里像刚刚哭过?

被他盯着脸看,马怜儿居然知道害羞了,她羞羞答答地低下头去,红着脸蛋道:"杨大哥,那晚是我不好。你说的对,如果你真的休了幼娘,还值得我爱吗?那晚在城下看到你望着幼娘的目光,我就知道这一生再也无人能够取代她在你心中的位置,我岂敢再奢望取而代之,只希望……只希望你也能对我好,我就知足了。"

她痴痴地注视着闪烁的火苗,眼睛里充满了对幸福的憧憬,用梦幻似的声音说:"我只要有一个能宠我、爱我的夫君就心满意足了。锦衣玉食,我不稀罕。正妻名位……如果是一个把女人视作私物财产的男人,就像我爹,还有大明许许多多男人那样。所谓正妻,便能给人幸福吗?"

她侃侃而谈,带着和年龄不相称的成熟,向杨凌吐露着少女的心扉:"我在塞外长大,做事说话不像咱中原女子那般知礼守矩,可我并不是一个随便的女子,杨大哥,我会谨守妇道,敬重幼娘的。"

杨凌苦笑顿足:"你……瞧你平时冰雪聪明,怎么如此不可理喻?我不陪你疯,明天我便去找马昂拜把子,兄妹为活命藏身一处,总没人嚼舌根子了吧?"

马怜儿见他返身便走,这回换她发慌了。她连忙跳起来拦住他,一把扑到他怀中嗔道:"你半个月才见我一面,我不许你走。"

杨凌慌了,连忙道:"快放手,叫人看见成什么样子?"

马怜儿腻在他怀里不撒手,泪还没干的俏脸上挂着讨好的笑:"会名节不保的人是我,要被唾沫星子淹死的人也是我,我都不怕,你怕什么?"

杨凌语塞,痴痴地道:"这……我……我是替你担心,"马怜儿眼波盈盈一转,妩媚地道:"君仍可娶,妾尚未嫁,我才不怕别人说三道四。"

她眼中闪过一丝轻蔑和莫名的恨意,忽然又愤愤地说了一句俗语:"听蝼蝼蛄叫,还不种地了吗?"

杨凌啼笑皆非地杵在那儿,马怜儿嫣然一笑,双手环住杨凌的脖子,陶醉地道:"从那一夜之后,我好想念你的怀抱,想听你给我讲那些又怕人、又惊险的故事。你知道吗?从那一晚起,我再也不舍得离开你了。"

她真的发自肺腑,语气非常真诚。可惜她天生丽质的脸蛋本来就有种妖精般的魅惑力,只是因为年龄尚幼,还不那么成熟妩媚。这时一副少女怀春模样,娇柔上脸,红晕满颊,无论说得多么深情款款,总带着种怀春的气息,感觉像是在故意勾引人。

她看着杨凌局促的表情,促狭道:"你真的要和我大哥结拜?真的要做我的干哥哥?"那双黑亮亮的眸子里含着两簇火苗,羞羞答答地垂了下去,嘴里却轻轻哼起一首歌:"干柴……烈火……好做饭哟……,干哥干妹……好做亲……"只唱了两句,她就羞不可抑地扑到杨凌怀里,鼓足勇气道:"我在塞外学的歌,你要做我的干……哥哥?好呀,我无所谓!"

杨凌彻底石化,心道:"这姑娘,你是从哪儿穿越来的啊?这个在别人面前一副小淑女扮相的大小姐,在他面前十足一副关外大姐的火辣奔放,丝毫不知遮掩。"

马怜儿鼓足勇气大胆表白,俏脸的热度在不断升温。她的手掌贴着杨凌的颈部,手背温润火热,那是被灶火烘烤的,她胸前那对丰盈动人的玉兔,是不是也同样温润火热?

杨凌明知不该想,可是目光一触到她胸前优美的曲线,脑子里不由自主地闪过这个念头。他只觉得小腹发热,一种难以抑制的躁动,让他差点失控地吻上那任他予取予求的樱唇。

再陷进一步,便再也无法回头了。杨凌暗暗告诫着自己,猛地挣脱了马怜儿的拥抱。马怜儿猝不及防,踉跄着退了两步,脸色一时变得雪白,那双本来弯如美月的眼睛忽然呆滞了,就像被押上刑场的死囚般充满了恐惧。

如果杨凌对她有情有义,有纳她进门的意思,怎么会这样待她?马怜儿努力地控制着自己,想保持最后一分尊严,可是眼泪却不争气地流了出来,同时唇角绽开一丝凄凉的笑意。

杨凌不忍地别过头去,轻轻说道:"怜儿小姐,杨凌不是值得你托付终身的人。真的,我今天的话,不是为我自己,也不是为了幼娘,只是为你而说。两年,最长两年,你就会明白我为什么要拒绝你!"

他不敢再回头,就这么径直走了出去,消失在夜色当中。马怜儿缓缓走到门口,一双失去神采的眼睛痴痴地望着他消失的方向,半晌又慢慢看向空中。

天空湛湛,一轮亮如银盘的明月低压苍穹,辉映无数繁星。

马怜儿泪眼朦胧,低声呢喃:"'金风玉露一相逢,便胜却人间无数。'我不知道你在说些什么,不明白你在找些什么借口,或许对你来说,那一晚的相处不算什么,但是你可知道,对我来说,那却是穷我一生也难忘怀的幸福!"

第四十五章

春天到了

一

早春二月，春寒料峭，但是枝头桃蕾已吐，地上的小草已经冒出淡绿的新芽。

平平整整的场院上，散发着浓郁的粮食气息。驿卒们把库房里的粮食都运到场院里，赤着双脚，举着木锨，翻晒着稻谷。

杨凌跟着忙活一阵，看看粮食都摊匀了，便趿上鞋子溜达出了驿丞署。他现在的工作很轻闲，鸡鸣驿刚刚打过仗，除了些信函没有什么接待任务。倒是锦衣卫的秘密情报川流不息。

从情报中反映的情况来看，草原上各部落之间也是纷争不断，他们联手攻掠大明边城时，就像合伙打劫的一群强盗，彼此配合默契。一旦退却回去，又会因为分赃不均彼此大起嫌隙。鞑靼各部落之间，以及与其他族群之间常常彼此攻伐。

据说女真、西番以及鞑靼一些小部落人单势孤，虽然也参与了劫掠，结果人马损失惨重，分配到的财产却最少。经此一战生活反而更加艰苦，做饭没有铁锅，做菜没有食盐，连套齐整的衣服都没有。不过此时草长莺飞，牧民们赖以为生的游牧生涯即将开始，在这个季节倒不担心他们会进攻大明。

闵知县已经赴海宁上任了，毕都司近日也要开拔返回江南去。至于韩林父子，本来就没有土地，是山中的猎户。鸡鸣驿一战，驿卒死伤近三成，正缺人手，杨凌干脆把老丈人和两个大舅哥都安排进了驿署。至于小舅子韩满仓，虽然吵着也要当驿卒，可是就算虚报年龄，他那张娃娃脸也太过明显，只好作罢。

经过杨凌的努力和黄县丞、王主簿的协助压制，流传在衙门中的"杨驿丞雪夜伴美女，秀才公正月纳娇娘"的绯闻总算被控制住了，没有流传到民间和军队中去。

杨凌思忖这么过上一阵，马怜儿的心淡了，这事也就揭过去了，谁料韩幼娘不知是因为两人同龄，还是因为马怜儿是她在驿署的唯一女伴，搬来驿署没几天，就和马怜儿处得极是熟稔。

马怜儿虽对杨凌避而不见，和韩幼娘的交往却越来越密切，前两天杨凌无意中见到她一次，才一个多月功夫，马怜儿的脸颊已越来越瘦，下巴越来越尖，一双眼睛显得越来越大，眼中的神采却越来越少。

杨凌见了，也不知该心疼还是该愧疚，只能在自己能力之内，尽可能地吩咐下人生活上多多照顾一些，他能做的也只有这么多了。自己的生命太短暂，马怜儿还有得选择，以她的姿色，毫无疑问能找到一个宠她爱她的丈夫。让自己接受她？那太自私了，在她不知情的情况下，卑鄙地接受她，那是爱她还是害她？那样对她太不公平了。

对于幼娘，他认真地想过，他想通了，从他睁开眼睛那一刻起，幼娘就已注定是他的人。这些日子的了解，他知道幼娘是那种很传统很质朴的女孩子，哪怕当初她对夫君有些陌生，也谈不上什么感情时，她都已决心为他守节一生，何况他们之间现在有着这样浓浓的深情？

自己当初自以为是的想法，根本就是行不通的。如果就这样和幼娘似亲情又似爱情地共度两年，他一定会抱着深深的遗憾开始新的轮回。而幼娘呢？自己留给她的只有无尽的悲伤和更多的思念。

既然如此，为什么不让彼此共同度过幸福甜蜜的两年？如果能再留给她一个爱的结晶……杨凌的眼睛湿润起来，为人夫、为人父，只要想一想，那种沉甸甸的责任和成就感就让他激动不已。

虽然生命短暂了些，但是我们共同的生活一样多姿多彩，如果再有一个小宝宝，幼娘就算失去了自己，也能有所寄托，也能勇敢地活下去，他们共同的孩子，仍然会带给她喜悦和快乐。

可是，当他下定这个让他激动不已的决心时，那个该死的谎言却成了拦路虎。怎么跟幼娘说？就算幼娘一向对他无所不从，恐怕涉及他的生死，小丫头也要毫不含糊地"宁上吊不上床"了，难道要"霸王硬上弓"？

"唉，等我能打得过她再考虑吧。"杨凌摸着下巴苦笑不已，他原本个性轻佻，可是自从遇见幼娘后，却变得越来越沉稳，简直都不像自己了。"唉！这个素衣婉约的小家碧玉呀！"

杨凌一边走着，一边想着幼娘，时而唇角含笑，时而轻蹙眉头。东城外的小河边，河水已经开融了，清澈的河水欢跃奔跑着，用手探了探，水仍寒彻，不过却没那么入骨了。

他感觉最近身体明显结实多了，岳父大人的药酒果然好用，不知道是不是少林寺武僧的秘方？问起时，岳父也不说，只说这酒是用山珍草药泡的，能固本培元、强身健体。

还别说，这药酒是真地道，头一回喝时不知道药效，他一连喝了三盅，结果那天晚上那个舒坦呀，后腰眼上热乎乎的，像烫了两个暖水袋，就是精神过于饱满了，一直挺了半宿才睡着。现在每天晚饭时，幼娘都给他倒上一盅，杨凌越喝越带劲了。

　　此时，一个挎着篮子的小媳妇轻盈地跳过河上的石块，看见一个年轻男子站在河边看着她，不禁害羞地从他身边飘然而过，被他明亮的眸子一瞅，一时小腰肢都不会扭了。

　　杨凌的目光追着她青春健美的娇躯飘出老远，才被一阵风吹得醒过神来。他啪地拍了自己一巴掌："该死，最近怎么了？怎么老喜欢盯着有姿色的女人看？春天到了，难道人也发情了不成？"

　　杨凌瞧瞧前方一个水窝子，正想没事弄根鱼竿来消磨时间，忽地听到一声清脆的娇呼："相公，你在等我们回来吗？"

　　杨凌闻声抬头，只见韩幼娘、马怜儿俏盈盈地沿着山中小路走过来。韩幼娘左臂弯里挎着个平筐，右手摇着一枝绚烂的花枝，笑颜如花，俏丽如涧下山泉。马怜儿陪在她身侧，白衣胜雪，娉娉婷婷，周身无处不媚。

　　两人上山挖野菜刚刚回来，骤然看见杨凌站在河边，韩幼娘喜出望外，忘形地快步迎了上来。马怜儿追了两步，却又放慢了脚步，细细咀嚼着韩幼娘的话："相公，你在等我……们回来？"

　　韩幼娘这些日子有意亲近，马怜儿冰雪聪明，心中又岂会不知？她只道是杨凌安排幼娘来照顾自己，可是现在却越来越感觉韩幼娘好像在有意促成自己和杨凌，她……她真的愿意让自己进杨家门吗？

　　马怜儿一想到这个可能，心不由怦怦跳起来，她太知道幼娘在杨凌心中的位置了，如果她肯点头，那么此事大有希望。自己真笨，杨凌这呆子的路走不通，怎么就想不到讨好幼娘呢？以后真做姐妹，也要她认可和亲近才行，既如此，现在就应该和她处好才是。

　　韩幼娘却未发觉自己的失言，她巧笑倩兮地奔到杨凌身边，献宝似的举起篮子道："相公，我采了好多野菜呢！你看，猫耳朵、荠菜、鼠曲草，还有还有，你看，这根萝卜大不大？我洗洗你尝一尝，好吃着呢。"

　　韩幼娘兴冲冲地放下篮子，挑出一枝最粗最大的萝卜跑到河边洗起来。这时，马怜儿也走了过来，不自然地向杨凌笑笑。

　　杨凌看着她，马怜儿一身白衣，打扮比往昔朴素了许多，春日柔和的阳光映在她俏嫩幼滑的脸上，恍若透明。那纤纤的细腰，不堪一握，淡青的衣带被山风拂起，好像轻轻一扯，便要玉体横陈。杨凌嘴角歪了歪："我最近怎么了？怎么老往歪道上想？"

月余不见，马怜儿并没有太多变化，唇上有着细细的汗毛，仍是一个稚气未脱的少女模样，可是心境的经历和成熟，让她脱胎换骨，如同从一朵芍药变作一朵凌寒而开的梅花，她变得太瘦了！而杨凌却强壮了。

马怜儿下巴尖尖，眼睛大大，一张瓜子脸快赶上卡通片里的狐狸精了，瘦削苍白得有点夸张。而杨凌，原本就一表斯文，满脸书卷气，有点文弱。如今他的腰杆挺得更直了，眼睛更黑更亮了，那双眉毛也变得英气勃勃。

现在的他一袭青衫，唇红齿白，目如朗星，俨然一个翩翩佳公子。原本过于苍白的脸颊也红润起来了。一说到红，真的见红了，嗯……太……红了！

杨凌觉得鼻端发凉，顺手一抹，竟是一手的鲜血。"呃……太逊了吧？"最近他就觉得鼻子老发干，还以为是家里仍烧着火炕，或者春天气候干燥的原因，可是现在看见美女却流了鼻血，这事可不好解释了。

他尴尬地举着手，血仍在流，已经漫过了嘴巴，所以嘴也不敢张开了。马怜儿惊慌地叫道："杨大哥，你流血了。"

杨凌无奈地翻了翻白眼，这不和没说一样吗？韩幼娘抬头一看，不由慌了神，忙跑过来道："怎么了，相公？快快，快仰起头来。"说着她用沾水的手轻轻替杨凌拍打着额头。

杨凌仰起头，天好蓝啊！白云舒卷，犹如丝幔，念天地之悠悠……杨凌正无语问天，手中忽然被人塞进一块软绵绵的东西，捏了一下，是手帕，杨凌忙堵到鼻子上，拭着鲜血。洁白的手帕，透着股淡淡的香味。

这不是幼娘的味道，幼娘身上是那种淡如茉莉的清香，而这是种品流极高的幽香，杨凌心中一动："这是怜儿的东西。"

血止住了，在两个小美人关切的眼神注视下，杨凌狼狈地跑到河边用水洗着脸。马怜儿和韩幼娘看看杨凌，又彼此看看，都心虚地别过头去。

马怜儿咬着嘴唇，有些心虚，有些想笑，又有些得意。一个月的分别，想不到再次见面居然是这么一种场面，他见了自己居然会血气上涌。

韩幼娘紧张地看着杨凌，心说："坏了，爹说这用人参、虎骨、鹿茸、枸杞配制的药酒是补身子的，可是药劲太大，相公身子底子弱，要小心饮用。可我看相公爱喝，每天都多倒一些，想不到……真的虚不受补，相公不会有事吧？"

幼娘偷眼看见马怜儿眼波闪烁，也瞟着相公，韩幼娘暗想："弟弟没瞎说，怜儿姐姐对相公果然有情呢。小弟满仓告诉她的话又浮现在耳边：'姐，我告诉你，我们在山里救下姐夫时，他正和住在驿署里的那个漂亮姐姐，哦……怜儿姐姐亲嘴呢。'"

韩幼娘轻轻一叹，又想起爹嘱咐她的话："幼娘，夫有夫纲，妇有妇德，先前教的你都忘了吗？善妒不得啊！你看看自古至今，恃宠而骄的女人哪有好下场？咱《大明律条》法规定四十无子方能纳妾，但那是平头百姓，做官的可不在此例，姑爷前程远大啊。孩子，本朝女子主动为丈夫纳妾的多了去了，谁不说当家娘子贤惠宽厚？你可莫要落下个善妒的名声，那就得不偿失啦。

"咱家可是出身寒微呀，你能嫁给秀才，那还是因为当年我从虎口中救过杨老爷的命，才订下这门亲。你有这个福气，看看咱村子里左邻右舍的，谁不羡慕？

"爹这双'招子'看人准着哪。姑爷是个厚道人，对你也是真的好。只要你尽心服侍丈夫，早日为杨家诞下香火，就算他马家小姐比你漂亮，身世比你好，你的位子也是雷打不动，谁也休想抢了去。

"捻酸吃醋可不行。依我看呀，既然姑爷也喜欢马小姐，你还不如主动帮帮她，以后成了姐妹也好相处。姑爷只会更敬重你，对你能不好吗？"

韩幼娘暗暗叹息一声："为人妻者谁不盼着丈夫出人头地，可是夫君有了出息，便是人上人。悔教夫婿觅封侯，人有所得，也有所失呀。"

第四十六章

闺房之乐

一

杨凌站在院子里用青盐、瓜瓤刷着牙，呵了一口气，嘴里还有些酒味，脑袋也有点醺醺然的。今晚幼娘没让他喝药酒，只是从县上小酒铺买的自酿高粱烧，所以他多喝了几杯。

晚上幼娘把野菜做了，又炖了只小鸡，请怜儿过来一起吃了顿饭。天还没黑就送她们回房了，到现在还没回来，也不知两人聊些什么，杨凌也懒得理会。

当断不断，反受其乱，自己的真实情形是不能对任何人说的，总不能对马怜儿再瞎掰个两年内必死的谎言，要是让韩幼娘知道了，那可就作法自毙了。

杨凌正想着，韩幼娘走进了院门，杨凌嘴里含着盐沫子，向她点点头："人送回去了？"

"嗯！"韩幼娘答应着，走到杨凌身边，逡巡着不进屋。杨凌漱了口，见她站在身边，那张不会掩饰的脸蛋上分明写着有话要说，不禁宠溺地一笑，捏了捏她的鼻头，说道："傻站这儿干什么，走，回屋去。"

杨凌插好门，在堂屋里坐了，伸手一碰茶壶，细心的幼娘不知何时已为他沏了壶茶，现在温了正好饮用。椅子靠墙，驿署统一烧炕并烧夹壁墙，墙壁见天儿温热，屋子里暖洋洋的。

转眼一瞧，韩幼娘一双纤细的手指慌乱地交叉着扭结，在屋里漫无目的地转了两圈，偷眼看着他一副欲言又止的样子，杨凌见了有趣，心想："幼娘可从来没有露出这么为难的表情，什么事这么不好开口？啊，对了，听岳父说过正筹钱想给韩威说个媳妇，莫非是要借钱？"

杨氏族人几十口子在这儿要吃要喝，她都毫不吝啬地给他们买吃买穿，还直担心没有照顾好杨家人，这给娘家借钱倒把这丫头难住了？

杨凌不忍她再为难，主动道："幼娘，你是不是有话要说呀？"

"啊？"韩幼娘身子一震，慌张地摇着头："有，喔……没有，嗯……茶凉了吧？我再去烧点水。"

杨凌扑哧一笑，说道："你呀，是不是大哥娶媳妇缺钱用？听说他和一起逃难进城的那位张姑娘非常要好，张罗婚事缺钱了，是不？这种事不用问我，咱家你做主，缺多少钱你拿就是了。"

"才没呢！"韩幼娘噘了噘嘴，一屁股在旁边椅上坐了，娇俏地白了他一眼："人家才不是为了娘家的事呢！爹说过，哥哥要娶媳妇，就靠自己挣钱娶去，相公给爹和两个哥哥谋了份差事，他们已经很感激了。"

"看你说的，"杨凌呵呵地笑："我该感激岳父送给我一个这么可爱又温柔的媳妇才是，还得感激大哥二哥比你生得早，要不然哪轮到我们年纪般配？是不是呀，我的小媳妇？"

杨凌见了她可爱的模样，忍不住邪火上升，倒把想问的话忘记了，他喜滋滋地凑过去搂住幼娘的香肩，在她颊上吻了一口。

韩幼娘娇羞地挣开肩膀，拉着长音嗔道："相……公……好大酒味呢。"

"好哇，嫌相公嘴里有酒味！我要执行家法，叫你光着屁股到院子里罚站。"杨凌借酒装疯，不知是不是被幼娘逗引的，只觉欲火中烧，一时忍不住对幼娘大施魔手。

韩幼娘羞得身子都软了，扭着身子躲避着他的袭击，娇喘细细地道："去你的，哪有这么……这么罚自己媳妇的？"

她窘得轻轻捶打着杨凌，忽而眸光一闪，幻想相公如果真的这么罚自己……她一时被自己大胆的想法臊得满脸通红，捂住了脸，跺着脚，肩膀乱扭："相公尽瞎说，好羞人呀……"

那种女儿娇态看得杨凌骨头一轻，真恨不得立刻把幼娘就地正法。他吸了口气，抱起幼娘轻盈的身子放在自己膝上，在她颊上又是一吻，主动转回正题道："好了，相公不闹了，告诉我，想跟相公说什么？"

韩幼娘羞笑着睨了他一眼，俏皮地道："相公要执行家法呢，人家一怕，就忘记了。"

杨凌见她笑得红潮晕颊，俊眼流波，那撒娇的神情颇为妩媚，刚刚抑制住的情欲又翻腾起来……

韩幼娘咯咯笑着逗着相公，娇翘玲珑的圆臀微一挪动，忽然触到一个硬邦邦的东西。她先是怔了怔，然后像只中了箭的兔子似的，一下子从杨凌怀中跳了起来，双手捂着脸霞似的脸蛋，结结巴巴地道："相公，你……你……我……我……幼娘不惹……不惹你了。"

杨凌苦笑一声，他觉得鼻子发闷，好像又快流鼻血了，赶忙把放凉了的茶水一饮而尽，清咳了两声，一副道貌岸然的模样道："小丫头，那还不快讲，到底要告诉我什么？"

韩幼娘张开指缝，偷偷瞄了杨凌一眼，这才慢慢放下手来，含羞带怯地道："相公，我……我知道怜儿姐姐很喜欢相公。幼娘想……如果相公同意，改天我就和怜儿姐姐说说，咱就……咱就接她过门吧。相公人品出众，天底下属相公最好了，咱也不算辱没了人家。"

杨凌脸色一变，蹙眉道："你听谁说的？是……满仓说的吗？"

韩幼娘支支吾吾地道："相公，幼娘早已经……已经听人说过了，女子名节要紧呀。我听说马大哥要随南军离开了，怜儿姐姐没名没分的，住在这儿也不合适。眼看着七七守孝之期就要过了，要是现在不让人家过门，那就要等上三年了，你要是同意，咱先给她个名分，哪怕正式过门晚一些，也没关系。"

古时父母过世，在子女来说是重孝，按制要守孝三年，不过有几种情况是可以变通的，古人也不是那么死板。比如马昂的从军，还有身为朝廷重要大员出于国事需要，由君主出面挽留，称为"夺情"的。

在民间，也有一种情况，那就是父母去世七七四十九日之内允许嫁娶，民间称之为"冲喜"。俗话说"千棺从门出，其家好兴旺"，意思是因死者的离去，给家族带来更多的生命。多子多孙，香火永继，那样是不算不孝的。

杨凌定定地瞧了幼娘半响，她那双清澈的眸子里有着一丝委屈，有一丝醋意，但更多的却是为马怜儿的担忧和对杨凌无条件的信任。

杨凌慢慢摇了摇头，说道："别人乱讲话，你不要跟着瞎掺和。我查过了，每年四月，会有关外皮货商经过鸡鸣铎去南方，到时我安排他们照应一下，让马小姐扶棺南下，返回故乡便是。"

韩幼娘眨着眼，疑惑地道："可是……你和她……"

杨凌轻轻地啄住她的樱唇，堵住了她下面的话，然后滑到她的耳边轻声说："我和她之间，没有你想象得那么复杂。乖乖的，时间长了自然就不会再有人提起了，怜儿小姐也不会再想这些了，懂吗？"

"哦！"韩幼娘乖乖地闭了嘴，虽然不太明白相公说什么，眉梢却浮起一丝轻松和喜悦，本欲"得陇"却能"望蜀"，还有什么不开心的呢？

·※·※·※·

杨凌躺在床上，脑袋枕在手上，微闭双目盘算着："幼娘也知道自己和马怜儿的事了，看来知道这事的人还真不少。不过等马怜儿扶棺返回金陵，所有的一切自然烟消云散，从此天各一方。再痴情的少女，两人之间又没有过什么实质性的关系，她还会记得自己吗?"

想必过上一年半载,她就会放下这段感情,重新开始。杨凌相信这一点,他还没有自恋到以为女人喜欢了他就终生难忘,他也只是个普通男人,没那种魅力。

颊上发痒,杨凌睁开眼,见幼娘坐在身边,温柔地看着自己。她长长的头发有点湿湿的,碰在脸上凉凉的,小丫头刚刚洗过澡。秀发间那张清纯秀气的脸蛋,还带着浴后的红润,茸茸的睫毛,湿漉漉的眼睛,说不出的动人。杨凌心中的烦恼和心思顿时一扫而空,他叹了口气,转而开始琢磨怎么打破僵局。如此一个活色生香的小妮子摆在面前,看得吃不得,可是要憋出病来的呀。

韩幼娘不知道怎么了,满脸的喜气,还有说不出的娇媚,似乎……还有讨好的笑意,杨凌眨了眨眼,怀疑是自己的错觉。

她一身短衣襟,趴在炕上,偎到杨凌身边,把头发拨到前边梳理着,笑盈盈地开始和他拉家常:"相公,今儿我和怜儿姐姐上山挖野菜,人家看到一棵好几百年的老槐树前两天被春雷劈得着火了呢。"

她身子娇小动人,胸脯不经意间碰到杨凌的手肘软软的,闻着她身上清新的处子香味,杨凌刚刚冷却下来的身体又产生了膨胀反应。

韩幼娘娇柔的胴体又靠他近了些,脸蛋贴着他的胸脯兴致勃勃地讲着故事:"听住在山里的大叔说,那是因为老槐树要成精了,雷神发火呢。搁以前人家还真的半信半疑呢,可是相公也是见过神仙的人,我就不敢不信了,拉着怜儿姐绕开了走呢。相公,那老树要是劈不死,真能变成妖精吗?"

"丫头啊,老槐树变不变妖精我不知道,我只知道你快要变成妖精了,还有我……我已经像大炮一样准备了,知道吗?小妖精!"杨凌咬牙切齿地想。

第四十七章

不近女色

一

杨凌欲火中烧，被子不知不觉悄悄拱起来一块。可是韩幼娘未经人事，这种事情似懂非懂的，况且平时也常腻在杨凌身边，根本不知道现在杨凌天天喝壮阳药酒，都有点精虫上脑了。

杨凌仍想压抑对幼娘的欲望，他苦笑一声道："说不定，也许会成精呢。"贪婪地摸了一下幼娘光滑的脸蛋，他故意打了个哈欠道："刚洗过澡，快盖上被子睡吧，别着了凉。"

"不，现在太热了。"人是会适应环境的，杨凌的宠溺和纵容，让韩幼娘的天性都发挥了出来，不再因为相公是位秀才，而总是拘拘束束的。她像个撒娇的孩子，趴在那儿，两只小脚丫竖在空中摇晃了几下："驿署还烧火炕呢，早上起来都要喝好多水，口干着呢，我一会儿换薄被子，相公，你换不换？"

杨凌抬了抬身子，把枕头竖高了些，说道："不了，春捂秋冻懂不懂？换早了会伤风的，你也不要换，再过两天。"

韩幼娘噘了噘嘴儿，说道："好热的呀，相公还不换呢，你晚上常常把被子蹬开，我都给你盖了好多回了。"

她梳好了头发，麻利地挽了起来，露出优美的颈项，杨凌顺着她斜开口的衣襟看到胸口一抹幼滑的肌肤，那娇小的蓓蕾瞬间闪过，已经初具优美的弧形了。

杨凌眼一直，恋恋不舍地收回目光，顺着她的脊背望下去，一双洁白干净的小脚丫娇俏地在空中摆动着，带动她的亵裤，不时显现出结实浑圆的臀部曲线。

一个才十四五岁的小姑娘，容貌还有些像青涩的苹果，可是那香臀已经颇具女性成熟的征兆了。照老人们的说法，这样的屁股易生养，杨凌不怀好意地想，他最近常常不怀好意。

幼娘上身窄窄的，腰细极了，可是屁股和大腿却已像成熟女子似的。依照幼娘的年纪,她也许一直维持这种娇小玲珑的体形。

韩幼娘看到丈夫火辣辣的目光,害羞地放下了小脚丫。她的小脸蛋更红了,她还不懂怎么样摆出诱人的姿势来挑逗男人,但是这种害羞的动作和体态,反而更加动人。

杨凌忍不住了,他呼吸急促地掀开被子,一扳幼娘的肩头,娇呼声中,幼娘轻巧地翻了个身倒在他怀中。她满脸幸福地偎在他的胸前,享受着夫君的爱抚温存。

两个人趴在炕头闲话家常时,杨凌也时常得偿手足之欲。幼娘渐渐也习惯了他的爱抚,今晚夫君拒绝了为他纳妾的提议,韩幼娘心存感激,更是曲意温存,不敢稍有拂逆。

杨凌搂着她的纤腰,抚摸着她软软嫩嫩的胸部以及丰满结实,极具弹性的屁股,那流畅的曲线,似乎能稍稍缓解他的欲望。

幼娘闭上了眼,陶醉在丈夫怀中。杨凌忽然将手探进了她的亵裤,那细腻光滑的皮肤摸起来像泉水一般流畅,隐隐跳跃的肌肉散发着无限的青春活力。

韩幼娘感觉到丈夫今天的动作有些不同寻常,她害羞地垂着眼帘说:"相公,你不可以……不可以……的。"

这种时候可以让男人说出平时说不出的话,或做出平时做不出的事。杨凌此时灵光一闪,想到了一个解决自己设下的难题的办法。

他不动声色地搂紧了幼娘,温柔地道:"幼娘,那天我喝了酒正困着,加上你一哭我有些着急,所以有些话还没来得及告诉你。"

"嗯?"韩幼娘睁开眼,探询地望向杨凌,杨凌像个神棍似的一本正经道:"城隍告诉我,如果请和尚作法,在身上挂一个开过光的佛像,那么……那么行房事也是没有关系的。"

"哦?"韩幼娘的嘴角微微翘了起来,"给夫君生个孩子,继承杨家香火,就不会失去夫君的宠爱了。"爹爹说过的话在脑海中一闪而过。今天经过马怜儿一事,她多少有了些危机感,这时立刻想到了这个急需提上生活日程的重要问题。

她兴奋地紧了紧环住丈夫脖子的双手:"咱鸡鸣驿有寺庙,可是没有和尚,找时间去府城一趟好不好?找一位大师……"

好,当然好,可是现在怎么办?箭在弦上,不得不发呀。喝了一个多月的补酒,现在杨凌可是洪水猛兽啊,杨凌含糊地道:"好,好,找时间我们就去府城一趟。"他说着一翻身压上了幼娘的身子。

幼娘稚嫩的身体与他完美地契合着,她的大腿、腰和手臂都充满了柔韧的力量,无一处不充满弹性,无一处不灵活自如。那是幼娘自幼在山中奔跑跳跃,在树上攀爬上下练就的结果。

杨凌的欲火被她充满朝气的年轻胴体彻底点燃了。他放下了心中的包袱，紧压住幼娘美妙的身子，肆意品尝着她柔软香甜的樱唇。

"相公，现在还不行。现在……不能……"韩幼娘又想又怕，慌乱地推拒着他的胸膛。

"放心，我的亲亲媳妇，相公……相公今天不要了你的身子，就不算近女色了。"杨凌喘息着，无奈地退而求其次……

窗外，皓月当空。室内，杨凌耐心地普及着性启蒙知识，幸好碰上个领悟力强的好学生，总算渐入佳境，飘飘欲仙了。

※ ※ ※

一大早，杨凌走到二进储放粮食的院落，看见十余名兵士赶着马车正候在院中，领头的正是毕春亲兵队长关受英。杨凌连忙迎上去，关受英看见他呵呵笑道："杨驿丞起得好早，军中粮草用讫，我带人过来再领三日之粮。"

杨凌早已听到毕春大军近日将要开拔返浙的消息，所以他们领取的粮草也做了短期的打算，免得到时还要上缴，因此领用比较频繁。两人站在院中正闲聊着，忽见马昂提着马鞭气哼哼地从后院中走了出来。

他想是刚去看过妹妹，只是不知他和马怜儿拗了什么气，脸色颇为不快。杨凌拱手道："马兄，多日不见了。"

马昂见了他有些意外，忙也拱了拱手道："杨驿丞。"关受英笑嘻嘻地插话道："马老弟，怎么脸色这么难看，莫非……令妹不答应？"

马昂勉强笑道："怎么会呢，大人这么抬举，是看得起我们兄妹。常言说，长兄如父，妹妹的事还不是由我做主吗？"

关受英皮笑肉不笑地道："说的也是，那我先恭喜马老弟了，以后还望老弟多多照拂呀。"马昂面上微微闪过一丝得意之色道："不敢，你我兄弟同在毕大人麾下，还要互相照应才是。对了，我还有事，杨驿丞、老关，我先走了。"

目送马昂匆匆离开，杨凌疑惑地道："关兄，马大哥这是做什么？怎么急匆匆的？"

关受英阴阳怪气地道："毕大人看上了马昂的妹子，有意纳她为妾。有机会和都司大人攀亲，这位仁兄自然是求之不得了。不过瞧他吃瘪的样子，看来这个柿子不好捏呀，他那妹子可不是个没主见的女子，嘿嘿，想用妹妹做敲门砖，好像也不是那么容易！"

瞧关受英笑得那模样，也不知是鄙夷马昂的为人，还是妒恨自己没有一个如花似玉的妹妹，让自己也一步登天，成为朝廷四品大员的小舅子。

杨凌听了心中不由一震,毕都司看上马怜儿了?想他的年纪和马怜儿的老爹不相上下,再想想他那对比较刻薄的三角眼,而马怜儿才十六七岁,葱白般的俏丽稚气,"皓首红颜"的画面掠过脑海,他的心中忽然有点不舒服。

他拒绝了马怜儿,觉得自己亏欠了人家一份情,所以才费尽心思利用职权想帮她扶棺返乡,略做补偿。如果她能找到一个合意的夫婿,那他同样也可以卸下心灵的包袱了。想不到横生枝节,她的哥哥为了自己的前程竟要她嫁给一个年近半百的人做妾,难道真是红颜薄命,马怜儿只有给人做妾的命运?

从马昂怒冲冲出来的模样看,显然是在马怜儿这个外柔内刚的妹妹那里吃了瘪,自己要不要去看看她?杨凌思索着,似欲转身又怔然停住:不管怎么样,这是人家的家事,我凭什么身份去掺和呢?

关受英见杨驿丞听了自己的话有点失魂落魄,不禁有点奇怪,这个杀猪匠出身的大兵倒是蛮有心眼的,看出了几分门道:"瞧这模样,莫非杨驿丞也喜欢马姑娘?嗯,他们住在一个大院里,书生小姐后花园呀,戏文里常这么唱。"

"嘿,有好戏看了。马昂那小子以前见了我一口一口关大哥,这还没怎么呢,就口口声声老关了。真他妈刺耳,真让他当上毕大人的小舅子,蹬鼻子上脸的,我就得变成小关了。嗯,这事我得合计合计,小杨这人仗义,帮他也是帮我呀!"

两个人各自想着心事,一个小吏已急匆匆跑来,老远就唤道:"驿丞大人,上回那个人又来找您了,在前厅候着哪。"

杨凌被这没头没脑的一句话弄得一愣,追问道:"什么上回来过的人?谁呀?"

小吏说道:"就是那个卖药的老头,自称姓吴,说有急事要见大人您呢。"

第四十八章

糊涂升官

一

杨凌听说吴千户来了，情知必有要事，当下不敢怠慢，匆匆和关受英道别一声，便急急赶往前厅。驿丞的小办公间外笔直地站了两个瘦削、精神抖擞的年轻人，杨凌只当是吴杰的随从，也没往心里去。他径直跨进门去，只见吴杰仍是一袭青袍，端然坐在椅上，只是那副正襟危坐的模样与上次悠然自得的神情大不相同。

杨凌心里咯噔一下，吴杰这副模样，显然必有紧要之事，莫非锦衣卫出了什么岔子不成？吴杰见他进来，立即立起身来，他见那传话的小吏也随在杨凌身后，忙道："杨大人，请至内厅叙话！"

杨凌见了忙挥手让小吏离开，他掩好房门，惴惴不安地随着吴杰进了内室。刚想以下官之礼相见，不料吴杰一转身，已唰的一下拜倒在地："下官吴杰，拜见锦衣亲军指挥使司同知杨凌杨大人！"

杨凌吓了一跳，手忙脚乱地把吴杰扶了起来，满脸不解地道："吴大人，你说什么？什么同知，这……这……"

吴杰摆出一张笑脸，拱手道："恭喜大人，张大人对杨大人的才学十分欣赏，已命大人升任锦衣卫同知，官升五品。下官进京办差，特奉此谕前来通知大人。"

说起来吴杰是从五品的千户，只比他低了半阶，用不着行这么大的礼。但是杨凌现在可是京官，进了锦衣卫的中枢，他刚刚十八岁啊，前途锦绣一片，吴杰怎敢不努力巴结。

"啊？"杨凌更加茫然，被这消息弄懵了。同知是啥官他心里没概念，可是五品他却懂得。愣了半晌，杨凌才吃吃地道："吴大人，这个……怎么会突然调我进京为官呢？"

吴杰一听，眼泪差点没下来："你问我，我去问谁啊？我可是世袭的锦衣卫呀，苦熬了三十年才当上千户，民间选拔逐级升迁的锦衣卫中倒也有做到这级别的。可那都是熬了一辈子立了不少功劳的。谁知道你小子哪座祖坟冒了青烟了，我还冤得慌呢！"

不过这话他哪敢说出来，连忙赔笑道："下官奉了谕命，便连夜启程从京中赶来，也不知其中详情。想来尘不掩玉，玉出烁眼，大人才学出众，佼佼不群，朝廷怎么会湮没人才呢？哈哈哈……"

吴杰笑着，从袖中摸出一张纸来，塞到杨凌手中，说道："大人初上京城，买房置地，拜访同僚，定要有些花销的，下官奉赠程仪千两，请大人笑纳。"

杨凌听说是千两纹银哪里敢收，吴杰正色道："大人不必介怀，下官常年在塞外奔波，苦是苦了点，不过为了掩护身份，常与外族做些药材皮货盐茶的私贩生意。有锦衣卫身份的庇佑，银钱来得容易，这点薄资算不得什么，只是下官的一点心意，羞刀难入鞘，大人要是不收，下官可为难了。"

他说着不待杨凌拒绝，把银票往他袖中一塞，做出一副依依不舍的模样道："下官与大人相识以来颇为投缘，大人这一进京，下官只有每年返京述职时，才能去大人府上拜见了。唉！下官年岁大了，常年在外奔波，腿脚已感不便。大人此番进京必受重用，届时还望大人能替下官美言几句，下官的亲眷都在京里，经营着几家药铺，若是能把下官调回京去，下官也好和家人团聚。"

杨凌心想："这位吴千户看来在京中并不得意，否则京中位高权重的人有很多，大可不必走我的门路。只是我这个小吏荣升百户，还可说是锦衣卫为了在皇帝面前邀宠争夺战功。如今莫名其妙升为同知，可就未免太过诡异了。"

吴杰这次返京就是为了上下活动想要调回京去，走的倒不只杨凌这一条门路，只是这些人为官多年，拉党结派，最是注意朝中人事更迭的动向。杨凌未及弱冠，竟由锦衣卫最高首脑亲自下令晋职进京，前程当然不可限量，如今不打好关系，将来再锦上添花还有谁在意呢？

杨凌想了一想，又问道："吴大人，我现在还挂着驿丞的身份，不需吏部调令吗？我何时才可入京呢？"

吴杰怔了怔，说道："大人，京中命我火速赶来颁发令谕印信，但对于大人进京的日程倒不曾提及。哦，对了，与我同来的有两位锦衣校尉，是京里派来护送大人的，大人可以问问他们。"

杨凌收下令谕印信，两人来到外厅。吴杰打开房门把那两个年轻人唤了进来，两个人身高相仿，眸正眼清，显得十分精明干练。二人早知京城的任命，一进房就双手抱拳，单膝下跪，向杨凌施礼道："卑职柳彪、杨一青拜见同知大人。"

杨凌还不习惯被人这样大礼参拜，连忙上前将二人扶起，细细一问，结果二人得到的命令是一路便装保护大人返京，再面见张大人。至于返京时辰，张大人曾特意嘱咐说近日京中将另有人马前来相迎，要他们静待便是，同时晋升同知一事暂勿通知地方官府。

杨凌与吴杰听了面面相觑，相顾诧然。要知道锦衣卫分为三种：一种是在衙门里办差的，身份公开，是锦衣卫的核心成员；一种就像驿丞这种半公开的，人人都知道他有这层身份，但不会有人点破，是锦衣卫的外围人员；第三种就是吴杰这种以民间身份活动，外人绝不可知其真实身份的，实为锦衣卫的密探。

杨凌官至同知，入京师为官，乃是公开的身份了，现在却又不许他通知地方，内中必然大有文章。京中还有专人前来迎接？这一来吴杰更料定杨凌在京中必是寻了大靠山，态度愈发的恭敬。至于那两个校尉，已划归杨凌的亲兵，二人见杨大人这般年轻也是喜悦非常。

锦衣卫中历代功臣勋卿的后人极多，都是世袭的官职，这两人却是从民间选调来的锦衣卫。这就好比人家是大学本科学历，你是中专毕业，哪怕你的工作能力比人强，升迁也要遇到重重阻隔。如今侍奉的这位大人如此年轻，前途远大，同时又和自己一样是平民出身，跟了他自然升迁的机会大增。

杨凌送走了吴杰，又安排柳彪、杨一青先在驿馆住下，想想自己如今竟已是五品大官，而且是位高权重的锦衣卫，茫然之后顿生一种喜悦，他忍不住喜滋滋地直奔后院，想把这消息告诉幼娘。

恋爱中的男人都像个小孩子，有了光彩的事巴不得马上让自己最亲近的人早点知道。杨凌兴冲冲地走到第四进院落，恰看见马怜儿拐出院门端了一盆水，哗的一声泼了出来。她系着围裙，一头青丝用白帕包住，衣袖半挽，赤着两截藕似的玉臂，天气尚寒，因为沾水久了冻得通红，难得见她布衣钗裙的模样，倒是别具韵味。

她眼圈红红的，好像哭过不久。一见杨凌走来，马怜儿吃了一惊，不愿被他看见现在狼狈的模样，她倏一下转过头闪进了院子。杨凌见了她，想起刚刚听说毕都司纳妾的事，连忙追了上去。马怜儿闪身进了院子，见杨凌紧随着，这下真的着急了，连忙抱起地上另一个木盆慌慌张张地进了屋。

马怜儿什么时候这么怕见人了？杨凌愈加好奇，想也不想便跟进了屋。马怜儿又气又羞，将木盆往桌上一墩，转过身来遮在前边，慌张地嗔道："你追我做什么？"

杨凌摊了摊手，无奈地道："你没事跑什么？盆里有啥见不得人的东西？"

马怜儿脸蛋一红，没好气地白了杨凌一眼，啐道："要你管？你是我什么人……狗拿耗子！"

她脸红红地扯过桌布盖住木盆，走到炕前一屁股坐下，双腿蜷起，双手抱膝，下巴搭在膝盖上，瞅着杨凌道："你追我做什么？有话要说吗？"杨凌注意到她穿了一双白色弓鞋，那是为父亲戴孝穿的。她双腿一蜷，裤子绷起，笔直的双腿后边是仿若圆规画就的极美的半圆。杨凌扫了一眼，只觉扣人心弦，当下不敢多看，目光移回桌布盖着的木盆。方醒悟到她方才洗的可能是亵裤、胸带一类女人用的贴身小衣，女人对这些东西太过避讳，就连幼娘洗晾这些贴身的东西都避着自己。难怪马怜儿像踩了猫尾巴似的逃走，敢情是要急着把东西收起来。

他自顾在对面椅上坐了，沉吟片刻道："听说……今早马兄来过？"

马怜儿意味深长地看了他一眼，嘴角撇撇道："你不是已经遇见过他了吗？"

杨凌脸一红，讪讪地道："你……你怎么知道？"

马怜儿眼珠溜溜一转，闪过一丝莫名的笑意，道："我……听说你今早看见过他。"

杨凌苦笑一声道："还闹？你怎么就不知道愁呢？听说你哥哥要逼你嫁给毕大人了？"

马怜儿翻了翻白眼，心道："我急什么，哥哥再利欲熏心，我不乐意他还敢绑着我送人做妾不成？"

第四十九章

缘定三年

一

马怜儿见他为自己担忧,心中真比喝了蜜还甜。安慰的话刚想脱口而出,心中忽又一动:"昨儿个幼娘妹妹话里话外可是透露了肯接纳自己的意思,也不知她跟这狠心的郎君提过没有。他今日肯为自己着急,显见也并非无情,倒也不枉自己把一颗心都放在了他的身上。"

"我不如……"她轻轻咬了咬下唇,似笑非笑地看了杨凌一眼。"我激他一激,若是能让他开窍那是最好。唉!真不知上辈子欠了他什么,一介女儿身,倒要千方百计,委曲求全地来求他。"

马怜儿幽怨地瞥了杨凌一眼,悠悠地道:"嗯!我又能怎么样呢?我一个女人家,能搅起什么风浪?长兄如父,他以父兄的身份压我,毕都司又是大官,我能怎么办呢?"

杨凌见她盈泪欲滴,不由沉声道:"你是自由之身,你要不愿意,有谁能强迫你?"

马怜儿本来只想引起杨凌怜花惜玉之心,不料说着说着勾起自己的伤心事,情绪真的有点失控了,她黯然道:"自由之身?有过吗?女子可有权利自己选择夫君?"

她的声调渐渐低沉下去:"我倒是想……我相中了一个人,为了他,我不惜以自己的名节为代价,把自己逼上绝路,不过是喜欢他,想和他长相厮守罢了。人家领情吗?说不定在他心里,还把我看成一个阴险、无耻、喜欢用心机的女子。如果他要我,那还罢了,若是不要,别人只会赞他英雄了得,风流名士,尽得女子喜欢。可那女子,却要从此抬不起头来,受尽风刀霜剑。"

马怜儿涨红了脸蛋恨恨地瞪了杨凌一眼道:"你与幼娘情深意切,自那日在城下我就已经明了。好吧,我甘愿为妾,侍夫持家,仍是难遂心愿。呵呵,我是自作自受,如今名节已毁,还有人愿以妻待我吗?"

杨凌怔怔半晌，愧然道："你……你冰雪聪明，丽质盈盈，不会每个男子都在乎那些疯言疯语的。"

马怜儿不接他的话茬，自顾悠悠地道："毕都司已在江南讨了三房小妾，听说毕都司待妾室非常刻薄，正妻又凶悍无比，我……我如今想做个妾都没有选择的余地……自作孽，不可活？"

杨凌默然，半晌才长长吸了口气，喃喃地道："怜儿，不是杨凌非要逼得你走上这条路，时也，命也，我……我实实是有难言之隐。"

马怜儿听了眼帘低垂，两行清泪扑簌而下。哀莫大于心死，话说到这个份上，杨凌仍是寻个由头拒绝她，她是真的绝望了。

自那晚在山中雪洞共度一晚后，马怜儿心中彻底印下了杨凌的影子。他才是适合自己的良人呀，若是不曾与他相识，或许将来她会随便找个人嫁了。但是既然认识了他，那种迂腐蠢笨，视女人为玩物的普通男子还怎么会被她看在眼里？

杨凌敬她，懂她，不把她看成一个离经叛道的女人。看他对幼娘的宠溺疼爱，是不离不弃的。如果自己宜室宜家，诚心侍奉，他一定也会真心的呵护爱惜自己。不会因为侧室的身份低看了她，不会色衰之后离弃她，这样的夫君还不值得自己倾心相投么？可是她用自己名节孤注一切的赌注，彻底输了，输得好惨。

杨凌眼见她珠泪双垂，那张俏脸变得全无生气，如同石雕玉塑一般，一时手足无措，半晌才长叹一声，无奈地垂首道："女人的眼泪……怜儿，你要为父守制三年的。我现在和你订个君子之约，三年之后，杨凌若是未曾……呃……未曾落魄，便接你过门！当然，公平起见，你仍未嫁之身，你也可以随时另行选择，只要你有中意的男人！"

马怜儿霍地睁开双眼，努力地挤掉眼泪，不敢置信地道："真的？"

杨凌自嘲地笑笑："真的！只要杨某还未……落魄，能养得起你，你愿意进我杨家的门谁也不拦着你！"

马怜儿破涕为笑，她一下子跳下地来，喜得想扑上来抱住他。可是杨凌一旦给了她承诺，那大胆、泼辣反而全被抛到爪哇国去了，这时神色间极是娇羞难禁。

她咬着樱唇，媚眼弯弯，柔声对杨凌说道："落魄又如何？你现在当的官儿叫人稀罕吗？哼！以为小女子被你迷得连驿丞和都司谁的官职大都分不清了？你呀，人家这么死乞白赖地跟着你，你还不明白人家的心吗？"

杨凌干笑两声："现在的官儿怎么了？对了，有件事告诉你，我本打算再过两个月，关外的皮货商经过鸡鸣驿时，托他们照顾你扶棺返乡的，只是……"

杨凌将晋职锦衣卫指挥同知，近日将赴京师的消息对她说了一遍，马怜儿听了喜得黛眉一扬，雀跃道："太好了，我刚才还担心因为我……毕都司会找你的麻烦，这下就不怕他了。"她想了想,忽又蹙起眉头担心地道:"不对呀,军中官阶晋升岂同儿戏,这事大有古怪。"

杨凌呵呵笑道:"我也觉得古怪,不过想来不是坏事,有谁会费这么大周折送我个大官,再惦记着害我不成?"

马怜儿已经过渡到杨家媳妇的角色中去了,很认真地思索着摇摇头:"有句话叫仕途险恶,你知不知道?让我想想看,嗯……凭你立下的那份'功劳',断无连升三级直达中枢的道理;京里更不可能有人这么好心,平白无故地升你的官。咱得好好想想,可不能让人坑了……"

马怜儿越想越觉得事情不对头,世上哪有这样的好事,这其中必有一个重大关节参悟不透,杨凌赴京是凶是吉,必和这个不为人所知的关节有关系。

杨凌见她坐在炕头,秀眉紧蹙,嘴里念念有词,不禁哑然失笑:"我看你快可以开摊给人算命了,想那么多干什么?待我进了京,面见了那位张大人,谜团自然就解了。现在想再多都是揣测,何必疑神疑鬼呢?"

马怜儿白了他一眼,嗔道:"你心真大,人家不是为你担心吗?"她想了想,又痴痴地道:"那……那你进京,我怎么办呢?"

杨凌道:"后晌我去拜托黄县丞,请黄老帮忙,两个月后北方货商南下,助你返回金陵。"

马怜儿眼神一暗,不舍地道:"那我……岂不是三年都不能和你相见了吗?你……会不会时间长了就忘了人家?"她心中盘算着,扶父亲灵柩返回故乡后,我要不要去京师见他呢?如果他升任指挥同知,确实没人打他的什么主意,正常应该也不会进入北镇抚司这要害的衙门,如果他被分到金陵南镇抚司为官,那岂不……嗯,等有了他确切消息再说吧。

· ※ · ※ · ※ ·

毕春大帐,毕都司和颜悦色地对马昂道:"马昂,我军不日就要返浙了,你知道,令尊七七一过,本官就……呵呵呵,否则被江浙道的那些书呆子御使知道了,奏上一本就不好了,不知你今日可与令妹提起本官的心意呀?"

马昂知道妹妹骑射双绝、精通音律、又生得千娇百媚,心气儿一向高得很,想来宁为英雄妾,不做庸人妻的美事她定会满口答应。因此听毕春透露出对马怜儿的喜爱之情时,也未探过妹妹口风,便一口答应了。想不到今日去向妹妹提起,却被妹妹哭骂一番,把他赶了出来。

此时见毕春问起,他不由脸色一僵,支支吾吾地道:"这个……卑职只是探了探妹妹口风,还不曾提起大人的意思。不过大人领军一方,位高权重,舍妹素来青睐大英雄、伟丈夫，想来是不会拒绝的。"

毕春一双三角眼一直紧盯着他，听他出言搪塞，脸色顿时沉了下来。今日关受英回来后，大大咧咧地对他说起有人风传那位杨驿丞和马怜儿姑娘两情相悦，毕春当时就不悦。

不过他想及马怜儿住在驿署，难免会有些闲人风言风语，论身份论地位，自己哪一样不比杨凌强？如果马小姐果然有意做妾，那自己岂不更有希望？

想起马怜儿那副娇艳欲滴的模样，这些风闻他就没太往心里去。可是这时见马昂神色，想到莫非马小姐不守礼，果与杨驿丞有了私情不成，心中顿时生了个疙瘩。

马昂见他脸色阴沉，不由心中一紧，慌忙说道："婚姻大事，哪由得女儿家自己做主？俗话说长兄为父，我应下的，那便是舍妹的意思了。舍妹好骑马射箭，这些日子困在城中定也郁闷得很，前日新任张知县宴请过大人，大人不如明日回请张知县狩围打猎，到时我约上妹子同去，狩猎回来酒宴席上卑职当众宣布将妹妹嫁予大人便是。"

毕春听了满脸阴霾尽散，呵呵一笑道："既如此，这事就交给你了，一会儿便拿我的帖子去见张大人吧。"

马昂躬身道："是，大人。"

毕春摆手笑道："不必拘礼啦，明儿起，你我就是一家人了，还客气些什么，哈哈哈……"

第五十章

一团和气

一

　　韩幼娘听说相公进京当官的消息，像只快乐的喜鹊似的。杨凌看她乐极忘形的样子，也不禁放开了胸怀，暂时把疑虑抛到了一边。他能感受到幼娘的欢喜，并分享那种甜甜的感觉。

　　韩幼娘脸蛋胀得红苹果一般，喜悦地道："我就知道，相公是最有出息的读书人，一定可以做大官的。等爹回来我就告诉他，他一定高兴极了。"

　　杨凌微笑着把她拉进怀里，轻声道："看把你高兴的，小声一些，回头告诉岳父一声便是了，京里的公函特意言明暂且不宜张扬，知道的人还是越少越好。"

　　韩幼娘还道这是锦衣卫为官的规矩，虽觉夫君做了大官，却不能荣耀乡里，她有些替夫君遗憾，但他既然说不可以让人知道，便乖巧地道："嗯，那我回头知会爹爹一声，不说出去就是了。"

　　韩幼娘越是温婉顺从，杨凌越觉心中过意不去。虽然开给马怜儿的空头支票只是镜花水月、空中楼阁，他还是不忍瞒着幼娘。他叹了口气，把头埋在幼娘的颈子里，摩挲着她细嫩的肌肤，小心翼翼地道："幼娘，相公……还有一件事……"

　　韩幼娘听了娇躯一颤，顿时脸红似火，浑身不自在起来。昨晚见识了相公令人心惊肉跳的凶器以后，幼娘想起出阁时那些口无遮拦的大娘大婶们告诉自己的事儿，不禁浮想翩翩。谁说少女不怀春？杨凌睡熟许久，这小妮子还托着香腮，迷迷瞪瞪地看了他小半宿。

　　这时她被杨凌用这样亲昵的姿势搂在怀中，又听到他暧昧的语言，顿时想歪了，幼娘浑身的汗毛都竖了起来，她羞态可掬地道："相……相公，什么事？"

　　杨凌结结巴巴地把听说马昂要把妹妹嫁给毕都司做妾，以及自己与她定下三年之约的事情交代了出来。交代完了，杨凌偷眼打量幼娘，只见小丫头肩膀一垮，小脸明显带着几分沮丧。

杨凌愧疚地道:"幼娘,这事是我不好……但那毕都司……我……我现在的三年之约也就是那么一说,相公可不是见了美女就娶回家的。有了你,相公真的很知足,别生气了,好吗?"

韩幼娘刚刚听到这消息,真的有点难过,可是想想相公的心性的确不是风流成性的男人,做了大官的人谁没有几房妻妾?依着规矩,他想纳妾,根本不必征得自己同意,如今这般小心翼翼,生怕自己不高兴,自己也该知足了。

爹爹说的对,相公越是疼我,我越得时时自省,千万不能恃宠而骄,再说……唉!谁叫相公和人家共度了一夜呢,将心比心,要是换作自己,从此也是嫁不得别人了。总不成害了马小姐一辈子呀。

想到这儿幼娘打起精神对杨凌道:"相公,幼娘不是善妒的人,这也是怜儿姐姐和你的缘分。既然这样,回头咱就托县上有名望的长辈出面,先和马家把这事儿定下来吧。"

杨凌松了口气,说道:"不可说,现在先不说,毕都司是有身份的人,只要马小姐打定了主意,强娶强嫁的事他不敢做的。马小姐不久要扶棺回金陵老家,那儿显贵之家才子如云,三年内人家说不定会看上什么青年才俊,何必把人家拴住呢。"

韩幼娘虽说不愿意有人和自己分享丈夫的爱,却也不爱听丈夫贬低他自己。在她小小的心灵里,自己的夫君就是最本事、最体贴的好丈夫,如果有朝一日马怜儿真的看上别人,那就是有眼无珠了。

听杨凌这么一说,她倒把醋意抛开了,有些不服气地道:"哼,要真是那样,就是她没福气,谁有我的相公好?"

杨凌被她说得心里暖洋洋的,忍不住逗她道:"既然相公这么好,那我再多给你找几个姐妹回来怎么样?"

韩幼娘料到相公在逗自己,还是忍不住急道:"不要,不要,不要,咱……咱……咱家的锅做不了那么多人的饭。"

杨凌听她慌慌张张地想出了这么个理由,不由得哈哈大笑,不料幼娘又补充了一句:"再说相公身子不好,你不担心我还担心呢。"

杨凌的笑声戛然而止,半晌才恼羞成怒地道:"什么?你嫌我身子弱?相公身子很弱吗?"

"不是,不是,不是,"韩幼娘笑眯眯的,温柔的声音像哄小孩:"相公冤枉人家,人家是说你身体刚好嘛,呜呜……嗯……"

话没说完,杨凌就一下子吻住了她的小嘴,心里恨恨地想:"小妮子被我惯坏了,居然开始调侃起我了。今天我得执行家法,不然用不了多久就要夫纲尽丧了。"

不料只吻了一会儿,杨凌就觉得某个地方膨胀了起来,不禁色兮兮地瞄着幼娘的小嘴,"丧权辱国"地哀求道:"好媳妇,相公一亲你就受不了了,帮相公一下好不好？幼娘乖，幼娘……"

韩幼娘羞笑着，赶紧从他膝上跳开，逃了出去，只听大门哐当一声，幼娘的声音从屋外遥遥传了进来："春天火气大，相公多喝点茶呀。趁着日头正好，我去洗……洗被子。"

· ※ · ※ · ※ ·

一只辛勤的小蜜蜂！

这是杨凌给爱妻的评价。不许他动手，理由是男人不该做家务，由于被宠得日渐嚣张，胆气日壮的小姑娘还加了一句："男人收拾东西，粗手粗脚的，说是帮忙，越帮越忙。我的相公大人，你还是老老实实坐在那儿吧。"

杨相公老老实实坐了一会儿，见韩幼娘翻箱倒柜，拾掇着进京要带的东西。想想自己也该清理下账目，整理一下锦衣卫的来往密函，万一进京时需要交接，也不用手忙脚乱，便对幼娘说了一声，赶回了驿丞署。

杨凌把信函梳理了一遍，刚刚锁进那把挂着金鱼锁的柜子，忽听外间传出沉闷的踢门声，杨凌匆匆下地趿上鞋，跑到外边一拉门，只见马怜儿用毛巾垫了手，端着一个热气蒸腾的小铁锅站在门口。

杨凌大为意外，忙将她让了进来。马怜儿将铁锅放在桌上，羞赧地道："我……我看你晚上还在处理公务，所以做了点吃的，也不知合不合你的口味。"

杨凌已不像刚刚来到这个时代的时候那般浑浑噩噩了，一个女子主动给男人做饭意味着什么，他心中了如明镜。"三日入厨下，洗手作羹汤"，马怜儿这是以新妇的姿态想要侍候他了。

杨凌在县上赴宴时吃过这东西，知道所谓"打边炉"就是火锅，他揭开锅盖，只见热气氤氲的汤锅里翠绿的山菜、黑色的磨菇、粉色的獐肉、葱白、姜片……看起来还真是让人食指大动。杨凌不禁赞道："味道好香，比鸿雁楼的大师傅做得还好。"

马怜儿得他夸奖，顿时喜上眉梢，她从袖中摸出筷子，正要让他品尝一下，门外传来韩幼娘兴冲冲的声音："相公，大哥从府城带回些稀罕物，这是……"

随着声音，韩幼娘跨进门来，一眼瞧见马怜儿也在，她不由得一怔。马怜儿虽说已蒙杨凌给了承诺，可是毕竟身份还算是外人，如今被幼娘抓个正着，顿时臊得满脸通红。

这种"王见王"的局面，杨凌也毫无思想准备，三个人大眼瞪小眼，愣了那么片刻，韩幼娘忽然笑盈盈地道："怜儿姐姐，你也在呀。"

马怜儿松了口气，有几分忸怩地道："幼娘妹妹，我……我今晚做了'打边炉'，请杨大哥尝尝味道，我的手艺比不得妹妹，要是不嫌弃，你也来尝一尝吧。"

杨凌见幼娘手中捧着几块东西，避着灯光看不清楚，不由问道："幼娘，你拿的什么？"

韩幼娘道："相公，这是大哥从府城捎回来的东西，听说是番帮传到咱大明的，叫甘薯。煮熟了吃，甜着呢！你尝尝，哦，怜儿姐姐，你也尝尝看。"

杨凌见了她手中举起的东西，不由奇道："……地瓜？"仔细打量几眼，确实是两块地瓜。

韩幼娘奇怪地道："相公认得？这是番邦传进来的东西呢，听大哥说南方有人种的，在咱这儿是个稀罕物，但是并不贵，买点送来尝尝鲜。"

杨凌忙遮掩道："我……哦，我去府城赴试时，见过这东西……"他笑道："看这样子怕是放了一冬了，水分少了，烤熟了吃更甜。对了，这东西比咱们这边的谷物更易生长，产量也大，怎么不大量种植呢？一亩地估计能多打不少粮食呀。"

韩幼娘好奇地看着手里的东西道："这东西没有种子怎么种呀？而且也不知道适不适合咱们这儿耕种，庄户人全指着地里的收成过日子呢，谁敢冒险种它呀。"

杨凌这才想起适宜北方耕种的玉米、地瓜、马铃薯一类的农作物，他在鸡鸣驿从未见过。这里的农作物基本仍是麦、谷、豆、黍等物。看来随着海上贸易，这些国外的物种已经传入大明，只是还没推广开来，要是把这些农作物推广起来，那对整个大明的农业生产将产生多大的促进作用呀。

杨凌知道农民最是看重自己的土地，如果突然拿些他们不熟悉的作物，要他们把种植了几百年的粮食换掉，恐怕没人敢冒这个险。此次进京，不妨找机会向朝廷提一提，若能引起重视，由朝廷出面大面积推广，自己也算做了件利国利民的好事了。

想到这儿杨凌喜出望外，他知道自己没动过，幼娘肯定一口没吃，便喜滋滋地从幼娘手中接过地瓜掰下一大块来，亲昵地塞进她的小嘴，说道："你尝尝，看好不好吃？"

目光一闪，他瞥见马怜儿满脸羡慕，还当她也是眼馋这从未见过的稀罕物，便将地瓜塞到她手中，笑道："来，你也尝尝，很甜的。"

马怜儿"嗯"了一声，情意绵绵地望了他一眼，刚把甘薯放到嘴边，韩幼娘突然"呜"了一声，神色变得有点古怪。原来杨凌掰了一大块塞在她口中，韩幼娘嫌鼓着腮帮子太难看，吃得急了些，竟然噎住了。

马怜儿见了连忙搁下地瓜，扶着幼娘在椅上坐了，然后端起杨凌的茶杯捧过去道："幼娘妹妹，你喝口茶。"

幼娘接过杯来喝了两口润了润喉咙，顺了气，若有深意地瞥了她一眼，怪不好意思地道："叫怜儿姐笑话了，不过这东西真的好甜呢！怜儿姐，你也尝尝。"

马怜儿应了一声接过甘薯，却把筷子递到幼娘手中，柔声道："妹妹也尝尝我的手艺，我厨艺不好，你可不要笑话呀。"

两个女人一个吃甘薯，一个品火锅，忽然间变得谈笑宴宴，一团和气。杨凌站在一旁，浑然不知两个女人方才已就"主权"和"联合执政"问题达成了某种共识。

第五十一章

五箭连珠

一

春意初现，雪融冰消，平原上绿草茵茵。远处的山峦上却仍是白雪皑皑的，冰封未解。今天春风徐徐，天清气爽，湛蓝的天空上飘荡着团团白云。草原上丛生的新草，土地湿润松软得如同地毯。

毕都司和新上任的张知县以及军中、地方的一些官员骑着马已绕过了鸡鸣山，前方是一片草原，几只鸟儿贴着草皮翩然飞过。张知县是弘治十二年的进士，虽是个近三旬的书生，但是驾驭这种军中战马，骑术倒也熟稔。

毕都司与张知县并辔而行，扭头向他微笑道："毕某一直以为学舍中的骑射之术只是虚应其事罢了，方才听贵师爷说张大人使得动二百石的弓，百步之内箭无虚发，那可真是文武双全了。"

他说着，目光却不经意地瞄了马怜儿一眼，马怜儿骑在一匹枣红马上，穿了一身墨绿色的骑装，披了墨绿色的薄绸披风，仍着白弓鞋，系白腰带，肋下还佩戴了一把像饰品似的小弯刀，斜挎弓，背箭壶——这一身颇有塞外异族风韵，那飒爽英姿使她更是明艳照人。

春风拂起墨绿的披风，骑装将她玲珑姣好的胴体曲线衬托得恰到好处，那不增不减、充满青春气息的身体曲线在披风里若隐若现，十分迷人。毕都司想到再过两日便可将这妖娆的小美人搂在怀中，不禁欲心大起。

他心里实在懒得理会县太爷，恨不得这草原上只有他和马怜儿，两个人以地为床，以天为被，胡天黑地一番才好。不过他毕竟是有身份的朝廷大员，漫说马怜儿现在还不是他的妾室，就算已被他收进房中，这时他也应当招呼同僚们，若是只顾陪自己的爱妾，可就有失身份了。

张知县听了毕都司的"恭维"，矜持地一笑，抚须自谦道："大人过奖了，本县在学舍时虽也习得弓马，哪里可比大人和军中诸位骁将，至于那二百石的弓吗……本县倒是拉得开，不过百发百中……呵呵，毕将军想必不知道吧，我们闽地学舍中的箭靶，方圆足有一丈。"

方圆一丈的巨靶？毕都司听了先是一愣，然后哈哈大笑，旁边众官大多是北方人或军中将领，也不禁面露微笑。有的连忙咳声掩饰笑意，这种巨靶，若说百步之内箭无虚发，委实没什么好吹嘘的，南方学舍中的箭靶如此巨大，他们还真的没想到。

马怜儿骑在马上，脸上似笑非笑，神思恍惚地只顾想着自己的心事。马昂小心窥视妹妹的表情，见她神色平静，还当妹妹见了毕都司顶盔挂甲、前呼后拥的威风，已被他英雄气概打动了，一颗心这才放进肚里。

马怜儿早上被哥哥诳出来，说是邀她踏青打猎。马怜儿芳心有了归属，心中欢喜，也不想和唯一的亲人闹得太僵。况且她在塞外时几乎每日骑射，自返回中原后倒是久不尝此道，便也欣然答应了。不料待她骑了哥哥带来的马出得城来，却见到一大群官员里毕都司竟也赫然在内，这才明白哥哥的心思。

马怜儿有心拨马便走，但是当着诸多不知情的官员，这样做未免太过失礼。恐怕她前脚刚走，便又要有诸多关于她的猜测和非议出现了。以前她还可以对别人的议论不屑一顾，如今她已把自己看作杨家人，却不敢像以前那样无所顾忌了，只得随着踏上了草原。

昨晚得到幼娘的暗示，自己将来嫁入杨家已是板上钉钉的事。马怜儿心中又是踏实又是甜蜜，完全陶醉在自己的情绪当中。那双清澈晶亮的水汪汪明眸，不时随着她的思绪或微笑或羞报，配合着她标致动人的五官，说不尽的动人。

毕都司看着她时，露出的那种热烈的目光她也注意到了。她见毕都司自恃身份，不但不敢靠近她，和她攀谈，甚至连看她一眼都要借故和别人说话时，才飞快地扫上一眼，好像生怕丢了他大将军的架子，心中只为他的虚伪感到好笑。

杨大哥，唉！杨大哥！

马怜儿想起杨凌，心中就甜甜的，杨大哥才不在乎别人想些什么，又怎么看他。那日两人从山中回城，也有不少官员在城头，可是杨大哥进了城，却只是把哭得泪人般的幼娘紧紧搂在怀里，哄着她，逗着她，旁若无人。他那双眼睛看着幼娘时，就像看着他心中的瑰宝。

马怜儿想到这里，不禁心中发热，只要有一天，他也能用那样呵护爱怜的眼神看着我，漫说等上三年，就是等上三十年，等上一辈子，我也愿意。

想着想着，马怜儿又不禁浅浅一笑。

侧面一直盯着她看的江彬瞧了她宛若桃蕾初绽的动人一笑，眼睛都直了。那天马怜儿从城外回来，衣裙肮脏、发丝凌乱，看在他眼中就已视为天人，如今她淡施粉妆，一身骑装，美得令人屏息。"我的天啊，要是把这么个美娇娘压在身子底下……"

江彬咽了口口水,抬头恨恨地看了毕春一眼,暗想:"他妈的,我要也是个大将军,说什么也要讨这么个娘们儿,这辈子才不算白活啊。"

毕春要讨马怜儿为妾的消息,他从毕都司的亲兵口中也听到一些风闻。今日毕春邀本地诸位官僚游春,唯独带了这么一个女子,其实不只是他,在场的员大多也猜出几分了。

前边草丛中倏地窜起一只肥狍子,冲向不远处的山湾,关受英大声喊了起来:"大人,快看那里,有只狍子!"

这些人,人人身背军弓,此时纷纷提弓在手,但是一众官员却无人动手,那些亲兵们数箭连发,只是堵截那只狍子的去路。猎物?当然是留给将军大人来射的。

那只可怜的傻狍子被亲兵们准确的箭法吓得东奔西窜,在场的武将之首毕都司和文官之首张知县两人手里提着弓、拿着箭,却谁也不动手,还在那里你推我让。不外乎说些请大人先射一箭,中个头彩,让我等见识一番的官话。

马怜儿见他们打个猎也这般虚伪客套,全无踏青狩猎的乐趣,不由暗哼一声,鄙夷地偏过头去。毕都司的贴身侍卫郑大鹏纵马驰到前方,向毕春和张知县道:"诸位大人,今日马小姐是我们之中唯一的女子,我看这头一箭不妨请马小姐出手,马小姐英姿飒爽,弓马箭术也必然不凡呀。"

号称使得硬弓、百步之内箭无虚发的张大人,面对着几十步外那只肥狍子还真的有点打怵,生怕一箭飞出去真的中了头彩——满堂的倒彩。所以听了郑大鹏的话如遇大赦,连忙拍掌笑道:"甚好,甚好,巾帼不让须眉嘛,就请马小姐射这一箭,我等拭目以待。"

毕都司正中下怀,一双三角眼都变得温柔起来,他总算有机会堂而皇之地看着马怜儿说话又不怕别人取笑非议了。当下侧身望着马怜儿笑道:"马小姐,就请你一展身手如何?"他这一说,众人立时闪开一条道路,把马怜儿让了出来。

其实这请马怜儿先发一箭倒真的是因为郑大鹏的一句无心之语,毕都司才临时起意想讨好她。可是马怜儿不知内情,还道是毕都司与亲兵串通,早已设下这个局,心中更是厌恶。

她双眼一眯,弯如弦月,笑道:"毕将军身经百战,杀气迫人;张大人百步穿杨,箭无虚发。小女子背了张弓也不过是虚张声势,哪敢在两位大人面前露丑?我还想见识一下两位大人的神勇呢。"

她嗓音柔柔的、甜甜的,其实也不过是故意让嗓音脆了些。但是从这样的美人口中说出来,别人就感觉嗲声嗲气,说不出的动人了。

马昂一听就知道糟了,自己妹妹的脾气他最是了解,知道妹妹一用这种口气说话,就是耐性快耗光了要发火的时候。他刚想冲上来打个圆场,不料旁边江彬一听马怜儿这种销魂蚀骨的声调，骨头一软，差点儿一头从马上栽下去。

这时大家都听着马怜儿说话，他又离马怜儿最近，顿时所有的目光都集中在他身上，江彬即使脸皮够厚，也有点讪讪的，不好意思。好在他机智，连忙笑道："哎哟，张大人这一说巾帼不让须眉，我倒是想起杨驿丞的夫人来了。战场上什么时候允许女人来过？可是那日鞑子攻城，杨夫人女扮男装，协助我军在城头奋勇杀敌，可不正是个巾帼不让须眉的花木兰吗？杨夫人曾一箭射死城下的鞑子，我下城收拾尸体时，见那人箭从后颈入，咽下三寸出，透体而过，一箭致命，真是好箭法，哈哈，好箭法。"

毕都司听了呵呵一笑，道："杨驿丞手无缚鸡之力，想不到杨夫人倒是一身好武艺。马小姐，你也不要推辞了，不如你也一展身手如何？"其实马怜儿箭术如何，他倒不在乎，也就是哄她开心，逗个乐子，就是失手了，也权且一笑，女人嘛！

马怜儿对韩幼娘可说是心存感激，已把她当成最亲近的姐妹，但是人的心理最是微妙，潜意识里她又生怕幼娘比她更得到大家认可。她将来的地位已是妾室，若是幼娘再处处比她出色，她心里更没有安全感。

所以一听江彬提起幼娘箭术出色，马怜儿顿起好胜之心，当下不再推辞。反手摘下弓箭，右手后探，竟从箭壶中摸出五支箭来，众人不由惊呼一声，不知她要做什么。有些不识武艺的文官更是暗暗窃笑，还当她根本不懂箭术。

马怜儿一提马缰，纵马驰上几步，弃缰提弓，右手倒提四支箭，只将一支箭搭在弦上。她长吸一口气，如抱满月，拉开弓弦，一箭射了出去。

众人还来不及转头去看那箭中是没中，马怜儿如同变戏法一般，右手一捻，又是一支箭搭在弦上，手法快捷无比。只听弓弦"嘣嘣"连响，五支箭如同流星赶月一般，一箭接一箭嗖嗖地射了出去，箭箭连环，一气呵成，令人目不暇接。

五箭射出，马怜儿反手将弓又斜挎回肩上，一拨马头转了回来，笑盈盈地道："小女子失手了。"

众人正目瞪口呆，听了这话抬头看去，只见五支箭箭尾冲向这一方，成五角形将那吓得瑟瑟发抖的狍子围在中间，五箭间距几乎完全一样，如同丈量了一般。

过了半响，毕都司手下一名将领才惊呼一声："连珠箭法！传说鞑子的神箭手最快也只能一手九箭，马小姐竟然发得出五箭连珠，好厉害！好厉害！"

众人听了，不管懂的不懂的都连声赞美，毕都司又惊又喜，更是不吝溢美之词。马怜儿乌溜溜的大眼睛示威似的向江彬一瞟，面上带着几许得意。

就在这时，远处有一骑疾奔而来。众人都转首望去，只见那人越来越近，奔得近了才看清那人身上穿着驿站的号衣，骑了一匹驿马，奔到面前拉住缰绳，满面焦急地巡视。

马怜儿一见，认得是幼娘的大哥韩威，忙驰上两步，问道："韩大哥，你怎么来了？"

韩威满面大汗，也不知是急的还是累的，他举起袖子一边拭着脸上的汗水，一边说道："马小姐，我找你找得好苦，京中忽然来了一位公公，奉了皇帝的圣旨，宣杨凌即刻进京。妹子和妹夫让我告诉你一声，可我不知你们在何处打猎。这一跑呀，左右附近我都跑……"

他还没说完，马怜儿一声惊呼，双腿一夹马腹，纵马如飞，头也不回地直奔鸡鸣驿而去。众官员面面相觑，那些县衙的官儿们更是窃窃私语，神色诡异。马怜儿一听杨凌走了，火烧屁股一般连句礼节性的话都没留下，她和杨凌一不沾亲、二不带故，要说两人没有私情，谁信哪？

毕都司脸色铁青，一双三角眼寒光四射，身子微微发抖。马昂纵马到了他身边，怯怯地道："毕……毕大人……"

毕都司冷笑一声，一扭身张弓搭箭，弓弦悲鸣，利箭嗖的一声将困在五支箭中不敢动弹的狍子射穿在地。

第五十二章

懵懂进京

一

艳阳高照、街上行人渐炽，北城门忽然出现一支奇怪的队伍，十六名全身戎装、佩着腰刀的大明禁军，护着一辆漆得锃亮的马车驶进城来。

清一色高大神骏的白马，马鞍华美，马上的卫士身着的铠甲比起边军的服装不知精美多少倍。马车进了城一步不停，仪仗直奔驿丞署而去。

驿署内，杨凌同柳彪、杨一青正在闲聊品茶，想办法从他们口中尽可能多了解一些京城和锦衣卫的消息。这时，一个驿卒急匆匆跑进来道："大人，有过往官员前来投书驻驾，车队马上就到了。"

杨凌听了大为奇怪，驿署虽说负有接待过往官员的责任，但这鸡鸣出去不远就是鞑靼人的地盘，几乎没有朝廷大员来。若是有官员投书驻驾，那车队规模一定不小，是什么人来了？

柳彪、杨一青陪在他后边匆匆迎出门去，只见前方一辆马车沿着驿道缓缓而来，两旁各有八匹战马，马上端坐的骑士顶盔挂甲，十分威武。

一看见马车上插着的黄旗，柳彪已飞快地赶上一步，在杨凌耳边轻声道："大人，这是京师来人了。"

杨凌微微点头，肃立门前，只见马车行至面前停下轿帘儿一掀，里边哈着腰走出一人，五十多岁，脸庞尖瘦，一身宫中太监的打扮。

杨凌失声道："刘公公？"那人正是监军刘公公，他下了马车，笑容可掬地对杨凌道："杨驿丞，咱家和你还真是有缘，这……才一个多月的工夫，咱们又见面了。"

杨凌把刘公公让进大堂，一时还摸不清他的来意。照说自己晋职锦衣卫，担任一个五品同知，是用不着宫中的太监出面的。这太监出宫，通常是奉旨监军、收税、采买皇宫用品，极少召见一个三品以下的官员还要太监携圣旨来宣。

十六名卫士步入大厅立于两侧，手按腰刀目不斜视，刘公公走到大厅正中，回过身来清咳一声，高声道："鸡鸣县驿丞杨凌接旨！"

杨凌进退失据，一副茫茫然不知所措的样子，听说皇帝下圣旨给他，他已大为吃惊。至于接旨，是不是像电影里演的那样来做，他更是心中没谱。好在刘公公也见多了这样的臣子，圣旨又不是报纸，真正接过圣旨的官员有几个呀，就是在朝为官的大臣，也有不少头一次接圣旨时也闹出过笑话。他微微一笑，双手捧着黄绢轻声道："杨驿丞，跪下听宣便是！"

杨凌感激地看了他一眼，连忙双膝跪地，说道："臣……杨凌听宣。"头一次给人下跪，杨凌心中还真的有点不自在，算是入乡随俗吧，至少他也没有敢于抗拒的胆量。

刘公公徐徐展开黄绫，高声说道："奉天承运皇帝，诏曰：朕闻三代之得天下也，在于得民。故民者，国之本也。古之圣人有云：大道之行也，天下为公……"

刘公公念得摇头晃脑、抑扬顿挫。杨凌听刘公公念那些文言文，虽然明白其中意思，可是听着也颇为吃力。好半晌，才听刘公公念到正题："……是故民者，国之主也，天子代民而有天下；为君者，讲信修睦，选贤任能。当今太子，聪敏好学，闻宣府秀才杨凌，既贤且能，甚善。故宣杨凌进京，任太子侍读，闻诏即刻进京，不得延误。钦此。弘治十八年二月。"

杨凌听得莫名其妙，太子侍读？不是锦衣卫同知吗？他心中忽地想到马怜儿那晚说过的话："有句话叫仕途险恶……凭你立下的那份'功劳'，断无连升三级直达中枢的道理，京里更不可能有人这么好心，平白无故地升你的官，咱得好好想想，可不能让人坑了……"

杨凌终于明白了，难怪锦衣卫火烧屁股地跑来升他的官，原来是听说皇帝要自己担任太子侍读，锦上添花来了。太子侍读，虽说是个六品官儿，但说白了其实就是太子的同学，一旦太子登基，这些太子最亲近熟悉的人焉能不受重用？

自己这个驿丞本来只是锦衣卫的外围小吏，如今这一封官，便成了锦衣卫中枢的官员，一纸任命，便把未来皇帝的心腹拉到自己的阵营当中，当然不吃亏。

刘公公见他还茫然地跪在那儿，便低声道："杨驿丞，还不领旨谢恩？"

杨凌醒过神来，忙高呼一声："臣，领旨谢恩。"他双手接过刘公公手中的圣旨，偷眼儿一瞄，见刘公公没有叫自己三跪九叩的意思，便站了起来。

刘公公交出圣旨，顿时便收了高高在上、睥睨众生的神态，和颜悦色地对杨凌道："杨相公，咱家刘瑾，是太子爷身边的奴才。以后杨相公为太子侍读，咱们还要多多亲近才是呀。"

杨凌听了一个激灵，失声道："刘瑾？你是刘瑾？"

刘公公眨了眨眼，奇怪地道："怎么，杨相公听过咱家的名字？"

杨凌点了点头，又摇了摇头，也不知该说些什么好了。

刘瑾，《新龙门客栈》里那个厂公的原型，传说中杀人不眨眼的东厂大太监，就是眼前这个貌不出众的老太监？

拜小说、电视所赐，什么汪直、王振、刘瑾、魏忠贤，杨凌是耳熟能详。那里边这些大太监人人一身诡异绝伦的武功，鹤发童颜、阴阳怪气。这时亲眼见到真实的貌不出众的刘瑾，杨凌一时还以为是同名同姓呢。

刘瑾欢喜道："咱家伺候太子爷，难得出一回京，知道咱家名字的人还没有几个，想不到杨相公倒听说过我。呵呵，果然是秀才不出门，便知天下事呀。"

"杨相公，如今既已承了圣旨，我看咱们就马上启程吧。当今太子尚武，最好舞枪弄棒、行军布阵。杨相公呈给何参将的帖子，咱家带回京去，太子爷看了甚是欢喜，想着要用你的法子操练神机营呢，可别让太子爷着急了。"

刘瑾现在办差还是相当小心认真的，他现在司职钟鼓司，是内官二十四衙门中职权最小的。太子朱厚照任性好武，脾气是一阵风一阵雨的，而万岁爷又极是宠溺这个宝贝儿子，刘瑾岂敢怠慢。

杨凌只得唤来幼娘开始收拾行装。柳、杨二人对外言称是杨家家仆，虽然本地驿署的人觉得奇怪，但刘公公不知杨家家境，倒也不以为意。杨凌一切打点完毕，见马怜儿还没回来，便请幼娘托她大哥出城报个信，免得她以为自己不告而别。

此时，三辆马车已行在盘山道上。山路狭窄，十六名卫士八前八后护侍着，前边是刘公公的朱漆马车，后两辆车是从驿署派的，马车前竖着旗杆，上书一个驿字，柳彪和杨一青坐在后边的行李车上。

韩幼娘默默地望着窗外，自幼没有和家人分开，独自去这么远的地方，前几日想着去京城，兴奋得像个孩子，这时真的离开了，心里又空空的。唉，爹爹做了驿使，到处奔波，这次离开又没有见他一面，也不知这一去要多久才能再见到亲人。

杨凌知道她心中不舍，柔声安慰道："放心吧，等咱去了安顿下来，我想办法把岳父他们也接到京里来。"

幼娘"嗯"了一声，轻轻地趴在杨凌怀里大眼睛忽闪着，也不知想着什么。杨凌轻轻抚摸着她的背，一时也是思绪万千。

太子侍读，是个什么角色呢？自己并没有保留多少原来那位宣府秀才杨凌的记忆，真要考四书五经八股文，可以说是一窍不通，但愿侍读，侍读，名如其实，只是陪着太子读书就好。

他记得的历史太过简单，除了朱洪武、成祖和末代崇祯有些了解，其他的明代皇帝他所知实在有限。如今自己莫名其妙地被推到这历史舞台的中心，身边都将是这个时代位高权重的人物，自己能应付得来吗？

　　杨凌一直浑浑噩噩的，只想老婆孩子热炕头，快快乐乐地过上两年就好。如今赶鸭子上架，常言说伴君如伴虎，为了自身安全着想，他不得不认真起来，去主动地认识和了解这个时代了。

　　杨凌理顺了一下思绪，有关这个时代的资料在他脑海中缓缓流过……

　　现在是弘治十八年，皇帝是弘治帝，姓朱。名，因学识有限，从年号上联想不起来，所以……不详。生平也不详。太子朱厚照，风流、好色、昏庸，长得很帅，有关他的生平和事迹："游龙戏凤"的故事里好像他死得挺早。刘瑾，大奸臣，何时发迹，不详，怎么死的，不详，反正不是好死。

　　"废物！绝对的废物！"杨凌只能惭愧地给自己这么个评价，"靠这么点资料能洞查先机，趋吉避凶吗？"气馁了半响，杨凌忽又精神一振，把腰挺了起来："管那么多做什么？什么正德皇帝，什么奸臣刘瑾，我的生命像草木一样短暂，那不是该由我操心的，我的目的就是去京师，做高官，瞎混！"

　　无知者无畏，准备闭着眼睛闯京师的杨凌开始盲目乐观起来。

·※·※·※·

　　马怜儿像一阵风似的刮到了驿丞署，转眼前又纵马直奔北城。碗大的马蹄踏着青石板，声音急骤如雨。快马出城，旷野中已看不见马车的踪影，马怜儿提着马缰在城门下盘桓片刻没有踏上那条曲折盘山而行的官路，而是从还没耕种的田地间直插了过去，抄近路奔向前方。

　　墨绿的披风在空中发出呼啦啦的声音，她的心好急好急："狠心的杨大哥连等我见一面的时间都没有吗？为什么走得这么匆忙？这一别，就要三年后才能再见了呀。"

　　快马如飞，在她高超的骑术驾驭下，枣红马四蹄翻飞，犹如离弦之箭。土地奔到尽头是一条小河，枣红马飞掠而过，水花溅起，犹如一天碎玉，远远的，她看到了那沿着盘山道徐徐行驶在山间的马车。马怜儿心中狂喜，一拨马头，沿着小河，马车在半山，她在山下，疾追不舍。

　　山势变幻，前方是一个半圆形的山谷，马车拐弯，这面一侧是临渊的峭壁，盘山道上的甲士们和坐在车辕上闲极无聊柳彪、杨一青已发现了山下疾追的红马。柳彪不由站起来向山下望去，大声叫道："山下有位小姐好像在追赶我们。"

　　杨凌和幼娘听了，急忙钻出车厢，只见山下一匹红马，一朵绿云，冉冉而来。韩幼娘不由失声叫道："是怜儿姐姐，相公，怜儿姐姐来了。"

　　杨怜忙唤车夫停下了车子，立在车辕上望向山下，马怜儿也驻了马，一人一马静静地伫立在那儿。一片无法攀登的峭壁，让两人只能彼此遥遥相对。

马怜儿痴痴地凝望半晌，见杨凌向自己挥了挥手，然后示意马车继续前行了，但他仍站在车头看着自己。马怜儿心中激荡，忽地拔出腰间的小弯刀，唰地削下一缕秀发，匆匆地系在一支箭上。

马车徐徐，只要拐出这片谷道，就要消失在她的视线当中了。马怜儿忽地一提马缰，双腿一夹马腹，一声马嘶在山谷回荡不已。

半山间的杨凌和一众武士都向山谷中望去，只见红马抬前蹄立起，定了一刹那，紧接着四蹄翻飞，枣红马快速向前冲去，前方是死谷峭壁，山道大约只有三十丈宽度。

快马疾驰，二十丈的距离一闪即至，以如此速度再向前冲，恐怕一人一马都要撞死在岩壁上了，山上的人都不由惊呼一声。却见马怜儿的快马忽然一个近乎九十度的直角扭转，弃缰、摘弓、拧身、拔箭……一气呵成，动作利落优美，看得人心旌摇曳。

柳彪、杨一青和几名军中战士已忍不住高声喝彩。京城高官显贵家里多少都豢养着一些武夫，是招募的蒙古勇士，他们曾见识过那些人表演骑射功夫。

蒙古人骑射之术甲于天下，马怜儿驭马拔箭的功夫和那些骑射俱佳的勇士如出一辙，由一个少女表现出来，更是透着说不出的美感。

杨凌的马车堪堪要拐过前方石崖，离开马怜儿视线的刹那，只听笃笃笃三箭齐至，射在杨凌身前一臂远的旗杆上。箭尾犹在嗡嗡作响，吓得坐在杆下的车夫一个哆嗦，差点摔下车去。

马车缓行，崖前一蓬青草，已看不见山下的怜儿。三支利箭一字形齐刷刷射在杆上，中间一支箭上，箭尾系着一缕青丝，在风中徐徐飞扬。

韩幼娘抚着那缕乌黑的秀发，有点酸溜溜地道："相公，怜儿姐姐削发明志呢。"

杨凌在她鼻头上刮了一下，回首望着那紧钉在旗杆上的三支利箭和一缕青丝，他不禁苦笑着想："青丝、情丝，三箭、三年，这丫头不会像幼娘一样死心眼吧？"

第五十三章

锦衣提督

一

"卧槽马！哈哈哈哈，杨相公，你又输了。"刘瑾大笑，状极得意。一路无事，刘瑾时常约杨凌到他车上来下棋消磨时光，他的棋艺不甚高明，但是一发现杨凌的棋艺比他还差，居然成了棋迷，日日以蹂躏杨凌为乐。

杨凌哼了一声道："这一局不算，我吃你的车你赖皮缓了一步，要不然只剩一马一炮无论如何不是我的对手，不行不行，重来。"

刘瑾连忙挡住他的手，得意地笑道："风度，要有风度哪！杨相公，哈哈，今天我是四局三胜了。"这未来的权奸未发迹时倒和普通人毫无二致，得意起来摇头晃脑。杨凌与他相处日久，原来的忌惮之心尽去，两人相处如同老友一般。

刘瑾说着掀开窗帘往外瞧了瞧，欣然道："到了，马上就要进城了。"杨凌听了也向窗外望去，眼见暮色苍茫，前方高大庄严的城门已在眼前。

杨凌掀开门帘走了出去，立在车上观看，十六名禁军侍卫开路，守城官根本不敢阻拦，车队大模大样驶进城去。刘瑾也走出来站在旁边，双手拢在袖中笑眯眯地道："杨相公，这便是咱大明的京师了，你看如何？"

杨凌打量这时的北京城，整个城池虽然房屋林立，行人如织，可是除了远远近近的一些酒楼，以及远处功臣勋将们的府邸，所有的房屋几乎没有超过两丈高的。眺目望去，远处一片余晖处，那片金碧辉煌的建筑自然便是皇城了。

刘瑾问道："杨相公，可要先寻一处客栈住下？今日天色已晚，明日寅时三刻，咱家在午门外引杨相公见驾。"

杨凌尚未答话，不知何时悄悄摸到跟前的柳彪大声道："公子，杨老太爷已着人先赶来京城，在护国寺街买了一处宅院给公子居住，咱们是不是直接回家啊？"

杨凌和刘瑾都是一怔，刘瑾的脸色可有点不好看了，他原来以为杨凌是个穷驿丞，倒没动过捞他一笔的念头。可瞧这模样，杨家在鸡鸣驿还是个土财主呢！杨凌对自己一点表示也没有，可就有点不够意思了，心道："中了举报个信儿还给点赏钱呢，怎么我这替皇上报信的还不值钱了不成？"

柳彪说着从肩上摘下一个包袱放在车上，包袱一碰到车子"啦嗒"一声，看来里边的东西着实不轻，柳彪赔笑道："刘公公，这是出来时老太爷吩咐给您带的一点土特产，公公拿回去尝个新鲜吧。乡下人家，小小礼物，实在不成敬意。"

刘瑾看那沉甸甸的包袱，估计至少也有二百两银子，顿时满脸喜色，转首向杨凌笑道："杨相公可太客气了，皇宫大内什么都不缺。可就这乡下土产哪，还真就不多见。呵呵呵，难得你这番心思了。"

杨凌知道必是锦衣卫做下的准备，忙赔笑道："哪里哪里，一点不上台面的东西，刘公公喜欢就好。"

刘瑾眉开眼笑地道："喜欢，喜欢，咱家就喜欢吃点土特产，既然杨相公已有了去处，那咱家就回大内复命了，明早咱家在午门外迎候杨相公。"

当下刘瑾喜滋滋地指挥车队返回皇城，杨凌的两辆马车则拐向护国寺街。杨凌回到自己车上，幼娘隐约听到一点声音，喜滋滋地抱住他的胳膊，说道："相公，咱家在京师有了房子？"

一路上，小姑娘也自有一番心思，琢磨着夫君现在是五品的锦衣卫官员，又是太子爷身边的侍读，自己言行之间可不能有所逾矩，不能给相公丢了脸面。她听说大户人家的夫人小姐出门都是静坐车中的，所以进了北京城，她一直端坐在车内，连轿帘也不敢掀，现在车子走在繁华的大街上，她还不知道北京城什么样儿呢。

杨凌在她樱唇上轻轻吻了一下，说道："嗯，想必是锦衣卫的安排。"然后附在幼娘耳边道："今儿刚刚进城，家里就不开伙了，晚上相公陪你去逛街。"

幼娘听了神色一喜，连连点头道："嗯嗯，幼娘还没见过北京城的样儿呢，正想去见识见识呢，要是没有相公陪着，幼娘可是不敢去的。"

杨凌扑哧一笑，说道："幼娘连鞑子都不怕，怎么倒怕逛这京师的大街了？"

幼娘天真地道："相公，你不带我出去，妇道人家哪有自己随便逛街串门子的，叫人笑话了去。"

杨凌道："你呀，咱家没那些规矩，喜欢出去就去走走，逛逛街和店铺……"杨凌说着，看着幼娘俏美的模样，心中暗想："这要是现代，小妮子穿上T恤、牛仔裤，头发束成马尾，一定是个清清爽爽的漂亮小女生。和她一起看看电影，喝个咖啡，再伶牙俐齿地帮她和奸商砍砍价。嘿嘿，只是如果搁在那时候，我哪有福气拥有她……"

幼娘见他目光炯炯地注视着自己，脸蛋更红了，她羞羞答答地垂下头，轻声道："相公，咱们住在护国寺街，不知道这护国寺是不是有高僧可以……可以……"她说着，一时脸红似火，再也接不下去。

杨凌精神一振，顿时身上也燥热了起来。这一路舟车劳顿，周围人又多，他也没敢和幼娘亲热，如今听她一说，杨凌顿时心痒痒起来。"碧玉破瓜时，郎为情颠倒。"幼娘可是真正的小家碧玉，与她真个颠鸾倒凤时，那番无边春色，可不知该是何等旖旎了。

杨凌笑得邪邪地道："对对，今晚咱就去找个大和尚开光。"

杨凌笑嘻嘻地抱住幼娘，贴着她耳朵低低耳语几句。幼娘一声轻呼，忍不住又气又羞地轻轻捶打了相公两下，咬着嘴唇脸红红地白他一眼，嗔道："相公明日要见皇帝的，需要好好歇息！"

杨凌笑道："那怎么成？我看看外边有庙没有，今晚一定找到。"

韩幼娘听相公说些没羞没臊的话，身子都软了，偎在他身边不敢应声。杨凌掀开轿帘，向外望去，只见车外行人来来往往，街上商铺林立，看来这条街蛮繁华的。

韩幼娘也好奇地向外张望，只见柳彪、杨一青步行走在车旁，远远的街角站着一个人。柳彪飞快地向他打了几个手势，那人点了点头，左手垂在身侧，也飞快地回了几个手势，然后转身离去。

两人的动作又快又自然，若不是韩幼娘眼尖，心思又缜密，还真的注意不到。韩幼娘好奇地回头道："相公……"这时，杨一青在外边喊道："到家了，请公子夫人下车。"

这一打岔，韩幼娘又把话咽了回去。杨凌掀开轿帘，只见眼前一座四合院，门前一块空地，种着两排龙爪槐，小院子开着门，里边干干净净的，看起来像是刚刚整修不久。

韩幼娘也跳下车，满心欢喜地打量着自己的新家，天井里除了一口水井，中间还有一个花圃，左右是厢房，正前方是三间的青瓦房，看起来原住家也是个殷实的小户人家，不知锦衣卫是怎么盘下来的。

柳彪、杨一青把行李都搬进房去，这院落虽是刚买下不久，一应生活用具倒都齐全，省了他们不少置办采买的时间。看天色尚早，韩幼娘开始欢喜地行使主妇的权利，布置起自己的新家来，一时忙得兴高采烈，倒把上街吃饭、去寺庙的事抛到了脑后。

杨一青神色诡秘地凑到杨凌身边道："大人，提督指挥使张大人听说大人已经进京，要面见您呢，咱们是不是现在就去？"

"啊！"杨凌霍地站了起来，锦衣卫最高首脑要见自己，他岂敢怠慢，忙和幼娘说了一声，立即在柳彪、杨一青陪同下上了大街。

杨凌已听柳彪、杨一青二人说过，锦衣卫指挥使司衙门并不设在北京城内，而是设在天津卫,但锦衣卫最要害部门北镇抚司却设在京城里,因此锦衣卫提督指挥使一年倒有大半时间不在天津卫,而在北京城内当差。

北镇抚司设在东安城北,紧挨着东厂大门,偌大个北京城,除了皇城,也就这地方最肃静了,一拐上那条街,街上就干干净净的,像狗啃过的骨头,一个人影都没有。

杨凌经过"东辑事厂",好奇地向里边望了望,不知道里边的番子、档头,还有那些厂公督公们是不是像电影里演的那样身怀绝技,可惜日色近暮,除了门前两个站岗的番子,什么人也没看到。再往前便是北镇抚司衙门,同一般的官衙也没什么两样,门口立着两个大石狮子,还有锦衣卫带刀侍卫站岗。

杨凌在柳、杨二人引领下进了镇抚司衙门,进了一座大厅,厅上白照壁上绘着一只下山的猛虎,猛虎栩栩如生、张牙舞爪,直欲疾扑而下。大厅内肃静雅然,柳彪、杨一青到了门口就不敢进去,自然另有锦衣卫军官将杨凌请了进去。杨凌在厅中站定,负手欣赏着那只猛虎,身后一个人哈哈大笑道:"杨同知到了?不巧不巧,镇抚使大人带人去金陵了,下官锦衣卫千户于永,在此迎候杨大人。"

杨凌急忙转身,连声道:"不敢,不敢,大人……"他张眼一瞧,不由一下子呆住了,眼前这人的确穿着一身锦衣卫的飞鱼服,肋下佩着绣春刀,看服饰确是个千户。

可是这人金发蓝眼、鼻梁高高,皮肤白得出奇,竟是个欧洲人。这个叫于永的千户见杨凌发怔,笑嘻嘻地用一口京腔说道:"下官于永,大人初到京城太过劳累,改日下官再设宴延请大人。呵呵,以后和大人同朝为官,还望大人多多提携呀。对了,提督大人等您半天了,请随下官来,先去见过提督大人。"

杨凌拱了拱手,随着这位有点特别的锦衣卫绕过大厅,长廊两侧全是一间间房间。于永引领着杨凌来到一处房门前,打开房门笑吟吟地道:"大人请进。"

杨凌领首谢过,跨进门去,只见房中巨烛悬于四壁,照得室内通明。一位中年男子微笑着坐于案后,见他进来,刚刚放下手中一卷书卷。

杨凌情知这人必是锦衣卫最高首领张绣张大人,连忙上前单膝下跪行礼道:"下官杨凌参见提督大人。"

张绣眯着眼打量他一番,满意地一笑道:"好,果然年少有为。杨同知坐吧,无须客气。"杨凌也偷偷打量这位张大人,这位大人年约五旬,神色和气,文质彬彬,从模样上丝毫看不出权柄在握,掌人生死的气势。

门口于永拱手道:"提督大人,杨大人,下官先行告退。"说着向杨凌和善地一笑,轻轻关上了房门。

张绣见他神色奇怪,呵呵笑道:"于永是色目人后裔,据说老家在什么莱茵河的地方，祖上还是当地的贵族。元朝大军西征时掳回上万金发碧眼的奴隶，其中就有他的祖先。如今居住在京师里的像他这样的还有一千余户人家。"

杨凌这才释然，张绣似乎对杨凌颇为满意，微笑道："杨同知一表人才，又兼学识出众，进了百嬉园，一定能够得到重用，甚好，甚好！"

杨凌惊道："百嬉园？大人，这……是个什么所在？"

张绣一怔，哑然失笑道："呵呵，是本官口误，咳咳，这个……当今太子年幼，呃……喜欢些新奇的玩意，东宫里嘛……这个……呵呵，朝中王公大臣们常称东宫为百嬉园，本官也是一时说顺了嘴。"

杨凌擦了一把汗，谦虚道："大人过誉了，下官只是一介秀才，能为太子侍读，已是惶恐，岂敢再有奢望？"

张绣微笑道："英雄不怕出身低，何况……你可知当今太子的太傅、侍讲，均是大学士、进士出身，但是太子读书，身边从无一个侍读。如今太子偏偏喜欢了你，央陛下召你进京，东宫厚爱你，陛下厚爱东宫，那便是陛下厚爱你了。明日晋见，陛下将赐你同进士出身，以后不可再以秀才自称了。"

杨凌道："大人，下官愚昧，尚不知……下官一个小小的鸡鸣驿丞，何以上达天听，竟然得以进京侍读呢？"

张绣听了哈哈大笑，乐不可支地拍案道："上达天听？岂止是上达天听？你虽身在僻远，但你可知如今兵部、工部、三法司衙门、内官衙门、都察院五军都督府正在转着圈儿地打架，半个北京城的官儿都被绕进去了，全因你杨同知而起？"

杨凌听了大吃一惊，失声道："什么！"

第五十四章

缘在佛门

一

锦衣卫提督张绣笑吟吟地道:"小王子袭我边界,涿县、赤县两路大军均有斩获,唯独怀来一路损兵折将,导致一位都司战死,监军御使叶大人也被乱军踩死。三法司奉圣谕给何参将量刑定罪,不料何参将被递解进京后,却将轻敌冒进之罪一概推到监军叶大人和刘公公身上。何参将是兵部荐举的将领,若是何参将被治罪,他们自然难逃用人不明的指责,所以兵部力保何参将,指责监军不明军事胡乱干涉,这一来都察院那班御使和内官衙门不免起了同仇敌忾之心,与兵部互相攻讦不休。内官司衙门不过是一群太监,于军事上原本就没什么主意,可是刘公公回京却带了一封信回来……"张绣说到这儿,向杨凌一笑道:"便是你写给何参将那封信了。"

杨凌道:"是,下官曾有些许浅薄之见奉于何参将,却不知这信如何落到了刘公公手中。"

张绣摇头道:"个中内情,我便不知了。刘公公是太子身边侍候的人,他在宫中有一位好友叫张永,这位公公颇知几分军事,见了你这信奉为至宝,立即鼓动内官司参劾兵部,指责军中兵士战力不强,将领能力低下,加之兵部统兵无方才是败之由。嘿嘿,可是兵部是负责调兵任将的,日常练兵统兵确是由五军都督府负责,如此一来,本来与其毫不相关的五军都督府便被兵部给搅了进来,四个衙门开始走马灯般地打起了罗圈架。"

杨凌疑惑道:"这个……这个……下官实是料不到会发生这许多纠葛,只是大人方才说工部也掺和其中,不知这用兵之事与工部又有何干?"

张绣道:"不相干,原本不相干,不过你那信中曾提及火器运用之妙,以及对今后战事的重要作用。兵部有个叫王守仁的主事看了大以为然,一时书呆子气发作,偏偏在这时候给皇上上了个洋洋洒洒的万言书,大谈治军之道,又提及本朝的火铳亟须改良,对北军配备火铳数量过少也颇有微词。依本督看来,他奏陈的内容倒也切中时弊，只是在这时候有些不合时宜。"

杨凌听了王守仁三字，感觉有些耳熟，可是一时又想不起来。不过既然有印象，想必是当初看史书见到过的，现在他虽是个小小的兵部主事，将来极可能也是大有一番作为的官儿，所以心中暗暗留了心。

张绣又道："这一来工部生怕这些衙门推来推去，却把兵败的责任推在他们身上，便向皇上大诉苦水。什么银两拨付不足，兵员素质低下，火铳制作不易……"张绣若有所思地摸着下巴，甚为有趣地道："嗯……工部的折子昨日刚刚递进大内，本督估计主管钱粮的户部得了消息，又要上折子抗辩了！"

杨凌听得啼笑皆非，说道："怎么会这样？下官实未料到会引起这般风波，早知如此……那封信不写也罢。"

张绣伸了伸腰肢，懒洋洋地道："你钓过螃蟹吗？篓子中放了一群螃蟹，不必盖上盖子，螃蟹是爬不出去的。因为只要有一只想往上爬，其他螃蟹便会纷纷攀附在它的身上，结果是把它拉下来，最后没有一只出得去。嘿嘿，官场上也是历来如此，不足为奇。"

"没有你这封信，他们也自会寻个别的由头互相推卸责任，只是这一来可成全了你，如今六部之中皆知你的大名。太子听说了，索了你的帖子去，看后便向陛下伸手要人，要你进京侍读了，呵呵呵……"

张绣笑罢，脸容一肃道："这些官们的罗圈架与我锦衣卫并无干系，本督今日特意召见你，你可知其中缘由？"

杨凌道："还请大人明示。"

张绣沉吟道："咱们锦衣卫，探查文武百官、天下士民，独立于三司之外。而东厂，则负责监督百官及锦衣卫，我北镇抚司每有重大诏狱，东厂都要派人旁听审案，说起来，职权在咱们锦衣卫之上。"

杨凌不知他说这些做什么，心中不免有些莫名其妙，只听张绣继续道："然而锦衣卫中有许多功臣勋卿的后人任职，再加上东厂许多官员都是从我锦衣卫中招纳的军官。所以东厂与我锦衣卫，可以说有着千丝万缕的关系。真要论起实力，锦衣卫未必便怕了东厂，幸好我们一厂一卫相处一向融洽，从来不曾有过隔阂。"

张绣瞥了他一眼，说道："自去年岁末以来，陛下渐感龙体不适……近日，陛下有意重开西厂，职司监督东厂和锦衣卫。目前正着人秘密筹措，而人员则大量从军中吸纳自成一系，与东厂、锦衣卫全无干系。"

杨凌听他说得突兀不由一怔，细一思忖，才明白他没有明说的意思。皇帝感到身体出了问题，已经开始为接班人打算了，东厂、锦衣卫虽是他最信得过的组织，可是权力太大了。而且听张绣的话外之音，厂对卫虽有监督之责，实则形同一家，皇帝不放心。这准备重开的西厂,不从东厂和锦衣卫抽调一兵一卒,那便是为了制衡东厂、锦衣卫,以免新帝登基大权旁落了。

张绣又道:"储君年幼,我锦衣卫负有保障皇室安全之责,岂可不小心在意?但陛下既然存疑,东厂和锦衣卫现在不得不避嫌疑,不好在太子身边安排人手。如今你为太子侍读,便是储君身边的近臣,当要负得起这个责任,你可明白本督的意思?"

杨凌如何还不明白他的用意,锦衣卫和东厂休戚与共,共掌大权。如今即将成立的西厂会监督东厂、锦衣卫,他们自然担心大权旁落。

太子身边的人如今只有一群太监,虽然也是可以拉拢的对象,但东厂如今的掌印太监当然不愿扶植一群自己的同类出来瓜分他们的大权。杨凌在朝中没有根基,扶植这样一个人,就算他飞黄腾达了,也离不开东厂和锦衣卫这两棵大树,自然是最合适的人选。

杨凌想到这儿不由如坐针毡,对一个一心想往上爬的人来说,这样的机缘,这样的靠山自然是百年难得一遇。只是如此一来,他这个小小的侍读不免要成为另一些人的眼中钉、肉中刺,想要安安逸逸地过上两年谈何容易?

杨凌想明白其中关节,不由惊慌道:"承蒙大人抬爱,只是下官……下官年纪轻轻,恐怕有负大人所托呀。"

张绣眼神定定地瞧了他半晌,直看得杨凌心头泛起阵阵寒意,张绣才莞尔一笑,眼睛一翻淡淡地道:"这世上,最大的便是天子。只要在天子身边,任何事都有可能。"

他微微一笑,说道:"谈到西厂,我倒想起一件事来。成化三年,南蛮作乱,襄城伯李瑾、尚书程信督师招讨,扫平叛乱后,俘获男女无数,他们将一众男女作为奴隶带回京城分赠王侯。这群奴隶中有一个姓汪的男子、一个姓纪的女童被送入大内,男子阉为宦人,女童充作宫女……"

他说到这儿,嘿嘿一笑,垂下眼睛望着杨凌道:"你可知这二人后来的际遇如何?"

不待杨凌回答,张绣已自道:"十年后,朝廷初设西厂,西厂一时权倾天下,凌驾于东厂、锦衣卫之上,那西厂厂公嘛……姓汪,名直,就是十年前被俘入宫的那个阉人。"

汪直的名头,杨凌是听说过的,闻言不禁"啊"了一声,张绣又道:"那位姓纪的女童,先为宫女,后为女官,然后封淑妃,后来更是封为皇后,便是当今万岁的生母。"他拊掌叹:"际遇之奇呀。试想当初俘来的俘虏,便是押送途中被兵士随意鞭笞而死,也算不得什么。谁会想到这其中有两个人到了天子身边,会衍化出后来如此轰轰烈烈的故事?"

他微笑道:"你是读书人出身,那些文臣们视你为自己人。内官司、都察院、兵部又对你颇有好感,背后又有锦衣卫、东厂与你方便,可谓是机缘无数。只要再能得到太子赏识,那么他日太子荣登九五之时,便是你风云际会,名噪朝野之际!杨同知,还要妄自菲薄吗?"

·※·※·※·

一离开锦衣卫北镇抚司,看见处处灯火亮起,杨凌想起幼娘还在家中等着他,顿时归心似箭,什么"金麟岂是池中物,一遇风云便化龙",顿时抛到九霄云外。两年啊,多么宝贵的时光,还是多陪陪自己娇滴滴的小娘子实在一些。

京师有两处大型庙市,称东庙西庙。东庙是位于东四牌楼附近的隆福寺,西庙便是护国寺街的大隆善护国寺。

今天不是庙市之期,但是这两条街长期以来已形成了固定的商业区,茶坊、酒肆、商铺比肩林立,极是热闹。杨凌和幼娘在一家饭馆吃了顿温馨的晚餐,便径直奔向护国寺。

柳彪、杨一青两个电灯泡,杨凌当然不会带在身边,结果在胡同中吃了顿饭,出来后两人竟然迷了路。于是便向行人问路,路上行人听说这对年轻夫妻去护国寺进香,都面露惊讶之色,不过还是给他们指点了道路。

原来这座十进殿堂,占地广阔的名寺,如今已改成了一喇嘛庙。京师人士对喇嘛所供奉的奇形怪状的菩萨,一直就存有敬鬼神而远之的念头,对喇嘛上供的节仪也不敢领教。只有赶庙会的时候,游人喜欢进庙看个稀奇,平时绝少人来,所以这座庙里香火稀少,与其他寺庙香火鼎盛的情况截然不同。

但是当时人们对于信仰不那么壁垒森严,你信你的,我信我的。绝不会因为你信元始天尊,我信如来佛祖便打个不可开交,又或不许子女通婚。所以行人虽觉这对小夫妻要去喇嘛庙有点奇怪,倒也没人难为他们。

这些年来,不少喇嘛僧晋见大明朝廷,因为他们那一带地方多是政教合一,这些喇嘛的朝见如同当地官员的晋见,颇受朝廷重视,所以皇帝便赐了几座寺庙给他们,让愿意留在中原的僧侣住在里面,护国寺便是其中一座。

这里虽然香火不盛,好在是朝廷按时提供所需,所以这些喇嘛的生活并不清苦。

杨凌进入护国寺大门,见庙内灯火通明。虽也有些游人,看年纪大多像是逛累了跑进来歇脚的老年人,在廊下坐着闲聊,正对门的金刚殿大门洞开,却冷冷清清无人进出。

杨凌扭头一看,见韩幼娘隔着三尺多远,忸忸怩怩地跟在后面,心中不觉有些好笑,忍不住调侃道:"娘子,一起上个街隔那么远做什么?相公一个劲儿地回头看你,这脖子都快扭了。"

韩幼娘害羞地凑近他身旁，低声嗔道："相公，小声点呀，叫人听了笑话，我是女人，本来就不能和你并排行走的嘛。"

杨凌呵呵笑道："行，那你就在后边跟着吧，佛曰：前世五百次回眸，才能换得今生的一次擦肩而过。以后你就天天跟着相公，相公没事就回头看看你，看上五千次、五万次，争取来世还做夫妻。"

幼娘羞笑着白了他一眼，还未及答话，忽一个难听的声音"嘿嘿"地道："这说法有趣，我只听过百年修缘，千年修分，万年修缘分。"

杨凌扭头一看，只见一个面如敷粉的少年书生握着一柄描金小扇，正笑嘻嘻地望着他。这小书生个头比幼娘高上一些，英眉朗目，穿着一袭常服，腰束锦带，头戴六合一统帽，帽上缀着一块水晶，打扮得俊俊俏俏。

小书生一张嘴，那正处于变声期的难听的公鸭嗓又叫唤起来："只是不知这位兄台的五百次回眸是哪部经文中的典故？"

他说着唰的一下抖开那描金小扇，颇为潇洒地扇了两下，又嫌冷合上了，然后问道："今日小弟与你也算是擦肩而过了，却不知兄台前世为何要频频回头看我？"

第五十五章

西洋教士

一

　　杨凌目光一转，见这粉妆玉琢的小公子旁边还站着一个头戴软帽、大袖公服的中年人，这人白白净净、气质雍容，相貌与小公子有七分相似，想来是一对父子。只是这位中年文士身材肥胖了些，早春二月天气还冷得紧，他细腻的皮肤上居然隐现汗痕。

　　"这个……"杨凌有些尴尬，这句话到底是不是真的出自佛经，他是一无所知。若这小书生是真正的读书人，而且对佛学甚有研究，他岂敢胡乱答对，只得干笑道："呃……这个，呵呵，在下好读书却不求甚解，实在想不出是哪部经书中典故了。"

　　那小书生乌漆漆的眼珠子转了转，忽然诡笑道："我明白了，这位兄台原来是随口杜撰，哄娘子开心，果然急智！佩服，佩服。"

　　旁边那个中年男子呵呵笑道："我儿休得胡言乱语。"他虽出言指责，但是言笑晏晏，显然对儿子甚为宠溺，眉宇间一派慈父神情。

　　小书生不服气地道："本来就是。姐姐，你家相公可是常常胡言乱语，哄你开心？"

　　韩幼娘红了脸，轻轻啐了他一口，她满脸红晕又甜甜地回望了杨凌一眼，柔情蜜意再也难以掩饰，少年拍手笑道："天地间花月春风、画桥烟柳，美则美矣，但又如何比得上女子情长时的眉如春山、眼如秋水？姐姐看着自家相公时，笑得好甜好美，不过我看你家相公相貌英俊、一表人才，定是个惯会哄人的主儿，你可要看得牢些，小心他拈花惹草。"

　　韩幼娘哼了一声，刚想张嘴反驳，忽想起马怜儿来，那般的美貌女子，连她一个女孩儿家看了都怦然心动，却心甘情愿跟了杨凌，情愿屈居小妾。说不准相公真的惯会哄人，哄得人家女孩子迷迷糊糊便把心交了给他。想到这儿，她不禁幽怨地瞥了杨凌一眼。

那中年书生呵呵笑着在儿子头上摸了一把，嗔道："胡说！"说着向杨凌一拱手笑道："这位公子，小儿顽劣，请恕罪。"

杨凌忙道："不敢，不敢，令公子聪明伶俐，学识过人哪，如同璞玉，将来定是状元之才。"

那小书生听了脸上似笑非笑，神情有些古怪。杨凌见这中年人不报姓名，也无意与自己攀谈，便道："在下要与娘子入庙进香，少陪了。"

中年文士笑道："无妨，公子请便。"

杨凌拉了幼娘沿着长廊刚刚走出几步，那小公子忽又在后边叫嚷起来："哎，兄台，你还没说，前世为什么要回头看我五百多眼？"

杨凌回头笑道："这个吗……能让我回头看个不停，只有两种人：一种是风华绝代的佳人，一种便是欠钱不还的无赖。只不知小兄弟你是哪一种人？"他说完哈哈一笑，拉着幼娘赶紧走开了。

小书生拍着描金小扇，颇为认真地权衡半晌："这个……绝代佳人？不妥。欠钱的无赖……好像也不妥，哎呀，这小子耍我。"

小书生回过味儿，气哼哼地拔腿便追。那中年文士阻之不及，只得无奈地摇头一笑，将手轻轻摆一摆，四周廊下影影绰绰早有十多个看似游人的汉子现出身来，悄悄跟了上去。

中年文士慢腾腾地在后边跟着，旁边一个家人打扮的老仆赶上来扶他，轻声说道："老爷，天色不早了，咱们还是回去吧。"

中年文士微笑道："呵呵，这孩子平时连个玩伴也没有，难得有人陪他拌嘴，就让他再玩会儿吧。"

那老仆点头哈腰地扶着这身材有些胖的中年人，两个人费劲儿地踱进金刚殿，忽听后进的天王殿方向传来一阵嘈杂之声。中年文士神色一紧，脚下赶紧加快几步，着急地道："快去看看，出了什么事？"

穿过殿堂，只见天王殿前月台上站着几个高冠红袍的藏僧，台阶下站着五个身着长袍的人，地上还躺着一个，双方正在那儿吵架。

小书生和杨凌、幼娘站在一块儿伸着脖子看热闹，六七个精壮的汉子站在他们周围，好像也是看热闹的游人，却已隐隐将他们护在了中间。

台阶上几个喇嘛"叽里咕噜"地一通吼叫，台下那几个瘦高的长袍人也指手画脚，用一种更古怪的语音高声喊着，状极愤怒。

杨凌瞧见月台上是几个喇嘛，已知道今天进错了庙门，再见台阶下铜鼎旁几个长袍男子高鼻梁，深眼窝，像欧美人，不由更觉奇怪。两伙人"鸡同鸭讲"地吵了半天，阶下一个高个子西洋人忽然一跃而出，涨红着脸庞大吼一声："普天之下，莫非王土。率土之滨，莫非王臣。你赶走我们，不讲道理！"

那位小公子与父亲相视一眼，不禁哑然失笑，台上的喇嘛也气哼哼地用汉语说道："不是我们……不收留你们，你们这些西洋和尚，心眼不好，带了生病的人来，会传染。"

台下的洋人连连摇头道："不不不，他患的病不是瘟疫，不会传染的。"两边的人都用结结巴巴的汉语互相争辩，站在旁边的杨凌才隐约听个大概。

原来这几个洋人是传教士，大约来自如今的西班牙、葡萄牙一带，已在大明混了三年，前几天刚刚成功发展了他们在大明的第一个信徒——一个患了不治之症、全身溃烂、奄奄一息的乞丐，便如获至宝地把他带回寄住的护国寺，一边照看他，一边把天主教的教义教给他。那些番僧担心这病人的疾病传染，几次交涉未果，便将他们赶了出来。

杨凌见这几名外国传教士救助的是个汉人，虽说有发展教徒的私心，也算是善事一件，便上前帮他理论起来。可那几名喇嘛根本不可理喻，绝口不提修行人的慈悲心。

小书生与父亲耳语几句，招手唤过一个侍从低低吩咐几声，那侍从奔上月台，对一个执事的喇嘛说了几句。执事喇嘛听说阶下那位善人要捐献三千两银子，顿时眉开眼笑，对收容西洋传教士的要求满口答应了。

这座占地十进的大寺，要安排个独立的小院落给他们自然不成问题，他们今日小题大做地想赶走这几个西洋人，皆因不愿惹麻烦上身。

那些传教士有了栖身之所，喜不自禁，纷纷上前向那位大善人和仗义执言的杨凌道谢，然后去居处取了自己的行李搬往后院。那个身材最高的洋人好像是首领，不断用很蹩脚的汉语向杨凌和小书生道谢。

杨凌对这些传教士很好奇，在他印象里，早期来到中国的西洋传教士还是比较文明和正直的，确实是出于狂热的宗教信仰才不辞辛苦到东方布道，所以同他们很客气地攀谈了几句。

这些传教士奉了教廷的命令来东方传教，处处碰壁，一直很少有人愿意搭理他们。这时一看杨凌主动攀谈，那传教士十分兴奋，立刻结结巴巴地主动介绍起自己的情形来。

原来这个传教士叫沙思各，他和十几位教士奉教会指令组团到东方传教，最初到了印度，可是推广教义却不太理想，有几名教士还因为和当地人起冲突而死。后来他们听说再向东有一个更强大、更文明的国家，于是离开印度来到明朝。这五个传教士在江浙一带混了两年多，一个信徒也没发展起来，无奈之下便来到京师，希望能够受到大明皇帝的召见，以便有机会在大明传达教义。

他们为了更容易受到汉人的接受，现在改穿长袍，学四书五经。为了迎合中国人天圆地方的观念，连带来的世界地图都重新绘制了一份，把中国改在了正当中的位置，可谓下足了本钱。可惜礼部官员听说他们不是代表异国小邦来晋见的，便把他们赶了出来，到现在还没见着皇帝，都快混成乞丐了。

那个小书生听得有趣，忍不住插嘴道："你们的国家在什么地方，有多大呀？"

沙思各结结巴巴地道："在很远很远的西方，要坐很久很久的船。我的国家原来很小很小的，但是我国女王同另一国国王成婚，两国合并了，国家现在大了许多，比江浙道要大上一些了。"

第五十六章

今夜销魂

一

小书生忍不住笑道:"费了半天劲儿,还是一个江浙道嘛。怎么你们那里可以让女人做国君的吗?她嫁了人,连国家都可以陪嫁?"

杨凌向他笑道:"西方国家是可以由女人做君主的。你别看他们国家小,但是他们的水军非常强大,可以说在当地纵横四海,还没有几个国家比得上。他们那里最有名的一种活动就是斗牛,比你们小孩子玩斗鸡、斗蟋蟀的可有意思多了,高明的斗牛士一剑就可以刺穿一千斤重的大公牛的心脏。"

沙思各兴奋起来,连声道:"太不可思议了,您去过我们的国家吗?大明很少有人了解我们那里的事情,上帝保佑,还有人说我们那里是吃人的。"他耸耸肩,无辜地道:"天知道,我们一路东来,也是最怕遇上吃人的生番。"

杨凌听得哈哈大笑,那位中年文士饶有兴致地打量他两眼,含笑不语。小书生听杨凌夸奖西洋人的水军强大,心中不服气。本想提起本朝郑和七下西洋的庞大舰队,忽听到什么斗牛士,顿时来了兴趣,连忙问道:"什么斗牛士?你快告诉我,很好玩吗?"

杨凌正要回答,看到幼娘站在一旁,好奇地听着自己讲话,不由得停下话头。他本是山中一个秀才,异域他乡的事凭什么知道得这么详细?虽然不怕幼娘会因此怀疑什么,但让她追问起来,解释一番也不免要大费唇舌。于是呵呵笑道:"斗牛可不是小孩子的游戏,很危险的,你有兴趣,平时有空来拜访拜访这几位西洋人,问问他们不就知道了?我和娘子还有事情,不能耽误太久,要向诸位告辞了。"

小书生翻了翻白眼,暗暗嘟囔道:"斗牛很了不起吗?等我再大一些我就斗一斗去,不但要斗牛,我还要斗虎!哼!瞧不起我!"

沙思各听了忙道:"尊贵的客人,请等一等,我有几件小礼物送给你们。"他匆匆拿起自己的小箱子,从里边摸出几件东西,捧在手里说道:"今天多谢你们的帮助,这里有几件小东西,送给你们作为礼物。"

他手中捧着几件玲珑剔透的玻璃工艺品和三棱镜,小书生十分好奇,毫不客气地拿起来把玩。那位中年文士显然也没见过这种东西,神色间满是好奇,不过却只是微笑着站在儿子身边,看他把弄。

沙思各笑容可掬地告诉那小书生三棱镜以及怀表的用处,小书生听了便拿起三棱镜跑到一旁对着灯光观看,雀跃不已地和父亲说着看到的新奇景象。

杨凌见了他的东西,心中暗想:"这些传教士大多精通哲学、物理、化学,如果大明朝廷能够对他们予以重视,以这些传教士为媒介,加强东西方的文化科技交流,或许我们就不会出现闭关锁国、故步自封的情形。既然皇帝宠爱太子,这位未来的正德皇帝又比较贪玩,我倒是可以利用一下,明日进宫,不妨进进言。"

想到这里,他对沙思各低声道:"沙思各先生,在下厚颜想向先生讨取一个十字架,我对贵国和你们的教义略知一二,方便的时候,我会向朝廷进言,希望能引起朝廷重视,允许你们建教会、宣扬教义。"

沙思各听了又惊又喜,颤声道:"你是……朝廷的官员还是贵族,你可以见到皇帝陛下吗?"

杨凌连忙道:"小声些,呵呵,沙思各先生不必怀疑,明天我就要进宫见皇帝的。"

沙思各喜得眉开眼笑,连忙从脖子上摘下自己的十字架,又跑去从箱子里拿出几件工艺品,瞧这模样,敢情他们也知道糖衣炮弹比"上帝爱世人"更容易被人接受,东来时没少带礼物。

沙思各郑重地把礼物交到杨凌手上,说道:"你是我们的贵人,衷心希望能够得到你的帮助。"

杨凌微笑点头,扬声对小书生道:"小兄弟,后会有期了。"

那小书生正新奇地把玩着西方传过来的新鲜玩意,闻声对他扬了扬手,杨凌转身走了两步忽又回头对沙思各笑道:"对了,教士先生要宣扬教义,不妨先在街坊里跟老妇人说说,或许容易成功。"

沙思各奇怪地道:"为什么?"杨凌学着他耸耸肩,笑道:"国情不同,这些……嗯,这些事情,在我们这里有些事总是女人先愿意相信的,呵呵,告辞。"

杨凌和幼娘出了护国寺,沿着大街走了会儿,韩幼娘忽然拉住他袖子,忸怩地回头瞧了瞧护国寺,痴痴地道:"相公,咱……咱不求佛像了吗?"

杨凌见她壮着胆子说话,怕羞的表情十分动人,忍不住故意逗她:"不了,天色晚了,咱改天再去吧。"

韩幼娘又扯了扯他的衣袖,嘟着嘴耷拉着脑袋,闷着声不吭气,像个受气的小可怜。杨凌被逗得心中痒痒的，忍不住低声笑道："小娘子，这么盼着早点被相公欺负呀？呵呵，回家吧，佛像……相公已经讨到了。"

·※·※·※·

韩幼娘把洗脚水端到杨凌身边，蹲下来给他脱着靴子，问道："相公，快告诉我嘛，你什么时候讨的佛像？"

韩幼娘把他的双脚浸进水里，一边轻轻替他揉搓着，一边抬起眼来看他。杨凌从怀里掏出那个银十字架，手里提着链子，笑嘻嘻地在她的俏脸前晃动着，幼娘眼睛一亮，连忙把手在衣襟上擦擦，拿起十字架看了看。

她忽闪着长长的睫毛，仔细端详半天，蹙着秀眉奇怪地道："相公，这是……什么佛呀，好奇怪，怎么穿这么少的衣服？"

杨凌眼珠一转，随口答道："这个……你看庙里的罗汉也是呀，很多都光着膀子，这个佛爷就是光大腿的。"

"喔……"幼娘歪着脑袋又打量半响，担心地道："相公，这个光腿的大胡子佛灵不灵呀？开光了吗？"

杨凌道："光了，怎么不光。这个神呀，叫基督，你看我们锦衣卫最高的官儿叫提督，提督嘛，是督管锦衣卫的，够厉害吧？这基……督呢，当然是督管……"他说到这儿，忽嘿嘿一笑，不敢胡乱开玩笑了。

以前他是不信有其他世界的，可是自从投胎转世，有些玩笑他是真的不敢乱开了。

杨凌低下头，见韩幼娘低着头认真地帮他洗着脚，俊俏的脸蛋上一副贤惠媳妇的神气，红嘟嘟的嘴唇微微地翘着，说不出的迷人。

这个年轻美丽的小妮子，无论多么悲苦穷困，一直紧紧地跟随着他，把他视作自己的天，自己的命，从来没有过怨言。自己一直浑浑噩噩，随波逐流混到了今天的位置，可是如果没有幼娘那稚嫩的脊梁在背后无怨无悔地支持，他不知道自己现在是不是早已变成一堆腐骨了。捻着手中的银链，看着那纯银的十字架，杨凌忽而想起了许多人成婚时那庄严的誓词："我愿意成为你的妻子。在这一生中，无论喜悦还是悲伤，无论富贵还是贫穷，无论疾病还是健康，我都将忠实于你，对你不离不弃，永远陪在你身边！"

曾经这么说的人，不知道其中有多少人真正做到了，但是杨凌丝毫不怀疑，根本不懂得也不会说这些话的幼娘，却正在这么做着，而且也会一直这么做下去。

杨凌在心里也暗暗发誓："幼娘，我们曾相濡以沫，也将不离不弃。幼娘，你将是我最珍惜的财富。"

他心头一热，忽抬脚踩在便鞋上，一哈腰把幼娘抱了起来，幼娘娇呼一声，慌乱地道："相公，你做什么？"

杨凌将她放在炕头上，柔声道："好生坐着，你为相公吃了那么多苦，受了那么多罪。直到今天，才是你嫁给我以后我们真正的洞房花烛之夜，可是相公没有喜字红烛，没有贺客盈门。你刚嫁来的时候，相公要委屈你自己揭开盖头。今晚，就让相公给你洗脚，赔罪侍候。"

"什么？"幼娘听了满面惶恐，连忙挣脱道："不可以，相公，你……万万不可以，女人侍候自己的男人，是应该的，是本分。相公给我洗脚，要折福的。"

杨凌握紧了她的双脚，浸在水中，用不容置疑的口吻道："坐好！尽瞎说！幼娘的脚这么漂亮，相公能给你洗脚，是相公的福气。这不是折福，该是添福才对。"

幼娘的脚瑟缩了一下，脚趾轻轻蜷着，任由他轻轻地揉，那双纤纤玉足美丽极了，脚掌曲线柔美，瘦不露骨。

不一会儿，他头顶传来低低的啜泣声，泪珠一颗一颗滴落在水盆里，杨凌无奈地道："幼娘，你哭什么？今天可是我们的喜日子，要开心，不然不吉利。"

"是，"幼娘慌忙地拭干了眼珠，眼泪汪汪地道："相公，你明早什么时辰上朝啊，我好叫你起床。"

杨凌想了想道："是寅时三刻。呵呵，傻丫头，现在可是我们的春宵一刻呢！你倒还想着那些。"

幼娘咬着嘴唇，不好意思地笑了，紧跟着脚底被杨凌轻轻一搔，痒得她脚丫一缩，口中一声轻呼。杨凌抬头，只见她柳眉弯弯，樱唇微翘，一副似喜非喜、娇媚入骨的神情，不由得心中一荡。

夜，已经开始……

第五十七章

春宵苦短

一

吹灯？不许！

躲进被窝里脱衣裳？不许！

韩幼娘在"暴君"老公的阻止下，闭着眼睛褪了小衣，露出一身的粉滑柔腻。

看到杨凌痴迷的目光，幼娘羞得嘤咛一声，慌忙转过了身去，只把个粉粉嫩嫩的后背冲着他。

杨凌咽了口唾沫，手指沿着幼娘结实秀美的小腿向上摸去。幼娘可爱的小脚丫倏地收缩了一下，可以盈盈一握的足踝紧张地靠在一起。

杨凌感觉到了她的紧张，轻轻地笑了。幼娘感觉到自己身体产生了从来没有过的，既让她心慌慌又有种说不出的奇异愉悦的感觉，她臊得浑身的肌肤都泛起了粉红色，用糯甜颤抖的声音哀求道："相公，求……求你……熄了灯吧。"

"不！"杨凌在她背上轻轻地吻着，痴迷地说："我要看着你，这样的美丽如果在黑暗里，天都不饶我。我要看着你，哪怕再过一百年、一千年，我都要记得，美丽的幼娘，把她的爱和身体奉献给我的那一晚！"

韩幼娘捂着绯红的脸蛋，被夫君诗一般充满柔情的赞美熏陶得快要醉了。杨凌的指尖轻轻捻起她肚兜的绳结，轻轻地一拉，幼娘脊背一直，沿着脊背形成一条浅浅的、优美的曲线。背心的结扣开了，她轻盈的身子被翻过来时，双手捂住的脸蛋上露出的部分都红彤彤的。

杨凌惬意地支起上身，双眼闪着爱的欲火，刚想凑过去温存她的樱唇，韩幼娘忽然一声叫，挪开了双手，紧张地道："相公，你带佛像了吗？"

这一睁眼，正看见杨凌赤裸的胸膛，那上边一个十字架正轻轻地摇晃，幼娘大羞，赶紧又闭上了眼。

杨凌深深地注视着她的柳眉，眸子忽然间也变得黑亮黑亮的，他轻轻地唤着幼娘的名字:"幼娘,相公来了。"

"不要!等等,相公!"幼娘忽然惊叫起来,杨凌急忙悬崖勒马,吃惊地道:"怎么了幼娘?你……你不愿意?"

幼娘红着脸道:"不,不是,相公,你起来,我……我忘了白绢……"

她一边说,一边羞涩地扭过头去,伸出一只手吃力地去拉一边仍叠着的被子,晚上回来她就找出了出嫁时,娘家陪送的验红白绢,悄悄地塞进了自己的被底,千钧一发之际,她总算想了起来,没有误了大事。

杨凌看着她拽出那块洁白的方巾,就像摇着一面白旗,不禁啼笑皆非。他最爱的娘子,他只想她能够记住彼此结合的甜蜜和快乐,而不是要她战战兢兢地躺在那块小小的方巾上,把心思都放在检验忠贞上。他希望幼娘也能享受,而不是一味地奉献。

幼娘正咬着唇羞羞地想将白绢垫在臀下,杨凌一把抓过那块白绢丢在了一边,幼娘惊奇地睁大了眼睛,小声地道:"相……相公,你……你做什么?"

"不需要那个,太板腐了,娘子,要有情……趣……懂吗?"

杨凌唇角带着微笑,在她耳边轻声道:"今晚,相公要攻城掠寨,让我武艺超群的小娘子举手投降……"

· ※ · ※ · ※ ·

全身心的投入和交融,在愉悦畅快之余,更让人得到心灵无穷的充实和满足。初承雨露的幼娘"投降"了三次,杨凌才在酣畅淋漓、如同羽化登仙般的快感中拥着她沉沉睡去。

杨凌睡得好甜,不知什么时候忽然醒了,他睁开眼睛,只见幼娘穿着小衣,披着袍子,坐在身边正轻轻地推着他:"相公,该起来啦,相公,今天要上朝呀。"

杨凌懒洋洋地向窗外看了看,窗纸上仍是一片漆黑。回过头来,灯光辉映下,今夜刚刚饱承雨露的幼娘花容泛晕,青丝凌乱,那种少妇的风韵美得令人屏息。

杨凌心中一荡,伸手一揽将她拥进怀里,在她唇上轻轻一吻,笑道:"天还黑着,这么早叫相公起来,是不是想让相公陪你说话?昨晚相公太累了,结果……亲着亲着你,就睡着了。"

幼娘被他搂在怀里,心头一阵旖旎,又听他提起那甜蜜羞人的事,脸上的红晕更胜,一时骨头都酥了。她娇慵地推了推杨凌,却觉得现在一被相公抱住,连手都软软的使不出力气,不由又羞又急地道:"相公,你快起来啊!不早了,马上就要寅时了,妾已经做好了早饭,你今天要去见皇帝的啊。"

"啊?"杨凌吓了一跳,他心里对这时的什么寅时卯时根本没有太深刻的印象,一时没想到现在刚刚凌晨四点多的光景,居然已经到了时候。

这一下杨凌也着急起来，连忙翻身坐起。杨凌一坐起来，忽然发现被面上四四方方有一块缺口。这床被子还是两人从杨家坪带出来的，一时还没顾上置办新的。那上面虽有几块补丁，可是杨凌记得这个位置并没有缺口，他不由奇道："幼娘，这里什么时候坏了？不要补来补去的了，不行改天买些布料棉花再做一床吧。"

幼娘睫毛垂着，脸蛋跟块红布似的，忸忸怩怩地从身后拿出一块叠得整整齐齐的东西，羞羞答答地道："还不都是你……这是……女儿家的大事，人家又不能留在那儿，羞也羞死了。"

杨凌看看，那块布料怎么看怎么像刚从被面上剪下来的，而且布面虽是叠着的，可是上面隐隐还露出一些红色。

"呃……咦……哦……"

· ※ · ※ · ※ ·

日上三竿，杨凌站在中和殿外，饿得前胸贴后背。皇帝架子大啊，不想那么早接见，为何让人起那么大早啊？

杨凌初次上朝，再加上对京城不熟，所以饭也顾不上吃，急急忙忙就奔了紫禁城。要说起来，这朝廷的官员们起得还都挺早的，杨凌到的时候，已经有许多大臣候在午门外。

杨凌被刘瑾引着通过小门进入皇宫时，还当自己有殊荣待遇。却不知一直被领到了中和殿，然后就被告知皇帝已经早朝去了，回来才会接见他。

杨凌从天色朦胧等到旭日东升，又从旭日东升一直等到日上三竿，他有气无力地看看脚下的影子，然后又东张西望起来。刘瑾把他领过来就不知道溜到哪儿去了，杨凌候在这儿，殿前的侍卫目不斜视，看也不看他一眼。杨凌也不敢主动搭讪，倒是偶尔进出的宫女，似乎对他很感兴趣，总是上下打量他。

杨凌也偷眼瞄人家，虽说十八无丑女，可是这些宫女大多也就是容貌端正、身材匀称，可没电视上的宫女娇俏动人，杨凌看了一会儿，便也开始没了兴致了。

杨凌的肠子又咕噜噜地抗议了一番，他忽地看到前殿转过一队人马，前边是执仪仗的大汉将军，后边黄罗伞盖下有个步辇，由八个太监抬着向这边走来，杨凌顿时精神一振。

远远近近见到黄罗伞盖的宫女、侍卫、太监纷纷就地下跪，刚刚把腰杆子挺起来的杨凌也连忙学着跪倒在地，浩浩荡荡的大队人马从身边走过，直趋中和殿，根本旁若无人。

杨凌跪在地上暗暗摇头，皇帝就在自己家里办公，弄这么多闲人干什么？他却不知，这仪仗还是小的，如果今天举行大朝会，那仪仗中还有两头虎豹、四头大象、五辆礼车，那队伍更是庞大无比。帝王当然有帝王的风范，而风范是要靠排场的。

眼皮子底下一只小虫从他膝旁匆匆奔过，杨凌屈指一弹，把它弹到了一边，小虫在地上翻滚了几圈，蜷起身来不动了，过了片刻没有发现危险，又爬起来匆匆逃掉了。

杨凌的唇角不禁露出一丝笑意：在皇帝眼中，自己大概也像一只小虫一样吧。他微微抬起头，仪仗仍在前行，执旗的、执伞的、执金瓜的络绎不绝，旗幡掩映下，是天边一角湛蓝的天空。

杨凌看得悠然神往："今天，能来到这天下权力的中心，我就已不是一只小小的蚂蚁了。如果，给我时间和机会，那么在这片历史的天空下，我会是招摇而过的旗幡呢，还是屹立不倒的楼阁？"

仪仗分立在宫门两侧廊下寂然不动，估计皇帝老爷也饿了，不免要喝点茶水，吃些点心，又过了许久许久，才见一个太监走出中和殿大门，拂尘一扬，尖声喊道："宣侍读杨凌进见！"

刘瑾走时，已教过他宫廷应对礼仪，杨凌听了急忙上前，高声道："臣杨凌晋见。"

那小太监微微一笑，说道："杨侍读，请随我进来吧。"说着扭身先进去了，杨凌垂着头匆匆跟了进去。

这中和殿，他在北京游故宫的时候也是来过的，但是现在里边的布局和摆设显然有所不同，杨凌也不敢四下乱看，只顾跟着那小太监的脚步向里走，行至猩红的地毯尽头，小太监向旁一闪，高声道："侍读杨凌见过皇上。"

杨凌知道上边必是坐着当今天子弘治皇帝了，他跪倒在地，双掌向上贴在毯上，额头叩在指尖，提足了气朗声道："微臣杨凌叩见皇上。"

上边一个雍容清雅的声音道："免了，起来吧。"

"谢陛下！"杨凌起身恭恭敬敬地退在一边，眼观鼻、鼻观心，心中虽想亲眼见见这弘治帝的模样，眼睛却是不敢乱瞧，他的眼光只是微微一动，看见前方有一双官靴，似乎另有一位官员在场。

只听那雍容清雅的声音又道："刘卿，就这样吧，你拟旨告诉朝鲜国王，就说太子年幼，本无须进奉女子，不过朕还是念着他一片心意的，虽然这些女子矮的矮、胖的胖，都不甚好，但朕都封了女官了。"

杨凌听得嘴角一歪，差点忍不住笑出声来。估计这位刘大人拟旨时是不会将原话这么直白地写上去的，但是能亲自听到皇帝下这么有趣的圣谕，倒是极难得。

只听那位刘大人呵呵笑道："想是朝鲜国王也晓得太子年幼，纵然进献了美貌女子，也难获欢心，所以挑了些送出去也不心疼的打发到陛下您这儿来了。"

弘治皇帝听了哈哈大笑，喘道："就你一张利嘴！呵呵，他小气，朕不能小气。回馈的礼物，不可失了我天朝气派，去吧，去吧，自去拟旨便是。"

"是，臣遵旨。"那位刘大人应了一声，躬着身退了出去。

杨凌也听说过这位弘治帝只宠幸皇后一人，再无一个嫔妃，如今太子又年幼，没准朝鲜国王真是打的这主意。

这位刘大人在皇帝面前还敢言笑，想来必是弘治身边得宠的近臣了，却不知是哪一位。他有权拟旨……杨凌想到这里心中一动，忽地想起时人评论朝中三位大学士称"李公谋，刘公断，谢公侃"，难道这位刘大人就是大学士刘健？

这时只听弘治帝说道："你就是杨凌？唔，年纪比太子也大不了几岁，甚好，甚好……咦？你是……杨卿，抬起头来。"

第五十八章

糊涂应对

一

杨凌本就没有当时读书人那种君臣的敬畏感，再说人饥饿时耐性也有限得很，根本没心情说句什么"臣惶恐""臣不敢"的奴才话，然后再等皇帝哈哈大笑两声，大手一挥，来句"朕赦你无罪"的场面话，因此听了弘治帝的话，他立即抬起头来，向书案后望去。

这位皇帝富富态态，甚有威仪。他头戴善冠，身穿盘领窄袖团龙袍，那眉目似曾相识。弘治帝见了他，不由得霍地站了起来，把眉尖一挑，呵呵笑道："原来是你。"

杨凌"啊"的一声，一下子想起昨晚碰到的那对父子，原来他们是……杨凌又惊又喜地道："原来皇上是……"

弘治帝急忙咳了一声，向他递了个眼色，杨凌顿时醒悟，连忙把下半句话咽了下去。皇帝微服私访，在那时可是足以招致百官奏谏。虽说周围都是皇帝的近侍，皇帝偷偷出宫的事他们十有八九都心中有数，但是当众说出来那就是另一回事了。

弘治见他颇为机灵，眼中不由露出满意的笑意，他缓缓坐下，微笑道："原来是你呀。朕念到你的名字，才想起你就是执笔直书、针砭弊政的那个鸡鸣驿丞。呵呵呵，你可知朕的朝廷如今可是为了你的一封书信吵翻了天呢。"

他说着轻轻捏着眉尖，虽然满面笑容，却露出一抹难以掩饰的倦意。不出锦衣提督张绣所料，今儿早朝，户部就上折子为自己辩解，推卸责任了。本来弘治当初只是命三司议议何参将的罪责，可是如今何参将在刑部大牢里蹲了半个多月了。朝中百官却已将他忘在一边，开始互相扯皮，把些有关无关的问题都扯了出来，弄得弘治头疼不已。

旁边一个老太监见皇上露出倦态，连忙走到他面前打开一个小盒子。杨凌鼻端嗅到一股淡淡的香气，抬眼望去，只见盒中缎垫上放着一枚龙眼大的红丸。弘治拈起那枚红丸，送入口中就着茶水吞服了。

杨凌心中一动，印象中明朝皇帝大多短寿，好像没几个活过四十岁的，就因为明朝皇帝一直以道教为国教。每代皇帝都喜欢服食道士练的丹药，那些丹药虽能醒脑提神，但大多含有慢性毒素，莫非弘治吃的也是这类丹药不成？

弘治见他发呆，还以为他是被自己方才的话吓着了，不由笑道："呵呵，位卑未敢忘国忧，朕心甚慰呀，杨卿不必惶恐。"

"是！"杨凌趁机鼓足胆量道："臣启万岁，臣在鸡鸣驿曾随大军与鞑子交战，对当时的情形有所了解。臣以为，鞑靼人纠集两万余众，进犯我大明，涿县、赤县两路大军皆立下功勋，怀来一路虽有所损失，但功过足以相抵，臣冒昧……以为……何参将并无致罪之由。"

杨凌心中其实颇为同情那位何参将。虽说这位何参将也有私心，临敌作战先遣不是嫡系的部队主攻，但面对鞑房时，确也殚精竭虑不敢松懈。如果当日不是两位参军再三催促，他未必会那般冒进。

如今他成了替罪羔羊被关进大牢，杨凌觉得未免过于严苛了，所以趁着皇帝高兴，他壮着胆子说出了自己的看法。说完之后，他紧张之极，生怕这位皇帝也是个喜怒无常的主儿。

弘治服下红丸，精神好了许多，听了杨凌的话，他颇有兴趣地看了杨凌一眼，微微一笑道："你说说看，有什么理由不该治他的罪呀？"

今日早朝，兵部、工部、户部、五军都督府又打起了罗圈架，弘治正为这事头疼，如今他也是骑虎难下。如果杨凌能说出个理由替何参将脱罪，那么要惩治的人都开释了，各部官员自然不会再在此事上纠缠不休，这正是他现在想要的结局。

杨凌听弘治语气温和，胆气为之一壮，他略略整理了下思路，说道："万岁，鞑靼人以五千精骑攻我鸡鸣，当时城中守军不足四百。幸赖城坚炮利，才得以坚守一时。后来城门被鞑子掳去的大炮轰开，满城百姓逾万人生死悬于一线。幸亏何参将及时率军赶到，才使得满城百姓免遭涂炭，鸡鸣古驿也未落入敌手，此为一功。

"大雪封山时，何参将斩敌心切，误中埋伏，此为一过，功过可抵矣。我军陷入敌军埋伏后，何参将能当机立断，果断后撤，使鞑子无法列阵大肆杀伤。他将我军伤亡减至最小，其后果实与正面交锋相差无几，故此虽然中计是实，损失却未必达到中计之果。"

杨凌绝口不提明军夺谷逃命时弃下的马匹、战车等辎重损失，更不提两位"军盲"监军的愚蠢干涉，如果提出来，他此时人微言轻，恐怕效果不大，反而把自己也卷进这个大漩涡了。

他话锋一转道："万岁，故此臣以为，何参将兵士数量不及对方，能得此战果，也不失为一员良将。若责罚过甚，恐前方将士引以为戒，今后与敌交战不敢用命，但求无过不求有功,到那时个个临敌畏缩,岂不长鞑子气焰?"

"唔……"弘治微微颔首,若有所思。他当初接到刘瑾快马传报,得知前方损兵折将,大怒之下立即下诏命锦衣卫将何参将递解进京议罪。

自古官场都是墙倒众人推,在朝中为官的人更是以揣摩圣意为第一要义。皇上要惩治一个人,他们都是绞尽脑汁想着怎么替这个人罗织罪名,让皇帝惩治得更理直气壮。品德高尚些的不落井下石就不错了,又有几人肯说出实情为犯人说情。

杨凌所述这些事情,弘治还是第一次听说,所以心中顿时意动,他一直遗憾自己没有像太祖、成祖那样扬鞭塞外,让鞑虏望风而逃。但作为大明天子,他还是希望自己至少可以让鞑虏不敢轻易侵犯,不让大明的百姓为蛮夷蹂躏。

一个何参将是否惩治问题并不大,但若是因为御下太严,让边军此后作战畏首畏尾,实非他心中所愿。

看来此次喧嚣京师的"议罪"风波可以就此平息了,弘治心中暗暗盘算着,已有了主意,面上却不置可否地呵呵一笑,又问道:"兵部王守仁上了一个折子,对你提到的练兵之道甚为推崇呀。今日你且畅所欲言,让朕看看有何独到之处。"

杨凌有点郁闷:"侍读到底是干什么的呀?难道不是你儿子的伴读吗?怎么好像请先生似的,还要先考试不成?他却不知,皇帝要操心的事情多得很,他若有心考一个人的本事,便是有了惜才重用的念头。若是有个熟习官场规矩的官儿,这时还不振奋精神,恨不得十八般武艺全拿出来现上一现,讨皇帝的欢心。"

杨凌想了想,就自己所看到的一些情形,结合后世军队的情况,对比着说:"万岁,臣观军中将领,能力参差不齐,虽有骁勇的将军,却多只重视个人武功,于治军并无所长之人。而且,如今之世,重道轻器,重文轻武,百战军功不及一篇锦绣文章,能文能武者大多弃武而就文,更是良将难求。再者,军中号令不一,武器甲胄不一,粮草供应不一,平时训练极少,纵有战力也难以发挥。臣在鸡鸣,常见军中操演,一时间旗帜鲜明衣着耀眼,刀枪夺目锣鼓喧天,看起来军威雄壮。但大量时间却都是用在这些阵形演练上,只重外表不重实效,实无多大用处。如果军中每日的演练哪怕只抽出一点时间用于实战演习,新兵才能成为老兵,老兵才能成为精兵。就以我大明军队配备的火器来说,实是一件难得的利器,若用得好,鞑虏也会不堪一击,可兵器再好,也得人来使用,但是现在的兵士,会用火器的已是难得,更别谈精擅了,所以臣以为实战练兵才是最有效的强军之道。"

弘治的脸色微微沉了下来,兵不知将、将不知兵的弊病他不是不知道。但分兵制权,是帝王牢牢把持君权的重要手段,若是由得将领牢牢控制军队,时时操练演习,岂不是授权柄与他人?

杨凌窥见弘治脸色,心知糟了,自古做帝王的最担心的就是篡位夺权,自己所说的岂不正是他所忌惮的？杨凌连忙道："故此臣以为，可挑选良将专司练兵，以千人为团，训练主动作战、临敌应变的能力，而统兵者战时只是居中调遣，纵然为帅者不在，顶多各军之间配合有所差池，断不会出现将帅不在，则全军溃败的局面。一言以蔽之，臣以为自古以来都是重将不重兵，常说千军易得一将难求，用此法练兵，却是重兵不重将。试看昔年的蒙古铁骑，那些带兵的将领有几个读过兵书战策，懂得文韬武略？若是全军骁勇善战，纵无良将，谁人能敌？"

他想着怎么把现代的一些词汇换成弘治听得懂的话说给他听，所以有些词不达意。其实想说的意思就是加强下级将士的主动作战能力，高级将领只负责居中调遣，而不是事必躬亲。虽然权力下放了，但是却越过了高级将领，所以皇帝的实际控制力反而增强了。

弘治听到后来，隐约觉得他说的内容好像能够避免出现权臣拥兵自重的局面，又能充分提高明军的作战能力，可是一时又想的不是那么透彻。

他正想再细问详情，旁边那个老太监轻轻凑上来，低声提醒道："陛下，午朝快开始了，您看……"

弘治轻"哦"一声，对杨凌道："嗯，爱卿所言有理，朕会考虑。来人，赐杨凌宫中行走御牌，授同进士出身，即日起为东宫侍读，带杨卿去春坊吧。"

"谢万岁！"杨凌跪地谢恩，双手接过由太监递过来的一块可以出入宫禁的玉牌，然后随着引他进来的那个小太监退了出去。

杨凌随着小太监过了乾清门，直奔太子居住的春坊，进了一处宫殿，杨凌候在门外，小太监进内禀报。过了会儿，宫门打开，只见一个年约五旬的官儿走了出去，看也不看杨凌一眼，袍袖一拂，怒气冲冲地出去了。

杨凌瞧着他背影正发怔，传讯的小太监也跟了出来，向杨凌道："杨侍读，你且在这儿候着吧。谷公公已经知道了，待会儿太子爷就召见你，咱家先回了。"

杨凌杵在那儿，脚后跟都站酸了。他看这宫里冷冷清清，既没有宫女，连太监也不见一个，趁机弯下腰活动着酸软的身子。忽地，后腰一沉，紧接着肩头一紧，似乎有什么东西窜上了肩头，杨凌吓了一跳。

他一扭头，正和一张毛茸茸的雷公脸对个正着。那猴脸上，一双滴溜溜转着的小眼睛正眨也不眨地瞪着他。

杨凌吓得一声大叫，还不待他去抓，那张雷公脸也被他的叫声吓了一跳。登时把头一缩，噌地蹦上了他的头，这时侧殿门口传来一个沙哑难听的少年声音："谷大用，李大学士走了吗？哎哟，你是谁？可不要乱动，惹急了我的小猴，小心它抓你个满脸花。"

第五十九章

太子侍读

一

杨凌扭头一看，只见一个少年正站在后面拍掌大笑，笑声未止，那人一瞧见他相貌忽地张口结舌地怔在那儿，半晌才大叫一声，兴奋地道："是你？你就是我的侍读，那个……那个鸡鸣驿丞杨凌吗？"

杨凌方才见过了弘治，早已猜到昨日所见的小书生必是正德无疑，所以倒是毫不意外，他苦笑着指指头顶道："太子殿下，微臣正是杨凌，恕微臣无法给太子见礼，这……这……"

朱厚照嘻嘻一笑，摆手道："不必行礼，不必行礼。天天见礼，烦都烦死了。"

这时宫殿内一个胖乎乎的太监牵着一只半人高的大黑狗走了出来，笑嘻嘻地道："太子爷，方才可吓死奴才了。这狗藏在柜子里忒不老实，老奴还丢了几块肉骨头进去呢！它还是呜咽不停，险些被李学士发现。"

杨凌细细打量谷大用，谷大用身材矮胖，一张圆脸，弯弯的眉毛、弯弯的眼，天生一副笑脸。若不是早知此人后来的事迹，杨凌真觉得此人和蔼可亲，让人十分喜欢接近。

朱厚照笑得像个得意的孩子，向他问道："大用，李太傅走了？"

谷大用赔笑道："太子爷两个时辰入了八回厕，李大人早就不耐烦了。今儿他虽不用上早朝，可这午朝却是要去的，方才等不及，已经先告退了。"

朱厚照哈哈大笑，他踮起脚尖一步三摇地晃着身子，脖子梗着，像个不倒翁似的慢吞吞地道："君子谋道……不谋食，君子忧道……不忧贫。为人君者……止于仁，为人臣者……止于敬，为人子者……止于孝，为人父者……止于慈，与国人交……止于信……"

朱厚照学完了苦着脸道："圣人说过的一句仁义礼智信，李大学士旁征博引，引经据典的都讲了七八天了。我就奇了怪了，圣人那脑袋都怎么长的，他说这句话的时候,真的想过那么多、那么细吗?想教我为人君,大可去讲一些治世道理,可是每说一句话都要和千年前的圣人扯上关系,好像不如此不足以服人。真是乏味之极,听得我都烦死了。"

他摆摆手,如释重负地道:"走了好,走了好,他走了我们便可以回去了。"朱厚照说着向蹲在杨凌头顶的猴儿撮指打了个响指,那猴儿蹲在杨凌头顶左顾右盼,理也不理他。朱厚照咧嘴笑道:"看来我这猴儿还挺喜欢你的,走吧,杨侍读,咱们进去。"

杨凌苦着脸跟在朱厚照后边,进入太子读书的书房。说是书房,却像一座大殿,空荡荡的,只有靠门站着两个小太监伺候,见了杨凌头顶蹲着个小猴,两个小太监不禁捂着嘴窃笑起来。

朱厚照在漆得发亮的矮几后随意坐了,蛮有兴趣地打量杨凌几眼,呵呵笑道:"来来,杨侍读请坐,一会儿我让大用给你表演猴骑狗,还有钻火圈,很好玩的。"

杨凌小心翼翼地在一张几案后坐了,朱厚照伸手从碟中取了几个果儿向地上一抛,那猴儿嗖的一下从杨凌头上蹿下去,蹲在地上啃食起来。

朱厚照向谷大用道:"我饿了,给我拿点吃的来!"谷大用正将狗拴在殿旁的柱子上,听了对门边一个小太监吩咐几句,那小太监飞也似的去了。

太子读书的地方只有太监,是不许宫女侍候。不一会儿,八个小太监端了托盘进来,早已饥肠辘辘的杨凌嗅到饭菜香味,肠胃忍不住咕噜噜一阵响。

小太子耳尖居然听到了,他一边大笑,一边向杨凌身前一指道:"摆那儿,摆那儿,我这太子宫中要是饿死了人,可就叫人笑话了。"

朱厚照说着笑嘻嘻地站起来,随随便便走到杨凌身边坐了,先递给他一双银筷,说道:"吃吧,你尝尝我这宫中的饭菜如何。"

杨凌见这传说中的正德皇帝一点架子都没有,拘谨之心顿去,有杨凌陪着,朱厚照也好似吃得更加开心。他边吃边对杨凌道:"今儿你没听到李太傅授课,后响也没什么可给我解读的。对了,你昨天说的斗牛是怎么回事,快说给我听听。"

杨凌本来以为侍读只是陪着太子听听课,不让他一个人太郁闷就是了。听朱厚照的意思,好像侍读还负有太子自习课时解答问题的责任,如果这位储君真的勤奋好学,自己这个滥竽充数的侍读还不当场露馅?

杨凌想到这儿不禁暗暗庆幸,他一边品尝着宫廷御厨烹饪的珍馐美味,一边对朱厚照讲起西班牙斗牛这项运动。杨凌对这项运动所知有限,重点都是讲那些失手的斗牛士被大公牛追得满场乱跑,被斗牛顶出赛场的笑话。杨凌口才本来就好,又故意多加渲染,不独朱厚照听得津津有味,便是旁边的谷大用和伺候进膳的小太监也听得入了神。

杨凌看到谷大用在一旁笑得前仰后合,心中忽地一阵惭愧:"面前是什么人?一个是未来有名的色鬼昏君,另一个则是有名的大奸大恶。而自己呢?名为侍读,却充当了一个弄臣的角色，一个哄太子开心的小丑。"

不错，他是没有什么野心。可是既已来到这个世界，他就无法把自己当成一个冷眼旁观的看客。感情上中国历史上悲惨的历史原本对他来说是已经过去的，他也无可奈何。可是现在，有些历史却还没有发生，现在的大明帝国还是世界上最富裕的国家，既然命运安排自己走到了大明君王的面前，难道自己就不能尽一份心力吗？

明朝的败落主要是由于他们思维上的守旧，统治者乃至整个统治阶级都盲目自大，闭关锁国。在那整个世界大发展的时候，如果中国能够保持同世界的密切联系，整个统治阶级的思想认识必然会受到潜移默化的影响，必然会向着更积极的方向发展。

眼前的人是谁？是未来的大明皇帝啊！这时的大明，缺乏的是什么？是进取心。如果让眼前这个人的目光看得更宽更远……

杨凌想到这里，心中一阵激动，他沉住了气，对朱厚照道："太子，如果你喜欢听，微臣再给您讲点别的故事。"

朱厚照喜得连连点头，他虽然贵为太子，但是精神生活比起现代的孩子差得太远，用枯燥无味来形容丝毫也不为过。如今他听了杨凌那些新奇的故事，知道这个世界那么多姿多彩，有着广阔的天地，少年正德一时着迷不已，闻言连忙对谷大用道："大用，叫人告诉智云禅师，今天的梵文先不学了。"

杨凌听了大感意外，想不到朱厚照居然还学习外语，而且听他随意吩咐太监停了功课，很显然这课程还不是皇帝为他安排的。这和他心中荒唐风流、不务正业的正德形象可相差太远了。

西班牙海盗的故事从杨凌口中娓娓道来：红发的海盗女王、独眼的海盗船长……在杨凌有意识的组合下，他把不同的故事融合在一起，在保持趣味性的同时，把欧洲各国争夺海上霸权的故事讲了出来。甚至虚构了一个同大明相似的，位于大海对面更远方的天方国，讲述它的崛起、强盛，直至衰败，再饱受欺凌的经过。

引人入胜的海盗故事让喜欢冒险的朱厚照听得着迷不已，杨凌讲到欧洲各国为了争夺海上霸权，表面宣布与海盗势不两立，暗中却培植海盗攻击他国商船时。一旁的谷大用微微皱起眉，颇为鄙夷这些蛮夷小国不体面的作为。

小正德却摩拳擦掌，悠然神往道："好啊，有朝廷在背后撑腰，又不丢朝廷的脸面，这样的买卖划得来。这样的海盗，连我也想去干一干了，哈哈哈……"

杨凌微微一笑，面前是一个还没有多少是非观念的小孩子，是一张可涂可抹的白纸。李学士在教他礼义廉耻，上国自足；谷大用在教他声色犬马，游玩享乐；那么就由我杨凌，再来教给他放眼世界，志在四海吧！

教育，从娃娃抓起……

第六十章

郑和海图

一

那个自给自足的文明古国——天方国,它的一切都和大明有着太多相似的地方,以致朱厚照总是不自觉地把它当成自己的国家,感情的天秤自然落在天方国一面。

当他听到这个大国渐渐落后于西方诸国,当西方诸国不断发展,文化、天文、物理、化学都在进步,已磨刀霍霍意欲染指天方时。天方国犹在盲目自大、不断衰败,气得他脸孔涨红,恨恨地一拍桌子骂道:"这个皇帝实在愚蠢之极,气死我了!"

当听到八国鬼子靠着坚船利炮,区区数千人就闯入天方国的京师,焚毁了一座以倾国之力建造的举世无双的宏伟建筑时。连谷大用都愤怒得青筋暴起,尖声道:"彼国的皇帝实在太昏庸了,数十万大军奈何不了区区数千人马,可怜!可恨!"

杨凌叹道:"那些国家和天方国比起来,本来都像叫花子一样贫穷,可是他们绝不自大,很重视交流。这个国家发明了快船,另一个国家马上就学了去。那个国家发明了比大将军炮打得更远、威力更大的大炮,这个国家马上就派人学习,然后发明出比他们更厉害的大炮。他们在不断地发展,而那个大国却闭关自守,自以为老子天下第一,怎能不败?"

朱厚照拍着桌子道:"那种海盗的三桅、多桅小船很了不起吗?我看是天方国自己无能,如果碰上我朝的艨艟巨舰,哼哼!"

他向谷大用问道:"大用,咱们永乐朝下西洋的宝船图纸在哪儿?给我调来,让杨侍读看看,比那西番的小船如何?"

谷大用哈着腰,一张圆乎乎的胖脸带着恭顺的笑容道:"回太子爷,郑公公下西洋的海线图、宝船图本来都放在南京工部的,英宗皇帝时已调到京师兵部,当时是想着再下西洋的时候用呢。可是侍郎刘大夏听说了这事,觉着西洋之行劳民伤财,并无益处,这海图实是祸国的秧苗,所以把它给藏起来了。奴才估摸着,现在还在兵部大库里扔着呢。"

杨凌听了身子一震，脱口说道："什么？那航海图不是烧掉了吗？"

他一说完便警觉失言，心中不由懊悔不已。虽然他记得史书上说过那海图被为人正直但目光短浅的刘大夏给烧了，却不记得是什么时候的事。如果现在还没发生那事，岂不惹人怀疑？

谷大用笑眯眯地瞥了他一眼，心中暗想："这杨凌果然是锦衣卫的人，他们的手伸得够宽呢。连这件秘事也知道！嘿嘿，可惜他所知的仍不如我详细。"

谷大用存心卖弄，得意地笑道："杨侍读可有所不知了，那事只是误传罢了，当时刘大夏只是个小小的侍郎，虽然他不想叫皇帝见着这海图，也没有胆子把它给烧了呀。那东西足足五大箱子呢，他要是烧了，岂能瞒过他人耳目，他不要脑袋了不成？呵呵，他当时说服兵部尚书项忠项大人，项大人认为他所言有理，这才默许他将东西藏了起来，对英宗皇上只是谎称从南京北迁的公文太多，寻不着下落了。琢磨着若是英宗皇上逼得急了，再拿出来呈上去。可是英宗皇上当时也就是有那么个念想，听说不好找，也不是很在意的，所以这事就这么瞒下来了。"

杨凌半信半疑地道："谷公公所说的是真的吗？这海图……竟然至今还在？"

朱厚照呵呵笑道："谷大用博闻强记，这是他的长处。大用读书不多，可记性却好使得很，他说在，定然是在的。他原来在东厂办事，东厂那帮家伙鼻子比我的大黑还灵呢。"

原来弘治八年时，皇帝也曾宠信过一个叫李广的大太监，一时佞佛佞道、炼丹炼药，闹得朝廷上下乌烟瘴气。这谷大用当时就在李广、杨鹏几个得宠的奸宦面前听差。后来李广见刘大夏等一批仍受到弘治宠信的忠臣不断上书，指责他狼狈为奸，蔽塞主聪，便遣谷大用调东厂人马搜集这些人的资料，想扳倒他们。

所以谷大用对刘大夏曾经做过的事是事无巨细皆了然于心，只是他时运不济，整人材料刚刚凑齐，李广就病死了，紧接着仍执迷不悟的弘治皇帝派人跑到他家里去搜寻天书，结果天书没找到，却搜出大量的金银财宝。这才相信臣子们说李广藏奸纳贿的事，这一来李广一党彻底垮台，他们这班亲信失了圣眷，谷大用被新任厂督王岳王公公赶出东厂，又熬了这么些年，费尽心机，才混到太子身边当差。

谷大用听了朱厚照的夸奖笑眯眯地欠了欠身子，垂着眼皮子道："谢太子爷夸奖。不过一晃这么多年了，老奴担心那些纸张保管不善。如果潮了霉了，耗子啃了，可就用不得了。"

杨凌又惊又喜地对朱厚照道："太子，昔年研制这些船图，不知耗尽多少能工巧匠的心思，如今虽然未必再造那巨舰大船，可是要造精良小船其中也大有借鉴之处，更加难得的是那些航海图。大海茫茫比不得陆地啊，那些海线图一张张的可都是用大把的银子蹚出来的路啊。"

朱厚照不知他为何如此激动，奇怪地看了他一眼，沉吟道："嗯……刘大夏？那犟老头如今是兵部尚书，要从他手里掏东西，恐怕……"

"怎么？连太子都不能从他手里把东西要出来吗？"杨凌听了大失所望。朱厚照受他一激，顿时挺起胸膛道："刘大夏虽是父皇身边得宠的臣子，谅他也不敢得罪我，但……他毕竟官居一品，我派去的人，他要搪塞一番还不是无功而返？"

杨凌眼珠一转，道："既如此，要是太子爷亲自去一趟呢？"

朱厚照呵呵笑道："我若亲自去讨东西，谅他也不敢不给我，可是……"他苦着脸惨兮兮地道："我要出宫一趟，比登天还难，一年里也只有父皇带着我出去过那么几回。这几天京试就要开始了，我的几位师傅都忙着春闱的事，这几天没空来给我上课。父皇怕我荒废了学业，布置了一堆东西要我写，还命春坊左右轮番监督，实是寸步难行呀。"

春坊是从属太子宫的衙门，由左春坊左庶子、右春坊右庶子两个官负责管理太子的学业，这些官员都是刚直不阿的，有的是一些迂腐的翰林学士们担任，一向是六亲不认、大公无私，有他们督察，真比大学士亲自授课还要恐怖，朱厚照想起来就头疼不已。

杨凌既知那无数能工巧匠设计的巨舰图纸和南下西行的海洋路线图仍在人间，怎舍得它就此毁去？一时心痒难搔，他见太子为难，便急急问道："要什么情形，春坊官员才不会监督太子读书呢？"

谷大用说道："杨侍读，太子爷若是身子不舒坦，才可以暂停学课。"

杨凌喜道："那就好了，太子只要装装病不就行了？"

朱厚照翻了翻白眼，说道："谈何容易？我若说身子不适，太医院的大队人马立时便杀进东宫来了。到时事情被拆穿，父皇定会责怪我的。"

看得出来，朱厚照与他的父皇感情极好，而且既敬且畏，十分不愿惹他生气。杨凌笑道："这有何难？太子只说一侧头疼，任他医术通神，也只能嘱咐太子好生静养，断然无人敢出言指证太子无病的。"

朱厚照半信半疑地道："果真如此么？太医院可颇有几位国医圣手呀。"

杨凌胸有成竹，一副老神棍模样道："太子尽管放心，只消用此计，绝对可以掩过御医的耳目。"

人脑是最复杂的人体器官，现代医学那么发达，也无法完全诊断大脑的病症。他在保险公司做理赔工作时，如果碰上对方是自己的同学或亲戚，就会给对方出这个主意，只要去了医院就是说头痛，就算是活蹦乱跳的，那也绝对是任何仪器也没有办法证明他说谎的。

他就不信这古代的神医号号脉就敢说一个人没有病，除非那人是个只会卖弄的庸医。可眼前这位是当今的太子呀,就算有心卖弄的庸医也不敢打包票说他没病,万一真的有病延误了那可就是杀头之罪了。

朱厚照闻言大喜,跳起来笑道:"哈哈哈,如此甚好。后天便是春闱,明儿一过晌午我就开始头痛!"

他威风凛凛地一指谷大用道:"大用,把刘瑾、马永成、高凤、罗祥、魏彬、邱聚、张永都给我叫来,你们这帮臭皮匠一块给我合计合计,怎么让我混出宫去,哈哈哈哈……"

杨凌听这准备翘课的小厚照提到的几个耳熟能详的歪瓜裂枣,心中不由暗暗苦笑。看来今日"京师八虎"要齐聚东宫了。可是他想要太子按照他设计的路走,暂时还真得倚重这八个人。

因为杨凌想塑造的固然不是一个"荒唐皇帝",但同样不是那些道德先生、学士大夫眼中的"尧舜之君",中国的统治者被盛国的谎言麻醉得太久了,他们故步自封,最欠缺的就是雄心。那些士子们皓首穷经,注重祖宗家法,师古不化,最欠缺的就是眼界。

这潭死水只要引进一缕活泉,那后世就将是一个完全不同的局面。但是同时他也是在玩火,一个引导不慎,正德难成大器。若皇帝有雄心而无才干的话,他就会变成一个穷兵黩武的暴君,那还不如让他做一个女人堆里的风流天子呢。

"我会不会功败垂成呢?如果败了,百年之后,后人会如何评价?"杨凌嘴角浮起一丝怪异的苦笑,似乎听到了某部武侠片开头那慷慨激昂的画外音:正德年间,奸贼杨凌与八虎狼狈为奸陷害忠良,致使朝纲大乱、民不聊生,江湖侠义之士群起反抗,上演了一幕幕可歌可泣的……

第六十一章

不良学生

一

"少年儿童正是长身体的时候，睡眠不足会严重影响身心发育的。"杨凌一边打着哈欠，一边在心中暗暗嘀咕。要不是他还有几分自知之明，知道自己的身份，一定会对面前这位滔滔不绝的侍讲学士谢迁提出郑重抗议。

先生正讲得兴高采烈、唾沫横飞，端端正正坐在案后的朱厚照和杨凌肩并肩，一脸木然，眼神呆滞，这种石化状态已经持续了快一个上午了。

半个时辰前杨凌开始打哈欠，从他打了第一个哈欠开始，就像传染一样，两个不良学生的哈欠开始此起彼伏。

哈欠一打完，溢出的泪水就让眼睛变得湿润了，看在谢迁眼中，还以为太子和杨侍读被自己精彩生动的授课内容所打动，于是讲得更加来劲了。

杨凌又无聊地打了个哈欠，悄悄撇了撇嘴。这老学究讲的课也实在是枯燥无味，听说朱厚照三个师傅里边他的课最是无聊，还真是不假。估计那些内容是古往今来的太傅们的标准教材，足足讲了上千年了，沧海都变桑田了，他讲的仍是那些亘古不变的内容。

既不联系实际，更不展望未来，至于世界局势？笑话，在谢大学士眼中，除了大明还有世界吗？更可恶的是这大学士仗着自己"高考"状元的身份，净说些书旮旯里刨出来的内容，还尽是生僻字，好像不如此不足以展示他的博学。杨凌以手触额，假装低头沉思，借着手掌的掩护开始溜号，他歪着头打量着一旁的古董架。红木古董架上是一排排的稀世奇珍，杨凌的目光停留在一只温润透亮的白玉葫芦上，好漂亮的羊脂玉葫芦，一看就价值不菲，那优美的线条，就像……就像幼娘的胴体。

"脂玉凝光，曲线圆润。呵呵，我平时都被幼娘刀削般的香肩和细细的蜂腰给骗了，只以为她的身材都是娇小玲珑的。可是当她在床上，让一头温柔的秀发……

"当一番癫狂后，两个人也不说话，就这么脸贴着脸，静静地坐着，听着她的呼吸，感受她的心跳，那种贴心的感觉……

"真爱死她了，赶明儿得抽空给幼娘置办些妆台、立镜、罗帐、纱衾，我要尽我所能，让幼娘活得更开心，这么好的娘子，我可不能亏待了她。她才是个十六岁的小姑娘，搁现代还靠爹妈养活照顾呢！她却天天给我洗衣做饭。唉，在她眼中，她是依在我身上的藤，可在我心中，她才是我倚靠的树啊。"

杨凌正在胡思乱想，衣襟忽然被朱厚照扯了扯，杨凌一怔，刚刚抬起头来，身前案上啪的一响，谢迁将戒尺在案上重重一敲，然后负着手走开，冷声道："杨侍读以为我说的如何啊？"

"啊？甚妙，甚妙，振聋发聩，闻之如醍醐灌顶啊！"杨凌一个激灵，从幻想中惊醒过来。

旁边的难兄难弟朱厚照幸灾乐祸地偷偷窃笑，谢迁忽道："太子面露微笑，定是有所领悟了，就请太子解释一下，如何？"

"啊！啊？什么？"朱厚照慢慢抬起头，傻傻地看着谢迁。杨凌同情地望他一眼，心有戚戚。

这孩子真的都快学傻了，说起来是够可怜的。现代学生上课还有个体育、音乐、美术啥的消遣一下，可这小子天天净上政治课与语文课了。

杨凌咳了一声，手指在额头抹了抹，朱厚照眼角瞥见了顿时会意，他苦着脸对谢迁道："谢大学士，我的头有点痛，哎呀，隐隐作痛，一想东西就疼。"

杨凌在桌子底下向他竖了竖大指，朱厚照嘴角牵了牵，也在桌底向他回了个手势。早已候在一旁的谷大用闻言噌的一下蹦了出来，像挎着盒子炮的汉奸似的左顾右盼，如临大敌地尖声道："太子爷头痛了吗？快！快来人哪，快去唤太医，迟了要你脑袋！"

站在门口的小太监一溜烟去了，谢迁吹着胡子瞪着眼，半响却只能摇头一叹。"李东阳昨儿说太子一课之间跑了八回茅厕，今儿自己上课不见他要去厕所还暗自庆幸，想不到他屁股没问题了，这脑袋又出毛病了！唉，太子如此顽劣，这可如何是好啊！"

谢迁十分郁闷地离开太子宫，与他擦肩而过的是三个提着袍裾，一溜儿小跑而来的太医，后边跟着一串背箱挎包的小药童。

谢大学士站在宫中思忖再三，太子是国之储君，他如此嬉戏不求学，这可算不得小事，自己受陛下之托，教导太子，就当鞠躬尽瘁、肝脑涂地，如今太子这么顽劣，就算得罪了太子，此事也该禀报陛下知道。

谢迁思忖已定，一转身直奔乾清宫。

乾清宫御书房内，弘治正大发雷霆，他恨恨地将一封军情急报掷在案上，说道："北鞑靼实在是太嚣张了，小王子刚刚劫掠而归，火筛又以三千之众绕过怀来沿线边军，从山中小径奇袭延庆，若非卓游击飞马驰援，他岂不是要登堂入室，直扑京师了吗？"

在一旁的中官太监苗逵细声细气地道："皇上勿怒，区区三千之众扰我大明，就如一条泥鳅入了大海，能扑腾起什么风浪？我大明兵强马壮，只是咱们国土广阔，分兵把守，处处小心。一个守，一个攻，战与不战均操于敌手，咱们顾此失彼，这些蛮人却毫无顾忌，才能乘隙而入罢了。老奴只需五千兵马，必能御于国门之外，打得他落花流水，从此不敢轻启战端。"

刚刚奉诏进宫的刘健闻言急忙道："陛下，如今卓志奇、刘瑛已率军将火筛赶了出去。敌方游骑劫掠，来去如风，若贸然出兵，恐劳师动众，损民伤财，却难寻得敌踪，请陛下三思。"

弘治听了不禁犹豫，苗逵听说火筛只有三千人，有心要立下这份功劳，却听刘健劝阻，急忙道："陛下，火筛只率三千人就敢侵我大明，烧杀抢掠如入无人之境，若不严加惩处，恐蒙人嚣张日甚。"

李东阳急忙道："陛下，出师远征岂比寻常？粮草兵马都需筹备，若齐备了，火筛已在千里之外。况且臣闻火筛其人，赤面颀伟、骁勇善战、勇武绝伦，纵然追上，未必便能成功，再者火筛乃是北元满都古勒可汗的东床佳婿，其孤军深入，轻车简从，可以只率三千之众，一旦出关则必有大军接应，若主动出兵，恐怕无五倍兵力于敌，难以奏效。"

"这……"弘治心中一直对太祖、成祖的文治武功颇为神往，听说蒙人如此嚣张，极想出兵一战。但他一向最重视朝臣意见，何况是朝中重臣。如今刘健、李东阳两位大学士都表示反对，弘治不免心中踌躇，那股出兵的渴望不免冷了下来。

就在这时，有内监进门禀报："皇上，谢大学士求见。"

弘治大喜，连忙道："快，快宣他进来。"谢迁快步走进书房，刚想告太子的御状，忽地发现刘健、李东阳都在书房，不觉一怔，到了嘴边的话又咽下去了。

他与刘健、李东阳同为帝师，虽然彼此相交甚笃，但也不愿当着他们的面向皇帝告状，那样岂不是表明自己无能，教不得学生？

第六十二章

三公一老

一

弘治见了谢迁,欣然道:"爱卿来得正好,朕正要着人去东宫找你。"

谢迁看到两位大学士都在,不禁问道:"陛下,可是发生了什么大事吗?"

刘健在一旁将达延汗刚刚退却、火筛又来劫掠,迂回穿插直入腹地的消息对他说了一遍,又将几人的不同意见讲了。谢迁听了顿时大摇其头,向弘治皇帝道:"陛下,兵者,天下之凶器也;勇者,天下之凶德也。此两者俱非君子之器!敌人野蛮,以杀戮为耕作。我大明若亦以彼之道还施彼身,免不了战乱频发、生灵涂炭、田园荒芜、荆棘生焉,如此岂不有违仁道?想我大明乃文明礼仪之邦,既不需掠夺他人财物,更无须奴役蛮夷野人,何必出兵远征呢?如今天下安定、政治清明、风调雨顺、国泰民安,最怕的就是天灾人祸,依臣之见,着九边守将严加戒备,阻蛮夷于国门之外便是了。既然火筛循小路奇袭延庆,可见我边陲防线尚有漏洞,臣以为可将长城加固加长,修筑边城,屯兵把守,则大事定矣。"

弘治皇帝听了他的说辞微感不悦:"兵者天下凶器?没有这凶器,大明从何而来?勇者天下凶德?可历代开国之帝乃至太祖、成祖谁不以武功平天下?难道要等前元皇帝禅位不成?"

可是谢迁所言皆是圣人遗语,纵然弘治身为帝王,也不能随意反驳,在天下读书人眼中圣人的道德文章那可是永不可触逆的金科玉律。他闷闷不乐地道:"罢了,朕已宣兵部尚书刘大夏进宫,且看他有何意见,再议定便是。"

稍候,御书房外一个声如洪钟的苍老声音道:"臣,兵部尚书刘大夏,奉诏晋见!"

弘治闻言急宣。这刘大夏,已是七十岁的老头,须发皆白,不过精神矍铄、身材魁梧,言语举止间神情彪悍,颇有武者威风。弘治朝有两位老黄忠似的将军,一位是刘大夏,一位是王越。

王越官位、武功犹在刘大夏之上,昔年曾为兵部尚书,七十岁时亲自率兵远征,驰至贺兰山下，袭破敌方十里兵营，获驼马牛羊等，各以千计，打得敌人望风而逃，论功晋少保衔。

可惜当时正是鼓吹长生不老、成仙成道的大奸宦李广掌权，王越深知为将在外，远征鞑靼数千里，最怕的就是有自己人在后边扯后腿，一个粮草不继就是孤立无援的局面。

为了得到李广的支持，不愿征途上饱受掣肘，王越派人讨好李广，还把战功也分他一份，李广得了好处，又有战功可拿，这才尽心竭力向皇帝建议倾朝廷所能全力支持。

可是李广病死，从家中搜出金银财宝无数，被定为巨奸大恶后，不但李广一党尽皆倒台，与他关系密切的王越也饱受御使言官的参劾，被指斥为奸党一流。

在那些书生们眼中，既然奸宦当道，那便该独善其身，也不可违背圣人古训，交好奉迎，哪怕是虚与委蛇，也是断断不可的。何况如今任你口灿莲花，谁知道你当初怎么想的？你不是口口声声"我不入地狱谁入地狱"吗？那你就下地狱吧。

王越率军驰骋千里、势如破竹，以七十高龄杀得鞑靼铁骑丢盔卸甲，结果没有黄沙埋骨，最后却被都察院的言官，你一本、我一本给活活骂死了。

刘大夏是朝中重臣，先后辅佐英、宪、孝三位皇帝，是德高望重的三朝元老。其人做事果敢，善于带兵，兼且耿直无私，所以刘健等人虽一向瞧不起武将，但是对这位刘尚书却颇有几分敬意。

刘大夏看罢军情奏报，沉吟半响，微微摇头道："陛下，臣也以为……宜严防，不宜出塞！"刘健、谢迁、李东阳闻言都松了口气。

苗逵却双眼望天，大是愤怒，他知道刘大夏固然公允，但里边未必没有私心。这刘大夏同内官斗了多年，视宦官为蛇蝎，只要出自内官的建议，无论对错心中便先有了三分敌意。

当初郑公公七下西洋，宦官势力为之大炽，刘大夏认为远洋出访是件劳师动众的弊政，更怕宦官势力借此势大，成为朝廷大患。因此英宗又欲远航时，他便横加阻挠，相传郑公公的航海宝图便毁在此人手中。

成化十七年，安南（越南）侵老挝，兵败。当时汪直汪公公想乘机收复不再恭顺的安南，要兵部找出以前安南的文牍地图。

刘大夏认为兵衅一开，败则死伤重大，胜则宦官势大，因此又将去安南的路线图藏匿起来，不肯交出。他的锁国自保政策深得士大夫们的赞同，因此就连当时权倾朝野的汪直也拿他全无办法。

如今他这么说，焉知不是怕宦官重又得势？苗逵想着，冷冷地看了他一眼，眼中大有恨意。但这刘大夏是弘治目前最得宠的臣子，他治理黄河、肃清叛匪、督理兵饷、为官清廉，可以说是在朝野上下有口皆碑，苗逵虽然得宠，也不敢轻掠其锋。

弘治听到这位骁将也这么说，不禁大失所望，他不服气地道："太祖、成祖时，数次出塞，打得边敌一败涂地，到后来边敌见我大明旗帜便纵马远遁，我军欲寻一战而不可得，端的威风，如今何故不可？"

刘大夏拱手道："陛下神武，不亚于太宗、成祖，奈将如今兵将马匹远不及前，况且从前动辄十万雄师悉出沙漠，而今我大明军兵擅守不擅攻，故兵事不可轻举。为今日计，守为上策，战乃下策。"

刘健等三位大学士捻须微笑，甚表赞同。弘治喟然道："爱卿悉知军事，爱卿如此说，必有道理。若非几位爱卿的良言，朕一时激愤，险些误了大事了。"

刘健俯首赞道："陛下从谏如流，乃世之明君。"

弘治苦笑着摆摆手，向刘大夏问道："依爱卿看，朕当如何处置？"

刘大夏微微思索道："三位大学士所言有理，臣也以为，当命令边疆将领，了解敌情，严加防御，以守为攻。另加筑长城、修建隘口以御敌。同时在附近屯以重兵，加固关城路口、交通要道的军塞，数策并施，则京师必定固若金汤、稳如磐石了。"

弘治在龙椅上缓缓坐了，颌首道："依卿所言，刘大学士退下拟旨吧。"

"是，臣等告退！"弘治摆了摆手，望着身边几位重臣鱼贯而出，怅然想道："小王子年关袭边，我三路大军弹指间便收复了失地。难道一出了关，这猛虎就真的会变成猫不成？唉，或许他们是对的，创业艰难……守成也不易呀……"

·※·※·※·

太医果然不敢轻言太子无病，更不敢随便用药，随便开了几个清神醒脑的方子，嘱咐太子多多休息便退下了，杨凌微笑着对太子道："殿下，明日一早咱们便依计行事，微臣暂且告退了。"

"好好，明日一早，你在后宫门外等我。"朱厚照心不在焉地挥了挥手。他昨儿晚上看了半宿罗祥、高凤表演的皮影戏，现在正有瘾头，谢大学士走了，正好叫他们接着演。

杨凌将他的神色看在眼中，不动声色地深施一礼，又向旁边的谷大用点头示意，缓缓退了出去。从这两天的交往，他也看出所谓的"八虎"现在根本没有什么政治野心，只是因为迎合太子，讨得太子欢心，正不可避免地朝着这条路走。

如今他与太子刚刚结识，八虎却是从小照顾朱厚照长大的，论感情现在绝对比不得他们。如果让八虎对自己起了戒心，在太子面前随便说些坏话，那他这个侍读也不必再干下去了。况且太子正处于青少年逆反心理时期，如果自己学忠臣一味地苦谏，恐怕适得其反。

所以杨凌面上不敢露出一丝反感，他只希望通过自己的努力，能让这个按照原来的历史轨迹铁定要走向荒唐的皇帝，能够与历史有一些不同。只是……虽说少年期正是可塑性极强的时候，但……他仅仅两年时间。唉，时不我待，尽我之力罢了。

※·※·※

护国寺街，布衣、蓬发、一匹瘦马。

何参将一路打听寻到了杨凌的家门。

他自被递解进京关进刑部大牢，如今已经大半个月了，直至今日他才被开释出狱，贬官为百户，即日便赴广西僻远之地就任。

这半个多月，他总算尝到了什么叫人情冷暖，什么叫世态炎凉。昔日一班袍泽故旧也有在京为官的，但是竟没有一个人敢出面替他说句公道话。

家中闻讯，让三弟带了大笔金银进京活动，可是这件案子是天子交办下来的，又惹得兵部、工部、户部、五军都督府全纠缠其中，这时人人自危避犹不及，谁敢一脚踏进这个风暴中心？是以想找个稍为通融的人都没有。

何参将偏偏这时又听说，他年近七旬的老母得知儿子获罪下狱可能有性命之忧，急忧之下大病不起，如今病势严重，家里连寿棺寿衣都已准备齐了，更是心焦如焚，悲愤欲绝。

正监军叶御使是一介文官而且已经死在战场，没人愿意冒着刻薄卑鄙、身败名裂的危险去弹劾一个"战死"在沙场的书生，况且他还有都察院百十枝笔杆子摇旗呐喊着支持。

而那位刘公公是大内的中官，太子身边的红人。虽然目前无权无势，却甚受太子倚重，况且他是圣上钦点的内官监军，指责他不免有暗谕圣上用人不明之意，所以更是无人弹劾他的过失。这一来所有的罪名，责无旁贷地压在了他的肩上。

何参将原先以为顶多判他个贪功冒进的过错，大不了削官降职便是，后来见原本对他还有些善意的大牢狱官越来越冷淡，再后来连家人探视也不准了，这才觉得不妙。三弟用银钱贿赂了狱中看守，偷偷进来见他，他才知道半个京师的官儿都卷入这场议罪案中。

何参将顿时心灰意冷，他在官场多年，如何不知道官场的规矩？这件事既然闹得这么大，议罪的结果必然形成一个死局，要解开这个结，那么十有八九要拿他这个替死鬼开刀，一了百了。

何参将含泪嘱咐三弟不必再在京中活动，只能白白浪费银钱，不如速速返乡照顾老母，又凄然要三弟为他备一套棺木，对他言道："老母卧病在床，我身为长子，不能在身前尽孝，只有黄泉路上再侍奉母亲罢了。"

三弟洒泪而别，自此何参将一门心思等死，这几日原本乌黑的头发都变得花白了。今日锦衣卫持了圣谕来到刑部大牢，何参将还道死期已至，不料听来的却是释放他出狱的消息。

何参将又惊又喜，向锦衣卫侍卫打听，这才知道鸡鸣驿丞杨凌进京做了太子侍读。那个当初根本不曾被他放在眼里的小小驿丞，竟然仗义执言冒死进谏，在陛下面前为自己摆功抿过，这才逃出生天。

虽说兵部将他降为一个小小的百户，贬至广西偏远之地，但相对必死的心理预期，这已是好得不能再好的结局。

路遥知马力，日久见人心。现在何参将心中，杨凌无异于他的再生父母，像他这种传统的武将，固然有许多缺点，但是忠义耿直、知恩图报的信念，却是从小就深植在心中的道德标准。

何参将去广西上任并不急于一时，但家中老母病危，若临死不能见上一面实是天大的憾事，所以归心似箭。一领了兵部的任命文书，他立即赶来杨府，想拜过救命恩人后便立即返乡。

何参将来到杨凌门前，却见院门上挂着一把铜锁。何参将不由一怔，听锦衣卫的人讲，杨侍读进京，他的夫人是陪同前来的，为何家中无人？

胡同里一个摆摊卖鞋垫、绣帕兼卖瓜子、大枣的老头看见了，扬声问道："喂，你是谁呀？是杨侍读杨大人家的客人吗？"

何参将牵马过去，抱拳道："是，老哥认识杨家的人吗？可知道杨府的人去哪儿了？"

老头得意扬扬地道："认识，怎么不认识？我家可是和杨家挨着住的，杨大人是太子爷身边的侍读，是天子身边的近臣，天天进皇宫的主儿，我怎么不认识？我可是特意起了个大早，才看见杨大人上朝的模样。啧啧啧，天子咱是没见过，可是太子身边的人都是这般人物，可想而知万岁爷该是何等模样呢？要不人说呢，皇帝是真龙，是天上的紫微星君下凡……"

何参将皱了皱眉："这地方的人怎么这么能说呢？说起来就没完没了，再等一会儿他不定扯到哪儿去了。"他忙打断老头道："那么请问老哥可知杨大人家的人去哪儿了？"

老头被打断了说话，有点不高兴，他摆了摆手道："杨大人当然是在宫里陪着太子爷嘛，这还用问？杨夫人上街买菜去了。要说杨大人那是太子爷身边使唤的人，嘿！清廉呢，连个轿夫、丫鬟都不雇，到今儿还是天天走着去紫禁城，家里就杨夫人一个人操持家务，这杨夫人可真是个漂亮贤惠的媳妇，长得如花似玉，真配得上杨大人那种俊俏的哥儿……"

何参将深揖一礼道："多谢老哥。"他转过身又来到杨凌门前，伫立半晌，忽地弃了马缰，翻身拜倒在地，一个头磕在尘埃里。

那边卖杂货的老头瞪大了眼睛瞧着，只见这个满头花白头发、模样瘦黑、胡子拉碴的汉子跪在那儿，恭恭敬敬磕了三个响头，然后翻身上马，打马扬鞭疾驰而去。

老头半晌才醒过神来，抿了抿掉光了牙齿的嘴唇，千百个故事开始在他丰富的想象力下酝酿。

第六十三章

八虎游街

一

翌日，因为太子"有恙"不必进宫，杨凌得以睡了个懒觉，直至辰时二刻，他才自梦中醒来。春日明媚的阳光透过窗纸映射进来，正晒在他的被子上，光线柔和而明亮。

幼娘小猫似的偎依在他怀里，甜甜地睡得正香。一头乌黑的秀发掩去了她半张清秀的脸，俏美精致的脸蛋上，呈现迷人弧线的长睫毛在静谧中带着浅浅的律动。

她粉嫩清秀的脸蛋十分耐看，眼角眉梢虽然仍散发着一种稚气和清纯，却已有了一种初为人妇的味道。杨凌怜惜地看着怀里的小妮子，轻轻地蜷起手臂来枕着脑袋，不敢动作太大，怕惊醒了她。

昨儿已告诉她今日不用早起进宫，这时见她仍放心地甜睡，杨凌才惊觉这几日来自己进宫起早已觉苦不堪言，可是每天都是她唤醒自己的，每次他起床后饭菜都已做好，她不但起得早，心里老担着家事睡得怕也不是那么踏实，身子一定更加疲乏。

不一会儿，尽管疲倦，幼娘还是醒了过来，她睁开双眼，瞧见夫君已经醒了，忙吐了吐舌尖不好意思地道："哎呀，相公已经醒了？真是的，妾竟然睡过头了。"

杨凌见她慌慌张张地要爬起来，便伸手按住了她肩膀，微笑着说："这两日你起得太早，晚上……又睡得太晚。反正我今儿不用去那么早，多歇会儿吧。"

幼娘听他说起晚睡之事，脸上浮起一片不易觉察的红晕，又羞又喜地瞟了他一眼，答应了一声，温顺地偎进他怀里，撒娇说："嗯！我这两天也不知怎么了，尤其今儿感觉骨头都是酸酸软软的，竟是不想动弹呢，在娘家时我每天都要起早练武的，现在却越来越懒了。"

杨凌听她说身子酸软懒得动弹，忙道："怎么会？可是伤了风？"一边说着一边探她额头，额头微微有些湿意，却是凉凉的，并不发热。

幼娘身子一向强健，从小不爱生病，所以也未往心里去，还道是这两日刚刚破瓜，相公需索过度之过。这事儿可就羞于出口了，遂轻声笑道："不妨的，妾从小练武，身子硬朗着呢，真要伤风着凉了，我去找郎中开几服药吃几次也就好了。"

杨凌摸她额头并不发烧，也就放下心来，又见她一副慵懒的美态，充满了新妇风情。那种难得的妩媚大大迥异于往昔的俊俏稚气，不觉情欲渐动，将她揽近些，龇笑道："来，相公帮幼娘按摩按摩，解解乏。"

被子里的手不规矩地探进幼娘的小衣，幼娘默不作声，晕着脸任杨凌在怀里乱摸了一通，不久便微喘着嗔道："相公，别闹了，你不是说还要去宫里一趟吗？快些起身漱口着衣，我去给你做饭。"

杨凌见她羞怯，也不忍相迫，在她颊上轻轻一吻，呵呵笑道："你倦了就歇着吧，相公一会儿在路上随便吃点东西也就是了。"

幼娘哪里肯依，一边撑起身子穿衣，一面问道："相公，昨儿回来柳彪请你去北镇抚司做什么？你现在不是在太子身边吗？"

杨凌趁她起身，在她翘盈丰满的臀上拍了一记，笑道："可是我挂着锦衣卫的官阶，总得分派差事呀。张提督怕我无暇处理公务，暂时给了我一个清闲些的事儿，专门负责南镇抚司上呈京师的公文。"

幼娘麻利地挽着头发，轻轻"哦"了一声，侧着脸问："相公，南镇抚司管什么的呀？"

杨凌道："南镇抚司掌管卫中刑名和军匠事务。刑名呢，就是给人定罪的；军匠呢，比如盔甲、军械、火铳乃至战船、战车的制造工匠，都归南镇抚司管。"

杨凌说的这卫中刑名，只负责给锦衣卫内犯罪的人量刑，普通官吏、将领犯了罪还是交由三法司管辖，所以南镇抚司的负责范围有点像一个小范围的军事法庭。至于军匠的管理，若搁在现代当然是相当重要的部门，但是在那个时代管理这些技术工人，却算不得什么了不起的事情。

幼娘自然不懂这些，杨凌吃罢早饭，嘱咐幼娘若是不舒服就上炕歇着，自己背了个事先准备好的包袱慢悠悠地奔了京城后门。

时辰还早，不过这附近已有商铺开门营业了。那时从商的人社会地位很低，但是经商的巨大利润却又令人眼红，因此一些世袭的功臣勋卿便派了家中管事在皇城后根附近以管事个人的名义开设商铺，其实投资、经营、盈利全都把握在他们手中，自发地在这里形成了一个出售中高档商品的集市。

杨凌在靠近后宫门的近处一家茶铺里，要了壶茶，点了盘瓜子，边喝边等着。又等了小半个时辰，只见宫门打开，二十几个太监赶着几辆水车出了宫门。

内宫时常去玉泉山汲取上等泉水供帝王嫔妃们饮用，虽说一般是天还没亮就出发，但这时出来也是常有的事，所以熙熙攘攘的游客和商人并无在意。

杨凌仔细一看，见那些人中有几个太监微微低着头左顾右盼。其中一个年轻的小太监站在水车高大的辘轳旁，一双贼溜溜的眼睛四下瞧着，杨凌一眼认出这人正是朱厚照，忙迎了上去。

朱厚照穿着身小太监的衣服正东张西望，杨凌凑上来一把拉住他袖子，低声道："太子。"朱厚照吓了一跳，抬头瞧见是他，面上不由一喜，杨凌急忙摆手示意噤声，刘瑾也站在朱厚照身边，见了杨凌微微一笑。

杨凌背着包袱随着他们走了一阵，来到一处家具店，这家店从全国各地运来上好的木材，自己聘了许多木匠师傅，可以应达官贵人的要求现场制作不同款式的家具，因此店铺旁边一个过道，进去便是自己的木制品作坊。

杨凌一扯朱厚照，朱厚照会意，趁人不注意，跟着杨凌拐了过来，杨凌急走两步，看四下僻静无人，便停下了脚步，转过身来刚要说话，一瞧见朱厚照身后跟着的人，他眼睛都直了，吃惊地道："怎么……怎么……诸位公公都来了？"

昨日商定的是由刘瑾、张永陪着朱厚照借水车出宫的机会混出来，谷大用、马永成在东宫掩饰，高凤、罗祥、魏彬、邱聚并无安排。

因为这八虎并不全是老人，有的还是二十出头的年轻太监。如果都跟出来，一来太过显眼，二来也怕朱厚照受他们怂恿惹出事来。张永、刘瑾，一个老成持重、一个心机颇深，有他们跟出来照应，比较稳妥，想不到这时一瞧，八个人居然一个不落，全都跟出宫来了。

魏彬见杨凌吃惊，呵呵笑道："杨相公不必担心，皇上昨晚刚来看过太子，再说今日又有军情急报入宫，皇上正和三位大学士以及兵部、工部的尚书们议事呢，回头还得和礼部、户部的人去巡视春闱考场，不妨事的。"

杨凌苦笑一声，他明白这几个人是见有讨好太子的机会不肯放过罢了。杨凌只好道："几位公公说的是，只是……下官事先并不知情，所以只备了三套衣衫……"

邱聚忙道："无妨，我们都已自备了衣裳。"他四下望望，见路口只是偶尔有人经过，也没太注意里边，连忙匆匆脱了太监袍，摘下帽子，他里边穿了一身普通士子的衣衫，头上一顶书生巾，换装倒是迅速。他本来就是阉人，缺乏阳刚之气，穿上这身衣服，虽然皮肤黑了点，还真像个四肢不勤的读书人。

朱厚照、刘瑾、张永三人也匆匆换了衣袍，十个人齐刷刷一色的文人打扮。好在近日正值春闱，各地的举子齐集京师，满北京城到处都是读书人，倒也不会惹人起疑。

杨凌问道："太子，咱们现在就去兵部吗？"

朱厚照出了皇宫，如同离了笼子的鸟儿。往日出宫是父皇偶尔带着他在诸多侍卫的暗中保护下匆匆去些人烟稀少的风景区走动，难得今日自己出来，他就像乡下人进城，瞅着哪儿都新鲜。若是现在去兵部，一进去想再去别处游玩那肯定是没戏了，他岂肯现在便去，于是忙摆手道："不忙，不忙，咱先到处逛逛。"

杨凌无奈，只好陪着他在集市中闲逛，朱厚照见到市面上卖的许多东西在宫中都见不到，甚为喜欢。这小家伙悟性又好，眼见别人讨价还价，砍得天昏地暗，不知所谓。一时心痒难耐，见到喜欢的东西不免上前问问价格，然后学着跟人砍起价来。

他虽不懂价格，八虎却大多熟知，有他们在旁边帮衬，朱厚照倒也没有被当成冤大头，可这价钱砍完了东西就得买呀。八虎现在大多还是苦哈哈，没什么钱，唯独马永成专门负责宫中日常采买，虽然不是主事的太监，手中的银两也足够花用，为讨太子欢心，只要朱厚照砍了价的东西，他便立即掏钱买下。

几个人在皇城根的市面上逛了不到一个时辰，八个太监连着杨凌，人人都手提肩背，负了一身的东西。就是朱厚照自己也斜挎了一卷丝绸，右手提着两包茶叶，脖子上挂了三副珍珠，左手提着一把内嵌荷花金鱼、造型优美的大瓷盘，看起来说不出的滑稽。

那些商人虽然身份卑微，却都是大户人家派出来的管事，颇见过些世面。瞧这些人一副暴发户的模样，还以为是乡下来的土财主，赚了他们银子，面上还免不了露出些鄙夷。

朱厚照玩得开心，至于他们脸色，他倒懒得理会。在市集上逛得腻歪了，刚刚买到手的东西他便觉得太过碍手碍脚了，回头一看，刘瑾几人和杨凌那模样比他还要狼狈，朱厚照不觉开怀大笑。

他想想这八个人都是宫里侍候的，京里也没什么亲人，便对杨凌道："今儿玩得甚是开心，我本想再去街面上走走，只是提着这些东西太过不便。你不是刚来京师嘛，这些东西权当我们送你的礼物。咱们去街上弄辆车来，把东西送去你家，然后接着逛街。"

杨凌听了心中一喜，想不到陪太子逛街还有意外之财。朱厚照买东西全凭个人喜欢，却不问价格贵贱，所以这些东西五花八门，便宜的只值二十多文，贵的却值三百多两，几人背的这些东西林林总总加起来估计有上千两了，其中还有胭脂、菱镜一类的东西，自己想替幼娘上街去买的时间都省了。

他心中高兴，口中还得客套一番，连忙谦让道："太子爷，这可不妥，这都是您喜欢的东西，就算要赏赐臣下，八位公公也该人人有份才对。"

朱厚照听了笑骂道："少来，他们吃宫里的，拿宫里的，连个家也没有，这些东西给了他们拿去何用？快去雇车吧。"

张永也苦着脸道："杨相公，你就别推辞了，我这身子骨可快受不了了。哎哟，这个坛子刚刚没觉着这么沉呀，现在可快提不住了。"

旁边罗祥、魏彬、邱聚几个人连连点头。虽然他们都是听使唤的奴才，可没干过多少力气活儿，背了这半天东西，又累又乏，又不敢把太子买的东西随便扔掉。现在只盼着把这些东西快快脱手，至于给谁，那就无所谓了。

于是，杨凌和朱厚照肩并着肩，挤出人群向街上行去。由于人多，这些太监生怕太子有失，习惯性地四前四后护侍着，腰略略地弯着，看起来就像侍候一位贵公子出行。

可是他们的打扮却都是书生模样，叫人瞧见就显得有点怪异了。一行人还不自觉，就这么排成两列纵队，扛着些乱七八糟的东西，去杨凌家了。

第六十四章

十大恶人

一

杨凌雇了辆大车,把东西一股脑放在车上,张永、刘瑾、马永成三个岁数大的太监陪着太子和侍读坐在大车上,其他几个年轻些的只好屈尊随在车后,直奔护国寺街。

朱厚照虽然胆大胡闹,可也担心太子私自出宫的事传得尽人皆知,所以路上便吩咐杨凌和八虎:只说几人全是太子侍读,反正民间百姓也不知道太子爷身边有多少侍读的文人,今儿去杨家是欢迎同僚进京,特意买了礼物相送的。几个太监都唯唯诺诺地应了。

幼娘待杨凌走了,只觉胸中气闷,稍稍吃了点东西,便再也难以下咽。自去炕上歇了会儿,又坐起来练了一阵吐纳功夫,觉得胸臆间舒服了许多,刚刚缓过劲儿来,门前铜环扣动,就听见相公在外边唤她:"幼娘,快来见过客人……"

韩幼娘又惊又喜,相公今日回来得如此早?她匆匆下地迎出门去,只见八九个青袍长褂、秀才打扮的人正站在门外,个个肩扛手提拿着不少东西。杨凌迎上前来笑道:"幼娘,这几位都是东宫太子殿下的侍读,是我的同僚,听说我刚刚来到京师,特意买了礼物前来看望。"

刘瑾、谷大用等人听了都努力扮出一脸和蔼的笑容,各自连连点头,满面带笑七嘴八舌地道:"是啊,是啊,我等皆是杨相公的同僚,今日特来府上探望。"

这八人文化水平有高有低,有的叫杨夫人,有的叫小娘子,邱聚、魏彬年纪轻,又是从小在宫中长大,更不知道该怎么称呼幼娘,也不管自己比杨凌岁数大还是小,干脆叫她杨家嫂子。

幼娘听说是和相公共事的同僚,不敢怠慢,连忙将他们迎了进来。这几个人一进了屋子赶紧把朱厚照买的乱七八糟的东西东摆西放,找个地方坐了,捶着胳膊腿儿。这些人拿的礼物五花八门,连石英片染的窗花、咸菜坛子、绘着八仙的装油的葫芦都有，往屋里这一放，炕上地上到处都是。

太子站在人堆后面，最后一个跨进门来。他也是一副小书生打扮，一身青袍，头戴布巾，手里拿着啃了一半的饼，他几步蹿到幼娘身边，将三挂珍珠、几包茶叶和一包上好的宣纸一起往炕上一扔，笑嘻嘻地对幼娘道："幼娘姐姐，我也来啦。"

幼娘一怔，见他年纪尚小，不禁又惊又奇："这么小的书生也是太子身边的人吗？"她瞧着这书生有些面熟，却记不起什么时候见过。杨凌忙上前道："这位……咳咳，也是我的同僚，娘子可记得那日在护国寺见到的小公子？"

韩幼娘"啊"了一声，又惊又喜地道："记得了，记得了，原来小公子也是太子爷身边的伴读，快快请进。"

幼娘见这位小书生年纪和三弟满仓相仿，感觉很亲切，向他笑道："快进屋坐吧，你是相公的同僚，该当叫我嫂子才是。"

朱厚照只有一个弟弟幼时就夭折了，朱家的龙子龙孙虽多，又全都撵出京去了，平时还真没叫过别人嫂子，他侧着头想了想，觉得有幼娘这么个嫂子感觉也不错，遂欢欢喜喜地改了口。

幼娘笑着答应一声，正准备烧水沏茶，张永急忙拦住，呵呵笑道："夫人不用客气了，杨侍读一会儿要请诸位同僚去酒楼饮酒，我们来家里坐坐便离开的。"

这些人真是累了，朱厚照却仍精力充沛，在屋里屋外四处乱窜。看见些在宫里从未见过的东西就新奇地扯着公鸭嗓子喊嫂子。幼娘自到了京城颇有些想念家乡的亲人，见朱厚照长得眉清目秀，调皮劲儿也像极了她的弟弟韩满仓，幼娘也很喜欢他，所以总是耐着性子解释一番。

到后来朱厚照又见到院中那口水井，眼见木辘轳上系着绳子，绞动着上提木桶，就可以汲上甘甜清冽的井水，顿时玩心大起。他听幼娘说明用法，看见杨家的水缸只剩了半缸水，立即兴致勃勃地汲上一桶桶水往水缸里灌。

刘瑾、张永几个人见太子干这粗活，也顾不得疲乏了，连忙抢出来要帮忙。朱厚照正玩得不亦乐乎，哪肯放手，到底把水缸都灌满了才罢手。

几个太监方才就心惊肉跳地站在井边生怕他有个闪失，见他总算罢手了，担心他又想出什么新鲜点子胡闹，连忙趁机向幼娘告辞。一行人出了院子，杨凌故意落在后面，待他们走远些了，回头对幼娘道："幼娘，你气色好差，脸颊潮红，是不是不舒坦，要不……回头我带你去看看郎中吧。"

韩幼娘打起精神笑道："我的身子哪有那么金贵？相公放心吧，许是胃里寒，有些不舒服，我歇会儿就好了，你快去陪客人吧，可别失了礼仪。"

她拍打着杨凌扛东西时肩头落下的灰尘，微笑着小声说："太子爷真是个奇怪的人，身边的侍读有的快给人当爷爷了，有的却是不大的孩子，他们在朝里也是大人物吧？不过我觉得他们都不如相公有威仪呢。"

"那是！"杨凌挺了挺胸，回头看看，八个大太监、一个小毛孩儿，这历史上的几大恶人品性暂不去提，光看模样怎么看也是自己最有威仪呀。

他"甚有威仪"地向爱妻一笑，说道："回去吧，不舒服就歇着，东西先别拾掇了。等再过些日子，相公买个丫鬟回来伺候你，我的幼娘也该享享福了。"

· ※ · ※ · ※ ·

会试，一般在乡试第二年二月举行，故称春闱。届时全国举子云集京城做垂死挣扎，其悲壮情形比现在高考时千军万马过独木桥还要激烈。今年春闱由于年前弘治帝大病了一场，过了年又遇上鞑靼袭边，所以推迟到现在才开，足足晚了一个月。

今天是头一天开试，礼部要请圣谕、祭苍天、拜孔子，诸多礼仪十分烦琐，故此开考时间并不早，现在街上还有一群群的举子们匆匆忙忙地赶往学宫考点。

朱厚照瞧见那些背着包袱、抱着笔墨的考生，一时好奇也赶往学宫去看热闹。杨凌知道他不玩够了，必定没有心思去做大事，只好和刘瑾等人陪着他一路东摇西晃地赶往学宫。

大明有些规模的城市都建有学宫，学宫既是当地学子们苦读的地方，同时也是孔庙，京师的孔庙自然是全国最大的学宫。朱厚照等人来到学宫前，只见门楣上高高的金字匾额写着"万世师表"四个大字，泮池外边石桥正前方竖着一块两米高的禁碑："文武官员至此下马。"

甭管多大的官儿，到了学宫这儿都得下轿下马步行而入。文人们做了大官，都会回来祭拜孔老夫子，算是衣锦还乡，炫耀后进。至于武将，哪怕官居一品，权倾朝野，大老远看见学宫二字也绕着走，没办法。学宫里的老学究们认准了半部论语治大下，道德文章世无双，武人进去是要受歧视的。

这处学宫虽大，仍是装不下全国考生，现在依着宫墙又搭了三排木棚充作考点，周围以布帷遮住，派兵丁严加把守。

朱厚照慢悠悠赶到的时候，钟鸣鼓响已经开考了，门前除了举子们的家人、仆人，还有些卖茶水点心的小贩，已经一个举子也不见了。朱厚照顿觉无趣，见大槐树下有个茶水摊子，便走过去坐了。刘瑾赶忙唤过小二，要了茶水、点心、瓜子，陪着朱厚照在树下闲聊。

杨凌看看太阳，估计也就上午十点多的样子，要去兵部时间还充裕得很，这才放下心来。他对朱厚照说了一声，沿着泮池慢慢西行，想瞧瞧这些举子们考八股的模样。只是布帷遮得太严实，每隔几步又有一名官兵把守，稍靠近些都被人大声呵斥。杨凌逛了一阵无趣，正要转身往回走，忽地一个举子背着个包袱急匆匆地与他擦肩而过，直奔布帷围成的试门。那举子满头大汗，举着试帖惶急地道："兵大哥，学生因故来得晚了，又走错了考场，迟了些许时间。请兵大哥通融一下，让我进去吧。"

杨凌好奇地停下脚步，转身瞧去，门口站着四名兵丁，其中一个挥手道："会试如此大事也能耽搁？晚了便再等三年吧，我们可不敢做主放你进去。"

那举子急得满头大汗，一边苦苦哀求，一边连连作揖："各位兵大哥，学生十年寒窗苦读为的就是这一刻啊，不瞒各位兵大哥，学生昨夜还苦读至三更天哪。只恨路上撞了一个无赖，被他扯住纠缠不休，因此耽搁了时辰，请各位多多帮忙啊。"

杨凌打量这举子，见他二十五六岁年纪，粗眉大眼，皮肤黝黑，身材又高又瘦，穿着一袭青衫，空荡荡的，像个竹竿似的。

这人说着探手入怀，将身上揣的银两都掏了出来，一股脑塞在那兵丁手中，赔笑道："各位兵大哥多多通融，大恩大德，学生没齿不忘。"

那兵丁见他塞来足有十多两纹银，眼中顿时露出贪婪的神色，只是这科考重地里边关卡层层，过了他这一关，也进不得科场。他一个大兵，可没有权力送他进去，他只好遗憾地将银子扔回那举人怀中，摇了摇头，不再言语。

那举子见此情景，急得额上汗水涔涔而下，自己竟恍若未觉，连擦都顾不得擦一下，仍然扯着那大兵不断哀求，其他几名兵丁见他赖着不走，都大声呵斥起来。里边一个礼部官员闻声走了出来，袍袖一甩，冷斥道："什么人在门口喧哗？"

那礼部官员只是个小小的礼部员外郎，可是这举子情急之下也顾不得了，他扑通一声跪倒在地，高声道："大人救我，大人救我！学生因故迟了，不得进场。请大人千万开恩，放我进去吧。"说着那举子磕头如捣蒜，杨凌本不在意，待听到他磕得地面咚咚直响，才触目惊心，一时大起同情。

礼部员外郎白眼一翻，冷冷地道："朝廷开科取士，是要选拔人才，为国效力的，连会试这样大事都能迟到，你这样的人也能入朝为官吗？回去再好好读几年圣贤书吧。"

那举子听了，语声哽咽地伏在地上不起来，只是不断磕头，后来竟连哀求的声音都发不出来了。杨凌见了极为不忍，忍不住讲情道："这位大人，他迟了不过一刻钟而已，断不会出现泄题作弊的可能，不如放他进去吧。大人也是读书人，当知苦读不易啊。"

礼部员外郎冷冷一笑，斜着眼睛瞥他一眼，不屑地道："你是什么人？"

杨凌道："在下杨凌，也是一个读书人，读书人辛苦半生，出头之路唯有科场一条路。事关人家一生前程，大人就开恩帮帮他吧。"

礼部员外郎阴阳怪气地道："科场是什么地方？科举是何等大事？如此神圣庄严之事，岂能容人徇私？"

杨凌见他一副嘴脸，忽地想起相声《连升三级》里东厂魏忠贤派人送进考场的张好谷来，他心中一动，都说厂卫横行，人人侧视，不知我这面牌子管不管用。他见四下没有熟识的人，便探手入怀摸了那面玉牌出来，在礼部员外郎面前一举，微笑道："大人，正因科考是人生头等大事，还请大人稍为通融，功德无量啊。"

礼部员外郎瞧见杨凌手中的飞鱼令牌，顿时心头一寒。京师里逍遥的锦衣卫十有八九是北镇抚司那班噬血魔头，这个衙门随便出来一个锦衣校尉，也够他这个小小的员外郎喝一壶的了，何况看这人手中的玉牌是锦衣卫中的高级军官。

锦衣卫什么时候连科举的事也管起来了？他们也算是军系的人，平时最厌恶来学宫这种地方，莫非……是皇上特谕锦衣卫来暗中探查？稍迟片刻并不算不可通融的大事，这人要是在圣上面前添油加醋地乱说一番，说我故意刁难举子，那……

一时间，礼部员外郎脸上也涔涔落汗，他痴痴地道："杨大人，方才下官不知杨大人身份，失礼了，实在失礼了。有大人一句话，那还有什么不可以的，下官立刻亲自送这名举子入场考试，大人尽管放心便是。"

那瘦高个的举子一直跪在门口仰着脸听两人说话，一听这话立时喜形于色，连忙磕头作揖地道："多谢杨大人，多谢考官大人。"

他虽不知杨凌拿的什么牌子，可是看他年纪轻轻，竟让那位考官为之色变，定是位身居上位的高官了。

杨凌向考官拱手道："如此，多谢了。"然后向那举子呵呵一笑道："送你进去难，金榜题名更难，能不能鱼跃龙门，可全看你的本事了。"

他做了一件好事，心中也极为愉快，脚下飘飘，径直向学宫正门走去。那位礼部员外郎松了口气，心有余悸地对那举子道："快起来，快起来，我送你进考场便是。"

"是，是，多谢考官大人。"那举子泗泪横流地站起身来，扭头瞧见杨凌正要拐过帷幕，忙语声哽咽地高声道："杨大人帮扶之恩，学生严嵩，此生不敢忘！"

杨凌刚刚拐过布帷，一听到这句话，脚下一绊，差点一个跟头跌进河里去。

第六十五章

又生枝节

一

朱厚照坐了会儿，觉得有些无聊。太阳越升越高，腹中也感觉有些饥饿。他正想叫人把杨凌找回来，只见一队五城兵马司的步快急急忙忙地跑了过来，手中拿的不是刀枪，却是扫帚、簸箕。几个小吏耀武扬威地喝道："闲杂人等赶快回避，当今圣上要来考场巡视啦。"

朱厚照听说他老子要来，吓了一跳，慌忙站了起来。那些步快们执帚横飞，扫得尘土飞扬，不用他们赶，那些候在考场外的百姓早已忙不迭地避向街对面的树林子里。

卖茶水的小贩直呼晦气，也连忙招呼婆娘捡了茶具桌椅赶快挪地方，就在这时杨凌脸黑黑的，从布帷那一侧转了出来。朱厚照大喜，连忙道："回来得正好，马永成，你常常出宫采买，快介绍家像样的酒楼，咱们去饱餐一顿。"

谷大用听他调门挺大，吓了一跳，连忙压低了嗓门道："太子爷谨声，可别叫人听见了。"刘瑾、张永等人惯看他人脸色，看出杨凌挺堵心的样子，只是任他们想破头，也不知他遇到了什么事。

杨凌没想到自己一时好心，居然帮了个史上有名的大奸臣。这时又听说朱厚照要去吃酒，更是挠头，他忙凑到朱厚照身边，低声道："太子，我们出宫甚久，时间长了恐陛下察觉。依微臣之见，我们去吃些饭茶，然后就赶紧去兵部吧。"

朱厚照也低声笑道："杨侍读不必担心，父皇一会儿要来巡视考场，一时半会儿回不了宫。咱们寻个去处，吃些酒茶，待我填饱肚子，就雇辆车去兵部搬东西。"在他想来，自己堂堂太子出面，刘大夏怎么也要给个面子，要点东西还不是手到擒来？

马永成听了朱厚照吩咐，忙领着大队人马重又杀上大街，十个人租了两辆马车，沿着大街前行，朱厚照知道父皇要来学宫，还真怕被他发现，便嘱咐马永成走得越远越好。马车穿街走巷，过了好久。朱厚照从车内瞧见路边一条胡同十分繁华，街口就有一家酒楼,旗幡招展,甚是热闹,于是敲着车栏叫马永成停车。

马永成一瞧这条胡同是百顺胡同——京师有名的风月场所,不禁心中暗暗叫苦。弘治皇帝只此一子,对朱厚照极为宠爱,加上皇上自己也常常偷偷出宫,所以就算知道太子私自出宫,顶多也就打他们几板子意思意思。所以这班太监才敢撺掇太子出宫,可要是被皇上知道他们把小太子带到风月场所,那罪责可就不轻了。

可是他又不敢对朱厚照明言,这位小太子好奇心太强烈,你越是不让他去的地方,他越有兴趣。好在他相中的只是街口那家酒店,进去赶快吃点东西尽早离开就是了。

马永成停下车子付了车钱,趁机对刘瑾、张永几个人说了几句,几个老太监连连点头,赶紧追上去护侍着朱厚照去酒楼,生怕这匹野马一时兴起,又在这胡同里胡乱逛起来。

几个人上了楼,马永成可着最好的菜肴点了满满一桌子,十个人在临窗的雅间内吃喝起来。朱厚照年纪不大,却喜好喝上几杯。可是他到底年纪小,酒量尚浅,饮了几杯已玉面通红,便叫魏彬推开窗子换气。

三月天,阳光明媚,空气也清新得很,春风徐徐一吹,朱厚照顿觉精神一振。他兴致勃勃地起身给杨凌几人倒酒,逼着他们也饮上几杯。

朱厚照喝得正开心,听见窗外隐隐约约传来一阵丝竹之声。朱厚照喜好音乐,不由停杯凝神听了起来。

他对宫廷里传统的官乐全无兴趣,偏好民间俚曲、异域奇音。此时听那远远传来的曲子旖旎动听,用的虽是丝竹乐器,但风情与宫廷中音乐风格大不相同,不禁站起来凭栏远眺,兴冲冲地指着下边那一排排二层小楼的四合院道:"大成,那是什么所在?"

马永成与刘瑾对望一眼,支支吾吾地道:"呃……老奴也不知道,想是商贾们请来的乐伎在唱曲吧?"

朱厚照击掌道:"有酒无乐怎么行?快去唤一个来,我也要听听小曲。"马永成苦着脸不肯动弹,恰在这时老板见这一桌客人大方,亲自端了一尾大鲤鱼送进雅间加菜。朱厚照回首召唤他道:"店家,我听那边有丝竹之声,甚是得趣,快去给我唤一个来,我要听听曲儿。"

那店家见他坐在主位,便知这小公子年纪虽小,却是这群书生的头头,他向窗外张望一眼,赔笑道:"客官,那儿的乐伎是不外出的。客官要听曲儿,那得上门去听了。"

正德听了好奇,问道:"喔?是乐伎吗?怎么这般托大,又不是不付他银两,奈何如此托大?"

店家见他年幼，料他还不甚明白。不过旁边那几个书生人人面露怪异神色，说不定却是风流场中常客了，他笑道："客官有所不知，这条胡同的姑娘都是有身份的人，平素只接待些达官贵人、富家公子，轻易是不会抛头露面的。传来丝竹雅乐的那一家叫莳花馆，更是咱百顺胡同的翘楚。馆里标致的姑娘最多，那儿的老鸨一秤金调理的姑娘个个是琴棋书画样样精通。馆里平素出入的，又大多是有身份的风流名士、达官贵人，我这酒楼排场还小，是请不来人家姑娘的。"

素以风流荒唐传于后世的朱厚照此时还是个不开窍的童子，对于女色全无兴趣，只是有心叫人来唱个曲儿罢了，听说那里的乐伎不外出，顿时意兴索然。

店家又道："小公子要是想去见见世面，莳花馆倒真是个好去处。那儿现在当红的姑娘香宝儿、可卿儿可是艳冠群芳啊，小公子如此俊俏，她们一定欢喜得很哪。馆里还有三个更标致的小姑娘，还未梳栊呢，都是一水儿的清倌人哪。这三个年纪虽小，都是一副美人胚子，一个叫雪里梅，吹得一口好箫；一个叫唐一仙，弹得一手好琴；还有一个玉姐儿，歌舞俱佳，这三人才情相貌十分的出众，年纪也和小公子相仿呢。"

杨凌听到雪里梅、唐一仙这几个名字，隐约有些耳熟，似乎曾经听说过。记得他九世轮回，最后一世附身在一个红歌星身上，曾经在一部有关明朝的电视剧中友情客串过一个角色，隐隐约约记着好像就是在那儿听说过这几个名字。

杨凌暗想："这几个乐伎能在后世留下名字来，想必是当世的名妓了。难道是因为正德嫖过，所以才声名大噪？不过本来历史上的正德可不该有这一次出宫啊，趁着这小子对女色还不开窍，我得把话茬岔开，莫让他入了此道。"

杨凌顾不得再去琢磨这几个耳熟的名字，连忙对店家道："去去去，少来饶舌，我们几个什么世面没见过？我们这位小公子，尊贵着呢，哪有纡尊降贵去见一个歌伎的道理？快下去吧。"

他本想捧捧朱厚照，让他自恃身份，打消了听曲儿的念头，朱厚照却笑眯眯地道："不妨的，不妨的。你说的这三人一个善吹箫，一个善弹琴，还有一个善歌舞，那这三人倒是绝配了，不过我听这传来的乐声如果便是出自她们之手，乐理也不过一般。"

刘瑾等人提心吊胆的，生怕朱厚照一时兴起，真的上门去听曲儿。一听杨凌这话提着的心才放了下来，纷纷附和道："那是，那是，公子什么场面没见过？且不去理会，咱们饮酒。"

店家见朱厚照甚是随和，又凑趣说道："此时奏乐的未必是这几位姑娘呢，几位客官不去见识一番她们的才情，以后想看时可就少了一位了。"

朱厚照奇道："怎么会少了一个？"

店家道:"听说有位姓严的商贾看上玉姐儿了,花了大把银子要聘她为妾呢。玉姐儿这几日整天以泪洗面,不开心呢。"

杨凌听了甚觉奇怪,不由问道:"什么?哪有这回事?嫁人做妾也好过这生张熟李的卖笑生涯,她有什么不开心的?"

店家道:"客官想是不常在欢场走动,不知这欢场的风气。若是个寻常的姑娘,有人为她赎身得脱火坑,那自然是求之不得。可是玉姐儿年纪尚幼,已是这里有名的清倌人,将来必定大红大紫的。举凡名妓都以嫁给达官贵人为荣,谁若是被商贾之人聘去,那可是窝囊透顶的结局,她如何甘心呢。"

朱厚照听了觉得有趣,他兴冲冲地一拍桌子道:"走,我们去看看,这三位乐伎,到底有何出奇之处。"

第六十六章

苏三赎身

一

朱厚照这话一出口，其余九人齐齐叫苦，刘瑾连忙说道："太……时辰太晚了，公子。咱们还是改天再去吧，莫忘了一会儿咱们还有要事在身呢。"

杨凌也急道："是啊，公子，那种地方还是少去为妙。若是被令尊知道了，可少不了一番责罚。"

这几人里刘瑾、谷大用等说到底只是个奴才，可他却是太子侍读，负有教导太子的责任，唆使太子去青楼妓院，那罪过可轻不了。

就算弘治顾忌皇家体面，不敢把太子的事声张出来，随便找个罪名同样能轻而易举地整死他。虽说大明初年就建立了空前庞大的"教坊司"，官家不但可以买卖人口开妓院，还把一些犯官的妻妾女儿送进去做免费妓女，可说是做尽了缺德事。但是法典中却堂而皇之有这么一条：严禁官吏宿娼，违者杖六十。

虽说这一条律令根本就不曾被人遵守过，朝野上下也一直睁一只眼闭一只眼，可不代表这条律法就失效了。皇帝只要以这个名义整治他，命人甩开膀子给他的屁股来六十板子的亲密接触，不死也残了。

朱厚照见他们纷纷阻止，还抬出父皇来压他，只好闷闷不乐地道："罢了，不去便是了。这儿也不行，那儿也不行，实在扫兴。"

杨凌等人生怕朱厚照一会儿又变了心思，大家也没有心思再轻酌浅饮，匆匆吃过了饭，马永成赶紧结账带着太子下了楼。几人站在楼口，正想叫几辆车来，就见一个四十出头的马脸汉子领了几个粗壮的仆役大步走来，边走边气冲冲地训斥道："不是说好三日后来带人的吗？苏淮那狗才怎又变了主意？"

旁边一个身材矮小，一溜儿小跑跟着他的男人赔笑道："严大爷，听说五城兵马司有个吏目也看上玉姐儿了，出的银子比您多哪。想是一秤金两口子起了贪心，要说大爷您家财万贯，可不在乎再多拿些银子出来。只是您干的是起居建筑的生意，如果得罪了五城兵马司的人……"

那被称为严大爷的马脸汉子霍地站住脚步，冷笑着瞥了他一眼，阴阴地道："齐方，你受了苏淮多少好处？在老子面前替他说道？"

齐方脸色一变，忙道："大爷，瞧您话说的，谁远谁近我还不知道吗？我怎么会胳膊肘往外拐，帮苏淮说话呢？"

严大爷呸了一声，骂道："谁远谁近？你这狗才就是跟银子近，老子拿出五千两白银为玉姐儿赎身，他还想要多少，嗯？那是整整五千两白花花的银子啊，玉姐儿是镶了金了还是嵌了玉了？值得这许多银子？我呸，做他的春秋大梦，文书都写定了的，他敢反悔？走，老子今儿就上门提人，我看谁敢拦我！"

朱厚照一听居然有抢亲的戏码看，方才撂下的心思又活泛起来，他兴冲冲地一扯杨凌，说道："快走，跟去看看热闹。"

"哎……"杨凌一把没拉住，朱厚照已一溜烟跟在那几个人后面走了，杨凌顿了顿脚，和刘瑾几个人匆忙追了上去。

这条街处处矮墙，花树缤纷，一处典雅的院落前，小门上挂着块黑漆金底的匾额：莳花馆。那位严老爷已带着人冲进了去，朱厚照一马当先，也兴致勃勃地跟进了院去。一进门就是个阔大的天井，廊下是一张张的小方桌子，寻香客一般就坐在这儿喝点茶，挑选下姑娘。由于天色尚早，廊下根本没有客人。

天井上方的二楼有一圈小房子，每间每户都不大，门口挂着牌子，这是最普通的娼寮。再往后第二进院落才是当红姑娘们的温柔乡，档次明显差了好多。

杨凌几人慌忙地追进门来，只见院落中通向后院的小门开着，那姓严的商贾领着人已冲向第三进院落。朱厚照美不滋儿地跟在他们身后，杨凌生怕他有什么闪失，连忙领着八个太监追了上去。

朱厚照看有热闹可看，如何舍得走？又是瞪眼又是哀求，正和杨凌、刘瑾几个人纠缠，一见那人领了四个壮汉冲进后院去了，忙也追了上去。

追到第三进院落，闻声迎出来的一个文弱男人已被姓严的揪住领子正在大吵，杨凌扯了朱厚照就要离开，朱厚照有热闹可看，怎么肯走？他涎着脸又是哀求又是瞪眼，软硬兼施就是不肯离开。

那文文弱弱的男人就是乐户苏淮，他赔笑对严宽道："严老爷，何必这么生气呢？我收了你的银子，当然不会反悔，只是玉姐儿从五岁就跟了我们夫妻，一时不舍得离开，伤心之下身子也带了些毛病。严爷还差这一时半会儿的？不过多候上几日罢了。"

严宽颊上带毛的黑痣都在抖动着，他满脸狞笑地道："放屁，婊子无情，戏子无义。她一个出来卖的会舍不得你们这对龟公龟婆？听说你们正在另找买家，还是个芝麻绿豆官。嘿嘿,可是虚张声势吓唬老子吗?我可是付过钱的,有文书在手,见官我也不怕。"

一个穿着浅紫色衣衫的中年妇人急急忙忙地从左侧厢房中迎了出来,老远就笑嘻嘻地道:"哟,严大爷,瞧你这话说的。玉姐儿可是我的养女呢,将来要跟了你,你还是我的便宜女婿呢,怎么就伤了和气?"

乐户虽比普通平民还要低一等,属于贱民,但是商人也是贱民,身份上并不比她高。加上这位严老爷又是莳花馆的常客,彼此熟了,所以一秤金敢跟他开些粗俗的玩笑。

这一秤金四十多岁,皮肤白白嫩嫩,脸上虽有些细微的皱纹,但一双灵活的媚目秋波荡漾,仍颇具动人的风韵。

她这一插科打诨的,严老板也不好再板着脸了,他松开苏淮冷笑道:"五千两银子,这女婿当得可不便宜呀。一秤金,少跟我嬉皮笑脸的。你说没有反悔,好,就当我听错了。反正现在迎她进门的是我,三日后还是我,这择日不如撞日了,我今日就要和她成就好事,你看如何?"

一秤金脸色一变,强笑道:"严大爷,玉姐儿虽说许给了你,可是毕竟我夫妻养她这么大,怎能没有一点感情?如今这孩子身子不舒服,娇娇柔柔的,我们夫妻看着都心疼。往后她可就是你的枕边人了,你就不心疼?"

一秤金说着狠狠剜了丈夫一眼,苏淮缩了缩脖子,没有吭气。原来这位严老板名叫严宽,是这莳花馆的常客,那日在二进院子睡了一个相好的红姑娘,就在这儿过夜了。早上一推后窗,恰看见玉姐儿在后院经过,这一眼瞧见七魂就失了三魂。

严宽是个满身铜臭的生意人,本来不好吟风赏月、听曲念诗那套玩意,为了附庸风雅取悦这个清倌儿,也忍痛花了大把银子去装了几天斯文人,可是几番下来却连人家的小手都没摸到。

他一想这般钝刀子割肉,还不如一锤子买卖利索,干脆舍了大把的银子想把这勾魂的小美人弄回家去品尝个够。当日正好一秤金正生着病,她的丈夫苏淮打理生意,虽说青楼本是销金窟,五千两银子对他来说也不是个寻常数目。他一盘算从山西大同买来玉姐儿时只花了八百文钱,如今养了八年就可以换回五千两银子,当下忙不迭答应了,还立了文书画了押。

事后,一秤金听说老公自作主张,不由把他骂了个狗血喷头。她在风月场中打滚了半辈子,玉姐儿将来能为她赚回多少银子,自然心中有数,再加上那小姑娘听说苏淮把她卖给了一个商人,心中悲切,着实大哭了几场。这一来连苏淮也有了悔意。

可是已经立过文书的事如何反悔?两口子盘算来盘算去,想着放出风声,诳说五城兵马司一个吏目看上了玉姐儿,想以官威压他。

其实五城兵马司算不得大衙门，只是京城（不包括皇城与紫禁城）的一个普通治安单位，吏目更连官儿都算不上，只是一部分小吏的头头，平时跟在巡城御史后边游游街，听候使唤，摇旗呐喊的主儿，不折不扣的听差跑腿。

五城兵马司的小吏其实挺可怜，除了抓几个鼠窃，派街坊打扫街道清理阴沟，检查商贩的升斗称是否准确，以及鞭打随便大小便的蠢民外，根本无权管理或执法。满京城都是权贵，他们能管谁？

可就是这样一个小吏，想压商人一头还是很容易的，严宽既然在京师做生意，总该怕这治安、城管、卫生防疫一把抓的衙门吧？想不到通过齐方把话儿透给他了，这严宽竟不在乎，仍然找上门来，两口子一时还真不知道他有多大背景了。

严宽听了一秤金的话哈哈大笑，阴阳怪气地道："心疼？让那千娇百媚的小娘们在你这窑子窝里，被这个捅捅、那个捅捅，我才真的心疼呢。怎么着？她一个婊子还嫌我身份低贱？别给脸不要脸，只有别人选她的份儿，什么时候轮到她选人了？我有银子，我就是大爷！"

正对面一直紧闭着的楼门咣当一声打开了，一个净面淡妆，身穿牡丹花绸子小袄、葱绿色百褶裙的小姑娘从里边快步走了出来。她立在门下，挑着柳眉，俏脸带着寒霜道："严大爷，请你说话客气些，你是有钱，可我们姐妹还没瞧在眼里。你想买个猫儿狗儿的由得你，可我姐姐还就不稀罕进你家的门，悔约不就赔你两成银子吗？这钱我们掏了。"

这绿裙小姑娘身段窈窕，肤色白得出奇，淡淡的柳眉下，一双俏眼十分厉害。说起话来声音又脆又急，跟炒豆儿似的。

朱厚照不禁啧啧笑道："这姑娘厉害，比那对窝囊废夫妻强多了。"杨凌和谷大用听了相视苦笑。

严宽眉毛一挑道："雪里梅姑娘，你说得轻松，想毁约也得我同意才行，银子？老子不缺银子，就缺个暖床的阿猫阿狗！这玉姐儿，老子要定了！"

他从怀里掏出一份文书，向上一扬寒着脸对苏淮道："我这文书上可有你签押的手印，怎么着，是不是咱们衙门里见？"

那座绣楼里又款款走出一位小姑娘，径直走到严宽面前软语哀求道："严大爷，强扭的瓜儿不甜，这种事总要两相情愿才好，你就开开恩，放过玉姐儿吧。"

严宽呵呵一笑，色眯眯地道："还是一仙姑娘嘴甜，着实讨人喜欢，比那些伶牙俐齿的女人可爱一百倍，呵呵呵。"

杨凌听她语声糯甜，也不禁多瞧了她一眼。这位唐一仙姑娘也就十三四岁年纪，身材娇小玲珑，脸蛋俏丽生辉，微微上翘的唇角有一颗美人痣，透出几分俏皮。她羞笑着白了严宽一眼，娇滴滴地道："那严大爷是答应了？"

严宽听得骨头一轻,眯着眼道:"答应?我答应什么了?黄金买笑,红袖邀欢,公平买卖呀。嘿嘿,小妮子一副可人模样,再过几年也是个小妖精。别急别急,今年年底老子就能再赚上大大一笔银子,到时老子把你也买回去和玉姐儿做伴,咱们一床三好,怎么样呀?"

唐一仙、玉姐儿、雪里梅现在都是清倌儿身份,平素接待的客人也都比较文雅,哪个说话像他这么粗俗,听得她羞恼了娇颜,一时却又不敢发作。

严宽摇晃着手中的文书,正自洋洋得意,忽地手上一轻,一个公鸭嗓子在耳边聒噪道:"拿着鸡毛当令箭,粗鄙不堪,俗不可耐,我看看是什么狗屁东西。"

严宽大吃一惊,他扭头一看,只见一个小书生举着自己的文书,扯着破锣嗓子大声念道:"本司乐户苏淮,现有养女玉堂春,本名苏三,原望接客养老,现有商贾严宽喜爱小女,苏淮得银五千两做小女赎身财礼。今后……"

第六十七章

不务正业

一

严宽瞧那少年岁数不大却身着儒衫,他身边居然还有七八个缺精少神儿,跟鹌鹑似的秀才,以为是逛青楼喝花酒的读书人,本来不欲无礼。可是自己的文书被他抢去,心中生怕有所闪失,听朱厚照还在那儿旁若无人地念个不停,他也顾不得客气了,上前伸手就抓。

朱厚照正念着文书见他伸手来抢,忙向旁一躲。严宽的手掌拍在他的手臂上,朱厚照手臂一沉,哧啦一声,把那份赎身文书扯成了两半。

朱厚照大乐,扯着公鸭嗓子笑道:"大家都看到了,是他自己扯破文书的,可不关我事。"

严宽急了,上去就是一记老拳,嘴里骂道:"小畜生,去你妈的。"

他这一拳正中朱厚照鼻梁,朱厚照顿时眼前金星乱冒,鼻血长流,忍不住哇哇大叫起来。朱厚照自幼尚武,在宫中跟着从武当聘来的大内侍卫高手练过些高明的武艺,只是他一来全无实战经验,二来从来没被人打过,这时鼻子又酸又痛,伸手一摸满手是血,顿时就慌了,竟然想不起来还手。

严宽从他手里抢过两片文书对了一下,还好,文字都还对得上。

太子被打了,八只"鹌鹑"就跟刨了他家祖坟似的,全都急了眼,一个个脸孔涨红地扑了上来。

虽说太监一般体力比普通人弱些,但张永进宫前习过兵书、练过拳脚,他这一拳打来倒也虎虎生威。严宽刚把文书揣回怀里,张永一拳就到了,打得他趔趔趄趄退了几步,一屁股坐在地上。

严宽火了,向手下四个壮丁喝道:"给我打!"四个壮汉马上冲上来和八个大太监扭打成一团,虽说那四个壮汉见对方都是读书人,不敢下狠手,可这八只软脚虾哪是人家对手?八个对四个,除了张永有攻有守还挺像那么回事,刘瑾等人只有挨打的份儿。

杨凌见到这么"惨不忍睹"的群殴，心中盘算一下，就算加上自己，也不过是多了一个肉靶子而已。于是当机立断，立刻冲上去扶住太子，对他亲切慰问道："公子，你怎么样了？要紧吗？"

朱厚照捂着鼻子，鲜血从指缝里流了出来，唔唔地说不出话。冷不防旁边伸过一只秀气的小手儿，举着一方香气怡人的手帕道："小公子，你擦一擦吧。"

朱厚照不由得一愣，他下意识地接过手帕，手指触到她的小手，只觉绵绵软软，光柔滑腻，心中不由浮起一种从来没有过的感觉。目光所及，那双会说话的眼睛有种说不出的温柔，那淡淡的笑意里带着关切和同情。

朱厚照将唐一仙的香帕捂在鼻子上，嗅处尽是一股幽香，他一时不觉得痴了，连杨凌的问话也没有听到。

苏淮和一秤金以及闻声赶来的几个龟公眼见院中十多个人扭打成一团，也不知是该劝还是该帮，都手足无措地站在一边。正不知如何是好时，只听一个娇脆的声音喊道："不要打了！"

这少女的声音极为悦耳，院中动手的十二个人不禁都停了手，一齐向发声处望去，只见楼内站着一个素衣如雪的少女，长发逶迤，身纤如月。

那少女淡淡地道："严大爷，何必伤及无辜呢？你请回吧，三日之后，苏三随你走便是了。"

旁边叫雪里梅的翠衫少女急道："玉姐儿，这样的人你真要跟了他吗？见官又如何，我认得礼部……"

那素衣少女打断她的话，幽幽说道："傻妹妹，说那些作甚？那些老爷们和咱们吟诗作画、谈风论月只是一时消遣罢了。人家是使了银子的，又不欠咱什么，真要闹到官家，只怕人家认都不敢认咱们呢。"

她凄然一叹，说道："不要再说了，我们这样的人无根无家，犹如风中的柳絮、水中的浮萍，风吹到哪里便是哪里，浪卷到何方便是何方。"

严宽哈哈大笑，目光扫处，见那几个读书人被自己手下打得鼻青脸肿，正恨恨地看着自己，倒也不愿再多生是非，于是洋洋自得地道："好，早说这句爽快话，老子怎么会生气？哈哈，我们走，一秤金，三日后我来带人，要是你再敢推三阻四，哼哼！"

他一摆手，领着四个彪形大汉扬长而去。杨凌向楼内一瞧，乍入眼帘的犹如一幅古典仕女图。素衣如雪、淡雅梳妆，虽然楼内阴暗处看不太清那少女的模样，但那身段行止，却如一轮明月不减清辉，与旁边卓然俏立如一枝寒梅的雪里梅站在一起，动静皆宜、浓淡益彰。

这美女果然不负盛名，单是那举止、气质，已是雅致不俗。八虎虽是男人，却早已修炼到"本来无一物，何处惹尘埃"的至高境界。你美也罢、丑也罢，与他们全不相干，早已腆着青一块、紫一块的老脸凑到朱厚照身边去表功了。

朱厚照理也不理这名副其实的"丑八怪"，他匆忙拭去嘴上的鲜血，抹了抹鼻子，直到不再有血流出了，这才如释重负地放下手，对唐一仙道："多谢姑娘，我没事了。"

唐一仙甜甜一笑，说道："那就好。那些都是粗人，仗着有几个臭钱欺男霸女。你一个文弱书生，好好读你的圣贤书就好了，哪里是那些无赖的对手，以后可不要再强出头了。"

朱厚照平素在宫中倒也不乏年轻宫女侍候起居饮食，可是那些女子纵然不是面貌平庸，在他面前也向来是垂眉敛目，大气儿都不敢喘上一口。哪像这个女孩这般平和温柔，还敢教训他。这些教训的话听起来偏又甜甜的，惹人喜欢。

一缕朦胧的情愫在他心底暗暗滋生，这个模样娇甜、声音讨喜的可人小姑娘已经悄悄在朱厚照心里印下了她的影子。纵然贵为太子，同样也是男人，初经情事的男人想必都有过体会，对方的一颦一笑、一言一行，在你心中都是那么重要。

朱厚照一听她把自己当成百无一用的书生，不由有些急了，他涨红着俊脸道："谁说我打不过他？我的十段锦的功夫足以让三五个大汉近不得身，要教训几个小贼还不是易如反掌？只是方才……方才我初次与人动手，一时呆住了。"

唐一仙听他自吹三五个人近不得他身，结果却又说从来不曾与人动手，哪里知道他说的是实话，还道这小书生好面子，忍不住一声轻笑，道："好好好，公子爷一身好功夫，我信了还不成？你的鼻子无碍了吗？没事了就早些回家去吧，这种地方，还是少来为妙。"

朱厚照听她不把自己的话当真，气得脸都红了，站在初次令他有心动的感觉的女孩面前，却被人家看成小孩子，他如何承受得了。朱厚照恨恨地一跺脚，急道："你不信吗？我要整治那个无赖易如反掌，还有那个什么狗屁文书，看他拿着当宝似的，哼哼，我要取来，也只是一句话的事。"

唐一仙眼睛一亮，随即却又失望地叹了口气。这小公子想必是什么大户人家的公子，不知天高地厚，才敢口出狂言。五千两银子可不是小数目，纵然他出身大富之家，家里的长辈又怎么会容得他拿着大把银子出去胡闹？

朱厚照见她不信，不由得急了，他转眼瞧瞧，身边刘瑾等人被扯破袖子的、掉了帽子的、披头散发的、鼻青脸肿的，无论哪个拿出来都没有说服力，于是一指杨凌道："你不信吗？不信你问他，我办得到办不到？"

杨凌见那小姑娘一双亮晶晶的眼睛瞟着他，便连门内那位苏三姑娘和雪里梅，虽然貌似不在意，其实都竖起了耳朵在认真听着，只好点头道："不错，这位公子说的不假。漫说教训那无赖一番，就是替姑娘赎回那份聘书，也着实容易得很。"

　　杨凌一表人才，气宇轩昂，如今他明为太子侍读，暗为锦衣卫高官，实际的心理年龄、阅历又远不止目前这样，说出话来自有一股威信。门内悄悄看着他的苏三顿时吁了口气，唐一仙狐疑地道："公子说的……可是真的吗？"

　　在她想来，这位公子就算大有身份，能压迫那严宽退银还书，也不会全出自好心，若不是他也动了玉姐儿的心思？否则又凭什么这般付出？瞧他玉树临风、衣冠楚楚，是个有身份的读书人。若他也是想为玉姐儿赎身，玉姐儿说不定会欢喜呢，这一来替她欢喜的同时，却又平添了几分羡意和自怜的伤感。

　　朱厚照得意地道："当然是真的。"他理直气壮地一指杨凌："杨……杨大哥，这事就交给你了，好好教训教训那混蛋，把他的文书也要过来。"

　　在他想来，他是君，杨凌是臣，他交代杨凌去办的事，也就等同于他为别人做的事了。可是听在玉堂春、雪里梅、唐一仙和一秤金等人耳朵里却恍然大悟，难怪这小书生如此笃定，恐怕他这位年长些的朋友才是有些背景来历的人物。

　　门楣内玉堂春深深瞧了杨凌一眼，见他有些愣怔，她也是甚机灵的女子，立即盈盈拜了下去："如此，苏三先谢过杨公子了。"这一来就趁热打铁，板上钉钉了。

　　朱厚照疑惑地道："咦？要帮忙的是我，怎么你倒谢起他来了？"

　　唐一仙嫣然笑道："谁说不谢你，若是两位公子肯帮忙，我摆酒设宴谢过你们。"

　　"好！"朱厚照听说她要摆谢酒，不禁心花怒放，立即迫不及待地道："我们走，你们尽管等我们的好消息，最迟三日之内，此事一定办妥。"

　　他现在心里眼里只有一个巧笑倩兮的唐一仙，巴不得赶快把事办妥来向她献宝，连忙一路急急地奔出莳花馆，瞧见那严宽领着人已快走出街头，朱厚照立即道："高凤、罗祥，跟上他，莫让他给跑了。"

　　然后又对杨凌道："你去五城兵马司，给我调兵来拿人。"

　　八个太监和杨凌一听都吓了一跳，这下子事儿闹大发了。太子在青楼与一个嫖客打起来了，调动五城兵马司的人出来弹压，这事要传出去了，那还得了？

　　几个人围上来苦苦相劝，朱厚照怒道："他敢打我，杀他的头也不为过，你们要抗命吗？"朱厚照平素随随便便，全无一点威仪。可是这时震怒之下，那种从小颐指气使、令行无阻培养出来的身居上位者的气势不自觉地便散发了出来，八虎个个噤若寒蝉，杨凌也不禁身子一震。

　　高凤、罗祥见杨凌和刘瑾、张永几个太子最亲近的人也不敢再进言，赶紧硬着头皮向严宽追了上去。谷大用知道朱厚照下定心思的事是劝不得的，见他横下了一条心，只好推推杨凌，示意他赶紧去找五城兵马司的人。

　　杨凌只好苦笑着离开，他原本觉得这小太子好对付，自己略施小计，便让朱厚照心甘情愿地给自己当枪使，拉大旗做虎皮去救回郑和海图，心中颇有几分得意。现在才知道自己估错了一件事，就是朱厚照的任性和异想天开，那实在不是别人事先能预料得到的，也不是别人能阻止的。

他不敢离得太远，一边辍着太子，一边寻找五城兵马司的人，本来五城兵马司的人都在街上巡逻，可是这时辰也不知道是不是都拉去学宫搞卫生运动了，竟然一个都见不到。杨凌正想趁机回复太子，免得他把事儿闹大了，前方酒楼里忽然走出几名身着飞鱼服的锦衣卫来。

杨凌大喜，这些人敲诈勒索堪称行家里手，让他们出面最是妥当，锦衣卫拿人还需要理由吗？这一来太子的身份就不会暴露了。

杨凌急忙迎上前去，拦住他们去路，亮出牌子要他们协助拿人，几名略带醉意的锦衣卫互相看看，却不动地方。杨凌看他们品秩，大多是些校尉、力士，内中只有两个小旗，官儿也不大，知道自己是有权调动的，不禁喝道："还愣着做什么？人犯要是跑了，唯你们是问。"

人群后一个懒洋洋的声音道："什么事呀？哪位大人在公干，要调我的人去帮忙？"随着说话声，几名锦衣卫左右一分，一个锦衫便服的汉子带着六七人从酒楼中走了出来。

那人三十多岁，身材矫健、神情剽悍，像一只懒洋洋的豹子。他走到杨凌身边，两人互相打量，猜测着对方的身份，好半晌那人忽地启齿一笑，拱手道："我是北镇抚司掌刑千户钱宁，兄弟是……"

杨凌这才恍然大悟，难怪那些人不动，原来他们的长官不但在场，而且品秩还不低。

听钱宁说了身份，杨凌忙道："在下锦衣卫南镇抚司同知杨凌。"

钱宁听说是南镇抚司的人，也算是锦衣卫里的要害部门。虽说不及北镇抚司炙手可热，起码人家的品阶比自己高了半品，便客气地道："原来是杨大人，不知杨大人何事要遣我的兄弟帮忙？虽说咱锦衣卫拿人不必奉诏，可是天子脚下，总该有所顾忌才是……"

杨凌把他扯到一边，低声道："钱兄，不瞒你说，我和几位朋友去前边的百顺胡同……呵呵，结果和一个商贾起了冲突，拳脚之下，我的朋友受了点伤，想请弟兄们过去帮着教训他一顿。"

钱宁一听是这种小事，正愁喝了酒没处活动拳脚呢，这个面子无论如何得卖给人家，他立即一挥手对手下道："走，都精神点儿，有差使了。"

第六十八章

大战豪奴

一

杨凌领着这群如狼似虎的锦衣卫，追上朱厚照、刘瑾等人，朱厚照正跟着高凤、罗祥，远远地追着严宽，一回头瞧见十多个锦衣卫，不禁大为赞赏："这个杨侍读有些本事，想不到仅凭着侍读郎的身份，居然调动来一队锦衣亲军，只是不知他是否泄露了我的身份。"

钱宁追上来瞧见他模样，不禁大吃一惊，眼珠子都快鼓出来了。朱厚照不认识他，他可认得朱厚照，这是当今太子呀，他怎么出宫来了？钱宁心中暗惊，面上却不敢表露出来，眼睛四下一看，认出太子身边这几个"娘儿们"样儿的书生都是太监扮的，他心中更加笃定。

早就听说皇上时常带了太子出宫游玩，想不到太子自己也会偷偷跑出来，瞧他身边人的模样，想是不敢泄露身份，吃了什么人的亏。嘿嘿，攀上太子这棵大树，那可是求都求不来的机会呀。

他也不说破朱厚照身份，只对朱厚照十分恭敬地道："公子就是杨兄的朋友？你们放心，这事交给我，这几个为富不仁的商贾，我一定替你们好好教训一番。"

他舔了舔嘴唇，遗憾地想："本想帮着杨同知教训教训那几个商贾，趁机敲诈他们一笔，现在太子在场，可不好下手了。"

朱厚照欣赏地看他一眼，赞道："好，我带来的人都胆小怕事……嗯……不胆小也成不了事，这事就拜托你了，追上他们，给我好好教训一番。"

钱宁嘿嘿一笑道："这个容易，把他们弄到小巷子里，公子你想怎么着都成。"

可是他们又追了片刻，钱宁渐渐蹙起眉头，神色开始有点不安了。他四下望望，眼见附近青砖高墙渐渐增多，里边尽是飞檐亭台，不禁暗暗嘀咕："惹了太子的真是个商贾吗？这附近……这附近可都是王侯勋臣的居处呀。"

前边一条狭长的胡同，高凤站在胡同口牌楼下向他们招着手，跑到近处，高凤道:"公子爷,这条胡同狭长,罗祥跟上去了,咱们还追不追?"

"追!怎么不追?"朱厚照一瞪眼:"我还怕了他们不成?"钱宁本来心里有点打鼓,一听朱厚照的话反而提醒了他,眼前是什么人?是当今的太子,未来的皇帝呀,得罪一个王侯算什么?只要讨好了他,荣华富贵唾手可得。

常言道:富贵险中求,连这点风险都承担不了,如何飞黄腾达?再说自己是锦衣卫北镇抚司的人,就算是公伯侯爷,谁不给几分面子?

这样一想,钱宁胆气顿壮,甚至恨不得真的碰上个权臣,让自己吃点苦头,给朱厚照留下更深刻的印象。一行人急步穿过胡同,这一片都是勋臣功卿的高档住宅区,但已是与普通百姓住宅区的交界处。

罗实回头见他们走近了,一指前边一处大大的宅院,结结巴巴地道:"公子,那人……那人进了这个门。"

众人闻言都向那门口望去,高宅大院,门口是朱漆铜环的大门,高高的石阶两旁蹲着一对锦绣狮子,足有两人来高。

众人一瞧,除了朱厚照和杨凌,尽皆大吃一惊,钱宁已忍不住脱口道:"寿宁侯府?"

杨凌也瞧见那门楣上的匾额中四个烫金的大字"寿宁侯府",不过他没太往心里去,那个严宽言行鄙俗,决不像个什么侯爷,顶多是侯府的管事,这群人里有太子,有锦衣卫,还有未来的八大奸臣,难道还怕了他不成?

可他一瞧周围几人,却觉得有点不对劲儿了,旁边刘瑾、张永几人眼中都露出怯意,天生笑脸的谷大用那讪笑都有点苦了。这位侯爷莫非极有权势?印象中……好像没听说过明朝有哪位侯爷如此了得呀。

杨凌正觉得奇怪,刘瑾已对朱厚照道:"公子,这是国舅爷的府邸,不看僧面看佛面,咱们……是不是算了?"他提到"国舅爷"三字时特意加重了语气。

杨凌听了恍然大悟,当今皇帝只有一位皇后,偌大的后宫连一个妃子都没有,他对皇后的宠爱可想而知,这座侯府竟是皇后亲兄弟的府邸,难怪他们打怵。

朱厚照这个太子生性随和,虽说身份尊崇无比,但是被个贱民打了一拳,其实也没太往心里去,之所以执着不放,主要还是为了讨那位唐一仙姑娘欢心。

可这时见到寿宁侯府,知道那个严宽可能是侯府中的下人,他反而不肯罢休了。那是他舅舅家,舅舅家的下人,又何尝不是他的下人,被自己家的下人打了,他性子再随和也不干了。

再说他虽是皇后亲生,和张皇后却没有多少感情。宫里宫外一直传说他是弘治帝昔年临幸的一个宫女所生,却被无子的张皇后强行夺了来。这事他也隐隐听说过,虽不甚相信,但张皇后素来与他不太亲昵却是事实,连带着他对寿宁侯张鹤龄、建昌侯张延龄这两个舅舅也不大待见了。

朱厚照冷笑两声，心道："既是寿宁侯府的人，我就是冲进去抓人，谅来张鹤龄也不敢声张出去，我丢脸不就是皇后丢脸吗？"他咬了咬牙，正要命令刘瑾他们冲进门去，那朱漆大门吱呀一声又打开了。

众人赶紧往胡同里避了避，只见方才那个严宽领了一伙人出来，沿着青砖高墙向左走去。

朱厚照暗喜，低声道："跟上去，等他绕过墙角，就狠狠揍他一顿，抢了文书便走！"

刘瑾见太子铁了心要整治那个严宽，只好道："既如此，只是杨相公请来的这些朋友太过扎眼，不如我们候在这儿，把衣服换给他们，让那小子挨了揍也不知道是谁干的，免得多生是非。"

朱厚照不耐烦地道："那就快点，莫要让他跑了。"

钱宁正在权衡太子和国舅的实力，考虑一旦站错队的利益得失，听了这个两全其美的法子，不禁大喜，当下急忙要刘瑾等人脱了长袍，他挑了几个得力的手下，将青袍罩在飞鱼服上，悄悄摸了上去。

朱厚照不甘寂寞，一扯杨凌也跟了上去，几个人悄悄拐过墙角。只见此处也是寿宁侯府一角，只是院墙都拆了，似乎正在扩建。左边是一条街道，街那边就是普通平民的住宅了。寿宁侯府新拆了院墙，将宅院扩建了开去，伐了路边树木，将这条路都圈进了院子，新建的几处楼阁飞檐吊斗都探进了矮墙那边平民人家的院子里了。

百十个工匠正在干活，矮墙边上几个身着侯府家丁服饰的人正冲着路边几十个男女老少大咧咧地道："我家侯爷最是讲理，瞧瞧这宅基可曾占了你们院子，没有吧？这条街走不得，尽可绕道而行，什么？我们侯爷的楼台探到你们院子去了？有本事告去，我们可没占你一亩一分的地，这空中的地界儿，王法上可没写也归你家呀，诬告侯爷？我借你俩胆儿。"

严宽领着人咋咋呼呼地冲上去道："什么事？你们这些刁民，又来惹事，寿宁侯爷慈悲，你们还蹬鼻子上脸了？刁民！我告诉你们，老子很快要去八达岭接一桩大买卖，修长城！知道吗？你们再来叽叽歪歪地耽搁我完工，大把的银子你们付呢？"

一个老汉拄着个拐棍颤巍巍地道："严大爷，我家的枣树被你手下的人给砍了，房檐都压到我们家东窗台了，屋里一抹黑呀，大爷……"

严宽手下一个打手用皮鞭杆儿啪啪地在他肩膀上抽了几下，狐假虎威地道："京师多少家王侯的府邸宅院都是我家老爷盖的，还没见人说过我们欺压百姓呢，老家伙,你哪只眼睛看到我们砍了你家枣树?你怎么不说是自己干缺德事让雷劈的?"

旁边一众侯府仆役听得哈哈大笑,老汉气得涨红着脸直哆嗦,朱厚照摸近了,对钱宁道:"打!打完就跑!哎,他怀里有份文书一定得抢过来。"

打完就跑正合钱宁的心意,他对手下一使眼色,狞声道:"上!"几个锦衣卫听到命令恶狠狠地扑了上去。这些人都精擅空手擒拿的功夫,打人更是专挑关节软肋要害的地方下手,向来心狠手辣,毫无顾忌。

钱宁知道这些人和寿宁侯府有密切关系,心中有所忌惮,下手还有些分寸,那几个校尉、力士只是奉命行事,可不管你是张三李四王二麻子,下手狠辣无比,顷刻间撂倒七八个人,打得那些人抱着肩肘膝盖痛得满地打滚,惨嚎不已。

钱宁摁住严宽,劈头盖脸几个耳光,先打得他晕头转向,随后扯开他衣襟就在里边乱翻,朱厚照兴冲冲地跑上来,在严宽屁股上狠狠踹了两脚,哈哈大笑。钱宁在严宽怀里摸了一阵儿,抬起头来对朱厚照道:"太……公子,他怀里没有东西呀?"

"没有?"朱厚照怔了怔,顿时勃然大怒,他一脚踢在严宽大腿根上,骂道:"你刚刚是不是把东西又藏回侯府去了?"

严宽捂着下体嗷嗷直叫,抽噎着嚷道:"小……畜生,你是什么人?知道我是侯府的人,还敢……还敢伤我?"

朱厚照听他骂自己小畜生,抬脚还要再踢。杨凌一把拉住,朝旁边一努嘴儿道:"公子,先离开吧,找机会再要文书,他们回去叫人了!"

朱厚照涨红着脸道:"不行,我说出的话就是泼出的水,岂能叫人家姑娘笑话,一定要把文书给我弄回来。"

杨凌无奈只好打保票道:"这事包在我身上,那份文书,三日之内我一定搞到手,绝不会叫公子失言便是。"

朱厚照听了这才在严宽身上又恨恨地踢了一脚,才被钱宁和杨凌扯着飞也似的逃了。

人说贵人出门风雨多,可今儿一天经历的风雨也未免太多了。杨凌拉着朱厚照飞跑,想想这乱七八糟地忙了大半天,郑和海图的影儿还没见着,真是一个头两个大。

侯爷家的院子倒真应了那句"一入侯门深似海",等到报讯的人汇集了家丁、护院、教头们在侯府管家的带领下跨越重重门户追出门来,杨凌等人早已跑得不见踪影了。

寿宁侯闻讯大怒,严宽虽是他府上的一个下人,不过他的小妹子却是寿宁侯的宠妾。换句话说严宽乃是当今皇上小舅子的小舅子,打狗还要看主人,何况是打了他的小舅子。再说这个小舅子明里自立门户,以建筑为业,暗里给他赚了大把的银子。

昨儿他才刚刚给小舅子争取了个筑建八达岭长城的肥差，要是伤得重了，可要损失大量收入了。张鹤龄大怒之下，派人拿了他的帖子，跑了趟五城兵马司，五城兵马司闻讯也吓了一跳，居然有人跑到寿宁侯府去闹事，这还得了？皇上还在学宫巡视呢，这伙歹徒要是胆大包天再去惊了圣驾，那岂不是要掉脑袋？

巡城御史如临大敌地亲自出马，前边两个掌鞭使的"响鞭"在街面上打得呼哨作响，宵小流氓抱头鼠窜，摆摊卖货的噤若寒蝉，整个北京城闹得鸡飞狗跳。

步快、马快到处都是，就连京营的兵卒也一齐出动，朱厚照等人被钱宁引上了一座熟识的酒楼，在楼上见到锦衣卫、团营军竟然也派人巡街，朱厚照不由双眉一拧，冷笑一声道："了不起，不过是侯府的一个下人被打，现在闹得简直就差封城了。李太傅给我说史，常道外戚专权、势压天子。嘿嘿，我看这寿宁侯果真比天子还要威风！"

第六十九章

智斗权侯

一

钱宁见楼下巡街的人络绎不绝，他眼珠一转，对手下的锦衣卫官校道："都给我下楼去，看住门口，不许人上来骚扰。"待他手下的人一离开雅间，钱宁立即跪倒在地，恭谨地道："臣钱宁参见太子殿下！"

朱厚照"咦"了一声，抬眼看向杨凌，杨凌微微摇头，钱宁见状恭谨地道："微臣曾司职宫中侍卫统领，有幸见过太子殿下。殿下今日微服私访，臣本不敢点破殿下身份。但现在满城缉捕，微臣只有赖锦衣卫身份，亲自护送殿下回宫，是以冒昧相认，请殿下恕罪。"

朱厚照听了这才恍然，他呵呵笑道："起来吧，没得那些臭规矩。我也没想到打了一个无赖，竟然引出满城的无赖。你这家伙也忒狡猾了，若不是如此，你还要装着不认识我吧？"

杨凌此时也叹息一声，怅然望着楼下，看来今日是别想去兵部取回那郑和海图了。刘瑾在他耳边低声道："杨侍读莫急，那海图搁在兵部这么多年，要丢早丢了，要是没丢也不差在这一刻，改日再寻机会取来便是。"

杨凌惊异地看了他一眼。刘瑾微笑道："那海图是郑公公耗尽心血留下的宝物，这件大大风光、万国传颂的事是咱们宫里爷们儿立下的功劳，咱们也舍不得毁了它呢？"

杨凌大为惊讶，望着太监安慰的笑意，他的眼睛不由湿润了……

钱宁亲自带着十多个锦衣卫"押送"他们，一路上遇到的各路小鬼、牛头马面自然不敢盘问，朱厚照顺利地从紫禁城后城门回了东宫。

刚刚回到春坊坐定，他就重重地一拍桌子，对杨凌道："今儿这事闹得一塌糊涂，但我答应了人家姑娘，万无失言的道理。我可是发下话来，三日之内要把买妾的文书给她还回去，你看怎么把文书讨回来？"

杨凌蹙了蹙眉,他当时为了诓骗朱厚照离开,也就随口说了几句。如今看来那个严宽根本就是寿宁侯的人,张鹤龄连八达岭筑城的事都能给他揽下来,两人的关系可非比一般,根本就是官商一家。

拿钱收买怕是出不起个让他动心的价钱,而且这么忍气吞声的事儿太子也一定不干。至于以官威压迫,当今万岁独宠正宫,瞧今儿各路人马追索案犯的气派,这位国舅爷是好惹的吗?除非弘治帝亲自出面,否则谁压得住他。

杨凌蹙眉想了会儿,实在想不出什么主意,他抬头看看那八个据说做梦都能想出主意害人的天才整蛊专家,只见八双眼睛也巴巴地瞅着他。杨凌苦笑一声,只好琢磨着道:"那严宽只是个下人,本不足虑,只是有寿宁侯为他做主……要动他,就要寿宁侯先服软才行了。"

朱厚照道:"不必顾忌,张鹤龄虽是国舅,但他的气焰实在嚣张,若能煞煞他的威风也未尝不好,你有什么主意尽管说来。"

杨凌沉吟着道:"要让寿宁侯有所收敛,那只有当今陛下了。但是要想陛下惩戒他,就要有足以令陛下震怒的凭据……"

谷大用听了插嘴道:"这个容易,单看他强占民基、扩圈街道、私授工程就足以参他一本了,何况寿宁侯恐怕不止……嘿嘿!"

刘瑾蹙眉道:"有了凭据还得有个得力的人将它呈给陛下才行,如果我们出面,陛下一定生疑,这事……"

朱厚照不耐地道:"怎么这般麻烦!实在不行,趁着这几日京试,太傅们不常来看我,我抽空再出宫一趟直接去找国舅讨取,不信他敢为了一个下人得罪我。"

杨凌听到太傅二字,不由眼前一亮,他急忙问道:"殿下,这几日大学士们都不用来给你授课了吗?"

朱厚照瞧了瞧谷大用,谷大用道:"从明日起三位大学士按日轮番探试考场,其余两位在宫里处理政务,因此原来每日由三位大学士轮番上课,现在改为每日一位大学士上课,而且时间减为一个时辰。"

杨凌一拍大腿道:"好,我有办法了,明日是哪位大学士当值授课?"这谷大用果然是个包打听,将詹士府给太子安排的课程表和授课老师背得滚瓜烂熟,他不假思索地道:"明日该当由李东阳,李大学士授课。"

杨凌"嘿嘿"一笑,附在朱厚照耳朵上嘀嘀咕咕地说了一番,朱厚照听了半信半疑地道:"这……这法子真的管用吗?"

杨凌笑道:"此计若行得巧妙,寿宁侯爷唯有丢军保帅。到那时,第一,殿下不必失信于人;第二,那严宽对太子无礼,可以整治得他从此无法翻身;第三,还可博得几位太傅对殿下的赞赏。"

"哦？"朱厚照听了不由精神一振，说道："趁着时光尚早，那你快快去办，务必在明日李太傅到来之前给我准备齐全。"

"是，微臣遵命！"杨凌微笑着施了一礼，向八虎略一点头，闪身退了出去。

·※·※·※·

翌日凌晨，朝阳未升。一辆车驶至午门外一角，候在角门旁的杨凌闪身上了车，钱宁端坐在车内递过一个厚厚的油纸包，笑道："昨日接到杨大人的吩咐，钱某便令左右忙了一晚，总算是有所斩获，幸不辱命。呵呵，这便是大人需要的东西，你看看可用得上吗？"

杨凌客气两句，在车内与他并肩坐了，打开油纸包拿出厚厚一摞纸来，掀开轿帘借着曦光匆匆看了会儿不禁咋舌道："钱兄，我只托你搜罗些寿宁侯官商勾结、私授工程和侵占民利的事，如果实在分量不够再随便编排些小错来加重分量便是了。可你编得这材料连人命案子都有了，若是陛下真的查究起来，岂不搬起石头来砸了自己的脚？"

钱宁笑嘻嘻地道："我倒是想编排些是非，只可惜忙了一宿，光是真的案子也不只这些，可没有余暇编排张侯爷的不是了。这些案卷有人证、有物证，有的还是苦主在衙门里挂了号的，只是没有人敢去办他罢了，你看看哪些可用尽管拿去。放心，这些资料全是我命手下抄录的，不是咱锦衣卫的公文信笺，不会把火引到咱们身上的。"

杨凌惊愕地道："这些都是真的？"

钱宁颔首道："都是真的！"他淡淡一笑，傲然道："不管是谁，只要咱锦衣卫想办他，就没有能瞒住咱们的秘密，不过……寿宁侯在宫里有棵乘凉的大树，这些东西未必扳得倒他，大人千万小心，不要把自己也陷了进去。"

杨凌点头道："钱兄放心，此事自有旁人冲锋陷阵。呵呵，我得赶紧进宫去了，此番劳烦钱兄，这番心意我会禀知殿下的。"

钱宁脸上溢起一片喜色，连忙拱手道："自家兄弟何必说得如此见外，这午门口朝臣众多，我不便露面，在此恭送杨大人了。祝你旗开得胜，马到成功！"

·※·※·※·

"子曰：君君，臣臣，父父，子子。就是说，为君者要使自己符合君道，为臣者要符合臣道，为父者要符合父道，为子者要符合子道。"李东阳说着欣慰地看了太子一眼。今日太子甚为乖觉，在案后正襟危坐，似乎听得很用心，令李东阳老怀安慰。

他微笑着说道："人主赏所爱而罚所恶；明主则不然，赏必加于有功，刑必断于有罪。善为国者，内固其威，而外重其权。如此则征敌伐国，莫敢不听也。"

他端起杯茶来，润了润喉咙，正要细细解说，却听太子说道："太傅，为明主者要赏罚分明，但若有罪者是天子近臣甚至亲戚宗族，是否可以网开一面呢？"

李东阳正色道："不可，王子犯法与庶民同罪。何也？盖因君非一家之主，乃一国之主。举国上下皆是子民，何来远近之分？主圣臣贤，天下之福也；君明臣忠，国之福也；若纵容偏袒近臣做恶，非国家之福。"

杨凌咳了一声，朱厚照从案下拿出一个纸包，长叹一声道："太傅教训的是，今日杨侍读进宫，在宫门外拾到一个包裹，里边的东西竟是揭发国舅张鹤龄纵容家人、为祸乡邻的罪证，一桩桩一件件令人触目惊心。唉！我看了后，本来想着张鹤龄乃是我的母舅，这事就此压下不提，听了太傅的教诲，我深感愧疚，若是匿而不举，可实在有负圣人之言了。"

李东阳听了耸然道："是什么罪证？太子可否给臣一观？"

朱厚照就势递过了纸包，一边摇着头愧然道："一边是我的母舅，另一边是受尽欺凌、哀告无门的黎民百姓，我不忍禀知父皇，恐伤了自家的和气，可是听了太傅的教训又实实不可置若罔闻呀。"

李东阳匆匆翻看着那一叠举告寿宁侯张鹤龄的罪状，只瞧了几眼，已气得难以自持，他怒容满面地道："王侯贵戚，侵占民利竟如此肆无忌惮！殿下不必愧疚，你做得很好。君者，舟也；庶人者，水也。天之生民，非为君也；天之立君，以为民也。殿下能心系黎民，是社稷之福。"

他又看了杨凌一眼，意味深长地道："寿宁侯此等行为，致使黎民百姓怨声载道而又求告无门，所以才有人行此无奈之举。殿下，请杨侍读陪同殿下先自行温习功课，老臣要离开一下，先查证一番。若情况属实，老臣定要禀报圣上。"

杨凌听了眉头一跳，听这老头话里有话，显然未必相信是自己进宫路上拾到的。不过这人疾恶如仇，明知被人利用仍是不肯坐视不理罢了。既然钱宁拿来的案子都是真的，倒也不怕他去查证。

李东阳告辞离去，这一天里，朱厚照实比往日乖许多，只是待在春坊里与杨凌谈天论地，不敢再胡闹嬉戏。李东阳匆匆赶回谨身殿，立即命有司衙门查考上报。这些案子许多都是在衙门里挂了号的，只是被人故意拖延一直不得处理罢了，自然一查便准，只是一个多时辰，便查证了十之七八。李东阳听了那些令人发指的罪行不禁勃然大怒，立即提笔洋洋洒洒写就万言，然后一甩袍袖直奔午朝。

东宫内朱厚照听杨凌讲述各国风情，大开眼界，正听得津津有味的时候，外边谷大用忽地尖声道："哎哟，两位公主殿下，您二位怎么来东宫了？"

只听一个娇柔的少女声音道："太子呢？快带我去见他。"

谷大用道："公主殿下，太子正在温课，您看……"

另一个憨纯的少女声音道："哼，是不是你们又用些斗鸡驯狗的花样拉着太子哥哥玩耍？姐姐，我们自己进去。"

朱厚照"啊"了一声，道："永福和永淳来了，你去屏风后面避避，宫里臭规矩多，你不能随便见她们的。"

杨凌听了连忙起身闪到红木古董架的屏风后面，只听朱厚照扬声道："大用，请两位公主进来吧。"

随后一个少女的声音咯咯笑道："奇怪，奇怪，今天皇兄居然好端端坐在这儿，没有弄些猫儿狗儿办杂耍，莫非转了性子？"

第七十章

后宫起火

一

只听朱厚照哼了一声,颇有威严地道:"永淳,一点规矩也没有,见了我也不知道行礼。"

那娇憨的少女声音道:"算了吧,皇兄要肯讲规矩,母后还少操些心呢,你整天我呀我的,从不称孤道寡,我见的什么礼?"

杨凌立在屏风后,听到朱厚照唤她永淳,心道:"弘治帝现有一子两女,这个就是弘治最小的女儿永淳公主了,听说她才十一岁,难怪如此调皮;另一个自然就是永福公主了,这两个小姑娘来做什么?"

永福公主年方十三岁,比朱厚照小了两岁,却端庄温柔,十分知礼。小妹调皮,她也微笑着不去管她,仍然对朱厚照敛衽施礼,行了正式的宫廷礼节:"皇妹永福见过太子殿下,殿下千岁千千岁。"

朱厚照素来不喜宫廷礼仪,方才训斥小妹只是好玩,其实倒很喜欢她那样随和的态度。这时见永福公主真的施大礼,只好端正而坐受了这一礼,然后像个牵线木偶似的一抬右臂,干巴巴地道:"皇妹免礼,平身。你们平素从不来春坊,今日这是……"

永淳公主抢着道:"太子哥哥,后宫现在闹得厉害,你快去……"

永福公主突然咳了一声,打断她的话说道:"你们都退下去吧,我们有话要和太子殿下说。"

"是!"谷大用机警得很,连忙答应一声,一摆手,带着两个小太监退出门去,轻轻掩上了宫门。

永福公主挨着软榻坐了,面带忧色地道:"皇兄,你快去后宫一趟吧,父皇一向最疼爱你,你出面或许能平息父皇的雷霆之怒。"

朱厚照一时摸不着头脑,疑惑地道:"父皇何事发怒?"

永福公主说道:"刚刚午朝时,李大学士弹劾寿宁侯,说他巧取豪夺、广占私田,在皇家赐的近四千公顷良田外又霸占了近一千八百顷；与民争利更不在话下，怂恿家人私相买卖两淮残盐一百二十万引；此外还霸占民居，强索青楼妓女为妾……结果李大人和寿宁侯当庭大吵，父皇一怒之下将两人都下了大牢，这……唉！"

"啊？"朱厚照傻了眼，怎么会搞成这个样子？他呆了片刻，动了动眼珠道："两人……两人都下了大狱？好像以前也有人弹劾过寿宁侯，父皇从未如此震怒，这回是怎么了？"

永淳公主哧地一笑，蹦蹦跳跳地凑上去攀住他胳膊道："李学士指斥寿宁侯外戚专权时一时失言，有提及母后张氏一荣俱荣之语。寿宁侯趁机指责他以臣下身份称皇后为张氏，是大不敬，罪应处斩。李学士勃然大怒，抢了金瓜武士的卧瓜锤在金殿上追打寿宁侯，他一个近六十的老头，哪里打得过寿宁侯，反被寿宁侯夺去瓜锤踹了两脚。父皇大怒，说他们在君上面前有失礼仪，所以一同下了大狱。"

朱厚照听得直想笑，他翘着嘴角道："怎么会这样？呵呵，咳咳，这……"他一边说，眼角一边往屏风后边溜，可是外边坐着两位公主，杨凌哪敢应声。

永福公主白了幸灾乐祸的小妹一眼，担忧地道："皇兄，父皇的身子一向不大好，如今李东阳被下了大狱，谢迁、刘健、刘大夏这班人率了满朝文武跪在大殿求情，父皇愤然避入后宫，可是母后听说寿宁侯被抓，又向父皇哭闹不休，我和皇妹见势不妙，才来见你……"

朱厚照虽然顽皮，却最是敬重父亲，听及此处忙起身道："我说呢，父皇从不许任何女子擅入东宫讲学之地，你们今儿怎么会来，我这就去后宫，你们……"

他刚说到这儿，远远的有人高呼："陛下驾临东宫，太子出迎！"这是宫中专门负责唱礼的太监，声音亢亮悠远。永福公主听了跳起身来慌道："糟了，父皇正在火头上，若见我们擅自来讲学之地，恐怕更要生气了，这这这……"

永淳公主一扯皇姐，说道："快，先躲起来，父皇说不定是来检查皇兄功课的，等他走了我们再出来。"

说着永淳小公主拉着皇姐躲向屏风后面，朱厚照拦阻不及。二人已隐入屏风后面，等了片刻，却不闻屏风后面传出声响。朱厚照正觉纳闷，宫门开启，弘治帝走了进来，朱厚照见了连忙俯身拜倒道："儿臣参见父皇。"

"起来吧。"弘治摆了摆手，向身边随侍的苗逵示意一眼，苗逵忙带了人蹑手蹑脚地退了出去，轻轻关上了宫门。

朱厚照起身，悄悄打量父皇神色。只见父皇神色平和，眸中似乎还带着一丝笑意，不像勃然大怒的样子，这才放下心来，同时又有点奇怪。

殿门一关，弘治也不再摆着皇帝的架子，他随随便便在书案旁坐了，拍拍锦褥道："皇儿，坐！"

朱厚照挨着父皇坐下，他不便提起后宫刚刚发生的事情，只好问道："父皇刚刚罢了午朝，怎么不歇息一下。瞧您，又冒汗了。"

弘治慈祥地看了他一眼，微笑道："你母后正和父皇怄气呢，父皇来你这里躲躲。呵呵，这两日大学士们忙着春闱的事，你的功课可曾搁下？"

朱厚照故作惊讶，奇道："母后和您怄气了，这是为什么？"

弘治好笑地看了他一眼，忽然面容一冷道："皇儿，你真的不知道吗？"

朱厚照心中一震，瞧见父皇洞彻心肺的眼神，他的额头不觉渗出汗来。

·※·※·※·

杨凌躲在屏风后面听着这些皇子、公主议论国事如议家常，帝王与母仪天下的皇后原来也和寻常家夫妻一样吵架拌嘴。他正听得有趣，便听外边高喊皇上驾到，紧接着一团香风，两个宫装的小佳人急匆匆地闪到屏风后面来，杨凌不由惊得呆住了。

匆匆一瞥，只见一个身着明黄色宫裙的少女，姿容秀美，神色温婉，也就十三四岁。她头上挽着一个高耸的乌黑的云髻，云髻下一张雪白娇媚的小脸，眉如新月，眼含秋水，一眼瞧见了他顿时惊得樱桃小口张成了圆形，险些叫出声来。

另一个小姑娘还是个黄毛丫头，穿着一身绛紫色宫裙，小小的瓜子脸，年纪虽小，模样却可人，她的身材娇小得如同一个香扇坠儿，玲珑可爱。她瞧见了杨凌也不由瞪大了眼睛，但是看见姐姐想要惊呼出来，连忙一把掩住了她的樱唇，向姐姐轻轻摇头。

永福公主被妹妹捂住了嘴，只露出一双乌溜溜的大眼睛。她眨了眨眼，向妹妹示意了一下，永淳这才放开了手，二人扭头，两双明媚的大眼睛瞪着杨凌。杨凌苦着脸，先作了个揖，然后向外边指了指，再指指自己，最后又拱了拱手，愁眉苦脸的如演哑剧。

娇小的永淳公主不禁笑了一声，连忙掩着口，大眼含笑地瞪了他一眼。瞧见他这副模样，永福公主眼中也不禁露出了笑意。这时弘治皇帝已经进了屋，二人生怕被父皇发现，连忙又向里靠了靠，这一来挨得杨凌更近了。

杨凌和永淳都不甚在意，可是永福公主已是十三岁的大姑娘了，头一次挨着一个男人这么近，心中不免有些局促。那时礼教大防，正处于一个比较尴尬的时期，有些大儒对于男女之间不再要求得像宋代那样苛刻，另一些却严格要求复古，对于礼教要求的愈来愈严苛。比如海瑞，只因为五岁的女儿从男子手中接了一个饼子，他就认为太过逾礼，逼着女儿活活饿死以全名节，都有点走火入魔了。

永福公主皇家贵胄，虽说性子落落大方，可是同一个青年男子藏身一处，也着实不自在得很，况且她在宫中，真正见过的男子实在少得可怜。这时偷眼一瞧，这人的衣饰打扮似是太子身边的侍读，长得俊逸高挑，鼻直口方，十分英俊，俏面不由更红了，迷迷糊糊的，也没有听清外边说些什么。

杨凌身边虽伴着两个小美女，倒没有神魂颠倒。加上皇帝和太子都见过了，她们的身份也未必能震撼得了他。他向两位公主悄声告过了罪，见她们也不敢声张，这才放下心来，竖起耳朵听着外边的动静。只听外边低声诉说一阵，然后弘治帝哈哈大笑，他和太子说些什么却没有听到。

原来太子向弘治坦白了自己收罗证据，授意李东阳向皇帝弹劾的事，他倒还有些义气，没有招出杨凌来。弘治听了哈哈大笑，他微笑道："皇儿，李东阳当朝大学士，为人机敏，你这些小小伎俩，岂能瞒得过他？不过有些事即便彼此都知道是怎么回事，这么做也没有错。"

皇帝呵呵笑道："有些事自己不便开口，便该由臣子出面来挑明。皇儿呀，朝中的贵戚王族侵占民利日趋严重，岂寿宁侯一家，父皇和几位大学士正准备革除一些弊政，对皇亲勋贵之家圈占土地、侵占民利等行为进行限制呢。"

他嘉许地看了太子一眼，说道："只是父皇一直找不到一个切入点得以顺利推行新政，以免招致整个皇族和功臣勋卿们的反对，父皇正为此发愁呢。呵呵，若不是父皇……李东阳虽是直臣，也未必敢在金殿上抢了瓜锤，施展拳脚，朕只是借他的手，给寿宁侯一个教训罢了。"

弘治蹙着眉又叹道："我对皇戚一向优渥宽仁，但近来寿宁侯两兄弟的确过于放肆了，关他几天，挫挫他的锐气也好。"

朱厚照瞪目道："原来父皇……父皇早有惩戒他的意思。我说呢，李东阳的胆子怎么变得这么大，原来是出自父皇的授意，只是……只是父皇怎么连李学士也一起抓了起来？"

杨凌在后边听得也暗暗吃惊，自己实在是小瞧了李东阳，更小瞧了这个有些痴肥的胖皇帝，现在看来，还不知道是谁被谁当枪使呢。

弘治拍了拍他的手，微笑道："傻孩子，若不如此，你的母后不是更不肯罢休了吗？国事好办，若是你母后不依不饶，朕也有些头痛呢。"

他说着又淡淡一笑，说道："不过皇儿一向贪玩，从不关心国事。谷大用那几个人又只会一味地讨你欢心，弄些杂耍艺人在东宫中胡闹，朕也不是不知道。这回你突然关心起民间疾苦来，煞费苦心地搞了个什么路人遗谏，可是那个杨侍读出的主意？"

永福公主也正贴着屏风偷听父皇和太子说话，听了这话不由心中一动，侧首向杨凌望来。她这一动，满头珠钗碰到屏风，哗啦啦发出一声响，室中只有弘治父子说话，静得出奇，一听这声音弘治立即厉声道："谁？敢偷听朕和太子说话？给朕出来！"

杨凌向两位公主望去，只见永福公主小脸通红地望着他。永淳公主乌溜溜的眼珠儿一转，伸出一根纤纤素指，点了点杨凌，又指了指外面。杨凌苦着脸指指自己的鼻子，小公主十分优雅地点了点头，笑得甚是惬意。

杨凌无奈地向永福公主看去，只见她一脸的歉然，可是目中也有哀求之色，他不由得苦笑一下，心道："这两位小公主也真是的，偷听你老爹谈话，也算不得什么大事，说出来顶多被训斥两句，何苦要我顶包？"

他却不知弘治只对太子十分宽容，对公主的管束还是很严厉的，在一个怕父亲的孩子眼中，父亲的训斥当然是极重的惩罚。杨凌无奈，只好硬着头皮走了出去，头也不敢抬，急急走上两步，扑通跪倒在地说道："臣杨凌见过皇上，皇上驾到，微臣躲避不及，只好匆匆避到屏风后，不想惊了圣驾，皇上恕罪！"

第七十一章

做猴熬鹰

一

弘治皇帝又惊又怒地站起身来，手指杨凌，气得一时说不出话来。

其实他对杨凌很是欣赏。前几日杨凌在军事上的见解，弘治事后和刘大夏提及，刘大夏虽觉其中尚有许多细节还待推敲商榷，但是对他的见解也持肯定意见，认为的确特立独行、颇具卓见，是以也不吝赞美。

杨凌成为太子侍读，不讲四书五经，只讲山川河流、风情人俗，甚至异域他国的事情，弘治自有耳目通报，也早已事先知晓了。不过弘治自己颇好音乐和绘画，臣子们常常为此再三进言，担心皇帝耽于此道，误了政务。弘治每次听了都只是一笑置之，认为是酸儒之见，所以他对于太子博闻杂学也不以为然。

在他想来杨凌是宣府第一秀才，学识自然是不差的，而今他不讲圣人之言，却从旁门左道入手，想来也是知道太子的脾性，所以才弃了"读万卷书"而用"行万里路"的法子教授太子，也算是颇费苦心了，因此对他极为赞赏。

但是今儿他在这里教授太子为君之道，颇有些不足为外人道，如今竟被杨凌躲在暗处听了去，饶是弘治一向待人宽厚，也不觉恼羞成怒。

他冷冷地看了杨凌一眼，忍着气道："杨侍读，你只是惊了圣驾吗？"

杨凌吃吃地道："皇上，臣……臣不明陛下的意思。"

弘治一拍书案，一字字道："杨凌，昨日太子可曾出宫，去过什么地方？今日李东阳弹劾张鹤龄的折子，可是出自你的授意？"

杨凌心中一寒："这事做得何等隐秘，皇上怎么知道了？难道八虎之中有皇上的耳目？不，不会的，如果是八虎通风报信，皇上早阻止太子私自出宫了，不会事后才知道，那么是谁走漏风声的？东厂？锦衣卫？他们不会拆自己的台，还能是谁？"

杨凌想着身子一震，突然想起那个据说已经秘密成立的西厂，难道是无孔不入的西厂密探？西厂的建立极其秘密，现在还未正式公开，西厂的督主是谁还不知道，西厂的成员也大多身份诡秘，是西厂的人吗？

他跪在下正胡乱想着，弘治怒地道："你胆大包天，怂恿太子出宫，擅入烟花之地，殴打侯府家人。这也罢了，身为臣子，弹劾他人时却不能光明正大，直奏于君上，却暗施诡计，支使大臣，利用君上，实是其心可诛！"

皇上越说越怒，在书案上重重一拍。杨凌不由得一哆嗦，为帝王者最忌的便是臣压主上，最恨的便是在君王面前玩弄权谋。虽说弘治以为是自己见权臣侵占民利，故为民请命，却也认为自己欺太子年幼，使用计谋利用太子，这可是犯了天子的忌讳了。

常言道伴君如伴虎，弘治若是龙颜大怒，会吝惜斩了一个小小的侍读吗？杨凌越想越怕，伏在地上不知该如何解释。朱厚照有心为他求情，可是见父皇满面怒容，一时也不敢轻易开口了。

就在这时，门外苗逵的声音传来："金夫人，皇上正在检查太子功课，您还是先去后宫候着吧，等皇上回宫，一定会见您的。"

然后只听一个女子声音道："滚开，我现在就要见皇上。皇上，臣妾冤哪，皇上，为臣妾做主啊！"

弘治怒道："什么事？"

苗逵打开殿门，诚惶诚恐地道："皇上，金夫人她……"

他话未说完，已被人一把推开，一个年约五旬的贵妇人冲进了来，见了弘治跪倒在地，哭哭啼啼地道："皇上，臣妾冤枉，鹤龄一向安分守己，不敢胡作非为，怎么会强占民宅、私卖官盐、强娶青楼女子呢？都是那李东阳嫉恨皇上宠信鹤龄，才出言污蔑，求皇上为臣妾做主啊，呜呜呜……那孩子长这么大还没进过牢狱呢，皇上……"

弘治皱了皱眉，温声道："金夫人请起，寿宁侯在金殿有失臣仪，朕只是略加薄惩，方才朕已对皇后说过，过上几日便要赦他出狱的，无须惊慌。"

杨凌瞧了瞧身旁跪着的妇人，心道："这就是当今皇上的丈母娘吗？好极了，但愿她这一打岔，皇上便忘了惩治我才好。"

金夫人不依不饶，继续哭闹道："皇上，李东阳在金殿上追打鹤龄，他受不得激，才夺锤打人，实实怨不得鹤龄啊！这孩子哪有什么罪过？皇上要惩治，应该严惩李东阳才是，求您放了鹤龄吧。"

弘治铁青着脸，肥胖的身子因为激动呼呼直喘，朱厚照见了忙扶住他，担心地道："父皇，您且宽心稍坐，不要过于激动了。"

弘治在榻上坐了，见金夫人哭闹不休，心中愈加愤怒，转眼瞧见杨凌跪在那儿，门口谷大用也在探头探脑，不由恨恨地一指谷大用，骂道："混账东西，给我滚进来！"

金夫人正惊天动地哭着，被他疾言厉色一声大吼吓得一愣，一下子收住了哭声，谷大用连滚带爬地跑进来，跪在地上。弘治面沉似水，厉声道："你们这几个胆大包天的东西，竟敢鼓动太子出宫，还让太子被寿宁侯府的家人打伤了，朕剐了你们的心都有了。若是太子有所不适，朕灭了你们九族！"

谷大用磕头如捣蒜，连声道："皇上饶命，皇上饶命，太子出宫是为考察民情，哪想到会有那大胆豪奴……老奴该死，老奴为了太子，拼死相护，也被侯府豪奴给打了呢，皇上！"

他腼起脸来给皇上看他脸上青淤的伤痕，金夫人听说太子被自己儿子府上的家丁给打了，这一来也吓得不敢吱声了，直愣愣地跪在一旁瞧着。

弘治见金夫人不再吵闹，心中暗暗吁了口气，他瞪着谷大用道："哼，若不是你们鼓动太子微服出宫，怎么会发生这样的事情？朕不惩罚你们，你们今后还不定会惹出多大的事来呢！苗逵，怂恿太子出宫者，一共几人？"

苗逵连忙跨前一步，躬身道："启禀皇上，侍读杨凌和内监刘瑾、张永、谷大用、马永成、魏彬、罗祥、高凤、邱聚共九人昨日随同太子出宫，至晚方回！"

弘治喝道："把这九人押出午门……"

杨凌听得激灵一下，只听弘治喘了口气，继续道："每人廷杖三十，以儆效尤。"

苗逵忙道："遵旨！"他把手一摆，几个小太监进来抓了杨凌、谷大用就走，谷大用跟死了老娘似的号啕大哭："皇上饶命，皇上饶命啊，奴才再也不敢了，求皇上饶命，太子爷救我呀。"

杨凌有点纳闷，打就打呗，不就三十板子吗？顶多歇两天也就是了，皇上没砍他的头，他已是长出了口气。谷大用在东厂待过，却深知锦衣卫行刑狱吏的板子功夫可不是衙门里打人的板子，那些人都受过专门的训练，通常练到只在砖头上面盖一张纸，一板子下去砖头粉碎而纸张不破的锦衣校尉才有权执刑。

所以他们行刑全看皇上心意，皇上若是不想让人死，几十板子下去打得血肉横飞，看着其惨无比，其实上点金疮药歇上两天啥事都没有了。若是不想让他活，下杖时看起来很轻，皮肤也不破，却痛彻心扉，只三十杖，皮下的血管就会寸寸断裂，肌肉溃烂难愈，不久必死，根本无药可救。

谷大用不知道皇上心意，只看弘治脸色铁青，认为这回是死定了，是以哭得其惨无比。

朱厚照有点不安，他总觉得出不出宫是自己才能拿的主意。杨凌、谷大用他们只是听命从事罢了，如今自己无事，他们却被揍了一顿，心里有点过意不去。他讷讷地对弘治道:"父皇,他们……"

弘治一拂袍袖,说道:"皇儿是国之储君,他们竟敢领了皇儿私自出宫,致使皇儿受伤。这样大逆不道,不剐了他们已是法外施恩,皇儿不必多言!"

金夫人听了心中一寒,本想要求立即开释张鹤龄,严惩李东阳的话便不敢再出口。私带太子出宫若算是大逆不道的话,儿子府上的家丁打了太子,那该是什么大罪?这事儿可没听家人说起过呀,什么时候他们把太子打了?

金夫人心里正画着魂儿,弘治又道:"金夫人请起,不要再跪着啦。朕意已决,来人呐,传旨下去。李东阳殿前失仪,罚俸三月以示惩戒,着即出狱。寿宁侯侵占民利,证据确凿,关押三日,罚俸半年,着即约束家人,退还不法得利。钦此。"

"至于太子被打的事……"他深深地看了一眼金夫人,金夫人此刻嚣张气焰尽失,不敢再倚仗女儿受宠胡言乱语,她忐忑不安地盯着皇上,只听弘治慢悠悠地道:"寿宁侯事先并不知情,否则也不会闹出这样的事情了。这事就算了吧,闹下去总是皇家的难堪,不要声张出去了。"

金夫人唯唯诺诺,连忙道:"是,是,皇上圣明,皇上开恩!"

弘治轻轻哼了一声,说道:"金夫人若没有其他的事情,可去后宫见见皇后,劝慰一下,朕还要查阅太子的功课。"

金夫人听了忙不迭道:"是,臣妾告退,臣妾不打扰皇上了。"这婆娘连忙抹抹脸上的泪痕,灰溜溜地退了出去,她见脾气一向甚好的弘治这番龙颜大怒,心中有些害怕。本想立即出宫,想想又怕皇后仍然不依不饶再惹怒了皇上,急忙又奔后宫去了。

朱厚照见人都退出去了,忍不住涎着脸扯住弘治的胳膊哀求道:"父皇,昨日出宫是儿臣的主意,杨凌和大用他们都是我身边的人,你把他们都打废了,以后谁还敢跟着我呀?"

弘治听了呵呵笑了,他缓缓坐下,瞪了儿子一眼道:"知道护人了?哼!当朕不知道你如何胡闹吗?若没有这般人鼓动,朕看你也想不出这许多胡闹的花样。谷大用、刘瑾那些人只知道讨好你,弄些不上台面的小儿花样来嬉戏,教训他们一下也是应该的。"

朱厚照听父皇语气平和,知道他方才是做戏给金夫人看,不禁放心地嘻嘻笑起来,他也一屁股坐在弘治身边,替他捶着肩问道:"那……杨侍读呢?人家可是个手无缚鸡之力的书生,一个白白嫩嫩的屁股可经不得打的,父皇把他打残了怎么办?"

永福公主在屏风后听见皇兄说什么白白嫩嫩的屁股,不禁羞红了玉面,轻轻地呸了一口。少不更事的永淳公主不禁奇怪地瞧了她两眼,永福公主见她瞧着自己,不禁又羞又恼,狠狠地回瞪了她一眼。永淳公主吐了吐舌头,不知道姐姐为什么样子怪怪的,与平时全不相同。

杨凌讲的那些天方夜谭的故事，对朱厚照的吸引力不亚于刘瑾等人的杂耍马戏，那是他从来没有接触过的世界，甚至做梦都想不到除了大明，世上还有这么些好地方，相识虽然时间不长，他对杨凌也甚有感情，可舍不得他受了伤害，因此趁机为杨凌求情。

弘治哼道："杨凌吗……此人倒是个允文允武的可造之才。你莫要小看他是个书生，真正的大将之才，是不用亲自捉刀上战场的。他于兵事上的见解，刘大夏那样的老将也甚是赞赏呢。"

他轻轻笑起来："此人小小侍读，敢于秉忠与王侯作对，倒是个忠心的臣子。而且他知道自己人微言轻，懂得借助李东阳和你这东宫太子迂回上谏，不是个迂腐的愣头青，朕很喜欢呢。如今朝中六部尚书都已垂垂老矣，几位大学士年纪更是不轻，父皇觉得，这人若再好好磨练一番，将来必是我儿得力的臂膀。"

他见儿子还有些糊涂，不禁无奈地笑了笑，说道："你奇怪朕为什么要惩治他吗？呵呵，此人年轻莽撞，太过年轻胡闹，行事不计后果，若不经过一番磨练，少年得志，难免要目中无人。那时好好一个栋梁之材，便要成为骄横跋扈的权臣了，懂吗？"

朱厚照"啊"了一声，似懂非懂地道："原来……父皇要磨磨他，就像……就像儿臣让人熬鹰一样，越是要用他，越是要好好折腾折腾他。呵呵呵，只是……这个磨练先从屁股磨起，儿臣可有点奇怪。"

弘治听了儿子的比喻本来甚是欣然，待听了他后边的话，不禁啼笑皆非，这个儿子，还是不懂事呀。

永福公主因为是自己发出声音，杨凌才不得不出去顶缸，听他受罚心中十分不安，听了父皇这话，这才长长出了口气。永淳公主向姐姐竖起大指，眨了眨眼睛，姐妹二人相视一笑。

第七十二章

廷杖十奸

一

杨凌常听戏文里有一句"推出午门斩首",方才听了弘治一句大喘气的话吓了一大跳。其实午门是皇宫外朝的正门,也是朝廷举行重要典礼所在,朝廷处斩人犯从不在午门外执行的。不过这并不意味着这个地方不能死人,因为这地方也是朝廷施以廷杖的地方,廷杖之下不知会死多少人,而且都是活生生被打死,比菜市口杀人可凄惨得多了。

杨凌和谷大用被太监转交给宫中侍卫绑赴午门外,午门外早已站了一大群人。上首端坐一名监刑的内官太监,他身后左边站着三十名小宦官,右边站着三十名锦衣卫,前方是五十名手持朱漆木棍行刑的狱吏,瞧那架势着实有些骇人,这一来连杨凌也有些心惊了。

老远看见监刑太监的模样,谷大用不由面如土色,他带着哭音道:"坏了,是司礼监范亭范公公监刑,杨大人,我们今日怕是难以活命了。"

杨凌问道:"范亭?他很厉害吗?"

谷大用哆嗦着道:"范公公是司礼监王岳王公公手下的二号人物,执掌东厂的,他一向最是心狠手辣,我们这下完了。你看着吧,宫里的规矩,监刑的公公若是靴尖向内一收,那就是要死不要活,三十板子足以将人活活打死了。"

杨凌本来听得眉头直跳,一听是东厂厂公督刑,心中忽然起了几分希望,自己可是东厂和锦衣卫派到太子身边的人,但愿这位厂公贵人不忘事,还记得自己是谁,那么打的时候,或许会手下留情。

两人被押到范亭面前,只见地上早已趴着一个人。那人身上被麻布裹得紧紧的,只露出个脑袋和肩膀一动也动不了,瞧见二人来了,那人苦笑道:"杨大人,谷公公,你们也来了?"

谷大用瞧见是他,不禁又惊又怒,他尖声道:"钱宁,是你向皇上告发的吗?"

钱宁直挺挺的，像木乃伊一般躺在那儿，他梗着脖子向谷大用翻了翻白眼，无奈地苦笑道："如果是我告发的，我还会躺在这儿吗？"

他苦兮兮地道："在寿宁侯府外，我的手下不慎掉了一块腰牌，结果被三法司顺藤摸瓜，把我给揪出来了。"

旁边端立着的小太监高声喝得："噤声，犯人不得喧哗！"

片刻的功夫，刘瑾、马永成等人也面如土色地被押到了午门外，范亭缓缓站起身来，旁边小太监端过裹着黄绫的朱漆盘子。范亭从盘中取过诏书，高声宣读皇帝的旨意："奉天承运皇帝，诏曰：杨凌……"他念到这个名字顿了一顿，眼睛飞快地瞟了杨凌一眼，见他也正眼巴巴地看着自己，唇角不禁露出一个不易被人察觉的笑意。

范亭继续念下去，将十个人的名字一一念出，宣罢圣旨，把手一摆，几个人齐刷刷地被摁倒在地。每人都被一匹麻布将身子裹得紧紧的，动弹不得，双足也被人用绳索绑住。杨凌见自己只是被扯掉了外衣，倒没光着屁股，稍稍放下心来。

钱宁趴在他旁边，悄声道："放心，行刑的校尉都是我手下出来的人，不会着实打的，只是那最后一摔可做不得假，到时憋口气忍住了就好。"

杨凌紧张地道："多谢钱兄指点，我头一回，还真有点紧张。"

他趴在那儿抬起头费劲儿地瞧向范亭，想看看他的脚尖是外八字还是内八字，想不到从几个行刑大汉的腿缝间只看见范亭举着个茶杯仰脸望天，翘着二郎腿颤颤悠悠的，不由呆住了。

他转眼去瞧谷大用他们几个，只见几个人也是大眼瞪小眼，这些人都知道宫里内监打人的规矩，所以今天看范亭不按套路走，都有点莫名其妙。

只见一个小太监凑到范亭身边，哈着腰听他嘱咐几句，便直起腰来扬声喝道："行刑！"十个锦衣卫的小旗官手执木棒走到杨凌他们身后，高高举起木棒，大喝一声，呼地一棒子抽了下来。

那棒子风声凛冽，瞧起来威势骇人，可是这一棒子抽在屁股上，杨凌只觉得麻辣辣的，倒没多少痛楚。他正奇怪，陡听身旁石裂山崩一声惨嚎，真是闻者落泪，见者伤心。

杨凌吓了一跳，扭头向钱宁望去，见他咧着嘴，扭曲着面孔，杀猪似的叫得奇惨无比，可是一对上他的目光，却见他偷偷向自己眨了眨眼，眼神狡黠无比。杨凌恍然大悟，连忙也跟着大声惨叫起来。

十名小旗一人打了三棒子，便退了下去。那号令的小太监又威风凛凛地喝道："轮刑！"五十名军士闻言，五人一组抡着棒子排着队，轮流上前执杖施刑，他们喊着号子：喊一声"着实打"，啪的一棒子打下去；再换一人喊一声"用心打"，又是一棍子下来。杨凌虽觉那军士似乎手下留情，可是除了方才由小旗开场的那三棒甚是轻微,现在打得多少也有些疼痛,所以惨叫声半真半假,也不全然是作伪了。

他听旁边谷大用他们喊得甚是凄惨,还道这些人做假的功夫到家。可是扭头一看,左侧挨着他的罗祥以头抢地,挨一棒子惨叫一声,被麻布紧裹住的身子不住扭动抽搐,像一条蛆虫,脸上痛得涕泪横流,不由得触目惊心:"看来他们并没自己这待遇,是真的在挨打了。"

他抬头向范亭望去,只见范公公正举杯自饮,神情悠然自得,那翘着的二郎腿还轻轻地抖动着,却望都不望自己一眼。杨凌暗暗庆幸,看来范亭是记得自己是谁了,若不是他吩咐下去,自己这三十杖挨完,恐怕真要不死也残了。

三十杖打完,军士们弃了木棒,提起绑在他们身上的麻布四角,呼喝一声举了起来。杨凌见钱宁二目圆睁紧闭呼吸,当下不敢怠慢,也忙深吸口气,只见四名军士一齐发力,大叫一声,将人高高地荡了起来,扑通一声摔在地上。

这一下摔得杨凌眼前一黑,几乎岔了气。他强忍剧痛,趴在地上半晌喘不过气来,好半天才抽着气醒过神来,只听左右一片呻吟之声,偷眼瞧瞧,高凤、罗祥他们有几个面色惨白,洁白的小衣沁出一片血红,人已经晕了过去。

范亭慢悠悠地站了起来,一甩袖子说:"执刑完毕,咱家要回宫复旨去了,走吧!"范亭领着一众执刑的锦衣卫离开了,只剩下十个人趴在午门外头动弹不得。

过了好半天,才有几个东宫的小太监出来将刘瑾等人搀起,一直趴在那儿的钱宁趁势翻身坐起来,谷大用等人被打得有气无力,早已无力招呼他们了,被几个小太监连拖带拉地弄回宫去。

钱宁从怀里掏出两个小瓶儿来,丢给杨凌一瓶,说道:"这是上好的金疮药,保证不会落下病根。"

杨凌艰难地坐起来,那班锦衣卫虽然手下留了情,三十棒子下来,仍是火辣辣地疼得厉害,估计屁股不但打肿了,而且也破了。

钱宁手下的人赶过来扶起他和杨凌,搀出好长一段路,活动血脉,走得两人只觉得麻不觉得痛了,这才唤过马车夫来把两人扶上车去。钱宁来受刑时早有准备,车上铺了厚厚的软垫,还有个锦衣卫的郎中候在车里,当下便把两人扒了裤子上药。

两个人肩并着肩,光着屁股趴在那儿,钱宁说道:"杨大人,我先送你回家,然后回去养伤。哎哟,轻点,这屁股真是痛得厉害。"

钱宁吩咐了郎中一声,又问道:"杨大人,我的手下丢了腰牌,被人找上了锦衣卫。奶奶的,寿宁侯果然了得,我堂堂的锦衣卫掌刑千户,打了他家一个小小的家丁,居然请动圣旨,施以廷杖。不过太子出宫的事儿,我可一个字也没有吐露呀,你们怎么也被押出来受刑了?"

杨凌知道弘治必定另有一班人马负责查看宫里宫外的举动,十有八九便是那传说中已经秘密成立的西厂密探,他不敢随意说破,只道:"我们回宫被有心人看到了,禀报了皇上,所以才把我们抓出来挨打。只是……连累了钱大人,在下实在过意不去。"

钱宁故作豪气地道:"自己兄弟,本该有酒一起喝,有打一起挨,一点皮肉之苦算得了什么?为了太子爷,再受些苦也是值得的。"

他凑近杨凌,低声笑道:"听说今儿午朝,李大学士和张鹤龄在金銮殿上打起来了,皇上一怒之下,把他也下了大牢。嘿嘿,能让他蹲蹲大狱,我心中也快意得很。他娘的,这个仇怨算是结下了,君子报仇,十年不晚,咱们等着瞧,哈哈哈……哎哟。"

他这一笑,牵动伤口,忍不住笑得龇牙咧嘴,实是说不出的难看。

车到护国寺街杨家门口,杨凌担心自己的伤势被幼娘看见,所以拒绝了钱宁派人护送的好意,独自下了车隐忍着痛意一瘸一拐地向院中走去。此时夕阳西下,日光余晖洒落院中,一片金黄。

杨凌估计幼娘正在房中做饭,所以待他走到门口,便直起腰来,看看没什么破绽了,这才放心地推门走了进去。灶上火势已微,一个黑色的坛子汩汩地冒着热气,一股浓郁的中药气味呛人口鼻,却见不到幼娘身影。

杨凌见状不由一惊,他失声道:"幼娘,幼娘?"唤了两声不见回答,杨凌急忙忍痛扑进房去,房中光线昏暗,只见幼娘蜷在床上,盖着被子一动不动。

杨凌慌忙扑过去,抓住她瘦削的肩膀道:"幼娘,幼娘?"他探了探幼娘额头,额上热得烫人,韩幼娘的身子微微颤抖着,她听见相公的呼唤,费劲地睁开眼睛,想要说话,可是牙齿冷得咯咯作响,连一个字也说不出来。

杨凌心胆欲裂,他惊恐地抱住幼娘,心中又痛又悔。这几日他也看出幼娘食欲不振、气色甚差,可是他觉得幼娘是练武的人,身子一向强健,应该只是普通的伤风感冒,所以没有太往心里去,这时见她这副憔悴模样,杨凌的心像被掏空了一样,慌得难受。

幼娘在他怀里挣扎了一下,呻吟道:"好冷啊,相……公,幼娘好冷,我……我口渴得厉害……我想喝水……"

杨凌忙道:"我去,我去,等等,我给你打水。"

他慌里慌张地跑到外屋,翻了半天,才把碗找出来,又到处搜罗,却找不到开水在哪儿。在家里这些事从来不用他操心,他渴的时候,温得正好的茶水便送到了面前;他饿的时候,热气腾腾的饭菜便给他端上了桌,一切都是那么自然,现在轮到他去照顾幼娘了,他却什么也找不到,想起幼娘的好,他心里更加难受。

幼娘病得那么厉害,难道让她喝凉水不成?杨凌舀起一瓢水,又丢回缸里,他跑到灶前将药罐子提到一边，那提环烫得他差点脱手将药罐丢掉。

杨凌匆忙打了半壶水，坐在灶上，一股脑塞进去七八根木柴，眼看着火势噼啪地烧起来，他才放心地赶回房里。点燃了油灯，端到幼娘面前，然后将幼娘搂在怀中，轻声道："幼娘，我正在烧水，一会儿就好，一会儿就好了。"

眼前的灯光，晃得幼娘微微眯了眼，她舔了舔干裂的嘴唇，睁开失神的眼睛，咳嗽了一阵，微笑道："相公，你回来了。幼娘好没用，我……去……去看过郎中了，说我着了风寒，可是抓了药回来，正熬着药就撑……撑不住了。"

杨凌见她一边说话，身子一边不住地打着冷战，脸色的晕红充满了病态，灯光下隐见她颈部肌肤泛起玫瑰色的疹纹，那模样根本不像是感冒伤风，不由惊慌地道："什么风寒，这狗屁郎中耽误事！我带你去看大夫，找最好的大夫。"

他不由分说，顾不得幼娘无力的挣扎，抱起她的身子便向外冲去，门口不远正准备收摊的老汉惊讶地望着这位邻居杨大人冲到面前，惶急地问："老大爷，这附近哪里有医生？不，不，哪里有郎中？有大夫？我要找最好的大夫！"

那位喜欢饶舌的老汉听他称自己老大爷，不由受宠若惊地道："大人，咱这条街最好的郎中是野菊斋的刘先生，金针刘京师闻名呢，不过他那儿诊金着实……"瞧见杨凌眼中直欲喷出火来，老汉忙改口道："这条街往那边走，尽头第三家便是了，大人……老汉家里有辆小车，大人要不要载了夫人去，这路途也不算近呢。"

杨凌忙不迭地点头，老汉匆匆跑回家取了双轮小车出来，杨凌见小车平素是用来拉货的，有些肮脏，忙回去取了床被褥，铺好后将幼娘放在上边，替她盖好了被子。这一番折腾，幼娘呼吸更加急促，双眼紧闭已经人事不省了。

杨凌心急如火，拉起小车一路小跑地奔向野菊斋。只是他现在自己也是腿脚不便，举步维艰，却拼了性命使劲奔跑，夕阳下那苍凉的身影看起来让人说不出的酸楚。

"夫人年纪轻又一向体健，故此撑到现在才发病。说来这可不算一件好事，寒邪在体内郁积久了，一旦发作，如大厦之倾，再要医治，唉……"金针刘捻着胡须轻轻摇了摇头。

这位杨大人方才势如危虎，拉着车踢开店门直抢进堂来，又掏出锦衣卫的牌子强行驱走了那对正在要求医治不孕的富翁和他的第十二小妾，扯着他胳膊来给娘子看病。

见来人是锦衣卫的人，刘大夫本来还有几分惧色，只是一论起病理来，不免职业病发作，又开始摇头晃脑起来。

杨凌急得额上的汗珠子一颗颗滚落下来，他咽了口唾沫，担心地看了眼昏迷不醒的幼娘，恳求道："先生，求您想想法子，我娘子要如何医治？先生放心，不管多贵的药，花多少银子，我都肯的，先生多多费心。"

金针刘蹙着白眉道："夫人这病时日已久了，人体卫阳虚损，最易感受寒邪，病变有外寒、内寒之分。我看夫人虽身体强健……可是恐怕曾经久历寒苦，外寒入体经久不散，遂引发内寒发生，寒邪为阴邪，阴胜则寒。故而气血凝结、阻滞经络闭塞不通……"

杨凌听到这里，想起当日住在杨家坪时，寒冬腊月的，幼娘每夜仅以薄衿裹身，日日受寒受冻，莫非她的病根便是那时落下的？杨凌想到那段日子里幼娘受的苦，不禁心痛如绞、潸然泪下，这时他见金针刘说得出病因，心中浮起一线希望，急忙追问道："先生，那么请问要如何医治呢？"

金针刘皱着眉沉吟道："夫人寒气长期袭体，阻滞经络气血不行，本来以她的身子慢慢或可缓得过来。可是不久她又居于亢热之地，亢阳之气过甚。阴阳相冲，将寒邪之气迅速逼入脾肾，导致脾不能运化，化生水谷精微统血。肾不得纳气，调通水道，生髓和温煦濡养全身。水液迫使串于血液……"

"他妈的……"杨凌听他还在阴阳五行，不由得毛了心，他噌的一下跳起来，揪住金针刘的衣襟，面目狰狞，再也没有一丝斯文神色，大声厉吼道："不要再对我讲病理了，我只问你，要如何医治？要如何用药啊！"

金针刘也不生气，他怜悯地望着杨凌，微微摇头道："病入膏肓，难以医治。"

杨凌一松手，跌坐在椅上，茫茫然发呆半晌，他忽地跳起来大吼道："我不信，我不信。不会的，我还没有死，幼娘怎么可以死？"

他抱住昏迷不醒的韩幼娘，垂泪道："偌大的北京城，我就不信找不到一个能医治幼娘的人！"他将幼娘小心翼翼地放在车上，推起了车子，因为一路奔跑撕裂了创口，血迹已渗透了他的后衫。杨凌拉着车，边走边喃喃地道："苍天有眼，绝不会让幼娘死掉的，绝不会！"

金针刘微微摇头，虽知眼前这人是锦衣卫中人，得罪不得，但出于名医的尊严，还是待他走出门后，悄悄嘟囔了一句："北京城内，我刘某的医术或不敢称第一，但我治不好的病……恐怕也没有旁人能治了。你若是信我，还可用些虎狼之药，使她暂时清醒留下遗言，现在……嘿嘿！"

第七十三章

京城寻医

一

杨凌带着幼娘跟掉了魂儿似的游走在大街上。

幼娘好着的时候，总是温驯地站在他的背后，如同细柔的春雨般润物无声。渐渐的，不但别人忽略了她的存在，连杨凌都似乎习惯了她的默默奉献和支持，也习惯了她坚持不肯请丫鬟、仆人，事事亲为。然而直到现在，杨凌突然意识到她并不能像影子一样永远追随着他、照顾着他、陪伴着他，幼娘也有离开他的一天时，杨凌才惊觉到那种失去的恐惧。

杨凌此时又急又怕，汗透重衣，被风一吹身上凉凉的，鲜血淋漓的屁股，他根本就顾不上考虑了。神针刘的话他听明白了个大概，想来更是心痛如绞。自己只觉得幼娘坚强能干，怎么就没想过她小小年纪，稚嫩的肩膀能承受多大的压力呢？

一个年方十五岁的小姑娘嫁到杨家，独自苦苦地支撑门户。没有帮助，没有希望，沉重的心理压力和艰苦的生活，夜以继日的辛苦操持，使她的身体每况愈下，只是靠精神硬撑着不倒下去。

寒冷的冬天里，她每晚只盖着那么一点被子。不久搬到驿署去住，那里的火炕使骤寒变为骤热，她身体的寒气已深入肺腑，根本适应不了这种突然的变化。那时她便已经种下了病根，只是她底子好，一直撑到现在才病发。

杨凌现在真是欲哭无泪了，他方才凭着一股子劲儿，拉着幼娘奔了这么久的路，现在又累又饿，真的再拿不出一丝力气走路了。

艰难地拐过一个路口，一辆疾驰而来的马车急急地停在面前，马车上一个人勒着马缰破口大骂："他妈的，你不想活了？怎么都不看路，要是惊了我家老爷，送你去衙门吃板子。"

杨凌冷冷地看着他，一字字道："我刚刚吃过了板子，还是当今皇帝赐的板子，你有本事，尽管也来试试！"

那人如何信他的话，他扑哧一声正要说话，杨凌从怀中取出玉牌，向他面前一亮，沉声道："叫你家老爷下车，我是锦衣卫同知，现在要用你的车！"

那车夫吃了一惊，他看了看，并不认得锦衣卫的牌子，可是既然牵涉到了厂卫，那可是宁可信其有，不可信其无。他迟疑着回头冲车里说道："老爷，你看……"

轿帘一掀，一个青袍微须的中年男子探出头来，借着路口客栈挂的灯笼瞧了瞧杨凌的腰牌，不由暗暗吃惊。达官贵人他见过不少，自然认得锦衣卫的腰牌，这帮祖宗他可惹不起，他暗叫晦气，乖乖地下了车，拱手道："见过大人，不知大人怎么称呼？"

杨凌抱起幼娘轻盈的身子放上马车，喘息着道："我没时间和你搭讪，现在我要用你的车，还要用你的马夫，回头自会放他回去！"他说着自己也爬上车去，将幼娘小心地放在轿椅上，轻轻在幼娘滚烫的脸颊上吻了一下，噙着泪道："幼娘，有相公在，你不会死的。你要是不在了，相公就陪你走，阴曹地府闹一遭，来世我们还做夫妻。"

他说完了，回头见车夫还在发怔，不由怒吼道："你还不走？"

车夫吓了一跳，连忙道："去……去哪儿？大人您也没说呀。"

杨凌无力地摆了摆手，半跪在幼娘身边，抱住她身子说道："去找郎中，你是车夫，应该知道京师谁是名医，挨家走，快！"

车夫犹犹豫豫地指着车下的中年人道："我家老爷就是名医，而且还是御医呀。"

"什么？"杨凌又惊又喜，连忙跳下车，几乎一跤摔倒在那老年人面前，他拉住那人急道："先生贵姓？先生请给我家娘子看看，她……她……"杨凌兴奋之下，又想哭又想笑，竟然说不出话来。

那人虽是御医，可也不敢得罪锦衣卫，方才忍着气下车，现在见他变得前倨后恭，心中不觉有些快意，他自得地一笑道："敝姓田，是太医院的医士，不知尊夫人有何不适？不过此处不便诊脉，大人且随我回敝宅，待我再细加诊断。"

"好好。"杨凌忙不迭地答应着，想想刚刚把人家医生赶下车，正不知该怎么给人家腾位子，那位田大夫笑道："算了，尊夫人有恙在身，就不必下车了。寒舍就在前边，咱们步行前往吧。"

杨凌也顾不得礼仪了，只好赔着小心，随同这位田御医到了他的家。这位田御医的家颇为豪华，门楣上高悬一块金匾"杏林居"。到了地方，杨凌抱起幼娘，随他走进院子直入大堂，只见堂上高悬"医道圣手""赛华佗""当世名医"等大大小小数不清的牌子，杨凌更觉心中安定不少。

那位田御医温吞吞地净了手，一边用雪白的丝巾擦拭着，一边走近，端详着杨凌怀中昏迷的幼娘，蹙眉道："尊夫人似有寒热在身，关窍闭塞，高烧不退呀！"

杨凌连忙点头，颤声道："对对对，神医可有法子救她吗？"

田御医微微摇着头，替幼娘号了一会儿脉，才面有难色道："寒热之病，非我所长，太医院十三科，在下主修的小方脉，不精于此道，只是……依我看来……纵有专科神医，也难呢！"

杨凌不知大明太医院分为大方脉、小方脉、妇人、伤寒、疮疡、针灸、口齿、咽喉、按摩、接骨、眼科等十三科，还以为这些太医都是包治百病呢。他虽不懂什么叫小方脉，却听得懂他的话，不禁失望地道："神针刘也说无药可治，无人可治，难道……难道幼娘真的要离我而去吗？"

田御医本来面有难色，听了这话不由脱口道："你去看过金针刘了？他说治不得便治不得吗？我虽不精于此道，但是满北京城最擅治寒热病症的除了已逝去的当世名医吴清远吴先生，便只有家兄一人了，若是家兄在，未必便治不得。"

杨凌精神一振，忙追问道："令兄在哪里？快快请令兄给拙荆看看，只要医得好，杨凌愿倾全部身家相谢。"

田御医在宫中任职，不得私自开馆坐堂，但他的哥哥因天生瘸了一条腿，身体残缺未能入朝任医官，所以开了这家杏林居。这家医堂与野菊斋不远，两家一向是竞争的对手，听神针刘断言这病人已不可治。田御医自然不肯服气，神针刘医不好，只要自家医好了，那这名声便打出去了，神针刘再也休想和田家争一日之长短。

是以田御医振作精神，对杨凌道："大人勿急，家兄去三河老家探亲去了，路并不远。"他转身对车夫道："绍堂，你立即驾车回三河老家，把大老爷赶快接回来，就说京中有贵人请他诊治。"

"是，老爷。"那车夫答应一声，好在马还未下辕，连忙牵出大门，长鞭一挥，哗啦啦地去了。

· ※ · ※ · ※ ·

翌日早朝，弘治帝精神饱满，十分快意。昨日借着整治杨凌等人，成功地压住了金夫人的气焰，也不知她是怎么对皇后说的，他回到后宫，皇后虽仍悲悲切切的，却也不敢哭闹不休了。

推行限制皇亲贵戚权力的新政筹谋已久，最大的阻力便来自皇后一家，而且新政后利益受损的诸亲族，必定也盯着张家，张家如不遵守律令，旁人自然也会有样学样。如今寿宁侯受到惩治，再发布新政必定阻力大减。

不出弘治所料，今日早朝，原来还想再等上一段时间，时机更加成熟再推行的新政，让已释放出狱的李东阳和刘健、谢迁几个人一唱一和，顺利颁布下去了，满朝文武都知情识趣地没人敢出言反对。

弘治心中大乐，看看今日没有什么其他要紧的政务需要处理，正要宣布罢朝，礼部尚书王琼出班奏道："臣启万岁，臣闻东宫侍奉太子的几个内官专以犬马嬉戏之术进奉太子，阻挠詹士府辅佐太子读书，近又听闻太子侍读杨凌也与他们沉瀣一气，狼狈为奸。皇上，太子是国之储君，一身系于天下。杨凌本是秀才出身，蒙陛下恩宠，破格赐同进士出身，成为东宫侍读。他不思馈报皇恩，反与佞人勾结，祸乱东宫，臣请陛下罢其东宫侍读之职，驱出朝廷。"

弘治怔了一怔，不悦地道："爱卿是因为听闻杨卿昨日午门廷杖的事吗？他虽同受杖责，朕只是因为他未尽侍读之责，不能阻止内官以玩乐耽搁太子读书略加惩戒罢了，朕昨日往东宫考查太子学业，太子知识见闻皆有增益，此固是三位太傅的功劳，未尝没有侍读的辅佐之功。"

老王琼不依道："陛下，侍读本来就有监督太子读书之责，未尽其责，便难称其职。臣以为应另选贤能侍读东宫，春闱张榜后，皇上自可再择贤能遣往东宫。臣执掌礼部，这是臣的职责范围，是以不敢不奏。"

弘治微笑道："爱卿的忠直，朕是知道的，不过杨凌在东宫一向还算尽心，昨日朕已对他进行惩戒，似不必再……"

王琼顿时伏地大哭道："皇上宽厚仁慈，但储君之事便是社稷之事，丝毫大意不得啊。内宫只是服侍太子起居，纵然有些荒唐还可容忍，身为侍读不能尽其职责，却万万不可宽容。臣掌礼部，怎能见过而不言？见过而不参？见过而不谏呢？"

弘治最受不了王琼的号啕大哭，满朝文武属他的泪腺最为发达，动不动就来一出哭谏。可这老臣道德文章皆十分出众，为官也一向清廉，弘治也拿他没办法，见他又悲号起来，弘治无奈地看向刘健。

刘大学士心有灵犀，一对上弘治帝的眼神，立即出班奏道："皇上，王大人春闱择士，辅读东宫的提议，臣附议。杨侍读人微言轻，阻止内官进献之事，非其不愿，实不能也。至于杨凌，此人年方十六便成宣府头榜秀才，文才定然不凡，前些时他写下的军中改制以及统兵、练兵之道也甚为不俗，颇具新意。臣以为，杨凌侍读之职可免，但此等允文允武的人才朝廷应当予以提拔任用。皇上不如宣他上殿，当庭奏对，若合圣上之意，或在朝任职、或外放为官，一经历练，焉知不会成为我朝肱股之臣呢？"

弘治闻言大悦，他原本有心将杨凌留待皇儿登基后再用，但是自从年前一场大病，身体每况愈下，所以这些天为皇儿未雨绸缪的心思也迫切了起来。

朝中这班老臣忠心可嘉，但稳健有余，进取不足，而且他们这岁数恐怕也撑不了几年。若不给皇儿找个可用的臣子辅佐，几年之后，老臣凋零，他如何放心得下？

所以这时一听王琼再三请求罢了杨凌侍读之职,他便动了这个心思,你说他任侍读不称职,可不是在朝为官也不称职,我给他个官做,总不算是你礼部失职了吧?亏得刘健能体察他的意思,想出这个两全其美的办法。

弘治怕王琼再说出什么反对意见,立即欣欣然一指御书案旁侍砚的小太监,说道:"你去,传朕的口谕,着杨凌立即上殿。"

那小太监吓了一跳,平素都是由秉笔司专门负责的人员拟好旨意派人传旨,他还从来没有出过宫,承担这样的差使呢!小太监慌慌张张地应了一声,赶紧步下侧方御阶,他只觉得头重脚轻,紧张得险些一脚踏空摔了下去。

小太监刚刚走下御座台阶,弘治忽道:"慢着!"小太监连忙转身,只见弘治沉吟一下,微笑道:"抬宫中的锦辇去,呵呵,恐怕他现在行不得路了。"

阶下文武百官顿时一阵骚动,锦辇相接?这是何等殊荣,只有几位大学士和朝中元老有时候进宫才有这待遇,看来王尚书老眼昏花,这回是一脚踢在铁板上了,弘治皇帝这是摆明了要维护重用他嘛。

· ※ · ※ · ※ ·

此时杨凌乘了向田御医借的马车,纵马狂奔。幼娘的气色越来越差了,嘴唇皲裂、气息奄奄,脸色灰败得让人痛心,杨凌的心也随之沉到了谷底。

他苦苦等了一夜,田府车夫才把那位快颠得散了架的杏林高手带了回来。这位田神医比其弟果然高明得多,他一瘸一拐地挪进医堂,望、闻、问、切一番,立即断言道:"尊夫人得的是伤寒,此病隐忍多时早该发作了,只是尊夫人体魄强健远超他人,是以一直硬撑到现在。"

杨凌这一宿熬得眼睛里血丝密布,他瞪着一双通红的眼睛,提心吊胆地问道:"可……可……可有救治的法子?"眼前这人已是他最后的希望,生死攸关时刻,他问着话,牙关不但咯咯直响,身子都禁不住抖了起来。

田神医微微皱着眉道:"本来是有法子的,我的'通真救苦丹'专治伤寒表里内外,是虚热反变发汗的妙方,只是……唉!"

他歉然望着杨凌道:"尊夫人就医太晚了,这丹药须以当归、赤芍药各两钱,甘草、麻黄草各四两,加官桂五钱,研为细末,以热酒烘焙三日后立即服下,并另配一方药剂便可治愈,可如今……恕田某冒昧直言,尊夫人已是绝对撑不过今日了。"

杨凌脑袋一阵晕眩,他眼前一黑,抱着幼娘的身子摇摇晃晃的,直欲从椅子上跌下来。那田神医见了大吃一惊,他唰地从袖中抽出一枝银针,一下子刺入了杨凌头顶,杨凌大张着双眼,喉头咕咕直响,好半晌才把那股腥甜之气咽了回去。

他定了定神,惨然一笑道:"没……没救了?"田氏兄弟见他夫妻伉俪如此情深,也不觉深为感动，田神医默默抽回银针，同情地道："大人，回家替夫人准备后事吧，田某无能……唉！偌大的京城，或许只有昔年的太医院院正吴清远先生能有办法，可惜……七年前吴先生已经作古，京师名医我皆了如指掌，除他之外恐怕再无人……再无人有起死回生的妙手治疗这急症了。"

杨凌如同泥雕木胎般呆立了很久，田神医看得心惊不已，都准备再给他一针了。杨凌的眼珠才错动了一下，痴痴地又问了一句："没救了吗？"田神医答了一句："没……"眼睛一对上他毫无灵动的眼珠子，田神医不觉深深一震，竟然再说不出话来。

杨凌点了点头，慢慢抱起幼娘，定定地看着田神医道："请神医把马车借我，我要遍访京城名医，只要幼娘还有一口气在，我就要再寻名医，讨一个救活她的方子！"

本来像这种名医最忌讳的便是患者离开再去寻别的医生寻医问药，但田神医兄弟此时丝毫不恼，他们连忙唤过车夫，帮着杨凌将幼娘抬上车去。杨凌带着幼娘漫无目的地在街上走了一阵子，脑子活络了一些，他忽地想到护国寺那群洋和尚，不由得精神一振，神医、御医都不管用，这西医怎么样？

杨凌心脏紧张得快跳出腔子了，他急忙对车夫道："快，快去护国寺，越快越好！"

第七十四章

天子呼来

一

车夫答应一声，拨转了马头。杨凌低头望着怀中面色已变得灰白的幼娘，贴着她冰冷的脸颊，垂泪道："幼娘，再坚持一下，不要丢下相公，相公再陪你去找医生，你一定要坚持住。幼娘，你答应过陪我一生一世的……"

那车夫一个粗豪的汉子听得也心中酸楚，几乎落泪。他眨了眨眼，狠狠地一鞭子抽在马背上，吆喝一声："驾！"驱赶着马车向护国寺飞奔而去。

此时头一次奉了圣旨出宫办差的御前小太监领了四个小黄门、八个锦衣卫，再由两个大汉将军抬了宫中的锦辇兴冲冲地赶到杨凌家，却见铁将军把门，那是邻居老汉帮杨凌锁上了。

小太监懵了，这可怎么办？回宫复旨？小太监没了主意，正挨家挨户地敲门打听，杨凌的马车急匆匆奔回街来。两个锦衣卫见奔马甚急，便高声喝道："站住，内官奉旨办差，何人纵马狂奔？"

杨凌心中焦急，满脑子浑浑噩噩的一门心思想着赶快去见医生，见有人拦路，不禁急道："什么人拦我车驾？"

传旨的小太监刚刚问清杨凌带了家眷求医去了不在家中，他悻悻然走出那老汉家门，一眼瞧见杨凌，不由心中大喜。昨儿他随皇上去过东宫，曾亲眼见过杨侍读，自然识得他容貌，小太监连忙高呼道："杨侍读，皇上有旨，宣你即刻上殿见驾。"

杨凌急得冒汗，未加思索地道："没空，快快闪开，我要带幼娘去看病！"说着对车夫挥手道："快走，快走，马上去护国寺。"

那车夫咂了咂舌，圣旨都敢不接，锦衣卫有这般威风吗？他也不敢急慢，赶忙挥鞭一扬，马车从几位大内侍卫旁边穿过去，直奔护国寺。

望着马车绝尘而去，四周围观的百姓全傻了，八个锦衣卫、四个小黄门都拿眼睛看着传旨太监，现在他就是钦差，自然一切要听他调度。

那小太监才十四五岁,什么不懂的年纪,今天临时被皇帝派来宣旨。他什么都想到了,就是没想到会遇到这种情形。旨意传到了,人家不奉旨,那该怎么办?这好像……好像压根儿就没听说过有这种情形,我该问谁啊?

传旨小太监都快急哭了,如今皇上和满朝文武都在金殿上候着呢,自己如何交差?

若是年长的太监,遇上这千年难得一遇的情形,或者拂尘一挥,调头回宫复旨,由得皇帝老子大发雷霆,任是杀那羣种全家还是灭他满门,都不关他的事了。如果碰上个心狠手辣做得了主的,说不定一声令下,立即着锦衣卫将抗旨的臣子当场格杀了。

可这小太监全没主意,只想着把杨凌带回去,否则皇帝一怒,他的屁股就要挨板子。他在原地转了两圈,带着哭音悲愤地一挥手,尖声叫道:"走,跟上杨侍读!"

得,钦差发话了,那就跟着吧。小黄门、锦衣卫牵着马,两个大汉将军抬着锦辇,传旨太监头前带路,追着杨凌去了。

满大街来来往往的行人见了这幕奇景,向追在小太监身后看热闹的人们问明了经过,不由又惊又笑,既觉抗旨不遵的杨凌实在荒唐,心底里却也暗暗佩服他这种勇气。

一些大姑娘、小媳妇更是感动得眼泪汪汪的,这样痴情的男子戏台上也找不着呀,一时间"天子下诏抗旨不遵,六品侍读抱妻求医"的奇闻以惊人的速度传遍京城。

小太监追到护国寺,恰好看到杨凌抱了人跌跌撞撞地又抢出门来,几个高鼻子蓝眼睛的番人摇着脑袋追在后面,手指头在胸前脑门上乱画。

敢情那时西洋医术只是比较擅长外科手术,由于显微镜、听诊器等器械都未发明,此时内科医学远比外科落后。医生们擅长的穿颅术、放血术、催吐术对幼娘的热病全不适用。

这些传教士东来时倒也带了些西洋医治伤风感冒的药物,只是药效其实并不好,而且这几年也都用光了,所以对幼娘的病也是爱莫能助。

小太监追上杨凌,兴奋得小脸通红,他连忙扑过去一把拉住杨凌哀求道:"杨大人,皇上在金殿上等着呢,你……你先把你娘子送到郎中那儿让人看顾着,咱们先去见见皇上吧。"

杨凌凄然笑道:"见皇上做什么?升官发财吗?你回宫复旨去吧,我要带幼娘回家。"他酸楚地望着幼娘道:"自来了京城,我就没有好好陪过她,天天把她一个人丢在家里,现在我要回去陪她,回去陪着她。"

杨凌现在已万念俱灰,不要说他生命本不久矣,纵然能长命百岁,没有幼娘陪在身边，那还有什么意义？此时艳阳当空，他的心却是冷彻入骨。

小太监傻愣愣地待在门口，想了想还要再追，那几名宫中的锦衣侍卫见围观的人群太多，忍不住凑到小太监身边低声道："公公，回宫复命吧，再这么追下去，皇家体面何在？"

小太监六神无主，看看日头已近晌午，生怕皇帝等得急了，他跺了跺脚，气急败坏地道："走，回宫，马上回宫复命！"

他丢下两个大汉将军抬着空荡荡的锦辇慢慢而行，自己和其他人直奔皇城。

· ※ · ※ · ※ ·

弘治帝与臣子们又议了会儿政务，看看时辰早朝该散了，也不便等杨凌一人，便罢了早朝。令文武百官各回本位，独留下谨身殿大学士李东阳、华盖殿大学士谢迁、武英殿大学士刘健、礼部尚书王琼和建昌侯张延龄在宫中用膳。

弘治想借共宴的机会缓和皇戚们与几位大学士之间的嫌隙，毕竟自己倚重这班老臣，如果和皇亲之间总是斗来斗去，着实是一件令人头痛的事。

他已暗暗授意刘健、李东阳一会儿在午宴上替张鹤龄求情，然后当着张延龄的面开释寿宁侯，同时请他们一起考查杨凌的学问。有这几位点头后再授予杨凌官职，便也无人反对了。因为是家宴，弘治特意把皇后也唤了来，陪同她的弟弟一起进餐。

张延龄今日上朝一直提心吊胆，见皇上态度随和，还把皇后姐姐也唤了来陪他，这才定下心来。昨日他的母亲金夫人一回到家，就惊慌失措地找他，告诉他太子被打的消息，张延龄听了也吓了一跳，他不敢怠慢，立即赶到哥哥府中追问那日殴斗的缘由。

严宽当时正趴在床上装死，听说二侯爷来了，还当是来了主心骨，连忙佝偻着一跳一跳地跟个老虾米似的跳到他面前，见面就哭着将事情的来龙去脉诉说了一遍，求他为自己做主。

建昌侯听他说完，便知道他那日打的小书生必是太子无疑。张延龄不由恨得牙根痒痒，哥哥入狱全因这贼子引起，他还要鼓动自己出头，若是张家因此失了圣眷，砍了他的头也挽不回来呀。

这位张二老爷听完了严宽的哭诉二话不说，蹦起来就是一个兔子踢鹰，严宽马上惨叫一声，滚到地上去了。人说外甥像舅舅，今儿是舅舅学外甥了，建昌侯那一脚奇准无比，正踢在上回朱厚照踩中的地方。严宽大腿根上又挨了一脚，顿时惨叫一声，在地上滚了几滚，抽着气昏了过去。

他的小妹见状猛扑过去，哭得梨花带雨，也不知道建昌侯这一脚是不是就此断了严家的香火。张延龄铁青着脸，指着哥哥这个宠妾厉声道："哭什么哭？若是这混账死了，卷捆草席扔到野地里喂狗！若是他命大，叫他以后给我收敛着点，把他的尾巴夹住了，少他妈出去惹事。还有，把那惹祸的文书趁早送回那女子手中，他妈的！跟太子抢女人，老寿星上吊，你嫌自己命太长了！"

他凶睛一扫，对着满院子噤若寒蝉的下人们厉声喝道："嘴巴都给我闭严点儿，谁把这事儿吐露出一星半点，我割了他舌头！"

张延龄揍了严宽一顿，又命令工匠们赶紧连夜拆除扩建时占用的道路和民宅，以免授人口实，直忙到清晨才算有了点成效。

这时他见弘治谈笑风生，对兄长受弹劾的事提也不提，渐渐放下了心事，也曲意逢迎起来。一时宾主说欢，气氛渐渐热络。

这儿正说着话，那小太监急匆匆地赶了回来，扑通一声跪倒在地，惨兮兮地哭道："皇上，奴才有罪，奴才办砸了差事。"

弘治疑惑地道："什么事办砸了？你起来回话。"

小太监不敢起身，跪在那儿道："奴才去传旨，杨侍读听了旨意，只说夫人患了急病，要陪她四处求医，叫奴才先回宫来复旨。他……他抗旨不遵，奴才没有法子，只好自己回来了。"

酒宴上众臣闻言齐齐色变，这杨凌吃了熊心豹子胆吗？漫说他妻子生了急病，就算那时天上正下刀子，接了圣旨也得立即应召啊，今天这事儿简直是闻所未闻，这下弘治帝岂能不怒？

弘治纵有容人之量，一听这话脸色也沉了下来，他啪的一声将象牙筷子重重地摔在桌上。几位大臣见状慌忙起身拜倒，跪在地上大气也不敢出了。

只听弘治惊怒道："好个杨凌，好大的胆子，他竟敢抗旨！"

·※·※·※·

杨凌回到家，将幼娘抱下车，刚刚走到门口，只听一个清越的声音说道："杨侍读，真是巧，在下刚刚进京，正要登门拜访，想不到就……咦？这是……啊！尊夫人怎么了？"

杨凌扭头一看，只见一个面容清瘦的老人几步迈到面前，惊讶地看着他怀中的幼娘，杨凌呆滞地看了他半晌，一时没醒过神来，那老人见他神思恍惚，忙道："在下是鸡鸣驿的药商吴杰，大人可还记得吗？"

旁边还有尾随着杨凌等着看热闹的百姓，吴杰不敢说出自己的官方身份，是以用这个身份提醒他。杨凌听了，恍惚觉得很是熟悉，他不由自主地点头道："记得，你是吴杰。"

吴杰迟疑地看了韩幼娘一眼，问道："杨大人，尊夫人这是……怎么了？"

杨凌凄然一笑道:"幼娘患了伤寒,已病重不愈了。"

"啊?"锦衣卫千户吴杰惊讶地道:"伤寒?在下倒是有个方子,大人可否一试……"

杨凌咯咯一笑,神色怪异地道:"我已经看遍京城名医了,谁也没有办法,你治得了吗?"

吴杰老脸一红,说道:"在下只是略知药理,说到治病……实在是惭愧,不过这方子是在下的伯父吴清远传下来的,据说对伤寒具有奇效……"

杨凌听说"吴清远"这几个字,就像七魂六魄忽然附了体,他跨前一步,瞪大双眼吼道:"你说谁?吴清远?太医院院正吴清远?"

吴杰吓了一跳,他退了一步道:"正……正是他,我的伯父确曾任职太医院院正,只是几年前已过世了,大人听说过他吗?"

杨凌狂喜,他仰天大叫一声,急忙对吴杰道:"快快,快进房来,告诉我你那方子!"

……

杨凌的房内,门窗紧闭,吴杰和田氏兄弟都站在堂屋里神色紧张地等候着房中的消息。

吴杰抄了张方子后立即叫那车夫去抓药来,车夫赶回"杏林居",田氏兄弟听说昔日的妙手神医吴清远有遗世的方子可治这风寒,立即亲自抓了上好的药材,跟来看个究竟。

吴杰的伤寒妙方叫《合掌膏》,专治急症伤寒不省人事者,这药是不需口服的,只以川乌、草乌、斑蝥、巴豆、细辛、胡椒、明矾、干姜、麻黄各按一定分量配药,研为细末。用好醋打糊为丸,夹在病患腋下、腿弯,双掌再各持一丸,另一人俯压其上,双掌相扣,肢体相合,覆以厚被,直至通体透汗,再以黄泥水洗净便好。

杨凌身上盖了厚厚的三层棉被,双手和幼娘冰冷的小手紧紧扣在一起,身上热汗滚滚,他贴着幼娘的脸颊,大颗大颗的汗珠滚落下来,滴落到幼娘的额头。

感受着她细微的呼吸,杨凌在心中不停地呼唤:"幼娘,醒过来!幼娘,你听到了吗?一定要活过来,你答应过陪相公一生一世的……"

幼娘似乎听到了他心中的呼唤,许久许久,发出一声若有若无的呻吟……

·※·※·※·

皇宫中,弘治帝负手踱步,半晌不语,张延龄忍不住怒道:"皇上对杨凌如此恩宠,他竟然如此嚣张,做出目无君上、大逆不道的事来,真是岂有此理!皇上,应该立即将他斩首示众!"

礼部尚书王琼气得白发飞扬，也愤然道："天地君亲师！杨凌枉读了这许多圣贤书，竟连这种道理也不懂！此人不杀，朝廷威严何在！陛下，请下旨吧！"

刘健等人虽有怜才之心，可是杨凌这回实在太离谱了。天子有诏而不奉，那是祸灭九族的大罪，真个杀了他一个人都算是便宜他了，他们如何说得出请陛下开恩的话？

李东阳见弘治帝脚步越踱越慢，慢慢地双眉一拧似要下旨了。他心中一紧，急智突发，猛地想出一个办法来，这时也顾不上会不会管用了，他立即跪前一步，激愤无比地道："皇上，不要再犹豫了，臣也以为杨凌该杀。陛下召他进宫，圣诏一下，便是天底下最重要的事——漫说他妻子正患重病，就算他家里火上房了，也得立即赶进宫来，怎可如此有悖纲常，主次不分？"

李东阳振振有词地道："更何况，若那患病的人是他父母那还罢了，至少还占个孝道，可是妻子算什么？妻子逝去，再娶一个便是，大丈夫建功立业，何愁没有娇妻美妾。这个杨凌有妻无父，有亲无君，常言道：妻子如衣服……"

刘健、谢迁一时听得莫名其妙，李东阳乃是当世的文学大家，怎么今儿说话如此粗鄙不堪？再说陛下明明有爱才之意，是以才迟迟难下处斩他的决心，你不爱惜人才也就算了，怎么也跟着落井下石啊？

他俩还没回过味儿来，李东阳挺着腰，一条三寸不烂之舌唾沫横飞，把妻子贬得漫说衣服，已是连条破布都不如。他正骂得起劲，母仪天下的六宫之主张皇后已玉面飞红，勃然大怒。她啪地一拍桌子，柳眉倒竖、凤眼圆睁，娇声斥道："李东阳，你给我住口！"

第七十五章

恩威并施

一

弘治皇帝有点怕老婆,虽说大事不糊涂,但平素极是宠让皇后,这时见她大怒,也不禁吓了一跳。张皇后怒视着李东阳,新仇旧恨涌上心头,一双俏目几欲喷出火来。

昔日自己诞不下皇子,这班人便整日地上书要求皇帝纳妃。昨日李东阳参了她哥哥一本,又将哥哥关入了大牢,今天他借着杨凌的事情竟然敢当面对自己指桑骂槐,这还得了?

张皇后冷冰冰地道:"皇上选贤任能,首重品德。杨凌结发之妻重患在身,性命危在旦夕,此时若杨凌接了圣旨,弃下妻子上朝面君,那便如何?那便是丧尽天良,天地不容!天地君亲师?哼,你们也晓得天地君亲师!一个人不修德、不敬天地、不重情意,会是个忠孝仁义的君子吗?那时他上朝面君是敬畏君王呢,还是贪慕荣华富贵?"

张皇后说着不禁瞪了宝贝弟弟一眼,这个小弟实在糊涂,这群读书人惯会含沙射影的伎俩,他竟然瞧不出来,还跟着瞎起哄。

张皇后话锋一转,转而对弘治帝娇声道:"陛下,臣妾知道陛下恼怒杨凌有负圣眷,可这也正说明陛下慧眼如炬识得人才呀。自古贤臣有几个没有触怒过天颜的?杨凌不贪权不图利,重情重义,颇有古代贤者之风呀。昔年汉光武帝时宋弘不也以'糟糠之妻不下堂'为由拂了圣意吗?唐太宗时房玄龄之妻还拒旨呢,这两位古之明君都没有降罪于臣子,可见只有圣君临世,才会有这等贤臣出现啊。"

李东阳挪动了一下跪酸了的腿,咂巴咂巴嘴,好像在品滋味:"嗯,皇后娘娘这话我爱听,看来女人还是得读书,要不然哪说得出这话来啊。"

张延龄被姐姐瞪了一眼,一时有些摸不着头脑,直到这时才明白过来:"哎哟,敢情这几个老家伙是当着和尚骂秃子,暗劝皇上别宠幸正宫呢!嘿,这些读书人还真是一肚子弯弯绕啊。"

想通了这一点，张延龄立即扯着嗓子道："皇上，皇后娘娘说的对，杨凌不该杀！"

弘治被皇后一番话打动了，想想皇后说的也有道理，杨凌真要弃结发妻子生死于不顾上朝见驾，这样的人以后还敢用吗？

他正琢磨着，突听国舅爷喊了一声，不由奇怪地道："建昌侯方才不是建议将他明正典刑、公示天下吗？怎么又不该杀了？"

建昌侯脸上一红，说道："这个……这个……微臣也是刚刚想得明白，事有轻重缓急，杨凌并不身居重位若面君未必是国之大事，救人的事却缓不得，这个……"

刘健听他说得费劲实在忍不住了，忙插嘴道："皇后娘娘说的对，皇上是仁爱之君，才有贤良之臣佐之，杨凌此举，实是陛下教化之功，善莫大焉。"

千穿万穿，马屁不穿。弘治帝虽知这老臣的心思，却仍忍不住轻笑，他坐回案旁，思索片刻，呵呵一笑道："都起来，都起来，被这杨凌一闹，吵了朕和诸位爱卿的兴致，来来，继续饮酒，此事……暂且搁下，明日再议吧。"

皇帝要搁置再议，等于把一个比宫门还大的风向标立在臣子们面前，只要不是瞎子，谁还看不明白？这人不立刻抓起来，还要改日再议，议什么？议是抬着锦辇去请他，还是扛着枷锁去抓他不成？刘健等人放下心来，心中十分欢喜。张皇后也觉得扳回了李东阳一局，是以洋洋自得，宫筵上觥筹交错，顿时呈现出一派皆大欢喜的美好局面。

· ※ · ※ · ※ ·

杨凌紧拥着幼娘软软的毫无生气的身子，正焦虑万分，忽听幼娘呻吟了一声，顿时如闻仙乐纶音，他兴奋得声音发抖地唤道："幼娘，娘子？"

又过了半晌，幼娘强撑着又应了一声，杨凌大喜，他紧了紧汗水淋漓的手掌，眼见幼娘疲惫不堪，仍是睁不开眼来，生怕她再昏睡过去。他忙贴着幼娘的耳朵说起话来："幼娘，你快点醒过来呀，你喜欢相公抱着你说话，等你身子好了，相公天天晚上抱着你，陪你聊天，好不好？

"我的亲亲娘子，相公舍不得离开你。前两天你不是说要去买棵枣树种在院子里吗？改天咱俩一块去买，在院子里种上枣树。你说要养鸡，那咱就养鸡。对了，再养条看门狗，鸡飞狗跳的才够热闹。幼娘，京城比不得乡下，你一个人呆在家里，又没什么消遣的事做，等你好了，我就和你早日生一个，不！生一打小宝贝，让你一刻也闲不下来，你喜欢吗？你要活着才能陪相公去做这些事，要不然相公就要再讨一个漂亮妻子，陪她聊天、陪她种树、陪她养……"

"不……不要……"韩幼娘身子扭动了一下,忽然呻吟着说了一句。杨凌的话一下子停住了,他僵了半晌,才从幼娘湿腻的发丝间猛抬起头,狂喜地盯着她。

灯光下,幼娘的脸蛋仍是一片嫣红的病态,鼻尖上冒着细密的汗珠,但是颈项间玫瑰色的疹纹已经完全消失,那种灰败的气色也不见了。她长长的眼睫毛抖动了半晌,微微睁开眼睛,却又疲倦地闭上,呻吟着道:"相公,人家……好倦,不想睁眼。"

杨凌忙不迭地道:"好好,不睁,不睁。你这样就好,这样就好。"

屋子里一片静谧,只听到两个人的心跳声,杨凌感觉幼娘的小手渐渐有了暖意,用脸颊轻触她的额头,已经只是温热,他不由长长地舒了口气。

又过了半晌,幼娘才似攒足了力气,她扭动了一下娇躯,弱弱地道:"相公,好热呀……"杨凌忙道:"别动,小心受了风,药丸还没化完呢。"

幼娘温顺地嗯了一声,喘息着道:"相公……能不能轻一些,幼娘喘……喘不上气来。"

杨凌差点以头抢地,原来幼娘是被自己压得喘不上气来,他还以为幼娘到现在还没力气说话呢。杨凌急忙以肘支地,稍稍撑起了身子。韩幼娘喘息一阵,慢慢地张开了眼睛,她打量着杨凌汗水淋漓的面庞,爱怜地道:"相公,幼娘感觉好多了,你……你歇一下吧。"

杨凌嗯了一声,稍稍移开身子侧靠着她。幼娘闭上眼睛,过了会儿又轻轻地道:"相公,幼娘还想听你说话。"

"嗯!说,可……说什么?平时都是我睡着,你趴在我耳边说啊。"杨凌愣愣地道。幼娘微带着一丝羞意道:"像……刚才那样的话,幼娘都没听……相公说过,我好喜欢听……"

※ ※ ※

杨凌抗旨救妻的消息在京城一传开,全京城无论高低贵贱所有的"衣服们"便全都站在杨凌一边为他摇旗呐喊了。

京中的官员也分成两派,彼此争得面红耳赤,吵得不开可交。结果当天一下朝,家中有女儿的大臣便受到一番疲劳轰炸,晚上又被妻妾们扑面一阵枕头风,立场不坚定的立刻便竖起了白旗,决定对这事装聋作哑不置一词,"倒杨派"立即变得人单势孤。

皇上没有立即下旨缉拿杨凌的消息一传开,一些第六感比较敏锐的言官就开始站到了杨凌一边,查考古例、翻阅卷宗,开始未雨绸缪,为杨凌的行为寻找起理论依据来。

京中的举子们对此也多有议论，有个叫严嵩的江西举子更是写下了一篇长赋到处传扬，先把弘治帝夸得花团锦簇如尧舜再世，又引经据典，大肆赞扬杨凌是受了陛下教化，君明臣忠，一连串吹捧，似乎非如此君便不是明君，臣便不是忠臣了。

杨凌自己也忙得不可开交，他修书一封，托吴杰带回鸡鸣，叫韩氏父子立即进京。以他想来，这番抗旨不死也要坐牢，幼娘病体初愈，如何受得了这个打击，是以根本不敢向她提起，只盼韩氏父子能早日到京，幼娘也好有个照应。

杨凌见幼娘病体虚弱，又去买了个小丫鬟回来照顾她，去官府登记主仆文书时，衙门里的人连主簿带衙役全赶了来堵在门口围观，大有风萧萧兮易水寒，看上一眼少一眼的架势。

翌日清晨，头一次没用幼娘唤他，满腹心事的杨凌就早早地起身了。他收拾停当，留恋地看了一眼仍在沉睡中的幼娘，悄悄唤过小丫头云儿嘱咐一番，便赶往紫禁城。

杨凌臀伤未愈怕误了时辰，路上雇了辆车子，照例来到角门旁，禁宫侍卫验过了他的腰牌，皮笑肉不笑地道："杨大人，内宫早传出旨意来，若是杨大人来了，不必去东宫侍读，就在午门外跪候圣谕便可。"

杨凌怔了怔，拱手道："是，多谢将军。"他蹒跚着走到宫门前，那些身着朝服、手举笏板的文武大臣正在候着宫门开启，见一个六品官走过来，不由都面露惊讶之色，纷纷行以注目之礼。

杨凌目不斜视，径直走到宫门正前方端端正正地跪下，俯首不语。

平坦的石板刚刚跪下去还没什么，可是时间久了膝盖又酸又疼。宫门口有官员负责视察文武百官仪容，杨凌现在是罪臣，不敢轻举妄动再授人口实，只得强自忍耐。

未几，悠扬的钟声远远传来，天空第一缕曦光照射在朱红色的宫门上，宫门应声而开，百官上朝。杨凌垂着头，只看见一双双官靴从身畔走过，发出轻微的沙沙声。

早朝开始了，时间一分一秒地过去，杨凌双手撑地，双膝已麻木得没了知觉，颈子因为总保持着一个姿势也变得酸痛难忍，汗水从他的额头一颗颗滴落下来。

钟鸣鼎响，一群官员鱼贯而出，从杨凌面前走过。杨凌精神一振：早朝散了，皇帝该召见自己了吧。可是又等了许久，宫里仍是静悄悄的。

杨凌不禁绝望起来，难道皇帝要让自己活活跪死在这里不成？他已经受不了这种长久保持一个姿势的隐性折磨了。杨凌双手努力按着地面，眼前金星乱冒，颈部的肌肉都在突突地哆嗦。

杨凌都不知道自己是怎么撑到午朝结束的，直到一个小太监走到身前向他高声唤道："杨大人，陛下宣你进宫。"他才清醒过来。

杨凌好半天才爬了起来，一摇一晃地跟在那小太监的后面向宫里走去，直入内廷，走着走着，杨凌的心渐渐平静下来，皇帝在内殿见他，看来至少是没有杀头之祸了。

杨凌被引到一处殿前，小黄门躬身唱道："禀皇上，杨凌求见。"

只听里边一个老太监朗声道："陛下有旨，宣他晋见！"杨凌跨进门去，只见弘治皇帝身着明黄色便服，立于案后正挥毫作画，旁边那个叫苗逵的大太监磨墨侍候，这座御书房除了他们再无旁人了。

杨凌连忙抢上两步，跪倒在地："罪臣杨凌叩见皇上，罪臣万死！"

弘治恍若没有听到，他端详着画纸，提笔又勾勒一阵，然后搁下笔笑道："如何？"苗逵赞道："陛下的画笔力森森，神韵在内，实是大家之作。"

弘治哈哈大笑，说道："你懂些什么，呵呵，杨侍读，你来看看朕这幅画如何？"

杨凌见他谈笑自如，对自己抗旨的事绝口不提，心中不禁暗暗奇怪。他忐忑不安地应了一声，起身凑到弘治面前向御书案上望去，只见纸上绘着一座山峰，峰上树木丛生，山巅浓墨缓出一棵笔直的青松，似欲直插云霄，远处隐隐尚有山峦起伏，整幅画虽然简单，笔力确实不俗。

杨凌不懂画，可他前世好书法，古诗词记得极多，眼见这幅山水浓淡相宜，可是却无法评价，便取巧道："陛下功力雄厚，更难得的是这幅丹青寓意深远、志怀天下，看这森森千丈松，虽磊砢非一节，必是栋梁之材啊。"

弘治眼中闪过一抹异色，淡笑道："杨卿莫只看到这株奇松，你瞧这山上树木，有的细而直，可做椽桷，有的笔直粗壮可做栋梁，但是更多的却是那歪歪曲曲、奇形怪状的，便只好劈做烧柴了。"

他悠悠一笑，唇角却噙着冷意："杨卿，你是愿做栋梁之材、椽桷之料还是一捆柴呢？"

杨凌想也不想便跪倒在地，大声道："臣，愿做椽桷之料！"

苗逵晃了一下，差点打翻手里的端砚。弘治本以为他会剖肝沥血、慷慨陈词一番，想不到从他嘴里听出这么个词儿来，弘治怔了半晌才惊奇地道："什么？你愿做椽桷之料？"

杨凌俯首道："是，臣文不能像刘、谢、李三公那般助陛下治国安天下，武不能统率千军万马驰战于荒漠草原，扬威四海，是以愿做椽桷之料，能为陛下守得一乡一县，造福一方百姓臣便心满意足了。"

弘治听了哑然失笑，只觉这个臣子虽有谋略，可是性子却直爽可爱，根本就是个愣头青，他瞥见杨凌说着话，双膝还在微微发抖，也不知是吓得还是在午门外跪的，心中不由浮起一丝怜意："罢了，今日让他午门长跪不起，在文武百官面前也算是惩戒过了，此人还是要用的。若吓得他从此做事畏首畏尾，可就得不偿失了。"

他呵呵一笑，说道："起来吧，你有心和刘、谢、李诸位爱卿比较，这心气已是极高的了，他们也是从你这年纪一天天熬出来的，当初如你一般时，还未必有你今时今日的雄心，所以你也不必妄自菲薄了。"

　　他说着绕回书案后，提笔在画上题下"森森千丈松，虽磊砢……终是栋梁之材"一行龙飞凤舞的大字，然后递与杨凌道："这张画朕就赐给你了。愿你记得今日说过的话，时时自省其身。呵呵，你退下吧。"

　　杨凌莫名其妙地接过弘治的墨宝，神情有点茫然，皇上把自己在宫门外晾了一上午，进来送给自己一张画，然后就打发他回家了？这还真是天威不可测了。

　　他如释重负地说道："是，臣告退。"说着双手将那画高高举过头顶，毕恭毕敬地退了下去。弘治帝见他退出了御书房，眼中露出一丝笑意。他微微颔首道："不自是，故彰；不自伐，故有功；不自矜，故长。嗯，小小年纪，能有这番见地，不枉朕一番栽培。苗逵，传旨，杨凌罢东宫侍读，改任神机营中军官。"

　　苗逵吃了一惊，忙道："陛下，杨凌刚刚受到惩治，就提升为中军官，恐朝臣们又要非议了。皇上，是不是先让他任个副都司，以后再慢慢升迁？"

　　弘治苦笑一声，心中暗想："朕何尝不想慢慢来，只是朕怕天命将尽，没有时间了呀。如今朝中六部、内阁三公皆是老臣，主少臣老，虽说他们忠心耿耿，但毕竟是臣子，若不为我儿再扶植一股力量，平衡内外朝臣，我儿如何驾驭这万里江山、满朝文武？"

　　弘治帝想着摆了摆手道："罢了，旨意上就说安排他去神机营任职，至于具体职务吗……王越督着十二团营呢，他一向办事稳妥，着他安排吧。对了，再赐两瓶金疮药给他，昨天杨凌抗旨，抱妻求医，今儿朕给他来个杨妻奉旨，为夫敷药，哈哈哈！"

第七十六章

糊涂差使

一

　　杨凌抱着尚未裱糊的皇帝墨宝，坐着雇来的小车回到门前，下了车迈着八字步一步三摇地往回走，比大臣们上朝还有威仪。

　　只是嘴快的小丫鬟云儿早已兴致勃勃地把老爷"挨廷杖、抗圣旨"的壮举告诉幼娘了。韩幼娘听了云儿的话，正坐卧不宁地等候着夫君的消息，听见相公声音，急忙抢出房来，一把抱住他，眼里溢着喜悦的泪花道："相公，你可回来了，幼娘担心死了。"

　　她还未梳发，清汤挂面，秀发披肩，这种汉唐以来妇人家居时的普通发式和现代女子的披肩发极为相似，配着她一身素净的月白裙，柔媚娇弱。杨凌见病体初愈的小娇妻脸颊还有些苍白，不禁担心地道："你病刚好，田神医不是让你卧床静养吗，怎么下地来了，快回去躺着，对了，田神医开的调和身子的药喝了吗？"

　　旁边小丫鬟云儿怯怯地道："老爷，奴婢熬好了药，可是夫人嫌苦不肯喝，她说坐在床上喘气就行，已经喘了好一阵了。"

　　杨凌见过幼娘练气功，听这小丫头说得有趣，不禁扑哧一笑。幼娘焦急地道："相公，皇帝没有怪罪你吧？幼娘听说你被打了三十板子呢，伤得重不重？"

　　皇上没有治他的罪，杨凌也就不担心被幼娘知道了，他呵呵笑道："没事的，你瞧我这不是好好的吗？你快些养好身子，不让相公担心才好。"他说着凑近幼娘低声道："别担心，打得可不疼呢，就和相公打你屁股时差不多。"

　　韩幼娘听了脸儿一红，嗔道："瞧你，还说疯话，有人呢。"杨凌这才醒悟到家里添了一口人，可比得以前的二人世界。他忙咳嗽一声，从怀里摸出串铜钱递给云儿，说道："云儿，去市上买点糖回来给夫人拌在药里，快去吧。"

　　云儿脆生生地答应一声，接过钱赶紧出去了，杨凌这才和幼娘相互搀扶着往屋里走，杨凌见幼娘穿这月白裙，长袖紧腰裙摆如云，显得身子单薄了些，不禁担心地道:"你再加件比甲,昨儿刚刚出了场透汗,可再受不得凉了。"

幼娘扶着他说道:"如今四月天了,穿多了难受着呢。相公,你快趴下,我给你瞧瞧伤势。"

两个人早已风雨几度,杨凌倒不介意在她面前裸露身体,他趴在炕头上让幼娘宽衣,好在那时还没发明内裤,这小衣够肥大的,脱得也容易。

幼娘轻柔地替他褪下小衣,瞧见有一部分粘连在臀部上,竟然不敢去动,还是杨凌自己忍痛扯了下来。杨凌的屁股虽被打得皮开肉绽,其实并没有伤筋动骨,好好将养一番估计连疤痕都不会落下,可他这两天到处奔波,伤口一裂再裂,现在有些地方还在渗着血水,原本粉光连连、娇嫩无比的一个大好臀部,都要变成大花脸了。

韩幼娘掩着口,泪花直闪,杨凌觉得屁股有些凉,扭头瞧见幼娘的伤心模样,不禁奇道:"幼娘,怎么了?我走路虽觉有些疼,可没觉着伤筋动骨呢。"

韩幼娘吸了吸鼻子,伤心地道:"相公的创口久伤未愈,再治好了也要落下疤痕了。"杨凌好笑道:"那又如何?又不是我娘子的小屁屁受伤!呵呵,这不有药嘛?给我敷上点儿,只要不痛也就是了。"

韩幼娘又羞又气,她白了杨凌一眼,嗔道:"相公整日的油嘴滑舌,不说一点好听的。"杨凌换了个舒服的姿势,黠笑道:"相公不说好听的吗?昨日不知是谁趴在我怀里听得脸红心跳、神魂颠倒呢。"

韩幼娘"呀"的一声,羞得颊腾红晕。她身子刚好,心一跳得厉害就慌慌的,有些气喘,幼娘招架不住地跳下地,说道:"相公,你先歇着,幼娘这就去拿药。"

韩幼娘刚刚拉开房门,就见两个健仆抬了软榻,上边趴了一个三十多岁的男子进了院子,后边还跟着两个家仆,提了不少东西。韩幼娘疑惑地问道:"请问,您找谁?"

钱宁趴在软榻上,瞧见是个清纯可爱、像滴露珠似的小美人儿。秀发如墨,眉眼宛然如画,却未挽成婚后妇人的那种三绺头,还道是杨凌新招的丫鬟,不禁心痒痒的:"这小子的确好福气,找个丫鬟都美得让人心跳。这要是我,早拉上炕暖脚了,哪舍得她端茶送水,不知道他舍不舍得出让,回头跟他说说,我拿四个丫头跟他换。"

钱宁想着,露出一个贱兮兮的笑容,打量着她柔婉动人的体态笑道:"你家老爷杨凌杨大人在家吗,我是特意登门探望的。"

韩幼娘听得有点自卑:"我……我就这么像个小丫鬟吗?"她低头看看自己的打扮,有点儿不乐地敛衽道:"原来是我相公的朋友,您快请进。"

钱宁吃了一惊,忙把淫笑一收,忙道:"原来是杨夫人,失礼失礼!在下钱宁,是杨大人的朋友。"屋内杨凌听到,扬声道:"幼娘,是钱大人来了吗?快请他进来。"

钱宁任职锦衣卫掌刑千户,种种残酷虐杀犯人的手段施行起来眼都不眨,血淋淋的场面早已司空见惯，可是这样一个人对自己的身体偏偏爱惜到了极点，从他受杖刑前所做的安排就可见一斑了。

这厮回家后就趴在床上好生将养，为免尊臀上留下疤痕，竟是一动也不敢动了。第二日杨凌抗旨的消息传到他的耳中，钱宁以为杨凌这回必死无疑，还暗暗惋惜，好不容易搭上的东宫这条线就此断了。

今儿早朝听说杨凌奉旨长跪午门，深谙官场的钱宁立即嗅出一股不同寻常的意味，马上派人找宫中担任禁军统领的朋友打探消息，居然被他探听到皇帝赐了杨凌一幅画。

钱宁当机立断，现在摆明了皇帝要保杨凌，锦上添花不如雪中送炭，他连买礼物的时间都没顾上，马上把旁人探望他时送来的东西，连封都没启就顺手带了，马不停蹄地赶来了。

钱宁被抬进杨凌卧室，把软榻搭在椅子和炕沿上，见杨凌趴在炕上，身上盖着被子，忙笑道："杨大人，昨日在下就遣人前来探望，可是大人不在家，今儿个我身子好了些，就自己过来了。"

杨凌笑道："多谢钱大人，说起来还是我连累了大人，还劳动大人来看我，实在过意不去。"钱宁打个哈哈道："你我同为锦衣同僚，又同在宫前受杖，缘份匪浅，这种见外的话就不要说了。"

他说着贼眼乱瞄，看见杨凌扔在炕头上的那卷宣纸，不由暗暗吃惊："这个杨凌和陛下到底什么关系啊？他私带太子出宫，当众抗拒圣旨，皇上不但不怒，还赐给他亲笔墨宝，皇上赐的无论什么东西，哪个王公大臣请回家后不立马裹上黄绫，早晚三炷香的供奉呢！那是皇帝的恩宠和信任，他可倒好……皇帝亲笔墨宝……"

钱宁瞧着那画着实有些心疼，他故作随意地道："这炕头上是……呵呵，杨大人果然不愧是文人，在家里养着伤还要吟诗作画不成？"

杨凌一拍脑门，他心里一直没有什么君权至上的思想，所以经常把别人看来理所当然的事情忽略掉了，方才一回家就顾着和小佳人腻了，倒把皇帝的画给忘在一边了，这可是钱呢！不但是古画，而且是皇帝的墨宝，这要留给我和幼娘的后代，将来值多少钱呢。

杨凌连忙对幼娘道："娘子，快把这幅画收到柜子上边好生放着，呵呵，这是当今皇上赐的，可别弄坏了。"

韩幼娘刚刚替钱宁沏了杯茶进来，听说炕上丢的那卷不起眼的东西是皇帝所赐，赶紧拿起来，一时到处寻摸着，竟是不知道放在哪儿才算安全。韩幼娘毕竟来自偏远山村，天子在她心中，简直如同神话般的存在，如今竟然亲自见到了天子所赐的东西，也难怪她诚惶诚恐了。

杨凌笑道："搁柜子上吧，回头找人裱糊了，做个匣子装起来就不怕磕碰了。"钱宁艳羡地道："皇上赏的？呵呵，这下我就放心了，听说你昨儿抗了圣旨，为兄担心了一宿呢。"

他不经意地又拉进了层关系，杨凌对这位手握重权的掌刑千户也有亲近之意，听了他的场面话，便也笑道："钱兄挂怀了，这话可再传不得，杨凌哪敢抗拒圣旨，只是爱妻急病，当时乞求传旨的公公宽恕片刻罢了，街头百姓以讹传讹、胡说八道，真是唯恐天下不乱。"

钱宁干笑两声，正想再奉迎几句，宫中传旨的太监到了。幸好这秉笔司传旨太监懂得规矩，面南背北地站在院子里传旨，根本没进他的屋。杨凌赶忙穿戴起来，在幼娘的陪同下走出去跪接了圣旨。

待杨凌送走钦差回来，钱宁又吹捧一阵，见幼娘捧着两瓶御赐的伤药等着给相公敷药呢，便乖巧地拱手告辞。杨凌一身披挂还未卸下，人家又送了一堆的礼物，盛情之下亲自将他送到门口，双方正要拱手言别，就见一顶小轿到了面前。

那轿帘一掀，一张苍白的马脸从轿子里探了出来，一瞧见杨凌正站在门口，那人不由喜出望外，连忙颤巍巍地道："杨大人，咱家还怕寻不着你呢，天可怜见，哎哟，可算是见着大人了。"

杨凌、钱宁定睛一看，只见那人头发花白，脸色白里透青，正是宫中采办太监马永成。钱宁失声道："马公公，你怎么……这般模样还要出宫采买吗？"

马永成没好气地白了他一眼，说道："采买什么，我这副模样还能办差吗？快快，咱院子里头说话，叫人瞧见了不好。"

杨凌和钱宁对视一眼，莫名其妙地又转回了院子，马永成苦着脸向杨凌招手道："大人近前来，咱家失礼了。好不容易叫人抬上轿子，我可是不敢再挪动一下，这屁股全都被打烂了，我这条老命啊……"

杨凌知道宫中八位太监受的刑远比自己要重得多，见他说着说着眼泪都要下来了，忙凑上前去说道："公公该当好好休养才是，怎么还出宫来了？"

马永成苦笑道："谁说不是呢，还不是太子爷……"说到这儿，他四下一瞥，钱宁会意，忙唤了人要出去，马永成忙道："慢着慢着，别忙着走，叫下人们出去，钱大人也留下吧，这事儿没准还用得到你。"

钱宁一听太子还有事要他办，只觉得头皮发麻，只好把下人们都打发出去，也凑上前来，马永成呼呼地喘着道："杨大人，今儿可是第三天了，你当初夸下的口，太子爷可是当了真。这儿也没外人，咱家就对你直说吧，太子爷看上人家姑娘了，宫里几个爷们实在受不了太子爷的折腾，且教坊司的人是苗逵苗公公的手下，咱家也不敢相托呀。这事还得着落到你头上，这儿是我攒的全部家当，一万四千两银子，不管你用什么法子，都得把人赎出来，人就先安顿在你这儿吧。"

马永成说着无比肉痛地掏出一卷银票，递到杨凌手中，又道："詹士府受了圣意，现在对咱们几个爷们看顾得紧呢，我得赶紧回宫去，事情就这么着了，你办妥了明儿到后宫门口，会有运水的小太监向你问消息，好了好了，咱家得回宫了。"

马永成指挥着采买司的两个仆役抬着他出了门，一溜烟地又去了，杨凌握着那卷儿银票呆愣了半晌，才求助地瞧向钱宁道："钱兄，你看这事儿……"

钱宁还不知道严宽被张延龄一脚差点踹死，早已不敢打玉堂春的主意了，所以也觉得事情有点挠头，可他又不敢表现出来，只好道："这事……既然太子爷发话了，需要钱某之处，杨大人尽管开口，要不……咱硬去赎人？"

杨凌咬着牙跺脚道："好！就不信了，一万多两银子还赎不了一个人？呃……对了，太子爷喜欢的到底是哪一个呀？"

第七十七章

三姝进门

一

杨凌忙把钱宁又请回屋里共商对策。他是锦衣卫不假,不过提督张绣给他安排的是南镇抚司的职务,在京师只有柳彪、杨一青两个亲随,真要办案子可没多少可供支配的人手。再说钱宁是个狠角色,有这个地头蛇的帮忙,可以事半功倍。

这事要不是有个寿宁侯府掺和在里边,钱宁办这点事易如反掌,不就是几个还没翻牌迎客的清倌人吗?就算是红遍京师的名妓,大大小小的官儿也只是私下去做恩客,他要索人,谁敢把这事翻到台面上来替妓院撑场子?

但是现在这事闹上朝廷了,要去讨人就得加些小心了。最要命的是太子爷到现在连人名都没说出来,到底要去赎谁啊?

幼娘听二人三言两语,已知道相公是要帮太子赎买一个青楼妓女回来。她见相公和钱大人愁眉苦脸,便提醒道:"相公,太子喜欢了谁,总该有些蛛丝马迹吧,你说说那时的情形,或许能猜得出。"

杨凌回想片刻,说道:"那个严宽向一秤金强行索人,当时太子爷追去看热闹,严宽出言不逊的时候,出来一位叫雪里梅的姑娘斥责了他一番,太子对她大为赞赏呢。"

钱宁一拍软榻,软榻晃悠了两下差点翻了,吓得他赶紧抓牢了,然后呵呵笑道:"那没错了,才子佳人,一见钟情,肯定是她。"

杨凌苦笑道:"好像未必吧,后来太子被严宽打了一拳,鼻血直流,是一位叫唐一仙的小姑娘送给他一方锦帕擦血,我看太子瞧着人家的目光颇有情意呢。"

钱宁恍然道:"好哇,美人情深,百炼钢也化绕指柔,殿下没经历过风月场面,突有佳人呵护备至,锦帕传情,怎能不为之意动神摇?那一定就是这位唐一仙姑娘了。"

幼娘插嘴道:"相公,太子说让你三日之内讨回那个严宽的买妾文书,这文书买下的便是这位唐姑娘吗？"

杨凌摇头道："不是，严宽要讨的是一位叫玉堂春姑娘。"

提起这个名字，他不禁想起戏曲中这位美女的悲惨经历，依稀又似见到那位长发少女素衣如雪，伫立于楼阁之内，恍若一幅古典仕女图般的优雅情景。杨凌说道："三位姑娘中，这位玉堂春姑娘行止仪态最具风情，太子一直惦记着要把赎人文书还回去，现在又要我和严宽抢着赎人，莫不成，喜欢的人就是她？"

幼娘听了也不禁苦笑："如此说来，这糊涂差使可没个着落了，难不成把三个姑娘都带回来养着？"

钱宁一听，脱口道："好主意，三个人里只有一个是侯府和东宫在抢的人，另两个原本不相干，凭咱锦衣卫的名头要讨来是易如反掌。反正硬赎身，一个还是三个就没区别了。三个全带回来，这一注无论怎么押都不会错，哈哈，走走走，我现在就去叫人，大人尽管出面讨人罢了。"

钱宁对寿宁侯到底有所忌惮，反正杨凌正蒙圣眷，寿宁侯只要识相也不敢得罪他，还是让他出面才好，是以话里话外仍是以他为主。

当下钱宁唤进家人吩咐几句，那家人领命急急去了，几盏茶的工夫，北镇抚司来了十多个人，都身着便服。这些人有的正在牢里折腾犯人呢，听说千户大人有命，换了常服便来了，身上还有股血腥味儿，端的是个个煞气逼人。

钱宁还命人又带来一具锦榻，铺得松松软软的，让杨凌靠卧在上面，两人在十多个便衣校尉的陪同下直奔百顺胡同。

眼瞅着快黄昏了，百顺胡同寻芳客渐多，钱宁为了掩人耳目，在锦榻上加了罩子，就像一顶软轿。来到莳花馆，馆中的龟公倒也见过一些有身份的老爷藏头掩面地来逛窑子，可时辰这么早就来的，倒头一回见，他匆忙迎上来赔笑道："几位爷，有相好的姑娘吗？要不要小的给您叫来几个瞧瞧？"

领头的是钱宁的心腹，一位叫关隆的锦衣卫百户，他沉着脸道："走开，爷要去后院，叫一秤金出来见爷。"说着一摆手，一行人大摇大摆直奔后院。

后院中苏三、唐一仙、雪里梅三姐妹正在房中闲坐，因为喝花酒的雅客来的都比较晚，三个人懒懒散散的正在描眉画脸。

雪里梅瞧见苏三懒洋洋的，不禁抿嘴偷笑道："嘻嘻，姓严的已经乖乖把文书还了回来，三姐还是闷闷不乐，莫不是……惦记上那位公子了？"

苏三儿听了脸一红，睇了她一眼嗔道："去你的，胡说些什么？"她黛眉一敛，叹道："那位公子真是言而有信，果然逼得严宽退了文书，一定是位有权有势的大人物。唉，人家哪能看上我这样的苦命女子？我只是……只是身子有些倦了，所以才提不起精神。"

唐一仙一笑，瞟着她揶揄道："可说的呢，担惊受怕了整三天，现在不用担心陪着那只大猩猩了，偏又牵挂起一个玉面公子来，那负心人又不肯来看你，怎得不芳心寸断，身心俱疲？"

这一来，雪里梅也触动了心事，忍不住兴致勃勃地道："那位公子还真是俊逸得很呢，连我看了都有些动心。他年纪虽轻，可那眼神比起毛头小子却多了几分味道，叫人看了好想偎进他怀里。"

唐一仙哼了一声，鼻子一翘道："两个眼高于顶的丫头，一动了春心，就只顾想着俊俏哥儿了，要是我呀，只愿嫁给当朝侍读杨凌杨大人。"

她眸子亮亮的，兴奋地道："易求无价宝，难得有情郎。他为了心爱的女人，连皇上的旨意都敢违抗呢！这样的男人，要是能嫁给他做妾，我连做梦都能笑醒。"

苏三和雪里梅瞧她一副花痴模样，不禁都笑了起来，雪里梅打趣道："就你敢想，我们这样的人，要是能嫁给那日见到的那位俊俏公子，已经算是烧了高香了。杨凌大人……我听礼部员外郎宁大人说，他抗旨之后，几百个大臣跪着要皇上杀他，皇帝就是不肯，结果礼部王尚书和内阁三公追到后宫，这些臭老头！嘿！结果皇后娘娘对几个老头子发了脾气，才把他们灰头土脸地赶出来。"

"那是天子近臣啊，当今皇上可宠着他呢，咱们哪有福气见到这样的大人物？"说起杨凌，雪里梅的眼睛里波光流动，好似也醉了。

苏三痴痴地听着，半晌才叹息一声道："算啦，两位好妹妹比我还会做梦呢，快打扮起来吧，一会儿又挨妈妈骂了。"

唐一仙摇摇头不再发春梦了，她端起一个酒盅来饮了一口，然后拿起唇纸染起了嘴唇。

苏三瞧她又喝那东西，担忧地道："一仙，怎么又喝'砒霜'？那种东西还是少用为妙，伤身体的。"

唐一仙不以为然地道："很多人都用的，有点害处可好处也不少呀。"她摩挲着脸颊美滋滋地道："你看我这脸蛋是不是白嫩了许多？客人都说我现在肤白如玉，一入厅堂满室生春，嘻嘻，等我夺了你玉堂春的名头，姐姐可不许生气呀。"

苏三方要答话，只听院中一秤金用能溢出十斤蜜糖的声音道："哟，几位爷，这是打哪儿来呀，快请堂上坐着，不知你们想见哪位姑娘。"

雪里梅忙道："快些打扮了吧，有客到了。"

一秤金将那几个看起来神情、眼神都有点怕人的汉子领到堂屋，只见十几条大汉往门旁一立，那两顶软轿中的客人也不下轿，径直被人抬进屋去，不由得眼皮一跳，只觉来者不善，瞧这模样可不像是来吃花酒的。

一秤金犹豫片刻，瞧瞧那些大汉吃人的眼神，只好硬着头皮跟了进去。

三人打扮停当，等了半晌还不见一秤金唤她们见客，正在奇怪，就听一秤金像死了人似的哭音道："三个姐儿都出来吧，有恩客替你们赎身呢。"

三人听了大吃一惊，急忙抢步出庭，只见院中站着十多个面目阴森的大汉，双手抱臂，直挺挺地立在那儿，不禁吓得花容失色。这些大汉浑身透着股子嗜血的阴冷气息，叫人看了心里就毛毛的。

三个小美女不知将要侍候什么可怕的老爷，相互依偎着犹如待宰的羔羊，怯生生地进了一秤金的堂屋。

钱宁半靠着软绵绵的锦榻，一瞧见这三个活色生香的美女，不禁两眼放光，他贪婪的目光在三人身上滴溜溜转了几转，才恋恋不舍地收回来，对一秤金懒洋洋地笑道："好啦，老板娘是明白人。呵呵呵，不用哭丧似的，你该感谢我兄弟，要不然……哼哼，以后有什么事找到我头上，我替你说句话，可是你花多少钱都买不到的。"

一秤金千不该万不该，不该一认出杨凌，马上千恩万谢地拍马屁，说他神通广大，严宽昨儿一早就让人退回文书，取了银子走了。

钱宁一听寿宁侯服软了，立刻就硬气了，马上亮出身份，耀武扬威地要丢下几个钱把三个女子赎买回去。杨凌见一秤金哭得可怜，听她说从小培养几个撑台面的清倌儿不容易，心中一软，不顾钱宁的拦阻，给她硬留下了一万两银子。

苏三一进门瞧见软榻上坐着杨凌，满腔忧惧立即化作心花朵朵，开心的两颊飞红，那眼神再也移不开了。

钱宁等一秤金在文书上摁了手印，笑嘻嘻地对门口的侍卫道："去，招三顶轿子，把三位姑娘送到杨大人府上去，呵呵呵，事儿办完啦，咱们走吧。"

文书签订，今后玉堂春三人是做妾做婢，全凭买主做主，与一秤金再无半分瓜葛了。一秤金眼瞅着三棵摇钱树就这么飞走了，心里真是说不出的难受。

唐一仙三人被带到杨凌府上，才知道他就是名噪京师的杨凌，这一来连唐一仙都开心得不得了。像她们这样的出身，根本没有指望做人正妻，若能被个文士买去做妾，已是最好的归宿，至于这文士是老是丑，那就听天由命了。

现在杨凌要功名有功名，要官身有官身，年青英俊，又是名噪天下的情种，简直成了她们眼中的唐僧肉，做梦也梦不到这么好的归宿了，若能给他做妾，她们是千肯万肯。可是杨凌安排三人在厢房住下后，对她们将来的身份却只字不提，这可叫三人有些摸不着头脑了。

杨凌其实也为难得很，太子既没说要赎谁，又没说赎了人之后怎么办，就这么往他这儿一丢，他能怎么办。

暂时给她们个奴婢身份吧，里边可有太子要的人，能让她伺候吗？而且这事儿现在又不能和她们直说,所以杨凌只好装傻,把三个冰雪聪明的女孩也弄成了闷葫芦。

她们满心疑窦的,可虽说是青楼出身,毕竟是姑娘家,难道还能觍着脸主动问他何时纳自己为妾不成?于是三个姑娘就这么在杨家不主不仆,不妻不妾地住了下来。

杨凌第二天起了个大早,先去宫城后门传了信儿,等了一个多时辰才候到太子回话:"知道啦,没丢我人就好,替我照顾唐姑娘,有机会我去看她。父皇现在看得紧,六个侍读随身。奶奶的,王琼真是老匹夫!"

杨凌听了太子爷不伦不类的旨意,哭笑不得地回到家,摸着下巴琢磨了半天,也没想好怎么打发剩下的两个女人,后世京戏《玉堂春》的曲目肯定是没啦,所以苏三嫁了谁,今后的命运如何,连他也不知道了。

想了半天,他忽地想到韩氏父子就要来了,那哥俩儿也不知娶了媳妇没有,要是还没有……俗话说肥水不流外人田呀……杨凌不禁得意地笑了起来,直到瞧见幼娘在一旁狐疑地看着他,这才想起召韩家父子进京的事儿还没告诉她。

反正他们也快到了,就再瞒两天吧,到时给幼娘一个惊喜。杨凌想到这儿又贼笑两声,对幼娘道:"我问过钱宁了,不必急着去神机营报到,这两天在家养伤。住在西厢房的三位姑娘,叫小云好生照顾着些,千万不要得罪了人家。"

幼娘应了一声,想想不管怎么样那里边有太子爷喜欢的人,自家相公在朝为官,和她们处好关系至关重要,于是对小云吩咐一声,对几位姑娘的饮食起居小心照顾。

彼此就住在一个院子里,又都是十四五岁的小姑娘,怎么可能整天闷在屋子里?一来二去的,幼娘和她们熟稔了,这才发觉她们和自己的想象大大不同,不但不是举止妖俗的女子,而且三人言行举止落落大方,一举一动都透着高贵典雅,十分招人喜欢。

那时候大富之家对女儿的教养都没有青楼上心。只要上点档次的青楼,琴棋书画、歌舞仪态,是清倌儿们从小就接受的培养,教出一个色艺俱佳的女子极其难得,所以名士才子常往风流之地寻找红颜知己。

幼娘听说她们是自小被父母卖去青楼,身世让人垂怜,心中大为同情。三个女孩只道幼娘便是自己将来侍候的主妇,更是曲意逢迎,故意巴结,两三日的功夫,三人竟和幼娘处得极其融洽,宛如姐妹一般。

杨凌在家歇了三天了,伤处已好得差不多了,明儿一早就要去神机营报到了。一早上,幼娘替相公炖好老母鸡,见相公仍在熟睡,就溜到西厢房看望三个姐妹。

三姐妹习惯早起练功,现在虽不用每日吹箫弹琴、练习歌舞,却仍起得甚早。幼娘一进门正瞧见苏三披着一头乌黑秀发,正在练着舞步。雪里梅坐在镜前,乌发红颜,对镜梳妆,那动作也是说不出的优雅,心中顿时羡慕不已。

当初在鸡鸣驿时,她曾与马怜儿共处几日,马怜儿早起梳妆时仪态便是这般动人,当时幼娘瞧了，就算自己也是女儿身，都觉得怦然心动，私下里极是羡慕。

如今看了三人宛如大家闺秀的模样，幼娘忽地想起昨日钱宁登门，错把自己认成丫鬟的事儿来。小妮子知道相公的官儿越做越大，结识的人越来越有身份，自己毕竟是从小地方来的人，虽然平素十分注意，言行举止仍不免带着些土气，要是能跟她们讨教些仪态行止，答对学问……

幼娘想到这儿微微笑道："三位妹妹多才多艺，仪态端庄，姐姐却只懂得舞枪弄棒，看了你们真是好生羡慕呢。"

唐一仙正在调配砒霜，听了韩幼娘的话，她丢了砒霜瓶子，跑过来拉住幼娘的手笑道："舞枪弄棒才好呢，看哪个登徒子敢欺负人，当头就给他一棒子。不如姐姐教我武艺，我把自己最拿手的功夫也教给姐姐，好不好？"

幼娘喜道："好呀，妹妹最擅长什么？"

唐一仙得意地道："妹妹最擅长吹箫。"

幼娘说道："嗯，只是姐姐笨得很，不晓得能不能学会。妹妹，且把你的箫拿给我瞧瞧，等相公睡醒了咱再学不迟。"

唐一仙咯咯一笑，搂着她肩膀递了个媚眼，得意地晃着脑袋道："妹子这箫技呢，是不用箫练的，全凭一张嘴，姐姐要学，得看你嘴上功夫的天赋了。"

韩幼娘一怔，不用箫的箫技？她心中忽地想起相公要自己吹过的那羞人的"箫"来，脸一下就红了，心里臊得要死："这小妮子！这小妮子！果然是青楼里出来的人，怎么这种事儿也能对人讲起的，还……还说什么技巧，可真的羞死人了。"

韩幼娘捂着发烫的脸颊，又羞又恼地跺脚道："该死该死，唐家妹子，你……你……你说的什么疯话，这……这也可以说得，可以学得吗？"

唐一仙愣了，她茫然四顾，奇怪地道："怎么啦？怎么学不得了？好多人还夸我这功夫了得呢。"

正在对镜梳头的雪里梅动作停了一下，然后猛地把梳子一丢，不顾形象地趴在桌子上哈哈大笑。苏三原本雪白的脸蛋涨得通红，她眼里溢着泪花，双肩抖动着忍了半晌，忽地一头抢到炕上，拉过床被子盖住脑袋，一串沉闷的笑声从被底传了出来。

唐一仙左瞧瞧、右瞧瞧，猛然明白过来，这一来她的脸也像着了火，忍不住又羞又臊地叫起来："天哪，幼娘姐姐，你在说什么啊，人家可不要活了！"

图书在版编目（CIP）数据

回到明朝当王爷 / 月关著. —济南：山东文艺出版社，2019.4

ISBN 978-7-5329-5826-9

Ⅰ．①回… Ⅱ．①月… Ⅲ．①长篇小说—中国—当代 Ⅳ．① I247.5

中国版本图书馆 CIP 数据核字（2019）第 042851 号

回到明朝当王爷

月 关 著

主管单位	山东出版传媒股份有限公司
出版发行	山东文艺出版社
社 址	山东省济南市英雄山路 189 号
邮 编	250002
网 址	www.sdwypress.com
读者服务	0531-82098776（总编室）
	0531-82098775（市场营销部）
电子邮箱	sdwy@sdpress.com.cn
印 刷	山东德州新华印务有限责任公司
开 本	690mm ×990mm　1/16
印 张	239.75
字 数	4679 千
版 次	2019 年 4 月第 1 版
印 次	2019 年 4 月第 1 次印刷
书 号	ISBN 978-7-5329-5826-9
定 价	480.00 元（全十册）

版权专有，侵权必究。如有图书质量问题，请与出版社联系调换。